格萨尔研究丛刊

伦珠旺姆　徐文娣　编著

《格萨尔》女艺人研究及玉梅文献辑录

上海古籍出版社

2019年国家社科重大项目
"俄藏《格萨尔》文献辑录及电子资料库建设"
（项目编号：19ZDA285）阶段性成果

本书得到

中央高校基本科研业务费创新团队项目：多民族史诗与口头传统（项目编号：31920180110）

资金资助

演唱艺人·文化空间(代前言)
——非物质文化遗产视域下《格萨尔》史诗文化的整体保护[①]

2009年,《格萨尔》史诗被列入联合国教科文组织《人类口头与非物质文化遗产代表作名录》,成为"具有重大历史、文学、艺术、科学价值的非物质文化遗产项目"。[②]

2003年,联合国教科文组织第32届会议正式通过《保护非物质文化遗产公约》。该公约关于"非物质文化遗产"的定义:"'非物质文化遗产',指被各社区、群体,有时是个人,视为其文化遗产组成部分的各种社会实践、观念表述、表现形式、知识、技能以及相关的工具、实物、手工艺品和文化场所。"[③]总结并概括了此前有关传统民间创作和口头与非物质遗产的研究成果,并对"人类非物质文化遗产"进行了新的五大类分类:一是口头传统和表现形式,包括作为非物质文化遗产媒介的语言;二是表演艺术;三是社会实践、仪式、节庆活动;四是有关自然界和宇宙的知识和实践;五是传

[①] 甘孜藏族自治州文化体育和广播影视局:《2012格萨尔故里行全国格萨尔学术论坛论文集》,北京:大众文艺出版社,2012年,第95—102页。收入本书略有修改。
[②] 见《中华人民共和国非物质文化遗产法》第三章第十八条。
[③] 见《保护非物质文化遗产公约》第一章第二条。

统手工艺。除此而外,还包括相关人群的社会心理需求、特定文化群体的认同等。

代表古代藏族民间文化最高成就的《格萨尔》史诗,具有"口传""最长"和"活态"的三大特征。虽然《格萨尔》史诗有手抄本和木刻本传世,口传性与书面化并行状态是现实,也是趋势,但口传仍是其基本形态;"最长"的特征最先由西北民族大学格萨尔学前辈王沂暖先生提出,现为学界共识。如《霍岭大战》部本长达3万多行,《格萨尔》篇幅比古巴比伦史诗《吉尔伽美什》、希腊史诗《伊利亚特》和《奥德赛》、印度史诗《罗摩衍那》和《摩诃婆罗多》的总和还要长;"活态"指《格萨尔》史诗目前具有的活态表演性质和活态传承特点。其中,史诗演唱艺人和史诗文化空间是《格萨尔》史诗之所以能活态传承的关键所在。《格萨尔》史诗的传承与保护,出路在对艺人和文化空间的保护,支点在确立非物质文化遗产视域下《格萨尔》史诗文化的整体保护意识。

艺人:民间文化的积极携带者

任何一个民族的口传文化内在传承机制都包括三个层面:记录传承、造型传承和行为、谚语、感觉传承。《格萨尔》史诗研究,无论是从民间文学理论研究还是史学角度出发,研究者依据文本不仅限于文字文本,史诗的声音文本、影像文本、表演仪式过程文本等均承载着藏民族文化信息,体现出藏族民众自身的文化创造力。

《格萨尔》史诗传承类型多样,具有活态载体和固态载体两种形态。《格萨尔》活态载体包含个体传承和群体传承两部分。前者主指五大类型的《格萨尔》说唱艺人:如靠耳传心授而学会说唱的闻知艺人;从地下或意念中挖掘出《格萨尔》史诗,再书写为抄本的掘藏艺人;看着抄本而说唱的吟诵艺人;通过做梦学会说唱的巴仲艺人(或叫托梦艺人、神授艺人);借助咒语、凭着铜镜或水碗等器物能看到占卜者愿望的圆光艺人。"个体传承"还包括青海果洛州的丹贝尼玛活佛和四川甘孜州的巴迦活佛等一批不容忽视的热衷《格萨尔》事业的高僧大德;后者则指青海果洛州德尔文史诗村、四川甘孜州德格尼姑剧团,等等。

《格萨尔》史诗说唱艺人数量多,地域覆盖面广,分布在青海、西藏、甘肃、四川和云南5个省区。说唱艺人作为史诗的创造者和传承者,是史诗得以世代相传的主要载体,是民间文化的"积极携带者"。尤其是五大类型中的"巴仲艺人"在识记、保持、再现三个阶段,具有超强的传承能力。

"巴仲艺人"是指通过做梦学会说唱格萨尔故事的艺人,大多自称经过一两次梦幻之后,就无师自通地学会了说唱,因此,也称为托梦艺人。据学者调查,目前我国涉藏地区有30多名巴仲艺人,其中最著名的有西藏昌都地区的扎巴老人(已故),新近发现的西藏昌都地区边坝县的90后艺人斯塔多杰等。扎巴老人生前自报能唱42部《格萨尔》,从1979年开始参加《格萨尔》的搜集整理抢救工作,到1986年11月3日逝世,共说唱了25部,计770盘磁带,正由西藏大学《格萨尔》研究所录音整理出版。扎巴说唱本是迄今为止最系统、最完整的一套说唱本。

被纳入国家级非物质文化遗产代表性传承人目录之中的《格萨尔》90后说唱艺人斯塔多杰,在他九岁上寄宿小学二年级时,也是因做梦而具有了说唱《格萨尔》的能力。斯塔多杰能说唱26部《格萨尔》史诗,昌都地区边坝县文化局录制了30多盘他的部分说唱磁带。

《格萨尔》史诗是一种民间智慧和民间的集体记忆。记忆是口传文学的传承内核。虽然如此,扎巴老人认为,说唱《格萨尔》的本领是学不会的,凭的全是个人的天赋和前世的缘分。但史诗说唱艺人的记忆毕竟与文化背景、地理环境、心理背景等文化语境有着千丝万缕联系。他们往往依托传统社会的仪式活动来进行史诗传唱的"授"和观众的"受"共通的传承内在需求的互动。除自然环境、社会环境、经济环境、文化环境和家庭环境等是艺人和史诗赖以存在的文化生态环境外,一个优秀的说唱家必须具备很好的感悟力、丰富的想象力和超常的记忆力等内在的因素。他们往往集歌手、故事家、司仪于一身,兼具其他文化形式传承的才能和功用,用创造性的口头叙事才华铸就了规模宏大的史诗传统。如同藏族包括家族内的血缘传承和社会的地缘传承等传承类型在内的,传统的经验性的文化传承方式基本一致,《格萨尔》史诗的传承方式属于固有的、带有经验性的口耳相传的传播与接受方式。

任何一种文化,只要它的文化记忆还在发挥作用,就可以得到持续发展。民族文化携带者——史诗传承人消亡,则意味着文化的消亡。"非物质文化遗产的'濒危性'集中表现在'传承危机',而解决传承危机的关键是'传承人'的保护。"[①]故此,国家民委、文化部、中国社科院、中国民间文艺家协会于1991年11月在首都人民大会堂,联合隆重举行了"《格萨尔》说唱家"称号命名大会,追授扎巴等已故的二位艺人为"格萨尔杰出的说唱家"称号,授予才让旺堆等22位艺人为"格萨尔说唱家"称号,并颁发了荣誉证书。这一举措表明,我们党和国家十分关心和重视《格萨尔》事业,十分尊重和关怀民间说唱艺人。

随着现代化步伐的加快,《格萨尔王传》这一重要的口承史诗

---

① 祁庆富:《论非物质文化遗产保护中的传承及传承人》,《西北民族研究》2006年第3期。

面临着巨大的冲击,一批老艺人相继辞世,艺人群开始萎缩,"人亡歌息"的局面已经出现。为此,我们要采用文字、录音、摄像等现代化技术手段和声、光、色、电等综合艺术形式,在挖掘、抢救和培养传承人基础上,建立传承人保护名录,全面、系统、立体地保存、记录和再现《格萨尔》史诗,保障《格萨尔》艺人的活态传承。

我们欣喜地看到,当下,在当地出现了上百位职业化的《格萨尔》艺人,西藏那曲地区拥有多个受藏族民众欢迎的"仲康"(史诗演唱场所)。新艺人的不断涌现和职业艺人的出现,标志着《格萨尔》史诗这种民间智慧的发展逐步进入全新阶段。西北民族大学还把《格萨尔》史诗引入到了学校教育,2012年9月18日,开办首届"格萨尔艺人进校园"活动,以藏族、蒙古族、土族等多民族、多类型艺人演唱、专家讲述相结合形式呈现,并给演唱艺人颁发了"实践教学艺人"证书。向各民族大学生展示《格萨尔》史诗魅力,普及《格萨尔》史诗知识,树立非物质文化遗产的传承与保护意识,将《格萨尔》史诗这一古老文化纳入正规的学校教育中。

文化空间:史诗产生的土壤

"文化空间"也称为"文化场所",是联合国教科文组织在保护非物质文化遗产时使用的一个专有名词,主要指人类口头和非物质遗产代表作的形态和样式。1998年,联合国教科文组织颁布的《宣布人类口头和非物质遗产代表作条例》中,明确将"文化空间"分为人类口头和非物质文化遗产两大类中的一类。[①] 2005年,我

[①] 冯骥才:《中国民间文化遗产抢救工程普查手册》,北京:高等教育出版社,2003年,第218页。

国国务院办公厅《关于加强我国非物质文化遗产保护工作的意见》之附件《国家级非物质文化遗产代表作申报评定暂行办法》第3条关于非物质文化遗产分类界定中明确列举了联合国公约中五大类外的第六类即"与上述表现形式相关的文化空间",把"文化空间"作为非物质文化遗产的一个基本类别,并定义为"定期举行传统文化活动或集中展现传统文化表现形式的场所,兼具空间性和时间性"。①

因此,"文化空间"的内涵一是口头和非物质文化遗产代表作的一种重要的活态存在形式,二是这一概念包含四个要素:传统的有悠久历史的某种文化活动的范围相对固定的地点;有岁时性、周期性、循环性(或称反复性)特征的活动时间;以神圣性和娱乐性相结合的表现形式;众多的参与人数。

如同"约隆歌"婚礼仪式歌舞为代表的柯尔克孜族民间文化是史诗《玛纳斯》的资料库、十五国国风的采录成就《诗经》一样,藏族传统文学中典型的散韵结合的文体形式,藏族民歌、神话、传说故事、谚语等其他民间文学传统对史诗传承有深远影响。就《格萨尔》史诗文化空间而言,包括民间节日、格萨尔信仰、音乐、舞蹈、戏剧、美术唐卡、雕塑、动画等多样性和综合性的形式。史诗传承渊源发生于藏民族共同的精神领域如神话和古老信仰。反过来说,格萨尔文化是藏族文化的精髓、主线和灵魂。《格萨尔》史诗民俗文化千姿百态,民俗文化深深影响着一方土地的习性,包含了诸如地名、房名、家名、族源、建筑、生产生活、节庆、医药等。

《格萨尔》史诗对于藏族民众而言,绝非一般民间传说和纯文

---

① 《国务院办公厅关于加强我国非物质文化遗产保护工作的意见》,2005年3月26日,国务院办公厅以国办发〔2005〕18号印发。

学欣赏层面的需求。要意识到民众对文化保护一方面是不自觉的自卫功能,另一方面也是有意识地借助宗教将史诗权威化。史诗的历史化现象,使得格萨尔信仰成为青海玉树、果洛、四川甘孜、阿坝、西藏那曲等格萨尔文化圈中心地区最普遍最典型的神人信仰。英雄格萨尔在众多藏族民众中具有神灵和祖先双重功能,民众在多种形式的岁时节日仪式活动中祈愿格萨尔的护佑。史诗诞生于精神富有的民族,史诗英雄引领着民族走向精神的自由和物质的富有。正如四川甘孜州委宣传部领导介绍所说:在甘孜州,格萨尔诞生地、格萨尔建立的岭国的诸部落居住、活动、征战的遗址和遗迹非常普遍。格萨尔文化作为康巴文化的重要组成部分,贯穿于康北各县,这里的民间、宗教活动都深深打上了格萨尔文化的烙印。目前,在德格县的26个乡镇均有与格萨尔有关的历史遗迹,且都有格萨尔的传说,有33处地名与格萨尔王及其大将、嫔妃有关。在全县57座寺庙中,绝大多数收藏有与格萨尔有关的文物。此外,在石渠县,与格萨尔文化有关的遗迹遗址有44处之多。①

非物质文化遗产保护关键在于传承其内在精神性。对《格萨尔》史诗的保护,要将宗教仪式纳入视野,关注信仰、仪式等深层次的潜在内容,认识其价值,注重民间文化发展规律。"应将文化生态建设置于保护工程的首要位置,着力实现'活水养活鱼'的科学目标。"②把史诗本体和赖以存在的自然和人文环境作为一个整体加以保护,避免史诗传承成为无本之木、无水之源。

---

① 参见2007年12月14日新华网文章《甘孜将推出格萨尔品牌旅游线》。
② 刘守华:《论文化生态与非物质文化遗产保护》,《华中师范大学学报》(人文社会科学版)2006年第5期。

确立史诗文化整体保护意识需关注的问题

作为非物质文化遗产的《格萨尔》史诗拥有丰富的文化资本和文化资源,可以将所附有的文化价值转化为经济价值,促进当地的文化发展和其他相关产业的复兴。在全球化、工业化、信息化背景下,确立《格萨尔》史诗文化整体保护意识,需要在以下几个方面加以关注:

一是要凸显史诗原生地作用,树立民众是利益主体关键的意识。《格萨尔》史诗的利益主体是政府、学界、企业和文化遗产依附的民间族群。实践证明,各级政府的大力支持是《格萨尔》史诗文化传承和发展的根本保证。要充分发挥现已建立的《格萨尔》"艺人之家"功能,由全国格萨尔领导小组垂直管理,依附国家"两馆"建设,在相对成熟地区建立"艺人之家"一级组织,在县一级两馆设立"艺人保护站",为"艺人之家"基地积累基本信息资料,发挥基层承上启下的作用。同时,要明确利益主体中的政府是客体,民间族群才是主体参与者、文化的保护者、经营者和受益者。

学界通常认为,让非物质文化遗产融入民众的生活中,成为人们生活的一部分是最理想的前景。譬如和仪式结合起来,只要仪式存在,这种史诗的口头传承就自然而然地会被传承下去,而且也自然具备保护的动力。殊不知这原本就是藏族《格萨尔》史诗自身所具备的特点。

包括僧侣在内的藏族民众就是传承《格萨尔》史诗文化的主体,具有自发的而非被创造的传承与保护的特点。格萨尔文化在广大我国涉藏地区有着深厚的群众基础,是群众文化活动的一个重要组成部分,《格萨尔》史诗文化的存活对原生地有着极强的依附性。如青海果洛州有24个群众自办的《格萨尔》藏戏团,像大型广场剧"马背上的藏戏"等,他们自编自演,自娱自乐,丰富着当地民众的文化生活。四川甘孜州的德格县和色达县也有多个群众自办的《格萨尔》藏戏团。文化只有在产生它们的土壤上才能得到保持和发扬,一旦环境发生变化,其生命力必将随之消退,乃至最终消失。因此,《格萨尔》史诗的保护与开发拥有良好的民间基础,保护好格萨尔文化生态环境和自然生态环境,维护好原有的整体性、原真性以及和谐性,最重要的原则就是在文化的原生地进行保护,不能脱离其"母体",不能抛弃其根本。

此外,在对《格萨尔》史诗文化进行资金捐助的企业,政府要制定减免税的鼓励政策。

二是要提倡史诗文化的整体保护思路,避免碎片式保护。非物质文化遗产具有"无形的""行为的""人为的""非物质的"的特性,需将其与相关产业复兴结合"载体化""有形化"后加以保护。吉玛、降边嘉措、诺尔德等学界前辈在甘肃玛曲县举行的格萨尔国际研讨会上,提出建立格萨尔文化长廊的有效思路。在史诗流传的黄河上游、长江上游和西藏三个地区建立三个格萨尔文化长廊,开辟格萨尔文化旅游路线,将《格萨尔》与群众文化活动、文化旅游的开发和长江、黄河上游地区及整个青藏高原的生态环境保护密切结合起来,用《格萨尔》及丰富的藏族文化资源吸引和带动旅游业的发展,通过旅游业来保存、传播《格萨尔》及藏族文化,建设良好的文化生态环境和自然生态环境。

《格萨尔》史诗具有浓厚的地域文化特色。"对具有地域文化特色的民间艺术活动的保护,实际上是对特定文化群体生活方式的个性保护。"①《格萨尔》史诗的历史、自然风物遗迹遍布青海玉树和果洛、四川甘孜和阿坝、西藏那曲、甘肃玛曲等青藏高原腹地和史诗文化圈内,加之现有的和在建的格萨尔专题博物馆、格萨尔口头传统研究基地、生态保护基地等"有形化"的史诗场所,构成史诗文化传承的重要固态载体。要依靠史诗传承人和参与者活动,将以活态形式存在的《格萨尔》及上述物质载体所负载的文化内容如艺术形式、活动仪式、集体记忆、情感认同、传统技能等进行整体保护。同时,避免碎片式保护。"所谓碎片式保护,就是指我们在进行文化遗产保护时,由于缺乏文化主体性的理念,把一个原本是一个整体性的文化结构人为地撕裂开来,将其中一部分有价值的作为文化遗产保护。"②

　　三是要处理好保护与开发的平衡问题。保护是一把双刃剑。保护不是为了让其原生态化,仍旧维持过去的传统甚至落后的习俗,同时,保护也不能对既有的传统造成破坏。原汁原味地保存不是目的,通过保护工程促进传统文化的复兴才是非物质文化遗产保护的本意。对演唱艺人的保护不是让其离开长期赖以生存的文化土壤,而是在传统叙事语境中,艺人不脱离其受众——说唱对象的社会情境下进行观察、录音、记录和研究。

　　在对史诗文化进行开发时,要避免造成涵化和社会交换导致的文化变迁,以及开发措施不当和过度开发导致的文化空间的破坏。要在确保《格萨尔》史诗的核心要素和基本因素不被破坏的前提下,对其进行适度开发,从而取得文化与经济的双赢。

　　总之,作为非物质文化遗产的《格萨尔》史诗,有着广泛的群

---

①　高小康:《非物质文化遗产的保护与公共文化服务》,《文化遗产》2009年第1期。

②　谈国新、钟正:《文化资源与产业文库　民族文化资源数字化与产业化开发》,武汉:华中师范大学出版社,2012年,第54页。

众基础、与时俱进的文化特性和各级政府的大力支持,对《格萨尔》史诗的保护是当代文化建设的需要。我们要注重史诗演唱艺人和文化空间的保护,确立《格萨尔》史诗文化的整体保护意识,使《格萨尔》史诗文化的发展获得更大的和可持续的保护空间。

目 录

演唱艺人·文化空间(代前言)   1

上编 《格萨尔》女艺人研究述论

第一章 《格萨尔》史诗的生成与传承语境   3
   第一节 《格萨尔》史诗传承发展的自然语境   6
   第二节 《格萨尔》史诗传承发展的文化语境   14
   第三节 玉梅家乡索县与《格萨尔》史诗   20

第二章 藏族传统文化中女性地位及《格萨尔》史诗女性观   29
   第一节 藏族传统文化中的女性观   29
   第二节 《格萨尔》史诗中的女性地位   63
   第三节 具复杂性和混合性特征于一体的史诗
            女性观   72
   第四节 传统女权主义"男女平等"思想与藏传佛教
            "众生平等"思想比较   87

第三章 《格萨尔》史诗女艺人   100
   第一节 《格萨尔》女艺人分布、传承及说唱
            文本档案构建   101
   第二节 "神话"因素与女艺人的自我定义   116
   第三节 女艺人的现实生活   122
   第四节 口头传承环境变迁中女艺人的
            现实困境及对策   129

第四章 《格萨尔》女性文化的多样性发展　　135
  第一节　与《格萨尔》女性相关的风物遗迹传说
    及价值　　136
  第二节　涉藏地区与《格萨尔》女性相关的雕像　　154
  第三节　《格萨尔》藏戏与《阿达拉姆》　　158
  第四节　《格萨尔》女性剧团　　174

下编　玉梅文献辑录

玉梅研究文献辑录　　193
  杨恩洪《民间诗神——〈格萨尔〉艺人研究》节选　　193
  杨恩洪《人在旅途——藏族史诗〈格萨尔王传〉说唱
    艺人寻访散记》节选　　209
  索穷《〈格萨尔王传〉及其说唱艺人》节选　　225
  杨恩洪《藏族妇女口述史》节选　　231
  卢小飞主编《西藏的女儿　60年60人口述实录》节选　　241
  诺布旺丹《艺人、文本和语境　文化批评视野下的格萨尔
    史诗传统》节选　　248
  赵秉理《格萨尔学集成：第5卷》节选　　254
  马学良、恰白·次旦平措、佟锦华主编《藏族文学史·
    上册》节选　　266
  杨恩洪《史诗〈格萨尔〉说唱艺人的抢救与保护》　　271
  杨恩洪《〈格萨尔〉艺人论析》　　286
  闫振中《是记忆还是神授——〈格萨尔王传〉之谜（二）》　　298
  闫振中《神歌〈格萨尔〉的传承方式》　　308
  徐莉华《说唱艺人、大理论家与无意识》　　316

肖长伟《〈格萨尔〉说唱艺人玉梅》 323
顿珠《神奇的〈格萨尔〉艺人》 329
降边嘉措《扎巴与玉梅：云游雪域的著名"仲肯"》 336
李连荣《著名〈格萨尔〉说唱家玉梅》 341

玉梅说唱部本文献辑录 348
 牛卡木材宗 348
 廷岭武器宗 418

附录 508
 一、玉梅生平大事记 508
 二、玉梅说唱的大宗目录 509

后记 511

上 编

《格萨尔》女艺人研究述论

第一章
《格萨尔》史诗的生成与传承语境

青藏高原自古以来就有藏民族居住。卡若遗址的发掘资料说明，自古就有人类在青藏高原繁衍、生息，开拓这片广阔的土地。

卡若遗址位于西藏昌都以南12公里，遗址面积约1 000平方米，海拔高度3 100米，是中国已发掘的海拔最高的一处新石器时代遗址。卡若遗址经放射性碳元素鉴定，年代在距今四五千年前。它所代表的原始文化具有浓厚的地方色彩。在生产工具方面，遗址呈现出新石器时代的全部特征，但却仍然是打制石器、细石器、磨制石器并存。在陶器方面，陶质均为夹砂陶，手制，纹饰以刻花纹、锥刺纹和附加堆文为主，器型以罐、盆、碗为基本组合，均为小平底器。在建筑方面，大量采石块作为原料，如石墙房屋、石砌道路、石台、石围墙等。

卡若遗址的这些特征表明，卡若文化是青藏高原一种孤立发展的原始文化，而且与黄河中上游地区的原始文化有着或多或少的联系。从河湟南下的氐羌仅仅是后来融入藏族先民的一部分。在东面的雅砻江流域和大渡河流域也挖掘发现了一些打制石器，在北面的甘肃、青海省境内存在着距今四五千年的马家窑、马厂等文化。卡若与这相邻的两地之间似乎有着密切的古代文化交流。在打制石器方面，卡若文化的盘状敲砸器见于甘肃四坝滩、永靖大河庄类型遗址。切割器见于兰州附近的罗汉堂、齐家坪等马家窑文化遗址。细石器和磨制石器也同样见于黄河上游的新石器时代文化遗址中。至于卡若文化早期的圆形和方形半地穴房屋、处理过的红烧土墙壁和居住面则属于甘肃、青海等地马家窑文化传统居住形式。卡若遗址中发现的粟米，属于黄河流域的传统农作物，耐干旱，南方较少种植。

"公元前那一个千年，世界上最伟大的史诗是《荷马史诗》；公元后的第一个千年，世界上最伟大的史诗是印度史诗；公元后的第二个千年，世界上最伟大的史诗是包括《格萨尔》在内的中国史诗。"[1]《格萨尔》，这一为众多民族共享的口头史诗是草原游牧文化的结晶，代表着古代藏族民间文化与口头叙事艺术的最高成就。

《格萨尔》这部我国三大英雄史诗之一，不仅叙述了格萨尔一生的英雄业绩，还展现了波澜壮阔的古代部落战争场面，融会了古代藏族、蒙古族、土族、裕固族、纳西族等民族的道德观念、宗教信仰和风俗习惯等。它在产生、流传、演变、形成和发展的过程中，起到了知识汇总、生活教育、陶冶情操、传播信仰、精神寄托、文艺娱乐等作用。藏族妇女在生产活动和家庭生活中居于十分重要的地位。她们是牧业生产中的主要劳动者，在婚姻问题上也有较大的自主权。总的来说，藏族社会对妇女虽不是歧视、虐待，但因藏传佛教和封建农奴制社会中封建思想的影响，流传着许多诬蔑

---

[1] 杨义：《重绘中国文学地图通释》，北京：当代中国出版社，2007年，第62—63页。

妇女的谚语,像"若信女人言,房顶杂草满""女人不能办社交,姑娘射箭太奇怪"等,妇女在社会上的地位仍比较低下。这一切在《格萨尔》史诗文本中的人物塑造和作为口头传统的《格萨尔》中均有体现。

在社会科学文献中,有很多把女性定位在男性的对立面的二分法,自然与文明二分法只是其中之一。女性被界定在"自然",被排除在"文明"公共政治领域之外。在谈论民族的"生产"和"再生产"时,一般都不提女性,只提到民族中的官僚或知识分子。但是,从生理学、文化上和象征意义上实现了国家的"再生产"的是女性,而不只是官僚机构和知识分子。妇女,作为文化意义上的和生物意义上的民族再生产者和民族价值的传递者,进入民族领域,这也重新界定了民族和族裔的内容和界限。①

民间文学、女性文学、人类学等不同学科交叉结合,加之宏观和微观结合的系统研究,将《格萨尔》史诗放置于性别语境中进行相应的系统而全面的文化分析,对《格萨尔》史诗女艺人的研究,其重要性不言而喻。

《格萨尔》史诗的自然环境、人文环境是史诗传承发展的土壤环境和不竭源泉。不同于古希腊的海洋城邦史诗《伊利亚特》《奥德赛》和古印度的森林史诗《摩诃婆罗多》《罗摩衍那》,属于高原史诗的《格萨尔》史诗的基本形态突显江河源文明特征,是长江、黄河源头所发生的一种文明形态。在格萨尔文化圈的核心区和边缘区,因地理文化环境、生产方式、宗教流派等文化空间不同,格萨尔文化流布、风格以及认同均存在显著差异。

---

① 陈顺鑫:《妇女、民族与女性主义》,北京:中央编译出版社,2004年,第9页。

第一节 《格萨尔》史诗传承
发展的自然语境

"史诗"一词在西方人文学术语境中是拥有悠久传统、内涵相对固定的术语,本义为"话语、故事、诗歌"。史诗是规模宏大的长篇叙事诗歌,讲述关于勇士和英雄的事迹,一般以一个英雄人物为中心,将神话、传说、民间故事和历史等集于一身,该人物的行为决定着某个部落、国家或整个人类的命运。主题严肃,叙事性强,风格正式而崇高。

发源于青藏高原腹地江河源地区的《格萨尔》史诗,以念青唐古拉山为中心向四周辐射、扩大和延伸,覆盖三江(长江、澜沧江、怒江)流域、横断山脉地区、藏北草原和阿里高原,再从阿里向西,翻越喜马拉雅山,经拉达克地区,到喜马拉雅山南麓,形成了一个史诗流传带。涉及青海玉树、果洛、四川甘孜、阿坝、西藏那曲、昌都、甘肃和云南等行政区域,并逐渐传播至周边民族和社会的边缘区。青海省三江源地区是《格萨尔》史诗的发祥地,有着丰厚的格萨尔文化资源。

青藏高原具有独特的原始生态地理环境。被称为"世界屋脊"的青藏高原,平均海拔都在四千米之上,其周围环绕着祁连山、昆仑山、唐古拉山、冈底斯山和喜马拉雅山。自西向东,横穿青海和西藏全境;自北向南是横断山脉,横穿西藏东部和四川、云南两个省。长江水系和黄河水系以及怒江、雅鲁藏布江、澜沧江等发源于青藏高原。青藏高原拥有世界上海拔最高、最纯净、密集程度非常高的湖泊,如青海湖、纳木措、羊卓雍措和玛旁雍措等。有广阔的草原,如青海的果洛草原、甘肃的甘南草原,四川的阿坝草原。

有各种珍禽异兽,如藏羚羊等。即便青藏高原拥有大量的自然风景,仍然无法改变这里恶劣的自然环境。当地冬春多风雪,夏秋多雷暴、冰雹。这些气候导致了大部分地区都是荒漠草原,只有少部分地方是可以灌溉的河谷农业地区。高原地区有四分之三是丘陵、山地、荒漠、戈壁;长冬无夏,大风天气超过了一百多天;空气稀薄,氧气少,太阳辐射强;经常爆发雪灾和旱灾等。自然环境恶劣,生存十分不易。

区域划分。在藏文史籍中常出现"上部阿里、中部卫藏、下部多康"的说法,将当地由西向东分为阿里、卫藏和多康三个部分。藏族学者习惯分为上阿里三围、中卫藏四如、下朵康六岗三大区域。

"阿里"之名,形成于吐蕃王朝崩溃之后。广义的阿里三围包括:普兰、芒域、桑嘎尔为一围;于阗、勃律、柏底为一围;大小羊同为一围。几乎覆盖了新疆以南,克什米尔以东,拉萨以北古格、雪山围的普兰的区域,其范围相当于今西藏阿里地区。阿里三围地区是吐蕃最早征服的地区之一。

"卫藏"是两个地理区域名称的组合,"卫"泛指以拉萨河谷为中心的地区,"藏"泛指今日喀则以西、以北广阔地区。"中"仍表示中心的意思。"四如"即是古代藏族的军事组织,又是一个古来的地理区划概念。所谓"四如"即藏如、卫如、约如、叶如。

"朵康"是两个地理区划名称的组合,即康和朵。"康"又译作"喀木",是指西藏丹达山以东的昌都地区和四川甘孜藏族自治州这一大片范围。居住于此的藏族称"康巴"即康人。"朵"又称"安多"。《安多政教史》记载:"安多"是取玛沁雪山和积石山名的头一个字即"阿"和"多"组成。可见"安多"泛指以玛沁雪山和积石山为中心的广阔地区。上述"康"与"安多"并称为"多康",即《元史》中的"朵甘思",是一个很大的区域。"六岗"也是一个比较古老的藏族地理概念,又称"四水六岗",两水夹一岗,是古代藏文典籍中对青康地区的总称,其中心地区在今横断山区,主要指四川、云南、青海玉树和西藏昌都涉藏地区。据《安多政教史》记载,"四水"指金沙江、澜沧江、怒江、雅砻江;"六岗"指色莫岗、擦瓦岗、芒康岗、满达岗、木雅让瓦岗和波崩岗。

"色莫岗",汉称金沙江,雅砻江上游部分。因此,"色莫岗"即金沙江上游和雅砻江上游之间的广大地区,包括青海玉树,四川甘孜、新龙、石渠、德格、白玉等地,居住在这一带的藏族有"扎巴"之称;"擦瓦岗"泛指澜沧江和怒江流域的中上游的察雅、察隅等地,历史上以产盐而闻名于康藏地区。这一带的藏民历史上以生产和销售盐而著称"擦瓦","擦"即盐,"瓦"即人;"芒康岗"泛指金沙江与澜沧江之间以芒康地区为中心的广大地区;"满达岗"的"达",有的地方又读作"扎",称"满扎岗"。"满"即黄河,"扎"或"达"即雅砻江上游,两水之间的范围即"满达岗",包括大渡河以西、黄河以南、雅砻江上游以东的广大地区;"木雅让瓦岗"以康定木雅为中心,包括雅砻江中下游以东,雅安青衣江、越西河以西,大渡河上游以东的古代我国涉藏地区;"波崩岗",指金沙江与雅砻江之间偏南地区,包括巴塘、理塘、乡城、稻城等地。[①]

总的来说,上部阿里、中部卫藏和下部多康的划分方式是建立在自然地理和人文历史两方面的基础之上的。从自然地理方面看,三部分别所在的阿里高原、藏南谷地和东北部高原及高山峡谷区之间地形地貌等环境条件差异显著;从人文历史方面看,三部拥有各自不同的历史传统和文化特征。阿里是原象雄部落(羊同)故地,后为吐蕃所灭,成为吐蕃的一部分,在吐蕃王朝崩溃之后形成阿里三围;卫藏由以拉萨为中心的卫地和以日喀则为中心的藏

---

① 格勒:《藏族早期历史与文化》,北京:商务印书馆,2006年,第25页。

地组成,这两个地域又称前藏和后藏,卫藏是吐蕃王朝统治的政治中心,也是宗教文化的中心;多康地区在吐蕃王朝建立之前和之初原为一系列氐羌系族群所建立的大小国家所占据,它们一一被吐蕃王朝所吞并,而其原住民经过几个世纪的融合之后,也成为以"蕃"的称呼建立认同所形成的共同体的一部分。

  自然是人类生存、发展的温床,是构筑人类精神文化的凝聚点。藏族先民生活在"十万雪山、十万河湖"的自然环境中,他们对自然的依赖性以及渴求了解自然与征服自然的愿望胜过生活中的任何事情。无论是定居在雅隆河谷,还是雪域高原,藏族先民在自然的信仰体系中,几乎所有的山都是神的化身。《格萨尔》史诗中的神山有:

  沃德贡甲山。这是卫藏地区一座同名山峰的化身,是念青唐拉山的父亲,在藏族神话里是九大念神之一,也是娘布地方的土地神之主。他头戴丝巾和丝斗篷,手带着大绿松石手镯。

  雅拉香波山。位于山南的琼结县境,在世界形成之九大念神中排行第二,为雅隆河谷所有本地神和土地神的首领。又被称为"斯巴大神雅拉香波",在敦煌发现的古藏文手卷中多次提到"雅拉香波乃最高神"。其最早的形象是一头白牦牛,后来由于神话的发展,其传说变化了许多,白牦牛变成了人,再变成山神。其形象是身体如白螺,身穿白衣,妻子叫做郎勉托杰铺玉,是众多女神的首领。[1]

  念青唐古拉山。藏语里称其为"大亲眷光明之神"也称为"高原之山"。它是念青唐古拉山脉的统治神。念青唐古拉还是十八雹神之一,还是布达拉宫红山上的保护神,称为"卫藏四如"的地

---

[1] 林继富:《灵性高原-西藏民间信仰源流》,武汉:华中师范大学出版社,2004年,第105页。

方保护神。据说还是吐蕃赞普赤松德赞的本体神。在民间传说故事中被描述为穿白衣的山神，同时又是活泼可爱，喜欢炫耀自己财富，充满人情味道的神，特别具有牧人气息。

笔者于 2014 年 8 月所摄的念青唐古拉山

冈底斯山。"冈"藏族称为"清凉的雪山"，意思是神灵之山、梵语"湿婆的天堂"。在原始的苯教的民间信仰中，其形似十字形状金刚杵，下伸至地界，山峰直刺到神界，是贯穿宇宙三界的神山。据说苯教宗师先祖辛绕米保在这里苦修过，至今留有其修炼无数苦修洞穴遗迹。

本日神山。位于西藏林芝县城东侧，雅鲁藏布江北部。山上曾经发生过影响涉藏地区文明进程重大事件。苯教宗师先祖辛绕米保为了驯服工布人并找回妖魔恰巴拉仁盗过的七匹马，从俄摩隆仁追赶来，当妖魔试图在藏布江南岸竖立一座高大的黑山去阻挡辛绕米保通过时，辛绕米保竖立起一座比大黑山更高的本日山，阻挡妖魔去路。吐蕃赞普也在此建造过不少的行宫并举行过不少盛大仪式。

年保叶什则山。位于青海省班玛县与久治县之间，又名果洛山。该山系巴彦喀拉山向东之眼神，被当地藏族群众人民奉为"神山"，被认为《格萨尔》史诗果洛三大部落的发祥地。传说年保叶什则有九个山峰排列。此山周围分布着《格萨尔》史诗中记载的很多古迹。[①]

阿尼玛卿神山。位于青海湖南岸，其主峰在果洛境内，海拔6 282米。阿尼玛卿是安多地区的居住在东方的大山神。《格萨尔》史诗在这里十分盛行，故而在史诗里称阿尼玛卿神山为"战神大王"，为当地的地方神和守护神。史诗记载：山神的妻子叫玛日热羌·多吉查姆杰，他们有九个儿子和九个女儿。阿尼玛卿的四方还居于四位女神：东方的次丹玛，南方的招福神处甘玛，西方招福神帕切玛，北方招福神次争玛。阿尼玛卿山神所掌管的福禄，可以使母牦牛、母马多产，牲畜强壮。据说麻风病病人饮用神山雪水就可康复。

雪域高原的湖泊，能够给人们提供丰富食物来源，另一方面湖泊中的自然现象，湖水拍击两岸的轰鸣等的自然现象让人们无限遐想。对于藏族先民来说，湖泊变化多端，他们怀着无限敬仰崇拜纳木错、羊卓雍湖、玛旁雍措和青海湖等圣湖。

纳木措。位于藏北当雄县和班戈县境内，海拔4 718米。纳木措又名拉姆纳木措，有天湖女神之意，蒙语之为腾格里海，是当地最大的湖泊，也是我国第二大咸水湖。相传纳木措是天宫神女的一面绝妙的宝镜，其中的水源是天宫御厨里的琼浆玉液。藏族认为纳木措圣湖是最胜佛母帝释天之女，又名纳木曲曼，是神山唐古拉神山的伴侣。她的肤色深蓝，两手三眼，右手持宝幡，左手拿

---

① 林继富：《灵性高原-西藏民间信仰源流》，武汉：华中师范大学出版社，2004年，第114页。

宝镜,头系顶发髻,余发侧垂,坐骑为玉龙,是苯教的保护神。同时还认为纳木措圣湖是佛母金刚亥母的化身。

羊卓雍湖。位于西藏山南郎卡子县境内,海拔4 771米,湖水面积638平方公里,当地藏族居民描述她为"天上的仙境,人间的羊卓"。羊卓雍湖既是龙女的化身,也是女护法神的驻扎地,拥有多种神力,人们将她奉为羊卓措达钦姆,是当地的护法神。

玛旁雍湖。位于阿里地区,冈底斯山脚,海拔4 933米。玛旁雍措是特提斯海龙王的女儿,被人们称为湖中至尊的王后,是藏族人民的母亲湖。

青海湖。位于青海省东北部的刚擦、海晏、共和、天峻四县境内,湖面海拔3 196米,是我国最大内陆湖和咸水湖。青海湖又称为雍措赤雪嘉姆,即碧玉湖赤雪女王。民间传说青海湖里居住着赤雪女王九姐妹(也有说湖曼秋姆五姐妹),每年都有无数信徒在这里转湖。

笔者于2009年8月在青海玉树治多县进行田野调查

藏族牧民对自己居住的区域有独特的认识。他们总是将人、自然和神灵联系起来，形成一个整体。一个部落定居于一个区域之后，这片区域便成为一种自然、神灵与部落三位一体的复合体。藏族牧民的空间意识中，认为一个部落所处的地域是人、神和动物的共同居住区。因此，人、神与自然生物环境呈现出高度的和谐性。

首先，这个区域保持着完整的自然生物形态，极高的山、台地河谷阶地、滩地、雪山草地、河流、湖泊、雪山荒漠、高山沼泽、高寒草甸、高山灌丛和草原以及零星的人工种植耐寒农作物。动物分布也有层次，核心区是家畜马牛羊，边缘外围区的食草野生动物（岩羊、黄羊、野驴、野牦牛等），交叉其中的食肉野兽等，从立体结构看，天空有鸟类，地面有各种食肉食草动物，地下则分布蛇、鼠、虫类及水生生物。这个区域一般都有一座神山，它高耸险峻，俯瞰草原。神山中的山神统治着整个区域的一切生物，也包括人在内。这片区域中的一切生物，在神灵面前都是平等的。

牧民一年又一年，一代又一代生活于自己所在的区域，从而他们能确切地掌握这个区域的自然特性，利用本地区的自然规律，领会区域内由自然现象体现出的诸自然神（天神、山神、雷电神、家神、龙神等）的意志，他对自然区域的山水草木的情感深厚，极为珍惜。牧民畜牧活动并没有积极介入自然生态系统，并没有加以主动开发和过分干预，对系统内的生物，按照自然生态的规律尽量予以保存，而不是加以限制和消灭。牧民认定所有生物都是平等的，都是与人共生的，相互依存的。对于青藏高原高寒区的牧区来说，游牧方式不仅在过去，而且在目前仍然是最适宜的方式，因为只有这种方式才能保护自然生态环境，同时保持优良的民族传统文化。

藏族人对青藏高原的开发，应该从从事农耕生产开始算起。农耕者在适应环境的前提下，力图对环境加以改造，将草原开垦成农田,于是在当地形成了不同于游牧文化的农耕文化。在青藏高原上,早在公元前 5000—3000 年间,人们便在海拔较低、气候温暖的河谷盆地经营较为原始的园艺式农业生产。吐蕃时期,青海河湟地带与西藏拉萨河谷都出现农业地区。当地农业并不是纯粹的精耕农业区,而多呈现农牧结合的经济特色。

藏族人在青藏高原创造了一种适应自然环境的生存文化,这种生存文化与自然环境高度适应,其游牧方式、农耕方式不是纯粹为谋利的经济活动方式。

第二节 《格萨尔》史诗传承发展的文化语境

《格萨尔》史诗对于藏族民众而言,绝非一般民间传说和纯文学欣赏层面的需求。英雄格萨尔在藏族民众中具有神灵和祖先双重功能,民众在多种形式的岁时节日仪式活动中祈愿格萨尔的护佑。史诗诞生于精神富有的民族,史诗英雄引领着民族走向精神的自由和物质的富有。

社会经济文化。据考古发掘的材料,藏族的文化历史可以上溯到旧石器时代晚期。早在 5 万至 3 万年前,藏族的祖先就已经在青藏高原上披荆斩棘,辛勤劳动,用自己勤劳的双手,开拓了这片富饶的土地,他们是青藏高原的主人。

经济是社会物质生产和再生产的活动,生活是人类为了生存发展而进行的最基本的活动,包括衣、食、住、行等活动。追溯几万年前的旧石器时代,藏族过着狩猎、采集为主的经济生活。新石器时代,藏族与其他民族地区一样,种植粟米等,至吐蕃时期形成自己鲜明的特点。藏族人民的生产主要以农牧业为主,农业经济中的农作物主要为青稞等。随着各部落的统一和族际关系的产生,商业交换开始得到发展,松赞干布时已出现铜币、桑拉铜币。藏族文化中心拉萨城最早形成于吐蕃时期,古称"逻些"。

语言是民族的一个重要特征,也是构成民族差别的重要因素。7世纪左右,涉藏地区已有了大多数人都可以使用的一种共同语言——藏语,松赞干布统一西藏高原,建立了吐蕃王朝以后,创制了文字,藏文的创制使当时的语言更加完善和普及。藏语是一门分布地域较为辽阔的语言,由于地广人稀、山川阻隔、交通不便、民族融合等历史和地理方面的原因,形成了彼此之间差别较大的众多方言,卫藏、安多和康区三分法便是基于藏语不同的方言分支所进行的划分。卫藏方言分布于今西藏自治区所辖前藏和后藏地区;康方言主要分布于今四川省甘孜藏族自治州、云南省迪庆藏族自治州、青海省玉树藏族自治州、西藏自治区昌都地区、林芝地区以及那曲地区;安多方言分布于甘肃省甘南藏族自治州、天祝藏族自治县、青海省海南藏族自治州、海西蒙古族藏族自治州、黄南藏族自治州、果洛藏族自治州和四川省阿坝藏族羌族自治州。

藏族在原始社会时期同其他民族一样经历了漫长的氏族部落阶段,氏族起源的神话传说、氏族部落崇拜的神祇和宗教、部落形态下的文化生活,以及部落间的交往和战争构成了藏族远古史的主要内容。

"部落"是由有共同血统的氏族组成的一种社会组织类型,拥有共同的语言、文化和历史传统。理想的部落通常有共同的部落名称,领土相邻,共同从事贸易、农业、建筑房屋、战争以及举行各种宗教仪式活动。部落的统一并不表现为领土完整,而是基于扩大的亲族关系。血缘是维系部落社会的一条重要纽带,即使在地缘部落中依然发挥着重要作用。远古时代,生活在青藏高原的藏族先民也必然经历过一个漫长的原始社会时期,当时的藏族先民的社会组织,也必然是处在不同发展阶段上的一个个的原始社会的氏族血缘部落。根据传说和考古发现以及对自然环境的分析,西藏古代人类最初活动的地域应该是西藏雅鲁藏布江中下游的森林地带。据《弟吴宗教源流》和《智者喜宴》载,西藏地区在人类出现之前曾由十种(或十二种)"非人"统治过,然后才由观世音菩萨施以教化,命神猴菩萨与岩魔女结合繁衍人类。这十种"非人",其实应该看作上古时代在西藏的一些著名的部落集团。发展到雅砻部落联盟统一青藏高原而建立王朝时,"博"(即"蕃""吐蕃")被采用为王朝名和国名,以后即自然地成为藏族的自称和族名。

当部落发展到采用某一神灵或祖先的名字作为自己的名号时,部落的名号同时也象征着部落成员的血缘特征,因而实际上萌发了姓氏的概念。藏族先民最早分为塞、穆、董、东、查、祝六大姓氏。《格萨尔》中有按部落首领的姓氏来区分部落的姓氏并明确部落间的亲疏关系的办法。《格萨尔》描述的岭部内部与格萨尔、戎擦查根等作对的晁同,属于王室的长系,在辈分上是格萨尔的叔伯辈,格萨尔属于幼系,他们的矛盾实际上隐含着长系和幼系之间的矛盾。岭部作为一个部落群体,内部是由不同层次、不同亲疏关系的许多小部落构成的,遇有重大事务,要由岭部王室传召集各部落首领的会议,经过商讨后才能做出决定。藏文古籍中关于姓氏分支的记载,实际上是概括了藏族先民的氏族部落的衍化、分化、组合、演变的过程。①

宗教文化。苯教是佛教传入西藏以前就已在西藏本土广泛流行的一种古老宗教。苯教早在吐蕃王朝建立以前就盛行于象雄,然后从象雄传入西藏。象雄位于西藏的西部,包括现在的阿里

---

① 青海省社会科学院藏学研究所编著:《藏族部落制度研究》,北京:中国藏学出版社,2002年,第21页。

西藏地区在吐蕃王朝建立以前经历了漫长的从原始社会向阶级社会过渡的时期,苯教是一种万物有灵的信仰,它所崇拜的对象包括天、地、日月、星辰、雷电、冰雹、山川,甚至土、石、草木、禽兽,包括一切万物在内。自从唐代佛教传入西藏以后,这两种宗教势力就在斗争中融合。

7世纪佛教传入时,正是吐蕃王朝崛起的时代。统一后的吐蕃内部要求要对付"臣民判离"等难题,对外要处理与四周信佛邻国之间各种政治军事矛盾。于是,发源于氏族部落社会基础上的原始宗教已经不能满足需要,佛教首先被吐蕃王室所采纳。9世纪吐蕃王朝崩溃后,佛教经过了一段衰退期再度复兴,进入后弘期。"从这后弘期开始的百余年间,藏族佛教僧侣从喜马拉雅山外吸取起来影响,并向之模拟仿效的阶段,已告终结;从此开始藏传佛教日趋定型。"[1]佛教逐渐形成和发展成为四大教派。

大致在11世纪至12世纪之间,各地新兴的封建领主各霸一方,形成了许多互不统属的地方势力。一些依附于各地封建主的佛家僧侣,利用世俗领主的政治、经济等势力,依据各自不同的师徒传承,兴建寺院,扩大势力,收徒传法,各立门户,并对教理教义做出解释,西藏各地各种教派和寺院如雨后春笋般竞相屹立。这些教派的出现,标志着佛教藏化的过程。当地出现的佛教宗派分为两大类:宁玛(旧派)和萨玛(新派),这里的新旧主要是就密宗传承而言。正如《土观宗派源流晶镜史》所言:"从班智达牟迪驾临之前翻译的佛教密法及经典称为密宗宁玛。大译师仁钦桑波之后翻译的称密宗萨玛。"在此基础上形成了信守古老密宗教义为主的宁玛派和以遵循新的密宗教义为特征的萨迦、噶举、格鲁四大教派。

---

[1] 柳升祺:《西藏喇嘛与国外关系概述(初稿)》,北京:中国科学院民族研究所少数民族社会历史研究室编印,1964年,第8页。

古代藏族先民认为自身与万物是"共生"的。"共生"意在人不把自己的利益建立在对自然的敬畏上,而是与各种生物在自然中和谐相处,命运与共。青藏高原上既有高耸入云的壮丽雪山、广袤无垠的草原,同时也有高寒缺氧、瞬息万变的恶劣气候,藏族先民面对无法理解、没有办法控制的超自然存在物,认为有一个超自然的神灵不但控制主宰整个人类的命运,同时操控着整个宇宙变换。他们相信万物有灵,认为山有山神,水有水神,各个城邦、部落、村寨也有各自神灵庇佑,进而崇拜天地、日月星辰、雷霆、山川土石、草木、飞禽走兽。

藏传佛教有"万物平等"的思想,看重因果轮回。认为"谓依此有彼有、及此生故彼生,为于缘起知决定故。"说明世间万物产生和毁灭都有自己的定因,生命是在过去、现世、来世中不断因果轮回,生命没有贵贱,是不断变化的。如《百业经》:"诸般有情之苦乐,佛说皆有所致。业种之因广无数,由此众生多。"说明了藏传佛教在藏族人观念中,人的灵魂是与人的肉体相对应的精神实体,灵魂是生命之本,同人的肉体一起诞生,寄附于人体之中可以发展生长,也可以到处游走,到处安身,只要灵魂不受损害,人便安然无恙。灵魂的安身之地,便是自然万物。例如神山、神湖,许多部落和许多人的灵魂系在著名的神山上,果洛人认为他们的灵魂系在阿尼玛卿雪山上。一个人的灵魂可以是多样的,寄存于多处,表明人与自然各种生物都是息息相关、密切相连的。

史诗文化。藏族英雄史诗《格萨尔》是藏民族创造力和集体力量的结晶。《格萨尔》史诗从7世纪核心部分的凝聚,11世纪后史诗规模的形成,到17世纪的广泛流传,出现了一些用藏文记录而成的口述记录本。尽管17世纪以后,史诗的载体形式以记录本、手抄本和木刻本的文本形式出现,但《格萨尔》的载体形式更多地还是保留了艺人说唱的传统方式。

《格萨尔》史诗曾一度受到上层文化的排斥和压抑,将其边缘化,但它与民间鲜活的智慧与精神信仰的联系从未被割断,那些成为家喻户晓、妇孺皆知的不朽故事,至今仍在人民群众中流传。

　　藏族传统文化可考历史可以追溯到距今约5万至3万年的旧石器时代晚期。除神话传说,可信的有文字记载的历史,从公元6世纪算起,长达1500多年。在没有文字之前,也就是公元6世纪以前,藏族的文明和社会历史发展的进程是靠口耳相传的形式来传承。藏民族用集体记忆传承的形式,记载并传递着古代藏民族无文字历史的各种文化信息。

　　《格萨尔》反映了藏族历史上曾经发生过的重大历史事件,即侵略与反侵略的斗争,歌颂热爱乡土的英雄主义精神,表达人民对和平幸福的追求和憧憬。同时,反映了藏族内部部落之间以及邻近部落之间的斗争。史诗《格萨尔》歌颂了藏民族形成过程中为民族利益献身捐躯的群体英雄的战斗业绩。史诗《格萨尔》所载的多次战争,就先后次第、战争状况、彼此联系等方面来说,不仅是吐蕃时代曾实际发生过的战争,也与吐蕃历史上实际发生过的战争基本符合。

　　藏族游牧部落群众自古以来就在交通十分闭塞的高山草地,经营着单一的畜牧业生产,封闭的、自给自足的自然经济,使他们远离人口密集的农村和闹市,过着悠然自得的生活。

　　草原牧民几乎人人是歌手,人人又是作家,他们不仅善于自编自唱,而且善于将前人流传下来的许多神话、传说、故事、歌谣、谚语、情歌等又一代代地用口头形式再流传下去。《格萨尔》的生动故事所以深受草原牧民的喜爱,为部落群众广为传颂,不仅因为它所塑造的是草原人民普遍崇敬的民族英雄,而且还因为它充分地反映了这些草原牧民部落的风土人情和民族精神,描述和赞美了他们所生活和经历过的一些山山水水。从而也印证了文学来自生活,生活又孕育了民族文化的朴实真理。①

第三节　玉梅家乡索县与《格萨尔》史诗

　　茶马古道的道路系统可以从三条主线上来说明。其中滇藏道一条:一路经过云南的西双版纳、思茅、普洱、临沧、保山到达大理丽江,从丽江、石鼓沿金沙江而上直至鲁甸,再翻过栗地坪雪山垭口到维西城,而后自澜沧江逆流而上途径岩瓦,在德钦县燕门乡谷扎村渡江翻越太子雪山到达盐井,继续前行可抵西藏芒康、左贡、邦达、昌都,在昌都分为南北两线前往拉萨。滇藏道途中的丽江、迪庆和昌都是重要的中转站和关节点。川藏线则可分为南道和北道两条。南道:从西康(今四川)雅安翻过二郎山,路过康定、昌都将四川茶区的砖茶运往拉萨。南道从康定到昌都的路程中还要经过雅江、里塘、巴塘、芒康、左贡、察雅等地。川藏南道中康定、昌都是非常重要的中转站和关节点。北道:从雅安茶区出发,经过康定、道孚、炉霍、甘孜、德格、江达,最后抵达昌都。川藏北道中甘孜、德格和昌都是重要的中转站和关节点。南北两道在昌都会合后还可以分别经由南北二支前往拉萨,北线要经过丁青、索县、那曲、当雄(达木),南线则要走林芝、山南,或者继续前往日喀则,或者直接到拉萨。青藏道也有两条:一条是曾经的唐蕃古道,途经秦州(甘肃天水)、渭州(甘肃陇西)、临州(狄道县)、河州(临夏,或者经过兰州到鄯州)、鄯州(今青海乐都)、赤岭(日月山)、大非川城(薛仁贵城、切吉古城),共和县恰卜恰、大河坝、玉树、唐古拉

---

① 青海省社会科学院藏学研究所编著:《藏族部落制度研究》,北京:中国藏学出版社,2002年,第23页。

山查午拉山口、索曲（西藏索县）、那曲、羊八井，最后到达拉萨。一条是元朝时的"驿道"，即从甘肃临洮到青海西宁、玉树，中转四川德格，再到西藏昌都、索县、那曲、当雄，经过羊八井，或者继续向后藏进发，或者直接到拉萨为止。青藏道中河州、临洮、玉树、昌都和当雄等地是重要中转站和关节点。

索县地处西藏自治区东北部，那曲地区东部。"索县"一名，为汉字译写的藏语名称，"索"意为蒙古族或蒙古人。新中国成立前为索宗，1960年，设立索县，沿用至今。索县位于藏北高原与藏东高山峡谷的结合部，地处怒江上游的索曲河流域，为那曲市"东三县"之一。隶属于西藏那曲市，东部与昌都市丁青县接壤，西南面与比如县及昌都市边坝县毗邻，北部与巴青县交界。

索县"清代称锁庄子，元代称索格、索增登寺宗、所宗、索克宗、索真登寺等。藏文本意为蒙古。位于西藏自治区那曲地区东北部，怒江上游的索曲河流域。北与巴青、南与边坝、西与比如、东与丁青四县比邻。据有关文献记载，索县一带在元之前人烟稀少，元朝皇帝图帖睦尔之弟古润乌伦台吉偕6名蒙古骑兵去后藏萨迦寺的途中，穿越荒无人烟的旷野时迷了路，最后来到一个叫做索那拉库的山沟，即巴青县本索区巴吾乡境内的索舟库沟，在此遇见几位猎人，便相伴沿河下行，直到索格玛地方，才有了人家。由于古润乌伦台吉等箭法、骑术高超，被当地人拥为首领并定居下来，娶当地姑娘为妻。古润乌伦台吉即第一代霍尔王，统治了包括索县在内的39族地区。在此之前索县一带为象雄辖，后为苏毗辖，吐蕃征服苏毗后设'孙波如'，此一带划属'孙波如'，此后为'琼布王'辖，至霍尔王时止。因霍尔王管辖之前对此地管理松散，所以隶属关系不很明确。明末清初，固始汗应四世班禅和五世达赖之请，率蒙古和硕特部进军西藏讨伐格鲁派敌对势力、征服卫藏、尊五世达赖为全藏僧俗领袖后，霍尔王也深受威胁，为讨好五世达赖，将索县一带奉给达赖喇嘛，五世达赖又把该地转给了哲蚌寺作供养。清乾隆十六年(1751年)归由驻藏大臣直接管辖至1911年归噶厦政府管辖。1916年噶厦政府设立'霍尔基'，实际废止了霍尔王的统治。1942年霍尔基撤销，由噶厦政府设立'降局基巧'，辖索宗在内的黑河十八宗豁。1953年4月，索宗归39族分工委辖管。1957年，索宗改隶黑河分工委。1959年10月索宗划归黑河(1965年更名那曲)地区至今。1960年改宗为县并成立索县人民政府。县府驻嘎切塘(又称亚拉镇)"。①

"境内主要有荣布等11个部落：(一)荣布部落，在今荣布区境内，下辖拉达、荣布、消巴3个措哇，另有一些私属牧户，1959年前后共260来户。荣布部落的领主是哲蚌寺。(二)军巴部落，在今军巴区境内，亦属哲蚌寺，下辖嘎须、学巴、拉加、超则、帕翁、布拉、洧松7个措哇，1959年时共458户。境内有群科寺、孔欧寺、欧再日楚、尼玛林日楚、饶热日楚等大小佛教寺院。(三)索巴部落，在今索巴区一带，绝大部分牧民的领主也是哲蚌寺。辖帕巴、尼巴、恰吾、索究、削巴、札仓诺玛6个措哇，民主改革前夕共500多户。索巴部落另有近40户牧民分属哲蚌寺的哈东唐村、占点堪布和两名丁本。(四)质达部落，在荣布区境内，系藏北霍尔三十九族之一。该部落有六品官百长一员。民主改革前共46户。(五)加如部落，在今荣布区境内，1959年前后有85户。(六)赤如部落，为霍尔三十九族之一，在今军巴区，百长系六品官。1959年前后有100户。(七)多巴部落，霍尔三十九族之一，在今军巴区境内，有六品官百长一员。50年代末有77户。(八)江达部落，在今江达区境内，民主改革前有85户。(九)嫩查部落，霍尔三十九族之一，在今江达区境内，有六品官百长一员，1949年辖81户。

---

① 丹珠昂奔等主编：《藏族大辞典》，兰州：甘肃人民出版社，2003年，第754页。

(十)热松木部落,霍尔三十九族之一,在今江达区境内,有六品官百长一员,民主改革前有45户。(十一)央巴部落,霍尔三十九族之一,在今江达区境内,有六品官百长一员,40年代末有38户。"①

索县具有丰富的民间文化。索荣卓舞:"卓舞"是一种表达古老社会生活的无伴奏的集体舞,场地没有严格要求,在草地上或者院子里等只要有宽阔的平地就行,舞蹈形式男女自成两排,围圈携手共舞,男女轮流唱词,歌声洪亮穿透力强,通常有男性带头起唱、人数不限、当歌词告一段落后甩手沿圈走动、挥舞双袖载歌载舞、奔跑跳跃变化动作等特点。"卓舞"带有祭祀性质,歌词内容和舞步形式等都比较古老,且跳"卓舞"时只能唱专用歌词,不能改动,歌舞一般都具有缓慢、古朴、庄严的特点。而遇到男婚女嫁、新屋落成、迎宾代课等赞美生活的场面时,舞步则快而幅度大,没有那么严格。索荣"卓舞"传统节目有:《莲花生大师的诞生》《恭迎文成公主》《藏汉连金桥梁》《左山右山》《文成公主装饰》《赞扬松赞干布》等一百多个。索荣"卓舞"具有较久远的历史,歌词内容和舞步形式比较古老,歌词中记述了古老的藏族历史文化,为研究藏族古老的民间提供了重要依据。

赞丹寺羌姆:寺院舞蹈(羌姆)的产生和流传与藏传佛教的发生与发展密不可分,它内涵着寺庙和民众驱逐未来一年中所有灾祸,迎来人间祥和与福顺。赞丹寺羌姆属于宗教舞蹈类别中格鲁派最为重要的寺院祭祀性舞蹈,对于索县百姓来说,赞丹寺羌姆活动是每年不可缺少的一种重要的活动。每逢释迦牟尼诞辰、新年以及藏传佛教的重要宗教节日,赞丹寺都要举行盛大的羌姆活动,数以万计的信徒为了能亲临祭祀活动,有的不远数百里之遥,提前

---

① 铁木尔·达瓦买提主编:《中国少数民族文化大辞典》(西南地区卷),北京:民族出版社,1998年,第593页。

若干天便携家带口启程奔赴寺院,膜拜神灵,同时祈祷自己与家人平安吉祥。赞丹寺羌姆中的舞蹈,多由"拟兽舞"和"法器舞"混杂而成,也包括民间"鸟冠虎带击鼓"的大型"巫舞"。表演时,没有歌唱,气氛庄严、肃穆,具有很大的威慑力。羌姆活动的最后部分为"驱除恶鬼",各路神灵把大、小鬼怪集中到用酥油和糌粑粉制作的鬼首"朵玛"身上,鬼首"朵玛"在众神兵天降的押解和众多藏民的拥簇下,被移置到距寺庙外有一定距离的空地上,焚烧为灰烬。至此,全部完成寺庙和民众驱逐未来一年中所有灾祸,迎来人间祥和与福顺的羌姆法事活动。

"雪热巴":雪热巴是公元1040年藏传佛教噶举派第二代祖师米拉日吧和热穷巴在原有的民间热巴基础上创作和发展的一门独立的舞蹈艺术,至今已有1 800多年的历史。雪热巴属铃鼓舞、民间歌舞的表演形式,舞蹈豪放粗犷,技巧高超,内容丰富。几百年来,雪热巴在演员们的共同努力下不断改进,舞蹈样式和节目日益丰富。雪热巴包含了藏民族传统文化内涵,体现了卓越的歌舞艺术的创造才能,反映了藏文化开放融合的一面,在热巴舞中独树一帜。雪热巴主要道具装饰有:铃、鼓、网状裙穗、面具藏靴、牛尾、生丝衣裤等,服装和道具繁琐复杂,演员均为男性,男装的腰上须系上黑白牛毛编成的花绳,每根花绳下端拴有各色毛缨。跳舞时,一名演员会在椅子上敲打一面大鼓,其他演员有的持铃,有的持鼓,边跳边唱,互相配合默契。雪热巴传统节目共有33种,每个节目的跳法和姿态各不相同,既有当地牧民舞的旋律,又借鉴了昌都热巴鼓铃舞的舞姿,以说唱混合的形式演绎《曲杰罗桑》《米拉热巴》等传奇历史戏剧。其动作特点有持刀空翻,用双手紧紧握住70厘米长的藏刀,刀尖对着表演者的腹部,然后往前翻身围绕舞台转一圈,训练期间要用藏香替代藏刀,开始训练的时候不能点燃藏香,当练到一定程度时把香点燃,直到翻身时香不灭和不接触表演者的身体才算达到预期目的。目前索县雪热巴已纳入自治区级非物质文化遗产名录,其代表性传承人为索县亚拉镇2村牧民索朗和索朗旺杰。

《格萨尔》在涉藏地区的横向传播主要是依靠艺人来实现的。云游四方,到处流浪,走到哪里就唱到哪里,是说唱艺人的一大特点。一部分艺人为生活所迫,以说唱《格萨尔》为生而四处流浪,他们既满足了人们的精神需求,自己又得到了物质生活的温饱;另一部分艺人只是为了内在心理的需求而浪迹四方,以一吐《格萨尔》为快,他们已经和史诗融为一体。"格萨尔艺人随着朝佛朝圣商道游吟行走,索县作为千年古道要塞,《格萨尔》史诗传唱氛围浓厚不足为奇。"[1]

"循着说唱艺人行走的路线,我们可以大致辨认史诗的几条具体流传线路,从而初步确定史诗传播的大致走向。从昌都、那曲到拉萨有两条朝佛路线,第一条途经扎巴老人家乡边坝县(这里是旧社会朝佛的通道),然后翻过夏贡拉山到达那曲的嘉黎县,尔后前往工布江达,最后到拉萨。第二条是经索县艺人玉梅、盛扎家乡的路。这里是青海人前往拉萨、昌都人前往那曲的主要通道,从昌都的类乌齐、丁青,或从青海果洛。玉树到这里(索县热都乡),翻山经军巴区到比如县,从比如到臻黎县后与第一条路线汇合,经工布江达到拉萨。那曲及其西部地区,由于地处前往岗地的朝圣路上,《格萨尔》流传较普遍,而文布地区的文化主要呈现昌都、日喀则地区的文化特色,而本地独特的民间文学作品较少,也可说明流动的人群对于文化的传播带来的影响。"[2]

"'格萨尔'故事中的音乐曲目,同'格萨尔'故事一样是藏民

---

[1] 徐潜主编:《中国古代陆路交通》,长春:吉林文史出版社,2014年,第70页。
[2] 杨恩洪:《略论〈格萨尔王传〉的流布》,《民族文学研究》1989年第5期。

族文化和音乐起源的重要组成部分之一。'格萨尔'音乐唱腔的特征是以认定曲、专曲专用。在史诗中的主要人物所宠爱的各种动物也有自己的唱腔。为表现每个主要人物在各种不同的自然环境和喜怒哀乐时所使用的音乐唱腔不同,各自都有着不同情绪的唱腔。在西藏历史上因尚无记录准确的音乐谱号,从而在漫长的历史过程中失传了许多曲目,但在广大的民间仍存在着大量的音乐唱腔,'格萨尔'音乐唱腔的规模宏大,226部史诗里约有8 136首唱腔曲目。2009年被列入西藏自治区级第三批非物质文化遗产名录。"[1]

"据藏北索县所传,索县的雅拉乡是珠姆的故乡,有关格萨尔和珠姆的传说不胜其多。传说珠姆生时虽在冬天,但雷声隆隆,布谷鸣啭,所以名为'珠姆',意为天龙之女。人们还在津津有味地指点遍及索县的珠姆的牧场、锅灶、灰堆及晒牛粪的地方。"[2]

"索曲河流域亚拉镇的一座山顶上,有人称藏北布达拉的著名寺庙檀香寺。这寺庙的形状很像拉萨的布达拉宫,从前这寺庙称迦络寺,迦络为岭·格萨尔王父亲的名字。寺前有奇异美丽的亚拉山,从远处看这座山,它的山顶很像牦牛,所以起名为神山亚拉山。在亚拉山的东北方向有个山地,传说珠姆就出生在这个地方。珠姆出生的时候虽然是冬季,但是天空雷鸣,杜鹃鸟唱起了歌,所以给她起名'珠姆'。当地的人们至今仍唱着一首动听的歌:'白色的雄狮居住在雪山,所以被称为桑迦木;寒冬腊月玉龙鸣,所以被称为珠姆;在上面那座帐篷上,飞来了白色的雄鹰,由此产生了白肤色;在下面那座帐篷上,落下了大地的云雾,由此才有了那油

---

[1] 西藏自治区群众艺术馆、西藏自治区非遗保护中心编著:《西藏自治区非物质文化遗产名录图典》,拉萨:西藏人民出版社,2015年,第238页。
[2] 青海省社会科学院藏学研究所编著:《藏族部落制度研究》,北京:中国藏学出版社,1995年,第487页。

亮的头发。'珠姆是一位美丽超群的美女,由于她出生在亚拉镇的雪巴部落,如今这地方美女非常多。珠姆的出生地,从溪空往南大约走五公里的路程就到了库尔抒狭路。因为这个地方十分狭窄,只有背着东西行走,马匹等无法通过,所以称库尔抒狭路。从库尔抒狭路往上看,岩石丛中高高耸立着两座一高一低的岩石,传说这是岭·格萨尔王出征消灭魔鬼的时候同珠姆分别时的情形。从这个地方往下看,在一座岩石的侧面有很宽的红色岩缝,传说这是格萨尔王用刀砍死魔鬼的地方。从这里再沿着索曲河水流经的方向走一百多步时,在一块险峻的岩石山上有两块凸起的岩石,有些像古代的马鞍,人说这是格萨尔王的马鞍。在马鞍的一边有一块像鼓的圆石,传说这是格萨尔王的战鼓。马鞍下面的一块青石上有非常清楚的马蹄印,传说这是格萨尔王的马蹄印。再往东北方向远眺,索曲河水流经的一个地方有块大石头横躺在那里,传说这是珠姆的灶石,石头上的裂口是黑色的,下面还有珠姆的脚印。"①

索县自然景观多姿多彩,藏传佛教格鲁派寺庙"赞丹寺"有"小布达拉宫"之称。

赞丹寺始建于1667年,寺庙分为白宫和红宫。寺内珍藏大量壁画、藏经印册,具有很高的文物价值和艺术价值。"赞丹寺,意为檀香树寺,据说寺中曾有一颗檀香树。传说噶妃拉姆生下格萨尔后,剪脐带时,一些血流在地上,不久在那里长出一棵又粗又大的檀香树。后来人们将它砍了作栋梁,建了一座寺院,取名赞丹寺。"②

亚拉山位于那曲地区索县县城西面亚拉镇的北边。古时此山

---

① 《中国民间故事集成》全国编辑委员会、《中国民间故事集成·西藏卷》编辑委员会:《国民间故事集成西藏卷中》,北京:中国ISBN中心,2001年,第179页。

② 冯骥才总主编:《中国非物质文化遗产百科全书　史诗卷　格萨(斯)尔、江格尔、玛纳斯》,北京:中国文联出版社,2015年,第264页。

为划分青、藏、康三区的重要分界。在藏民族文献中称:"卫藏为教区,朵堆为人区,朵麦为马区。"亚拉山就坐落在教区和人区的交界处,以此山为卫藏和朵堆的界线,在一些民间故事及《格萨尔王传》等中都有记载。此山之南有南曲河,北淌索曲河,它坐落于两河之中的狭长地带。山脉由西向东南走向,在绵延的山脉中,奇峰林立。主峰插入云天,犹如五指伸向空中,人称"五佛"(五名佛),在山麓东南索曲汇入那曲河,此处便是传说中的麦莫溶洞的出口之一,叫做库如昌(昌在藏语中意为峡谷)。在它附近有2座犹如人形的独立岩柱,据说是格萨尔与王妃珠姆。主峰亚色沃是片石山体,顶峰是白色的岩体,依于此山的山神有觉沃西嘎,觉姆匿惹夫妇和他们的爱子扎孜多布旦。据说他们都是当地的护法神,也是被众多持仙道者降服后命做护法的天界居士。

"纵观《格萨尔》史诗流传的地域,那曲处在一个格萨尔史诗流传的核心区域。2009年,《格萨尔》史诗成功入选世界非物质文化遗产名录。2010年,那曲地区成为自治区级'格萨尔传承基地'。2014年,联合国教科文组织确定《格萨尔》为世界级非物质文化遗产。同年,中国社科院全国格办授予那曲地区'岭·格萨尔艺人之家'荣誉称号。

如今的那曲地区,正将建立一个国家级'格萨尔文化'生态作为文化产业发展的重要工作,充分利用说唱艺人这一'格萨尔文化'的核心资源和独特优势,把分散在草原上的艺人集中到一起,形成规模空前的'格萨尔文化'生态区域。"①

---

① 《那曲"岭·格萨尔艺人之家"——深埋在牧人记忆里的说唱艺术》,《西藏日报》,2017年3月29日。

第二章

藏族传统文化中女性地位及《格萨尔》史诗女性观

藏族传统文化是藏民族共同体在长期的生产和生活实践中不断创造并得以传承下来的藏族智慧的结晶。从文化层面分析,如果只是单纯研究女作家及其作品,就难免遗漏了占文学中绝大多数比例的男作家及作品;相反,如果只是一般性的讨论男作家的女性形象塑造,效果也不理想。这种两性割裂式的研究不利于全面分析和解决问题。因此,以文化为线索,研究作品中的妇女观及对女性的书写十分必要。

第一节 藏族传统文化中的女性观

"性别"不能用"性"完全指代,其更主要的是一种文化的构成。人的主体性由三个层面构成,男女两性的共同"人性"是元层面,是一种"较抽象的规定性";由男女性别差异所形成的"类的属性"是中间层面,是个体较为具体的规定性;而个体的"个性"是顶层面,是一种更具体的规定性。"人性"层面由经性别的"类"层面,转换为"个性"层面,个性层面又由经性别的"类"层面还原为普遍的人性层面。故性别规定性在人们的现实存在中起着较为关键的作用。三个层面既有差异性、又有相近性,相互构建与制约,构成具体而实在的人的存在。从生物学的角度,与男性相比,女人基本上是一个只给予生命,而不肯去冒险和创造的生存者。女人与男性之间从未有过较量;女性成为物种的牺牲品的程度更大;而女性之所以有支配力量,是因为人类始终没有摆脱受制于物种的命运。恩格斯认为女人的贬值是人类历史上的一个必然阶段,马克思主义认为生产工具和技术的进步干扰了生产力的原有平衡而导致了女人的劣势。"女人的不幸在于他没有和那个劳动者一起变成同类的工人,于是也就被排除在人的(伙伴关系)之外。女人是软弱的、生产能力低下的,这一事实并不能解释这种排斥。男性之所以没有把她当成和他一样的人,是因为她没有去分享他的工作和思维方式,是因为她仍被禁锢在生命的神秘过程中。"[1]女人的威望不是建立在她本身的积极价值上面,而是建立在男人的弱点上面。女人具有男人没有的生理功能,女人仿佛还体现了自然的那令人不安的神秘,所以她能以某种方式控制男人,当男人摆脱自然的束缚时,也就摆脱了女人的控制,男人要征服自然也就要征服女人。波伏瓦认为有史以来,男女之间从未曾有过"相互"的关系,大地、母亲、女神这些名词只不过表明了在男人心目中她根本不是他的同类。女性的力量被认定是超出人类范围的,所以女人也在人类的范畴之外。总之,两性关系的实质是男性控制女性,女性从未与之形成对等的关系:"由于把女人看作绝对他者——就是说,不论她有什么魔力,都被看作是次要者——要把

---

[1] [法]西蒙娜·德·波伏娃:《第二性》,陶铁柱译,北京:中国书籍出版社,1998年,第88页。

她看做是另一种主体是不可能的。所以女人从未形成过一个根据自身利益形成、同男性群体相反的独立群体。她们同男人从未有过直接的自主关系。"①女性总是处于零散的、孤立的、依附的状态。

总而言之,对于"妇女观"这一概念,女性专家这样说"在人类社会发展进程中,人们从政治、经济、社会等不同的角度对女性加以关注和研究,形成这样那样的观念、主张和思想,即是说,人们——无论是男人还是女人,都会形成对女性或零散或系统的认识,我们称之为妇女观"。②

在解读藏族《格萨尔》史诗过程中,笔者希望能够将时代的生活、历史、妇女观与史诗中的女性形象结合起来进行思考。由于史诗产生年代的生活很多都体现在流传至今的传说和谚语中,因此要了解藏族传统文化中的女性观可以透过古代文化遗存来一探究竟。

自远古始,藏族的传统观念对于共生共存就有认识,歧视女性现象不很明显。古代藏族的继承法中明确指出未成年女子以嫁妆形式继承父母财产的一部分。P.T.1283《礼仪问答写卷》中说:"妻子若无不妥之处,如果是好话,应立即将其所言正确部分与其分开来。"藏族在人种起源上两性是平等的。从苯教关于世界形成的传说中可以看到;从创世者的呼吸中发出两个音节:"呼,呼",随即出现了整个世界。一个行善的父亲诞生于一枚白卵,繁衍了九男九女18个兄弟姐妹,他们成为善神的起源;一个作恶的父亲诞生于一枚黑卵,繁衍了九男九女18个兄弟姐妹,他们是导致疾病、疯

---

① [法]西蒙娜·德·波伏娃:《第二性》,陶铁柱译,北京:中国书籍出版社,1998年,第80页。
② 魏国英主编:《女性学概论·导言》,北京:北京大学出版社,2000年,第3页。

疫、饥饿和干戈的恶魔的起源。①

  传说吐蕃赞普促年德的妻子来自龙（藏语称"周"）族,周族在青藏高原上曾是一个显赫强大的氏族。英雄史诗《格尔萨》第一部《天岭卜筮》中讲道：天神派幼子顿珠下凡拯救众生。为了给神子顿珠尕尔保寻找人间生身母,莲花生大师给龙王爷治好了疾病,索取龙王的三女儿赐给果部落的头领顿巴坚赞为妻。第二部《英雄诞生》中讲道：岭与果发生战争,果部败逃,龙王的三女儿果姆被岭国抢去做了头人僧隆的妻子。顿珠尕尔保投胎果姆,格萨尔降临人间,龙女果姆成为格萨尔的生母。蕃族与周族的结合,使藏民族得以繁衍,"龙"在藏族心目中自然就是值得崇拜的祖先和图腾。格萨尔人间的母亲是尊贵的龙族才能彰显格萨尔身份的与众不同,由此可见,母亲的身份十分关键,女性地位的尊贵也得到了体现。《格萨尔》史诗中也有这样的话："我乃诸神皆知晓,在那人间霍尔地,却达大王之公主,噶萨曲珍是我名,位居空行母之列！如今位居仙位时,十万空行之首座。"在取得战争胜利后分配财物时是有这样一句话"所获战利品三成分于东勒（东勒单乃公主）,留作生计之用"。由此可见,古代藏族人们对待女性是尊敬的,女性在社会中是有一定地位的。

  其次,女性被"物质化",是男子彰显权利的一种途径。比如一夫多妻制的婚姻形式。一夫多妻的婚姻形式有其漫长的历史。据记载,吐蕃时期的王室中,藏王均多妻。以松赞干布为例,共娶五位王妃,他先纳木雅王之女茹容氏、古格小邦的象雄萨及门堆地方大头人之女孟萨、赤姜（后孟妃始生王子贡日贡赞）为妃,被人

---

① ［意］图齐、［西德］海西希：《西藏和蒙古的宗教》,耿昇译、王尧校订,天津：天津古籍出版社,1989年,第268—269页。

们尊称为"同族三王妃"。① 后又接连娶尼泊尔妃赤尊,唐文成公主。被称为"祖孙三大王法"之一的赤松德赞也娶有5位妃子。一则关于金城公主入藏的故事,也反映了藏王多妻及嫔妃间争宠的严峻现实。② 英雄史诗《格萨尔》中,格萨尔王就拥有数名妃子,除珠姆外,其他妃子均来自战败邦国。

再次,女性不被尊重,经济权益不断被弱化。西藏目前残留的一本《兄妹分财与祈神》的古书中,叙述了西藏早期的婚俗。虽然该书叙述的是人与女神的婚姻,时代模糊。有一个女神,名叫什坚木楚嫫且,她是索迥(又名桑波赤奔)和他的妻子郎赞玛(曲坚木杰嫫)的女儿。其兄名拉塞涓巴(又名什杰章喀)。嘉地方的领主林噶惊羡什坚木楚嫫且的美丽,向索迥询问,他是否能同其女儿结婚?索迥回答说:"我的女儿是从神到神,不是为你们这些黑头凡人而生的。这正像太阳和月亮都是在天空中升起和降落的一样,你什么时候见到过它们降落在草原上?我们是天上的神,而你,请不要忘记只是一个黑头的凡人。"林噶说:"我想娶什坚木楚嫫且为妻,并不是奢望,因为我是广袤大地的主人,是整个家族的首脑,有了我,人畜不断地增长。我的才能和地位需要我娶一个出身高贵的妻子。如果你能应允这门婚事,人和神就能走到一起来了,那么,人就会崇拜神,请求神保佑自己,人和神也会更友好地相处。这正像太阳和月亮在空中发光,它们的光芒能普照大地,而从大地散发出的温暖湿气会一直升到天空,形成云一样,说明神和人是彼此相通的。因此,我请求你将你的女儿——美丽的什坚木楚嫫且许配给我吧!"林噶的一席话说服了索迥,他赞赏林噶的才智和志

---

① 五世达赖喇嘛:《西藏王臣记》,刘立千译注,拉萨:西藏人民出版社,1992年,第30页。
② 五世达赖喇嘛:《西藏王臣记》,刘立千译注,拉萨:西藏人民出版社,1992年,第34页。

向,同意这门婚事。为此,他向林噶提出,要以黄金、绿松耳石、头饰和服饰、牦牛、马、羊以及一支箭等各种各样的物品作为聘礼,七位骑着白马的迎婚使者(新郎的男性亲属)将聘礼带到神的国土,迎娶新娘。在女神什坚木楚嫫且启程离开神的国土到林噶的领地以前,她同其兄拉塞涓巴用掷骰子的方式分配了父母给他们的财产。祭司拉本托噶主持了这次财产分配仪式。其兄拉塞涓巴是这样掷骰子的,他的战术是:从右边掷颇拉男性保护神的骰子,从左边掷格拉战神的骰子,从前面掷索拉生命之神的骰子,从后面掷域拉地方之神的骰子,这样就掷出一个作为父亲的继承人的格局。他取得了成功,如愿以偿地取得了父母给其儿女财产总数的三分之二。然而其妹什坚木楚嫫且却不愿承认这一难以挽回的定局,想依靠侥幸取胜,打破这一定局,获得父母给予他们的财产总数的二分之一。她拿起骰子来时,把七粒蓝色的青稞粒撒向天空,祈祷道:"如果我有一个神,他今天就一定会保佑我获胜。玛拉母亲或女性之神,掷这枚神圣的骰子吧!让格拉年波来做这次胜利的见证吧!"她满怀信心地掷骰子,但事与愿违,只掷了一个单数,什坚木楚嫫且输了。当什坚木楚嫫且随迎婚使启程到男家时,其父索迥送给她一支箭作为分别纪念,而她的母亲朗赞玛则送给她一只纺锤,她的哥哥拉塞涓巴送给了她一块美丽的绿松石。分别的时候到了,什坚木楚嫫且向众神、祭司、父母双亲以及哥哥致谢告别。担任迎婚使者的七位新郎的亲属在新娘的衣裙右边系上了一个白丝绒球,把她带到尘世间,来到了林噶的领地。祭司拉本托噶在主神门前举行了招福仪式。在封建农奴制下的旧西藏,流传着许多诬蔑妇女的谚语,像"若信女人言,房顶杂草满","女人不能办社交,姑娘射箭太奇怪"等[①]。《格萨尔》中也有大量的"山羊与老婆

---

① 杨恩洪:《藏族妇女口述史》,北京:中国藏学出版社,2006年,第11页。

喜欢高处,狗与老婆爱面子。马与老婆喜欢一惊一乍,风与老婆的后面不要跟,不要与水和老婆一起睡"的鄙视女性的谚语。同时,规范藏族社会秩序的过程以及社会舆论的作用不容小觑,在社会舆论的作用下,个体的行为通常会受到其影响,以获取舆论的认可和肯定。在性别秩序的构建和维护中,对女性的品评起着重要的作用。在家庭中,通过亲族的称颂与推崇、舅姑的褒扬等方式,在社会中按照德高望重、颇有社会地位和影响力的僧人、活佛推崇的道德典范,女性行为被约束并互相影响,女性逐渐按照男性要求,以柔顺、孝恭勤俭、果断刚毅、宽容不妒等礼仪规范来进行生产和生活。在《格萨尔》史诗中,格萨尔大王在对珠姆不愿让他离开岭国去降伏妖魔苦苦挽留时,告其安心待在母亲果萨身边侍奉,并且在珠姆哀求无果,说起赛马称王之前相助辅佐的往事时,怒斥珠姆为妒妇,可见关于孝敬双亲、贤良淑德是格萨尔心中女性的行为规范,这也是氏族部落时代男性对女性的要求。

在现代社会,由于受到宗教等多方面的影响,很多藏族家庭或多或少都会为女孩提供接受宗教教育的机会,但不愿意提供更多的接受世俗教育的机会。普遍认为女孩子没有多少文化也可以操持家务,而女性自身也以"男主外,女主内"为家庭固有模式,认为女人的职责就是生育、养育、伺候公婆、丈夫、小孩等。可见,在漫长的历史发展过程中,藏族传统文化中体现出的女性观是复杂且随着时代而变化的,从整体趋势来看,女性的地位低于男性并且被男性话语权控制。

(一)《格萨尔》中的藏族传统文化

藏族部落有六大氏族之说。随着人类的繁衍,活动的范围越来越大,先民们犹如牛羊星散开去,分布区域越来越宽广,高原原始人类也逐渐步入氏族社会，分成了"塞""穆""董""东"四个氏族，后来又增加了"查""祝"两大氏族，总共为六大氏族，分别居住在雅砻河谷的索塘、泽塘、沃卡久塘、赤塘等地，以采撷为生，以洞穴为房，"食自然之稻谷，衣树叶之衣，生活状况犹如林中之兽类"①。藏文史书称那时的人为"食肉赤面人"②。实际上，高原腹心的藏族先民，并不单是雅砻的六大氏族，只不过后来雅砻的蕃（吐蕃）部族统一了青藏高原，各部族才统一冠名为"蕃"，雅砻六氏族成为王室的组成，六大姓氏成为藏民族的主干，六大氏族成为正宗。③

《格萨尔》产生自军事部落制时期的青藏高原。藏族部落社会文化是广大藏族牧民长期适应高原自然环境和开发利用高原自然资源的产物。牧区特殊的自然环境和单纯的生产生活是产生藏族民间文学艺术的摇篮。佛教思想文化的传播，对牧区部落文化生活有着广泛而且深远的影响。佛教思想贯穿于牧民的整个生老病死，影响到牧民的衣、食、住、行、喜婚、丧葬，以至娱乐、习俗等物质和文化生活的各个方面。佛教寺院已成为整个部落的或几个部落的教育文化中心。由于佛教徒成年累月地主要宣扬着有关"诸法无常""有漏皆苦""四大皆空""因果报应""六道轮回""六波罗蜜多"等教义，影响了部落群众的精神面貌和思想行为，一方面为一种社会规范，如鼓励人们弃恶从善和乐善好施，有利于社会的协调和安定；另一方面又束缚了人们的思想，教人们服从天命，忍受痛苦，安于现状，一切寄托于"来世"，从而一切限于僵化，阻碍了社会生产力的不断向前发展。部落社会的礼俗和习惯法是部落文化的一个重要方面。藏族部落群众热情好客，待人真诚，而且最讲

---

① 巴俄·祖拉陈瓦：《智者喜宴》，北京：民族出版社，2006年，第4页。
② 欧坚朗巴：《莲华生大士遗教 五部箴言》（藏文），北京：民族出版社，1986年，第18页。
③ 尕藏才旦：《史前社会与格尔萨时代》，兰州：甘肃民族出版社，2001年，第8、78页。

究信义。热爱集体是所有部落群众自觉遵守的美德,部落成员不管谁家有了难,都由全部落的人来支援,谁家有了喜事或丧事,全部落的人都会出来帮助操办。讲究优生,严禁族内通婚。尊重老人,尊重一切正直的有知识、有技术的人才。讲究语言美。讲公德,鄙视偷窃。《格萨尔》中的藏族传统文化主要体现在以下方面:

1. 关于阶级和等级差别

如果说部落成员之间有什么区别,那就是《格萨尔》经常提到的一种原始的等级差别:

> 上等女人背水时,
> 吟笑之中把水取;
> 来去袅娜带着优雅的风姿,
> 下等女人背水时,
> 哭泣忿怒之中把水取。
>
> 去时笑眯眯来时乐不支,
> 中等女人背水时,
> 袅娜优雅之中把水取;
> 来时忿怒去时泣,

《格萨尔》提到,各部落还有少量的仆人存在。在岭部落,格萨尔的妃子珠姆有两个婢女,她们是阿琼吉和里琼吉;格萨尔的另一名妃子梅萨本结也有一名叫玛蕾桂桂的婢女。其他部落头人家中也有侍婢。这些侍婢的任务是侍奉男女主人,熬茶烧饭,帮助梳洗着装,供佛敬神,以及上传下达等。格萨尔还有帮她放牧的牧工,霍尔部落的白帐王、北方魔部落的路赞魔王等分别有羊倌、马童等,这些都属于仆人。根据史诗记载,这些人与他们的主人相比,地位较低,但没有发现主人压迫、奴役仆人的现象,一般情况下都相处得很融洽。珠姆的两个仆人与她食宿在一起。有一次珠姆还曾给她的仆人说过这样的话:

> 若是了解我, 我们是姐妹;

若不了解我， 我们是主仆。①

史诗还说,当格萨尔一行从中原返回时,"珠姆召集了岭部落的全体会议,上自总管王以下,下至山羊牧工以上,都全部到齐,参加会议"。② 史诗其他部分中也谈及牧工参加会议的事,说明他们在主人家中的地位以及社会上的地位都不是很低。

2. 关于财产和权利

史诗中的有些头人家庭比较富裕,比如晁同就是全岭部落屈指可数的富户,但总的来说部落头人的私有财产并不很多。以白帐王为例,他是霍尔十二部落的最高首领,并且专断独行,按理说有机会聚敛大量财富,其实不然。白帐王把岭部落的珠姆抢去做了自己的妻子,后来格萨尔潜入霍尔部落去营救珠姆。有一天晚上白帐王梦见格萨尔已经来到霍尔,噩梦惊醒后他担心格萨尔真的来到城下,首先伤害其牲畜白蹄黑马和白脸神羊,白帐王立即喊醒珠姆:

珠姆马上请起来， 去喊马童快起来，
看看八匹骏马里， 白蹄黑马在不在。
珠姆请你快起来， 去喊羊倌快起来，
看看一百只绵羊里， 白脸神羊在不在。③

珠姆安排查看牛羊的人走后,又回来给霍尔王熬茶喝。根据

---

① 王沂暖、华甲译:《格萨尔王传·贵德分章本》,兰州:甘肃人民出版社,1981年,第48页。
② 青海省民间文学研究会收集整理:《格萨尔王传·岭与中原之部》,青海省民间文学研究会搜集翻译编印本,第633页。
③ 王沂暖、华甲译:《格萨尔王传·贵德分章本》,兰州:甘肃人民出版社,1981年,第295页。

这里提供的数据,霍尔王的牛羊马匹等全部牲畜充其量也不过一二百头,一个堂堂万户大部落的首领并没有太多的财产。

晁同掳走松巴部落头人的公主梅朵措,松巴君臣经过商议,派出一名叫旁堆的人前往岭部落探听消息。旁堆在途中遇见"有一牧女惶遽而至,旁堆问她是谁家的牧女,今往何处,是否知道晁同住在什么地方。那女子回答,她是阿吉家的放牛人,前一天丢失一头名叫'玉措冬'的犏母牛,尚未找到,问他是否看见"①之后旁堆告诉她,他曾看见一个人牵着一头牛向远处走去,那女子也给他指点了晁同的住处。她的身份应该是牧民家庭的一个正式成员;该女子自称"诺孜",这是放牛娃的意思,没有给他人放牧的含义。这两种称呼与史诗所述的格萨尔、霍尔王家的牧工——"卓约"(为牧仆之意)的身份截然不同。牧民有个习惯,常常对自家的牛羊起名以别于其他牛羊。根据给牛起名这件事判断,这个牧女家有不少牛,而有牛的人家一般有一定量的羊和其他牲畜,似乎她家是个比较富裕的牧户。

《格萨尔》史诗中有两份重要的遗嘱,有助于我们研究藏族部落的家庭财产继承问题。霍岭战争前期,岭部落失利,嘉擦决心与霍尔军决一死战,上阵前给妻子留下遗嘱:

> 把朝臣内外所有财物, 平均分成三大份,
> 一份交给弟弟格萨尔, 请为我消除生前的罪孽;
> 一份交给神族部众, 为我补偿往昔的过失;
> 一份留给你母子, 作为今后的生活费用。②

---

① 张积诚译:《格萨尔王传·松岭之战》,拉萨:西藏人民出版社,1988年,第22页。
② 青海省民间文学研究会收集整理:《霍岭大战》(藏文)上册,西宁:青海民族出版社,1962年,第523页。

可以看出家庭财产的共同继承原则和平均原则。嘉擦的妻子、孩子，夏庆噶玛的父亲、母亲，共同继承其遗产，在继承人之间无前后可言，所继承的财产也没有量的差异。史诗有这样一个情节：经格萨尔撮合，尼玛赤尊王把女儿达萨许配给岭国部落总管王的幼子昂琼玉达。不久，达萨骑着白骡，佩戴松石宝冠、珍珠华鬘和玛瑙璎珞，带着侍婢前来岭部落完婚。尽管这桩婚姻最终未能实现，但这女子满身珠光宝气和带来奴婢乘骑，都是以嫁妆的形式从父母那里继承来的，这反映了女子对父母的继承关系。人类社会的早期，夫妻、父女之间是不能相互继承的，但史诗所反映的继承关系表明，此时的藏族部落早已发展到他们之间可以相互继承的阶段。

岭部落的僧隆纳果萨为妾，但是僧隆之妻贾萨容不下果萨，时常大发淫威，奴役虐待。妻妾之间水火不容，最后总管王出面主持她们分家。关于财产的分割协议是：果萨原先带来的龙帐已经充公，僧隆给她一顶称心如意的干净帐篷。"龙牛"只让果萨一人挤奶，就归她所有；果萨在贾萨账房下面扎帐，僧隆仍可以夫妻名义与她来往；贾萨可自行决定给果萨几头牲畜（结果给了四头）。这样僧隆家的纠纷终于得到圆满解决。近代藏族部落中，头人必要时也参与调处家庭纷争，主持分割家庭财产，藏巴汗《十六法》还就头人主持分割家庭财产后的报酬等问题做了具体的规定。未成年女子则以嫁妆形式继承父母财产的一部分。

《格萨尔》提及，岭部落议事大会的参加者是本部落的男女老少全体成员，甚至还有一些乞丐、奴仆。近代部落大会的参加人员并不一定是部落的所有成员。据20世纪50年代调查，四川甘孜的毛垭土司辖区，每年召开一次名为"绒格玛"的部落大会，但根据规定，其参加者必须是拥有十头以上牲畜的人，一部分贫困者没有资格参加部落大会。从《格萨尔》的部落议事会至近代部落的议事会组成人员结构的变化,可以说明这样一个问题:作为权力机关的部落议事会,其代表性逐渐缩小,原先它代表部落的全体成员,到了近代它已经不能代表那些经济状况不佳、政治地位低下的民众。

3. 关于灵魂和信仰

《格萨尔》极力宣扬灵魂外寄观念,即有些重要人物的灵魂不在他们的肉体本身,而是寄予动植物、山岳、湖泊等外部物体之上。比如,北方魔部落路赞有三个灵魂,分别寄寓于一个湖泊、一棵树和一头野牛,而他的生命则与各个寄魂物息息相关。作为部落也把自己的兴衰与一些山峰、湖泊联系在一起,固有他们特别信仰的神山、圣湖,史诗称之为寄魂山、寄魂湖。格萨尔的王妃珠姆有一次谈到岭部落长、中、幼三大支系的寄魂湖:

> 上玛地荡漾着一湖泊, 宽阔的水面上翻金波,
> 金色天鹅嬉水起又落, 这是长系的寄魂湖泊。
> 中玛地荡漾着一湖泊, 宽阔的水面翻起翡翠波,
> 松石色水牛其中卧, 这是中系的寄魂湖泊。
> 下玛地荡漾着一湖泊, 宽阔的水面上翻银波,
> 雪白的海螺其中乐, 这是幼系的寄魂湖泊。①

这里特意提到神湖中的天鹅、水牛和海螺,其用意是表明湖中这些动物也是神圣的。部落民将那些被认为寄寓着灵魂的动物视为神物,绝对不敢猎杀,而且把那些与个人和部落的命运密切相关的山川。湖泊中的生命视为神物,不敢伤害。这些地带的狩猎是

---

① 青海省民间文学研究会收集整理:《格萨尔王传·征服大食之部》,青海省民间文学研究会搜集翻译编印本,第317页。

被严格禁止的,我们可以认为,《格萨尔》中的部落允许在一般的地方狩猎,但严格禁止在特殊区域行猎。

4. 关于产生争执和纠纷的解决方式

如果产生争执和纠纷,解决方法有三:一是家庭成员自行调解;二是部落头人调处;三是聘请调停者。晁同想娶门部落公主梅朵拉孜为妾,他妻子坚决反对,并骂他老婆小,厚颜无耻,晁同则极力侮辱和贬低妻子。继而两人动手打架,晁同"抓起木质嵌金龙纹糌粑,向色措身上猛砸过去。色措一转身,碗打在了脚后跟。色措冒了火,抓起一把糌粑,往晁同脸上撒去。晁同好似从糌粑口袋里钻出来的老鼠,成了个面人儿。晁同赶忙抽出白日吉藤鞭,朝色措猛扑过去"。① 正当此时他们的两个儿子拉郭兄弟出来劝架,一场家庭风波才得以平息。聘请调停者,就是请求第三方出面调停。第三方出面就可以弥补出使调解的一些弊端,避免亲此疏彼的嫌疑,更加有效地进行调停。史诗说岭部落与索麦部落爆发战争后,索麦部落还派人请尼泊尔、印度和汉地三方人士出面调停。门岭对峙期间,门部落公主梅朵拉孜建议其父亲辛赤王:

若依梅朵我想法, 立即邀请三国王,
一是上部印度王, 二是下部支那王,
三是中部大食王; 一为门岭订合约,
二为父王保生命, 三为门国享太平,
三件事情为您好, 父王诸臣请三思。
…… 门岭之间要和平,
全凭三国去调停, 两国终会建友好。②

---

① 嘉措顿珠译:《门岭之战》,拉萨:西藏人民出版社,1980年,第31—32页。
② 嘉措顿珠译:《门岭之战》,拉萨:西藏人民出版社,1980年,第334—335页。

不过辛赤王认为此时请人调停求和是一件耻辱的事情,没有采纳女儿的建议。

5. 关于女性

史诗所反映的社会中,女性的地位要低于男性。所以,把某男性看作女人则被认为是一种莫大的耻辱,因此《格萨尔》中常以女性侮辱敌对男性。史诗所描述的战斗中,双方舌战占有一定的地位,站前骂阵,战后也要说一些讽刺挖苦的话,霍岭大战的一次战斗中岭军兵败,此时霍尔部落一个名叫杂庆南喀巴森的大将作歌讥讽:

> 黄河那边的岭营, 贾擦伍绕尕德娃,
> 你这个神不保佑的布袍人, 还有那三十个臭女人,
> 都要俯首帖耳听我把话训!①

岭人听见自己的三十英雄被说成是三十女人,觉得这是一种莫大的侮辱,岭将尕德等人怒不可遏地冲过去与霍尔人拼杀起来。格萨尔前往内地,汉皇帝误认为他是冒充的,先以酷刑考验,最后决定用"污秽的办法"惩治,要把"100名寡妇洗了手脚的脏水给他灌下去,用寡妇头发拧成绳子把他捆起来,头上给带上裤子,拿靴子拷打"。② 寡妇被视为不洁之人,其地位大大低于一般女性,因而她们的洗脚水和头发被认为是十分肮脏的东西,所以这种所谓"污秽的办法"显然是侮辱刑。史诗中也有大量的"狗与女人无羞耻""马与女人无先后""风与女人不回顾""虱子与女人无鉴斗"③的话语。

---

① 王歌行、左可国、刘宏亮整理:《霍岭战争》(中),北京:中国民间文艺出版社,1986年,第9页。
② 青海省民间文学研究会收集整理:《格萨尔王传·岭与中原之部》,青海省民间文学研究会搜集翻译编印本,第485页。
③ 见西藏自治区重大文化项目:《格萨尔》藏译汉项目《〈格萨尔〉艺人桑珠说唱本》汉译丛书(内部资料)。

从《格萨尔》看,绝大多数女性不服兵役。霍岭战争初期,霍尔部落的少年阿乍也随军出征。在大军出发之前,阿乍的姐姐玛茉冬帼化装成一个蓬头垢面的民女来到军中,请求弟弟将戎装换给她,因为她要女扮男装代阿乍出征,让弟弟留守家园,照顾父母。竟因为普通女性没有权利参与战事,玛茉冬帼才想到女扮男装,以达到加入出征队伍的目的。只不过由于其弟阿乍报国心切,她的愿望未能实现。阿达拉姆是史诗着重描写的一位女英雄,她原是魔部落路赞王之妹,格萨尔北征途中将她降伏并纳为妻妾。她曾帮助格萨尔顺利通过魔部落重重关隘,加速了路赞王的失败。之后即随格萨尔征服霍尔、门、姜等部落,成为格萨尔王在征战中的得力助手。米努部落的女头人拉鲁贞和达鲁贞还是军中主帅。可见,个别具有特殊才能和地位的女性不仅可以参战,而且还可成为将领。

6. 关于战争

洋洋洒洒上千万言的史诗《格萨尔》肇源于复仇。早年岭部落与果部落发生战争,"果地十八个父族部落被岭军摧毁,岭部落总管王的儿子连巴曲加也死在这场战争中"。[①] 岭部落为报仇准备进攻果部落,晁同将复仇计划泄露给了对方。当岭军开至果地时,敌人早已逃之夭夭,只俘虏到一名叫果萨的女子。岭部落的僧隆纳果萨为妾,生下角如——幼年格萨尔,从此史诗的主人公诞生了。可以说,如果没有复仇,就没有英雄格萨尔,也就不一定有史诗《格萨尔》。门岭战争的直接原因是晁同向门部落求婚遭到拒绝后采取武力抢婚,晁同的个人行为转化为部落间的对立。为这区区小事而大动干戈,还有更深层次的原因——仇恨。据说门部

---

① 王沂暖译:《格萨尔王传·花岭诞生之部》,兰州:甘肃人民出版社,1985年,第14页。

落曾杀害过岭人,抢劫过岭部落财产,因此门岭战争一触即发。天母贡曼杰姆认为征服北方朱古部落时机已到,于是她主持举行了一次空行母盛大宴会。天母决定,"在这些空行母之中,需要选出一位合适的天女,派她前往北方朱古国中,为了配合降服朱古,让她承担起里应外合之责,去做托郭大王的妃子"。① 不久让空行母噶尔姆森姜措下凡,引诱朱古部落头人托郭,并做了她的妃子。后来格萨尔与噶尔姆森姜内外结合,终于征服了朱古部落。这虽然有浓厚的神话色彩,但也反映了通过婚姻途径安插亲信,实施里应外合战术的思想。

7. 关于生活

格萨尔要去北地营救梅萨,珠姆献上美酒劝格萨尔不要离她而去,敬酒时她唱述美酒的酿造过程:

青稞用来煮美酒,　　　　花花的汉灶先搭起,
铜锅用白布擦干净,　　　青稞放在铜锅里。
倒上清洁碧绿的水,　　　灶中红火焰呼呼起。
青稞煮好摊在白毡上,　　再拌上精华的好酒粬,
开始酿造好美酒,　　　　滴滴流进酒缸里。
酿一年的是年酒,　　　　年酒名叫甘露黄。
酿一月的是月酒,　　　　月酒名叫甘露凉。
只酿一天的是日酒,　　　日酒叫甘露味道香。
我端的是卓格宁保长寿酒,这是雄狮大王修法酒,
在去年的年酒中,　　　　又加上今年的白米酒,
加粬入缸发了酵,　　　　缸口上好像雄鹰展翅飞。

---

① 青海省民间文学研究会收集整理:《岭与祝古之部》上卷第一分册,青海省民间文学研究会搜集翻译编印本,第15页。

缸中间好像法轮在旋转，　　缸底里好像金眼鱼儿在游水。
向那边吹上一口气，　　　　好像嶙嶙紫雾罩阴山，
好像一群小黑鸟聚水边。①

这两段歌词表明，酿酒以青稞为原料。首先把青稞盛入锅中，加上清水烧煮，煮时要掌握火候。把煮熟的青稞晾在白毡上，然后加拌酒粬，盛入专门用于酿酒的器皿，经过发酵即可酿出美酒。酒因其发酵时间以及贮存期限可分为年酒、月酒、日酒等数类，还因酿造原料的不同而分为许多品种。近代藏族也以青稞为原料酿造各种美酒。先将青稞洗净，放在锅中蒸煮，然后晾成半干，放在酒坛中加上酒粬，兑上适量的水，越日即可饮用。这种酒放置时间越久，味道越醇。以后还可以向酒坛中继续兑水，但兑水的次数不宜过多，据说最多不能超过九次。照此看来，上引珠姆的两段酒歌生动形象地反映了藏酒及其酿造的基本工艺和流程。有一次，丹部落设宴招待戎察查根为首的岭部落客人。席间，丹地十八女仆轮流向客人劝酒，她们"劝客饮了五次酒之后，又将年酿的陈酒注在月酿的酒里，月酿的美酒注在当日酿成的酒里，成了像甘露似的醇味美酒"。②接着又开始劝客饮酒。女仆将存放时间长短不同的各种酒依次混合，实际上是在勾兑，是酿酒工艺中一个非常重要的程序。

关于采集业，《格萨尔》也有所反映。角如母子被岭部落驱逐时，嘉洛仓给他们送了一把锄头，角如用它建造家园，挖蕨麻吃，而挖蕨麻就是当地采集业的一种。《岭与中原之部》中说，应汉皇公

---

① 王沂暖译：《格萨尔王传·降伏妖魔之部》，兰州：甘肃人民出版社，1980年，第38—39页。
② 角巴东主主编：《丹玛青稞宗》，北京：高等教育出版社，2011年，第26—27页。

主七姊妹之邀,格萨尔要去汉地做法事。法事需要种种圣物,其中一样叫做竹子三节爪的植物非常稀有,它只生长在梅雅部落境内的一座山上,岭部落经过商议,决定派郭阿雅的女儿桑坚木、总管王的姑娘拉毛玉钟、达戎姑娘晁毛错、柔尕郭巴的姑娘文英以及乃琼、珠姆、梅萨等七位女子前往采集。而梅雅部落的首领玉泽敦巴的父亲曾被岭部落所杀害,梅岭两部落有不共戴天之仇,岭部落成员进入梅雅部落地界采集植物是一件很危险的事。岭部落在讨论派人之时也预感到这种潜在的危险,后来岭地七女子果然被梅雅部落捉获,而且遭受种种酷刑折磨。岭部落留着众多英雄好汉不派,却让几个女子冒险到敌对部落采集植物,说明原始两性分工的影响根深蒂固,以致达到难以顾及部落成员生命安全的程度。史诗没有用更多的材料描述采集业的具体情况,因为当时人们主要来源是农业而不是采集业,采集业在部落社会中的作用已经远远不如从前了。

8. 关于梦卜

人们难以科学地解释睡梦现象,把它神秘化,认为梦境与现实有着必然的联系,把睡梦作为事物的一种前兆现象,用于卜卦。霍尔王为娶妻续弦,委派乌鸦等神鸟前往各处侦查,寻找适宜做王妃的美女。乌鸦落在岭部部落格萨尔王妃的帐顶,看中了珠姆。岭人认为乌鸦的出现是个不祥之兆,决定射杀,但未能杀死,仅仅射落了几根羽毛。第二天,珠姆带着乌鸦毛,骑马前往岭部落的达塘查茂大会场,向众臣叙述了乌鸦的来龙去脉之后,特意讲述了自己的睡梦:

昨夜三更我曾梦见: 雪浪拍击长空,
天际乌云漫卷, 水上跑着枣骝野马,
白鼠跳在马背上, 獾子又趴在白鼠身上,

忽东忽西乱窜。　　　　　獾子头上出太阳,
雄鹰绕日飞旋,　　　　　　上沟崖峰崩塌破碎,
乱石滚满峡谷山间。　　　　又梦见鹞鹰低回盘旋,
鸟雀儿惊慌四散,　　　　　雄鸟被啄死,
雌鸟被霸占。　　　　　　　上沟又窜来一只狼,
冲进羊群逞凶残,　　　　　公羊被吃光,
母羊被霸占。①

众臣就珠姆的梦境做了分析,一致认为她的梦与乌鸦的出现有密切相关。霍尔要进军岭部落,岭人大难领头。总管王对珠姆的梦兆做了圆说:

珠姆昨夜那梦兆,　　　　　正与此鸟有关联。
下沟海水浪滔天,　　　　　征兆岭国如大海浩瀚;
水上跑着枣骝野马,　　　　征兆大王的赤兔宝马在驰骋;
白鼠盘旋马背上,　　　　　征兆大王生在铁鼠年;
白鼠身上有獾子,　　　　　征兆大王獾皮金甲身上穿,
獾子头上出太阳,　　　　　征兆大王头盔金光闪;
老鹰飞去又飞回,　　　　　征兆大王盔上鹰翎在飘展,
上沟石山忽崩裂,　　　　　征兆大王将凯旋;
乱石滚满山谷间,　　　　　征兆大王健康无灾难。
上半夜的梦儿虽吉祥,　　　下半夜的梦儿却凶险:
上沟的鹞鹰飞过来,　　　　征兆霍尔将要来犯边;
所有的雄鹰被啄死,　　　　征兆众位英雄要遭难;

---

① 青海省民间文学研究会收集整理:《霍岭大战》(藏文)上册,西宁:青海民族出版社,1962年,第39页。

所有的雌鸟被霸占，　　征兆众位妃子有祸患。
上沟窜来一只狼，　　　征兆岭国江山遭兵乱；
所有公羊被吃光，　　　征兆勇士们命难全；
所有母羊们被霸占，　　征兆妇女们被作践。①

　　后来的战事发展也正好与总管王的分析相符：格萨尔在北地降魔成功，安然无恙；霍尔入侵岭部落，岭军将士中许多血染沙场，为部落捐躯；王妃珠姆被抢去做霍尔王的妻子。这里我们且不谈珠姆的梦灵验与否，也不论总管王的解梦有无道理，仅从史诗对梦卜的描述，便可知晓梦卜在古代藏族部落生活中的运用及其影响。

　　反卜法——世界上的事物相生相克，史诗认为占卜算卦可以预测未来，有时料事如神，但也有办法对付它，这就是反卜法。格萨尔到达魔地后很快与梅萨取得联系，并被梅萨藏匿于自己的卧室。梅萨让格萨尔吃过晚饭后，"就在灶火塘底下，挖了一个九层深坑，让格萨尔进到坑里藏身。坑口用大石头盖住，上面放一盆水，里面撒上各种鸟毛，四周撒些灰，印上手指印，上面放置黄牛肠子，最上面放些乱草和树木"。② 路赞魔王回来后感到身体不适，加之近来出现的种种凶兆，怀疑格萨尔已经来到他的部落，决定卜卦吉凶。梅萨取卦器时将卦器在自己的腋下过了三次，脚踩了三次，门槛下拉了三次之后才交给路赞，路赞卜卦三次，其卦象分别是：格萨尔正面对自己而来；格萨尔还隔着一个大滩，隔着一个大海，隔着九座山、九道沟；格萨尔身上堆满了各种鸟毛，好像是已经

---

　　① 青海省民间文学研究会收集整理：《霍岭大战》（藏文）上册，西宁：青海民族出版社，1962年，第45—46页。
　　② 王沂暖译：《格萨尔王传·降伏妖魔之部》，兰州：甘肃人民出版社，1980年，第177页。

死了,骨头上已经长了草、长了树木。根据三次卜卦结果,路赞认定格萨尔还没有来到,放松了警惕,高枕无忧,但是就在当天晚上他熟睡之际死于格萨尔的箭下。本来路赞的卦术很灵,但此回卜卦,结果如此混乱,原因有二:一是梅萨藏匿格萨尔时下了一番功夫,这种藏法本身干扰卜卦;二是梅萨给路赞传递卦具时做了手脚,玷污卦具,自然不能灵验。

这种反卜法在藏文史书中也有记载。松赞干布派大臣噶尔禄东赞率使团前往长安求婚,唐王七难各国婚使,最后把公主置于300名装束相同的宫女之中,让各国使臣辨认,哪国使臣认出公主,公主就嫁给那国。吐蕃使臣噶尔禄东赞得知这一消息后,请求一位房东老妈指点。老妈担心皇室的卜卦术,日后一旦算出是她泄露的机密,便会性命难保,不敢答应。噶尔重金收买老妈,并采取了一套反卜措施:房门紧闭,屋内立起三块大石头,石头上放一口大铜锅,铜锅里装满水,水面撒上各种鸟的羽毛,用一面红色盾牌盖上,老妈坐在上面,头上盖一个陶罐,罐子上盖一张网,罐子上开一个洞,洞和网眼之间插上一根铜管,通过管道说话。第二天噶尔禄东赞根据老妈提供的特征,从众宫女中顺利找到了公主,终于迎请回藏。后来唐廷认为,吐蕃人从300名宫女中轻而易举地找到公主,肯定有人指点迷津,占卜查找这个人。由于事先采取了防范措施,其卦象不伦不类:"三座山之上有一个大湖,湖中间有许多鸟禽,湖上面有一块红色平地,有一个头和身子一样大的女人,身上到处长着眼睛,她用一个铜嘴告诉吐蕃使臣。"[1]皇帝得知,难以置信,下令将推算卜卦的书籍尽行烧毁,当然也无法找到泄密的人。

人们对于占卜算卦的态度也不尽一致,多数人认为它是灵验

---

[1] (元)萨迦·索南坚赞:《王统世系明鉴》,陈庆英、仁庆扎西译注,西宁:青海人民出版社,2020年,第96—97页。

的,但也有一部分人持怀疑态度。拉达克部落讨论是否与岭作战,会上意见不一。此时大臣庭绒拉格上前进谏,说他前夜做了个噩梦,征兆凶险,建议不要与岭国为敌,免得招来祸患。但极力主张用兵的呷沃头人斩钉截铁地说:"梦本来就是幻觉,要从幻境的梦中判断吉凶祸福是愚蠢的,我对自己的领土行使权力,与任何人无关。别说他格萨尔,就是主宰命运的死神阎王闯来,我也不退让半步,不撤退一兵一卒。"①呷沃王对于梦境的这种看法倒不是由于他态度符合科学,而是由于他刚愎自用,听不得反面意见。霍尔进攻岭部落之前,黄帐王请却增益西卜卦,报过卦象,黄帐王很不高兴的作歌道:

这个卦象虽不好, 但也未必全可靠,
大王一心要珠姆, 定要出兵走一遭,
却增益西你请了, 别费唇舌说凶兆。②

最终还是出兵攻打岭部落。可见从某种意义上讲,卜卦已成为头人们将自己的意愿强加于部落成员的一种借口,一旦卦象和自己的意愿不相符时,宁愿违背卦意,也不肯改变自己的主张,对卜卦采取实用主义的态度。

(二)藏族传统文化对社会性别的塑造和藏族女性的地位

性别差异贯穿历史。在旧石器时代,男女皆以采集植物和狩

---

① [意]西泽珠:《格萨尔王传·取雪山水晶国》,许珍妮译,成都:四川民族出版社,1989年,第88页。
② 王沂暖、华甲译:《贵德分章本》,兰州:甘肃人民出版社,1981年,第116页。

猎为主。由于女性在生育中所承担的角色,且由于男性尚未意识到自己的性自尊,妇女地位较高,崇拜"母神"的现象较为普遍,这从大量出土的石器时代的女性雕像可见一斑。虽然纯粹的"母权制"在那一时期是否存在尚有不少争议,但可以肯定,女性的地位还是比较高的,这可找到大量的考古学证据、生物学的证据、心理学的证据、人类学的证据以及用希腊语、罗马字及希伯来语等记载的诗歌、神话等"书写的证据"。至少如 E. M.温德尔所描述的那样:"现在我们知道,过去很可能并不存在纯粹的母权制(女人统治),但却有过各种文化,在这种文化当中,和平是可能的,那时候武器很少,侵略罕见,男女之间势均力敌。"[①]关于"母系社会",一些人类学家认为,从来没有完全由妇女统治的社会,但作为一个历史事实,母系社会存在于父系社会之前;一些人类学家认为,存在过这样一种"母系社会",它并不指代妇女的统治,而是指一种没有权利不平等的社会形式,妇女并不君临和欺压男人;而另一些人类学家则指出,由妇女统治的"母系社会"从来没有存在过。

1. 藏族传统文化对社会性别的塑造

"性别"主要包括生理性别和社会性别。"生理性别"又叫"自然性别",通常情况下,男性和女性的生理差异,是不能被改变,是普遍存在的。两性在生物上的差异,是影响个体心理和社会行为主要的主要因素,但现实生活中人的性别表现,还受心理、社会、文化因素的影响,这些因素的加入,使得性别更为复杂。"社会性别"是带有心理学意义和文化意义的文化概念,是一种社会的标签,用来说明文化赋予每一种性别的特征和个体给自己安排的与性有关的特质。它表示社会基本基于男性和女性生理差异而

---

① [德] E. M.温德尔:《女性主义神学景观》,刁承俊译,北京:生活·读书·新知三联书店,1985年,第3页。

赋予他们的不同的期望和要求、限制,是由社会文化形成的有关男女角色分工、社会期望和行为规范等综合体现,是通过社会学习得到的与男女两性生物性别相关的一套规范的群体特征和行为方式。

社会性别既是当代女权理论核心,又是女性主义学术的中心内容。它跳出了"生物决定论",使人类对性别的认识发生新的飞跃。社会性别分析具有自己独特分析问题的角度。首先,主张社会性别只是一种角度,更是一种更重的分层系统;其次,认为社会性别与社会阶级一样,是一种主要的社会分层系统;任何社会中的这种分层都来自社会产生组织或制度;社会生产可以广义看作是一种多方面的、等级性的组织过程,这一过程再生产和维持着社会生活,对一种过程的有效分析应改变传统的研究思维;意识形态掩盖着社会生产的真实性,同时又在个人与社会互动过程中产生了分层结构。①

虽然人类是不是都曾由母系社会阶段进入父系社会值得讨论,但母系传承是人类亲属关系里的一个策略。母系社会有相应的以女性为主体的历史心性。

对大陆学术界有着深刻且广泛影响的台湾"中研院"院士王明珂先生,横跨人类学、民族学和历史学等多种学科,提出"英雄祖先历史心性"和"弟兄祖先历史心性"两种民族历史叙事类型。他在羌族田野考察中采集到许多弟兄祖先历史,并认为它们是一种特殊的弟兄祖先历史心性产物。这既可以让我们了解述说这种"历史"的人们所期盼及主张的各人群对等合作、分配与竞争之社会,同时也可以让我们反思宣称"英雄祖先历史"的人们,透过"历

---

① 方刚、罗蔚主编:《社会性别与生态研究》,北京:中央编译出版社,2009年,第8页。

史"所主张的财富资源阶序化、权力集中化社会。

王明珂先生认为川西羌族的"弟兄祖先历史"中绝无女性，"基本上，我目前只认识到这两种历史心性。当然，两者中间有一些变异的历史心性类型。以弟兄祖先历史心性来说，这种历史心性多存在于中国西南及南方边疆人群中，包括居住在边远山区的汉人，但西南的白族、苗族、瑶族等所述说的此种'历史'中有女性，因此可说是'弟兄祖先历史心性'的一个变异型。譬如，部分湘西苗族及广西瑶族都称，神犬盘瓠与公主生下十二个子女，六男六女，他们便是苗、瑶各支人的祖先。这应可称为'弟兄姐妹历史心性'了。有的'弟兄祖先历史'中出现弟兄们的母亲，如在汉代，云南滇洱一带人群中便有一种'沙壹与九龙传说'，称一个女子沙壹与龙生下十个儿子，这十个儿子分别是某十个族群的祖先；或说另一对夫妻生下十个女儿，九龙十兄弟与她们成婚，生下各个族群。后来各时代云南人对沙壹的九个儿子究竟是哪些族群的祖先，有各种不同的说法。清代以来人们多说他们是白族（过去称白人）九个大姓的祖先"。①

无独有偶，位居"世界屋脊"的藏民族以奇异的地理环境和特殊的历史进程，孕育了独具特色的藏族文化。在藏族文化传统中，藏族女性作为创造藏族文化的又一主角，被视为世界的创造者，宇宙的主人，大地的母亲，雪域藏地的守护神，福禄人间的仙女，威严的护法神，救度众生的佛母和开启智慧的女神等等而受到敬重和崇拜。她们在藏族历史、社会生活和宗教中产生着一定的影响，成为藏族文化中不可或缺的重要组成部分。

吐蕃时期（公元7世纪），佛教从印度传入西藏首先是在王室、

---

① 见澎湃新闻：《专访王明珂丨（二）弟兄祖先如何过渡到英雄祖先》https//www.sohu.com/a/154746447_99900054。

贵族上层人士中传播,虽然它的步伐屡遭苯教的抵制与阻挠,但是佛教最终在西藏站稳脚跟,得到弘扬。除历代赞普的大力推崇外,一个很重要的原因是,在弘扬佛法的进程中,吐蕃上层贵族妇女所作出的巨大努力。

第32代悉补野赞普松赞干布作为吐蕃王朝的第一位赞普,是一位具有深谋远虑的政治家,他在危乱之中治理国政、整治疆土,统一了吐蕃全境,制定了社会法规、法律,建立军事组织,创制藏文。他认为这些还不够,要使吐蕃长治久安,就必须要建立发展藏民族文化和统一的思想支柱。当时,吐蕃周边国家如东方的唐朝,南方的天竺、尼泊尔,北方的于阗均佛法兴盛,对赞普影响极深。为此他在娶进三位藏地王妃后,为了使佛法在吐蕃像太阳一样升起,如磁铁一样吸收汉、尼等国的灿烂文化,又从尼泊尔迎娶赤尊公主,同时迎来释迦8岁等身不动金刚佛像;从唐朝迎娶文成公主,文成公主带来觉卧释迦牟尼12岁等身像。此后,尼妃和汉妃在藏地大兴土木,建造佛教寺庙,当时根据文成公主的卜算,西藏的地形犹如一个仰卧的魔女,必须在其心脏等主要地方建立寺院才能镇住,于是建造了四座大寺称为四如寺,四如寺之外又建立了四厌胜寺,四厌胜寺之外又建了四再厌寺。最后著名的大昭寺、小昭寺也相继顺利建成。① 当时,赞普的藏族妃子也纷纷建寺,她们被奉为供养女神的化身;而尼泊尔的赤尊公主被视为白度母的化身,文成公主被认为是绿度母的化身。这些佛殿的建立,为佛教在吐蕃的传播、发展奠定了坚实的基础。

此后,8世纪中后期,吐蕃赞普赤松德赞为弘扬佛法、抑制苯教,采取了一系列兴佛措施,从尼泊尔、邬杖那迎请寂护和莲花生大师,创建了著名的桑耶寺,翻译大量佛经等。在这一兴佛运动

---

① 王辅仁:《西藏佛教史略》,西宁:青海人民出版社,1982年,第24页。

中,赤松德赞的几位后妃表现出极大的热情,其中卓萨绛曲杰、蔡萨梅朵仲、波琼杰姆尊三位王妃各创建一座佛殿,史称"后妃三园"。年仅16岁的王妃空行母益西措杰(738—838?)皈依了莲花生大师,修持密法,成为吐蕃藏地第一位出家女性。王妃觉姆赞赤嘉姆为首的30位贵族妇女从汉地禅师削发为尼,当时约有100位贵族妇女剃度出家,以桑耶寺为道场,形成了藏传佛教史上最早的比丘尼僧团组织。益西措杰成为吐蕃第一位著名的女密宗大师,皈依她的弟子、僧众达3 000人之多,成为吐蕃尼僧的主流。她一生著述颇丰,她的教法在吐蕃形成口耳传承和伏藏传承两大传承,后人称她为"吐蕃女班智达",①由此可以看出吐蕃时期女性在推动佛教传播进程中的巨大贡献。

经历了朗达玛灭佛、佛教进入低潮后,公元10世纪,佛教再次在西藏的东部与西部复兴,并向腹心地区推进,开始了佛教的后弘期,在此期间,出现了另一位具有巨大影响的女密宗大师——玛久拉仲(1049—1144)。她是藏传佛教觉域派(觉域——意为断境,即是以菩萨心来断灭自利心,以般若性空来断除我执)的创始人,也是藏传佛教史上唯一由女性创立的一个宗派,在藏族社会产生过巨大影响,特别是觉域派的教法仪轨,已成为各宗派尼僧共同修持的唯一法门。②

女活佛是藏传佛教尼僧中层次最高的出家女性,其理论基础源于佛教三身之一的化身及"灵魂不灭"等观念。活佛转世体系始于公元12世纪的藏传佛教噶玛噶举派。而女活佛的转世体系是在女密宗大师益西措杰和玛久拉仲等人的影响下产生的。桑

---

① 德吉卓玛:《藏传佛教出家女性研究》,北京:社会科学文献出版社,2003年,第4—6、72—73页。

② 德吉卓玛:《藏传佛教出家女性研究》,北京:社会科学文献出版社,2003年,第72—73、184—185页。

顶·多吉帕姆女活佛转世体系产生于15世纪,现已传至第12世,桑顶·多吉帕姆·德钦确吉卓美(1938—)。她6岁被认定为转世灵童,12岁从摄政王达扎活佛剃度受戒,并受封为大呼图克图。后又接受格鲁派高僧赤强仁波切和十四世达赖喇嘛的灌顶,具有极高的宗教地位。从第八世多吉帕姆曾受乾隆皇帝之邀到汉地,被封为呼图克图始,成为唯一具有呼图克图称号的女活佛,这在男性活佛中也并不多见。

桑顶寺有800多年的历史,僧人70多名,有8个庄园,8个牧场。创建者是普东·确若朗杰,第一世女活佛是曲吉准美。曲吉准美是阿里王的公主,出生于公元1447年。1955年,桑顶·多吉帕姆随西藏参观团去北京,受到了毛主席的亲切接见。1958年,女活佛被裹挟到印度。她到了印度以后,没有投靠流亡政府,而是积极与中国驻印度商务代办处联系,后经巴基斯坦、阿富汗、苏联等国,历尽万般风险,终于回到了祖国怀抱。在北京,受到了中央领导的热情欢迎,并参加了国庆活动。1960年,女活佛回到了西藏。每年的"岗甲萨"大法会,是她唯一与信众接触的机会。

活佛主持"花露药丸炼丹"仪式,在藏传佛教寺庙里是常见的宗教活动。然而,女活佛桑顶·多吉帕姆,每世只有一次。1994年,女活佛在桑顶寺隆重举行了"花露药丸炼丹"仪式,终于完成了她多年的夙愿。有上万名信教群众远道而来。(注:据说桑顶大红丸是珀东乔勒囊杰与历代多吉帕姆时期精心炼成后,失传一段时间之后又恢复了其传承秘笈。本红丸包含有不少圣物:莲花生大师头发、宗喀巴大师与其弟子克珠杰的法帽和法衣片、杰瓦格桑加措之法衣、杰瓦强白加措法衣和鞋、圣贤大师的灵骨、班禅洛桑曲吉坚参的法衣、六世班禅的法衣、班禅丹白旺久的法衣、九世班禅之泥印像多琼法衣、洛扎玛尔巴之灵骨和头发、卓姆顿大师之灵骨片、释迦牟尼之灵骨、卓姆格西尊师的咒丸、色杰芒聚黑丸、大医师格瓦蚌之灵体片、前世热振活佛之法衣片、弥勒佛像中的圣丸、伏藏师加村宁波从贡布布曲庙迎请的钦觉佛舍利、玛旁雍错湖的五种沙子、塔尔寺檀香、扎什伦布寺、萨迦寺、敏珠林寺等寺庙的佛田之甘露丸和圣丸、时轮喜金刚、大畏金刚和密宗坛城之色尘、复诵大师之避谷丸、桑顶佛田聚圣丸、帕巴洛迦夏惹佛像之金质粉末、萨迦牟尼佛像之金色粉末、古印度诸多圣人佛田聚圣丸、甘露灵丹、真言丸、卡日大成就者冶炼的芒觉和坐塔等诸多药材组成，由众僧人同时在马头明王前修炼制成。此药甚具加持力，可谓治百病之良药，尤其可预防各种流行病。)

为了圆满完成这项她一生只有一次的宗教仪式，桑顶·多吉帕姆特邀请德高望重的活佛、高僧和藏医学家参加"炼丹"仪式。据活佛介绍，"炼丹"仪式中，最关键的是配方，按规定，必须具备8种源根千支藏草药，配好的草药磨成粉，掺入酒糟和蜂蜜，揉匀后的药装入口袋密封在特制的锅内，用酥油灯烤热，然后让其发酵。发酵的好坏是炼丹成功与否的标志，为此，必须由喇嘛念经、祈祷。成功"炼丹"出的药丸，将是非常名贵的。女活佛的这次"炼丹"非常成功，开始的17袋药，发酵后装满了整整20袋。经过女活佛摸顶的信徒，都得到了"花露药丸"散剂和两粒"长寿丸"。据说，吃了"花露药丸"和"长寿丸"，可以医治百病，长命百岁。女活佛的"炼丹"仪式持续了近半个月。人们捧着名贵的药丸向女活佛敬献哈达，祝愿她功德圆满。离开桑顶寺后，德钦曲珍建立了自己的家庭，重新拥有了世俗生活。在多吉帕姆活佛的转世系统中，这本无先例，但在共同经历了50年风云变幻的西藏信众看来，女活佛的选择已为他们所接受。在这片神秘的高原土地上，只要信仰的力量仍未消散，佛陀的福荫便永远与这里的子民相伴，多吉帕姆活佛的转世之路还将继续漫长地走下去。桑顶·多吉帕姆现任西藏人大常委会副主任。2013年3月当选政协十二届全国委员会常务委员。

2. 藏族女性的地位

人类两性的社会地位取决于他们在社会和生产生活中所起作用的大小。女性的地位是反映古代社会形态的晴雨表。人类最初主要活动在森林中,他们走出森林前后的漫长岁月里,社会生产以采集业为主,而采集业的主要承担者是女性。由于她们在生产劳动中处于十分重要的地位,以致形成母权制社会。藏族部落无疑也走过这一社会进程,藏族女性也有过地位高于男性的时代。随着生产力的发展和社会分工的出现,加之频繁的部落战争,男性的社会地位发生重大变化,他们一跃而成为社会的主要力量。同时女性在社会上的地位下降,甚至成为被歧视的对象。

在西藏或其他我国涉藏地区,不同时代、同一时代的不同地域,同一时代同一地域不同的阶层,其婚姻形态、特点均各有差异。藏族妇女的社会地位可从两方面来认识。

一方面,在法律地位上,部落的习惯法反映了男女不平等。习惯法规定:一个女子的命价要低于一个男子的命价,不管是部落间的械斗,或是部落内部的纠纷,若杀死两个女子,才抵一个男人的命价。离婚方面也同样如此,在川西北若尔盖地区,若女方提出离婚,女方须赔男方四头牛。反之,若男方提出,只须赔女方两头牛。旧西藏地方政府的法典明文规定:"勿予妇女遗落国事之权","奴隶与妇女不许参与军政事宜"。女人甚至不能摸男人的护身符和腰刀。旧西藏的社会习惯法认为,让姑娘嫁到别人家,等于男人家增加了一个奴隶。

在宗教活动上,妇女地位的低下更加明显。宗教寺院中,尽管香案上供奉着许多女神塑像,但活着的妇女却被视为"不洁之物"。宗教界对妇女极轻视,认为妇女不洁,平时不准进寺院,一年只有正月十五日等几个宗教节日才让进寺院瞻仰膜拜。在给本部落或本村的保护神献火祭(俗称"煨桑")时,都是由男子主持,严禁女子参加。在青海涉藏地区,妇女也不能在自己家里给神佛点灯或煨桑。

从牧民帐篷中的座位来看。一个帐篷里,中间是炉灶,上首和左边为上位,供男性坐,右边是下位,供妇女坐。男客人来访,一定招待在男性座位上,否则是极不尊重客人的表现。客人是男性,主人家中的妇女没资格作陪,若客人是女性,主人家中所有男性也不肯参加作陪。妇女遇见僧侣要躬身屈膝,不能仰视。妇女与男人不能同坐一席,更不能在上方就座,公共场合禁止妇女饮酒、吸烟。寡妇不能参加婚嫁仪式。

以上表明,随着社会的发展、阶级的产生,尤其是受到印度等级社会的影响,致使妇女的地位渐趋低下,与她们曾经具有的崇高地位形成了强烈的反差。藏族社会中男女之间明显地存在着不平等。不论在"身价"上,或在宗教活动中,抑或某些日常生活习俗上,妇女的地位都比男人低下得多。

另一方面,尤其在民间,对于女性的潜意识崇拜的传统观念与源远流长的民间文学一道仍然保存至今,对于人们的价值观念仍在产生一定的影响。在藏族社会,尤其是封建农奴制社会,妇女在政治上没有参政权利,甚至有的宗教寺院对妇女存在歧视,一些法律条文也对妇女采取歧视态度。但是这些与在民间妇女实际地位的现状存在着很大差距,应该视为外来文化与本土观念长期交融共存的结果。

在贵族家庭,妇女实际上与男子具有同等的地位,只是分工不同。她们从出生起就没有受到性别的歧视;在继承家庭财产及延续家族方面,在受教育方面,在管理家政、支配家庭财产方面等都与男子相差无几。

藏族传承有骨系与血系(或肉系)的说法,即父系传承为骨系,母系传承为血或肉系,并以此追溯上几代。因为各地都有骨系五代之内（有的地方为三代或七代）不能通婚的说法，认为有血缘关系的人之间通婚，会被认为是妖魔的化身，生出的孩子多为畸形。为此，媳妇都从外边娶进，而女儿一般远嫁他乡。由于骨系观念的深入人心，人们看重父系传承的同时，对于同一骨系传承的男孩、女孩并不在意，男孩女孩都有继承财产、接续家业的权利。

藏族妇女在生产活动和家庭生活中居于十分重要的地位。妇女在牧业生产中是主要劳动者，又是一个家庭的主妇。在牧区，藏族男女都掌握着熟练的放牧技术，按照家庭生产的分工，放牧虽然属于男人的事，但并没有把妇女完全排斥在外，在妇女中有许多优秀的放牧员。妇女们还负责割冬草，贮备牲畜的越冬饲料；负担挤牛奶、打酥油这种经常的、劳动量很大的技术活；妇女们还从事家庭手工业，如搓毛线、织氆氇、缝帐篷等工作，因此，妇女在牧业生产中的地位是比较高的。同时，妇女又是家庭主妇，丈夫购买回家的粮食，要由主妇炒熟了磨成糌粑，每日还承担背水、做饭、烧茶、煮肉、捡牛粪、备燃料等工作。此外，还要哺育婴儿，协助丈夫教育子女成长。就这样，勤劳的牧区妇女既要从事畜牧业生产，又要担负全部家务劳动，她们所做的事，实在比男子要多得多，繁重得多。因此，妇女在家庭中比较受尊重。凡买回的粮食和一切生活用品都交由夫人保管。丈夫出售剩余产品得到的以及经商赚回来的钱，都要交妻子保存，当家人（丈夫）要处理家中的重大事情，如出售较多牲畜或畜产品如羊毛、皮子等时，均需与妻子商量才能执行。若是家中丈夫无能，不能掌管家务时，一切内外事务就能由妻子包办，成为实际当家人。这种情况，不但在赘婿家庭中比较普遍，非赘婿的家庭，也有不少是这样的。

妇女在社会上也有一定地位。由于佛教的深刻影响，使妇女受到多方约束，比如部落与部落之间的交往或发生争端时，都由男子召集会议，出头执行，女子从来无权过问。但是藏族妇女在社会上,还是有一定的地位。仅就普通社交而论,比如喜婚、丧葬礼节的应酬往来,男女都一样,举行结婚仪式时,本部落的人不论男女,每家要出来一个人,到这家去贺喜、歌唱。唱的时候男的一队,女的一队,轮流对唱,或是男女混合起来合唱。这时妇女与男子是处在平等地位的。特别是勤劳能干的妇女,更受到尊重。有的部落还由妇女担任"洪波"(头人),主持部落事务。例如,四川阿坝东部的下让塘一个部落有一名叫卡洛的女"洪波",招赘西康境内的一个男子承袭她父亲的职位,因为这一位丈夫软弱无能,未得众人信任,结果被卡洛撵走,而"洪波"的职位也就由卡洛本人充当,据说,她后来很为部落群众所拥护。青海果洛地区的阿什羌五部之一的然洛部落第三代头人日杰卓玛、第四代头人鲁德都是女性,因此当时该部落被称为果洛"洪毛仓"(有的资料称为果洛女王部落)。

妇女在婚姻问题上,也具有较大的自主权利。以上说明牧区部落的妇女在牧区生产、家庭生活和婚姻上都保留有较高的地位。此外,对于妇女婚前的性行为、离婚、再婚、私生子等,与汉族封建社会对待妇女的态度截然不同,社会往往采取宽容的态度。婚姻中年龄的差异并不重要,他们更看重的是维护家族的延续与利益。

在藏传佛教的传播与发展中,女性宗教大师、女活佛、女性僧尼扮演着重要的角色,发挥着不可替代的作用。据西藏自治区妇联调查显示,在民主改革前,全西藏共有寺院2711座,其中尼姑寺788座,占寺院总数的34%;在寺尼姑19971人,占僧尼总数的17.5%。尽管如此,尼姑寺及僧尼的地位仍然低于喇嘛寺院及僧人。藏传佛教尤其是格鲁派具有严格的学经制度,在藏传佛教的僧人寺院,尤其一些规模较大的寺院中,都设有经学院,入寺僧人在那里可以得到循序渐进的正规学习,经过严格的考试,能够获得不同等级的学位。僧人学位的总称为"格西",意为"善知识",格西又分为四个等级,拉然巴(相当于博士)是其中的最高学位。而在尼姑寺里,并没有类似经学院这样的设置,尼姑寺只是一个学习教法、仪规的道场及修行地,入寺尼姑根据其所属上师的指定与安排而修习教法。为此,尼姑的总体水平不如僧人,尼姑中尽管有许多造诣非凡者、宗教大师,然而没有一位尼姑获得过格西学位或拉然巴学位。这也是一个不容忽视的事实。

第二节 《格萨尔》史诗中的女性地位

《格萨尔》所描述的各部落都是以男性为主的社会,绝大多数部落的首领清一色的由男性充任;各部落都有一个庞大的英雄团体,诸如岭部落的三十英雄八十好汉、木古部落的八十哈央、门部落的六十阿扎以及霍尔部落的辛巴组织等等,这些团体的成员都是男性,他们不但受到社会的普遍尊重和敬仰,而且还有资格参加部落的议事会,就有关军政大事发表自己的意见,且往往被采纳。但是我们从史诗中还可以看到,女性在社会上仍然占有较高的地位,个别女性甚至掌握着部落的权利。比如,米努绸缎的首领是名叫拉鲁贞和达鲁贞的两姊妹,尤其拉鲁贞掌管部落的全盘工作,还说他的权力是从其母亲那里继承来的,说明米努部落的上一代首领也是女性。岭部落每征服一个部落,总要委任新的部落首领,并派代理人员监督其执政情况,其中也有个别女性。比如,收抚戎部落后该部落王子阿努森参被带往岭部落,因此"厨娘穆茂古让被任命为森参到领国去以后在戎的代理人,并把大王所戴的称为'南赡部洲金刚'的一枚戒指、黄金做箭扣并嵌有珍珠的三支披箭赐给了她"。[①] 岭部

---

① 青海省民间文学研究会收集整理:《格萨尔王传·岭与中原之部》,青海省民间文学研究会搜集翻译编印本,第 627 页。

落战胜歇日珊瑚部落,班师回兵前夕,格萨尔让女英雄阿达拉姆出任珊瑚部落总首领,统管其全盘事物。格萨尔当众发布命令:

> 未来三年中,　　　　　　请阿达拉姆为总领。
> 偕同众首领和僚臣,　　　努力将佛法来推崇,
> 像父母对孩子一样关心属民。像对野牛般难驯的冥顽之人,
> 要压制他们的脖颈;　　　对绵羊般软弱之人,
> 从其肩膀向上提升。①

这些女性掌握了部落的政治、经济、军事大权,米努部落的女首领拉鲁贞和达鲁贞先后率兵与岭军打了许多恶仗。宗教活动是部落做重要的活动之一,史诗资料显示,女性有权参加一些重要的宗教活动。有一年,松巴部落出现种种异兆,认为这是部落的阳神玛索拉毛和忿怒女神不悦所致,于是派出以松巴部落首领的公主梅朵措为首的七姐妹盛装艳裹,骑马至邦纳神山祈神禳灾。各部落都设有一种预测吉凶的神职人员——卜师,不少部落的这一职务由女性充任,他们常常为部落或部落头人打卦占卜,还往往得到奖赏。

史诗中的一些女性还是部落议事会成员,有权参加对部落重大事务的决策。恩格斯说,美洲印第安的易洛魁氏族议事会公开开会,四周围着部落的其余成员,妇女们可以通过她们所选定的发言人陈述自己的意见。而史诗所描述的部落议事会议中,妇女们可以直陈己见,有的还发表长篇言论。

女性的社交活动比较自由,在这方面她们享有几乎与男性平

---

① 青海省民间文学研究会收集整理:《格萨尔王传·岭与歇日珊瑚城之部》,青海省民间文学研究会搜集翻译编印本,第469页。

等的权利。格萨尔赛马称王之前,晁同举办了一次盛大的家宴,邀请岭人赴宴。宴会上还专门设了女宾席,开宴前由晁同的妻子旦卡拉萨安排席位:

蓝色绸缎帐篷中,　　　　设下氆氇好坐垫,
这是姑嫂们的席位。　　　贾萨拉吉坐首位,
热萨格措坐上席,　　　　僧姜珠姆坐头席,
其余按照年龄坐,　　　　按照顺序别抢座。①

四川德格抄本《赛马称王》之部中,安排女眷席位时一连提到了十一位代表人物的名字。这就说明,她们有权和男人们一同出席宴请,并受到尊重。

此外,我们从部落成员的命名习俗看,许多显要人物的姓名之前往往冠以其舅舅部落的名称。岭部落名将丹玛香察曾解释他得名的缘由说:"因我母为丹玛氏,所以我得了丹玛姓。"说明一些部落尚有以母性命名的习俗,这是人类在童年只知有母不知有父的那个时代的遗痕。种种迹象表明,《格萨尔》所反映的社会已经完成了从母权制向父权制的转变,但仍有许多母系氏族社会的残余。

尽管妇女在宗教领域、日常生产、生活中发挥着重要的作用,然而在传统藏族社会中她们仍然处于劣势地位,甚至处于社会的底层。这表现在以下几个方面:

第一,她们的社会地位日趋低下,藏地为仰卧魔女的说法,女神系莲花生大师收伏妖魔的解释,反映了佛教人士对原始信仰的篡改,使人们看到了女性从至高无上的神坛跌落到社会底层的根本观念改变的现实。

---

① 贡却才旦:《赛马称王》(藏文),兰州:甘肃民族出版,1981年,第81—82页。

第二，相关法律、法规中对于女性的歧视。在旧西藏通行数百年的《十三法典》和《十六法典》，将人分成三等九级，明确规定人们在法律上的地位不平等。其中，妇女被列为低等级的人，尤其是那些处于社会底层的贫困妇女。杀人赔偿命价律中规定："人有等级之分，因此命价也有高低。"上等上级的人如王子、大活佛，其命价为与尸体等重的黄金；而下等下级的人如妇女、屠夫、猎人、匠人等，其命价为草绳一根。旧西藏法律明文否定妇女参政，《六大法律》之一即为"不与女议"。《人法十六净法》中也有"莫听妇人言"的规定。还有的法中明文规定"勿与妇女议论国事之权""奴隶与妇女不许参与军政事宜"等等。①

第三，封建农奴制社会妇女没有政治权利，女性不能做官，不能参政，即使是达赖喇嘛的母亲、官员的夫人、活佛的夫人，也同样不得参政。当地旧政权系统的官职，受不同时代、不同地域的限制，情况复杂。从清乾隆皇帝开始设噶伦（大臣）共四人，三俗一僧，官阶为三品，摄政王为二品，住下各地区的总管、总督为四品，小地方的总管为五品，噶厦的秘书、传令官等为六品，地方政府的普通俗官为七品。达赖喇嘛父系家人被封为"公"，地位相当于三品，但无实权。在这些所有的官阶中，没有妇女的一席之地。

（一）从自然崇拜看《格萨尔》中藏族妇女的地位

国外研究格萨尔的一些学者认为格萨尔信奉苯教，并且《格萨尔》史诗最早起缘于《玛桑仲》，《格萨尔》史诗继承了"喇"和"央"观念等藏民族的原始自然崇拜；大自然的神力引起人们对山、石、

---

① 见《关于今日西藏妇女境况的报告》，西藏自治区新闻办公室，载《西藏日报》，1995年3月8日。

河、湖、土地、树木,甚至每一块小石头都具有灵性的持久的崇拜,从崇拜中产生出信仰的民俗,山神下面有附属神,形成整个完整的神系覆盖了整个青藏高原。神系依附于山系,像大山一样坚定和高大,山系因为神系而变得更加神圣,在整个我国涉藏地区有四五个大山神和众多较小的山神,女神崇拜在格萨尔史诗中占有突出地位。女神山、女神湖,女鲁神崇拜便成了雪域藏民族具有共性的历史悠久的大众古老传统信仰。并且格萨尔史诗中对神山圣湖是绝对不能亵渎的,传至今日。

定日地区的长寿五姊妹神山,闻名中外的珠穆朗玛峰也是女山神,并且藏地的鲁神大多为女性,史诗里说格萨尔的生母也是龙王的幼女梅多娜泽,她们都是善良美丽、勤劳贤惠的女性,具备人性和母性为造型特征,并成为雪域藏地灶神、家神、帐篷神和财宝之主的化身。拉萨龙王潭湖心亭龙王殿供奉的有名的墨竹色青鲁神就以人间女性的秀美温柔为形象特征。华旦拉姆是位来历复杂变幻莫测的女神,她被称为是众神之首,众佛之母。藏族的苯教巫师供奉她,以求自己与天女的沟通,得其协助与佑护,可以免除灾难,她还能给人以智慧、美貌和幸福。所有的山都能显示出神奇的力量,四大圣湖意为女子,是妻子、母,这是母体自然崇拜的根源,四大圣湖即:命根湖玛旁雍错、仙女下凡变成的羊卓雍错、帝释天的女儿纳木错和碧玉万户女王青海湖。这四大圣湖和女性有着不解之缘,认为这些湖泊不仅具有生育功能,而且能使人类繁衍、万物生长,是生命之源。至今每逢藏历十五日,那些不生育的年轻妇女都要到湖边转湖祈祷,求其恩赐子女。格萨尔史书中大战神阿尼玛沁是格萨尔本人的战神,阿尼玛沁神山,这座格萨尔的寄魂山的四方还居住着四方女神:东方次丹玛、南方招福神珠杰玛、西方招福神潘切玛、北方招福神次卓玛。据说向阿尼玛沁和四方女神祈祷可获得福禄之气即"央"。

原初吐蕃藏王的姓大都从母,子民认为藏王从天而降,死后也将升天。"有数夫焉,子从母姓"。格萨尔从母姓,藏族人的母系氏族社会是尊重妇女的。这跟他们现在仍保持舅权和牧区财产分配没有性别歧视的生育观,还有举行妇女成人礼仪的习俗是有密切关系的。它反映了在母权制度社会里妇女在各方面的重要作用。

(二)从佛教的平等观看《格萨尔》中的妇女地位

藏传佛教在其后宏期(公元 982—1052),开始在涉藏地区传播,这与格萨尔诞生(1038 年)后他所信仰的苯教文化有着错综复杂的关系,两种文化不能截然分开。释迦牟尼佛学思想的组成之一是平等观念,他创立的佛教是每个生灵在尊严、人格、价值、生存方式上都是平等的,没有高低贵贱之分,男女都一样。因此,皈依佛门、出家为僧的比丘尼和比丘同样受到佛祖和教义的厚爱,同样享有通往佛天极乐世界的权利。在信奉藏传佛教的藏族群众中,出家为尼的妇女数量较多,安多县的循化旦麻尼姑寺、尖扎县的南宗寺、拉卜楞的尼姑寺等。一些女活佛主持男僧寺院,因为她们德行极高,受到信徒们普遍的虔诚尊奉,如安多地区白石崖寺院,寺主系女活佛贡日仓,俗称"卡卓玛",即"空行母"。藏传佛教打破了世俗的男尊女卑陈旧观念,倡导了男女平等的进步思想。

《格萨尔》史诗中,对藏族妇女的智慧、地位进行了深刻的描写;格萨尔每遇到难处时,他的姑母贡曼杰姆都会献身辅助解决困难,出生于名门望族的王妃珠姆,不仅有美丽的容貌,还富有正义感和勇敢的心,当格萨尔去北方降魔时,强大的霍尔国趁机来侵犯岭国,当时她竟然能够在岭国无主帅的情况下,挺身而出,指挥若定,搞疑兵之计;当格萨尔营救她而来时,珠姆不顾危险,里应外合,规劝格萨尔重用敌国有威望的君臣。阿达拉姆妃子帮助格萨尔降伏北方魔国后,阿达拉姆被任命为北方魔国的头人,从以上这些事迹得知,这些妇女在格萨尔心目中是极其重要的,她们勤劳善良、机智勇敢,她们的参政指挥的才能正代表着千千万万个藏族妇女;我们知道藏族历史的长河中,藏族妇女不仅具有很好的威望而且有参政议政和发言权。

《格萨尔》中不仅男女在政治上平等,而且在族权上也是平等的,比如嘉洛·顿巴坚赞、俄洛·乃琼这两个名字中的前两个字代表了夫姓,而戎擦查根和果擦角如,这两个字中前一个字表示母姓,可见男女都有传宗接代的权利。还有岭部落上、中、下三大族系都是以母亲的姓氏来命名的。以格萨尔为首的岭部落英雄们征伐敌人,安定岭国的事业能够成功,妇女的配合是一个不可缺少的条件。白岭从一个弱小的部落发展壮大,成为众强之首,这与勤劳智慧的妇女们建立的功绩是分不开的。

格萨尔多次宣称,他来到世间,是要弘扬佛法,降伏妖魔,"把妖魔地变为佛法昌盛的地区,把信奉苯教的众生教化成佛祖的教徒"。如他战胜了代表女性形象的"罗刹",就是战胜了佛教的敌人苯教。藏族社会的各个发展阶段的演变、发展在史诗中都有所表现,同样,《格萨尔》产生演变和发展的过程,也可以看作是藏族社会的一部宗教发展史。人民群众的意识形态中,在生活领域的各个方面,无不受宗教文化的影响。《格萨尔》中表现的宗教观念,反映了一个普遍现象,并与社会历史原因有密切的关系。

(三)从统治权看《格萨尔》中的妇女地位

在佛教传入西藏的漫长过程中,除了有统治阶层的扶持之外,它吸取了很多苯教的仪式仪轨。此时有些佛教徒对《格萨尔》也采取贬低和压制的态度,在寺院禁止说唱《格萨尔》,乃至在群众中流传,所谓"讲了《格萨尔》之后必定遭祸殃"之类的话,为此,史诗的创作者们为了借助神灵的影响来抬高格萨尔的地位,把格萨尔也说成是莲花生大师的化身,莲花生大师将这些土著山神、战神和鲁神也纳入寺院成为佛教的护法神,又说格萨尔是大梵天王之子,他的母亲郭姆是法身大佛的化身,妃子珠姆是白度母的化身,与神佛拉上了关系。统治者的扶持与两教相互斗争、相互吸收的形式下形成了独特的——藏传佛教,《格萨尔》史诗的文化内容也不例外,因为史诗取材一般都和历史文化事实有关。

佛教盛行时期藏族家庭以男性出家为僧以荣,大量的男子出家入寺,妇女成了主要的生产劳动者,常年被限制在重复的家务劳作和生产劳动中的妇女,虽然承担了繁重的劳动的同时,她们掌握着家中的财政权,可狭小的活动范围,也限制了她们的眼界、才智和胸怀。因而原始宗教的女神就逐渐演变为由男神支配,入寺僧人的大量增加,他们的社会地位不断提高,而妇女劳动负担的加重,社会参与的减少,女性自然屈从于男性的统治。长期以来,歧视妇女的言语从此传开雪域高原,"长发女子,见识短""莫听妇人言"等贬低妇女的言语。并且处于统治阶层的婚姻大都是一夫多妻制,格萨尔的王妃珠姆也是一夫多妻制度和社会动乱时期之下的悲剧人物,以男权为中心的社会,男女之间的感情往往是畸形的,一夫多妻造成格萨尔妃子之间的矛盾,还有格萨尔的母亲也是受那提闷的嫉妒和晁同的挑拨被她丈夫无情抛弃。珠姆和梅萨她们之间的命运相似,不但被男性任意摧残,而且在相互争宠中,勾心斗角、自相残害。这些正是她们以及和她们情况相似的妇女们的命运。

藏族妇女权利受剥夺的情况,在具有不同文化传统和社会结构的各个发展阶段都不一样,特点也各不相同,《格萨尔》当中妇女的情况也不例外,藏族人的妇女观念是对藏族妇女地位的反映,反过来影响到妇女的处境。藏族妇女在不同的历史时期,不同的文化、有着不同的妇女史,自然崇拜时期的妇女有着很高的地位,甚至高于男性,佛教平等思想的传播到由于繁重的生产劳动,女性沦为男性统治者的附属物,使直至现今,形成了藏族妇女的处境不同于其他民族的风俗:既具有尊重妇女和又有着歧视妇女两种思想。此外,史诗对妇女的智慧和才干也予以肯定和赞扬。

与此同时,佛教的传入对于藏族妇女地位也有不利的影响。有的寺院佛堂拒绝妇女进入,认为妇女身上带有污垢和晦气。阿坝地区及一些牧区,妇女在临产时不能把孩子生在家中,而是在外边搭一个棚子,在地上垫上麦草生产,过一段时间才可以搬进家里。妇女不能参加煨桑和放风马的仪式等等。甚至在藏北古老的习俗,当猎人获取猎物后进行分配时,只要是在场的男人,甚至是在下刀破开猎物腹脏之前赶到的,均可以分得一份,即或是母亲怀抱的男婴也有资格分得一份,而妇女即或在场也没有资格分得猎物。可见在牧区藏族妇女地位的低下。

与此相反,不少女性在佛教传播中发挥重要作用,如史料记载的女性宗教大师、转世女活佛、女尼等。佛教倡导的"人人皆可以成佛"的观念,密宗的双修,认为女人是"智慧",男人是"方便",两者的完美结合可以使人得到解脱并达到理想境界等等,我们很难看到性别歧视的迹象。

大量男子入寺为僧,使原本由男人承担的社会生产劳动转嫁到妇女身上,妇女既承担繁重的家务劳动,同时又要在生产劳动中尽责。在农区除了扶犁耕地由男子承担外,其余的农活基本由妇女完成,而像手工缝纫衣物、鞋子这样的事情又由男子完成。男女分工的不明确似乎也模糊了两性的差别。在家庭中,由于妇女在生产劳动和家务劳动中所扮演的重要角色,也相对具有更多的管理和支配权利。藏族谚语说:"在家中,勺是掌握在母亲手中。"

"权力在阿爸手里,唐库(揉和糌粑用的羊皮小袋)阿妈掌着。"说明母亲在家中处于经济支配的地位。①

在藏族社会,果洛女王部落以及甘孜、德格女王的存在,并不一定说明妇女具有至高无上的权利。虽然人们认可这一事实但在她们的背后支撑着的是强大的男权及家族势力。为此"西藏人的选择不是为了适合性别,而是由于地理位置和成员资格"②。就是说,继承人的性别在继承资格面前淡化。

第三节　具复杂性和混合性特征于一体的史诗女性观

在史诗中往往有一种男权思想,女性处于劣势的地位,在男权中心话语中,女性处于"待救"的状态。《格萨尔》史诗中处于藏族政教合一的特定社会环境之中,既有宗教信仰的浸染也有世俗思想的交错,所以史诗传递的女性观具有复杂性和混合性。

(一)被妖魔化了的女英雄

藏族民间盛传西藏地形为女魔仰卧形状之说。《西藏镇魔图》显示,女魔头东脚西而卧,其心脏在西藏政治、经济、文化的中心拉萨。地理范围包括卫藏四茹,部分超出了现在的区域境界。东边到达四川邓柯,南接不丹,西至拉达克,北边包括羌塘草原。

---

① 杨恩洪:《藏族妇女口述史》,北京:中国藏学出版社,2006年,第22页。
② [美]比阿特丽丝·D.米勒著:《西藏的妇女地位》,吕才译,载《国外藏学研究译文集》,拉萨:西藏人民出版社,1987年,第331页。

藏文史籍《西藏王臣记》①《汉藏史集》②记载："雪域吐蕃这个地方，形如一个仰卧的女魔。"于是藏王松赞干布修建十二镇魔寺，即"镇边四大寺"，以镇压女魔四肢关节。先是在"卫藏四茹"③建四座镇边寺。在约茹女魔的左肩上建昌珠寺（今山南地区乃东县昌珠区）。现今犹存的昌珠寺地处雅隆河东岸，据说原为水池，水里有妖魔作怪；在伍茹女魔的右肩上建噶泽寺（今拉萨以东墨竹工卡县境秀绒河与马曲河汇合处，马曲河东岸）；在茹拉女魔的左足上建仲巴江寺（今日喀则地区拉孜与彭错林交界处拉孜县境雅鲁藏布江之东）；在叶茹女魔的右足上建藏昌寺（今日喀则南木林县东南土布加地方的雅鲁藏布江北岸）。此后又先后修建了史称"再镇边四寺"以及"四镇翼寺"，共为十二镇魔寺。功能在于改变恶劣风水、完善八吉祥征相。

　　藏族民间传说中有两个著名的罗刹女，一是藏族人类起源神话中的岩罗刹，与观音菩萨点化的猕猴相恋结合，繁衍出数百万藏族男女，受到人们的景仰。另一个就是养育了西藏人民的罗刹女魔，成为哺育西藏人成长壮大的大地母亲。这两种罗刹女在形象上都是丑陋的魔类，在心灵上却是人们亲近和崇拜的偶像。"罗刹女"在《格萨尔》史诗中有多种表现形式：1. 专食小孩的罗刹女。《丹玛篇》提到角如（幼年格萨尔）用计降服了玉塘的"窜村女鬼"；2. 罗刹女妖。《丹玛篇》提到她迷惑晁同，将晁同劫走。女妖敌不过角如，将白璁奉上，同时将自己的命交与角如，角如给她取名高吉尊姆；3. 黑鼻女鬼。《降霍篇》中描写是把守谷口陀赞的妹妹，

---

① 五世达赖喇嘛：《西藏王臣记》，刘立千译注，北京：民族出版社，2002年，第37页。
② 达仓宗巴、班觉桑布：《汉藏史集》，陈庆英译，西宁：青海人民出版社，2017年，第97页。
③ 四茹，公元7世纪松赞干布统一西藏各部，建立起强盛的吐蕃王朝以后的行政区划。起初只有卫藏伍茹、约茹、叶茹、茹拉四茹，后来又增设孙波茹和羊同茹。

被格萨尔消灭;4. 三魔女。霍尔三位大王的侄女,本为泰让神的子女。《降霍篇》中有三魔女帮助服侍格萨尔的描述;5. 饮血罗刹女。《降门篇》中一位幻术喇嘛提到自己母亲是饮血罗刹女,最终被格萨尔降服。格萨尔来到世间的使命,是要弘扬佛法,降伏妖魔。他战胜妖魔"罗刹",实则战胜苯教,弘扬佛法。

苯教亦作本教,又称本波教,因以雍忠图符为教徽,亦称雍宗苯教。相传约于公元前5世纪由古象雄王子辛饶·米沃切创建,是根植于藏地原始社会的一种"万物有灵"的原始宗教信仰。苯教经历了"笃苯"(指原初雪域藏地本土产生的原始苯教)、"恰苯"(指自象雄等地流传而来的苯教)和"竺觉苯"(指佛教传入藏土后佛苯在进行斗争的过程中,苯教为了自身的生存发展而演变成别的派别)三个派系和演变过程。据藏史记载,苯教最初流传于后藏阿里一带,后来由西向东传播到西藏各地。苯教崇拜天地、山林、水泽的神鬼精灵和自然物,重祭祀、跳神、占卜、禳解等。

原始的苯教把世界分为三部分,即天、地和地下,天上的神名字叫做"赞",地上的神称为"年",地下神则称为"鲁"或"龙"。天神在古代苯教中有比较重要的地位,传说中吐蕃王朝第一代赞普——聂赤赞普就是来到人间的天神之子。苯教用动物作为祭祀的牺牲,这种祭祀方法在吐蕃王朝时代的典礼活动中占有很重要的地位。据记载,每三年一次的祭祀大典,必须宰杀马、牛、驴,甚至要杀人来祭祀天地。吐蕃王朝的丧葬是有陵墓的,其故都琼结(在西藏山南地区)即有松赞干布等藏王墓群。苯教在吐蕃王朝中的社会地位是很重要的,据五世达赖喇嘛所著的《西藏王臣记》所载,吐蕃宫廷中有一个名叫"敦那敦"的职务,此人的职责是在赞普身边占卜吉凶,并能左右政治决策性的部分事务。从聂赤赞普起,共有26代赞普都是用苯教来协助管理行政事务,一直到公元8世纪,苯教在吐蕃王朝的社会作用才被削弱。

6、7世纪佛教传入西藏时期,正是佛教发展的第三阶段,也是歪曲丑化女性、否定女性的时期。佛教传入西藏,与本土文化结合形成了一个关于藏族起源的著名神话"猕猴与罗刹女结合繁衍藏族"。罗刹是印度神话中的恶魔,其中女罗刹婀娜窈窕,摄人心魄,食人血肉。公元7世纪,玄奘西天取经同样受到大乘佛教的影响,到16世纪《西游记》成书,书中的女性形象大多已经欲望化、妖化。

史诗《格萨尔》中有明显的"抑苯扬佛"的思想,其中阿达拉姆是宗教话语中的魔女。她虽然是女英雄,但未能成为民众的宗教崇拜对象,只是演化为保护神。随着藏传佛教成为藏族主流宗教,《诞生篇》提到阿达拉姆是保护苯教的神灵。阿达拉姆也被称作"鲜血发辫魔女"的罗刹。"魔女"在藏族民间被理解为机灵、聪慧、胆大之意,充满着对其超乎寻常之特性的欣赏和羡慕,具有作为游牧民族的原朴性格特色。而"罗刹"是恶鬼之通名,乃"食人之鬼女"。佛教中的罗刹女有所谓八大罗刹女、十大罗刹女、七十二罗刹女和五百罗刹女等。罗刹女是青面獠牙、血盆大口、狰狞可怖的饿鬼凶神。

总之,在宗教话语中,阿达拉姆从女魔头到女英雄和格萨尔王妃的身份转换,实质上是完成了从邪恶转变成善良,"改邪归正"是她特殊地位和特殊性格的多重身份的转折点。

(二)被佛教化了的巾帼须眉

史诗是一个民族的历史记忆。《格萨尔》史诗自产生起始,无不与藏族宗教意识相关联。"抑苯扬佛"是藏传佛教成为藏族主流宗教后的必然结果。源于江河源文明的高原史诗《格萨尔》显现着藏族原始宗教——苯教的"喇""央"等原始自然崇拜烙印。神山圣湖成为雪域藏民族具有共性的古老传统信仰。

阿尼玛沁神山是格萨尔的寄魂山,命根子湖玛旁雍措、仙女下凡的羊卓雍措、帝释天的女儿纳木措和碧玉万户女王青海湖,这四大圣湖是藏族自然崇拜的根源。这四大湖泊不仅具有生育功能,而且是万物生长、人类繁衍的生命之源。西藏定日地区的长寿五姊妹神山和闻名中外的珠穆朗玛峰都是女山神。西藏拉萨龙王潭湖心亭龙王殿供奉的墨竹色青鲁神,以女性的秀美温柔为形象特征。

藏传佛教倡导众生平等思想。"平等"观念是释迦牟尼佛学思想的重要组成部分。每个生灵在尊严、人格、价值、生存方式上都是平等的,没有高低贵贱之分。皈依佛门、出家为僧的比丘尼和比丘同样受到佛祖厚爱,享有通往佛天极乐世界的权利。藏族民众中出家为尼的妇女数量不少。海东地区的旦麻尼姑寺、黄南尖扎的南宗寺以及甘肃拉卜楞尼姑寺等都是著名的尼姑寺。一些女活佛因为德行极高,受到信徒们普遍的虔诚尊奉。甘肃拉卜楞的白石崖寺院,寺主是女活佛贡日仓,俗称"卡卓玛",即"空行母"。

"空行母"在藏传佛教密宗中是代表智慧与慈悲的女神。空行母起源于印度教性力派,是湿婆神之妻"伽梨女神"的女侍,属鬼神类,由莲花生引入西藏之后,受藏地宗教文化的影响而有演变。种类增多,形貌多变,有佛母、金刚瑜伽母、金刚亥母、度母、智慧女、明妃、事业女、天女、鬼女、夜叉女、罗刹女、女信差、供品等。空行母有很多种类,有俱生、刹生、业生"三身"(法身、报身、应身即化身)之说。三身,佛学术语,又作三身佛、三佛身、三佛。佛有三身:法身、报身、化身(应身)。

《格萨尔》史诗深受藏传佛教"灵魂转世""因果报应""化身"等学说影响,凡是重要人物均有神、佛、菩萨等充满宗教色彩的化身说。格萨尔是大梵天王之子,又是莲花生大师的化身。莲花生大师将山神、战神和鲁神等原始宗教神灵纳入寺院,成为佛教的护法神。藏传佛教中有诸多女神,藏密常以长寿佛、长寿母、尊胜佛母三尊为长寿三尊。温柔慈悲、热心帮助众生的救度母,是救度大众有情的观世音菩萨睁开圣眼,看到挣扎在六道中遭受苦难的众生时,双眼流下的泪水化成的。左眼的眼泪化身为白度母,右眼的眼泪化身为绿度母。《格萨尔》中的女性人物是殊圣化身。藏族民间普遍认同格萨尔大王妃珠姆是白度母的人间化身,格萨尔的人间母亲果姆是"地遁空行母"(《天界篇》)和"智慧空行母"(《降生篇》)转生。阿达拉姆则被誉为"食肉空行母"的化身,拥有密乘法力。依靠善德而具有密乘法力,可以有益于众生,但亦可伤害众生,并且具有诸如飞升天界等等有限的神通。其中一部分非密乘勇士空行属于牲畜,如食肉空行母,化作人形的女魔,与常人形相一致的活女鬼等。

值得一提的是,班丹拉姆女神是藏传佛教中最高级别的女护法,保护世间的职责最为突出。班丹拉姆有众多化身。《藏族神祇目录》介绍班丹拉姆的化身有21类之多,分别有各自的特点。《班丹拉姆本生》描述,在天和阿修罗的战争中,班丹拉姆起到了关键性作用,被冠之以"魔王""女大战神""战神王后"等名号,赋予战神的功能。可见,阿达拉姆被藏族民众誉为女英雄与藏族宗教有深远而自然的渊源关系。

《格萨尔》史诗整体呈现"上方天界遣使下凡,中间世间纷争不断,下界地狱完成业果"的三大结构。著名的降魔、降霍、降姜、降门四大战役是英雄格萨尔建功立业、完成使命的主干和基础部分。四大战役之后,格萨尔又四处征战,将十八大宗("宗"指周边小国或小部落)逐一纳入麾下,最终形成了以"岭"为主体的强大的氏族部落联盟。史诗人物"阿达拉姆"是《格萨尔》史诗演唱艺人想象和塑造出来的藏族文化的绝佳代表。阿达拉姆是藏族民众人尽皆知的《格萨尔》史诗巾帼英雄,以岭部众多英雄里唯一的女将身份以及《地狱救妻》的主角身份而知名。

对于阿达拉姆的姓名和族籍,一般都以《魔岭之战》中这段唱词作为依据:"你若不知我是谁,我是黑魔父王亲生女,我是黑魔路赞他妹妹,我是阿达拉姆巾帼女。你若是不知这城堡,它是路赞大王寄魂城,修在悬崖峭壁八峰前。路赞大王人恶面目凶,住这阴森山城里。"因此,藏族传统历来认为,阿达拉姆出身外族,是护卫魔土的女将,魔地国王路赞的妹妹。她以持有弓箭和长矛为身份象征,最终成为雄狮制敌王格萨尔的王妃。也有研究者将"阿达拉姆"称为"阿史那·陀女"。认为她是"出身于突厥族某部、能征善战,并一直伴随萨格尔王冲阵摧敌的一位女性首领"。①

作为叙述文本的多部《格萨尔》史诗,都有对阿达拉姆的外貌特征和性格特征的描述。阿达拉姆首次出现是在著名四大战役中的第一次战役《魔岭之战》(也称《北地降魔》)中。阿达拉姆敢爱敢恨、重情重义。格萨尔赛马称王后开始戎马生涯,因为魔王路赞抢走爱妃梅萨,格萨尔根据天神授记出征魔地,与阿达拉姆一见钟情,结下良缘。阿达拉姆主动表达自己爱意,在魔地神灵的见证下将自己许配给格萨尔,将进入魔城的三道难关秘密告知格萨尔,里应外合,协助格萨尔杀死了哥哥路赞,并降服于岭部。格萨尔委任她和魔地大臣香恩,作为北方头人管理魔地。2011年,青海民族出版社出版丹增智华的演唱本《阿达拉姆密传》,史诗艺人丹增智华解释了阿达拉姆背叛哥哥路赞的原因。他认为阿达拉姆原为北方日虚陀陀王和王妃德吉班宗的唯一子嗣,因为玉拉盖巴(阿达拉姆所处的地方神)杀了她的父亲,便与魔王路赞结拜干兄妹,伺机复仇。但魔王路赞敷衍此事,导致阿达拉姆转而投靠格

---

① 见黄文焕依据西藏人民出版社、青海人民出版社出版的《格萨尔地狱救妻》藏文版,编译《格萨尔王与嫔妃》,拉萨:西藏人民出版社,1988年,第144页。

萨尔,以致降魔事件发生。但笔者以为,此种解释有现代人视角演绎之嫌。

相比格萨尔的另一王妃梅萨在魔地被解救后,为达到独享格萨尔宠爱之目的,让格萨尔喝了迷魂汤,使格萨尔滞留魔地三年,导致王妃珠姆被霍尔王掳去的做法,阿达拉姆刚正勇猛、骁勇无敌。她作为女英雄出征时头顶白色"自驱黑暗盔帽",身披"火焰自燃"白盔甲,胸佩"杀敌钢铁箭"三兵器,乘骑"食肉罗刹骏马"(也称"腾空万里马"),铁鞍、铁鞭、铁嚼扣等马匹配饰皆由"自生金刚天铁"铸成,①英姿飒爽。《地狱救妻》描述她在自己不久于人世时,将这些装备逐一留给了格萨尔王。格萨尔在魔地期间,在岭地的王妃珠姆遭霍尔白帐王抢掠,格萨尔的同父异母哥哥嘉擦也被霍尔大将辛巴杀害。格萨尔闻知此事,赶赴霍尔开启"霍岭之战"。依依不舍的阿达拉姆率领魔地将士前来助战。她"盔旗随风飘曳,白甲寒光闪闪,骑着棕色虎蹄战马,张开红铜宝弓,搭上红铜毒舌箭"②,身佩长柄矛、古司刀、硬角弓,十八般武艺轮番上阵,吓得率五百兵马挑战的霍尔热巴部落首领巴图南朗布哲转身逃窜。阿达拉姆手刃上百个兵卒,用弓箭射杀了首领。《姜岭之战》"岭国点兵出征伐姜国,辛巴用计活捉姜王子"一章中描述到,格萨尔将阿达拉姆与岭地大将擦香丹玛相提并论,称"黑色姜国的姜帕赛加岗让,必亡阿达拉姆手"。格萨尔接受姑母贡曼杰姆女神的授记,派阿达拉姆迎战姜国勇士达图弥郭。阿达拉姆手持黎明食肉长矛迎面刺去,正中前胸。她率领十万兵马围攻北城门,使用魔地路赞王的九尖霹雳御用箭,取下姜地将领姜帕赛加岗让的首级,悬挂在她的灰白越野马鞍上凯旋而归。在《门岭之战》中,阿达拉

---

① 见拉布杰·巴桑据甘肃夏河拉卜楞寺木刻版翻译《地狱救妻》。
② 王兴先主编:《格萨尔文库》(第1卷第2册),兰州:甘肃民族出版社,1996年,第37页。

姆等四位大将,各自率领八万兵马,围攻西方孔雀连屏城的四方城门。阿达拉姆带领岭军攻击北门,门地老将阿群辱骂阿达拉姆,并向阿达拉姆连刺三矛。阿达拉姆举起山岭大弯铜弓,搭上雕翎铁箭,射中阿群前额,攻破城门,杀死士兵二十余名。可见,阿达拉姆在以上四次重大战役中,同岭地众英雄一样勇猛杀敌,巾帼不让须眉。四大战役之后,阿达拉姆还会同岭地其他将领在纳日达唐与拉达克官兵打了场恶仗,致使拉达克损失了几十员大将和近千名士兵。阿达拉姆的这些赫赫战绩,赢得岭部老将僧达阿冬称她为"女英雄"的由衷赞叹。岭地大臣擦香也对众人说:阿达拉姆是"沙场巾帼","除了阿达拉姆,女人当中没勇士",并认为作为"岭部三王"之一的格萨尔叔叔晁同与之相比也逊色不少。

正因为阿达拉姆剽悍神勇,箭术精湛,打仗时所向披靡,面对死亡无所畏惧,不知行善,被她杀害的众生不计其数,阿达拉姆堕入了无间地狱。

《地狱救妻》《地狱救母》和《安定三界》是《格萨尔》史诗叙事的结尾部本。格萨尔学界普遍认为,《地狱救妻》为后世补充加工的章节。史诗不同类型文本之间存在差异。有由个别识文断字的艺人自己抄录的,有来源不明的历史上流传下来的手抄本,有王公贵族雇人抄写的本子,有讲述记录抄本、现场记录抄本,还有用现代的录音装置在现场录制的本子等等。依赖出版文本进行解读,这些出版本是依据什么原则来加工的?加工的成分有多大?这些环节往往模糊不清。1983 年 8 月,青海民族出版社出版《地狱救妻》前言部分中提到:"话说格萨尔王传中《地狱救妻》之篇,其内容有详、略详、一般等三部,此篇为略详之部。源自拉卜楞寺。"①

---

① 青海省民间文艺研究会搜集整理:《地狱救妻》,西宁:青海民族出版社,1983年,第 3 页。

《地狱救妻》分为三个部分，主要讲述格萨尔平定汉地凯旋归来，赶赴阎罗殿与阎罗王（也被誉为阴间地府的冥司、文殊尊神的护法）斗智斗勇、据理力争，为阿达拉姆祛除罪孽，最终救出阿达拉姆等十八亿逝者引渡到西方极乐世界。《地狱救妻》与别的部本不同在于受到浓厚宗教思想影响，将格萨尔塑造成为宣扬宗教思想的宗教领袖。该部本有大量描写"弃恶从善、因果回报"的佛教道德教诲的部分。譬如为救阿达拉姆，格萨尔王闭了整整三年的关，又修了八座塔，才重入地狱超度阿达拉姆。

阿达拉姆面对阎罗法王时欺瞒说：我曾向上师三时佛，供献过金鞍好骏马，供奉过彩饰的大象，也曾把金银拿秤称，把松石珊瑚用斗量，积此德是否算善缘。在坛场般的寺周边，曾修建八十柱寺庙，以黄金铸造千尊佛，银书写千遍解脱经，拿红铜建造千宝塔，口诵六字十八亿遍，积此德是否算善缘。我曾去扎日山转经，对阿里众山去中转，把汉地众山去左转，把印度众山去右转，这积德是否算善缘。

阿达拉姆的俱生神是各自代表善与恶的白色精灵布琼嘎布和黑色精灵布琼那布。他俩面对阎罗王各抒己见，陈述阿达拉姆生前行为的好与错。布琼那布数落阿达拉姆"活在阳世人间时，是九头妖魔的妹妹，在上部大千恶魔界，她名叫食肉女魔头，在幼年三岁未到时，在荒野大地设地弓。使鼠兔雀几被捕猎？此女子怎能被解脱，在年少刚到十三岁，将发辫束肩来做恶。在清早攀登石岩顶，把铁箭搭在铁弓上，将九百野牛母子杀，把牛头抛撒山野间。故响午残杀野牛时，使大山都被血染红。在阿达魔女所到处，使秃鹫鸟儿旋当空，使豺狼猛兽遍地跑。此女子怎能使解脱；在响午来到平川地，将九百野马母子杀，使沼泽大地被血染。让所有平滩堆满尸，在傍晚时分到海边，把鱼网鱼钩撒海中，来杀绝海中鱼和獭，使鲜血终把大海染，此女子怎能被解脱；那相依已久的马匹，曾骑它上至卫藏地,也骑着下至汉地国,在马儿体弱衰老时,却交给匪盗外人手,这如同惨杀恩父母,挤乳饮奶的犏乳牛,年轻时把它乳奶喝,年老时剥食它的肉,造福于人的牝牦牛,年轻时喝它的乳酪,乳制品糊全家之口,奶牛有孕令其产犊,不产犊时把它宰杀,这好似乱杀恩父母。恶行上师信仰退失,对寺院庙宇行毁谤,对正法教会来轻视,此女子如何能解脱;当统治黑魔部落时,是充当盗贼的首领。在身披三甲武装时,好似遍入天示怒容,使敌人见她心胆颤,使花虎见之失畏恐,使野牛见之悲叹气,使野牛见之逃山岗。曾挂帅统领九万兵,乱杀过金冠大上师,未畏惧地狱的苦难。曾杀过高位的长官,未畏惧律法的严惩。曾杀过黑帽大咒师,也未惧护法的咒惩。曾杀过武装英雄汉,似不惧持械武装兵。曾杀过结发的女人,未畏惧众口说纷纭。曾杀过背囊苦僧人,未惧你法王的律法"。

《地狱救妻》结合现实生活中的种种琐事,谴责不敬佛、不孝顺父母、迫害动植物以及欺诈、偷盗、挑拨、自私贪婪、嫉妒、吝啬等恶劣行为,体现生死轮回、因果报应的佛教思想。"不是阎罗嗜酷法,皆因前业咎自取,正如春播什么种,秋来便得什么果,生时所造诸罪孽,身后地狱来报。"教诲人们应具备仁慈、宽厚的优秀品行和行为规范做人做事。用"阎罗王戥子、阎罗王明镜、阎罗王律条"的砝码来衡量罪孽的轻重而加以惩罚。强调信用、忠诚以及信任为前提的誓言的重要性。审视自己的罪孽而忏悔、改过自新。"重视孝道"的美德。对人、对物、对社会上的一切要怀有慈悲之心,不能忽视自身的道德修养。

《地狱救妻》通过佛教的六道轮回与因果报应的道德原则隐含人与自然要和谐相处,违背自然则得到相应惩罚,注重保护森林绿地,反对挖掘草山、污染水源、侵犯野生动物等损害自然的行为,以相应的地狱惩罚来说明了其保护自然界的重要性。

尊崇佛教的藏民族认为"杀生"乃首恶,放生乃积攒佛性最重要的途径。佛教经典《宝鬘论》中说"杀生者寿命短,多行不义者多苦难"。善恶道德是衡量行为正当与否的观念标准。《地狱救妻》"因果轮回"的宗教观念,形成了符合当时藏民族价值取向的标准和行为规范要求的伦理道德观。史诗所讴歌的最高道德原则是对真、善、美的追求与对假、丑、恶的摒弃。《格萨尔》里有代表善良、正义、公平、合理、美好、光明的事物和行为的"善道"和邪恶、伪善、奸诈、残暴、丑恶、黑暗事物和行为的"魔道"。表现了真善美和假丑恶之间的矛盾斗争。史诗中所有的矛盾斗争基本围绕"善道"与"魔道"而展开,最终以格萨尔为代表的"善道"一方获胜而结束其故事的内容,体现正义必将战胜邪恶的道德原理。《地狱救妻》表明善恶的价值,阐释善恶的因果报应的最终目标,安排地狱来阐释因果报应的道德观念,随着佛教的深入而扎根于藏民族的思维意识,束缚着人们作恶的行为,使人们的行为得到了道德上的控制。

阿达拉姆作为北方头人,嘱咐魔域部落"看你这黑暗魔界地,有敌则戈矛同执戳,争得财物则同分配。向外敌面前同冲刺!对内部苦乐要同一,待高位部族要敬重,待弱势部落若父母,做强暴部落压制人,就内部团结要一心",显示女强人的大智大勇。但她生前不敬佛教,"我死后超度的上师,不必请现在的僧师,他口中念着普明经,而心中想着布施财,他还言亡灵已超度,他说的乃是骗人言,谁知道那是真与假。"当遇到格萨尔并被他不凡气度吸引,为他做了一顿饭作为供养。死后的阿达拉姆来到阎罗王面前,面临审判。所做的善业和恶业都会进行精准的称量。称量的结果,她造的恶业堆积如山,而善业只来自她为格萨尔做的那顿饭的一点点重量。《地狱救妻》再现不注重因果报应而受到应有惩罚的例证,审视自身缺陷。在道德上的过度压抑和控制,磨平了勇敢、剽悍、豪爽等有个性的民族性格,铸造出善良、宽容、谦虚、保守、正直、温和的人。

(三) 部落社会的文明使者

演唱文本和语境共同创造了意义。"阿达拉姆"集中着藏族民众的复杂情感,该人物体现人性、魔性和神性三性合一的特征。她体现部落社会审美观和藏族女性的强悍地位。

《格萨尔》产生在恩格斯所说的"英雄时代",即氏族部落和部落联盟时代。部落联盟和部落之间的战争是《格萨尔》史诗的主题。格萨尔文化流传地区正是藏族部落社会形势与内容保存最完整地区。"部落"是由有共同血统的氏族组成的一种社会组织类型,拥有共同的语言、文化和历史传统。理想的部落通常有共同的部落名称,领土相邻,共同从事贸易、农业、建筑房屋、战争以及举行各种宗教仪式活动。部落的统一并不表现为领土完整,而是基于扩大的亲族关系。"血缘是维系部落社会的一条重要纽带,即使在地缘部落中依然发挥着重要作用。藏族部落也不例外。"①四川、甘肃、青海、西藏各部落都有关于先辈遗骨与部落渊源关系的传说。

以部落战争为主题的《格萨尔》史诗具有崇尚勇武和不杀生的双重审美观。阿达拉姆是藏族部落社会中有情有义的女子,是神灵世界中令人敬仰的空行母,是宗教话语中的魔女,又是放下屠刀,立地成佛的典型。藏族民众心目中的阿达拉姆是敢爱敢恨、骁勇善战的女中豪杰。阿达拉姆作为魔王之妹,为了格萨尔背叛了

---

① 何峰:《从史诗〈格萨尔〉看藏族部落的血缘制度》,《青海民族研究》1994 年第 1 期。

自己的邦国和兄长。这种行为在当时并没有遭到歧视与谴责,反而认为是深明大义、大义灭亲,成为"岭国十三王妃"之一而备受尊重。

史诗传统具有口头属性。藏族民间流传着许多关于阿达拉姆的传说和风物遗迹。青海果洛州达日县境内坐落有著名的"阿达角城"。"如若不知道这个地方,这是魔岭两地交界处。这里高崖城堡临深谷,包括沟脑沟口都在内,全是魔王属下的疆土。……你若是不了解这城堡,它是路赞大王寄魂城。修在悬崖峭壁八峰前。路赞大王人恶面目凶,住这山城阴森宫里面。""阿达角城"是一座用鹿角、野牛角和牦牛角堆砌而成的城堡,据说完好保存至民主改革时期才被拆毁。2013年7月,青海省果洛州首届阿达拉姆赛马节在达日县桑日麻乡康龙沟举行。果洛当地牧民用这种方式纪念民族英雄格萨尔和女英雄阿达拉姆,体现出《格萨尔》史诗文化传承核心区——青藏高原的《格萨尔》传承的复兴。

青海玉树州称多县离海拔4852米的巴颜喀拉山约80公里的清水河镇普桑村的卡直沟,大自然鬼斧神工,血迹斑斑的、牦牛肢体般的、表面呈红色的石块堆砌一处,相传这是阿达拉姆降伏魔牛的地方。旁边山崖上的一块有眼有孔、形似岗哨的石崖,相传是狡猾诡秘、好事胆小的"阿克晁同"躲藏于此,窥探阿达拉姆降伏魔牛的壮烈情景。

四川甘孜州盛传"阿达拉姆踢山石柱"的故事。女将阿达拉姆迷恋一位叫色尔哇·尼奔达雅的战将。当她听说尼奔达雅的领地"色尔坝"这片"盛产金砂的谷地"经常有妖魔出没,常将少男少女当作美餐,百姓民不聊生,而骁勇剽悍的尼奔达雅多次前去都未能得手,便与之共商大计,在"霍西"这个地方,开启了一场惊心动魄的大战。阿达拉姆踢开大山,一座大石柱从天而降,将妖魔终身禁锢在石柱下。当地百姓为感谢阿达拉姆,就将此奇异的石柱命名为"阿达拉姆踢山石柱"。

"部落"是由有共同血统的氏族组成的一种社会组织类型,拥有共同的语言、文化和历史传统。理想的部落通常有共同的部落名称,领土相邻,共同从事贸易、农业、建筑房屋、战争以及举行各种宗教仪式活动。部落的统一并不表现为领土完整,而是基于扩大的亲族关系。"血缘是维系部落社会的一条重要纽带,即使在地缘部落中依然发挥着重要作用。藏族部落也不例外。"[1]氏族起源的神话传说、氏族部落崇拜的神祇、宗教和部落形态下的文化生活以及部落间的交往和战争构成了藏族远古史的主要内容。

在部落社会,具有特殊才能和地位的藏族女性不仅可以参战,而且可以成为将领。阿达拉姆和大王妃珠姆都曾作为将领带兵打仗。作为早期的民族英雄,阿达拉姆的个人命运等同部族命运。她从原始保管者哥哥路赞手中夺取国土和财物、降伏魔牛和吞噬百姓的妖魔等积累财富、征服自然界等种种行为,反映部落起源史和集体活动的结果,体现的是集体力量的化身,是史诗中文明使者英雄化的典型。

《格萨尔》中男女不仅在政治上平等,而且在族权上也是平等的。俄洛·乃琼这个名字中的前两个字代表了夫姓,而戎察·查根和果擦·角如,这两个字中前一个字表示母姓,可见藏族男女都有承继祖先姓氏的权利。岭部落长、仲、幼三大族系都是以母亲的姓氏来命名的。晁同的别号为"四母",意为幼时由多位母亲哺育而成。

女性在岭部落有一定的政治地位。王妃梅萨等七位女子前往梅雅地方采集植物时不幸被捕。梅萨与当地头人玉泽敦巴结婚。

---

[1] 何峰:《从史诗〈格萨尔〉看藏族部落的血缘制度》,《青海民族研究》1994年第1期。

当格萨尔前去营救,梅萨却因留恋新夫而踯躅不前。格萨尔坚决要求她回岭地,说"你是洪多吉帕茂的转世,必须回到岭国议事会的行列中去",说明她和珠姆、阿达拉姆等王妃都同为岭部落议事会的成员。

《格萨尔》史诗是藏族社会部落战争等的历史记忆。《魔岭之战》讲述岭部北方"堆域"的路赞王抢走了格萨尔的王妃梅萨,格萨尔单枪匹马到"堆域",杀死路赞,夺回妻子的故事。"堆"是古老的氏族部落名称。据藏文典籍《贤者喜宴》引用《历史大全》记载,吐蕃未开国前,曾有十种人统治过蕃土,第二种就是"堆"人,地名为"堆域卡热九谷"。18 世纪藏族著名学者松巴堪布在其《全集》的问答中:"堆域在拉萨北边的纳木错,那里有一地名叫秋莫,属于纳仓地区。该地区有谷如和门热两部落,(抢去格萨尔妻子的)大力士就住在两地的交界处,此大力士先到贡布,后住当雄。""在当雄,大力士建造了堆卡夏热纳木宗,作为基地,四处抢劫。"这与白兰"右与多弥接"的地理位置大体吻合。《新唐书》载:"多弥,亦西羌族,役属吐蕃,号难磨。滨犁牛河,土多黄金。""多弥"不仅是地名,也是羌人部落名称。这支羌人所居犁牛河畔,即今天玉树的通天河畔,与松巴堪布所讲"堆域"的地理位置相距不远。因此,有学者认为《魔岭之战》降魔故事素材,源于白兰与堆部落的婚姻纠葛。

第四节 传统女权主义"男女平等"思想与藏传佛教"众生平等"思想比较

以自由主义女性主义为主要思想体系的传统女权主义运动,

秉持包含理性、公正、机会均等、选择自由等基本观点在内的"男女平等"思想。藏传佛教在人生观方面亦有"众生平等"这一根本理念。在对《格萨尔》史诗进行性别层面的文本观照后，不难发现，这部英雄史诗也在一定程度上为我们展现出藏族妇女的形象史。

在《格萨尔》史诗活态传承发展的过程中，藏传佛教发挥着深刻的影响作用，其"众生平等、视众如母"的理念更成为史诗中生态思想的重要基础。因此，从《格萨尔》史诗中与女性形象塑造相关的文本内容出发，借以较为生动立体地诠释藏传佛教"众生平等"思想在内涵、本质上与传统女权主义所提倡的"男女平等"思想的同与异。

藏传佛教"众生平等"思想：佛教主张万事万物皆由因缘和合而生，任何一个因都是因生的，任何一个缘都是缘起的，因又有因，缘又有缘，因缘交织无始无终，无边无际。因此，万物的产生没有绝对因，也即不存在创造宇宙万物的主宰，那么任何存在都是因缘和合而生，因缘和合而灭，这所有的存在就是必然平等的。人作为万法之一，在世界上不具任何特殊地位，与其他所有存在一样，由因缘和合而生，而长，而灭，也就是说人的生老病死都是在一定的条件下发生的。人的生存环境好坏影响人的生存状态和生活质量，而且人的行为也会反过来影响周围的环境。人的生活方式造就了现实人类的生存环境，有了人就有了现时的环境状况，有了现时的生存环境，才有当今人类的生活状况。人与人、人与其他任何万物、万物自身之间都是平等的。

"众生"的梵文音译为"萨埵"，《梵汉大词典》解释为"有"、"存在""实在"；在佛教经典中被译成"众生""有情"。它在佛教的一般意义上指的是具无明烦恼，流转生死于迷界的凡夫，包括人类、诸天、饿鬼、畜生、阿修罗和天这些三界六道的有情识之生物，也称作六道众生。这里的"情识"指的是情感与意识。"众生"的通俗解释是指一切有感情、有意识的生物(包括人类在内)。在思想内涵方面,首先,"众生"即众缘而生,一切万有皆由因缘之聚散而生灭。《杂阿含经》谈道:"佛告罗陀,于色染着缠绵,名曰众生;于受、想、行、识染着缠绵,名曰众生。"①《摩诃止观》说:"揽五阴通称众生。"②《大乘同性经》曰:"众生者,众缘和合名曰众生。所谓地、水、火、风、空、识、名色、六入因缘生。"③其次,众生依据其生存状态分为两种:有情众生与无情众生。凡是有情识的,如人与动物等,都叫有情众生,没有情识的,如植物乃至宇宙山河大地,都归为无情众生。最后,一切有情众生均在三世六道中轮回。《妙法莲华经文句》讲:"若言处处受生,故名众生者。此据业力五道流转也。"④在佛教的观念中,一切有生命的物种在本性上属相同,并无高低贵贱之分。《长阿含经》明确谈道:"尔时无有男女、尊卑、上下,亦无异名,众共生世故名众生。"⑤

  毋庸置疑,藏传佛教的人生伦理观深受佛教"众生平等"理念的影响,认为众生都可能成佛;以平等无差别之心去关爱和保护一切众生。这就是指一切有情识的人和动物。但是,藏传佛教的众生平等观最终的落脚点,也是其理论的基点在于生活于社会中的人类。因为无论众生之平等的真正实现,对万法的认识和觉悟成佛,还是以菩提心去普度众生等,无不是以人为主体的。如仅以虔诚信奉三宝,通过修习佛法觉悟成佛来讲,根据佛教的义理,无论处于何道的众生都有佛性,佛性是成佛的根基,但是真正成佛是通过修行实现,地狱、饿鬼、畜生、长寿天、边地人士均无条件或空闲

---

① (刘宋)求那跋陀罗译:《杂阿含经(卷六)》,《大正藏》,阿含部类。
② (隋)智顗说:《摩诃止观(卷九)》,《大正藏》,法华部类。
③ (北周)阇那耶舍译:《大乘同性经(卷一)》,《大正藏》,经集部类。
④ (隋)智顗说:《妙法莲华经文句(卷四)》,《大正藏》,法华部类。
⑤ (后秦)佛陀耶舍共竺佛念译:《长阿含经(卷二十二)》,《大正藏》,阿含部类。

来闻见和修学佛法,而只有人才具备修学佛法的空闲时间和各种有利条件。

传统女权主义"男女平等"思想:"女权主义"一词,其最早出现在法国,泛指女性有关争取与男性同等的社会权力的主张,宣扬争取男女社会地位平等的精神。后传到英美,逐渐流行起来。经日本中介传到中国,定名为"女权主义",也显示出着眼于男女社会权力均等的时代特征。作为一种在西方乃至全世界有着广泛影响的重要理论,女权主义的兴起是和西方女权主义运动密不可分的。从两性文化的意义上说,西方的文化传统是男尊女卑的传统。历史上,"人"的内涵中原是没有女人的,正如英语中用"MAN"代表"人",男人创造的文明史携带着女人的进步——这种统一并不意味着男女平等的人类生活。相反,人对自身的所有的规定——政治的、经济的、法律的、伦理的、审美的——无一不是以男性的意志和利益为中心的。女人在人类社会生活中"历史性地"失落了。她们只是被当作功用化的物,而不是当作人被社会接受的。男人只是把女人当作延续自己的姓氏、财富、血缘、生命的工具,即存种的工具,纳入男权家庭中。这种文化传统随着妇女解放运动的兴起和发展而受到质疑、批判、反抗和颠覆。18世纪法国资产阶级启蒙运动促使人的自我意识觉醒,这也直接使得女性作为独立个体的意识觉醒。19世纪以后,秉持"天赋人权"的观念,妇女广泛开展女权运动。这是妇女争取解放,要求社会平等权利的政治斗争。其斗争对象是整个夫权中心社会。它的奋斗目标是在社会权利上实现普遍的男女平等。18世纪末的法国大革命,是妇女解放运动的真正起点。第二个阶段在19世纪末20世纪初期,以1920年至1928年英美妇女获得完全的选举权为达到高潮的标志。20世纪60年代以后,出现了第三阶段的女权运动,这次女权运动的大背景是法国和西欧的学生造反运动,以及美国的抗议越战的和平运动,黑人的反种族歧视运动和公民权运动。

传统女权主义的"男女平等"观念,其发生是与女权主义运动的第一次浪潮紧密联系着的,且植根于崇尚权利和自由的自由主义女性主义传统。受社会契约论的影响,传统女权主义根据人们具有同等的理性潜能这一假设,主张男女生而平等。公正和机会均等是传统女权主义最为看重的,所谓机会均等,是指人天生具有不同的资质,只有极大的不平等发生时,才可人为干涉,其认为女性的地位受到习俗法的局限,限制了女性对社会的参与。此外,传统女权主义反对关于女性的传统哲学思想,即与男性比起来,女性在多数方面是低劣的。它认为,女性在攻击性、抱负、力量和理性等许多方面都拥有与男性同等的能力。总之,传统女权主义的基本立场,即在一个公平的社会里,每一个成员都应该得到发挥自己潜力的机会,男女两性应当拥有同等的权利和地位。

"男女平等"观念与"众生平等"思想之异同:

1. 二者之契合

尽管发生的时代不同,传统女权主义"男女平等"之说与藏传佛教"众生平等"思想在性质上也有根本的差异,但前者在颠覆了传统意义上男女观念的基础上,始终坚持争取男女地位与权利的平等,且逐步上升至深刻思考关于人在自然界应有的地位问题;后者亦强调每个生灵的尊严、人格、价值以及生存方式均是平等的,并无高低贵贱之分,那么男性与女性也应该是具有平等地位的。可见,在全人类实现男女平等的诉求方面,二者是具有无可争议的一致性的。在《格萨尔》史诗中女性群像的塑造上,更是处处闪耀着"男女平等"这种超越传统观念的意识光辉。

首先是对妇女的美貌与美德的赞扬。史诗中所出现的女性形象,不论身份如何,也不论出自本部落或娶自其他部落,都是貌胜天仙,让人好不喜欢。如史诗中对噶萨曲珍外貌的这处正面描写,

"只见她的脸儿好像十五的满月,能压倒世界上一切天仙;身体修直而柔软,胜过下界十万龙女;说话的声音就像弹琵琶,寻香天女听了也感到羞愧。看见她鲜花般的容颜,深山里苦修的禅师也会微笑;寺院里的高僧比丘也会动心;大路上的商客也会频频回顾;青年小伙子更会丧魂失魄"。① 这是格萨尔变幻为十几岁的小男孩唐聂后,住在噶瓦城堡的外院,遇上来为他送食物的噶萨曲珍时的第一印象,一连串排比式的赞美将其甚于天仙的姿容展露无遗。

　　史诗中刻画的较为生动且丰满的妇女形象——僧姜珠姆,可谓是理想中的藏族女性代表。她是女神白度母的化身,这里采用神话的艺术形式更赋予了珠姆符合男权社会审美需求的形象内涵。她美貌与智慧兼备,并不贪图大食财王的富贵,而是追随自己的心意大胆的选择了靠挖蕨麻、猎地鼠谋生的穷角如格萨尔。她无怨无悔地唱着这样的歌:"岭地三姐妹,去挖蕨麻去。走在半路上,自愿把亲许。选了核桃仁,没要核桃皮。我僧姜珠姆呵,才算真有好福气。"正是娶了珠姆为妃,格萨尔才摆脱了落魄不堪、与母亲相依为命的穷困生活,摇身一变,成为有地位有权利的岭部落大王,物质生活也极其充裕。美女难得是王权七政宝之一,正因为此观念不易改变,对珠姆的抢夺才直接导致了霍岭双方持续多年的乱战。在马群被抢走备受屈辱之时,霍尔的唱词还透出对珠姆的倾心,"不走险峻陡石崖,不能到达平坦路,不经艰险和困苦,不能得到心爱物。昨天岭国紫马人,赶走骏马好多匹,让格萨尔他知道,就算珠姆的彩礼"。② 无论是在岭地,还是身居霍尔,僧姜珠姆的地位都高高在上。

---

　　① 王兴先主编:《格萨尔文库》(第1卷第2册),兰州:甘肃民族出版社,1996年,第459页。
　　② 王沂暖、华甲译:《格萨尔王传·贵德分章本》,兰州:甘肃人民出版社,1981年。

其次,妇女可以自主择偶,其贞操观念也较为淡薄。与封建时代汉族上层社会的大家闺秀不知"庭院深深深几许"闭塞与禁锢的生活状况不同,史诗中的妙龄女子大都有自由参加社交活动的机会,而且寻常百姓的子女于田间耕作又属常事,对于天性喜爱纵情歌舞,结朋欢宴的藏族人民来说,青年男女接触的机会相对较多,异性间的隔膜并不严重。如上文所提到的僧姜珠姆,在前往玛域执行任务的途中,与角如变幻的俊美少年互生情愫,遂私定终身,不惜放弃大食财王提供的荣华富贵。又如《降姜篇》中总管王戎擦查根对晁同提起他的儿子,"我那囊俄玉达儿,他去霍尔地方时,在那黄河渡口上,碰见公主达萨珍,两人对歌诉衷肠。囊俄随后变主意,不去霍尔要还乡"。囊俄玉达与达萨珍偶然碰面于道中,萌生情愫,遂互相用歌声来传情表意。而《降魔篇》中魔女阿达拉姆对前来借住的格萨尔一见倾心,不禁唱道:"我阿达拉姆小女子,族姓虽不好生作魔,遇上你好人是为佛,心中高兴啊又快乐,我热切向你来求情,允许把你的伴侣做!"她主动且毫不避讳地表达自己浓烈的爱意,还愿在魔地神灵的见证下将自己许配给格萨尔。

贞操观念的出现,无疑使生活在社会重压下的妇女又多了一重人伦道德方面的制约,她们成为男性的私有物和附属品。但联系到《格萨尔》史诗产生的时代背景,我们不难发现且可以理解文本中男性并不苛求妇女忠贞于己,就连妇女本身的贞操观念也极不强烈的现实状况。如霍尔国为了得到珠姆,大举入侵岭地,双方开始长达数年的恶战。在这部分文本的叙述中,一次两军对垒之时,岭国战将帕雷布塔尔雷为了保护王妃,打退敌人的积极性,便谎称珠姆已为格萨尔诞下三个孩子。而后岭国叛将晁同将实情告诉敌人,"美貌珠姆大王妃,正当青春没孩子",这才使霍尔国士气大振。珠姆在霍尔国与黄帐王生活长达三年之久,并育有一子。

直到格萨尔平定霍尔国,在带珠姆回去之前,他亲手杀死了那个孩子。可见,当时的男人对女性的贞操问题并不看重,他们会使用武力去抢夺即便是已嫁作人妇的女子为妻,但绝不容许非亲生的孩子存在。另一方面,被抢至霍尔的珠姆王妃,无时无刻不在惦念着她深爱的格萨尔大王。"雄狮格萨尔大王,身不变是圣文殊,贵体是否还健康?语无碍是观世音,话语是否仍流畅?意不动是金刚手,心思是否没变样?……告诉他说珠姆我,仍旧爱他没变心。"但即便是这样情深,珠姆还是和别的男人在一起生活,并养育子女。王妃梅萨也是如此,先后流落于魔国和木雅国,与他人过着夫妻生活,直至由格萨尔平定两国,才追随他重回岭地。可见,与传统观念所强调的"贞节烈女"不同,史诗中的女子虽为过"他人妻",也不会受到丈夫的轻贱,且她们本身对此也比较淡漠。

再次,妇女在家庭生产中始终处于主导地位。藏族妇女因为承担了家庭中绝大多数的生产劳动,而成为家庭生活的主力军,这与《格萨尔》史诗的相关内容所反映出的情况是一致的。格萨尔的母亲拉姆(贵德分章本作"尕擦拉毛")在史诗中被这样描述:"岭尕的女中之圣。她大慈大悲,对于神佛,虔诚崇信。在外边她会耕田种地,放牧牛羊,在家里她能挤奶打茶,磨炒面,织毛布。"之所以被称为"女中之圣",和藏传佛教对女性神灵的信仰有着不可分割的联系,但果萨拉姆本身的勤劳能干也是其形象大放异彩的重要因素。

史诗中的绝大多数女性都是生产实践的好手,在承担挤奶、放牧、织布、耕田、做饭等家庭劳动的过程中,她们也积累了许多经验,并将这些传统习俗代代传承。如王妃珠姆就将长期劳动所了解的生产技能传授给自己的婢女,"柴火样数多,烧法也不少。牛粪像好汉,应该擦起来烧。劈柴像英雄,应该堆起来烧。柏树像战神,应当翻着烧。猫刺像妖怪,应当压着烧。羊粪像魔鬼,应当拌着烧"。而格萨尔的另一个王妃梅萨则是烹饪食物的高手。

对于身居"妃位"的女性来说,不仅家庭生活要打理得井井有条,更要在危急时刻将国事挑在肩头。如格萨尔在即将征伐魔国时,当着白岭各部落民众的面,就将家庭与国家之事托靠给珠姆,"今天清点交国事,交给珠姆来接收……白岭神城有六座,外表无失如念珠,内部完好似蛋壳,完完整整交珠姆……爱妻珠姆请听好,你要自重操国事。英雄嘉擦为首的,岭地三十名勇士,男女贵贱所有人,要把家业守护起"。这样一个特例在表现格萨尔对王妃珠姆绝对信任的同时,也反映出在家庭生产方面,史诗中的妇女也能享受到与丈夫较为平等的权利。

最后,史诗中的妇女们心系国家,有勇有谋。这方面多以生活在社会权力中心的上层女性为代表,她们具备较为充足的参政议政条件,有时还是社会事务的直接参与者。面对突发的国家危难事件,她们往往积极地献计献策,甚至身披帅袍,率众冲锋陷阵,表现出强烈的责任感。如《降姜篇》中,萨当王觊觎岭国的六围盐海,遂欲发动战争。姜妃叶玛曲珍得知消息后,认为这将是场不义的战事,便以霍尔国失败的事实劝谏姜王,"十八原野被血淹,十八沟壑尸骨满。雄鹫开始厌死肉,狐狼已把人血烦。清清黄河血染红,霍尔遍地风沙巷,片片原野生杂草,村村寨寨没人烟。九层雅孜红城堡,城头崩塌根基陷。……部落兴盛之时勿张狂,兵马强壮之时要谦虚,若不这样肆意挑事端,最后失策误国后悔迟"。尽管叶玛曲珍的主张受到内务大臣的赞同,但依然没能阻挡两国之间的血腥之战。而后姜国接连损兵折将,萨当王被格萨尔降伏,即将破城之时,机警的姜妃看出了赤兔马的端倪,不顾希拉王的不屑再次直言强谏:"那匹宽鼻枣骝马,本是雄狮王坐骑。此马每根毛端上,各有一位神灵驻……现在强行赶它来,并非是件好事情。……

我虽多次来劝阻,王臣都不听我言。姜地各部落兵马,被杀尸体堆如山,被杀人血流成河,亡灵恶魂如风卷。"面对无可挽回的姜国溃败与残众的不屑,叶玛曲珍的苦口婆心饱含爱国深情。又如霍岭二国战事将起,王妃珠姆就曾对前去才刺探敌情的丹玛多番交代:"擦香丹玛江查呀,你要先去白雪山,看看狮子啥动静,狮子慌乱必有敌,狮子安稳无敌情。你要再去檀树林,看看老虎啥动静,猛虎惊慌必有敌,猛虎安稳无敌情。然后再去草山上,看看雄鹿啥动静,大鹿惊慌必有敌,大鹿安稳无敌情,随后奔赴阿钦滩,看看霍尔啥动静,细观他们的盔上旗,是否不稳左右倾,然后见机而行事!……出征首战很重要,事关全局莫大意,所求愿能都实现,祝你旗开得胜利!"值得一提的是,作为岭国的女英雄,阿达拉姆自从跟随格萨尔王之后,在沙场上便常伴左右,奋勇杀敌,实乃良将,不愧有"箭矢渴望饮鲜血,矛锋渴望嚼白骨"的男儿气魄。

除此之外,在史诗中,每逢岭国开展较为大型的集会活动时,坐席上常常都留有女性的位置。如岭国大破霍尔后,所摆的庆祝宴中就有女性的席位:"右面女眷座位上,一席果萨母后坐,二席热萨格措坐,三席鲁姑擦娅坐,四席嘉萨拉珍坐,五席戎萨东丹坐,六席拉茂玉珍坐,七席冬萨赛措坐,八席达萨玉珍坐,九席赛撒拉措坐!女眷左面座位上,首席僧姜珠姆坐,二席梅萨奔吉坐,三席嘎萨曲珍坐,四席珠萨塞措坐,五席冬萨拉宗坐,六席热萨孜梅坐,七席扎萨佐吉坐!"而晁同在赛马开始前摆起的酒宴,还专门留有未婚女性的席位:"后排靠右绸垫上,嘉洛僧姜珠姆女,俄洛结吉乃琼女,总管女儿玉珍女,卓洛贝嘎拉孜女,擦香姑娘孜珍女,亚塔姑娘赛措女,达戎姑娘超茂措,此为白岭七淑女,七位淑女请入席!"这也能看出,《格萨尔》史诗中对妇女的看法是有别于传统观念的,她们享有较为平等的权利和地位。

2. 二者之差异

虽然藏传佛教"众生平等"思想与传统女权主义"男女平等"思想在终极追求上具有高度的一致性,但是不可否认的是,二者在现实发展上有着根本的差异。

藏传佛教作为一种特殊的意识形态,自产生之日起,它就和封建统治阶级有着密不可分的关系,这难免使其在男女平等观念方面有所妥协。藏传佛教一方面赞美女性,肯定她们的德行,另一方面却将她们置于无法言说的困苦境地。

在《格萨尔》史诗中,妇女常常被认为是附属于男性的,她们没有财产继承与支配权,在婚姻缔结过程中也处于被动的地位,就连离婚也并不享有与丈夫同等的权利。如贵为"岭地女圣"的果萨,就因为丈夫听信谗言,不顾未出生的格萨尔,将其赶出家门,她带走的只是晁同给予的"一个又窄小、又破旧、四面不挡风的帐篷,给了一匹十岁口开外的瘦骡马,给了一头瞎了两个眼睛的奶牛,给了一只瘸腿的老母狗。"这和她出嫁时的丰厚妆奁——十六卷《龙经》、廷肖衮古龙帐、福角龙畜母牦牛、食运自生黄金小桶、雪山精华消渴宝和如意满愿水龙珠等许多珍贵宝物有着天壤之别,纵使勤劳能干,善良贤惠,在经受婚姻失败之时,也无法得到应有的经济报偿。而僧姜珠姆虽勇敢地与格萨尔私定终身,但最终结果还是要以英雄赛马的胜负来裁定,她的两个妹妹的婚姻则直接受命于父母。大多数妇女都背负着极其荒唐的罪名走向婚姻的失败,果萨受人陷害,不明不白被驱逐自不多说。晁同垂涎珠姆的美色,嫌弃结发妻子丹萨人老珠黄,便以"斗篷旧了讨人嫌,吃食陈腐倒胃口。婆娘老了惹人烦,娶新扔旧该换换"。这种随便的理由将其赶出家门。女性在某种意义上成了玩物、衣服,可以被男人随意玩弄与丢弃。对于这样不合理的待遇,她们常常选择默默接受,并认为这是命定的,即"父母丈夫与住处,前生注定在命里"。当丈夫对自己提出厚颜无耻的要求时,丹玛只得好言相劝,希望丈夫不要痴心妄想,但一切努力都无济于事时,她屈从于所谓的命运安排;果萨自始至终都不清楚自己为何被赶出家门,但清醒之后,她不曾怨怼自己的丈夫,更没想过要为自己不幸的遭遇讨个说法,只是默默承受。

传统女权主义虽名为争取女性解放,但它实际上代表的只是某些阶层的女性,主要是欧美中产阶级的白人女性,其理论并不适用于众多普通女性。这种被资产阶级白人女性展现出来的女性解放运动常常无视"第三世界"和劳动女性,它无法逾越狭隘的性别视野。传统女权主义所要求的"男女平等"以及其他理念,都过于绝对化且具有盲目性。一些女权主义者为了推翻所谓的男权统治,夸大其词地描绘女性屈辱和男性的卑劣,将斗争的矛头指向大多数男性,产生敌视男性、厌恶男性的心理情结。

就自由主义女性主义而言,它的悖论在于:第一,不承认非性别形式的其他种类的压迫,尤其不承认阶级压迫的存在。其平等理论忽略了黑人、少数民族和其他边缘的无权女性群体的状况;第二,并未真正在工作和政治领域争得两性平等,甚至在法律方面的平等也没有完全争得;第三,其男女平等要求忽略了性别社会角色的差异,忽略了两性的生理区别;第四,坚持忽视性别式的立法,这样的立法形式忽略了男女两性的生理差别,不符合性别社会的现实状况;第五,其人性观视个人基本上是理性的、独立的、竞争的和自治的存在,忽视了人类社会的抚育、合作和相互支持的性质;第六,仍旧以男性的规范为标准,要求女人变得和男人一样,并未分清公领域与私领域的范畴,忽略了女性品质特有的价值;最后,其所谓的客观性和普遍性只属于有限的男性实践范畴,归根到底,自由主义女性主义所秉持的理性观念仍然是男性观念。

马克思说:"没有妇女的酵素就不可能有伟大的社会变革,社会的进步可以用女性的社会地位来精确地衡量。"[1]无论是传统女权主义所提出的"男女平等"思想,还是藏传佛教所秉持的"众生平等"理念,虽然存在着现实发展层面的本质差异,但是二者在对妇女地位与权力等问题的深入探讨上还是达到了终极目标的一致性。可以说没有什么社会运动可以像女权主义运动这样,深入、迅速地促进了人们的观念与行为方式的变革,在极大地改变妇女的期望与生活的同时,也影响着男性对妇女生活的看法和对待妇女的方式。在《格萨尔》史诗中,两性平等的问题就有诸多展现,妇女的地位得到了一定的重视,这是受压迫最深的妇女们盼望从不合理的社会制度的束缚下解放出来,争取与男人有平等地位的艺术表现,而且也反映出这部伟大史诗的非同一般的人民性。

---

[1] [德]卡尔·马克思、弗里德里希·恩格斯:《共产党宣言》单行本,中央编译局译,北京:人民出版社,1997年,第24页。

第三章
《格萨尔》史诗女艺人

传承人指长期直接参与民间文艺活动,并通过自身进行演唱或讲述民间作品的传承者,分为群体传承人和个体传承人两种,包括故事讲述家、(史诗)歌手、说唱艺人、戏曲表演家等。① 在西方学界经常使用的"史诗歌手"是专指演唱史诗的人,强调的是史诗表演中有较强的歌唱特征和音乐技巧特征。"史诗艺人"的使用则常见于我国史诗研究界,比如藏族史诗《格萨尔王传》的说唱艺人,柯尔克孜族史诗艺人"玛纳斯奇",还有蒙古族史诗艺人"江格尔奇"。藏族英雄史诗《格萨尔》是迄今仍然以活形态传承的史诗,在《格萨尔》绵延千载的流传过程中,自始至终从未离开过"仲哇"(说唱艺人)这个时代相继、层出不穷、具有丰富生活阅历和杰出说唱艺术才华的民间艺人群体的创造奉献,《格萨尔》说唱艺人是史诗得以世代相传的主要载体,他们是史诗的创造者、传承者和传播者,他们用创造性的口头诗学和叙事才华铸就了这一世界上规模最为宏大的史诗传统。作为史诗的

---

① 张紫晨:《民间文艺学原理》,石家庄:花山文艺出版社,1991年,第106页。

活态载体,艺人们在保护和传承非物质文化遗产中有着重要作用。为此,对于艺人的定期跟踪调研,是史诗研究中重要的一环。

第一节 《格萨尔》女艺人分布、传承及说唱文本档案构建

(一)《格萨尔》女艺人的分布

根据原全国格萨尔办公室杨恩洪教授的调查,20世纪90年代的《格萨尔》说唱艺人分布情况如下:共有140余位艺人尚活跃在民间,加上已去世的著名艺人,如琶杰(蒙古族,1902—1960)、扎巴(藏族,1904—1986)、贡布(土族,1900—1974)登共计约150人。其中藏族艺人99人,蒙古族艺人46人,土族艺人6人。艺人们主要分布在青海、甘肃、西藏、四川、云南以及内蒙古和新疆民族聚居区。笔者在国内进行调研时考察到,《格萨尔》史诗广泛流传于青藏高原的每一个角落。随着生产力的发展和社会各个方面的变化,史诗流传的区域也在不断地扩大和延伸,从被称为"世界屋脊上的屋脊"的阿里高原,经藏北草原、三江(长江、澜沧江、怒江)流域、横断山脉地区,再翻越念青唐古拉山,到长江源头和黄河源头;从阿里向西,翻越喜马拉雅山,经拉达克地区,到喜马拉雅山南麓,在这样一片广大的地区,形成了一个史诗流传带。凡是有《格萨尔》故事流传的地方,就必定有说唱艺人,在这个流传带上,曾经孕育了并仍在孕育着不少的说唱艺人,他们在吟诵这部古老的史诗,承载这个古老的文化。中国境内的藏族《格萨尔》

艺人，主要分布在青海、西藏、甘肃、四川和云南5个省区。在众多的艺人中，有聪明智慧、演技娴熟的年轻艺人，也有七八十高龄的老艺人，有农牧民艺人，还有一些女艺人。艺人比较集中的地方是《格萨尔》传承核心区，即西藏的阿里、那曲、昌都，青海的果洛、玉树，甘肃的甘南，四川的甘孜、阿坝等地区。

随着老艺人们的去世，《格萨尔》说唱艺人的布局在发生改变。藏族、蒙古族、土族当中的《格萨尔》艺人群整体上趋于萎缩状态，当时的统计数据中只有两位藏族女艺人，可见《格萨尔》女艺人数量非常之少。笔者在调研过程中发现现阶段《格萨尔》女艺人数量偏少而且分布相对集中，她们的现状与杨恩洪教授在90年代的对《格萨尔》说唱艺人整体调研的结果几近一致。笔者在多次调研期间获悉的《格萨尔》女艺人有：

◆ 青海

嘎贡（已故）：青海省果洛州德尔文部落的嘎贡女士为大伏藏师谢热尖措之妹，她作为那个年代的普通女性，为《格萨尔》史诗在德尔文部落的保留传承上占据一定的分量。

他措（已故）：青海省果洛州德尔文部落他措女士具有一副出众的好嗓音，她那歌声优美、曲调各异的演唱才能对德尔文部落的一代人影响较深刻。

此外，德尔文部落出现了许多掘藏师和说唱艺人，例如塔尔措、才仲（才卓）、曲杨卓玛、曲昂毛以及已故女艺人嘎尔贡等。

拉庆卓玛：青海省果洛州《格萨尔》研究中心命名的《岭·格萨尔》神授艺人。

笔者与青海"德尔文史诗村"女艺人

笔者与著名格萨尔传承人昂仁之女——女艺人才仲

青海省果洛州神授艺人拉庆卓玛

扎格：扎格艺人于1947年8月出生在位于青海湖西北部的天峻县一个普通的牧民家庭，无论说唱哪个部本，她都说得口齿清晰、通俗易懂。她最拿手的是《阿达拉姆》，演唱《阿达拉姆》时表情会随着故事情节的变化而变化，喜怒哀乐表现得淋漓尽致。她还能精确演唱《平定三界》《降伏四魔》以及十八大宗和少数小宗的内容。1984年9月她被邀请到西藏国际艺人说唱会，她在大会上先后说唱了《平定三界》和《阿达拉姆》，后被各界学者和艺人们所重视。若是本地有婚事或赛马大会之类的宴会，邀请她说唱《格萨尔》成为了不可或缺的一个节目。1993年11月扎格参加的青海省第二次说唱大赛中，不但获得了"优秀说唱者"的荣誉称号，而且她说唱的《阿达拉姆》被海西人民广播出版社进行录音，录音磁带受到了广大听众的欢迎和好评。

娜玛多杰：艺人娜玛多杰是一名热情且善解人意的藏族妇女，生活在青海省黄南藏族自治州尖扎县，她从小怀揣着能成为一名《格萨尔》说唱艺人的梦想，党的十一届三中全会的光辉照亮了中华大地，那时娜玛多杰从收音机里听到《格萨尔》可以宣传的新闻后兴奋不已。从那时起她优美的《格萨尔》说唱再次响起在尖扎地方,而且还得到了各级领导的重视,在各种会议及宴庆上经常安排她说唱《格萨尔》,她说唱得井然有序、通俗易懂,她的名声也日益提高。无论是在地里干活,还是婚庆、赛马大会等各种宴会上唱起了她那优美的长歌,都令人心旷神怡。她会说唱《霍岭大战》《门岭大战》及《阿达拉姆》等四五部本,其中最熟练的是《姜岭大战》。

笔者与娜玛多杰的合影

◆ 四川

俄真卓玛:四川色达县色柯镇人,从事放牧,1970年突发灵感,演唱《格萨尔》史诗,能演唱《赛马登位》《阿达拉姆》《英雄降诞》等为主的完整五部史诗及零散《格萨尔》故事。特点是捡拾许多奇石集于室中,从其中汲取灵感并作为道具演唱。

卓玛拉措:卓玛拉措于1934年出生在四川的德格,1981年四川人民广播电台请她前去录制《格萨尔王传》说唱,她欣然接受了。她在成都一住就是五个月,为电台录制了《赛马称王》和《霍岭之战》上、下部。1984年夏天,在日光城拉萨召开的《格萨尔》艺人演唱会上,她登台说唱,那动听的嗓音,把人们从当代的日光城,带回到古代藏族先民生息的雪山草原。

却梅卓玛:却梅卓玛是当时新龙上瞻总保夺吉郎加的大女儿,她美丽聪慧且精通藏文,在我国著名的藏学家任乃强先生与她妹妹罗哲情措的婚礼期间说唱《格萨尔》,而后由任先生记录且发表,这是我国第一篇汉译《格萨尔》。

空行达热拉姆:(1938—2000),是礼琼空行母化身的大乐王母,也是色达年龙寺的主持之一。从童年起,她先后在数十位善知识莲足下勤禅闻思修,成为具有很深佛学造诣的女性。岁至四十,如期顿悟伏藏密授,开始掘出伏藏法,并成为伏藏法主。这样的女性掘藏者目前已不多见,20世纪90年代,空行达热拉姆和晋美彭措活佛开启了格萨尔王传《姜王子·王拉托杰传勇士呐喊声》伏藏。这种现象可谓是一种空行的感应信号所产生的一种创作冲动。

◆ 西藏

玉梅:1957年出生于那曲索县热都乡著名说唱艺人达洛家,16岁开始说唱《格萨尔》故事,目前自报能说唱篇目共74部,其中有18大宗,48小宗以及史诗的首篇数部和结尾部。在众多的《格萨尔》说唱艺人中,玉梅是个幸运儿,她出生在新中国,得到政府的关怀和重视,1982年被录用为正式干部,成为第一个被国家录用的《格萨尔》艺人,享受着中级职称同等待遇和政府特殊津贴。现在自治区社科院民族研究所从事录制史诗的工作,到目前已录音20部。1987年和1997年中央文化局、国家民族工作室和中国社科院等两次授予她"优秀艺人"的荣誉称号和并给予她高度的评价。

可见,《格萨尔》女艺人们数量少,分布相对集中,主要聚集在

《格萨尔》流传广泛且格萨尔文化浓郁的青海省果洛藏族自治州、黄南藏族自治州、西藏那曲和四川省甘孜藏族自治州等史诗核心区,她们的存在与这些地方浓郁的《格萨尔》氛围相得益彰。

(二)《格萨尔》女艺人传承类型

青海《格萨尔》史诗研究所原所长角巴东主研究员对《格萨尔》说唱艺人进行多年的实地调查,他将《格萨尔》说唱艺人分为以下几种类型:

◆ **神授艺人**

也叫巴仲艺人:"巴"为降落、产生之意。"巴仲"是指通过做梦学会说唱《格萨尔》的故事。因此,也叫托梦艺人。这类艺人大多说自己在青少年时代做过一两次神奇的梦,有的艺人甚至连续数日酣睡不醒,不断做梦,梦境中产生各种幻觉,托映出史诗内容,仿佛亲眼看见或亲身经历格萨尔大王征战四方、降妖伏魔的光辉历程。梦后一般大病一场,病愈后,突然像换了一个人一样,神采飞扬,才思敏捷,《格萨尔》的故事画面如同电影一样,一幕幕地浮现在眼前,内心有一种抑制不住的激情和冲动,胸口感到憋闷,有一种要讲《格萨尔》故事的强烈愿望,不讲不痛快,不讲心里难受。一旦开口,如同奔腾的长江之水,滔滔不绝,一讲就是几天、几个月、几年,甚至一辈子都讲不完。这样,巴仲艺人经过一两次梦幻之后,就同《格萨尔》结下了不解之缘,无师自通地学会了说唱《格萨尔》的故事。目前中国涉藏地区有 30 多名巴仲艺人,其中最著名的有西藏昌都地区的扎巴老人(已故)、才让旺堆、斯塔多杰等。

神授说艺人的共同特点是:一字不识、聪慧超人、演技娴熟、才华横溢。凡是神授艺人的说唱者,他们都说自己是格萨尔大王手下某一大将的化身,有一种无形的力量在促使他们说唱史诗。

我们暂且不论这"无形的力量"到底是什么,但是,这些神授艺人在说唱史诗前,首先必须借助祈求神灵的祭祀仪式,清除心中杂念,祈求神灵给他们说唱《格萨尔》史诗的灵气。他们的说唱,给人的感觉就像看着书本,通畅流利地诵读,滔滔不绝,一气呵成。

◆ 撰写艺人

这类艺人从小喜爱《格萨尔》的故事,一般具有一定的文化水平。他们凭借自身识字的这一便利条件,看着书本学唱《格萨尔》的故事。要么靠一种无形的力量,对《格萨尔》的内容进行加工、创新和润色。据这些艺人讲,无论让他们撰写哪一部,他们可以立即给你写一部头尾俱全的《格萨尔》的故事。写完以后,让他再重新讲一讲刚才所写的故事时,他居然一点也不会讲。这类艺人的特点是只会写而不会讲。当他们准备笔墨即将撰写时,脑中一片空白,根本没有《格萨尔》故事的内容,更没有故事的情节脉络,但是,一旦笔尖落到纸上,有一种说不出道不明的创作欲望促使他们不由自主地驾驭着笔在纸上迅速飞跃,一部故事就这样写就。写毕,大脑与先前一样,空荡荡的,一无所有。青海黄南藏族自治州已故艺人阿角就属于撰写艺人类。

撰写艺人共同的特点是:从小喜爱《格萨尔》的故事和民间流传的各种传说故事,且好读书学习。他们所写的《格萨尔》故事,情节脉络清楚,错别字较少。

◆ 圆光艺人

圆光艺人:"圆光"原是巫师、降神者的一种占卜方法,即借助咒语、凭着铜镜或水碗等器皿看到占卜者想要知道的一切。据说圆光者的眼睛与众不同,能借助铜镜看到别人看不到的图像或文字。通过这种圆光的方法,从铜镜中抄写史诗《格萨尔》故事的艺人叫圆光艺人。圆光艺人分为眼圆光和心圆光两种。前者依照本尊神的启示,通过看圆光镜,按仪轨获得神力,在铜镜上涂上贵金属或珍贵矿物原料,念诵密咒,方能获得圆光目(双眼或者单眼)。也有人可以从清水、湖面以及拇指的指甲上涂上反光的东西,令指甲发亮,观指甲而说唱或占卜。心圆光大概是依靠悟性技能来获得信息。圆光艺人一般有三种:第一种是会讲不会写;第二种是会写不会讲;第三种是既会讲又会写。他们一般是先写,然后照着写本讲。这类艺人在当地实为罕见,具有浓厚的神秘色彩。卡察扎巴·阿旺嘉措、才智是比较著名的圆光艺人。

圆光艺人的特点是:首先向各路神明默默诵经祈祷,之后在一个干净的盘子中盛满青稞大麦之类的谷物,上面放置一铜制的镜子,然后艺人就瞧着铜镜开始说唱。但也有一些艺人,是在一干净的碗中盛满水,看着碗中的水说唱。还有一些艺人,看着自己的手指甲或者一张白纸说唱。按照他们的说法,如果离开了铜镜、碗、纸张等物件,就不会说唱。据艺人们讲,倘若没有平时积累这方面的知识,即使在铜镜中看上一辈子,除了自己的身影外,什么也不会看到。另外,圆光艺人可以凭借铜镜等器物预言一个人的生老病死以及未来所发生的一些事。

◆ 吟诵艺人

吟诵艺人:藏语称做"顿仲"。"顿"意为吟诵,是看着抄本而说唱的艺人。这类艺人一般有两个特点:一是识字,能看本子吟诵,离开本子便不会讲。二是嗓音比较好,吟诵时声音洪亮,抑扬顿挫,节奏鲜明。新中国建立后,在电视台、广播电台说唱的,大多数是这类艺人。这类艺人具有一定的文化水平,最起码具备读懂史诗内容的能力,他们可以拿着史诗本子给群众诵读,所读的大多为群众中比较广泛流传的抄本、刻本,或者是背诵其中最精彩的片段,当场为群众表演。因为他们说唱的内容来自固定的史诗部本,照本宣科,所以他们演唱的内容情节基本上是千篇一律。为了得到群众的欢迎,他们便在曲调上下功夫,不断变换曲调的内容,以丰富史诗的曲调。

这类艺人在当地比较普遍，他们的说唱满足了群众精神生活及娱乐的需求，为传播和保存民族文化做出了应有的贡献。他们的主要特点是从小学习藏文，有较好的文字基础，刻苦学习《格萨尔》的故事，达到比较熟练的程度。通常他们在聆听艺人说唱的同时，不厌其烦地阅读一些史诗部本，来充实史诗的内容，他们一般只会讲一到两部，最多的也只不过四五部，而且是在群众中比较普遍熟悉和流行的史诗。这类艺人分布比较广，人数也比其他艺人多，说唱的水平各有千秋，他们大都认为由于自己缘分浅、天赋差，没有得到神的启示，是跟别人学唱的。这种艺人在当地比较多，占艺人总数的百分之六十以上，遍及整个我国涉藏地区。甘肃甘南州的《格萨尔》说唱艺人尕桑智华，青海省《格萨尔》史诗研究所的年轻艺人娘吾才让等，属于典型的这方面的艺人。吟诵艺人与其他说唱艺人的区别在于：他们懂得文字，熟悉各地方言，有驾驭文字和方言的能力；这类艺人从小跟随老师学习，由老师指导说唱，再加上自己的勤奋努力，凭借自己的聪明才智，具有很强的记忆力。

◆ 闻知艺人

闻知艺人：藏语称做"蜕仲"。"蜕"意为听、闻，即听别人说唱之后靠耳听心记而学会说唱的艺人。这类艺人一般没有文化知识，有些甚至是瞎子。李加、才扎、班玛加等都是闻知艺人。

闻知说艺人不同于以上所说的神授说、圆光说和撰写艺人，其最大的特点是他们从小喜爱《格萨尔》，全靠自己的勤奋努力，靠耳听心记学唱《格萨尔》，而不是凭借某种力量打开"智慧之门"。

◆ 传承艺人

传承艺人是指将家中祖上所掌握的史诗毫无保留地传授给自

己的子孙后代，一代一代传承下去。此类艺人有两种：一种是口耳相传；一种是抄写在纸上传承，也就是抄本传承。这两种类型无论哪一类，他们所掌握的故事是从祖上传下来的。在传承的过程中，从未断代，也未使《格萨尔》故事的内容偏离主题或加上一些不健康的内容，而是将其干干净净、正正规规地保护、保存，完好无损地传给下一代，代代相传，永不停止。传承艺人在说唱时，他们所摆出的姿势和神态必须是祖上传下来的，自己不能随意更改或创新。布特嘎、丹巴尖措、次多等属于传承艺人。

他们的特点是：说唱时不需要看书，想什么部本就说唱什么，而且滔滔不绝，说唱内容齐全，吐字清晰，深受群众喜爱。无论是口头传承，还是抄本传承，他们所传承的史诗内容齐全，人们可以将此作为史诗规范内容来看待。

◆ 掘藏艺人

掘藏艺人：藏语叫做"德仲"。"德"为宝藏、伏藏之意，"仲"为故事之意。"掘藏"一词本是宁玛派的术语，因史诗《格萨尔》与宁玛派有极为密切的关系，故将这一术语也用于《格萨尔》。几百年前人或神为了把史诗抄本或主要的文献资料完整地传给后人，将其埋藏在地洞或岩洞里，依靠有缘分的人去挖掘，能挖掘《格萨尔》的艺人被称为掘藏艺人。掘藏艺人是看着挖掘出的抄本进行说唱的。掘藏艺人又分为两种：一种叫"物藏"，藏语称"则德"，是指掘藏艺人把吐蕃时期或前人埋藏在地下的《格萨尔》史诗原本发掘编写出来成为抄本；另一种叫"贡德"，是指把从人的思想意识里挖掘出来的意念——《格萨尔》的意念，再用文字写出来成为史诗抄本。按字面意思翻译是"心中藏着宝贝"，意思是这类艺人心里藏着宝贝——《格萨尔》的故事，是靠挖掘出的抄本而说唱的艺人。他们能挖掘宝藏，就像矿工从深山把宝藏挖掘出来一样，这"挖掘"的方法，就是按照自己的意念，将《格萨尔》的故事书写出来。青海省果洛藏族自治州的著名艺人格日尖参就属于掘藏艺人。通过对《格萨尔》艺人类型的了解，反观上文汇总提到的诸位女艺人，可以看出，女艺人以吟诵艺人为主，有极个别的属于神授艺人和掘藏艺人。嘎贡、他措、拉庆卓玛、扎格、娜玛多杰、俄珍卓玛、卓玛拉措从小接受格萨尔文化的熏陶，说唱是有参照的部本且每人会说唱的篇目比较固定。玉梅属于神授艺人，空行母达热拉姆与《格萨尔》的渊源来自《姜王子·王拉托杰传勇士呐喊声》伏藏，她属于掘藏艺人。

（三）《格萨尔》女艺人说唱文本档案构建

在对《格萨尔》女性说唱艺人进行研究时，1988年杨恩洪在《民族文学研究》（第4期）发表的《〈格萨尔〉艺人论析》提到说唱艺人群体中的两位女性——神授艺人玉梅及吟诵艺人卓玛拉措；1995年由中国藏学出版社出版杨恩洪的《民间诗神——〈格萨尔〉艺人研究》，其下编"艺人传与寻访散记"有专节介绍来自西藏索县的女艺人玉梅和出身名门贵族的女艺人卓玛拉措；2007年广西人民出版社出版同是杨恩洪的《人在旅途——藏族史诗〈格萨尔王传〉说唱艺人寻访散记》，以图文并茂的形式介绍女艺人玉梅、卓玛拉措还有盛装演唱《格萨尔》迎宾曲的果洛州甘德县德尔文部落的妇女。2003年由西藏人民出版社出版索穷的《〈格萨尔王传〉及其说唱艺人》，其"艺人传略篇"中就有对艺人洛达之女玉梅的专门介绍。角巴东主2006年在《青海社会科学》（第1期）发表的《〈格萨尔〉说唱艺人研究》对来自黄南藏族自治州尖扎县的女性吟诵艺人娜玛多杰的说唱情况进行了介绍；2011年角巴东主在《青海社会科学》（第2期）发表《〈格萨尔〉神授说唱艺人研究》专门对神授艺人这一群体进行探究，涉及女艺人玉梅步入从艺之路的神奇经历。周爱朋、杨嘉铭、曲扎 2011 年在《中国西藏(中文版)》(第 3 期)发表的《石头里的〈格萨尔〉(续)——说唱艺人俄珍卓玛传奇》则是对女艺人俄珍卓玛的专访与介绍。原载于《文汇报》1981 年 11 月 9 日,张蜀华、周炳权《藏族放牧姑娘玉梅登上文坛》中介绍藏族放牧姑娘玉梅演唱的《格萨尔王传》目录准确、清楚,情节完整、生动,很有艺术价值。其他还有何天慧 1994 年在《西北民族学院学报(哲学社会科学版)》(第 2 期)发表的《〈格萨尔〉说唱艺人探秘》等。

文本档案的构建主要是针对神授艺人玉梅的,她说唱的《格萨尔王传》共有 70 余部,其中有 18 大宗、48 小宗以及史诗的首篇数部及结尾部。她说唱的小宗很有特色,有些是她独有的篇章。目前玉梅艺人说唱的磁带共有 13 部,392 盘,有人将玉梅说唱的《格萨尔王传》七十部罗列如下:

1.《格萨尔降生史》　　2.《贾寮降生史》　　3.《戒寮降生史》
4.《堆岭》　　　　　　5.《霍岭》　　　　　6.《姜岭》
7.《闷岭》　　　　　　8.《大食财宗》　　　9.《奇乳珊瑚宗》
10.《卡切玉宗》　　　11.《雪山水晶宗》　　12.《廷格铁宗》
13.《松巴犏牛宗》　　14.《白热绵阳宗》　　15.《汉地茶宗》
16.《象雄山羊宗》　　17.《塔岭生铁宗》　　18.《且岭机器宗》
19.《木古骡宗》　　　20.《麦拉扎宗(梅)》　21.《突厥兵器宗》
22.《蒙古狗宗》　　　23.《寮拉松石宗》　　24.《波保珊瑚宗》
25.《郭尔卡羊羔宗》　26.《牛卡树宗》　　　27.《兴卡珍珠宗》
28.《廷卡铁宗》　　　29.《阿扎玛瑙宗》　　30.《东方鹿宗》
31.《北方罗刹海螺宗》32.《玛雄金宗》　　　33.《曲格生铁宗》
34.《曲拉粮食宗》　　35.《印度佛法宗》　　36.《汉地王法宗》
37.《木雅绸缎宗》　　38.《山南头盔宗》　　39.《黄铜宗》

40.《那拉水宗》　41.《江拉狼宗》　42.《达拉虎宗》
43.《斯拉豹宗》　44.《察瓦盐宗》　45.《木雅云彩宗》
46.《达孜珍珠宗》　47.《真那驮畜宗》　48.《康拉雪山宗》
49.《达戒水晶宗》　50.《登白奶查宗》　51.《热尺山羊宗》
52.《母牦牛宗》　53.《玛康绵阳宗》　54.《德格太阳宗》
55.《月亮宗》　56.《白尺眼睛宗》　57.《鱼宗》
58.《船宗》　59.《色规鲜花宗》　60.《阿里山羊宗》
61.《色玛马宗》　62.《白德罗刹宗》　63.《麦列佛法宗》
64.《米努海福》　65.《白热杂耐黄羊福》　66.《山南香獐宗》
67.《顿珠火宗》　68.《生命宗》　69.《聂戒红宝石宗》
70.《米努剑宗》

据笔者在西藏社科院的调研获悉，女艺人玉梅说唱的部本如下：

1.《天界篇》　2.《诞生篇》　3.《噶岭之战》
4.《嘉日岭之战》　5.《绒岭之战》　6.《丹玛青稞宗》
7.《嘎德大鹏宗》　8.《降服魔王鲁赞》　9.《降服霍尔白帐王》
10.《降服姜国萨当王》　11.《降服门国辛赤王》　12.《大食财宝宗》
13.《歇日珊瑚宗》　14.《卡契松石宗》　15.《亭格铁宗》
16.《松巴犏牛宗》　17.《象雄珍珠宗》　18.《阿扎玛瑙宗》
19.《塔岭之战》　20.《其岭之战》　21.《梅岭金子宝藏之部》
22.《牡古骡宗》　23.《百热绵羊宗》　24.《米努绸缎宗》
25.《地狱篇》

玉梅的说唱部本不仅被统计，还被录音以及翻译成文本保存，这对史诗本身的传承和保护具有极大的意义，对《格萨尔》女艺人演唱风格和内容的探究也提供了更为便捷的方式，颇有价值。现如今，文本档案的建设工作还在继续完善。

上编 《格萨尔》女艺人研究述论 115

笔者摄于西藏社科院。图中文稿都是艺人说唱记录

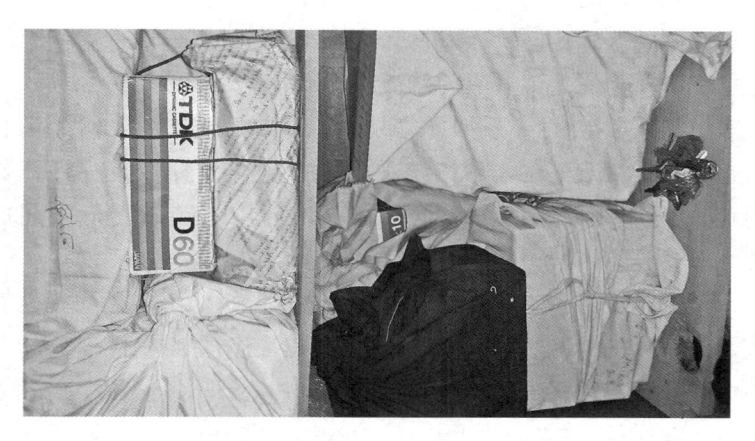

笔者摄于西藏社科院。图中包裹装的都是女艺人玉梅的说唱磁带

第二节 "神话"因素与女艺人的自我定义

(一)《格萨尔》史诗及其艺人中的"神话"因素

史诗和神话是一对孪生姐妹,互为依存,史诗的内容就是神话,神话通过史诗获得活的地位,没有史诗,神话只能变成僵死的文字,供后人考据;神话则让史诗更为神圣和深邃。任何神权统治都要通过对神圣起源的追溯,即通过神话叙事和史诗叙述使其现在的权威具有合法性。他们也通过把神话故事仪式化而强化故事的神秘力量及威慑力量,以增加其魔力。无论在这些故事叙述还是仪轨化叙述中,"起源"都是一直持续到现在的。民族—国家的认同需要构建神圣的历史,史诗是满足此种构建的最好的体裁文体。也就是说史诗是这一历史最合适的样式。有了共同的历史,才有认同的基础,进而保障权威的合法性。从这一方面理解史诗,也可以解释为何史诗演唱的是神话。

史诗和神话的关系如此密切,神话与史诗说唱者的关系自然也是非常密切,在藏族传统文化中有这样一种带有神话色彩的传说,它讲述的是《格萨尔》说唱者与《格萨尔》史诗之间的关系:

雄狮大王格萨尔闭关修行期间,他的爱妃梅萨被黑魔王路赞抢走,为了救回爱妃,降伏妖魔,格萨尔出征魔国。途中,他的宝马不慎踩死了一只青蛙。格萨尔感到十分痛心,即使是雄狮大王,杀生也是有罪的,他立即跳下马,将青蛙托在掌上,轻轻抚摩,并虔诚地为它祝福,求天神保佑,让这只青蛙来世能投生人间,并让他把我格萨尔降妖伏魔、造福百姓的英雄业绩告诉所有的黑发藏民。

格萨尔还说：愿我的故事像杂色马的毛一样。果然,这只青蛙后来投生人世,成了一名"仲肯"——《格萨尔》说唱艺人。这便是藏族历史上第一位说唱艺人的来历,他是与格萨尔有缘分的青蛙的转世。后来活跃在广大雪域之邦的众多的说唱艺人,据说都是那只青蛙的转世和化身。

与之类似的还有这样一个传说：据传,英名盖世的格萨尔王终生不歇地征战,终于征服了十八国,统一了雪域,完成了众神托付给他的使命以后,他自己也已经老了,也该卸甲归天了。有一天,他骑着那匹伴他征战终身的枣红神马徜徉草原,溜啊,走啊,忽然马蹄踩着一只拳头大的青蛙,格萨尔王下马一看,可怜那青蛙被马蹄踩得粉碎而气绝。他无限怜悯地将青蛙捧在手中抬头凝望天空,思绪万千,情绪激昂,默默联想起一生征战厮杀的往事,叹口气自语道："我以往杀生太多,而今到了生命之末又增加了杀死一条小生命之孽,真不该啊！"于是他把死青蛙的血肉撒向空中,抛往四面八方,然后虔诚地祈祷说："愿此青蛙成为格萨尔王业绩的传播者,为了不使世人腻烦,愿传播的唱腔及唱词各异,就像一匹雪青马的杂毛一样各色俱全。"后来,格萨尔的祈祷灵验,当时那死青蛙的每一点一滴血肉都投生为一个《格萨尔王传》说唱艺人,而且在他们每个人的身上有一个蹄印,有的在皮肉外,人们可以看到,而有的在皮肉内的骨头上,使人们看不到。同时也说,只要是神授艺人,在他身体的某个部位就有马蹄的掌印。至今保存完好的扎巴老人的头盖骨上确有着清晰的马蹄掌印。[①]

女艺人俄珍卓玛身上也体现出了浓郁的"神话"因素——她与石头的渊源：俄珍卓玛不识字,但她自小就很喜欢听人说唱《格萨尔》,并希望自己将来也能成为说唱《格萨尔》的艺人,常幻想洁

---

① 索次：《藏族说唱艺术》,拉萨：西藏人民出版社,2006年,第65页。

白的哈达也能挂在自己的脖子上。她在十几岁时便迷恋上了石头。在一次放牧的时候,俄珍卓玛偶然捡到一颗石子,洁白的石子在阳光下愈显夺目,刹那间她似乎通过石头看到了战争的画面、赛马的场景,她想这一切是不是格萨尔大王在征战呢?晚上,她果真梦到了格萨尔王。从那以后,只要遇到自己心仪的石头,她都会如获珍宝,带回家中。她对这些石头里面记载着格萨尔王的一切,有着神话故事寓意坚信不疑。遭遇和丈夫分手的生活变故后,石头成为她一生的伴侣。她摆弄着石头,对着石头若有所思,想象着,这是格萨尔的大将辛巴,这是格萨尔的王妃珠姆,这是格萨尔的战马……斗转星移,她捡到的石头越多,越加感觉到神奇,她看着熟悉的石头,好像在看着《格萨尔》史诗中金戈铁马的片段,又像是身处史诗人物生活之中。那些在头脑中断断续续闪现后又消失了的语词逐渐连成为完整句子,联结为故事段落,她能说唱《格萨尔》了。尽管很多人都不理解,但她坚信这些石头是格萨尔王留下来的吉祥物,是格萨尔王对她的恩赐,它们有自己的故事,她确信自己能看着石头讲出《格萨尔》。

(二) 女艺人的自我定义

女艺人俄珍卓玛和玉梅都深信自己是《格萨尔》中某个人物的转世,玉梅曾说过自己是格萨尔大王某个妃子的转世,俄珍卓玛则是晁同女儿晁孟措的转世。关于俄珍卓玛转世的说法是俄协上师和其他几位活佛共同认定的。

俄协上师 1939 年出生于甘孜县达则乡甘卓村,过着乞丐一般的生活。那时他偶尔能听活佛讲经,觉得已是人生最大乐事。新中国成立后,他当过一段时间的邮递员。到人民公社时期,不识几个藏文的他,突然开始写"英雄降生",这是《格萨尔》史诗的重要篇章,讲的是格萨尔如何从天界被派到人间,降生在岭国的故事。他每天写啊写,每写一个段落便任意打住,第二天接着写,一共写了160多页。可惜这些手稿后来弄丢了。80年代,他到达则寺出家,当了一名僧人,这所宁玛派的寺院里有俄协的经房,但他并不参加僧团活动。他每天的功课,就是写《格萨尔》"仲",偶尔也能应人之请,写出一部宁玛派的经典来,他被称为"伏藏大师",就是把心间的密藏经典写出来。2008年,他用20多天把《英雄降生》重写了出来,随后是《赛马登位》《普明燃灯》《降伏黑鹏》和另一部,还写了自己的传记和其他几部宁玛派经典。大家请他继续写,他说,自己老了,这辈子就写5部"仲",够了。

俄珍卓玛搬到县城后,很乐意到俄协上师家去。别人都说俄协上师是仁布钦,而上师说俄珍卓玛是晁同的女儿转世。在《格萨尔》里,晁同是格萨尔的叔父,生性丑恶心术不正,是个爱搞阴谋诡计的人。他和妻子色措珍共生下10个孩子,9个男孩中的4个成为岭国赫赫有名的大英雄,女儿晁孟措也是岭国的大美女,贤德之名远播。对于俄协认定她为晁同女儿晁孟措的转世,俄珍卓玛欣然领受。她说,不止俄协上师,另外好几位活佛也都这么认为,她自己也就深以为荣了,只要是格萨尔王后代,什么都好。

对灵魂转世说的深信不疑,是由于她们对藏传佛教的信仰以及藏族传统文化对藏族女性的熏陶。《格萨尔》的说唱艺人,不承认师徒相承、父子相传。他们认为说唱史诗的本领是无法传授的,也是学不了的,全凭"缘分",靠"神灵"的启迪,是"诗神"附体。他们认为一代又一代的说唱艺人的出现,是与格萨尔大王有关系的某个人物的转世。这种观念与藏族传统文化中"灵魂转世""活佛转世"的观念是相一致的。

按照藏传佛教的生死理论,生与死之间存在着一种相承相合的二重关系,死是生的前提,死后将重生,生命轮回,循环不已。藏

俄珍卓玛用莲花生的印章（石头）盖印与莲花生的印章石

传佛教之灵魂转世说，就是这种宗教理论或生命学说的产物。

据各种史料记载，"灵魂转世"说，是藏传佛教噶举派之分支噶玛噶举派的一大发明，是早期宗教自然崇拜的形式之一，是灵魂崇拜或鬼魂崇拜的进一步延伸。在藏传佛教看来，不但高德大僧、活佛的灵魂可以轮回转世，而且一般凡夫俗子，甚至虫类、兽类、鸟类等凡具有生命者的灵魂均可以轮回转世。因此，强调要想改变今生之一切不幸，来世有个好的转世，就要不惜一切代价行善积德。藏传佛教认为，在整个生命圈里，有些生命之所以是凡夫俗子，要受苦受难；有些生命甚至是虫类、兽类、鸟类，就是因为前世作孽太多，没有努力积德、行善的结果。

女艺人们从小在涉藏地区生活、成长，接受藏文化的熏陶和浸染，因此她们自我认定为藏族传统文化坚定拥护者、藏传佛教虔诚的信仰者，对于"转世"一说不仅十分认同，更是以之为荣。

福柯认为知识就是权力，掌握知识的人也就是掌握权力的人。《格萨尔》史诗是古代藏族人民生产生活的百科全书，传承千年之久,至今仍然对我国多民族人民的生活有很强的借鉴意义,演唱《格萨尔》就类似于掌握了民族文化的精髓部分。人们可以把《格萨尔》说唱的话语理解为口述或书写的仪式,它必须在现实中为权力做辩护并巩固这个权力。一方面,讲述国王、掌权者、君主和他们胜利的历史(或者加上一些暂时的挫折),从而通过法律的延续,在这权力的中心及其功能的表现之中使人和权力合法地联系起来。另一方面,它也用光荣、典范和功勋来使人慑服。通过法律的桎梏和光荣的闪耀这两个方面的历史话语,达到巩固权力的效果。

作为格萨尔文化的崇拜者,女艺人们自觉地将格萨尔文化带来的权力收归自己囊中,因为这一崇拜的炽热,她们又自觉地为之付出努力,通过尽情说唱《格萨尔》,帮助它在现如今流传及传承,尽自己最大的能力避免格萨尔文化塑造的社会典范淹没在历史的潮流之中。这些潜藏在《格萨尔》史诗说唱女艺人的潜意识里的自我认知使得她们对格萨尔文化愈加热爱与忠诚,这是一个循环,是主人翁意识对藏族经典文化权利的诠释。

一个把叙事作为关键能力形式的集体,不仅可以在叙事的意义中找到自己的社会关系,而且也可以在叙事行为中找到自己的社会关系。叙事的内容似乎属于过去,但事实上它和这个行为永远是同时的。正是现在的行为一次次地展开这种在"我曾听过"和"你将听到"之间延伸的短暂的时间性。

俄珍卓玛曾说"只要是格萨尔王后代,什么都好",这不仅是女艺人对转世的自我认知,还是对《格萨尔》史诗讲述权利的向往,史诗作为口述或书写的仪式,其传统的功能就是"讲述权力的权利"。自己家族的故事,由自己来讲述。如果自己是《格萨尔》史诗中人物的转世,自然就比别人更拥有讲述《格萨尔》史诗的权利。

从藏族古老的神话中我们可以看到女性崇拜的痕迹俯拾皆是，这说明在很早的时候，妇女享有比较自由和受尊敬的地位，但是在开始进入英雄时代之后，男性主导地位的强化使得女性处于权利的边缘，在史诗中，女性很多时候都是战利品，男性拥有的女性数量也成为了权势和威严的象征，女性不仅不再神圣，而且被物化和奴化。随着社会的不断发展和进步，尽管进步的观念不断冲刷着陈旧、落后的想法，但是直到现在，藏族女性依然还是处在男性权利之下，并没有获得与男性一样的社会地位和政治地位，女性依然处在权利的边缘。

正如福柯所言，叙事不只是或不主要是叙述原初的开创或者创世的行为，而是阐述历史的合理性和当今权利的归属问题。《格萨尔》史诗说唱女艺人在说唱《格萨尔》的过程也是在攀附主流权利的过程，她们迫切希望在转世说法中能为自己"正身"，重获话语权。因为在人际权利关系的案例中，个体很可能由于出众的体能、魅力、能言善辩、较高的收入或社会地位或更广泛的政治关系网络而拥有凌驾于他人的权利。通过型塑社会化过程的能力来实现的权利运作更为有效，因为它在内化赞同的同时降低了反抗。

第三节　女艺人的现实生活

2013年6月，我们驱车前往青海省黄南州尖扎县草周乡俄加村，寻访了《格萨尔》说唱女艺人——娜玛多杰。

《格萨尔》史诗研究界将藏族《格萨尔》史诗艺人分为神授、圆光、掘藏、闻知、吟诵等几种类型。其中女艺人数量不多，除女艺人玉梅属神授艺人外，大多女艺人都是吟诵艺人。青海省《格萨尔》

史诗研究学界前辈角巴东主曾在1989年寻访过44岁的娜玛多杰。角巴东主老师将娜玛多杰归为吟诵型艺人。"黄南藏族自治州尖扎县有一位女艺人,名叫娜玛多杰。小时候一边上学读书,学习文化知识,一边跟随她的父亲听艺人们说唱《格萨尔》的故事,学习《格萨尔》的故事。经特殊环境的潜移默化,时间一长,她学会说唱《阿达拉姆》《姜国王子》等3部《格萨尔》分部本。我们在拜访她时,她不仅能完整地说唱《姜国王子》,而且还能阐释各部本的渊源和各路英雄的历史等。她说唱史诗的特点是:音质圆润甜美,歌喉优美,非常吸引观众,具有磁石般的功效。"[①]吟诵艺人与其他说唱艺人的区别在于:他们懂得文字,熟悉各地方言,有驾驭文字和方言的能力,这类艺人从小跟随老师学习,由老师指导说唱,再加上自己的勤奋努力,凭借自己的聪明才智,具有很强的记忆力。吟诵艺人在当地比较普遍,他们的主要特点是从小学习藏文,有较好的文字基础,刻苦学习《格萨尔》的故事,达到比较熟练的程度。通常他们在聆听艺人说唱的同时,不厌其烦地阅读一些史诗部本,来充实史诗的内容,一般会讲一两部或者讲一些章节中的精彩片段。这类艺人说唱水平各有千秋。30年过去了,艺人娜玛多杰几近耄耋,带着对她的生活和说唱《格萨尔》近况的关切,我们到达了青海黄南州尖扎县城。

一条横幅悬挂空中,"中国民族射箭之乡"几个大字十分醒目。通过托角巴东主老师的引荐,我们和尖扎县文化馆馆长尼玛太取得联系。尼玛太馆长恰好要去外地开会,特意在文化馆院中等待我们,交代文化馆工作人员旦增嘉措带领我们。旦增嘉措30岁左右,她用流利的藏语和汉语向我们问好。

---

① 角巴东主:《藏区〈格萨尔〉艺人普查与研究》(藏文),拉萨:西藏人民出版社,2013年。

在出县城的岔路口,我们买了些水果等物品,就直奔草周乡俄加村。旦增嘉措和娜玛多杰是同村人,她讲述了娜玛多杰艺人的情况:多杰奶奶是个非常勤劳的人,无论是在家里,还是在村里,只要她能做到的都努力地去做,而且会做得最好。多杰奶奶一说唱起《格萨尔》就会忘乎所以,她擅长说唱《姜国王子》,随着她讲《姜国王子》的次数越来越多,全村人给她取了个小名——姜奶。旦增嘉措说她自小就很喜欢《格萨尔》,虽然当时不能清楚了解多杰奶奶说唱的内容,但是由于多杰奶奶嗓音好,一听到奶奶说唱《格萨尔》就感到非常愉悦。

在问答之间,不知不觉我们已到草周乡。沿着蜿蜒而狭窄的乡村公路,我们继续向俄加村前行。艺人娜玛多杰的家是村庄的第一户,就在马路旁边。外院的左边是间牛棚,右边堆着牛粪。走进中院,能看见左边有两间有着结实铁门的车库,右边种了一些树,旁边还有间屋子,里面整整齐齐堆放着牛粪。院子干净整洁,能看出这家主人勤快、家境殷实。

娜玛多杰不在家,正和老伴儿在路边地里拔草。当了解我们的来意以后,他们露出质朴的笑容,大声向我们问好。娜玛多杰老人满脸微笑,虽然腿脚不太利落拄着拐杖,但尽可能地快步地牵着我们往家里走。我们想拍两张她的生活照,她说自己刚从地里回来,需要洗漱。看得出她是位注重形象、讲究卫生的老人。一进她家,我们都不由地赞叹,整个房子干净、明亮、整洁。左边是佛堂,外围都镶装着玻璃,里边放置很多佛像。佛堂外面是高大的煨桑台。娜玛多杰一到家就洗手、换衣,忙不迭地从冰箱里拿出馍馍来接待我们,又让旦增嘉措帮着倒茶。

她面向我们盘腿坐了下来。老人慈眉善目,虽已是七十多的年纪,但精神矍铄。下身穿着灰色格子布裤,上身是一件蓝白碎花的衬衣,衣袖在刚刚梳洗的时候卷到了手肘部位,一块米白色的头巾将头发包得整整齐齐,给人感觉利落干净、大方得体。她的左耳戴着助听器,我们跟她说话的时候要大声靠在她左耳边说。她讲述了自己的经历:我是13岁上的学,当时安排给我们的老师是一对汉族夫妇,我们经常跳舞、唱歌。后来有位叫南杰的老师,给我们教授藏文、汉文和算术。当时我是班里成绩最好的,老师经常夸我聪明,不论是藏文还是汉文,我都学得很好。特别是乘法口诀我一学就会,老师经常夸我。如果能继续读下去的话,我肯定有个很好的前程,可是我上了一年以后,因为缺少劳动力,家里叫我回家帮忙干活。小时候我们那里有个名叫南杰的老人特别能说唱《格萨尔》,一到晚上我们就到他那里听他说唱。我弟弟特别会说唱《格萨尔》,当时我们家里有《姜国王子》《阿达拉姆》《英雄诞生》《霍岭大战》等十多部《格萨尔》。我小时候特别聪明,有本八十页的《姜国王子》书没过多久就背熟了,可惜"文化大革命"期间被人拿走了。当时是不能说唱《格萨尔》的,一旦被人发现,是要被抓的,所以只能在私底下说唱。我们把那些《格萨尔》的书藏在水缸里,后面被人发现后没收了。当时我们家还有《英雄诞生》的书,那个书说唱起来特别好听。格萨尔不是普通人能生出来的,总管王戎擦查根去天界要降魔人,莲花生大师让龙王的三个女儿当中最小的女儿来诞生格萨尔,如果没有母亲果萨,格萨尔无法出生在人间。在格萨尔没有出生以前,岭国是个无人居住的荒野之地,莲花生大师想要降伏四魔,特地安排格萨尔诞生在人间……

　　娜玛多杰老人兴致勃勃地讲述着:现在已经没有《格萨尔》的书了,以前有个叫格雄夏尕的人,我们家的《霍岭大战》是从他那里抄写来的。当时的《格萨尔》说唱很好听,格萨尔和每位英雄都有独特的曲调。现在的《霍岭大战》和《姜国王子》是加塞活佛和俄昂曲培、桑热加措(笔者注:此处人名均依音记)等编排的,我是从那里开始学的。我知道的都是十七八岁时从书上学来的。现在没有《格萨尔》的书了,所以大部分都忘记了。因为生活的各种压力,我的几个弟弟妹妹相继去世了,一个孙女也死了,这些悲伤和痛苦一直折磨着我。现在的我心脏不好,耳朵也听不见了。我娘家原来特别富有,"文化大革命"的时候,我父亲和大哥都被抓了,一直没有回来,家里的财产也全都被没收。我21岁时,经常住在我家的一位活佛几次劝说我到西宁说唱《格萨尔》,我都没有去。若是那时去说唱了,现在我肯定是国家干部了。当时只有尕藏智华艺人(笔者注:甘肃省甘南州夏河县的一位吟诵艺人)在说唱《格萨尔》,只有我一个女艺人。记得那时候是在青海湖边说唱的《格萨尔》。当时来了五六个国家干部,在我家住了五六天,把我说唱的《格萨尔》录了音,另外还来了个广播电视台的人录了我说唱的《格萨尔》。后来我说唱的《格萨尔》整理成书了,但书的内容不如我当场说的那么精彩。

应我们的要求,娜玛多杰老人说唱了一段《格萨尔》,她说:"大部分现在都忘记了,要是以前你们不知道我说得有多好,格萨尔十三岁降伏汉地,十五岁降魔,二十五岁降霍尔,后来回到岭国时下了降伏五岁姜国王子的命令。"接着,她开始用曲调说唱《姜岭大战》中辛巴大将降伏姜国王子玉拉托居的情节,"我说的《格萨尔》比现在出版的更好"。

当问到家里人是否支持她说唱《格萨尔》时,娜玛多杰说:女儿、女婿有四个孩子,两个男孩和两个女孩,现在这个季节去挖虫草了。因为害羞,家里人不喜欢让我说唱《格萨尔》。以前村里的老人们特别喜欢听,每到节日也都经常说唱。那时我嗓音很好,因为我母亲嗓音就特别好,她以前所唱的民歌曲调现在的年轻人都唱不了那么好听。学校老师经常夸我嗓子不错,但我更喜欢跳舞。有一次村里买了些羊肉,煮羊肉的时候往锅里放了太多花椒,我吃了以后连说话都吃力了,那以后的一年内我没能唱民歌。那时跟我同岁的人都长得很美,而且嗓子也好。村里人都支持我说唱《格萨尔》,我说唱时人们都会感动得流泪,他们说我说唱《格萨尔》时,好像一切能活生生地展现在他们眼前。刚开始,因为我是别的村子嫁到这里来的,所以我害羞得不敢说唱,有一次在和村里的妇女们一起到田地里拔草,为了消磨时间,我说唱起了《格萨尔》,她们很惊奇地看着我,当时拔草和干活的人都围到跟前听我说唱,从那以后村里人都知道我会说唱《格萨尔》,当时我才21岁。我婆婆特别喜欢听《格萨尔》,经常让我给她说唱。后来我还因为说唱《格萨尔》得过几次奖呢。我还会说唱《门姜大战》,不过现在全忘了。

当问到她是如何掌握《格萨尔》曲调的时候,娜玛多杰说:我自小就会,因为我的嗓子好,有些曲调是自己编的。有一次跟村里的几个妇女去贵德县泡温泉,走的时候我给同伴说,去了那里别给人说我会说唱《格萨尔》,一旦透露了有可能就不让我泡温泉了,我的同伴相信了我的话,答应我不跟别人说。当我们到那里的时候,很多人都穿着好看的衣服,围在一起唱民歌、拉伊(笔者注:指藏族情歌)等。过了几天,同伴们把我会说唱《格萨尔》的事情说了出来,那以后我就不得不说唱了。一天晚上,听说有个来自四川的艺人在说唱《霍岭大战》,因为方言有区别,所以好多都没听懂。我说唱完了大家都赞扬我,而且拿出好多水果、酥油和糌粑,他们私底下也经常让我说唱。从同德县来的两个妇女和海西州的两个人给我送来了很多肉和酥油,我和同伴没吃完,多半都给了那儿的人们或乞丐。从那以后我的名声越来越大。当时我28岁。

当问到后代当中有没有人喜欢说唱《格萨尔》时,娜玛多杰说:我孙女热西卓玛喜欢听《格萨尔》,她说她跟着爸妈去挖虫草的时候看见过《格萨尔》里面说的那个兴海。在兴海有好多《格萨尔》遗迹,当地人都会说唱《格萨尔》故事。大孙子也很喜欢听,他的嗓子也很好,喜欢唱歌和跳舞。县上开展射箭活动的时候,我还给他教了段赞颂词,他说得很好,他现在在青海上大学,明年毕业。小孙子不喜欢听《格萨尔》,他明年考大学。

我们了解到,娜玛多杰除了说唱《格萨尔》外,还会唱拉伊等民歌。每逢节日,村里人聚到一起或在某家婚庆喜事活动中,她总是带头说唱《格萨尔》或唱民歌来活跃气氛。俄加村村民喜欢开展各种活动,娜玛多杰尤为积极,虽然年事已高,却很喜欢带领年轻人学唱民歌,希望把先辈们的文化传承下来。2012年,尖扎县举行"国际五彩射箭"活动的开幕式时,民间艺术活动的节目都是她亲自辅导。她非常认真,小辈们却怎么也达不到她的要求,她感叹道:"现在的孩子们学不会我小时候的那种精致了。"

天色渐晚,我们准备回程了。正好她老伴儿也从山上放羊回来,老两口送我们到路边,再三嘱咐要好好学习,别荒废了年轻时光,慈祥的眼神里透露着无比亲切的感情,爱静悄悄地融进了我们的内心。

回去的路上,旦增嘉措说:"多杰奶奶是个敢想敢做的人。记得小时候,跟着村里人去砍柴,到了砍柴的地方,大人们比赛看谁能最先爬到树顶,村里很多男人们都不敢爬,可多杰奶奶却一个人爬到树的最高处,其他人都为她的举动感到害怕,为她担心,让她马上下来。树太高了,下来也很吃力,但只有她能行,她有一种刚强的性格。她对家里人和亲戚朋友都很好,左邻右舍从来都是和睦共处,是个容易亲近的人。无论过去还是现在,村子里有什么活动,她都会积极参加,她说唱《格萨尔》的时候,总是有声有色,乐在其中,听众们也为她的精彩说唱拍手称赞……"孔子说过:七十而从心所欲,不逾矩。是啊,七十从心,娜玛多杰老人的一生曲折和艰辛,但说唱《格萨尔》早已经成为她生命中宝贵的经历和追求。

第四节　口头传承环境变迁中女艺人的现实困境及对策

文化部原部长周和平曾指出，传承人掌握并承载着非物质文化遗产的丰富知识和精湛技艺，既是非物质文化遗产"活"的宝库，又是其代代相传的代表性人物。在当今格外注重非物质文化遗产的时代背景下，史诗等文学样式的口头传承环境发生了天翻地覆的变化，作为史诗载体的传承人在当今的环境也具有其独特的价值，因此对艺人的关注和研究有其现实意义。

根据联合国教科文组织的《保护非物质文化遗产公约》的界定：非物质文化遗产，又称口头或无形遗产，是各地区、各族人民世代相承的、与群众生活密切相关的各种传统文化表现形式和文化空间的总称。党的十七大曾指出，要加强中华优秀文化传统教育，运用现代科技手段开发利用民族文化丰厚资源，重视文物和非物质文化遗产保护。中华多民族文化遗产十分丰富，特别是非物质文化遗产，有着特别的优势。虽然称为"非物质"，但与"物"又密不可分。口头和非物质文化遗产的本质不在于"非物"而在于文化物的"传承"，其核心是传承文化的人。少数民族女性是少数民族非物质文化的创造者和传承者，对民族地区的发展和稳定起着尤为重要的作用。

生境乃生物生活的空间和其中全部生态因子的总和，具体指某一个体、种群或群落的社会环境生存空间和条件。生境变化是文化变迁的重要因素和驱动力。历史上每个民族都有其发展的心理历程，而每个心理各不相同的民族在其发展中又经历了各不相同的历史。不同的历史塑造了不同的文化。在各民族社会环境中，社会一般对男女两性的角色要求一般都是有差别的，因而社会赋予男性和女性教育和成长机会往往并不均等，对他们的社会交往、从业情况、成就取得等也有不同的评价标准，亦即男女性别角色社会化的内容和机制存在着诸多差别，从而塑造了不同的民族、不同文化环境中的男女不同的人格特征。

少数民族女艺人面对的现实：综观当今世界，女性还是处于弱势群体，父权思想对她们的影响深远，她们极大依赖于家庭和丈夫，生活视野狭窄，对外面的世界了解相对较少。正因如此，也使得少数民族妇女在传承本民族文化上占据着优势。正如著名民族学家祁庆富先生在《论非物质文化保护中的传承及传承人》一文中所叙述的：女性当中传承者型的人一般说来比男性中的要多，因这女性生活的世界狭窄，她们每每带有静观生活，留心细微之处的特性，于是在不自觉中具备了传承者的性格，能够比较客观地论人论事。在少数民族非物质文化遗产的传承中，女艺人起着不可忽视的作用，大部分少数民族生活在恶劣自然环境中，少数民族妇女承担着三重特别的任务：一种是物质资料的再生产，另一种是人类自身再生产，再一种便是文化再生产，这也是民族传统文化的传承。

非物质文化遗产的进化是靠传承而延续。联合国教科文组织《公约》对非物质遗产所下的定义强调的是"世代相传"和在社区、群体中"被不断地再创造"，并有持续认同感，与我国学界传统上理解的民间文化强调其作者和传承者的身份有所差异。传承人主要现身于口头文学、表演艺术、手工技艺、民间知识等领域。非物质文化遗产的大部分领域，一般是由传承人的口传心授而得以代代传递、延续和发展的。在这些领域里，传承人是非物质文化遗产的重要承载者和传递者，他们以超人的才智、灵性，贮存着、掌握着、承载着非物质文化遗产相关类别的文化传统和精湛技艺，他们既是非物质文化遗产的活的宝库,又是非物质文化遗产代代相传的"接力赛"中处在当代起跑点上的"执棒者"和代表人物。祁庆富先生将传承人定义为:在有重要价值的非物质文化遗产传承过程中,代表某项遗产深厚的民族民间文化传统,掌握杰出的技术、技艺技能,为社区、群体、族群所公认的有影响力的人物。

少数民族女性在文化传承方面具有不可替代、不可忽视的作用,较之男性传承人,其独特之处具体表现在:首先是在少数民族中,特别是无文字的少数民族,本民族的非物质文化遗产,例如扎染、刺绣等民间技艺,就是靠一代代的女艺人流传下来的。其次是少数民族非物质文化女艺人,是本民族非物质文化的创新者,正是因为她们在本民族物质文化方面的不断创新,才实现了本民族非物质文化的再生产,促进了本民族的非物质文化的向前发展。再次是少数民族非物质文化遗产女艺人一般都是聪明智慧、心灵手巧、热爱生活的女性,她们对本民族的非物质文化的内涵有较深的理解,对本民族非物质文化的传承和发展怀有较高的责任感,对本民族的非物质文化有较深的研究,有利于本民族的非物质文化遗产的传承与发展。最后是少数民族女性非物质文化遗产女艺人,在进行本民族的非物质文化遗产的传承与创造过程中,能够通过口传心授或师徒的方式培养出新的传承人,让本民族的非物质文化遗产的发展与传承后继有人。

20世纪60年代之后,我国涉藏地区开始进入全面的社会变迁。大批接受了现代学校教育的藏族人渐渐融入国家政治与经济生活中。始于20世纪90年代的市场经济刺激了我国乡村市场网络的形成,社会的每个角落都充斥着物化商品,即便是偏远地区的人们也能享受工业文明所带来的种种物质商品便利。传统文化因此而受到强烈的冲击,女艺人们对史诗的传承也遇到困境。

随着市场经济的发展,各民族间的交流大大增加,打破了居住环境的封闭性,工业文明和信息文明强烈地冲击着牧业文明,传统的生产生活方式发生变化。年轻人纷纷走出草原、大山,到外地打工、做生意,以谋求新的生存方式,这些经常外出的年轻人不知不觉地在融进都市生活的同时,也接受了现代大众文化,当他们回到故乡时,便带回了新的生活方式。

过去人们在劳累一天之后讲(听)故事和唱歌的娱乐消遣方式,如今已被电视、网络、手机等娱乐休闲方式所取代。流行歌曲替代了传统民歌,电视剧、抖音替代了民间喜剧和民间舞蹈。年轻人相互交流的渠道也逐渐增多,电话、短信、QQ等都可以用来传情达意,用不着以对歌的方式谈情说爱;过去那种以歌代言、出口成歌的随机性和广泛性随之发生改变,延续了千百年传统的生活方式的改变,使史诗传唱等失去了赖以生存的空间环境。

社会变迁导致了传统价值观和审美观的嬗变,传统文化的价值观和审美观的改变是加速藏族女性艺人传承文化变迁的内部动因。同时,随着经济的发展,广播、电视、电信等现代传媒的迅速普及和交通状况的极大改善,各种文化的交流与碰撞日益频繁。面对现代化和全球化,包括女性艺人在内的格萨尔文化同样需要作出自身的调适和应对。要作出正确、可行的调适,又有赖于对自身传统文化运行、发展机制的了解及认识,在此基础上结合现代化的特点,才可能在传统与现代之间找到一个较佳的结合点。藏族《格萨尔》史诗要得到有效的传承与发展,需要对女性艺人采取有效的保护策略。如加强民间文艺的生态保护,优化人文环境各因素。就女艺人所遇困境,笔者提出以下几点建议:

第一,保护《格萨尔》遗产的传承者。《格萨尔》艺人是史诗最直接的创造者、传承者和传播者,他们绝大多数是文盲,却具有超常的记忆力和叙事创造力,通常的史诗演唱达到及万行乃至几十万行。20世纪50年代以来,受现代化进程的影响,藏、蒙等民族的生活方式发生了变化,职业化的艺人群开始萎缩。随着全球化趋势的增强、经济和社会的急剧变迁,《格萨尔》史诗保护和发展也遇到了新的情况和问题,形势十分严峻。著名的民间女艺人有的已经过世,在世的也都年事已高,《格萨尔》遗产面临着消失的危险。因此,必须抓紧对《格萨尔》史诗传承人和资料进行抢救和保护,使这部宝贵的史诗常唱于人间。

第二,保护《格萨尔》民间女艺人和赖以谋生的环境。前中共中央国务委员陈至立曾在全国非物质文化遗产保护会议上的讲话中指出:"保护不同民族文化的独特性,是保持人类文化多样性的前提。对我国各民族非物质文化遗产的保护,是我们对世界文化的多元化生态所应作的贡献,也是我们对民族、对国家义不容辞的历史责任。"在这样一个良好环境下,我们要按照"保护为主、抢救第一、合理利用、传承发展"的指导方针,在保护和抢救为主的基础上合理地开发,尤其要保护那些为《格萨尔》史诗的传承起着关键作用,以《格萨尔》说唱作为谋生或部分生活物资来源的女艺人。国内外的诸多成功经验和有益举措启迪我们:要做好《格萨尔》说唱女艺人的保护工作,政府部门的政策和扶持很关键,有关部门在政策上给予关注,经济上给予补助,精神上给予慰藉,如授予"民间艺术家"称号等,使民族民间艺术技艺如接力棒一般代代相传。据调查,近年来,我国涉藏地区出现不少年轻的格萨尔艺人,这说明《格萨尔》史诗说唱艺术后继有人。这些格萨尔"新生代艺人"技艺如何评定,评定标准如何,怎样保护他们的利益和生活来源等,都给我们带来新的课题,应尽快建立一套科学合理、严格细致的运行机制。此外,我们了解到,女艺人离开了原来的生活环境和文化氛围,到城市或到演艺单位,失去了可以面对面交流的观众,结果事与愿违,离开生存的环境,艺人的说唱才能无法施展,甚至渐渐退化。因此,在保护女艺人的同时如何保护文化生态环境,同样是格萨尔文化的传承保护与发展需要谨慎考虑的问题。

第三，重视教育，拓宽传承渠道。要使民族成员自身的保护本民族文化主体性得到充分的发挥，获得中华民族共同体意识，教育是最有效的途径。教育包括学校教育、社会教育与家庭教育。我们要广泛开展史诗传承的教育及普及工作，充分发挥家庭、学校和社会的作用。女性艺人对史诗的传承，家庭环境的熏陶和影响发挥了一定作用。例如，女艺人玉梅的父亲就是一位《格萨尔》史诗的说唱艺人。由此可见，家庭教育在传承史诗方面具有重要作用。同时，史诗的传承也离不开社会教育，社会群体之间的口耳传承是一种不知不觉中潜移默化式的传承。通过群体间的交往，藏族妇女自然会对《格萨尔》史诗的传唱内容、传唱方式有所了解与掌握。此外，学校也是传承史诗的重要场所。因此，应把藏族女性对《格萨尔》史诗的传承纳入学校教育的内容。如今在我国涉藏地区，一些学校比较重视在学校课程中注入民族传统文化的内容，让学生了解更多的民族优秀传统文化，提高他们对中华民族传统文化的亲和力和认同感。但据笔者调查，在我国涉藏地区，开设有关《格萨尔》史诗传承课程的学校还较少，即使有的学校开设了相关课程，但很少请民间艺人来到学校和学生交流，学校教育和社会文化缺乏紧密联系，这些都影响了史诗传承教育的效果。所以，应抓好学校民族文化课程建设，可以聘请优秀的民间艺人教学生演唱《格萨尔》史诗，让学生热爱中华民族优秀传统文化，让史诗得以持续传承和发展。

第四章

《格萨尔》女性文化的多样性发展

诚如G.蔡尔德在《史前欧洲社会》中所言：数千年来，"母神"曾是人类尊崇的唯一对象，那象征男性的男根被捏成黏土或刻在石头上。……这类象征，即使不意味着父性神的出现，也昭示着承认父亲在生殖中的重要作用。在那一时期，当男人耕作之犁取代了女人用的锄头时，便破坏了母系社会的经济基础，母系社会的意识形态根基便逐渐瓦解了。① 妇女的身体形象，是此改变的重要表征。在中华民族多元一体格局的概念下，少数民族妇女的现代建构具有二元对立的意义：它一方面代表"不同的过去"而凝聚认同，另一方面又代表守旧和落伍，从而禁锢了少数民族妇女自我独立意识的发展。

在现代传媒语境中，来源于男性立场和商业目的的异化，使少数民族女性的形象在娱乐性表述中经历了多重的变形，而媒介通过对话语权的控制，以虚拟的媒介形象形成社会的刻板印象，为社

---

① G. Childe, The Prehistory of European Society, Longres Penguin Books, 1958, P.110.

会认知提供共识。影视节目的制作者们通过语言、画面、音乐等手段将自己关于少数民族女性的理解通过大众传媒进行传播,使得受众按照媒介表达的形象来认识这一特殊群体。

第一节 与《格萨尔》女性相关的风物遗迹传说及价值

《格萨尔》的风物遗迹主要是指历史上遗留下来的反映《格萨尔》史诗中的人物及其战事、生活场景、生产生活用具等的遗址、遗迹、遗物、神山圣水及其传说等,一般分为人文和自然两个方面。在当地与女性相关的风物遗迹中最多的是王妃珠姆,其次是与女英雄阿达拉姆相关的遗迹。

(一)与女性相关的《格萨尔》风物遗迹

珠姆相关的遗迹

珠姆祖籍在今青海省玉树州玉隆乡,格萨尔称王登位后纳为妃,笃爱情深。现玉隆乡境内有一牛场,系格萨尔王爱妃珠姆之父嘎嘉洛家的牛场旧址。

瞻堆珠姆宗:就是现在的四川省甘孜藏族自治州新龙县,据说霍岭大战时,格萨尔的部队在霍国频繁遭遇强敌,打仗带着爱妻珠姆有不便之处,于是格萨尔将珠姆安置在"瞻堆"官寨暂住,直到战争胜利。因而后人称此地为"瞻堆珠姆宗",意为珠姆居住过的地方。

"姑友通"草坪:四川省甘孜藏族自治州德格县马尼干戈乡境内有个名"姑友通"的草坪,相传是珠姆赛马的地方。

格萨尔和珠姆饮酒共欢地：四川省甘孜藏族自治州德格县马尼干戈境内山腰间有一山洞，相传是格萨尔和珠姆饮酒共欢的地方。

玉隆拉措湖：位于四川省甘孜藏族自治州德格县，沿马尼干戈乡上行有一仙湖玉隆拉措（意为倾心神湖，又称"西天瑶池"），因湖光山色旖旎动人，珠姆及此临湖梳妆映照并流连忘返，不忍离去而得名。

珠姆洗浴处：四川省甘孜藏族自治州德格县柯洛洞乡独木岭村、俄南乡的马绒村，现保存有两处珠姆洗浴的泉池清澈可人。

珠姆的洗头养发水：在四川省甘孜藏族自治州德格县龚垭乡阿洛斑鸠寺背面有一小溪淙淙，传是珠姆的洗头养发水。

珠姆敬酒处：四川省甘孜藏族自治州德格县俄南乡境内有一旧址，传说是珠姆迎接格萨尔王至此敬酒祝安的地方。

珠姆发油遗迹：在四川省甘孜藏族自治州德格县八帮乡娘鲁村有一从山顶顺坡而下的崎岖印痕，相传是珠姆因不慎，打倾自己的发油，发油自山上流下来的痕迹。

珠姆官寨和行宫遗址：在四川省甘孜藏族自治州德格县俄支乡存有珠姆的官寨遗址，在卡松渡乡的一山崖上，有珠姆的行宫遗址。

珠姆搭建帐篷的旧址：在四川省甘孜藏族自治州德格县普马乡马东村，有一处珠姆搭建帐篷的旧址。

珠姆避寒官寨旧址：在四川省甘孜藏族自治州德格县白垭乡有一珠姆专门用于避寒的官寨旧址。

珠姆私生子遗体古迹：在四川省甘孜藏族自治州德格县柯洛洞境内有一珠姆与霍尔白帐王私生子遗体的古迹。

珠姆的化身：在四川省甘孜藏族自治州德格县更庆镇八一桥下方公路旁，有一圣水小溪，形同女性生殖器官，传说是珠姆的化身。

珠姆洗发池：位于青海省玉树州治多县红宫西七八公里处有一眼天然的泉水，传说是珠姆经常洗漱打扮的地方。据说用此泉水洗脸可以治疗一些皮肤病，而且使皮肤光亮泽润。经常使用此水洗漱，肌肤就会像珠姆一样白皙水嫩。盆池大约十几平方米。从外形看，一座很小的山丘，顶部一个圆形的洼池里间歇性从地下冒出水泡不断充足"盆里"的水。山丘的西南方根部淌出一股清清的小溪，像是盥洗室盆池底部排出的水。当地传说要是能一口气绕盆池十三圈，就能捡到一些十分宝贵的宝石，那是当年珠姆洗漱打扮时不慎丢失的珠宝装饰物。民间也有把珠姆洗发池叫"金湖"的。

笔者于珠姆洗发池处的留影

珠姆浴池：位于青海省玉树州治多县"白海螺湖"的北岸一处平台上，有一块10平方米左右的天然盆池，传说是珠姆泡浴洗澡的地方。"浴池"为圆盆式，"浴池"的质料是石灰岩。一股清泉从盆地不时涌出来充实池水。池水为温泉，常年水温约零上30℃。民间称此浴池为"银湖"。2003年7月，笔者曾先后带著名作家梅卓和时任全国格萨尔工作领导小组办公室主任杨洪恩老师等考察过"银湖",当时天然盆池里的水几近干涸,只是偶尔从盆底冒出一点水泡,像是临终的一颗颗生命。金湖、银湖和白海螺湖由贡萨寺著名藏传佛学大师秋吉活佛授命弟子保护三个圣湖,并亲自为三湖进行加持,活佛用手指点蘸"银湖"三下,说此水很不一般,嘱咐寺僧倍加呵护。此年冬天,盆池水溢满。在湖里,严冬时节开了许多金黄色的小花,因此许多人慕名前来观瞻。有一些虔诚的人带着瓶瓶罐罐从"银湖"取走圣水,洗脸泽润皮肤,治疗胃病等。一时消息不胫而走,"银湖"名气飙升。

珠姆马圈:位于青海省玉树州治多县,从"银湖"处远望东北方,在嘉洛红宫西约3公里处,看到两山夹一个平滩,北边是嘉吉山脉,南边有一个类似园门的出口,很像一座院落。尤其"院门"西南面的一道山梁,仿佛有一道一道夯墙时留下的痕迹。这条山谷叫陇沃青沟,沟口传说是嘉洛家的马圈,其地名为"珠姆马圈"。

珠姆纺织石碑:位于治多县治渠乡治加村的"珠姆朵仁"谷。这条山谷谷口朝东,处于避风阳坡地带,阳光明媚,视线开阔。到了夏天,满山谷绿草如茵,各种野花争妍怒放,谷口一条清澈见底的溪水匆匆流入不远处的通天河内。这里方圆几里地不见人烟,附近几家牧户也早已随生态移民搬迁到了县城。这里更加显得清净而幽静,仿佛能够听到蝴蝶扑扇翅膀的声音。

珠姆夏季马场:项俄荣峡谷的西面有一条沟口朝东的山谷,叫格拉谷。山谷里有一条从岩石裂缝淌出后形成的小瀑布,据说这里是珠姆曾经随嘉洛马场游牧时经常来洗漱的地方。小瀑布在山谷的阴面,约为3米高,水从高处垂落下来,清凉无比。对岸阳坡是珠姆夏季马场用过的马圈,此马圈四围是层层叠垒的岩石,中间是一亩见方的绿草地,南边有2米见宽的"园门","门"两边比别处高0.3米左右,与现今一些大门的样式类似,细察能看出石块垒砌的痕迹。马圈的东边有一块巨石，很像一只蹲着的狗，据说是珠姆的家犬。马圈的上方有一些残垣断壁式的痕迹，据说是珠姆的居室。居室的东北方有一块比较平整的石块，当地牧民说那是珠姆用过的茶几。

珠姆王妃的祭祀台：在青海省玛多县扎陵湖的东边有座山，山上挂有很多经幡，人们把它称为珠姆王妃的祭祀台，原因是这里有个城堡遗址。这里有上下两个城堡遗址，上面的城堡遗址约长178米，下面的城堡遗址约长234米，遗址基本形状是正方形。上面的城堡遗址内部空间直径是6.7米，有五个房间的痕迹，城堡遗址左边还有六个房间的痕迹。下面的城堡遗址大约长21米，宽12米，有个长约6米的正方形房间和长约6米的和椭圆形房间痕迹。这祭祀台山下的湖边有很多石头跟修筑城堡的石头很相似，都有斑点，可以断定这些石头原先是用于修建祭祀台的石材，后来因人为或自然等原因滚落到湖边来的。在这座祭祀台城堡遗址上我们可以想象和研究一些岭国时期的建筑特点，古藏族的建筑学研究领域在这里也会得到一些新的收获。

珠姆晒取奶酪干处和珠姆舞场：甘肃省夏河县的甘加白石崖胜迹是藏族二十四大古代胜迹之一，又名"那噶热"，相传莲花生大师开启胜迹，诸多先贤大德曾到达此地并盛誉此地为转轮妙乐境地，其洞前有一清泉流过，拜客可以在旁边休息，进入谷口不久到达洞窟门口，据导游介绍洞口岩石上一处手掌印迹为拉卜楞寺大法台第六世贡唐仓丹必王秀遗留，进入洞窟内部可以看到许多自然形成的熔岩形状，有说为空行母乳房和大威德头颅、白色妙乐佛、阎罗王、白度母等形象，穿过下去在内部右侧有拉姆神湖，左面有岭国雄狮夫人珠姆晒取奶酪干处。入洞处较陡，需要攀绳子慢慢下来，对老人和小孩很难。从此到一座朝北红山右转而去，可以看到牺牛城和空行母舞场（又说珠姆舞场）、象鼻、五官等遗迹，通过一条叫阎罗关的窄道上行看到十一大菩萨自然现化形象,之后有金刚亥母、象皮、白度母、绿度母、大王秀、德确护法神等形象。

珠姆的曲拉滩:青海省黄南藏族自治州河南县的托叶玛夏女神胡沟中,有一堆被称作珠姆的曲拉的石子,其大小和颜色与曲拉一模一样,不论是谁,初次相见都会将它误认为是一堆曲拉。人们将当地称作"珠姆的曲拉滩"(意为奶酪)。距神女湖 15 米处,有一块长 164 米,宽 160 多米的曲拉滩,其周边还有三块相对较小的曲拉滩。对此,当地流传着许多不同的说法:有人说那是珠姆用 100 头犏牛和 100 头牦牛驮着新鲜味美的曲拉到上部岭国的路上,天姑贡曼杰姆为了给这个贫穷的地方赐予足够的酥油和曲拉之福禄,用变幻之术使珠姆的牛受到惊吓,将所有的曲拉洒在了当地;有人说这是僧姜珠姆的曲拉库;还有说这是珠姆晒曲拉的滩。不论如何,这里石子的颜色及大小形状与曲拉完全一样。当地群众无论男女,只要稍有空闲,便会到珠姆的曲拉滩垒石子、堆曲拉。据说垒珠姆的曲拉,就会富贵盈门,能打出酥油的山、挤出奶子的海、晒满曲拉的滩,这种信念支撑了亘古不变的传统习俗。

珠姆帽子:甘加部落位于甘肃省甘南藏族自治州夏河县北部,东临霍尔藏、临夏,南临南拉和拉卜楞四大拉带部落,西北地接青海尕尔则等地方,甘加是甘加六大部落之一,从甘加部落的白石崖圣地一路向前,从拴马处沿着山腰的路一直走会有一个四条山谷汇合的谷口,这里左右岩石林立,美不胜收,谷中山涧缓淌,让人不禁感觉心中安逸宁静,泉水旁侧山岩上有一个蘑菇一般的巨石称为雄狮夫人珠姆冠帽,巨石中空开口,转山祭拜的人们钻到石头顶礼叫做穿一趟珠姆帽子,据说男子进去可以娶到像珠姆一般美丽的新娘,女子进去可以像珠姆一般幸福圆满。

珠姆女器:位于甘肃省甘南藏族自治州夏河县,从珠姆帽子处继续下行到一处岩石关口,有一长巨石擎起,相传为格萨尔王男根,虽然近看形态模糊,从远处可以看到岩石上有巨石顶,顶上林木茂盛,犹如一根巨大男根形状,再往下来到一处名为珠姆女器的洞口,洞中有一座常年不化的巨大冰块,相传女子吃了杂碎的冰块可以治愈妇科百病。

珠姆炉灶:甘肃省甘南藏族自治州玛曲县位于甘青川三省交界处,东南与四川佐盖相邻,西面与阿坝,西北与青海果洛久治相邻,北面与青海河南、甘肃碌曲接壤,州政府所在地合作到玛曲有183公里,面积一万多平方公里,被誉为黄河第一湾的玛曲县蕴藏着极为丰富的格萨尔人文资源,与格萨尔相关的风物传说俯拾皆是,人们以这里曾是童年格萨尔的发祥地而自豪,欧拉贡玛部落距玛曲县城向西50公里处,欧拉贡玛部落至西阔一公里左右,在黄河沿岸有一处名为珠姆炉灶的遗迹,留有三座巨石,据说岭国在玛麦玉龙森多借地栖息时,珠姆为岭国将士献茶之地,三座巨石阵上方山坡有一处据传为格萨尔放置头盔的石阶。

沙滩鹅卵:距甘肃省甘南藏族自治州玛曲县城5公里处,有个叫沙子鹅蛋的地方,据说是从岭国时期传下来的叫法,又说"如连襟扣子铺地上,乃上部玛麦汇合处,领口扣子如宝饰,乃是上部沙子鹅蛋"。又说为霍尔兵马将加卡茶城摧毁强掳珠姆时埋藏宝物的地方。

袭加卡茶城:距甘肃省甘南藏族自治州玛曲县欧拉下部20公里处,相传为角如在玉龙森多时,由汉地商旅修建,在角如赛马称王后作为珠姆住处,又称珠姆茶城。霍岭大战时,霍尔白帐王率大兵压境,摧毁茶城抢走珠姆,格萨尔从魔域归来后修复茶城,将珠姆迎回茶城。

袭梅朵塘花海:袭梅朵塘或扎西梅朵塘距甘肃省甘南藏族自治州玛曲县城120多公里处欧拉境内,每年夏季七八月此地百花齐放、百草争艳、香气缭绕。梅朵塘占地近64平方公里,左右岩石林立,尤其盛夏七月,原上如金色的海洋,异常壮观,八月如晴空映地,格桑花开遍大地,香气沁人。古人传说此地为岭格萨尔王故乡和岭国发起之地,也是珠姆和侍女尼琼玛摘花之地,所以才引得百花争芳。

珠姆拴牛绳:采日玛部落位于甘肃省甘南藏族自治州玛曲县南部,东北临曼玛,南临四川省佐盖县,西临曲哇玛。距采日玛镇10公里处,可以看到协日拉孜,盛夏百花齐放,非常辽阔,有一名叫珠姆拴牛绳的遗迹,也叫珠姆牛犊,这里传为珠姆中午挤牛奶时阻拦牛犊之地。

珠姆的羊群:青海省循化县文都藏族乡以南的克玛滩上,有一大群大小均等的白石头,像结拜的珍珠洒落在大地一样璀璨、闪亮,在烈日晴空中显得尤为壮观。传说,这就是僧姜珠姆的羊群所变。克玛滩四周的群山各个像擎天的柱子巍然耸立于白云丛中,大地上森林茂密,百草鲜嫩,像天界甘露一样的无数清泉从石崖、草丛中涓涓流淌,源源不断,百看不厌的各种鲜花千姿百态,竞相争艳。鹿和石羊等野生动物在其间啄水草而悠然自得。在这鸟语花香、美如仙境的地方,虽没有活过千年的老人,却不乏能言善道的智者,人人都会讲关于"珠姆的羊群"故事。格萨尔大王遵从天界神灵的预言前去降魔,而僧姜珠姆强忍别离之苦,在辽阔无边的草原上放牧着她的羊群。忽然有一天,霍尔国白帐王排除的成千上万的大军浩浩荡荡,气势汹汹地出现在她的眼前,珠姆心想,这大军并非神兵天降,而是孽障霍尔王的骑兵,真不知该如何躲避。匆忙之间,迅速收拢起散步在草原上的羊群,准备返回时,那些凶残的霍尔将士直取珠姆。有的人抓住她的双手,有的人抬起她的双脚,像一群大鹰共叼一只羊羔一样,将珠姆强行带到霍尔国。珠姆被抢之后,她那群忠实的羊像失去父母的故而一样在克玛滩上日夜等待着它们的主人,经过无数个风霜雪夜,最终变成了一群洁白的石头。当地还流传着一个与之不同的故事传说：很久以前，当僧姜珠姆像往常一样，在水草肥美的克玛草滩放牧着自己的羊群时，格萨尔大王接到赴北降魔、带回梅萨的上天预言，来不及给自己的终身伴侣交代几句，就急急忙忙奔赴魔国。当珠姆听到这个消息后，抑制不住极度悲愤的心情，她脸上顿时乌云密布，眼泪像断了线的珍珠一样洒落胸前。心中除了格萨尔大王，别无所思。故不由分说，径自骑上她的母马洛赤，紧追格萨尔大王而去。而她的羊群看到自己的主人弃之而去，故而驻足原地，不思水草，最终一个个变成了洁白的石头，翘首祈盼着珠姆的归来。

杰固：这一遗迹在距甘肃省甘南藏族自治州玛曲县采日玛镇10公里处，当地牧民将牛粪也叫做杰或角，杰固相传为珠姆晒制牛粪干之地，与珠姆拴牛绳和协日拉孜等遗迹在一起。

珠姆水桶印：牧拉和些雄原为玛曲县两个大的部落，现在行政上划为一个部落，牧拉位于玛曲县西北，东临欧拉，南临些雄，西临果洛久治，北临欧拉下部。位于牧些部落的珠姆水桶印是雄狮夫人珠姆背水时将水桶放在这座巨石上形成的印迹，在牧拉境内，在些雄也有一个叫做珠姆小水桶印的地方，据说与这个水桶印迹略有不同。

珠姆加秀打奶皮囊：曼玛部落位于甘肃省甘南藏族自治州玛曲县西南，东临四川佐盖，南临采日玛，西临阿万仓，北临欧拉。从曼玛行进，在采日玛境内有一个珠姆加秀打奶皮囊的遗迹，相传为珠姆打奶的大小皮囊。

勺子柄和勺子头：在甘肃省甘南藏族自治州玛曲县乔高曼玛村境内，有一个勺子柄和勺子头的遗迹，相传为珠姆舀水勺子的两端，原为两地牧民冬季牧场。

珠姆挤奶桶：在甘肃省甘南藏族自治州玛曲县乔高曼玛村境内，有个珠姆挤奶桶的遗迹，又叫珠姆挤奶腰钩。

珠姆钉橛子处：在甘肃省甘南藏族自治州玛曲县乔高曼玛村，有个珠姆钉橛子处。

珠姆皮囊：也叫灶石，在甘肃省甘南藏族自治州玛曲县宁玛境部落内，从县城出发6公里处可以看到。这是一座山头、山腰、山脚各段较明显的山，山顶有一巨大石盘，相传为格萨尔从汉地加宗茶堡运来茶叶，让岭国厨师为岭国将士熬茶时装茶叶所用的皮囊。

珠姆挤奶桶：在甘肃省甘南藏族自治州碌曲县境内，从尕秀村公路出发往托钦山沟一个多小时，来到一山峦叠嶂处，山脚有牧民落户，满山牛羊如星辰洒地，岩石山脊下方有一个巨石矗立被地方上叫做珠姆挤奶桶，从此继续前行一小时，可以看到化些山沟。

珠姆织线桩：位于佐盖上下部，距合作市50多公里，有两座细长的岩石并立对峙，人们叫做珠姆织线桩。

珠姆织线桩：位于甘肃省卓尼县，相传为珠姆织布之地，从康拓上部多仓村骑马一天到达，途中有白水源和黑水源、格萨尔马鞍等遗迹，从多仓村夏季牧场处远看可见两座笔直的岩石相对矗立。

珠姆湖：位于甘肃省武威市天祝藏族自治县境内的马牙山。

珠姆和梅萨的塑像：距甘肃省张掖市肃南裕固族县城以东100公里的临松山下有一马蹄寺石窟开凿于悬崖峭壁间，初建于晋（265—420），明永乐皇帝于十四年（即1416年）赐名普光寺，该寺石崖顶端"三十三天"石窟内塑造的白、绿度母佛像，传说是僧姜珠姆和梅萨本吉跟格萨尔一同返回天界时留在人间的化身造像，传说是僧姜珠姆和梅萨有一坟茔，西水乡境内有座叫作吾拉日的高山，传说是珠姆被霍尔白帐王抢去后在山顶上煨桑、遥望故乡的地方。而该山正南的一条沟，传说是格萨尔降服霍尔后，领着珠姆从雅则红城来到这条沟，再越过草大坂走向青海湖而返回故乡的。

珠姆望故乡处：在甘肃省肃南县境内西水乡境内有座叫作吾拉日的高山，传说是珠姆被霍尔白帐王抢去后在山顶上煨桑、遥望故乡的地方。吾拉日的高山正南的一条沟，传说是格萨尔降服霍尔后，领着珠姆从雅则红城来到这条沟，再越过草大坂走向青海湖而返回故乡的。

阿达拉姆相关遗迹

　　据康仓·曼巴周杰所著之《岭喇嘛曲吉多杰传》，现称为"岭果"的这些村户，在果洛均被称作是岭·格萨尔王的直属部众。在果洛地区，达日县的叉岭部为岭国小支之后，桑日玛乡有阿达拉姆的碉堡。

　　阿达拉姆藏戏：甘肃省碌曲县则岔地区表演阿达拉姆藏戏已有 25 年，通过格萨尔史诗片段表现了善恶有报，因果不爽的佛教教义。开始因为条件简陋、唱腔不好特向前一世热丹加错活佛请示，有拉卜楞寺和达仓拉姆寺取来藏戏念白的录音经过学习训练而趋好转，观众日益增多，曾受到董雍丹加错大师的高度评价。剧目中正面有六位大臣，分别为岭国总管、晁同、格萨尔王、珠姆、擦香·丹玛香察、扎拉战神、格丹曲炯、僧达阿冬等，反面有阿达拉姆、达向翁等五位人物，阿达拉姆逝世一幕中有阎罗王与六位大臣，剧组主管为才华多杰和根柔杰布。群众很是推崇并予以多方赞助，地方活佛给予了很多关心和支持，在表演前几天，演员要沐浴净身，举行欢宴。因为平时牧民牧业繁忙，所以在每年农历 4 月 15 日萨嘎达瓦封斋节，牧民们在七个村子聚集的草原上搭帐篷观看藏戏表演。

　　《格萨尔》唱本中的木刻阿达拉姆传记：拉卜楞寺收藏的《格萨尔》唱本古籍所收的《阿德拉姆传记地狱蒙昧自明》共有 107 页，位于拉卜楞寺印经院藏书房第一架第四经卷处，这本木刻本的刊印年代不详。《格萨尔地名研究》："据调查，大约是在第四世嘉木样时期刻印。"距今已有差不多一个多世纪,随着拉卜楞寺南木特藏戏的兴起,根据大师部署由拉卜楞寺密宗院将剧本刻印,《阿达拉姆》藏戏逐渐在拉卜楞各地区兴起,推动了地方戏曲文化发展,在拉卜楞寺中也有一段时间流行看《格萨尔》史诗,德钦宁布的《菩提道次广论手册之第四品因》记载道:"阅读一些徒增烦恼障碍的书如格萨尔传、宣扬享乐的世俗书籍会成为解脱的障碍。"说到《格萨尔》看多了就会增加烦恼,妨碍佛法闻修,说明了确有过这么一段时间,自第五世嘉木样开始,拉卜楞寺停办《格萨尔》的刻印,寺院也明确规定了僧人不许看《格萨尔》,也有种说法为拉卜楞寺咱康所供奉的护法神霍尔白帐王,相传对僧舍进行了搜查,对不守寺规收集的格萨尔书籍进行了集中焚毁,对沉迷史诗不务学术的若干僧人逐出寺院,对说唱《格萨尔》史诗的僧人也有所忌讳,从而导致了格萨尔文化在当时一定程度的消沉。细想,历时嘉木样活佛寻找和认定郎仓活佛,第五世嘉木样为郎仓作祈祷诵辞,充分说明了格萨尔文化一度成为寺院俗世文化的一部分重要内容,后来渐趋消沉,说明了《格萨尔》这一俗世文化对正统宗教传统带来了一定的消极影响,但历代嘉木样传播藏族民间格萨尔文化,肯定其社会功能,创造性地为社会推出《格萨尔》史诗内容的藏戏,也对拉卜楞寺本身的威望产生了积极的社会影响。

江车村格萨尔藏戏:江车村属卓尼县车巴沟部落一支,位于卓尼县西部,南临迭部、四川佐盖县,西临碌曲县,地处偏僻山沟,交通不好,富有古代民风,民间文艺发达,村中现有五部藏戏剧本,为《智美更登王子》《松赞干布》《卓哇桑姆》《阿达拉姆》《降魔》等,属于格萨尔史诗藏戏的是《阿达拉姆》和《降魔》两个剧目,常在香浪节和正月里演出。甘南州各地流行的藏戏主要是在20世纪40年代由拉卜楞寺演出《松赞干布》开始兴盛的,格萨尔南木特藏戏在第五世嘉木样授意支持下由拉卜楞寺密宗院演出《阿达拉姆》藏戏开始在甘南各地播下了格萨尔史诗藏戏的种子并开始萌芽。江车村南木特藏戏团于1980年由第四世大法台热丹加措活佛德协仓亲身创办,演出至今满足了广大信教群众和观众的文化需求,丰富了基层生活娱乐,提高了群众思想观念,为甘南州民间文化的传承发展做出了有益的贡献。

藏戏团现有30人,生产劳动之余,表演者学习那些藏戏的唱腔程式,大多唱腔学习拉卜楞著名说唱艺人格桑智华,念白清楚悦耳,主要乐器是牛皮制大鼓笛子、敲钹等传统乐器,起初表演用的帐篷是大法台热丹加措活佛德协仓捐助的,藏戏戏服由尕桑加措设计,多杰华桑裁制,道具类由车巴沟夏沃喇嘛设计。村里表演团不仅为本村表演,也受卓尼、碌曲、夏河等各县部分乡镇群众邀请前往进行表演1 300多场次,受到热烈欢迎,也受到州县级政府嘉奖。

阿达拉姆与可可西里:格萨尔王降服北方巨魔后,把这片空阔无际的阿青羌塘——野生动物的王国赐封给了他的王妃之一阿达拉姆。在江源民间自古就有"勒池、勒玛(今曲麻莱县境内)是藏羚羊的宗(天地或王国之意)"。从此阿达拉姆与阿青羌胡("可可西里"是清朝年间蒙古人起的名字,意即"青色的山梁")结下了不解之缘。在《狩猎肉食宗》中记载有阿达拉姆率领岭部军马,征服花白黑三股从事以猎杀野生动物为业、毫无节制地灭绝阿青羌胡野生动物的狩猎部落的壮阔场面。如今的可可西里地区仍有巴毛马圈,巴毛羚羊圈,巴毛肉城等地名。巴毛是阿达拉姆的别名,她是岭国唯一英勇美貌的女将。

其他女性相关遗迹

罗刹女泉水:在甘肃省合作市境内,石崖崖体上有一条泉水槽子,地方群众也叫女罗刹失禁处,相传格萨尔日夜追踪女罗刹,在快追到的时候放箭没中,但吓得女罗刹失禁小便。另说莲花生大师开启胜迹时,因妖魔作祟,射箭未中,大师知道后将箭送去,妖魔不敌大师法力吓尿了,并剖开山体将自己化身为一位女子形象,也叫哲夏女子,在从夏热修行处回来途中一处阴面石崖处。

女魔胸脯:位于甘肃省甘南藏族自治州迭部县,电尕镇本羽村附近,距县城25公里,是一座山岩。相传为格萨尔王降伏女魔时用斧子砍过的印迹,在公路修建中受损已不可辨认。

(二)《格萨尔》风物遗迹的价值

近年来不少藏学专家对格萨尔的各种风物遗迹、遗物从不同角度发表了颇有见地的论述,对《格萨尔》风物遗迹研究各抒己见,观点各异,其中一部分学者坚持认为这些风物遗迹、遗物是《格萨尔》史诗中人物在一生戎马生涯中留下的足迹,确有其人其事;一部分则断然否定此种说法,他们认为这些风物遗迹不过是人们对神化了的英雄及史诗重要人物的一种寄托和美好愿望,无真实性可言。从上述观点,我们不难看到前者将史诗中的一些人物当成真实的历史人物来加以分析和研究,后者则把史诗中的人物视为神话故事中的人物来加以研究。

在以上两种观点的基础上,笔者结合自己多年来在涉藏地区实地考察得来的一些资料,就《格萨尔》史诗的一些风物遗迹,谈谈个人的一些看法。

格萨尔文化是发源于青藏高原腹地藏族牧区,以念青唐古拉山为中心向四周辐射、扩大和延伸,覆盖三江(长江、澜沧江、怒江)流域、横断山脉地区、藏北草原和阿里高原,再从阿里向西,翻越喜马拉雅山,经拉达克地区,到喜马拉雅山南麓,传播至周边民族和社会的边缘区,形成的一个史诗流传带。

《格萨尔》史诗文本中写到:"'岭'是格萨尔王的统辖领域,位于江河源的一个部落联盟,指黄河源头和长江源头之间的广大地区。"《格萨尔》属"江河源文明",青藏高原的广大牧区是《格萨尔》史诗的发祥地,是格萨尔王的故乡。

《格萨尔》史诗流传区域有着丰厚的格萨尔文化资源,山山水水布满了《格萨尔》史诗故事,境内遍布《格萨尔》史诗风物遗迹。与《格萨尔》史诗相关的风物遗迹的分布格局与史诗的核心流传区域是基本吻合的,居于格萨尔文化核心区域的果洛格萨尔文化,主要以甘德县史诗村德尔文部落为核心的传承活态化文化;以格萨尔王寄魂山阿尼玛卿雪山为核心的祭奉格萨尔王神山圣水文化;以达日县格萨尔王狮龙宫殿为核心的格萨尔王纪念文化;以宁玛派为主的藏传佛教,将格萨尔王信奉为宁玛派创始人莲花生大师转世,形成了以格萨尔王和史诗中诸位英雄既为渡化众生的"佛"又为济世扶贫的"主"的格萨尔信仰文化;以果洛世居民族的日常生活习俗为核心的格萨尔文化的生活习俗文化;以甘德县、久治县的马背《格萨尔》剧和班玛县知钦寺《格萨尔》剧团为核心的24家《格萨尔》表演文化等六个特色文化组成。此外,全国藏族的主要格萨尔纪念场所和纪念活动还有青海甘德县龙恩寺玛域格萨尔文化中心、玛沁县朗日班玛本宗、班玛县灯塔《格萨尔》艺术宫殿、玛多县嘎吾金殿、班玛县多贡麻格萨尔宫、黄河源头的扎陵湖、鄂陵湖祭奠地、青海玉树的达那寺格萨尔家庙、四川甘孜德格的格萨尔纪念堂、四川甘孜色达的格萨尔藏戏演唱和甘肃甘南玛曲的格萨尔千人弹唱等。与《格萨尔》史诗中女性相关的风物遗迹,多集中分布于西藏那曲、阿里、芒康,四川省甘孜州德格县、白玉县、炉霍县、道孚县、康定县、巴塘县、理塘县、阿坝,青海省果洛州玛多县、达日县、班玛县、甘德县,青海共和县、杂多县、玉树县、治多县、曲莱玛县、循化县,甘肃甘南藏族自治州夏河县、玛曲县、合作县、卓尼县。

传说和遗迹,都有地方特色,自成体系。围绕着这些传说、遗迹和文物,大多都有一段有趣的故事。而这些故事,或者同史诗中的某一情节有关联,或者同当地某一座寺院、部落的来历,同某一位活佛、部落头人、知名人物的活动相联系。这些故事本身也很生动有趣,认真搜集和研究这些传说故事,对了解史诗的产生年代、时代背景、流传和演变情况,及其在群众当中的影响不无益处。研究史诗流传地的风物遗迹具有诸多重要价值。

风物遗迹的历史价值

据《达纳寺志》记载:位于青海省玉树州的达纳寺存有格萨尔王的十二卷经典经文和沉香经板,嘉察的六十卷经文,岭国三十活佛、三十员大将、三十男儿、三十女儿均有经卷。

珠姆出生在长江源嘉洛草原的"十全福地",她是一位嘎嘉洛氏族的传奇女子,《格萨尔》史诗中的女主人公。她的歌喉和舞姿也同样出色,给后人留下了许多美妙的词曲和舞蹈。父亲名叫嘎嘉洛·敦巴坚赞,是《格萨尔》史诗中著名的富贵三人之一,拥有"嘉洛七宝"的财富。母亲是来自水族世界的出水芙蓉,芳名勒模·玛雅泽丹。她的哥哥叫嘉洛·杰布周佳,是岭部落英俊三男之一;弟弟是战胜治格武器国王的克星嘉洛公子南琼玉达,据说他是玉树阿加宫保的爷爷。

拥有共同人文地理环境、共同族群记忆的藏民族,有关珠姆的传说、遗迹遍布我国涉藏地区。对此,降边嘉措先生的《〈格萨尔〉初探》、角巴东主先生的《雪域高原的史诗文化——〈格萨尔〉与青海》等书籍多有详细描述。关于珠姆的出生地,在青海省果洛州玛多县盛传"嘉洛鄂陵卓洛三湖三兄弟"的传说,和史诗《英雄诞生》记载"扎陵湖边嘉洛住,鄂陵湖边鄂洛住,卓洛湖边卓洛住"相契合,青海省果洛州玛多县民众认为果洛州境内扎陵湖边是珠姆的出生地;青海省玉树州治多民众则相信:在格萨尔王时代,治多是嘎嘉洛氏家族的发祥地。因此在当地盛传着珠姆十六岁成婚前的种种传说。在藏族历史上，嘎嘉洛家族因富甲天下而名震雪域，史诗中有关嘎嘉洛家族财富状况和人文环境的描述很多。

再比如，青海省扎陵湖的东边有座山，山上挂有很多经幡，人们把它称为珠姆王妃的祭祀台，原因是这里有个城堡遗址。这里有上下两个城堡遗址，上面的城堡遗址约长178米，下面的城堡遗址约长234米，遗址基本形状是正方形。上面的城堡遗址内部空间直径是6.7米，有五个房间的痕迹，城堡遗址左边还有六个房间的痕迹。下面的城堡遗址大约长21米，宽12米，有个长约6米的正方形房间和长约6米的椭圆形房间痕迹。这祭祀台山下的湖边有很多石头跟修筑城堡的石头很相似，都有斑点，可以断定这些石头原先是用于修建祭祀台的石材，后来因人为或自然等原因滚落到湖边来的。

风物遗迹的宗教价值

藏族宗教信仰体现人、神、自然的和谐关系，受"万物有灵"观念的影响，人们认为神灵以一种变幻的方式存在，所以，在他们眼中，不同的风物遗迹实际是一种神灵的变体，使得相关的风物遗迹神圣化。

《格萨尔》史诗的风物遗迹蕴含丰富的宗教价值。四川省甘孜藏族自治州德格县并存着藏传佛教的五大教派祖寺。藏传佛教五大教派在这里各显异彩，为了发扬光大自己教派的影响，纷纷创办佛学院。德格有在康巴地区著名的五所五明佛学院。德格地区的格萨尔文化多以风物遗迹为主，主要聚集在阿须。这一方面有利于人们直观了解格萨尔文化在阿须地区现存的遗迹；另在旅游宣传时重视这些地区的格萨尔文化，既能得到旅游效应发展地方经济，同时起到介绍、传播、保护格萨尔文化的作用。

吉祥大乘尼姑寺位于藏族文献与藏族传说中格萨尔王的诞生

地——四川省甘孜藏族自治州德格县阿须草原。吉祥大乘尼姑寺始建于2001年，在众多藏、汉信众的帮助下，修建三年，于2004年圆满竣工，取名为"吉祥大乘尼姑寺"，又叫"觉姆寺"，于2004年10月正式开光。经堂内主要有佛祖本生画像、噶举金鬘唐卡，一千尊白度母铸像，并且存有《甘珠尔》《丹珠尔》为主的浩博经书，柱面幡、伞盖、法器、坐具等齐全。

如前所述，位于四川省甘孜藏族自治州德格县阿须草原的吉祥大乘尼姑寺是传说中格萨尔王的诞生地，《格萨尔》被藏族人等同于藏传佛教的莲花生大师，是莲花生的托生，所以在当地人心中，格萨尔是可以拜的，拜格萨尔王就能够成佛，同时，他们认为格萨尔王的母亲果萨拉姆是在此生下格萨尔王，她是白度母的化身，所以，尼姑寺的表演是一种对神的敬仰。尼姑寺是这周围唯一一个演出格萨尔剧的，在这之前都是寺庙来演的。尼姑寺主持堪布索郎扎西说"以前没有尼姑庵的时候，竹庆寺也有格萨尔的戏，基本上附近每个寺院都有格萨尔王的戏，因为这里是格萨尔的出生地，不仅仅是因为格萨尔是个英雄人物。当然教派不同，看法各异。当地不仅将格萨尔视为神，更将他视为佛，活佛（巴伽活佛）也是这样认为的。格萨尔艺人特别相信这个事情，这附近的寺庙都很相信"。因为这里是格萨尔的诞生地。巴伽活佛要求演《格萨尔·诞生篇》，还专门邀请索郎扎西堪布教授藏文和排练格萨尔藏戏，由此成立了阿须吉祥大乘尼姑寺格萨尔尼姑剧团。

藏民族在历史上一直处于全民信仰宗教的社会之中，因果报应和今生来世等观念深入人心，认为虔诚地供奉神佛能消灾祈福得到保佑。所以史诗的传唱在人们心中随着时间的推移，不仅是歌颂英雄，更是具有了化险为夷、逢凶化吉、超度亡灵的无边法力，进而受到藏族人民的普遍宠爱和供奉。因此，不同的风物遗迹传说也体现了英雄崇拜心理和崇教信仰的有机结合。

风物遗迹的人文价值

风物遗迹的不同景观,一旦进入民众视野,便会相应产生人文价值。《格萨尔》史诗中的风物遗迹与传说有释源性特征,千奇百怪、形色各异的遗迹,结合一些传说和史诗的相关情节,满足民众好奇心理,解释这种大自然鬼斧神工的由来,但同时也显示了藏族民众征服自然以及社会和谐有序的愿望,在世俗方面,获取格萨尔神灵的护佑,获得现世利益。

一些自然景观的传说,体现了当地民众的环保意识。在《格萨尔》中,将扎陵湖、鄂陵湖和卓陵湖奉为僧姜珠姆的寄魂湖,是嘉洛、鄂洛和卓洛三大部落的保护神。于是,禁止各部落在湖内随意捕鱼,随意污染湖中之水,而且每年定期举行煨桑祭湖活动。这种民俗现象的深层文化内涵,折射出藏族人民珍惜水资源、保护水资源的环保意识。

与《格萨尔》史诗女性相关的风物遗迹中,多数为山、石、湖等自然景观。从一些传说中我们可以看出这部史诗在我国涉藏地区流传广泛,深入人心,深受群众的喜爱,具有广泛的群众性;这些传说遗迹是随着《格萨尔》史诗的流传、演变和发展而产生的;而这些传说遗迹的出现,又使《格萨尔》本身得到了更广泛的传播,扩大了它在群众中的影响。

第二节　涉藏地区与《格萨尔》女性相关的雕像

众所周知,断臂维纳斯是一尊著名的古希腊大理石雕像,表现的是希腊神话中爱与美的女神阿佛洛狄忒,罗马神话中与之对应的是维纳斯女神。它是古代希腊美术进入高度成熟时期的经典之作,体现着古代希腊的人文主义精神。在我国,史诗《格萨尔》在传播过程中衍生出多种形式,雕像便是其中一种。史诗中女性雕像的广泛树立引人注目。

现今青海玉树治多县曾是格萨尔史诗启幕演绎的重要场地之一,素有"十全福地"之美誉。嘉洛草原曾经是一种美的象征,这里到处传扬着珠姆的故事,那些看起来十分平凡的山水间,却留下了珠姆梳洗打扮的身影,留下了珠姆勤劳放牧的足迹。治多县珠姆广场中矗立着美丽的珠姆雕像。雕像中的珠姆手中拿着佛珠,身边飞翔着仙鹤,身穿着飘逸的藏服,系着银腰带,颈中悬挂着玛瑙珊瑚项链,面带着一丝微笑,目光深邃动人,苗条秀丽的身材无不显示出珠姆高贵端庄的气质。在珠姆雕像的后面碑文中,详细记载了这位女子的传说。相传她出生在公元1000年前的藏历木羊新年初三,整个大地还是冰封万里,雪花飘舞的时节。当这位女子降生人间时,那千年雪山之巅舞动了稀世罕见的雪狮,沉默已久的雷声响彻云霄,带着花香的雨点浸润着大地。父母为了纪念这个轰轰烈烈的隆重而传奇的诞生仪式,便取名为"僧姜珠姆。""僧"是闪展腾挪的狮子,"姜"是美丽绝伦的姜钻花,"珠"是威震天下的青龙,"姆"是阴柔之美的女性。这名字是一个藏龙卧虎的所在,涵盖万物的乾坤。她一出场就注定了无法平凡的一生,从生命诞生的那一刻开始,百灵鸟般的妙音就响彻在《格萨尔》史诗的天空。

青海玉树藏族自治州治多县的
珠姆雕像

青海玉树藏族自治州治多县有多处噶嘉洛文化风物遗址。珠姆寄魂湖藏语称"珠姆东日拉措",水特别的清澈犹如一面镜子,当地的群众还会举行祭湖仪式,骑手们会抛洒五颜六色的隆达围绕着珠姆的寄魂湖,保佑人间无灾、幸福。湖边树立珠姆半身雕像。

果洛藏族自治州达日县珠姆广场

青海果洛州达日县珠姆广场总占地面积 28 838 平方米,东西长 162 米,南北宽 152 米;广场西方是吉祥八宝,象征保佑一方和谐稳定、平安吉祥。广场中心位置是格萨尔大王的王妃僧姜珠姆的雕像,她面带微笑,手捧哈达、美酒欢迎格萨尔大王凯旋归来,与格萨尔林卡遥遥相望。珠姆是度母的化身,所以她的周围围绕着 16 根九龙图腾柱。中央骑马者就是格萨尔大王,左侧是珠姆王妃,右侧是乃琼王妃,上方是 13 位护法神。

民间传说,今天的四川省甘孜藏族自治州德格县阿须草原是英雄格萨尔的诞生地,是格萨尔降临人间、并历经磨难走向辉煌的地区。《格萨尔》的《英雄诞生》之部里说:"要说角如的出生地,名叫吉苏雅格康多。两水交汇潺潺响,两岩相对如箭羽,茵茵草滩如铺毯;前山大鹏凝布窝,后山青岩碧玉峰;右山如同母虎吼,左山矛峰似红岩。"相传格萨尔刚一诞生,就有 3 岁孩子那么大,他从母亲的怀里跳起来,背靠岩石,眺望远方。头部、后背、臀部和小腿就印在岩石上,留下了深深的印迹。当地群众对这种传说深信不疑,把它当作圣地来崇拜,经幡林立,嘛尼石高垒,千百年来,香火不断。后来,传说是格萨尔的兄长岭国大英雄嘉察协噶后代的德格岭仓土司,为纪念英雄格萨尔,在巨石旁边修建了格萨尔庙。这就是格萨尔庙最初的起源。据说格萨尔庙是与著名的德格印经院同时建成的,至今已经有几百年历史了。十一届三中全会之后,在原来地址重建为"格萨尔纪念堂"。格萨尔纪念堂 64 根梁柱、16 根通天柱构成主体框架,四周以墙相围,堂中央塑造格萨尔王骏马驰骋的巨像,背塑十三畏玛战神,正墙左右方塑岭国十二大佛,其左右两边分立将士如云及烈女翩翩,整个纪念堂庄重典雅,雄奇壮观。纪念堂内墙壁四周绘制了许多精美的壁画,神庙壁画的主要内容是穆布董族的历史及岭六部上、中、下 30 员大将、80 英雄、13 位保护神、格萨尔的 18 个妃子、岭葱土司家族的历史等。壁画对以上内容作了详尽、真实、细致的描绘。比如,妃子们手中所持的彩箭、长寿瓶、金质净水瓶、银质净水瓶等器具,以至脚上穿的三层、五层、六层虹靴都有细致的描绘。格萨尔王庙主殿内正中新塑有格萨尔王骑马征战像,在格萨尔塑像正前方还塑有岭国 8 位女士,即嘎嘉洛僧姜珠姆、玛域共萨拉姆、杜莫麦萨木西、东尼呷萨曲珍、协本布姆友珍、卡旦绒萨格措、晁同布姆措莫措、俄洛布姆烈穹。8 位女士的塑像姿态和所持器物,均按史诗中描绘所设计,塑像基本脱离了宗教色彩,并按照一般人体高度塑造,再现了当地民风民俗,给人以更真实的感觉。

2016 年 8 月,由青海省果洛藏族自治州甘德县投资建设的中国首家格萨尔酥油雕塑展示馆落户甘德县。《格萨尔》史诗是藏、蒙等民族民间文化与口头叙事艺术的最高成就,被誉为"东方的荷马史诗"。果洛是格萨尔文化的主要发祥地之一,被誉为"中国格萨尔文化之乡"。格萨尔酥油雕塑展示馆总投资196万元人民币,建筑面积320平方米,为典型的藏式建筑风格。该项目旨在以传统酥油雕塑的艺术形式呈现英雄格萨尔王征战时的丰功伟绩,是该省首个以酥油雕塑艺术展现格萨尔史诗文化的传承基地。馆内展示墙高2.8米,长52米,是目前国内用酥油制作格萨尔雕塑中规模最大的展示馆。该馆中的格萨尔酥油雕塑是由甘德县龙恩寺20多位酥油制作艺人历经一年多时间,用当地特产酥油为原材料,以《格萨尔》史诗为内容创作出来的,其形象逼真、色彩艳丽。今年32岁的措排是甘德县龙恩寺的酥油制作艺人之一,据他介绍,格萨尔酥油艺术展示馆内主要展示的是用酥油塑造的50名格萨尔大将和70只动物,还有云彩、树木、花草等,目前已基本创作完成。措排说,藏民族文化中的传统刻字有阴刻和阳刻,展馆中的属于阳刻。制作格萨尔王及其30位将领,还有珠姆及其侍从,全部由僧侣手工制作,极为壮观,为保酥油做的塑像不融化,室内温度保持在零下10℃左右。甘德县文化体育和广播电视局局长索南多杰表示,酥油花具有很高的艺术欣赏性,但因繁杂的工艺流程,较为昂贵的成本,其创作传承局限于寺院。而且,就算在寺院内,也仅被一少部分僧人掌握。随着非物质文化遗产越来越受重视,当地政府在非遗保护传承的力度也在不断加大,酥油雕塑这一独具特色的艺术形式将会得到更好的传承。

第三节 《格萨尔》藏戏与《阿达拉姆》

(一)《格萨尔》藏戏的发展

以"活的形态"流传的英雄史诗《格萨尔》,本身就是一种多种艺术形式相结合的产物。在《格萨尔》史诗的传承过程中，除了民间艺人的口头传承外，抄本、木刻本也相继加入史诗传播的行列。随着社会的发展，时代的进步，史诗的生命仍在延续，传承的方式愈加新颖。《格萨尔》藏戏就是最典型的例证之一。藏族传统的戏剧形式，因为地区不同，其名称也有差别。在西藏叫"阿姐拉姆"（直译为"仙女姐姐"），在甘南拉卜楞一带叫"南木特"（直译为"传记"），在康区叫"康戏"。但一律通称为藏戏或藏剧。

藏族戏剧是诞生在青藏高原雪域，以原始巫文化和苯教文化为根基的本土文化，又间接不断地吸收消化东西方戏剧精华而发展成的一种特殊的民族戏剧。

藏戏有三个主要来源：其一是民间歌舞，其二是民间说唱艺术，其三是宗教仪轨和宗教艺术。藏族戏剧既具有中华民族戏剧共同的风格特征，如歌、舞、剧、技的有机结合，虚拟写意的表现型戏剧，程式化的表演手段，自由灵活的演出时空概念等，也具有类似古希腊戏剧贯穿始终的讲解人和伴唱伴舞队、面具表演、三面乃至四面观众的广场演出、一部分生活化写实表演、演出时空的间接固定场景、讲唱文学的剧本结构和说唱艺术的演出格式等等特殊之处。同时，藏戏还具有鲜明的地域文化特色，体现了古代藏族先民的高度文明和独特的民族特色。

《格萨尔》藏戏是藏族戏曲的一个重要组成部分，它是以藏戏的形式来演示藏族人民喜闻乐见的《格萨尔》故事。首先，《格萨尔》有丰富的韵文和散文，具备了戏曲文学（剧本）的基础。其次，说唱艺人绘声绘色的说唱表演，艺人表演时所运用的箭、帽子、现场悬挂的唐卡等，具有了完整舞台艺术体系（包括音乐、舞蹈、美术、道具以及人物扮演等）的综合因素。《格萨尔》藏戏，一般分为寺院藏戏（俗称羌姆）和舞台藏戏两大流派。

羌姆，系藏语音译名称，指祭祀舞，汉语中也称跳神。据藏文典籍记载,吐蕃初期以苯教为国教。公元 8 世纪中叶,赤松德赞刚刚治理国政时,几家老贵族通过苯教巫师完全控制着政权。赤松德赞为了夺回政权,开始极力推行佛教,从印度请来了擅长于佛教旧密金刚乘咒术的莲花生大师,在修建桑耶寺奠基仪式上,"制定诸所喜的祭祀物品,又说出了镇伏凶神的歌词,在虚空中做金刚舞",莲花生以密宗(续部)金刚舞为基础,又吸收了藏族具有原始巫教色彩的拟兽图腾舞、人物面具舞、藏族古典舞"阿卓"等艺术因素,贯穿一些佛教故事中的人物、神仙鬼怪及其简单情节。注重姿态和造型,讲究场面铺排,叙事性强,多由喇嘛表演,少有歌唱,以众多的神鼓、大钹、唢呐和镶金嵌银的铜质长筒号、颈骨号等伴奏,还配以诵经声为伴唱,以舞蹈形式用来表演降魔伏怪的故事。12 年后,在桑耶寺落成典礼上,作为藏传佛教寺院中驱鬼镇邪仪式咒术的羌姆正式诞生。以后,羌姆不断丰富发展,到公元 11 世纪,大译师仁钦桑布按照续部精神,进一步发展了羌姆这种金刚舞种。从此以后宁玛、噶举、萨迦等各藏传佛教派别,包括所有佛教化的苯教寺院,先后都按照各自的教义创立、发展,并盛行跳羌姆。如:最初始的桑耶寺羌姆,最古老的苯教羌姆,宁玛派羌姆,还有注重瑜伽功夫的噶举派羌姆,带有家庙供奉色彩的萨迦派羌姆,产生最晚、发展最丰富生动的格鲁派羌姆等,这些羌姆明显具有人类童年文明时期驱鬼傩巫术活动的原始模仿性、艺术象征性、宗教神秘性、古老质朴性和独特的民族地域性等特征。

《格萨尔》寺院藏戏的表演形式有以下三点:首先是祭祀仪式。在原始氏族社会阶段,人们崇拜图腾,信仰祖先,迷信鬼神,产生一种原始的自然崇拜,即巫教,由会占卜、懂巫术、知阴阳、善歌舞的巫师、咒师等主持,举行各种祭祀活动,形成了一种带有宗教神秘色彩的巫文化。当地原始的巫教,在巫教基础上发展起来的苯教,和由外传来并经藏族化的佛教,这三者的祭祀仪式及其艺形态，或彼此有所吸收交融而发展，或多元并存着各自的色彩和因素，今天主要保留在寺院羌姆的跳神活动中，即所谓的"寺院傩"中。藏族的祭神习俗产生于蒙昧时期，它是原始宗教——苯教的仪式之一。那时人们对自然界知之甚少，对于自然现象产生错觉和神秘之感，认为万物有灵。因此产生对有灵气的万物诸神膜拜祭祀活动，意在祈求神力的显灵、护佑。这与说唱艺人说唱之前的祈祷仪式很相似。一是表示对羌姆创始人莲花生大师的感激之情；二来祈求诸神和大师保佑演出成功。其次，伴奏乐曲简单。在表演《格萨尔》藏戏时，伴奏乐曲极其简单，一般用鼓、锣、唢呐、长角号等伴奏。再次，头戴面具。由于我国涉藏地区所处特殊的地理环境和历史宗教文化等原因，从远古时期一直到今天基本上还保留并发展着一种最完整、最古老、最具民族特色的面具戏形态，而且还保持着强大的艺术生命力，在广大群众中有深厚的基础。

四川甘孜州德格县的竹庆寺为《格萨尔》寺院藏戏的滥觞之地。《格萨尔》寺院藏戏在我国涉藏地区的宁玛派寺院颇为流传。"竹庆寺"又称大圆满寺，寺主白玛格桑活佛博学多才。公元15世纪五世达赖的弟子宁玛派大活佛白玛仁真，在离四川德格更庆寺100多公里的地方修建竹庆寺。寺院建成以后，白玛仁真做了一个奇怪的梦，梦境中格萨尔大王要他把《格萨尔》的故事人物一个一个地编成戏剧演出，传播《格萨尔》。他醒来后觉得这是天神的授记，从此就开始组织寺院的僧人，以跳神的音乐、舞蹈和表演，戴立体的神舞面具，把《格萨尔》中的故事情节按主要人物分组表演，名为"格萨尔羌姆"。莲花生大师曾莅临竹庆寺，他导演的具有宗教色彩的"跳神"舞蹈，为《格萨尔》羌姆产生了深远的影响，也为大圆满寺创编《格萨尔》羌姆舞奠定了基础，使竹庆寺成为当地第一个表演《格萨尔》羌姆的寺院。在史诗《格萨尔》中有些版本说格萨尔是莲花生大师的化身；有些版本则说格萨尔下凡降魔主要是受莲花生大师的指示。有些部本中格萨尔每每遇到难以化解的困难时,有莲花生大师出来指点解决。这些都说明莲花生大师与《格萨尔》史诗有着千丝万缕的联系,莲花生大师的"跳神"舞蹈,促进了《格萨尔》羌姆的产生,为史诗的传播和继承起到了很大作用。竹庆寺每年正月30日专门举行《格萨尔》藏戏表演,从早晨8点开始到下午7点收场,整整一天,演员阵容强大,全部由寺院僧人组成。演出前先要举行隆重的烟祭和供神仪式,之后,用唢呐、长角号演奏九层吉祥调,接着,演员们身着具有藏民族民间传统特色的华丽戏装,妃子侍女们打扮得花枝招展,国王大臣们装扮得潇洒自如,演员面戴各种面具,《格萨尔》羌姆正式开始。几百年乃至千年以来,经久不衰。

竹庆寺藏戏展演

发源于德格竹庆寺的《格萨尔》寺院藏戏随着时间的演变,逐渐流传到多康地区的宁玛派寺庙。最早流传于四川色达县的色达寺、德格县的差差寺（格萨尔的诞生地）。其次流传于青海省刚察县的沙陀寺、共和县的当家寺、贵德县的昨那寺、果洛州甘德县的龙恩寺、达日县的查朗寺、共和县的萨秀寺、兴海县的玉龙寺等宁玛派寺院。许多宁玛派寺院《格萨尔》羌姆表演，演员都是由本寺院的僧人承担，演技精湛，活灵活现。青海安多地区最早传入刚察县的沙陀寺。沙陀寺，藏语称"扎西群科林"，意为"吉祥法轮洲"，因主持活佛为尕日旦德麻让准，故又称"尕日旦寺"。位于刚察县泉吉乡年乃索麻村，距西宁有280多公里，地处青海湖西岸，南与共和县石乃亥乡毗邻，西与海西州天峻县江河乡隔布哈河相望，为四川省德格县竹庆寺属寺，是安多地区颇有影响力的宁玛派重点寺院之一。有经堂、拱楼73间，赞康9间，僧舍157间，还有跳神院，共计322间，占地面积约370亩。早在1770年，同仁郎加地方的高僧登玛郎珠来到刚察后，被该寺的嘉措活佛等僧众邀请到沙陀寺，深得众僧的拥戴。四川竹庆寺第五世竹庆活佛土旦曲吉多杰认定他为尕日旦德麻让准的转世，登玛郎珠成为沙陀寺第二世尕日旦活佛。登玛郎珠早年深造于四川竹庆寺，十分喜爱竹庆寺的《格萨尔》羌姆表演。到了沙陀寺以后，他把《格萨尔》羌姆的表演传授给该寺的僧人们，到了每年的八月初二开始上演。从此以后，该寺就有了表演《格萨尔》羌姆的习俗，并历经不衰，一直延续到现在。沙陀寺表演《格萨尔》故事内容，一般是群众较熟知的《赛马称王》《英雄诞生》《姜国王子》《辛丹内讧》等，参加演出的演员基本上是寺院的僧人。随着时代的变迁，尤其是在当今经济文化大发展的进程中，有许多群众都参与表演《格萨尔》羌姆，丰富了群众的文化生活。该寺除了每年八月初二以外，每年春夏季节，根据游客的要求，为来自四面八方的广大游客表演《格萨尔》羌姆，为《格萨尔》史诗的传播、传承和保护发挥着很大的作用。

青海省贵德县罗汉堂乡昨那村宁玛派寺院昨那寺的《格萨尔》羌姆，纯属偶然。该寺活佛仁青安杰说，早在1941年四川省甘孜州德格竹庆寺的公保活佛带着他的《格萨尔》藏戏导演司德途经昨那时，在寺主的恳求下，传授了《格萨尔》羌姆，延续至今，距今有60多年历史。每年农历五月二十九，该寺举办以演唱《格萨尔》为内容的传统庙会。远近10多个村庄群众都会身着盛装前来观看。

笔者与《格萨尔》演述人的合影

甘肃省甘南州夏河县、青海省果洛州达日县玛域格萨尔文化中心、甘德县狮龙宫殿都有表演《格萨尔》藏戏的历史。另外，西藏那曲地区巴青县巴青乡一年一度的赛马会，有表演《格萨尔》藏戏的习俗。青海省果洛州达日县玛域格萨尔文化中心、甘德县狮龙宫殿所在地群众都有表演《格萨尔》藏戏的历史。玛域地区是《格萨尔》活动的重要地区。甘德县龙恩寺活佛班玛丹宝为《格萨尔》藏戏在果洛地区的传播付出了心血。早在80年代初期，他亲自前往四川色达县，那里的藏戏团远近闻名，有着极为丰富的经验,他虚心向那里的人们学习,了解藏戏的演出情况。随后,又将当地有名的藏戏专家色达县的副县长塔洛先生请到果洛具体指导。在班玛丹宝活佛的奔波下,《格萨尔》舞台藏戏的剧本诞生了。接下来就是四处寻找演员排戏,演员就是本寺庙中具有表演能力的僧人,活佛亲自上阵编导,这样,果洛州的第一个《格萨尔》藏戏业余演出团就成立了。1983年夏天,在果洛州赛马会上,这台节目与观众见面后备受青睐。之后,果洛《格萨尔》藏戏团像雨后春笋,逐步发展为今天的20多家藏戏团,为《格萨尔》史诗的传播起到了举足轻重的作用。在2002年的果洛《格萨尔》首届玛域文化节上,果洛州文工团又编排了以史诗为题材的《岭国歌舞》,演员阵容强大,气势磅礴。

由于宗教信仰和社会历史发展的特殊性,藏戏从内容到表演形式无不与宗教有密切的联系。甘孜州色达县业余藏戏团把《格萨尔》故事首次以戏剧形式搬上舞台,从1979年开始,以塔洛活佛牵头组织编排的《赛马称王》大获成功,之后,编排了《去阿里金库》《阿达拉姆》《地狱救母》等,是第一个在我国涉藏地区形成《格萨尔》舞台藏戏的剧团,其规模宏大,人员较多。可以说,为《格萨尔》故事搬上戏剧舞台开了先河。色达藏戏团30名演员,都来自本县的牧区,20年来,活跃在当地草原上,发展成一支集《格萨尔》舞台藏戏、歌舞、服饰、羌姆、山歌、弹唱、参与性节目表演为一体的甘孜州重点文艺演出队伍。多年来,不断地创新、探索,不仅有《格萨尔》舞台藏戏,还表演短小精悍、妙趣横生的《格萨尔》藏戏小品,内容丰富多彩。这些歌、舞、剧三者结合的综合艺术,为藏戏的发展,为《格萨尔》史诗的传播,开辟了一条新的途径,为《格萨尔》说唱艺术研究,拓宽了新的领域,丰富当地人民的精神生活,提高当地群众的思想境界。

青海省玉树州文工团于1979年编排了以《格萨尔》为题材的

《出征》。1981年又编排了《汉地茶宗》《达色施财》两台歌舞剧,受到了广大群众的欢迎。1984年,青海省海南藏族自治州文工团编排了《霍岭之战》,在青海地区演出后,引起了轰动。后到北京、上海以及全国各地巡回演出,得到了各兄弟民族的热烈欢迎。即使语言不通,但是演剧的形式通俗晓畅。风格鲜明、色彩浓郁、格局清新、手法浪漫,具有藏族豪迈的气势,有歌有舞,有戏有情。1992年,青海省京剧团以京剧表演的形式将《格萨尔》史诗搬上舞台,使观众大开眼界,也为其他民族从多角度、多形式了解《格萨尔》史诗博大精深的内涵提供了新途径。2002年的果洛州首届玛域格萨尔文化节上,果洛州文工团编排演出了以史诗为题材的《岭·格萨尔卓拉钦保》(又称"岭国歌舞")的大剧,演员阵容强大,气势磅礴,得到了广大人民群众的热烈欢迎。2003年,海南民族歌舞团,在《格萨尔王传》浩如烟海的近200多部中进行了反复筛选,最后敲定编排《姜国王子》。此部是根据四大降魔之一的《姜岭之战》改编的,内容丰富,人物众多,语言优美,故事情节跌宕起伏,扣人心弦。该团继《霍岭大战》之后又一次将《格萨尔王传》以歌舞剧的形式搬上戏剧舞台。用歌舞的形式演示格萨尔故事,拓展了史诗的思维空间。

藏戏艺术的源头,可以追溯到青藏高原的旧石器时代。公元7世纪以前为藏戏的孕育期,8世纪至14、15世纪是藏戏的发展期,噶举派僧人唐东杰布(1385—1464)在藏戏的发展过程中起到了举足轻重的作用,被戏剧界认为是藏戏的开山鼻祖。唐东杰布出现后进入了繁荣期,五世达赖以后为高峰期。自公元7世纪以来,随着佛经的大量译入,以佛教思想为主要内容的印度古典戏剧剧目如印度戏剧大师华噶贝拉的《龙喜记》、赞扎郭米的《世喜记》等被译成藏文,作为传播佛教的工具广为流传。公元14世纪,本土文化与印度戏剧相结合的职业剧团的发起人唐东杰布依此为范

笔者在青海玉树州调研时拍摄的《格萨尔》藏戏表演

本,为藏族八大藏戏的编排奠定了基础,深受广大僧俗群众喜爱。藏族民歌中这样介绍藏戏演员:"藏戏演员似天仙,天仙的吐巴(粥)清水般。无意内地菱花镜,吐巴可以照容颜。"民歌不仅反映了藏戏演员的资质容颜,还反映出藏戏演员生活清苦,女演员也要经历更多的苦难。"藏戏演员不但要会唱,还要练身段、会跳,动作主要在脚上和手上。女演员上场全要踮着脚,像跳芭蕾舞一样,用脚尖走路。手的动作十分讲究,不能高过胸前,因为胸前戴着饰物和'嘎乌'(护身佛盒)。也不能太低,因为那时的袖子不长,一抬手,手腕子上的饰物就全露出来了。不像现在的服装,袖子越来越长,什么都看不见。女演员还要练转圈,腿一定要灵活,快速旋转要像风一样。"[①]"藏戏艺人的地位低,与乞丐没有区别,而藏戏女艺人的地位就更低了。其实最早藏戏是由妇女参加演出的,藏戏的'阿佳(姐)拉姆'由此而得名。可是后来妇女在藏戏中的地位

---

① 杨恩洪:《藏族妇女口述史》,北京:中国藏学出版社,2006年,第62页。

不断下降,地方政府的登记簿上不但没有女艺人的名字,还不允许妇女在正式场合演出,尤其是不能在拉萨的布达拉宫和罗布林卡等地方演出。他们认为妇女身上有邪气、晦气,不干净,怎么能在大庭广众特别是达赖喇嘛面前张牙舞爪,所以演出时都是男扮女装。女演员只能作小工,打杂,不能登台演出,靠男演员的收入生活。在哲蚌寺演出时妇女可以参加,但是分发布施时却没有妇女的份。过了雪顿节,藏戏队开始在市郊及农村演出,妇女就可以露面了。拉萨的许多贵族喜欢看妇女唱藏戏,就专门请一两个演员到贵族家中或他们的庄园里演出。在贵族家里,贵族坐在高高的垫子上,而我们艺人不能与贵族平起平坐,就坐在地上,一演就是几天,演出后他们给一些钱或吃的东西。有时,到大贵族家里演三四天,他们给一些旧衣物或钱等。有时演藏戏片段,有时演整出藏戏,一般需要两天演一出戏。有的贵族包藏戏,给每个演员发工资。贵族之间也相互攀比给艺人的报酬,以显示自己的地位和慷慨。除了雪顿节支藏戏差外。其余时间的演出收入全部归自己,不交税。直到1959年的雪顿节,女演员第一次在罗布林卡登台演出,连续演4天,观看的群众盛况空前。这四出戏是:《文成公主》《卓娃桑姆》《白玛文巴》和《苏吉尼玛》。"①

(二)"南木特"与《阿达拉姆》

"南木特"是藏语,意为藏族历史上某一先贤的贡献和功绩的传记,如记录佛教创始人释迦牟尼传法宏佛的《佛本生经》等。"南木特"在《藏汉大辞典》中被解释为:将先贤的平生事绩和历史评述等撰为韵文体裁进行说唱表演者。"南木特"和戏剧为同

---

① 杨恩洪:《藏族妇女口述史》,北京:中国藏学出版社,2006年,第66—67页。

义语,南木特藏戏便是将藏族历史上某个人物的历史典故和传记(即南木特)做为剧本,通过戏剧进行表演的艺术形式,目的是以此种形式利益众生。因此,藏戏具有获得宗教体验和解脱的存在价值。在安多地区,因为盛行《智美更登》和《文成公主》等八大藏戏,又有众多如米拉日巴道歌等改编而成的以人物传记为主的藏戏,"南木特"成为藏戏在安多地区的俗名。在表演形式中,以外在道具为表演顺序,以内在情节为表演内容,将身体动作和表情与具体的语言说唱和咏诵调式为手段。在剧目创作上,南木特藏戏继承和发展了传统藏剧的优良传统,以正义战胜邪恶、美战胜丑、善战胜恶、歌颂正面人物为主要内容;以丰富的想象、浓郁的神话色彩、大胆的浪漫主义艺术手法为表现形式。同时,"南木特"戏在剧目创作上,对传统藏剧有很大的发展和突破,如史诗剧的出现,把历史剧和神话剧融于一体的戏剧形式。总之它以题材的丰富性和艺术处理的独特性,立于藏戏艺苑中展现着自己的风采。

南木特藏戏是以原始社会末期产生的藏族巫术文化和苯教文化为根基,借鉴中原地区和印度戏剧的表演程式等戏剧文化核心,形成的富有民族特色的戏剧艺术。藏戏表演中野牦牛、猴子、麋鹿等动物面具的使用,体现出先民的图腾崇拜意识,藏戏中的模仿动物叫声、掷矛动作等,得以窥见先民的狩猎生活痕迹,有些藏戏还表现了古老的苯教文化中龙、神、年三界世俗神祇的神话故事等等。苯教古籍《斯巴大统序言》记载:"众多仙人将名为天启雍仲的包含众多歌舞展览、吉祥趋利的供品呈献给东巴先师。"在东巴祖师羽化登天之时,仓巴等大神向他奉献美妙的舞蹈音乐等作为供品。藏族历史文献《王统明镜》中记载了和戏剧类似的戏宴情景:"为了驱除大法王的烦恼,面带牦牛、虎豹面具的击鼓师和舞蹈师,供奉了众多歌舞节目,以及牛皮大鼓和琵琶等各种乐器","又有十六位盛装妙龄少女,给予了丰美的视听盛宴"。当时,松赞干布制定惩恶扬善的十善法,在与家臣欢宴时,为了纾解赞普情绪、调理身体,特献虎豹牦牛等面具舞。说明在吐蕃时期,歌舞艺术不仅只在民间,也已然成为统治阶层的重要娱乐项目。

藏族史籍记载,早在聂赤赞普时期,史诗故事和讲说艺术就已成型。藏族历史上第一位赞普聂赤赞普到拉妥妥日年赞期间,赞普施政是以苯、仲、堆三者辅政。"苯"指苯教,"仲"指玛桑神话等史诗,"堆"指的是隐喻谜谶等,说明吐蕃时期已经有听讲史诗神话的传统。此时的"仲"有猴变传说、复活炼金传说、麻雀传说、玛桑传说等用来教化民众、启迪智慧和传播教义。五世达赖执政期间,产生了众多由作家执笔的剧本和民间多种戏剧表演团体,出现了固定的剧场、剧院,戏剧表演步入专业化。西藏山南等地组建了十多个藏戏表演团,每年藏历6月15日到30日,色拉寺和哲蚌寺附近僧俗对僧众贡献奶酪(酸奶),后来逐渐形成雪顿节。从五世达赖起,戏剧表演成为雪顿节重要组成内容。每年雪顿节上,五世达赖邀请民间著名表演班子到哲蚌寺进行表演,西藏地方政府对剧本和表演者进行认真审定和选拔。时至今日,在每年藏历6月30日在哲蚌寺表演节目,僧俗同庆雪顿节,各地戏剧团竞相参加,次日,在布达拉和诺布林卡进行表演,雪顿节成为名副其实的戏剧节。拉萨、日喀则、琼结、雅砻等地表演团体表演雪巴和牦牛舞等节目。总之,五世达赖时期,剧本的创作和剧场的固定、戏剧表演时间的安排,戏剧团体的组织体系等趋于发展完善,与每年的雪顿节融为一体,原汁原味地保留到了现今。

藏族的寺院宗教文化中也有说唱艺术表现形式。如青海黄南同仁隆务大寺《福气歌》中,将深奥的教义通过浅显押韵的诗歌文体,配合一种叫做"格尔达"(意为咏调)的旋律进行诵唱。六字玛尼真言的诵调也在民间大为流行,并有众多不同版本。拉卜楞地区南木特藏戏的兴起得益于第五世嘉木样和朗·格桑乐协加措时期，五世嘉木样义西丹必尖参（1916—1947）出生于今四川省理塘县，1920年于拉卜楞寺升台，1937年赴西藏修学，1939年冬在拉萨哲蚌寺经过精进修学成为寺中顶尖学者，1940年返回拉卜楞寺，在拉萨修学期间目睹阿姐拉姆藏戏，以此为基础，决心组建具有安多地域特色的藏戏团，于1945年创建拉卜楞寺青年喇嘛专业学校，邀请图登丹增和朗仓喇嘛等经过精心谋划，由朗仓格桑加措全权负责组建拉卜楞寺南木特藏戏团。1978年，藏戏团演出了《松赞干布》《诚信》《卓哇桑姆》等经典剧目，参演人员达到三十名。

南木特藏戏《阿达拉姆》是甘肃拉卜楞寺的典型藏戏，在历代嘉木样大师的关注支持和密宗学院白玛柔增等艺术工作者的辛勤创作下，表演形式和剧本、道具等都有着非同寻常之处。多咒苑南木特藏戏表演团成立于1955年，由35人组成，首次演出藏戏《智美更登》，1957年演出《卓哇桑姆》获得一致好评。1962年演出南木特藏戏《阿达拉姆》。《阿达拉姆》剧本由密宗院自行改编，白玛柔增从历史长篇格萨尔史诗之《地狱蒙昧自明》篇改编而来，白玛柔增先生出生于1933年，自七岁入多咒大秘成就苑，二十二岁开始藏戏表演、剧本写作和执导，以藏戏为终生追求，对地方南木特藏戏发展起到重要作用，先后参照《地狱蒙昧自明》《五部遗教》创编《阿达拉姆》和《赤松德赞》，并且善于仪轨供施、诗赋词章、天文历算等，对学僧谆谆教导、孜孜不倦，受广大僧俗敬仰，于2001年逝世，享年八十八岁。剧本简要内容是格萨尔前往汉地后，阿达拉姆王妃患重病而多方医治祈福无效去世，因为罪业深重，正在忍受地狱煎熬之际，格萨尔大王降服了汉地茶宗迎回向善教法，赶赴阎王城中将阿达拉姆等十八亿逝者引渡到西方极乐世界。此剧创编目的或主题即宣扬有前世后生存在，此生所造业力在阎罗法王的审判称上会丝毫无爽。通过栩栩如生的直观场面教育观众应该此生当下多行慈善，潜心向佛，戒除恶业，争取善报。《阿达拉姆》共分三幕，第一幕为格萨尔前往汉地篇，第二幕为阿达拉姆患病逝世篇，第三幕为地狱篇。它具有拉卜楞地方特色的舞台情景剧的表演艺术特点，场面丰富，表演生动，深受民间歌舞艺术的影响。对民间唱腔的吸收和对卫藏戏剧的继承，对汉地戏剧的借鉴等，使得《阿达拉姆》具有独特的藏族南木特戏剧文化艺术价值。

阿达拉姆在地狱受审的藏戏表演场景

自1962年创编和表演南木特藏戏《阿达拉姆》迄今，每年藏历大年十三日都由密宗院表演者进行表演，正值拉卜楞扎西奇佛教大寺举行正月祈祷大法会，四面八方的客人络绎不绝，不约而同地相聚在剧场四周，在观看和听讲中发出阵阵爽朗的欢呼声，为周边群众欣赏藏族传统戏剧艺术提供了一片自在空间。所以说,南木特藏戏《阿达拉姆》是以藏族传统戏剧文化做根基,《格萨尔》史诗为枝干,在拉卜楞地区所盛开的独特歌舞戏剧艺术奇葩,每年吸引海内外众多文化研究人员和艺术表演团队到此驻足欣赏。对拉卜楞地区旅游事业直接或间接地有重要推动作用。

甘肃省甘南州碌曲县则岔地区表演《阿达拉姆》已有25年,通过《格萨尔》史诗片段表现了善恶有报、因果不爽的佛教教义。

《阿达拉姆》通过用阿达拉姆烈女去世受难的情景来劝谕世人在世积极行善积德、惩恶持戒、善有善报、恶有恶报,因果不爽的观念,杜绝杀生、偷盗、欺诈等行为,舞台上的人物形象和作唱念打无不象征着行善戒恶,轮回因果的佛教主旨,具有教育及审美价值。如在地狱篇中,两喽啰押来一出家上师割肉称秤,阿达拉姆唱道:"向着诸多黄冠喇嘛,善男信女伸手乞讨,这是何等恶业罪孽果,不去此地请停下。"格萨尔答道:"听我说向着诸多喇嘛身,众人乞讨牲畜宝,虔心祈祷极乐界,嗡玛尼叭咪吽。"退场,旋即进场,喽啰押来一妇女口灌铁水正呻吟,阿达拉姆唱道:"众多尼姑亿万个,身躯被烧全身火,痛苦不禁喊阿嚓,这是何等罪孽果,不去此地请停下。"格萨尔答道:"听我大多喇嘛之还俗,借口天意取妇女就是此等炼狱境,莫要害怕往上来,嗡玛尼叭咪吽。"说罢作上升状退场又进。见一妇女黑色装束拿红纸吃自己肉还喊疼,阿达拉姆唱道:"十八地域尽魔瘴,无以果腹吃己身,不去此地请停下。"格萨尔答道:"听我说偷取油灯酥油自享用,夏季牧场尽去讨酥油,莫要害怕往上来,虔心祈祷极乐界,嗡玛尼叭咪吽。"通过层层场景,对杀生、欺诈、偷盗、不敬父母等罪过进行了直观的价值教育,教育世人上到喇嘛官吏、下到僧俗群众无一不在阎罗明镜中明察秋毫,对因果法则要像守护眼珠一般,人人恪尽职守、各尽其责才能共建和谐社会。

第四节 《格萨尔》女性剧团

2010年青海省果洛州达日县珠姆女子私立小学"僧姜珠姆女子藏戏团"的建立，为果洛州民间剧团增添了一道亮彩。中国社会科学院民族文学研究所、《格萨尔》研究中心研究员、教授降边嘉措说："'僧姜珠姆女子藏戏团'的成立为格萨尔文化传承开辟了新的领域，是开放在果洛草原上的一朵鲜艳的艺术之花。"该藏戏团是由查卓宝创办，演职人员由50多名孤儿和贫困户子女组成，在各大节庆期间为广大民众演出了以《格萨尔》为题材的文艺演出。查卓宝曾经是个街头流浪的少年，西藏日喀则一所英文学校的学生，美国波士顿国际机场的打工仔，往返于波士顿唐人街和达日县的商贩。2004年，查卓宝决定，在家乡建一所专门收留女孩的学校，以实现父亲夙愿。

笔者与"女子藏戏团"成员的合影

达娃拉姆,12 岁,家里有 7 口人,其中 4 个孩子。父亲去世了之后,家里依靠一群牲畜度日,但是当一次自然灾害夺走了大部分牲畜之后,她家就陷入了极度贫困,只好将她送到了女子学校,而她母亲辛苦的工作勉强能支撑目前家里的生活。

春增,7 岁,探曾,10 岁,父母离婚后,母亲远嫁他人,父亲游走外地,姐妹俩被送到 80 岁的爷爷家,老人无力照顾姐妹俩,因此被送到了女子学校。

查卓宝担负起了父亲的责任,开始为这些女孩的未来感到忧心,为了创建和维持学校,他几乎倾家荡产。查卓宝希望几年后,开始对即将初中毕业的孩子进行职业培训,教她们一技之长,让她们走出这里后,能够自谋生路。将来,如果有孩子学习非常好,考上大学,他也会尽全力资助。多年后的卓保依然坚持用自己的力量,让学校逐步发展壮大。为了让女孩们受到更好的教育,查卓宝尝试了许多办法。按照查卓宝的规划,女孩们能在这里学习藏语、汉语、数学、英语和藏戏、裁缝、唐卡以及电器维修等技能。毕业以后,学生们会继续她们的学业。目前,已经有 20 个女孩从僧姜珠姆女子学校毕业,并进入北京、广州、深圳的公立或私立学校学习初中文化,有的已经就业。为了让女孩们受到更好的教育,查卓宝尝试了许多办法。学校于 2010 年创建了"僧姜珠姆俊女藏戏团",藏戏团在各大节庆期间为广大民众演出以《格萨尔》为题材的文艺表演。除此之外,在国内各地进行了八场演出,取得了良好的成果,并通过演出创收暂时解决了学校一百多名学生的温饱问题。在练习藏戏的过程中,女孩们要克服许多困难。许多没有舞蹈基础的女孩,经常练习到深夜,但就是这样坚持下来,克服了困难。如今她们的舞台从果洛大草原,到国内各地,舞台越来越大,她们也越来越自信。2014 年 5 月 23 日,她们来到北京恭王府,参加中国唐卡文化研究中心揭牌仪式,作为演出嘉宾,为现场观众表演了她们精心准备的藏戏。

久美措姆，由于家里有十几个孩子，无法承担养育她的费用，2005年，9岁的她来到学校。多才多艺的她，一直努力学习各种生活技能。目前她在广州，可以依靠自己做裁缝、画画赚来的钱，支付学费。假期时回到学校，会买些小礼物，送给学校里的妹妹们。

久美曲珍，现就读于沈阳某艺术学校，学习舞蹈专业。为了此次演出，她专程来到北京，坚持自己绘制演出头饰。在学校的学习过程中，女孩们会学习、制作一些民族手工艺品等，可以为学校补充一些开支。

扎西卓玛，16岁的她来自青海省海南藏族自治州，8岁那年父母因病相继去世，而后她来到了果洛藏族自治州僧姜珠姆女子学校求学。扎西卓玛说："每当我带上头盔、穿上战袍，跳起《格萨尔》的经典藏戏《赛马称王》，我仿若看到格萨尔骑着战马，征战草原的情景。""在学校，我们不需要交任何费用，在学习文化课的同时，我们还能学跳格萨尔藏戏。""因为都是藏族，我们会对《格萨尔》藏戏非常感兴趣，我们也深知现在的学习机会来之不易，在课余时间大家都会非常努力地练习。"

玛尔吉桑措，17岁的玛尔吉桑措已练了2年半的藏戏。"没有父母，我和学校的老师、藏戏团的学员们相依为命，英雄格萨尔的精神也深深感染着我。去年到深圳表演《格萨尔》藏戏，演出结束后，很多观众还和我们合影留念，我们别提有多自豪了！"她说。为了更好地传承格萨尔文化，森姜珠姆女子学校正在修建一栋珠姆宫殿，"宫殿建好后，我们会设置格萨尔文化展览馆与研究中心，让更多的学生了解格萨尔文化。"查卓宝说。

在《格萨尔》女性戏剧中，引人注目的是地处四川甘孜阿须草原的格萨尔尼姑剧团。笔者曾于2014年7月28日带领相关专业学生到达德格县阿须乡——传说中格萨尔的诞生地,进行了实地调研。主要针对阿须草原的格萨尔庙、吉祥大乘尼姑寺以及相关的风物遗迹进行的实地调查,对当地的格萨尔文化进行了深入的观察和描述。

(一)德格的基本情况

德格县,隶属四川省甘孜藏族自治州,位于甘孜藏族自治州西北部,地处东经98°12′—98°41′,北纬31°24′—32°43′之间,东与甘孜县毗邻,南与白玉县相接,西与西藏江达县隔金沙江相望,北与石渠县接壤,地处金沙、雅砻江上游。县境总面积11025.24平方千米,川藏公路国道317线贯穿县城及部分区乡,雀儿山山口海拔5050千米,有"川藏第一高、川藏第一险"之称。县城距州府康定588千米,距省会成都954千米。截至2011年,全县户籍人口83495人。政府驻地更庆镇。德格县是一个以牧业为主的县,境内有中国三大藏传佛教印经院之首的全国重点文物保护单位德格印经院、格萨尔王故里阿须草原。

四川省甘孜藏族自治州德格县并存着藏传佛教的五大教派祖寺。有噶举派(白教)祖寺八帮寺,该寺创建于1179年,有分寺200多座,为德格土司第一家庙;有萨迦派(花教)祖寺更庆寺,创建于1448年,辖7座分寺;宁玛派(红教)祖寺竹庆寺,创建于1685年,辖分寺200余座,是格萨尔王藏戏的发祥地;格鲁派(黄教)祖寺更沙寺,创建于1654年,辖分寺10余座;苯波派(黑教)祖寺丁青寺,创建于618年。德格有深厚的佛教文化资源,著名的竹庆寺、白玉寺、八蚌寺等寺院坐落在德格县境内。藏传佛教五大教派在这里各显异彩,为了发扬光大自己教派的影响,纷纷创办佛学院。德格有在康巴地区著名的五所五明佛学院。一是竹庆寺协日森五明佛学院,建院有 250 年历史,属宁玛派,学者高僧多达 600 人,著作颇丰,影响整个涉藏地区和印度、尼泊尔、不丹;二是宗萨寺康协五明佛学院,建院有 130 多年历史,是康区萨迦派最高学府;三是八帮寺五明佛学院,建院有 120 年历史,是噶举派唯一系统的高级学府;四是协庆寺五明佛学院,建院有 120 年历史,属宁玛派;五是丁清寺基扎五明佛学院,属苯波派最高学派,创建已有 250 多年历史。这五大五明佛学院均以"五明"学说为基础,内容涉及佛学、天文、诗歌、文学、医学、文法、历史、历算、绘画等,历年来培养了大批学者、高僧。

德格是传说中的格萨尔故里,这里有着深厚的格萨尔文化资源,不但有格萨尔出生地阿须的吉苏雅给康多及格萨尔纪念堂,有建筑面积达 43 143 平方米格萨尔故都"桑周达泽宗"、《格萨尔》藏戏发祥地竹庆寺,还有珠姆行宫遗址、嘉察城堡遗址,也有许多包括被认为是珠姆梳妆台的西天瑶池——"新龙海"在内的其他风物传说遗迹。这里曾出现过伏藏大师尼玛让夏为代表的《格萨尔》艺人。除此之外,在 57 座佛教寺院中 54 座都有格萨尔的文物和祭祀、供奉《格萨尔》的传统。德格还被认为是康巴文化的发祥地、南北茶马古道重镇、南派藏医药发祥地,最负盛名的还是自然莫过于德格印经院了。德格地区的格萨尔文化多以风物遗迹为主,主要聚集在阿须。这一方面有利于人们直观了解格萨尔文化在阿须地区现存的遗迹;另在旅游宣传时重视这些地区的格萨尔文化,既能得到旅游效应发展地方经济,同时起到介绍、传播、保护格萨尔文化的作用。

(二)德格的格萨尔文化

德格县作为格萨尔的故乡,岭·格萨尔时期政治、经济、文化的中心,又是康巴文化的发祥地,可以说这种文化的内涵相当丰富。享有"雪山下的文化古城"的德格,依凭厚重的文化底蕴,浸淫在格萨尔王英雄人物及《格萨尔》史诗文化的浓厚氛围中,传唱着千年不绝的史韵诗魂,歌颂着经久犹新的岭国神话,用自身独特的形式诠释着格萨尔文化的每一次继承和发展,并把这种文化带入新的世纪,传承着新的内涵、新的理念。

在德格县境内1.2万平方公里的土地上,广泛传唱着格萨尔的神话故事、传奇、遗迹、典故等,以及由此产生的深邃博大的格萨尔文化瀚海,以说唱、手抄本、刻印本、藏戏、故事、地名等多种形式。德格不仅独特悠久的藏民族文化格局独树一帜,而且格萨尔文化根基厚重,源远流长。岭葱家族最初以部落形式存在,家族势力逐步扩大,元代(1290年)德格属"朵甘思田地里管军民都元帅府"辖地,以岭葱土司治地俄支为政治中心,都元帅辖地包囊了今德格、邓柯、石渠、白玉、甘孜数县全境,并扩大到西藏昌都和青海玉树地区,直至明末清初(1406年),遂被德格土司家族所取代。不难看出,德格是岭国的腹地,也是当时政治、经济、文化的中心,都城俄支即在该县的俄支乡。在德格民间,以说唱、藏戏、故事传奇、手抄本、地名等形式为主的格萨尔文化现象五彩纷呈,俯首皆得,存在形式丰富多彩,妇孺皆知。可以毫不夸张地说,在德格的每一个地方,都有《岭·格萨尔》的印迹,都流传着格萨尔王的故事,每一个德格的子民,都无时不在承接着格萨尔文化的熏陶和浸染,感受着格萨尔文化带来的强烈震撼。

1. 英雄诞生。据相关史诗记载考证和笔者实地调查,格萨尔王出生地在德格县阿须乡熊坝吉苏雅格康多。童年的格萨尔在阿须、然尼等地以放牧为生。格萨尔王出生的地方,天空展现九尖法轮,四周地形展现八宝供品,祥云弥照;在阿须格萨尔纪念堂右边,可见格萨尔诞生时其母搭建帐篷的地方和岩洞;在阿须吉科有一条山沟,是当时格萨尔母子俩被赶出时经过的地方,走时其母亲唤来了天神、地神和龙王,要求保护母子俩一路平安。其母大喊三声后,吉科的13条小沟均朝着他们母子行走的方向移动排列至今;纪念堂以东的扎郎隆,是格萨尔降伏妖魔阿尼岗巴然扎的地方;阿须乡真隆村境内有一座名叫涅格卓的神山,是岭国时期最大的护法神山;纪念堂正北面山顶上两行箭石之路形如羽翎,传系格萨尔王射箭留下的箭路;现有一格萨尔王原来戴过的未取掉角的麂子面具,传说在阿须多岔岔寺北面,有三只饿鬼在此作恶不断,后被格萨尔制服杀死后,去其皮,将头皮套带在自己头上,直到登位;在阿须传说所有妖魔的灵魂变成了三只乌鸦,到人间准备谋害格萨尔时,被格萨尔降伏,至今留有降伏时的遗址阿须乡的嘎青岩,形同一头白脸牦牛头像,岩下有一洞,因格萨尔幼年时曾在此居住过而叫"嘎青";阿须乡的吉科虚果陇,传系格萨尔王10岁时为等待降伏妖魔在此装作掏旱獭洞的样子而得名;现阿须乡的"然尼坝"和打滚乡的"热火通",均因格萨尔王幼年放牧于此而得名;而打滚乡的"卓隆龙",则因幼年格萨尔曾赶一头耕牛至此,耕牛因疾死于此而叫"卓隆龙";打滚乡的杰雍章尼马虾亚,是格萨尔王及其母亲被赶出岭地时翻过的一座山的名称,至今仍沿用。在阿须周围,至今可见格萨尔王幼年供神祭祀的熏烟台;打滚乡的戏穷尼比冲(意为很狭窄的路),因格萨尔王在此降伏了恶魔克森如鲁得名并沿用至今;打滚乡呷托寺,寺庙下方有个叫珠哥达的平地,意为蛇头坝,因格萨尔与母亲一起在此打猎维持生活而得名。阿须四周,随处都有格萨尔王诞生及童年、少年时期生活的印迹和趣事。

2. 戎马征战驰疆场。格萨尔王戎马一生,驰骋疆域,功勋卓著,被后人所崇拜、敬仰。在现阿须乡真巴沟一岩石上、竹庆乡竹庆村一岩洞口处、龚垭乡折雪村、八帮乡的龙绒村等地,发现有四处格萨尔王神马留下的马蹄印迹;在玉隆乡有一大石潭,传说是格萨尔王神马饮水之处,在浪多乡的真巴沟和竹庆乡上缘2公里处有一开阔的草坝,这两个地方曾是格萨尔王征战到此并祭天拜神熏烟的地方;阿须乡据涅坝,相传是格萨尔王给将士们分发军械、物品的地方,故名"据涅";马尼干戈其名系出自格萨尔王时期在此一石头上发现自现的"嗡嘛呢叭咩哄"六字真言而得名;窝公乡格公村的格宗神山,是岭国时期赛马和清点兵器的神山,直到民改前,德格土司夏克刀登管辖的玉隆八部落也一直在此赛马和清点兵器,后沿袭成习俗,每年藏历五月十五日均在此举行类似活动;相邻有另一个草坪,是岭国时期岭国商人清理、交易货物的场地;阿须乡的夏卓龙,相传当时格萨尔王在此沟内用箭射落一只鹰,其羽毛散落沟内而得名;而阿须乡的磨勒村、俄南乡的俄勒村,均因格萨尔王追杀恶魔,砍掉恶魔头颅并卜卦吉凶而得名;所巴乡的阿木拉霍龙,相传是格萨尔王征服霍尔魔王的沟壑;年古乡的涅真陇,相传原为一座山,被格萨尔王用神剑劈成了一条沟;柯洛洞乡边有一睡佛景观及"一线天"景观,相传格萨尔王征战到此,被大石山阻隔不得过,睡佛神灵受法给格萨尔王,用手掌(一说神剑)劈开一条路而通行;窝公乡境内公路边有一湖泊名"木日措",系岭国神湖,湖面硕大。妖魔森姆在此兴风作浪,后被格萨尔王征服于此,森姆化为岩石,且留有她的生殖器官以镇湖;在温拖乡的白若仙洞,格萨尔王曾在洞中修行十天,并在洞口举行大型供神祭祀活动,这种活动仪式由此延续下来;所巴乡的嘎日通,相传岭国军队曾驻扎在此而得名;在宗萨寺内,至今仍保存有描写格萨尔王战争的壁画。在八帮乡真达桥头石崖上,留有自然形成的格萨尔王生殖器官的石雕像等等。

3. 格萨尔王叔父晁同遗迹。晁同即晁同王,是格萨尔王的亲叔父,由于晁同思想保守,自私阴险,素想挟持格萨尔王,两人政见不一,后格萨尔称王遣晁同镇守今德格错阿乡一带。在错阿乡境内,有晁同王故都遗址和他洗浴的温泉池;有两个草坝,分别是晁同王迎接岭国大将和跳舞赏景的场所;阿须及附近地区是格萨尔家族的故里,亚丁乡的戈冲玛,相传因晁同家有7位猎人外出打猎时,被寄放于此神山而得名;而所巴乡的打青错寿山,则传系晁同病故于此而得名。

4. 格萨尔王之兄嘉擦大将遗迹。嘉擦系格萨尔王的三十员大将之一,是格萨尔王同父异母的亲哥哥(嘉擦之母为汉家女子),一生跟随格萨尔王征战南北,后统领中岭国并镇守龚垭一带。在龚垭乡境内拉翁通丫口山上,仍存有嘉擦大将城堡和中岭部落首领古都的遗址(现在的龚垭寺建于嘉擦城堡遗址上);在与龚垭接壤的卡松渡乡境内也有嘉擦大将的故都旧址。嘉擦城堡正南方山顶处,有一齐斩的凹痕,传说是嘉擦大将射箭的箭路;山腰下有岭·格萨尔王护法长寿五女神佛塔遗址,傍江河之滨上,每年藏历五月十五日,均有百姓朝拜如云(传说此佛塔正下方河潭下为阴海,皓月当空时可闻天牛鸣叫);嘉擦城堡东南山脚下,有八尊佛塔遗迹,其中最大塔顶正中独长着一株约10米的擎天古柏,传说是嘉擦大将显灵之处;往前三山合抱处有一开阔平坝,名叫拉翁通,相传是嘉擦大将遇见神仙白梵天王的地方;沿山谷顺河而下约10至15公里处,前后分别是嘉擦大将头带缨盔,北靠戈绒山的头像和嘉擦上师大喇嘛穷波尼玛降称修行崖洞,名叫滴水崖,均坐北朝南,肃穆威严,与故都方向保持一致;再往下不远处,河两岸对峙着群塔崖和嘉擦邛多崖,前者整个山体全由佛塔错落堆积而成,传有108尊佛塔,系嘉擦大喇嘛修行通天的造化之形,后者系传嘉擦大将征战路过此休息,因屡屡胜战而欢歌痛饮,微醉时将酒碗抛向崖壁,留下一碗痕而得名,取此处崖石少量可酿酒并保持醇香不变;另在龚垭乡崖望寺,"四反"时期挖掘出13具遗体,相传是岭国的13位上师;后该寺庙塑佛塔13尊,保持到1959年被毁。

5. 格萨尔王大将、后裔遗迹及传说。随格萨尔征战疆域,统一150多个部落的整个过程中,共有三十员大将、八十员小将以及其岭葱格萨尔后裔名士,名垂后世,被传为佳话和用地名作为纪念。除嘉擦大将前已列叙外,现阿须乡的色巴通,是大将色巴布穷塔亚居住的牛场;打滚这一地名,相传是岭国大将阿加贡波带领部落将士作战勇猛如虎而得名;打滚乡力穷村,以大将力穷之妻曾居住此地而得名;打滚乡尼夏通,相传以格萨尔王将士们在此烹烤食物而得名;年古乡的呷德村,存有格萨尔王大将珠呷德曲雄白朗的古都旧址;呷德曾在温拖满金神山岩洞中辟关修行三个月,其大师是满金寺的娘真尼波,温拖人氏,扎科乡的丁青寺,原是珠呷德曲雄白郎的家庙;真达村,有大将东真鲁欧阿巴的官寨旧址;"俄支"即因收藏有格萨尔王侄子的宝刀而得名;其境内还有大将拉色扎拉泽加和邓马友加图戈的官寨古都遗址;浪多乡错通寺,传是岭国卦卜大师莫玛根协腾波居住的旧址;燃姑乡宁乡村,相传因大将呷日尼马降村牛场所在地而得名,达马乡有格萨尔大总管王戎擦查根儿子努欧友刀的官寨旧址;八帮乡有大将娘查阿登的官寨旧址;汪布顶乡西坝村银南寺静修院附近有一处旧址,传是小将崩班上给巴瓦的古寨遗址,人们至今把此地的墙体、石头等视为不可动用的圣地。俄支是格萨尔王建都的地方,故都森周达泽宗占地面积43 143平方米,内含大殿、印经院、松石九梁大宝帐等建筑,四周坐落四个村宅,喻为四大门卫,格萨尔王去世后,岭葱家族将其改作家庙;在俄支有一神山叫阿俄给宗,是岭国的神山,"阿俄"系发音词,在格萨尔王史诗传唱时均以此起头;俄支寺位于神山脚下,是岭葱祖先的家庙;格萨尔王父亲生伦呷玛仁协出生地旧址遗迹也在俄支;同时,在县内其他地方,也分布有岭国家族的家庙、神山,汪布顶乡有一名叫朱尼东多吉洛珠的秀美山峦,是岭国的神山之一;有一座观音神山,系由格萨尔王开掘;在普马乡境内有一多加米罗神山,是辅佐格萨尔王统一疆域的著名神山,在岳巴乡有一格萨尔王家庙琼波拉绒的官寨遗址。竹庆是格萨尔藏戏的发祥地,也是宁玛教派主寺所在地,相传竹庆寺为跳神祭典格萨尔王;在前期塑造大将面具时土登曲英多吉漏塑了大将努欧友刀的面具,其显灵质问,后补塑,故在表演出场时排最后一位。竹庆辖区,至今沿袭着在赛马时岭国三十员大将出行巡回及战马清点的场面。

6. 无帷帐篷。在该县马尼乡腰热寺内,现存有一顶只有顶,没有四周帷幔的帐篷。相传在12世纪,腰热寺大喇嘛主持法事,敦嘱自己的书童说:"待我作法事的时候,你一定要闭上眼睛,千万不能睁开。"法事进行时,天空中阴云密布,雷鸣不断,似有千军万马涌来。过了一会儿,书童禁不住头顶上轰鸣声的诱惑,偷偷睁开眼睛,回头一看,在大殿中站着一位威猛剽悍的大将,正在用天纱织缀帐篷。这么一看,惊动了正在织帐篷的大将,大将立即升空而去。这顶帐篷的四周还没有织,就只留下了帐篷顶。

7. 伏妖镇海。相传窝公乡境内的木日措湖泊原来是一个硕大无垠的海,直抵海子山脚下。人们无法从此通行,有妖魔森姆居住在海中,经常兴风作浪,扰乱残害四周百姓,因法力无边,无人能降。格萨尔王征战到此后,征服了妖魔森姆,并用法术使森姆化为了镇海石,让出了一条路。

此外,德格境内还有很多格萨尔爱妃珠姆遗址,前文已介绍,不再赘述。

(三)访问阿须草原尼姑寺

《格萨尔》戏剧艺人的传承方式十分独特。许多《格萨尔》说唱艺人都和僧侣有联系,也就是说这些说唱艺人的身份是喇嘛,被称为流动说唱或者游吟诗人。他们有时处于"神魂附体"的状况,形如汉族所讲的那种游方讲经的狂僧,他们说唱故事、话本小说、史诗和大德传记以及经典、诗歌,这些喇嘛或者是宁玛派的弟子,或者是噶举派的弟子。这些说唱家通过听闻讲史诗转换为记忆,然后进行传播,成为史诗记忆的传承者。《格萨尔》剧就是经由这些艺人讲说唱史诗格萨尔进行改编或创作,组织僧侣来进行戏剧演述的。① 在阿须草原有这样一群传唱者——吉祥大乘尼姑寺《格萨尔》戏剧团。阿须是格萨尔王的故乡,至今仍可见在阿须由格萨尔家族后裔修建于 1790 年的格萨尔纪念堂遗址。笔者于 2014 年 7 月 28 日组织相关调研小分队,对德格县阿须乡的格萨尔庙进行了实地的考察调研。

1. 阿须草原的格萨尔庙。2014 年 7 月 28 日,我们来到了阿须草原。藏族文献与藏族传说中格萨尔王的诞生地——四川省甘孜藏族自治州德格县阿须草原。这片草原史称"吉苏雅格康多",山谷里有两条小溪流到草坪上,然后汇流成雅砻江上游的一条河,四面群山环绕,人迹罕至。《格萨尔·英雄诞生》之部里说:"要说角如(格萨尔的小名)的出生地,名叫吉苏雅格康多。两水交汇潺潺流,两岩相对如箭羽,茵茵草滩如铺毡;前山大鹏凝布窝,后山青岩碧玉峰;右山如同母虎吼,左山矛峰似红岩。"阿须草原的牧民们认为,史诗里描述的此种情景,与阿须草原的地势地貌、山川河流、地名相同,完全吻合。阿须草原印证了史诗中的描述。

民间传说,阿须草原的格萨尔庙是格萨尔的兄长岭部大英雄嘉察协噶后代的德格岭仓土司,为纪念英雄格萨尔,在巨石旁边修建的。离格萨尔庙不远,有一个形似青蛙的巨大岩石,相传格萨尔就诞生在此。相传格萨尔诞生时,母亲郭姆临产,腹痛难忍,为减

---

① 曹娅丽:《〈格萨尔〉遗产的戏剧人类学研究》,北京:民族出版社,2013 年,第 184 页。

轻疼痛,两脚用力蹬踩,竟然将巨石蹬裂,劈成两块,留下两个深深的脚印。相传格萨尔刚一诞生,就有3岁孩子那么大。在这巨石的一侧,清晰地印着3岁大小的孩子裸身的痕迹。当地群众对这种传说深信不疑,把它当作圣地来崇拜,千百年来,经幡林立,香火不断。

当天下午待一切安顿好后,我们便与联系好的开车司机驱车赶往阿须草原的格萨尔庙,天公不作美,一路上淅淅沥沥的小雨下个没完没了,等我们到达目的地,它竟然放肆起来,如豆子般大小的雨点从天空迅速砸了下来,同学们在雨中大笑起来向格萨尔庙奔跑而去。好心的司机和我们一同前往,一路上为我们详尽地介绍了当地的情况。等到到达庙门口,停下来喘息,才发现庙门紧锁,四处打听才得知,格萨尔庙是有专人看守的,加之最近又在进行整修,一般是不让参观。经过多方交谈后,看守寺庙的人员终于让我们进去了,在添香加油后,看守员向我们介绍了格萨尔庙布局、设置和历史等。

笔者于阿须草原格萨尔庙前的合影

放眼望去格萨尔庙主楼有两层,挺拔屹立在阿须草原上。庙内一层是大殿,进殿环顾四周,可见正中间一尊有雄伟壮观的格萨尔骑马征战铜铸像,后面是岭部13个威尔玛保护神,左右两边塑有岭部人信仰的12尊大佛。格萨尔铜像的两侧耸立着岭国30英雄及珠姆、梅萨等13妃子塑像。庙内四周墙壁上绘有展示格萨尔一生光辉业绩的壁画。此外,还存有许多岭仓土司家长期珍藏的与格萨尔有关的宝物,如格萨尔的朱红印章、格萨尔王使用过的藤鞭"如意成就"、格萨尔和岭部大将使用过的头盔、宝刀和长矛等各种兵器、被称作智慧老人的绒查察根的家谱、英雄年查阿登使用过的宝剑、格萨尔的岳父丹巴坚赞的胸饰等珍贵文物。等到参观完毕,来到殿外,发现天空已经放晴,仿佛格萨尔大王在暗中显灵保佑,柔和的夕阳撒满了格萨尔庙,整栋庙楼散发着金色的光芒。采访在唯美的夕阳中拉下落幕。

2. 阿须草原的吉祥大乘尼姑寺。

第二天,我们调研小分队的主要采访对象是阿须草原的吉祥大乘尼姑寺。在巴伽活佛热心的帮助下,我们有了专业司机和导游,整个采访进行得非常顺利。

通过对吉祥大乘尼姑寺主持堪布索郎扎西和尼姑的介绍,再加上导游的翻译和讲解。我们得知:

吉祥大乘尼姑寺始建于2001年,在众多藏、汉信众的帮助下,修建三年,于2004年圆满竣工,取名为"吉祥大乘尼姑寺",又叫"觉姆寺",于2004年10月正式开光。经堂内主要有佛祖本生画像、噶举金鬘唐卡、1 000尊白度母铸像,并且存有《甘珠尔》《丹珠尔》为主的浩博经书,柱面幡、伞盖、法器、坐具等齐全。

在未修建该寺之前,本地的很多女性虽已出家为尼,但没有固定的修行法场和训诲之师,也没有条件去别处求学。最初在阿须岔岔寺附近搭建帐篷修行和学佛。是吉祥大乘尼姑寺创始者巴加活佛竭尽全力实施了很多办法,成就了她们学佛的心愿。

诞生在公元1952年的巴迦活佛是四川省甘孜藏族自治州德格县阿须乡岔岔寺的寺主之一,也是著名的格萨尔庙的负责人,佛学造诣高深,在信教群众中威望很高。巴伽活佛自认为是《格萨尔》中扎拉孜杰(扎拉孜杰是格萨尔兄长嘉擦的儿子)的化身,是《格萨尔》的爱好者、热心参与者和推动者,为保护和弘扬格萨尔文化事业,做出积极贡献。

笔者与阿须乡众僧尼的合影

吉祥大乘尼姑寺现有觉姆(尼姑)50多人。她们大多不识藏文文字,学佛的难度大。要先学习藏文,再学习经文,进行前修五加行,打好修法的良好基础,然后接受白度母、金刚亥母等各本尊的灌顶、传承以及教授,按照修行大圆满与大手印并行的修法而进修。提前细解沙弥女学处,明辨取舍方法。依据戒学,遵守操行,爱护寺庙环境。规定以闭关或看书修行来维持讲修事业。不允许外人进入寺内,尼姑们未得上师允许不可随便出门。每天按时进行法律、供食子、神香和焦烟等四布施。每月举行二十五日、十日等法会。每年举行金刚亥母、加瓦降措、禁食斋等各种法会。

这里是格萨尔的出生地,当地民众不仅认为格萨尔是个英雄人物,而且还将格萨尔视为神,更将他视为佛。格萨尔艺人特别相信这个事情,这附近的寺庙都很相信。(当然教派不同,看法各异。)四川省甘孜藏族自治州德格县阿须草原,是传说中格萨尔王的诞生地,格萨尔被藏族人等同于藏传佛教的莲花生大师,是莲花生的托生,所以在当地人心中,格萨尔是可以拜的,拜格萨尔王就能够成佛。

这里是格萨尔的诞生地。巴伽活佛要求演《格萨尔·诞生篇》,专门邀请索郎扎西堪布给吉祥大乘尼姑寺的尼姑们教授藏文和排练格萨尔藏戏,由此成立了阿须吉祥大乘尼姑寺格萨尔尼姑剧团,一般在每年的七、八月份的赛马节、寺院的重大佛事活动、或有重要访客的时候进行演出。发展至今,格萨尔女子剧团主演《格萨尔》中的《英雄诞生》和《赛马称王》两部,也排练过《智美更登》等八大藏戏,其中《英雄诞生》作为重点。(笔者在调研期间格萨尔女子剧团正在排练《赛马称王》,说准备将《英雄诞生》《赛马称王》两部剧目连起来演出。)

笔者与学生在四川德格调研时的合影

以前都是由寺庙来演出《格萨尔》剧,基本上附近每个寺院都有《格萨尔》的戏。竹庆寺也有《格萨尔》的戏,竹庆寺的《格萨尔》剧依旧是《英雄诞生》和《赛马称王》。但是以前演的和现在演的不一样,现在演的加入了一定的故事情节,以前只是跳,是寺庙一种传统跳法,跳的内容我们也看不懂,然后就是吟诵经文。尼姑寺的表演比较特别,吉祥大乘尼姑寺是这周围唯一一个演出格萨尔戏剧的尼姑寺;因为她们对《格萨尔》故事情节、人物及传统表演方式熟十分熟悉,所以演出只根据大概的底本进行排练演出,没有编写正式的剧本,角色扮演者需要按故事情节领悟人物的情感心理;同时巴迦活佛会亲自指导尼姑剧团,并且及时地对排演进行减戏或加戏;该剧团演出的音乐只用格萨尔曲调,是自己录制的,而且每年都有改进;演员(尼姑)均不识谱,只会唱,音色优美。当地的老百姓更喜爱尼姑寺的《格萨尔》剧目。女子剧团演出的《格萨尔》剧很精彩。香港等地邀请该寺尼姑剧团去演出,但未获地方政府批准。此外剧团演出剧目也在申请非物质文化遗产,尚未有结果。目前,她们坚持继续编排和演出藏戏。演出者认为《格萨尔》剧目的演出,是一种修行,也是一种娱乐,更是在传播藏传佛教、纪念格萨尔王、传承格萨尔文化。

综上所述,通过四川德格尼姑剧团实地调研,我们可以看到史诗《格萨尔》已经深入人心,尼姑剧团将《格萨尔》剧的表演展现在民众的现实生活中,将《格萨尔》、宗教信仰和当地民众融合在了一起,是一种修行方式,同时也是弘扬藏传佛教的一种有效形式,进一步推动《格萨尔》史诗的现实发展,同时也丰富了当地民众的历史文化知识,增加了他们的业余喜好和生活乐趣。

下 编

玉梅文献辑录

玉梅研究文献辑录

杨恩洪《民间诗神——〈格萨尔〉艺人研究》节选

他们出自同一片沃土
——记一个家族的三位艺人玉梅、洛达、曲扎

出藏北那曲镇东行230公里,在邻近索县的地方,可以看到一座巍峨的大山屹立于索水之滨,山巅上卧着一块巨大的马鞍形岩石,它被当地群众称为格萨尔的马鞍子。马鞍石旁另有一圆形大石、一块高耸的长石,传为格萨尔征战时用过的战鼓和鼓槌。在马鞍石山脚下的岩石上还有一个硕大的马蹄印,深深地陷入石板中,轮廓清晰逼真,人们说它是格萨尔坐骑的蹄印。绕过马鞍石山嘴,只见对面山上有两座岩石形似两尊石像并立,前者仿佛是一位武士在昂首远眺,后者似一位妇女紧紧相随,它们被视作格萨尔和珠姆的化身,传说是当年格萨尔远征魔国之前与珠姆依依惜别的地方。再往前在亚拉山脚下索水河畔,依山傍水矗立着一片巨大的

石群，传说珠姆曾在这里起锅煮茶造饭，而"放锅的地方""珠姆的脚印"仍依稀可辨。

在这片土地上有热、嘎、索三条河流，它们跋山过岭最后汇入滔滔怒江。三水流域即是古代索宗的所在地。当地人自称他们是以水命名的藏族三部落。这三个部落又均有一座有名的大寺院，即索——赞丹寺、热都——热丹寺及军巴——曲廓寺。而格萨尔那善良、美丽、聪颖的爱妃珠姆就出生在索宗的亚拉乡。传说她出生之时正值隆冬，然天空中却春雷隆隆、杜鹃啾啾，因此取名珠姆。当地的一首民歌这样唱道："珠姆的美名四处传扬，是她诞生时天龙吼响；珠姆的嗓音动听悠扬，是她落地时杜鹃欢唱。"

三水流域地区关于格萨尔的风物和传说比比皆是。在自索县赴热都的途中，路过乌钦地方，公路旁的山上有两个马耳朵状的山石耸立其巅，群众称它达那山（马耳朵山），传为格萨尔坐骑的耳朵幻化而成，此地也就以乌钦达那而远近闻名。此外，热都乡有格萨尔与七个魔女下棋的棋盘石、格萨尔施巧计转移魔女视线的两只石鸟，军巴乡的石崖上有格萨尔用过的弓和箭等等，都依然存在。可以说，这里的山山水水都被人们格萨尔化了，足见这里的人们对雄狮大王格萨尔那种与众不同的敬仰和爱戴之情。他们以格萨尔曾经生活和征战在他们祖辈生息的这片土地上而自豪。

本篇要介绍的玉梅和曲扎，便是出生并活动在这一地区的两位艺人。他们均出生于索县热都乡，在他们的血管里流着同一祖先的鲜血，是这一片沃土养育了他们。下面让我们先从玉梅这个34岁的女艺人说起吧！

玉梅出生于1957年藏历火鸡年。她身材高大健壮，红红的脸膛，是一位典型的藏北姑娘。她腼腆寡语，未语先笑，待人宽厚、和善，继承了藏北牧民那种淳厚质朴的传统。1983年她初到拉萨时，谁也不相信这位来自藏北山沟、目不识丁的姑娘，胸中却装着几十部英雄格萨尔的故事。但是经过一番测试,人们不得不对她刮目相看,承认她是一个出色的史诗说唱艺人。她不仅能点到即诵,而且一周前和一周后说唱同一段落,经对比,内容、词句几乎完全一样。于是人们终于相信了,她是一个具有超凡记忆力的人。尽管她不懂藏文,脑子里却装着成千上万个诗行。这一现象人们尚无法解释,但是百闻不如一见。凡听过她说唱的人都心服口服。于是她被西藏自治区《格萨尔》抢救办公室录用了。作为一个专职艺人、国家的正式干部。

1984年在拉萨召开了全国第一次《格萨尔》艺人演唱会。这次会议云集了来自五个省区的藏族艺人近40人,以及来自新疆内蒙古的蒙古族艺人。会议期间曾在拉萨罗布林卡安排了一次别开生面的说唱公演。会前人们心里不无怀疑,这位当时年仅28岁,刚刚离开家乡,而又如此腼腆的姑娘,是否敢于在大庭广众前说唱?然而,几次会议间的说唱和公演证明了人们的担心是多余的。似乎一位出色的格萨尔艺人演唱时并不需要什么胆量或经验,他需要的是故事神的降临。格萨尔故事神一旦降于头脑之中,他便会全神贯注,对于周围的一切无所感觉,完全进入了史诗的情节之中,韵脚整齐、吟诵流畅的英雄故事,便会如山泉般自口中流出。玉梅正是这样。只见她端坐在众人面前,在上百双陌生的眼睛的注视下面无惧色,神态自若地开始进入角色,渐渐地,她半睁半合着眼睛开始说唱,而说唱一经开始,她便毫不费力地把故事说了下去。计划中的段落说完了,她没有停止,继续说下去,她毫无察觉。直到大会工作人员上前去提示她停住为止。按理说,在艺人说唱史诗的过程中,前去打断说唱是绝对不允许的,艺人也会因此而不高兴,因为在他们的心目中,他们是在履行神圣的职责——在弘扬格萨尔大王的丰功伟绩。

玉梅称自己的故事的得来是神授予的,而这神授始自一次梦中,她属于所谓"托梦神授"型艺人。

　　她自述说,在她16岁那年的春天,她和女伴次仁姬把牦牛赶到了她家山背后的草场。静谧的草原上,牛群安详地吃着草,四处静极了,只听到牦牛咀嚼的声音。玉梅沐浴着温暖的阳光,躺在草地上睡着了。这时她做了一个奇怪的梦,梦见她面前有两个大湖,一个黑水湖,一个白水湖。只见从黑水湖中跳出来一个红脸妖怪,要把她往湖里拖,正当她哭喊挣扎时,从白水湖中走出来一位美丽的仙女,头戴五佛冠,用白哈达缠住她的胳膊与红脸妖争夺。仙女对妖怪说:"她是我们格萨尔大王的人,我要教她一句不漏地将格萨尔的英雄业绩传播给全藏的百姓。"黑水湖妖魔无奈,只得放开她钻入了湖中。这时从白水湖中又走来一位白衣少年,他们给她沐浴并赠给她宝石和九根白马的鬃毛,然后对她说:"你以后就是我们的人了,可以回家了。"仙女和白衣少年在白水湖中隐去后,飞来了一只神鹰,神鹰把她拖到天葬台,神鹰啄下她肩上的一块肉供神,她在疼痛之中醒来。回家后玉梅便生了一场大病,这期间她满口胡说,两眼发直。在她生病的这一个多月中,眼前一直浮现着格萨尔及其大将四处征战的场面。面对生病的女儿,曾在热丹寺当过喇嘛的阿爸去热丹寺请求永贡活佛来给玉梅念经。活佛应允来到玉梅家,给她念了经,通了脉。四五天后,她的病好转了。病愈后,她便能说唱《格萨尔王传》。

　　这里且不说这梦的真假,生活在史诗风物传说及史诗演唱环境之中的人,"日有所思,夜有所梦",则应该是顺理成章的事。就在玉梅家的山背后,真的有两个湖,一个叫错嘎(白水湖),一个叫错那(黑水湖)。湖畔草场也正是玉梅经常放牧的地方。

　　玉梅的家乡索县热都乡是一个以牧业为主半农半牧的地区。热曲河狭窄的河谷没有多少平坦的土地供人们耕种,人们只能利用难得的一点平地来种植青稞和圆根。大的圆根人吃,小的圆根则喂牛。

　　索县位于那曲和昌都交界的地带,距拉萨约有六七百公里,而距昌都也有四五百公里。地处偏远的老百姓生活历来不富裕。但玉梅家的生活还过得去,她家的牲畜多且好,有一百多头牛,六七十只羊,父、母、姐姐、妹妹和她,一家五口人过着平静的生活。

　　玉梅的父亲名洛达,原是热丹寺的僧人。洛达身体魁伟,力大过人,在热丹寺中是有名的大力士。寺院中每年一度的搬石头比赛他总是夺魁。且能歌善舞,在寺院跳"恰姆"（又称跳神,一种祭祀舞蹈）的活动中,他是不可缺少的人物,再加上他能够说唱《格萨尔》,遂得到众人的喜爱。

　　关于洛达的详细的身世已很难讲清,因为他已去世多年。据说他原居绒布区巴盖乡,后来到热都乡上门与玉梅的母亲结婚。洛达是个巴仲,神授故事家,亦是在小时做梦以后,由比如县白嘎寺的活佛开启智门才开始说唱的。

　　洛达结婚以后,便开始了以说唱《格萨尔》为生的日子。那时,家中孩子小,缺少劳动力,家中的牲畜都是雇人放牧的。由于洛达与群众的关系好,大家乐于帮助他,家境一直很好。

　　他大多是在自己家中说唱,有时也走出去四处说唱。每当这种时候,群众就会互相转告,几乎村里所有的人,尤其是老人都会前来。他的嗓音洪亮、悦耳,故事又引人入胜,因此,说唱常常是通宵达旦。

　　有一次,绒布寺来了一位边坝县的艺人,洛达便被召回与其进行一场《格萨尔》说唱比赛,讲定胜者将得到粮食、茶叶和钱。洛达和那位艺人便住在寺里,开始了各自的说唱,大约历时一个月。他们说唱相同的部,分别被记录成文字。当喇嘛们将两部记录本放在一起比较以后,人们发现洛达唱的《格萨尔》无论在故事情节方面抑或语言方面都优于边坝艺人。而那位从边坝来的艺人也惊叹洛达的说唱技艺，心服口服地认输了。于是洛达得到了一份丰厚的奖品。

这次比赛以后，当地的人们更加崇拜洛达。消息很快传到了索宗，索宗宗本便让洛达到他家中说唱。在那里一住就是近三个月，他受到了礼遇并得到了报酬。

在《格萨尔》被打入毒草之列的年代，由于当地干部也十分喜爱《格萨尔》，所以从不为难他。"文化大革命"刚开始时，一位县干部对他说："现在政策变了，各种人都有，你暂时不要说唱为好。"但是一到晚上，在群众的要求下。他的说唱还在继续。在这远离拉萨的小山沟里，"噜塔啦塔啦"的声音从未中断过。尽管如此，洛达也没有因此而受到冲击，这应该归功于干部和群众的保护。

当笔者在1987年到洛达家乡访问时，他去世已经十多年了，但人们提到他的说唱仍赞不绝口。热都乡一位五十多岁的妇女次单卓嘎说听过洛达的说唱，认为他是最好的艺人。年轻的艺人曲扎在热都乡长大，经常听洛达说唱，他说洛达的唱段比同部的手抄本篇幅要长，而且内容丰富得多。除了家乡人以外，从昌都去拉萨的商人途经这里，也愿意在他家中歇脚，听其说唱。洛达的名字在索县、巴青、比如县一带广为老人们所知。

玉梅16岁做过那场奇怪的梦以后，洛达已经预感到了什么。一方面他对女儿的说唱感到满意，另一方面他开始意识到自己在这个世界上的时间不多了。他曾对妻子说："我的'都协'（灵感）已传给了女儿，看来我该归天了。"

就在玉梅做梦的那一年夏天，乡长打了一只岩羊邀他到家中吃肉。从乡长家回来以后，洛达感到肚子极不舒服。第二天一早，他对妻子说："今天不要叫玉梅去放牧吧。我有话要对她说。"妻子并没有意识到什么，回答说："有话晚上再说吧！"还是像往常一样让玉梅放牧去了。不料就在当天,玉梅放牧归来时,父亲已经闭上了眼睛。

洛达去世的消息一经传开,热丹寺的喇嘛们都主动到他家中诵经,乡里群众也前来慰问。这是玉梅家最后一次门庭若市,时间为1973年。

这位闻名于那曲东三县的老艺人留给女儿玉梅唯一的东西,便是他生前与之从不分离的艺人帽子——仲夏。这顶帽子与拉萨会演时艺人玉梅戴的帽子不同,具有康区的特点。帽子不高,较宽,两边各有一只较大的耳朵,系用藏地氆氇缝制而成,据说原来帽子上缝有不少装饰物及珠宝,"文化大革命"中被摘掉丢失。至今这顶帽子仍珍藏在《格萨尔》的传人玉梅家中。此外,父亲的说唱给玉梅留下了极深的印象,这是她作为一个说唱艺人从长辈那里继承的一笔巨大的精神财富。

据热都乡的老人说,洛达的父亲曾是一位到处流浪的巫师,是个刀枪不入的神人。他死后,群众传说他变成了地方神,也就是坐落在索宗对面的亚拉山的亚拉神了。

父亲去世后,玉梅一直为乡亲们说唱《格萨尔》,渐渐地有了一点名气。人们便经常聚在一起,凑一些肉、酥油、茶等请她去说唱。今晚在这个居民点,明晚又在那个居民点。群众点什么章部,她就说唱什么章部。为此,大家也很喜欢她。听众时多时少,但每次说唱过后,大家都凑一点钱给她的阿妈。有时听的人多,每人凑上五毛钱,即可得到几十元的收入。

玉梅的说唱有自己的特点,她无需任何道具,说唱时总是微闭双眼,呈坐姿,手中不停地拨动念珠。她说:"我说唱《格萨尔》时全凭眼前浮现的图像。说唱伊始,眼睛微闭,格萨尔及其将领征战的一幕幕情景便出现在眼前。我就是根据所看到的图像来说唱的。有时听众多,情绪热烈,心情好时,这种图像便会源源不断地出现,唱词很自然地从嘴里冒出来,说唱得很顺利;有时情绪不佳,眼前总不出图像或出得很慢,这时的说唱就会十分吃力,说唱的效果也不好。"她认为在拉萨说唱不如在家乡那么顺口,家乡的环境已经很熟悉了,而拉萨的一切还得慢慢适应。

玉梅说唱的《格萨尔》共有 70 余部,其中有 18 大宗、48 小宗,以及史诗的首篇数部及结尾部(详目见后)。她说唱的小宗很有特色,有些是她独有的篇章。

几年拉萨的都市生活,玉梅变得开朗大方多了。她结识了不少藏族、汉族的新朋友,开始逐渐听得懂一些汉语,同时又开始学习藏文。不过她在学习文字方面所显示的才能,比起说唱来真是差远了。学习的进度很慢,效果也不尽人意。

1986 年,由于她对抢救史诗《格萨尔》所做的突出贡献,她应邀到北京参加全国《格萨尔》表彰大会,使她大开眼界。那些日子除去开会,她一有空便与同来的同志们游览、上街转商店。在她的眼前又展现了一个她所不熟悉的、与史诗环境根本不同的、但是又强烈吸引着她的新天地。古老文化与现代文化的撞击将会对她头脑中的史诗起到什么作用?这一切是否会影响她的说唱?仍是个未知数。

在说唱《格萨尔》的艺人中,玉梅是个幸运儿。她生在新中国,得到了政府的关怀和重视,成为第一个被国家录用的《格萨尔》艺人。

她住上了三间一套的楼房,享受着助理研究员的待遇。同时,她也在努力说唱,好让自己的作品早日问世。这一切弥补了她个人、家庭生活的不幸。

自从玉梅的父亲去世以后,母亲领着她们姐妹三人共同生活。她的妹妹结婚后因生病不久就去世了,年仅 19 岁,腹中还怀着一个未出世的婴儿。后来做道班工人的妹夫阿塔与玉梅的姐姐共同生活。不久,姐姐的孩子也不幸夭折。母亲请绒布寺的昂斯格西占卜吉凶,昂斯格西断言她家这座房子不吉利,已先后死去了四口人,以搬家为宜,否则家境人丁会越来越败落。于是在1985年,母亲下定决心卖掉了坐落在公路边上的不很宽敞的房子,在河对岸盖起了新居。

母亲是个虔诚的佛教徒,为了给死去的人还愿,也为自己今生来世的幸福,她曾来拉萨玉梅家中小住,每天环绕大昭寺磕长头,中午由玉梅把饭送到八角街。这样一连磕了二十万个头后,她就回家乡去了。

玉梅曾有过一次失败的婚姻,那是她被录用之前,在家乡结识了一个当地的小伙子。她到拉萨后,他也进了拉萨。她们在一起生活了几年,生了一个女儿,但是家庭生活并不幸福。爱人是个司机,经常不回家,也不承担抚养女儿的义务。不知是他对玉梅已经厌倦了,还是另有新欢,不久便提出离婚的要求。善良钟情的玉梅每每憋足了一肚子话要与他辩争,可一见到他就什么话也说不出来了。她珍惜这次婚姻,不仅因为他是家乡人、热恋之人,还因为他是女儿的爸爸。这位胸中装有格萨尔雄兵百万、导演着一幕幕人间话剧的才华横溢的女艺人,在处理个人感情纠葛时却显得那么温情脉脉。结果是爱人离她和小女儿而去,玉梅以牧民那宽广的胸怀承受了这一切。

关于玉梅的情况还没有说完,她还年轻,从艺的路仍在延伸,我们留待以后再来续写。

热都乡不但养育了玉梅父女俩,还养育了另一位说唱艺人——曲扎。曲扎家就在离玉梅家几里远的河对岸的山坡上,曲扎的外祖父与玉梅的父亲是一个母亲生下的亲兄弟,论辈分玉梅长曲扎一辈。曲扎属马,37岁,出生在索县热都乡,是一位沉默寡言的小伙子。他中等身材,在一双不大但炯炯有神的眼睛下边,有一个线条分明的鼻子,这是高原男子汉所特有的。从外表看上去再没有什么与众不同的了,是个普通的极不惹人注意的藏北青年。

当笔者1987年到索县调查时,首先找的是曲扎,因为他已离开热都乡,在巴青县高古区恰不达乡做上门女婿,与扎西措共同生活。他们是1983年在那曲相识,1984年拉萨艺人演唱会前结婚的。

巴青县和索县毗邻,两县犬牙交错紧紧相连,而公路就在两县的接壤处蜿蜒,以至人们要到巴青县高古区首先要经过索县政府所在地才能到达;而从索县政府出发到绒布区时,又必得经过巴青县政府所在地。刚到这里的外乡人常常百思不解其地理坐标,但从这一点就可以看出两县的近邻关系。

这种紧密的关系还表现在有关格萨尔的传说方面。索县有关格萨尔的传说前面已经介绍,巴青县的传说也不少。而这两县主要的、也是根本的区别在于,人们认为索县的赞丹寺曾是嘉洛家的红房子,因此索县一带曾是岭国的国土,其百姓即是岭国的后代;而巴青县则是霍尔国的后代,巴青县的不少群众自称是"霍尔"(ཧོར),而别人也称他们是霍尔人。在宗教信仰上也有区别,索县所属寺院大都是格鲁派,而巴青县则有较大的本波教寺院——巴仓寺。

从索县往北,过了索水大桥前行,进入巴青县的高古区境内,便可看到巴青县最大的寺院——洛霍寺。该寺中供奉的主神便是霍尔的辛巴雕像。由于这里地处藏北高原深处,远离交通干线,"文化大革命"中未受到冲击。巴青的群众十分喜爱《格萨尔》。曲扎上门到高古区落户以后,群众经常请他说唱《格萨尔》,曲扎也乐于满足他们的要求。但是当地群众不喜欢听《霍岭之战》的下部,即《降服霍尔之部》,因为在这一部里描述霍尔国战败的故事。

曲扎出生并成长在具有丰富的格萨尔风物传说的索县,婚后又生活在酷爱《格萨尔》的巴青县群众之中,这一氛围无疑构成了他成为说唱艺人的有利条件。

曲扎的父亲拉杰生在青海果洛玛多县阿日宗家族,是当地有名的富户。他笃信佛教,同时又是个出色的藏医。他离开家乡果洛经过索县热都乡到拉萨朝佛,后来又从拉萨赴印度各地朝拜,一生周游各地,见多识广,医术高明。当他由印度归来,经拉萨向北,在返乡途中再次经过索县的热都乡时,与曲扎的母亲相识。此时,一生的劳顿使他疲惫不堪,他无意也无力返回家乡了,于是便在热都乡住了下来。这时拉杰已快五十岁。不久,曲扎及弟妹们相继出世,家庭、妻子和儿女对于这个外乡人来说就更是一种羁绊。他从此再也没有离开过热都,直到他63岁离开人世,都没能回到家乡果洛。

拉杰是个医道高明的藏医,当地群众都乐于请他看病,他依靠治病所得的收入来养家。由于这一带地处偏僻,藏医很少,因此拉杰倍受人们的欢迎。甚至有时附近江达区、军巴区、索宗宗本家的人病了,也捎口信来请他去治病。所以曲扎小时候的家境在当地来说是比较富裕的。

当曲扎还是个不懂事的孩子时,父亲和母亲曾带着他步行到拉萨去朝佛。翻山越岭,往往要用将近一个月的时间才能到达拉萨。热都乡的位置虽处偏远地带,但这里往来的商人和香客却络绎不绝。有从卫藏地方下昌都的香客,但更多的是从青海、昌都到拉萨去的商人和朝佛者,这里几乎成了一个朝佛行商的往来通道。而居住在这里的人们看着上下往来的人也不甘寂寞,他们常常倾家而出地去拉萨朝佛,开开眼界,所以热都乡没有去过拉萨朝佛的人家寥寥无几。

曲扎稍稍长大懂事以后,又跟着父母去过拉萨两次,路线仍是翻山到比如县,再经嘉黎县、工布江达最后到拉萨。朝佛的路上有时遇上《格萨尔》说唱艺人同行,那一个月的路程就显得并不那么遥远。从小就听玉梅的父亲说唱,曲扎对《格萨尔》早已产生了强烈的兴趣。

曲扎十岁那年,父亲拉杰得了一场大病,全身水肿,后来竟一病不起。这位曾为无数病人起死回生的藏医,没能战胜自己身上的疾病,最后抛下了妻子和六个儿女客死他乡。

曲扎作为长子从此便帮助母亲挑起了家庭的重担。他只在小学读了一年书,便因家中缺少劳力只好中途辍学。

十二岁那年,曲扎做了一个梦。梦见有许多部《格萨尔》的书摆在眼前。本来作为小学一年文化水平的他只认得其中的一些字母,根本看不懂这些书,但是梦中出现的这二十部书他却能无师自通地读下来。他高兴极了,就从头到尾一部一部地看了起来,不大功夫便全部看完了。醒来后,只觉得满腹《格萨尔》故事。从此,他总想把故事一吐为快,于是便开始自言自语地说唱。他白天、黑夜嘴里说个不停,有时白天说上一天,到了晚上仍停不下来,发展到了不能抑止的状态。母亲见了心中十分焦急,想找热丹寺的活佛永贡喇嘛来念经,然而活佛此前不久去了拉萨。母亲只好带上曲扎和一个大弟弟又走上了通往拉萨的路。

母子三人在拉萨色拉寺找到了正在那里驻锡的永贡喇嘛。活佛因与曲扎父亲的交情,热情地接待了他们。母亲讲了来意后,活佛带上五佛冠,把手放在曲扎的头上诵经,诵经后又将那顶帽子摘下来戴在曲扎的头上。大约只用了十分钟,仪式便结束了,曲扎顿觉头脑清醒多了。

他们在拉萨停留了一段时间,住在八角街。这时的曲扎已经可以控制自己自如地说唱。首先在房东家说唱,房东听了很满意,又把左邻右舍请来一起听。几次以后,曲扎渐渐地越说越熟练了。

在他们离开拉萨返回家乡时,途经那曲镇,住在一个叫如直的远亲家中,又为他们说唱了几天,最后才回到索县家乡。

不久,曲扎当了民办教师,1968年被送到比如县的那曲地区师范学校进修一年,回到生产队后当了考勤员。不论是在师校,还是在家乡,也不论是在平时,还是在"文化大革命"时期,他一直都在说唱。只要周围的人向他提出要求,他总是欣然从命。把自己知道的《格萨尔》故事唱出来,对他来说是最痛快不过的事了。

二十多年来,曲扎仍在不断地做梦,每一次梦都唤起他新的灵感,学会新的章部,扩大他说唱的范围。对此,他自己也很奇怪。由于几乎每年都能梦到一、二部,他会说唱的部数越来越多。至今,他已经能够说唱41部(目录见后)。他把这一切归结为《格萨尔》的故事神不断地把故事降于他的头脑之中,否则他并没有专门学过,怎么就会说了呢?

故事神降下故事虽然不是一种科学的说法,但是,倘若我们把神的概念由神界扩展到人间呢?人间不是有无数有血有肉的故事神吗?曲扎不断地聆听其他艺人的说唱,受益匪浅。玉梅父亲洛达的说唱对曲扎就产生了十分深远的影响。同时,玉梅的说唱也是如此。然而曲扎毕竟是曲扎,他的说唱有其特点。他口中唱出的格萨尔三十位大将,每个人出场都有一个与众不同的曲调,人们立即便能辨别出是哪一位英雄出场了。

此外,曲扎在说唱及记忆史诗方面也有诀窍。他说:"我说唱《格萨尔》时,脑子中并不出现什么图像,我说唱的每一部前边,都用大约三十句话概括该部的主要精华。只要把这三十句记清了背下来,那么这一部的内容便自然而然地从嘴里说了出来。史诗是一句套一句的,说出了第一句,第二句自然就出来了,无需多费脑筋。"

由此看出,曲扎与玉梅虽生长在同一个村庄,但是他们在记忆史诗方面却有着一定的差异。

经过在师校一年的藏文学习后,曲扎如虎添翼,他的说唱水平提高很快。他开始把自己会唱的部陆续地写出来。1980年他写了第一部《阿里黄金宗》,大约500页稿纸。拉萨艺人会演以后,他又写了《巴杰盔甲宗》(约1 000页稿纸)、《亭迟墨宗》(约700页稿纸)、《卡容金子宗》上、下部(共700页稿纸)、《阿吉绵羊宗》(约500页稿纸)、《斯哇玉宗》(900页稿纸)等等。后来又在写《达由马宗》。此外,他还录了不少说唱磁带,如《夏斯马宗》(30盘磁带)、《北方江莫让骡子宗》(40盘磁带)、《达由马宗》(30盘磁带)等。

说和写对于曲扎来说并无区别。但相比之下,他更喜欢写。因为录音时,他的思想不容易集中,心里总要惦记着录音机是否在转? 磁带是否用完了? 而更换磁带和电池(他的家乡还没有通上电)都要打断思路,影响说唱。这样倒不如拿支笔在纸上写,思绪不受影响,可以一直写下去,直到一个部分结束时再停下来。一般较长的部二、三个月就可以写完。由于他的字迹工整清晰,省去了抄写的麻烦。当然写出来的本子虽易于保存,但它不能体现口头说唱的特色及曲调,也是一个缺憾。

无论在索县还是婚后到了巴青县,曲扎的说唱从未间断过。喜爱《格萨尔》的群众不断找上门来。尤其是天长活少的春天说得更多。到了夏季,当人们从定居点搬到山上的夏季牧场后,则每晚必说。群众为了表达对他的感谢,常常拿出茶砖等物品赠送,但他从来不收别人的东西,只喝人们敬的茶。

曲扎自己花钱买了一台录音机,这样,他有时亲自说唱,有时把录好音的磁带放给人们听。人们抚摸着这个奇特的黑盒子,听着从里边放出来的曲扎的声音,真是又惊奇又高兴。

曲扎的妻子扎西措,比他小两岁,不识字,却是个《格萨尔》的爱好者。或许他们的红娘就是格萨尔大王呢！有时为了让妻子高兴，曲扎在家里也说上几段。现在他们有了一个孩子，岳母与他们同住。虽然他们家牛羊不多，生活并不算富裕，但曲扎是一个温和体贴的丈夫，日子过得和和美美，《格萨尔》的曲调时常在这个幸福的小家庭中回荡。

我和曲扎接触不过一周，他似乎没有主动地问过我什么，都是我发问他回答。平日在待人处事上他显得憨厚朴实，并不十分机敏。按藏族的风俗在倒茶时，一般应该先给客人斟满，然后再倒满自己的杯子。可有时，他竟心不在焉地先给自己倒满，才忽然想起给客人倒茶。然而，有时他的心又很细。在调查访问时，我们在他的亲戚家借宿，我本想合衣盖一下主人那床被里和地皮一个颜色的被子凑合过夜，他却不知什么时候走了出去，一会儿便抱着一床稍稍干净一点的被子走了进来，把被子放在床上说："这个被子干净。"这是他主动和我说的唯一的一句话。

又有一次，在我们步行前往观看格萨尔的弓箭的路上，要涉过一条湍急的小河，河中以石代桥，前边的人过去了，我却仍在岸边踟蹰徘徊，看着那石头间迅速流过的河水，一阵眼晕，如果让我独自踩着石头过河，那肯定会掉进河里。我站在岸边犹豫着，不知如何是好。曲扎则站在我的身后一声不响，为了表示对我这位北京来的干部的尊重，步行时，他总是走在我的后边。我没有办法，只得向这位比我小的藏族艺人求援："你在前边拉着我的手过吧！"我想他一定会笑话我胆小，但当时已顾不了这许多了。然而曲扎脸上毫无表情，顺从地走到我的前边，稳稳地站在急流间的石头上，回身拉着我的手迈过河去。回来时，无需我开口，他就主动地拉着我过河了。几个小小的插曲，不难看出这位年轻的说唱艺人的性格之一斑。

曲扎虽然不爱说话，但心中是有数的。拉萨艺人会演后，他开了眼界,长了见识。通过比较,他认为阿达尔老艺人说唱的《格萨尔》最好,同时,他对自己的说唱也充满了自信。目前,这位年轻的艺人正默默地写他的说唱本,录着音,为抢救史诗做着贡献。在他看来生活本来就应该这样平静、这样安宁。他在这平静的生活中,正在咀嚼着民族古老文化中的一颗给他带来无限欢愉的甜果——《格萨尔王传》。

(此文辑自杨恩洪著《民间诗神——〈格萨尔〉艺人研究》,北京:中国藏学出版社,1995年,第158—177页)

杨恩洪《人在旅途——藏族史诗〈格萨尔王传〉说唱艺人寻访散记》节选

索县——玉梅的家乡
——一个家族出了三位《格萨尔》说唱艺人

1987年8月24日，我从那曲赴索县考察。那里的条件肯定更差，我的学生普珍的妈妈给我烙了一些饼子带在路上吃，我十分感激她们为我想得这样周到。听说前不久，去比如县的路上发生了车祸，死了三个人。看来那曲下边的路还不好走，我应该有思想准备。尤其是在多雨的季节，公路塌方是常事，这是防不胜防的自然灾害。但是，我相信格萨尔大王会保佑我的。

早上九点多出发，路上几处桥被冲垮，多处路面积水，加上我们的车上人多、东西多，超重，一点点小坡都上不去，每次都要挂加力档，而一涉水过河，刹车就失灵了。幸好司机经验丰富，驾驶谨慎，否则后果不堪设想。那曲到索县230公里，竟走了十个多小时，晚上八点多，终于平安到达。

这次是与那曲文化局副局长李斌同行。李斌是中央民族学院五十年代藏语专业的毕业生，大学毕业后来那曲索县工作，从此在这里扎下了根。他那一口地道的那曲藏话着实让我佩服，那曲基层的洗礼使这个上海人无论是外表还是行为举止都彻底藏化，成为与当地百姓同呼吸共命运的藏式干部。

索县是位于那曲镇东部的牧区，与巴青县和昌都地区比邻，是女艺人玉梅的家乡。玉梅是西藏的年轻艺人，她的父亲洛达曾是索宗(旧时索县的名称)一带有名的艺人。通过以往的调查,我已经对这父女俩有了一些了解,而他们的一位亲戚曲扎也是说唱艺人,现住在离索县不远的巴青县,这次能有机会来到这三位艺人的家乡调查,是我盼望已久的。

玉梅的父亲洛达原是热丹寺的僧人,后来到热都乡玉梅的母亲家做了上门女婿。洛达身材魁梧,力大过人。他在寺院中的举石比赛中总是夺魁,且能歌善舞,寺院跳"羌姆"①时,他是不可缺少的人物。

人们说洛达是个巴仲——神授艺人,他小时做过梦,后经比如县白嘎寺的活佛开启智门才开始说唱的。他说唱的《格萨尔》被认为是最好的。一次,绒布寺来了一位边坝县的艺人,洛达便被召回与其进行一场《格萨尔》说唱比赛,胜者将得到粮食、茶叶和奖金。洛达和那位艺人便住在寺院开始说唱,大约历时一个月,他们说唱相同的部分,分别被记录成文字。经过比较,喇嘛们发现洛达唱的《格萨尔》,无论在故事情节方面还是在语言方面都优于边坝艺人,而那位边坝艺人也惊叹于洛达的说唱技艺,心服口服地认输。此后,洛达的名声大振,索宗的宗本②曾请洛达到家里说唱,他在那里一住就是三个月,受到了礼遇并得到了报酬。

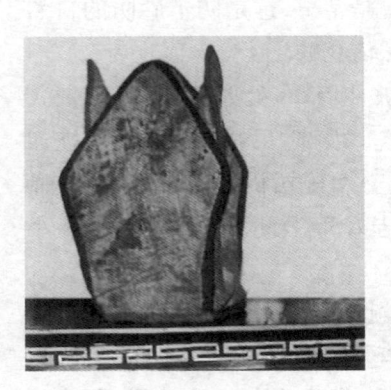

父亲洛达留给玉梅的仲夏

---

① 又称跳神,一种宗教祭祀舞蹈。
② 旧时的县长。

当我们来到玉梅的家乡调查时,虽然洛达去世已经十多年了,但人们提到他的说唱仍赞不绝口。热都乡一位五十多岁的妇女次单卓嘎听过洛达的说唱,她认为洛达是最好的艺人。年轻的艺人曲扎在热都乡长大,儿时经常听洛达的说唱,他说,洛达的唱段比同部的手抄本篇幅要长,而且内容丰富得多。"文化大革命"时,洛达仍在悄悄地说唱,遗憾的是我们找不到有关洛达的任何音像资料,只见到他说唱时戴的仲夏。他于1973年辞世。

玉梅1957年即藏历火鸡年生于那曲地区索县热都乡。当别人问起她的年龄,她经常说不清。她是典型的藏北牧区姑娘,身材高大健壮,红红的脸膛,腼腆寡语,未语先笑,待人宽厚、和善,继承了藏北牧民那种淳厚质朴的传统。1983年,当她初到拉萨时,谁也不相信这位来自藏北山沟、目不识丁的姑娘,胸中却装着几十部英雄格萨尔的故事,但是经过测试证明了这个事实:玉梅是一个优秀的说唱艺人。于是她被录用为国家正式干部,在西藏自治区《格萨尔》抢救办公室做一名专职艺人,进行说唱录音。

玉梅在演唱

玉梅称自己是神授艺人,而这神授始自一次梦中。在她十六岁那年的春天,她和女伴次仁姬去山上放牧,她躺在草地上睡着了,做了一个奇特的梦,梦中从白水湖中出来的仙女与从黑水湖中出来的妖怪在争夺她,仙女说:她是我们格萨尔大王的人,我要教她一字不漏地将格萨尔的英雄业绩传播给当地的百姓。梦醒后她生了一场大病，胡言乱语，两眼发直，眼前浮现着格萨尔大王征战的场面。曾在热丹寺当过喇嘛的父亲去寺院请来永贡活佛，经活佛念经、通脉以后，玉梅渐渐好转，开始能说唱了。

父亲洛达一方面为女儿能说唱《格萨尔》而高兴，另一方面，他意识到自己在这个世界上的时间不多了。他曾对妻子说："我的'都协'（灵感）已传给了女儿，看来我该归天了。"就在那年的夏天，洛达去世了。这位闻名于那曲东三县（索县、巴青县、比如县）的老艺人留给女儿玉梅唯一的遗产，便是他生前从不与之分离的仲夏。

玉梅说唱《格萨尔》时全凭眼前出现的图像，她说：心情好、听众多、情绪热烈，这种图像便会源源不断地出现，唱词会很自然地从嘴里冒出来；有时情绪不佳，眼前不出图像或出得很慢，说唱就十分吃力。在拉萨说唱不如在家乡那么顺口，因为家乡的环境已经熟悉，而拉萨的一切还得慢慢适应。

1984 年 5 月玉梅（前排左一）到北京领奖，与班禅大师合影

玉梅说得非常有道理。当时我认为把玉梅请到拉萨来录音抢救是对的,她会慢慢适应拉萨的环境。后来其他省区对抢救艺人也采取了同样的做法。然而现在看来,当时的做法欠妥当。因为把艺人从他生长的土壤中分离出来,与他的受众割断联系,那么艺人的说唱就会枯萎。史诗的保存与传播是有其客观环境的,一旦这一环境改变了,史诗便失去了存在的活力。这一点是二十年后的今天我们才认识到的。

经过一天的颠簸,我们到达离索县几公里远的亚拉山(神牛山),在这里有一组关于格萨尔和王妃珠姆的风物传说,我们停车拍照。只见山上有两块高大的石头,中间又连着一块石头,传说这是格萨尔的马鞍子。在马鞍石的下方有格萨尔骑的马的蹄印,马鞍石的旁边有一块圆形的石头和一块细长的石头立在那里,据说这是格萨尔曾经使用过的石鼓和鼓槌。

转过马鞍石,半山腰上耸立着两个栩栩如生的石雕,虽为天然形成,却如雕塑家精心制作。就像格萨尔大王拱手站在前面,似俯视大好河山,又似在深谋远虑,珠姆紧跟其后,作为他的王妃,始终是贤内助和好伴侣。不远处的山上有一个大洞,据说是格萨尔用箭射穿的。往前走不远,在亚拉山脚下索河河畔,有一组怪石群,传说这里曾是珠姆支锅煮茶的炉灶,石头山上还有珠姆的脚印及放锅的地方。

我本想爬上山去靠近一点拍格萨尔与珠姆的石像,但费了半天劲,好不容易呼哧呼哧地爬到半山腰,腿已发软,结果还是不能拍到以蓝天为背景的立像,只能下山。俗话说"上山容易下山难",一点不假。这座山上碎石夹杂一些沙子,很滑,手上没有抓头,我只好手脚并用往下滑,手背被荨麻碰得火辣辣的,下得山来浑身是土,太狼狈了。这时回头一看,咳!原来在路边就可以拍到以蓝天为背景的好照片,角度也不错。只可惜,这次出来时间长了，在那曲也没有买到彩色胶卷，索县就更没有了，只好节省着用。

索县亚拉山上传说中的格萨尔的马鞍石 　　索县亚拉山上格萨尔那匹马的马蹄印

远远看去，索县就在不远处索河河畔，索河由北向南流入怒江。格鲁教派砖红色的赞丹寺异常显眼。索县的房子不多，但是规划得比较整齐。当晚我们住在县委招待所，条件还不错，晚饭是在县文化局副局长拥扎家里吃的，在这里要是错过了招待所的开饭时间，就没地方吃饭了，多亏了李斌对这儿熟悉。

第二天早饭在毛书记家吃面条，我深深感到，下乡调查，没有基层干部的帮助和支持，真是寸步难行。可以说我们的研究成果凝聚了众多人的努力和心血。

索县亚拉山上　　　传说格萨尔用箭射穿的大洞
"格萨尔与珠牡"

我饭后出发去找曲扎。曲扎的外祖父与玉梅的父亲是同母所生的兄弟，论辈分玉梅还长曲扎一辈。曲扎的妻子扎西措是巴青县高口区恰不达乡人，1984年曲扎到这里做了上门女婿。

巴青县和索县毗邻，两县地界犬牙交错紧紧相连，而公路就在两县的接壤处蜿蜒，以致人们要到巴青县高口区首先要经过索县县政府所在地；而从索县政府出发去本县的荣布区，又必须经过巴青县政府所在地。我刚到时对这里的地理特点百思不得其解，后来我走了一圈，再看了地图才豁然开朗。这种感知只有通过"行路"才能获得。

曲扎在拉萨演唱

从索县出发向北过了索水大桥西行约十公里，即进入巴青县高口区，这里有巴青县最大的寺院——洛霍寺，该寺中供奉的主神是霍尔国的辛巴。辛巴在《霍岭大战》中被岭国降服，后在协助岭国征服姜国萨丹王时立了功。由于这里地处高原深处，远离交通干线，"文化大革命"中未受到冲击。巴青的群众十分喜爱《格萨尔》，关于格萨尔的传说也不少，人们认为索县的赞丹寺曾是嘉洛家（珠姆的父亲家）的红房子，因此索县一带曾是岭国的土地，其百姓即是岭国的后代；而巴青县的百姓是霍尔国的后代，他们自称是"霍尔"，别人也称他们是霍尔人。两县在宗教信仰方面也有区别，索县寺院大多是属格鲁派，而巴青则多是苯教寺院，如著名的巴仓寺。

过了高口区，只见在群山环绕的河谷地带，有一个小山包，当地百姓传说这是珠姆的灶灰堆。巴青的百姓虽非常喜爱《格萨尔》，但是他们只听艺人说唱《霍岭之战》的上部，不喜欢听艺人说唱下部，即《降服霍尔》，因为它描述的是霍尔国战败的故事。

我们的司机班觉是那曲嘉黎县嘉黎区桑前乡人，他向我介绍说，他的家乡有不少关于格萨尔的传说，他小的时候，曾听老人们指着周围的山说，这些山是格萨尔的三十位大将的灵魂变的。他指着一块大石头说，这是当年格萨尔的打炮石。

来到曲扎的家，可他全家都搬到离这里不远的夏季牧场去了，只见到了曲扎的妻妹和妹夫，李斌请曲扎的妹夫去找曲扎，因为他有自行车，但他站在那里不动，说了半天也不走。李斌只好说，那我给你跑腿钱，他同意了，问：是现在给还是回来给？回答：现在给。李斌给了他三元钱，小伙子才慢腾腾地走了。

当时这个地方相当穷困，处在 4 000—4 500 米以上的高海拔，全年降雪天数在 150 天以上。虽是半农半牧，可农也不行；牧也不好。由于处于河谷地带，平地少，且无霜期短，青稞长得不好，只能种一些青饲料用于冬天喂牲畜。曲扎小姨子家只有二十几只羊、一两头牛，生活不宽裕，只有等国家救济。据说公社化时，大家都穷；承包以后，土地、牛羊包产到户，就有人家富了。在高口区等到晚七点半，也不见曲扎回来，我们只得返回索县。一天行程 80 公里，收获不大。

在索县见到长春电影制片厂《天鼓》摄制组的人员，他们乘的车是越野卡车，路上车又坏了，所以叫苦不迭。一个年轻人对我说，已经二十天没见到树，好多天没吃过菜了，特想吃萝卜，结果用一袋牛肉干跟一个小孩换了一个萝卜，他自己都觉得好笑。萝卜在内地真算不了什么，但在高原，对经过了长途跋涉的人来说，就显得极为珍贵。他们拿了萝卜，用他的话说："几个人像狼一样，一下子吃光了。"是呀！这两天我们也是只吃饼子、糌粑，在下边有钱也买不到什么蔬菜水果。我今天开始有些感冒，虽然穿了两件毛衣、两条毛裤。

第二天早上,天下雨了,这对要行路的人不是好消息。路滑不说,大雨可能造成山上松软的土质滑坡。如果不走,万一前边塌方就去不成了。我焦急地等待着希望尽早出发,然而,老李还是按照当地的节奏办事,直到中午十二点过了才离开索县。我记得我的学生顿珠曾告诉我,老外对高原西藏的慢节奏有一句话:Waiting is a part of work in Tibet(在西藏等待也是工作的一部分)。

到高口区把曲扎接上,西行33公里到达巴青县。继续前行约20公里,来到一个岔路口,从这里走右边的路通向军坝区,左边的路通向黑昌公路。我们从岔路口沿黑昌公路走50公里,进入热都乡。途中在一个叫乌钦的地方有一座山,山巅上耸立着两个尖尖的马耳形的山峰,此地遂得名"乌钦达那"(乌钦马耳朵),相传是格萨尔王那匹马的耳朵。向前翻过高高的恰那山,进入一个宽阔的河谷地带,在路边看到了玉梅家的旧房子。

据说玉梅的父亲去世后,她母亲带着她们姐妹三人住在这里。她十九岁的妹妹婚后不久因病去世,腹中还有一个胎儿,后来做道班工人的妹夫阿塔与玉梅的姐姐共同生活,不久,姐姐的孩子也不幸夭折。母亲请绒布寺的格西占卜,格西断言:这房子不吉利,已先后死去四人,以搬家为好。于是1985年,母亲下决心卖掉了这座房子,在河对面盖起了新房。而玉梅的母亲一次上山割草则一去不返。我看着这人去楼空的萧瑟情景,想象着当年洛达说唱时门庭若市的盛况,真是感慨万千。

晚六点多到达热都乡曲扎的哥哥家,行程110公里,这里到绒布区还有两个道班20公里路。主人不在家,曲扎的哥哥外出经商去了,嫂嫂去了夏季牧场,家里只剩下嫂嫂的母亲和他们的小孩看家。曲扎的母亲已经再嫁,离这里远,我们只有在他哥哥家留宿,烧了茶,煮了肉。晚上,大家都睡在灶房,曲扎不知从哪里抱了一床较

索县热都乡玉梅家的旧房子

干净的被子给我,卡垫下边加上一些杂物权当枕头,我把风衣当床单铺上,军衣脱下来盖在身上,被子盖在其上,和衣蜷缩一夜,难眠。

早起,感冒更重了,扁桃体化脓,嗓子疼,浑身无力,药都放在那曲了,怎么办?在这偏僻的地方只有自己救自己。我冲了一大杯盐水,一会儿漱一次口,幸好老李下乡带了一些大蒜,我就强迫自己生嚼大蒜吞下。老李和曲扎去前边的山沟考察,我身体虚弱走不动只好留在这里,上午整理了一些调查笔记,中午吃了一口糌粑,帮助主人翻了翻晒在房后的草,然后躺在草地上晒太阳,鼻涕不停地流,鼻子下边已经起了泡,感冒很重。

这时两只喜鹊围着我转,咕咕地叫着,不知家里又有什么喜事?其实喜事倒不祈求,只希望两家亲人平安,我也就心满意足了。出来一个月了,没有收到家中的信,孩子快开学了,很挂念。想起来,这几年为了事业,我失去了不少东西,也没有尽到做妻子、母亲的责任,要做一个贤妻良母,我是太不够格了,等回到北京以后,再加倍地弥补吧!

晚上老李回来,说那沟里有传说中格萨尔用过的棋盘(在石头上刻着棋盘格子)和在石头上刻下的小鸟。其实,这不足为怪,因为以前这里是人们来往于昌都与那曲的交通要道,青海的玉树、果洛及西藏的昌都等地的人到拉萨朝佛都要经过此地,而那曲的人去青海玉树等地做生意走的也是这条路。所不同的是过去人们从热都乡沿着这条山沟翻过一座山就到达丁青,而现在修了黑昌公路,修了桥,绕着山脚经绒布区折向东就可到达丁青。长久没有人走,这山沟就荒芜了。热都的位置很重要,人员的流动是产生优秀艺人的原因之一。

曲扎的父亲拉杰就是这条路上的过客。拉杰属青海果洛玛多县阿日宗家族,那是当地有名的富户。他笃信佛教,又是一位出色的藏医。年轻时离开家乡果洛去拉萨朝佛,后去印度朝拜。当他从印度返回路经热都时,与曲扎的母亲相识,此时一生的劳顿使他疲惫不堪,他无力也无意返回家乡果洛了,于是就在热都住了下来,这时拉杰已是快五十的人了。不久,曲扎和弟妹们相继出世,他再也没有离开过热都,直到他六十三岁离开人世。

由于热都是人们朝佛、经商的必经之地,受其影响,当地人也加入朝佛的人流中,为此,在热都乡没有去过拉萨朝佛的人家寥寥无几。拉杰因医术好而远近闻名,所以家境很好。曲扎小时候,父母曾带着他三次去拉萨朝佛。当时没修黑昌公路,人们是从热都向南翻山到比如县,然后经嘉黎、工布江达到达拉萨。朝佛的路上有时遇上《格萨尔》说唱艺人同行,那一个月的路程就显得并不遥远。因从小就听玉梅的父亲洛达的说唱,曲扎对《格萨尔》早已熟悉。

父亲病逝后,只读过一年小学的曲扎只好辍学帮助母亲挑起了家庭重担。十二岁那年,他曾做过一个梦,梦中只懂藏文字母的他居然可以看懂《格萨尔》的书,而且一下子读了二十部。醒来后,觉得满肚子《格萨尔》的故事,总想一吐为快。他口中不停地说,不能控制。由于热丹寺的活佛永贡喇嘛当时已去了拉萨,母亲只好带着他前去拉萨。在色拉寺驻锡的永贡喇嘛因与曲扎的父亲关系好,所以热情接待了他们母子。母亲讲明来意,活佛带上五佛冠,把手放在曲扎的头上诵经,然后又将那顶帽子带在曲扎的头上。十分钟后,曲扎感觉头脑清醒多了。此后,他就可以自如地说唱。

不久,曲扎当了民办教师,曾被送到比如县地区师范学校进修,后来在生产队当了考勤员。他从没有停止过说唱。至今二十多年过去了,他说,他还在不断地做梦,梦中他获得新的灵感,学会新的章部,如今他已经能说唱四十一部。他把这一切归结为《格萨尔》故事神把故事降于他的头脑中。曲扎记忆史诗与玉梅不同,他说:"我的说唱不是依靠眼前出现的图像,而是在每一部的前边,都有大约三十句诗概括这部的内容。只要记住这三十句,这一部的内容就自然而然地从嘴里说了出来。《格萨尔》是一句套一句的,说出了第一句,第二句自然就出来了,无须多费脑筋。"

看来曲扎和玉梅虽然同出生在一个村庄,又都受到洛达的影响,但是他们在记忆史诗方面却有着一定的差异,而曲扎与年轻的申扎艺人次仁占堆有相似之处。

由于曾在师范学校进修,曲扎的藏文水平有了很大的提高。从1980年开始,他试图陆续把自己会唱的写下来,《阿里黄金宗》就是他写的第一部,有500页稿纸,后来他陆续写了《巴杰盔甲宗》(1 000 页)、《亭迟墨宗》(700 页)、《卡容金子宗》(上、下部,700 页)、《阿吉绵羊宗》(500 页)、

从藏北来到拉萨参加艺人演唱会的曲扎和玉梅

《斯哇玉宗》(900页)等部。此外他还说唱录制了不少磁带,如《夏斯马宗》(30小时)、《北方江莫让骡子宗》(40小时)、《达由马宗》(30小时)等。

说和写对于曲扎来说并无区别,但相比之下他更喜欢写。因为录音时,他的思想不容易集中,心里总是惦记录音机是否在转,磁带是否用完了。更换磁带、电池都会打断思路,影响说唱。这样倒不如拿支笔在纸上写,可以一直写下去,直到一个部分结束后再停下来。一般较长的一部两三个月就可以写完。曲扎的字体工整清晰,不需要再抄,写出来后易于保存,但它不能体现口头说唱的特色,也是一个缺憾。

1984年曲扎参加拉萨艺人演唱会,见了那么多艺人后大长见识。他认为阿达尔老人说唱的《格萨尔》最好,同时对自己的说唱也充满了信心。

8月28日,我们准备返回,早上,我照例早起烧火、煮茶,吃过糌粑后上路。在军坝和绒布的岔路口我们向南行30公里到达军坝区,来到三位藏族妇女的家,原来她是老李的爱人,他们的儿子索南旺堆已经长大,老李已经把儿子带到那曲,安排他当了合同工。现在他正在那曲盖房子,为了在自己退休回内地后,安排她们母子居住。

在军坝区前边有一处风物传说,因为桥被水冲垮了,只能绕道,上坡、下坡要走3公里,我虽然很虚弱,但还是坚持去了,参观了附近的黄教寺院曲廓寺和传说中格萨尔大王射箭的地方。

第二天返回,中午到达巴青县,在司机班觉老乡家吃饭,下午三点半到达索县。全天行程94公里。我和曲扎又坐下来聊天,几天来,我们朝夕相处,他总是默默地、彬彬有礼地回答我的各种问题,并处处照顾我,他的质朴、勤奋书写《格萨尔》的精神,给我留下了深刻的印象。

索县的"索"藏语中是"蒙古"的意思，元朝时期就已得名。明末清初归附于蒙古和硕特固始汗，1732年划归清中央政府西藏地方政府管辖，1751年归驻藏大臣管辖。历史上，这一地区的群众多信奉苯教和藏传佛教宁玛派，18世纪后格鲁派逐渐成为这里的主要教派。

巴青县的"巴青"意为"大牦牛帐篷"，历史悠久，吐蕃时期曾受象雄及松比管辖，元代属皇帝任命的霍尔王统领，清朝属三十九族部落之一，后划归西藏地方政府管辖，清中央政府派有官员驻扎。这里苯教寺院林立，格鲁派尚未普遍传播。

索县、巴青处于西藏的边缘地区，保留了原始、古朴的民间信仰，苯教较为盛行。历史上蒙古人曾涉足此地，又曾接受霍尔王的统领，使这一地区成为藏族、蒙古族民族交往、文化融合的地域。这对于《格萨尔》的形成、传播与发展产生了重要的影响，也是该史诗在这里广泛流传的原因之一。此外，历史上这里是人们来往于青海和西藏之间的主要通道，说唱艺人夹杂于朝佛者、商队之中，使这一地区的史诗流传更加活跃、内容更加丰富。也许这就是在热都乡出现三个说唱艺人的原因吧。

当晚我吃了一点饼子和一块干肉，住在索县招待所。夜雨下个不停，我担心返回那曲的路难行，服务员几次敲门，有人住宿，有人要换房子，我盼着天亮。

第二天早起，隔窗向外望去，近处的山经过一夜的秋雨，染上了一片黄，而远山已经纷纷戴上了白色的帽子。这预示着藏北的秋天即将过去，冬天，那漫长而又寒冷难耐的冬天已经向人们逼近。不过，现在的情况总比六七十年代时要好多了，住房条件及饮食方面都有较大的改观，当然与内地相比，差距还是太大了。

在返回那曲的路上，经过一个小村庄，有两条狗在汽车两边狂追不舍,司机虽很谨慎,但还是把其中的一条狗轧了。司机的情绪一下子低落了,他是信仰佛教的,认为这是不吉利的,预示着今后的工作不顺利。我安慰他说:这不是故意的,是避免不了的。他问我:是那条黄的,还是黑的?我回头看了看说:黑的。他说:那还稍好一点,否则轧了黄狗就糟了,因为老人们有这种说法,对黑狗还稍可以原谅,但对白的浅色的是不行的。

晚六点到达那曲,行程230公里。回到学生普珍家,我从巴青买了一大块肉带给阿妈,谈着一路的见闻,普珍和她的好友扎西帮我洗衣服,真像到了家一样。这天是8月30日,我的大女儿杨杨十六岁生日,但刚好是星期天,邮局不开门,无法打电报,只有欠着,回去再补吧!

次日早上,去邮局给家里发了电报,报个平安。然后去文化局,拿到了璞的信,这是我出差一个多月以来收到的第一封信,看了又看,那么亲切,尤其是两个女儿那么懂事,我也就心满意足了。

在那曲,我专门去那曲地委汇报工作。几年前在北京认识那曲地委组织部部长昂强巴,那时他来北京开会,我们在一起谈过那曲的《格萨尔》工作。原类乌齐县的李光文书记此时任那曲地委书记。1986年我去昌都类乌齐调查得到了他的鼎力相助,印象深刻,至今感激在心。如今他又调到那曲,真是山不转水转,水不转人转。我去拜访了他,汇报了工作,希望他重点解决几位老艺人的生活及抢救录音问题,他答应与地委诺穷副书记商量解决。

昂强巴执意要为我找便车,不让我乘班车去拉萨。这几天的客车票也卖光了,不知拉萨飞成都的机票是否紧张?可能还要费一番周折。好事多磨,什么事都不能像主观想象的那样顺利,只有耐心等待。

那曲天湖畔朝圣地

（此文辑自杨恩洪著《人在旅途——藏族史诗〈格萨尔王传〉说唱艺人寻访散记》，南宁：广西人民出版社，2007年，第95—107页）

索穷《〈格萨尔王传〉及其说唱艺人》节选

玉梅和洛达父女

玉梅是1957年（藏历火鸡年）生人，她身材高大健壮，红红的脸膛，是一位典型的藏北妇女。她腼腆寡语，未语先笑，待人宽厚、善良，继承了藏北妇女那种淳厚质朴的传统。1983年她初到拉萨时，谁也不相信这位来自藏北山沟、目不识丁的姑娘，胸中竟装着几十部英雄格萨尔的故事。但是经过一番测试，人们不得不相信她是一个出色的史诗说唱艺人。她不仅能点到即诵，而且一周前和一周后说唱同一段落，经对比，内容、词句几乎完全一样，终于使人相信，她是个具有超凡记忆力的优秀艺人。

1984年，在拉萨召开了全国第一次《格萨尔》艺人演唱会，这次会议云集了来自五省区的藏族艺人近40人，以及来自新疆、内蒙古的蒙古族艺人。会议期间曾在拉萨罗布林卡安排了一次别开生面的说唱公演。会前人们心里无不怀疑，这位当时年仅二十八岁、刚刚离开家乡，而又如此腼腆的姑娘，是否敢于在大庭广众中说唱？然而，几次会议间的说唱和公演证明了人们的担心是多余的。似乎一位出色的格萨尔艺人表演时并不需要什么胆量和经验，他需要的是故事神的降临。格萨尔故事神一旦降于头脑之中，他便会全神贯注，对于周围无所感觉，完全进入到史诗的情景之中，韵脚整齐，词句流畅的英雄故事，便会如山泉般自口中流出。玉梅正是这样。只见她端坐在众人面前，在上百双陌生的眼睛的注视下面无惧色、神态自若地开始进入角色，渐渐地，她半睁半合着把段落说完了,她没有停止,还在继续说唱,而自己毫无察觉。

玉梅称她的故事是神授予的,而这神授始自一次大梦,她属于所谓"托梦神授型"艺人。

她自述说,在她十六岁那年的春天,她和女伴次仁吉把牦牛赶到她家山背后的草场。静谧的草原上,牛群安详地吃着草,四处静极了,只听到牦牛咀嚼的声音。玉梅沐浴着温暖的阳光,躺在草地上睡着了。这时她做了一个奇怪的梦,梦见她面前有两个大湖,一个黑水湖,一个白水湖。只见从黑湖中跳出来一个红脸妖怪,要把她往水里拖,正当她哭喊挣扎时,从白水湖中走出来一位美丽的仙女,头戴五佛冠,她用白哈达缠住玉梅的胳膊与红脸妖争夺。仙女对妖怪说:"她是我们格萨尔大王的人,我要让她一句不漏地将格萨尔的英雄业绩传播给全藏的百姓。"黑湖妖魔无奈,只得放开她钻入湖中。这时从白水湖中又走如来一位白衣少年,他们给她沐浴并赠给她宝石和九根白马的鬃毛,然后对她说:"你以后就是我们的人了,请你为我们四处宣扬格萨尔的英雄业绩!"仙女和白衣少年在湖水中隐去后,飞来一只神鹰,神鹰把她驮到天葬台,神鹰啄下她肩上的一块肉供神,她在疼痛之中醒来。回家后玉梅便生了一场大病,这期间她满口胡说,两眼发直。在她发病的一个月中,眼前一直浮现着格萨尔及其大将四处征战的场面。四五天后,她的病好转了。病愈后,她便能说唱《格萨尔王传》。

玉梅的说唱有自己的特点,她无需任何道具,说唱时总是微闭双眼,取坐姿,手中不停地拨动念珠。她说:"我说唱《格萨尔》时全凭眼前浮现的图像。说唱开始,眼睛微闭,格萨尔及其将领征战的一幕幕情景便出现在眼前,我就是根据所看到的图像来说唱的。有时听众多,情绪热烈,心情好时,这种图像便会源源不断地出现,唱词很自然地从嘴里冒出来,说唱很顺利。有时情绪不佳,眼前总不出图像或出得很慢,这时的说唱就会十分吃力,说唱的效果也不好。"

玉梅说唱的《格萨尔》共有 70 余部,其中有 18 大宗,48 小宗,以及史诗的首篇数部及结尾部。她说唱的小宗很有特色,有些是她独有的篇章。

目前,玉梅生活在拉萨。

2001 年 12 月的一天,笔者到她在西藏社会科学院的家中,与她进行了面对面的交谈。

问:"玉梅,听说你在说唱《格萨尔》时,脑海里能看到那些故事场景,是这样吗?"

答:"能看见,尤其是心情轻松的时候,有格萨尔,还有打仗的战马、人物。有时候,我心情不好,我就把自己的苦闷告诉给格萨尔王,他便安慰我。我既能看到格萨尔王,也能听到他的声音。"

"那你看到的格萨尔是什么样子的?"

玉梅指着在场的一位身高 1.80 米的记者,"比他还要高大,长得很好看,特别威风,反正跟电视上演的比要高大,长得很好看,特别威风,反正跟电视上演的不一样。"

"格萨尔在你心目中是人,还是神?你与格萨尔又有着怎样的前缘?"

"他就是神,我的上一世是给格萨尔养马的人,是个男人,一辈子没有结婚。"

"这样说,你能回忆起前世在岭国的情景吗?"

"能回忆起来,回忆的时候心情很舒畅。格萨尔的宫殿就像现在的佛堂,还有岭国的山、河流、特别大的草原,还有那突突冒的泉水和现在的藏北一带差不多。"

"那么,你是怎样进入说唱《格萨尔》的状态的?说唱前有什么特别的预兆?"

"我只要想说,就会说起来,没有什么特别的限制。有时说唱时很舒服,有时很难受。每次说唱时必须戴上这顶帽子才行(玉梅指着一顶造型奇特的帽子)。"

"你一般每次能说唱多长时间?"

"有长有短,按情节的长短说唱,有时候几天几夜不停地说唱,中间不休息,也不吃饭。一般情况下,说唱完一盘磁带正好就唱完了一节。"

"你在说唱《格萨尔》史诗以前,读过几年书?"

"只读了一天,就再也不想去学校了。"

"后来呢?"

"我被接到拉萨后,单位派专人给我教藏文,我学得很吃力,也不想学,现在干脆不学了。"

"你现在的藏文学得怎样?"

"不好,不好,只会写自己的名字。"(玉梅捂嘴笑了)

"你在说唱完后,还能记住刚才说唱的诗句吗?自己理解吗?"

"很难再记起来,有一些还是能理解的。"

"你认为自己身上有这些奇异现象是什么原因呢?"

"从没有想过。"

"当你想与格萨尔对话时,用什么方法与他沟通?"

"用一种咒语联络,这些咒语是格萨尔在我刚说唱时教给我的,咒语不能随便教给其他人。别人学了咒语会发疯。"

"你能给我们唱一段《格萨尔》吗?"

"可以。"

玉梅戴上那顶奇特的帽子,挺身端坐,微闭双目,行云流水般地吟唱起来,不时睁开眼睛看一下头顶,说唱了整整十分钟。开始吟唱,乐调悲凉伤感,继而说辞激愤悲壮,并打着手势……

在说唱《格萨尔》的艺人中,玉梅是幸运儿,她生在新中国,得到了政府的关怀和重视,成为第一个被国家录用的《格萨尔》艺人。

她住上了三间一套的楼房,享受着助理研究员的待遇,她说她已经非常知足了。

玉梅的父亲名叫洛达,原是热丹寺的僧人。洛达身体魁梧、力大过人,在热丹寺中是有名的大力士。寺院中每年一次的搬石头比赛他总是夺魁,且能歌善舞,再加上会说唱《格萨尔》史诗,得到了众人的喜爱。

关于洛达的详细身世已很难讲清,因为他已去世多年。据说他的家在索县绒布区巴盖乡,后来到热都乡上门与玉梅的母亲结婚。洛达是个巴仲(神授故事家),也是在小时候做梦以后,由比如县白嘎寺的活佛开启智门开始说唱《格萨尔》的。

他大多是在自己的家中说唱,有时也走出去四处说唱。每当这种时候,群众就会互相转告,几乎村里所有的人,尤其是老人都会前来。他的嗓音洪亮、悦耳,故事又引人入胜,因此,说唱常常是通宵达旦。

有一次,绒布寺来了一位边坝县的艺人,洛达便被召回与其进行一场《格萨尔》说唱比赛,讲定获胜者将得到粮食、茶叶和钱的奖品。洛达和那位艺人便住在寺里,开始了各自的说唱,大约历时一个月。他们说唱相同的部,分别被喇嘛们记录成文字。当喇嘛们将两部记录本放在一起比较以后,人们发现洛达唱的《格萨尔》无论在故事情节还是在语言、修饰方面都优于边坝艺人。而那位从边坝来的艺人也惊叹洛达的说唱技艺,心服口服地认输了。于是洛达得到一份丰厚的奖品。

这次比赛结束后,当地的人们崇拜洛达。消息很快传到了索县。索宗宗本便让洛达到他家中说唱。在那里一住就是三个月,他受到了礼遇并得到了报酬。

在《格萨尔》被打成毒草的年代,由于当地干部也十分喜爱《格萨尔》,所以从不为难他。"文化大革命"刚开始时,一位县干部对他说:"现在政策变了,什么人都有,你暂时不要说唱为好。"但是一到了晚上,在群众的恳求下,他的说唱还得继续。在这远离拉萨的小山沟里,"噜嗒啦嗒啦"的声音从未间断过。尽管如此,洛达也没有因此而受到冲击,这应当归功于当地干部、群众对他的保护。

1973年,洛达病逝。

这位闻名于那曲东三县的老艺人留给女儿玉梅唯一的东西,便是他生前与之从不分离的艺人帽子——仲夏。

这顶帽子与众不同,具有康区服饰的特点。帽子不高,较宽,两边各有一只较大的耳朵,系用藏地氆氇缝制而成,据说帽子上原来还缝有不少装饰物及珠宝,在"文化大革命"中丢失。此外,父亲的说唱艺术给玉梅留下了极深的印象,这是她作为新一代说唱艺人从父辈那里继承的一笔巨大的精神财富。

父亲去世后,玉梅开始为乡亲们说唱《格萨尔》,渐渐地有了名气。

笔者与艺人玉梅的合影

(此文辑自索穷《〈格萨尔王传〉及其说唱艺人》,拉萨:西藏人民出版社,2003年,第89—95页)

杨恩洪《藏族妇女口述史》节选

  在藏族民间文化的宝库中，珍藏着一颗足以与世界文化宝库中的精品相媲美的瑰宝，这就是藏族人民集体智慧的结晶——长篇英雄史诗《格萨尔王传》。千百年来，这部史诗被众多的民间艺人世代口耳相传，传承至今。没有他们的创作与传承，就没有今天的史诗。为此，格萨尔说唱艺人是史诗的主要创造者、传播者和载体，在这些目不识丁的艺人头脑中，保存了浩繁的史诗篇章。在漫长的岁月里，是他们代代相传，或父子相传，或师徒相传，使史诗延续至今。然而过去这些有才华的艺人大都是在浪迹高原中度过一生的。他们精彩的说唱虽然深受藏族百姓的喜爱，却不被历代统治者重视，他们没有土地、牛羊，而是靠说唱糊口，与行乞艺人无异。如今这些幸存的艺人受到了国家的保护，他们中的佼佼者被请进大学或研究机构录音，以保存这部优秀的民族文化遗产。在至今仍健在的艺人中，有一位女艺人赫赫有名，她就是来自藏北草原的牧民玉梅。

  格萨尔王英姿勃发，戴金盔，穿金甲，披红氅，手执红缨长枪，脚跨枣红神马。双目炯炯，神采飞扬。

  周围烟云笼罩的狮虎龙蛇图案，象征着格萨尔王神通广大，变化无穷。左右是他美丽的王妃珠姆和梅萨。下面波涛之中，有姿态各异的水族，表示格萨尔的母亲——龙女葛姆的所在地。（转引自《甘孜藏画》）

  玉梅身材高大健壮，黑里透红的脸膛，是一位典型的藏北姑娘。她腼腆寡语，未语先笑，待人宽厚、和善，继承了藏北牧民那种淳厚质朴的传统。1983 年，她被请到拉萨说唱，现在是西藏社会

格萨尔王

科学院的工作人员,享受中级职称(助理研究员)的待遇。至今,她已经录制了25部,近千盘的录音磁带。由于她在抢救史诗《格萨尔》方面做出的贡献,曾于1991年获得格萨尔说唱家的称号,1986年、1997年两次获国家民委、文化部、中国社会科学院及中国文联的表彰。玉梅现任西藏自治区政协委员、西藏民间文艺家协会副主席等职。以下是笔者1996年7月在拉萨与她交谈时的记录。

1957年藏历火鸡年我出生在西藏藏北草原索县热都乡。这里地处那曲和昌都交界的地方,比较偏僻,去拉萨六七百公里,距昌都四五百公里。热都乡是一个以牧业为主、半农半牧的地区,热曲河狭窄的河谷没有多少平坦的土地供人们耕种,只能种植一点青稞和圆根,大的圆根人吃,小的就喂牛。一般人家牲畜少,生活

1984年玉梅从那曲索县来到拉萨参加《格萨尔》艺人演唱会

并不富裕。我家的牲畜又多又好,有一百多头牛,六七十只羊。一家5口人,爸爸、妈妈、姐姐、妹妹和我过着平静又富足的生活。

我的父亲叫洛达,原是热丹寺的僧人。他的家乡在不远的绒布区巴盖乡,还俗后到热都乡上门与我的母亲结了婚。

父亲身体魁伟、膂力过人,在热丹寺中是个有名的大力士。寺院每年一度的搬石比赛他总是夺魁。他能歌善舞,在寺院跳"羌姆"(又称跳神,一种祭祀舞蹈)的活动中,他是主要角色,再加上他会说唱《格萨尔》,深得大家的喜爱。

父亲是神授艺人,他小时候做梦以后,由比如县白嘎寺的活佛为他开启智慧的脉门以后才开始说唱的。

父亲结婚以后,便开始了以说唱《格萨尔》为生的日子。那时,家中孩子小,缺少劳动力,家里的牲畜都是雇人放牧的。由于我父亲与周围的人关系好,大家也乐于帮助我们,所以,我家的生活一直很好。

他一般在自己家中说唱,有时也出去四处说唱。每当在家说唱时,几乎村里所有的人,特别是老人都会前来。父亲的嗓音洪亮、悦耳,讲的故事又引人入胜,因此,常常是通宵达旦地说唱。

有一次,绒布寺来了一位边坝县的艺人,父亲被召回参加《格萨尔》说唱比赛,获胜者将得到粮食、茶叶和钱。父亲就住在寺里,大约说唱了一个月,他们说唱相同的部,由喇嘛分别记录下来。经过喇嘛们的比较发现,父亲唱的部无论在故事情节或在语言方面都比边坝的艺人好。边坝的艺人也心服口服地认输了。于是我父亲得到了一份丰厚的奖品。

这次比赛以后,父亲在当地名声大振,消息传到索宗(县),宗本(县长)特意让父亲去他家说唱,在那里一住就是3个月,他也得到了报酬。

在《格萨尔》被打成毒草的"文化大革命"时代,由于当地干部十分喜爱《格萨尔》,所以从不为难他。"文化大革命"刚开始时,一位县里的干部对父亲说:现在政策变了,各种人都有,你暂时不要说唱为好。但是一到晚上,在群众的要求下,他的说唱还在继续。尽管如此,父亲也没有受到冲击,这应该感谢当地干部和群众对他的保护。

在我的记忆中,每天晚上,家里经常聚集很多人听父亲说唱,每当这个时候,姐姐和妹妹都早早睡着了,只有我喜欢听。

在我16岁那年的春天,我像往常一样和女伴次仁姬把牦牛赶到她家山背后的草场,这时阳光暖融融的,我躺在草地上睡着了。我做了一个奇怪的梦,梦见我面前有两个大湖,一个黑水湖,一个白水湖。只见从黑水湖中跳出一个红脸妖怪,把我往黑水湖里拖,我拼命地哭喊挣扎,正在这时,从白水湖中走出来一位头戴五佛冠的美丽的仙女,她用白哈达缠住我的胳膊,与红脸妖怪争夺。仙女对妖怪说:她(指玉梅)是我们格萨尔大王的人,我要教她一句不漏地把格萨尔的英雄业绩传给全藏的百姓。黑水湖的妖怪争夺不过,就放开我钻入了湖中。这时,从白水湖里又走出一位白衣少年,他们俩给我洗澡,又赠送我一块宝石和9根白马的鬃毛,然后对我说:你以后就是我们的人了,可以回家了。说完他们就回到白水湖中。这时飞来一只神鹰,把我拖到了天葬台,在我的肩膀上咬下一块肉供神,我在疼痛中醒来。

回到家里,我生了一场大病。两眼发直,嘴说胡话,眼前尽是格萨尔和他的大将四处征战的场面。父亲立即去热丹寺请求永贡活佛来家中给我念经。永贡活佛来到我家,给我念经,又通了脉。四五天后,我的病就好了。从此我就能唱《格萨尔》了。

自从我病好后,父亲好像有了预感,他曾经对我阿妈说:我的灵感已传给了女儿,看来我该归天了。

就在我做梦的那一年夏天,乡长打了一只岩羊请父亲去他家吃肉,从乡长家回来以后,他就感到肚子不舒服。第二天一早,他对母亲说:今天不要叫玉梅去放牧吧,我有话对她说。阿妈没有意识到父亲的用意,回答说:有话晚上再说吧!她还是像往常一样让我去放牧了。等我放牧归来,父亲已经闭上了眼睛。

父亲去世的消息一经传开,热丹寺的喇嘛们都主动到我家诵经,乡里的群众也前来慰问,这是1973年。

我家乡的老人说:父亲生前也是一位巫师,他是刀枪不入的神人,所以,死后变成了地方神。

父亲给我留下的唯一的东西就是艺人说唱时戴的帽子,这帽子他生前总是带在身旁,是用氆氇缝制而成,帽子很宽,两边各有一个兽耳,上边缝有宝石和各种装饰物,这些东西在"文化大革命"中被摘下来后丢失了。

父亲去世以后,我就为乡亲们说唱《格萨尔》,大家都很喜欢。人们经常聚在一起,凑一些肉、酥油和茶等东西,叫我去说唱。今天晚上在这个居民点,明天晚上在那个居民点,大家点什么章节,我就唱什么章节。听众有时人多到五六十人,有时十几个人。每次说唱后,大家都凑一点钱给我阿妈。有时听的人多,每人凑5毛钱,就可以得到几十元的收入。

父亲去世以后,阿妈领着我们姊妹三人生活。由于家里有牲畜,加上我经常说唱,生活过得还不错。妹妹先于姐姐和我与当道班工人的阿塔结婚,婚后不久,年仅19岁的妹妹腹中怀着一个未出世的婴儿就因病去世了。后来,妹夫阿塔与姐姐共同生活,不久,姐姐的孩子也不幸夭折。阿妈请绒布寺的格西占卜,格西说:我家这座房子不吉利,已先后死了4口人,应搬家为宜,否则,家境、人丁会越来越败落。于是,阿妈下决心卖掉了我家坐落在公路边上、一家人住了20多年的房子,在热曲河对岸盖起了新居。

1983年,西藏自治区文联召开《格萨尔》史诗说唱艺人演唱会,我第一次来到拉萨。一开始,大家认为我年轻,对我能否说唱几十部有疑虑,后来,他们反复让我唱,认为还不错。

1984年,我参加了在拉萨召开的全国第一次《格萨尔》艺人演唱会。会议期间,正是雪顿节,我们主要艺人在罗布林卡(达赖喇嘛的夏宫所在地)说唱。我从来没在这么多人面前说唱过,一开始有些紧张。但是一旦开始说唱,我就会全神贯注,旁若无人,也不再紧张。因为,我说唱故事时,需要故事神的降临,是故事神引导我说唱。

我在说唱时,只要手中拿着念珠,端坐,闭目,让故事神降临。这时,我说唱的《格萨尔》全凭眼前浮现的图像。当眼睛微闭,格萨尔大王和他的将领征战的一幕幕情景就出现在眼前,我就根据所看到的图像来说唱。有时,听众多,情绪热烈,心情好时,这种图像就会源源不断地出现,唱词很自然地从嘴里冒出来,说唱得很顺利;有时情绪不好,眼前总不出图像或者出得很慢,这时的说唱就会十分吃力,说唱的效果也不好。我在拉萨说唱就不如在家乡说唱那么顺口,家乡的环境已经很熟悉了,而拉萨的一切还得慢慢适应。

1986年,我第一次上北京,参加全国《格萨尔》工作表彰大会,在这次会上,我被评为史诗抢救工作的先进个人。在北京期间,我参观了名胜古迹,游览了动物园,转了商店,真是大开眼界。

此后,我就常住拉萨,西藏社会科学院在院内给我分了一套两居室的房子,后来,又给我换了一套三居室的住房。我是第一个被政府录用的《格萨尔》艺人,受到政府的关怀和重视,我感到十分幸运。我一定努力说唱,让自己的说唱作品早日出版。

我没有上过一天的学,参加工作以后,我在西藏社会科学院开办的藏语班学习。经过一年的学习,我的进步不大,只能看懂藏文字母,写写自己的名字。

除了上班时间我对着录音机说唱《格萨尔》以外,我的业余生活很单调,经常和社科院的同事一同玩玩麻将,其他时间干一点家务,或是接待从家乡来拉萨朝佛的老乡,他们住在我家里,我也不寂寞。

至于我的个人生活,并不是那么顺利。我到拉萨来之前,在家乡认识了当地的一个小伙子,我到拉萨后,他也跟我来了。我们在一起生活了几年,生了一个女儿。他是司机,经常外出不回家,也不给女儿的生活费。不久,他提出离婚。每次他回来,我想了好多话要与他争辩,可是一见面,我又一句话都说不出来。最后,他还是离开了我和女儿。

现在,靠我的工资养活我的女儿。阿妈经常托人给我从家乡带来干肉、酥油等东西,因为,家里的牲畜也有我的一份。

阿妈曾来过拉萨,住在我这里。她为了给死去的人还愿,每天绕八廓街磕长头。她一连磕了20万个头,每天都是我把午饭送到八廓街。她了却了心愿以后就回家乡去了。现在她和姐姐、姐夫一起生活。

后记

玉梅后来同比她大近 20 岁的西藏社会科学院退休干部旺杰结婚,生活得很幸福。现在他们住在西藏社会科学院大院内属于自己的两层小楼中,女儿已经上了大学。近年玉梅身体多病,很少说唱。

再后记

由于工作的关系,我们经常在一起开会、交谈。每次我到拉萨出差,一定要去玉梅家看望。为此,我和玉梅的关系一直很亲密。虽然进城多年,但玉梅的身上还保留了牧民的憨厚与直率。1991年,她到北京参加"格萨尔说唱家命名大会"。由于她不懂汉语,加上西藏方面的工作人员都是男同志,所以,我主动要求会务工作人员把我和玉梅安排在一个房间。这样我们有了更多的时间交流。晚上,我帮她洗澡、洗头,她也对我诉说自己的内心情感。她说:"阿妈曾经告诉我谁好谁坏都写在脑门上,其实我通过看一个人的脸,也明白他是什么样的人。"说明她是一个头脑清楚的人。可有时她又糊涂,表现得很痴情,对我说:某某艺人喜欢她,要和她结婚。这时,我就以一个长者的身份告诫她:这是不合适的,你没有看准他的脑门。每次我说她时,她都憨憨地笑,十分可爱。后来在拉萨住的时间长了,玉梅这个藏北牧区的姑娘慢慢融入了拉萨人的生活之中。她学会了打麻将,喝啤酒,时间就这样在不经意中过去了。一次,我到拉萨,听人说她现在说唱的不多,而且说唱的内容也有些变化,有时故事内容有点乱。我就到她家看望,然后语重心长地对她说:你是一个藏北的牧民,国家为什么把你请到拉萨西藏社会科学院来?为什么不请其他的人来?那是因为你会说唱《格萨尔》,是一位艺人,国家希望你能把头脑中的《格萨尔》故事全部说唱、记录下来,把这一部伟大的民族文化遗产保存下来,世代传承。你身上担负了重要的责任。如果因为打麻将、喝酒耽误了工作,那就辜负了国家对你的期望,我也会很失望的。她低头听着我的话,眼泪唰地掉了下来,嘴里一直说着:"是!是!"看到她伤心我又责备自己,是不是我的话太重了,虽然她现在是西藏社会科学院的一名正式工作人员,但她毕竟还是一个普通的牧民,在现代文明的花花世界面前,拒绝诱惑绝非易事。再有,我们是不是需要反思一下:在抢救工作中,把艺人请到城市中来,使他们长期脱离其演唱环境及史诗的受众,对于他们的说唱会产生什么影响?也许不该责怪玉梅,而应该做自我反省才对。

事态的发展总是不尽如人意。2002年5月,我和玉梅应邀出席了在美国加州举行的藏族文化周活动。期间,玉梅在不同场合说唱了《格萨尔》的片段,深受当地群众的欢迎。美国人对于来自西藏雪域高原的史诗说唱女艺人玉梅表现出了极大的兴趣和热情。他们甚至把她奉若神明,希望得到她的拥抱,还欢迎她再次访问美国。也许,美国式的西方现代生活和观念与玉梅的内心世界形成了太大的反差,使她的头脑一下子还不能承受。回到拉萨以后,就听说她病了。玉梅作为中国《格萨尔》说唱艺人出访是第一人,本来是个好事,但是没想到出现了这样的结果。

2004年我再次去拉萨,听说玉梅病得很厉害,由于体重过于超重,导致她患了高血压及心脏病,而伴随着不时出现的幻觉,更是使她无法继续说唱。当我再次踏入玉梅在西藏社科院的家中看望时,玉梅的身体已经稍有好转。她见到我来了,就上前抱着我哭了起来,像个孩子似的"阿妈、阿妈"地叫着,像是见到了久别的亲人。还是他的爱人说:请杨老师进屋坐,她才松开手。我深知她的心事,也是她感到委屈的事——桑珠艺人说唱的《格萨尔》都出书了,而她自己的说唱至今一本还没出。我安慰她:先要养好身体,你的说唱一定会出书的。看到她丈夫对她的照顾以及女儿已经顺利地考上大学,我劝她要珍惜自己的幸福家庭,好好生活。

现在玉梅的身体在逐步恢复中,每天去八廓街的转经是必不可少的,这样对她的身心都有益处。我在北京为玉梅祈祷,希望她能尽快痊愈,在拉萨好好生活。

目前,玉梅说唱的《其岭铁宗》正在整理之中,并已列入了中国藏学出版社 2006 年的出版计划,由中国社会科学院民族文学所全国《格萨尔》办公室资助出版。不久她的说唱即将问世。

(此文辑自杨恩洪《藏族妇女口述史》,北京:中国藏学出版社,2006 年,第 109—119 页)

卢小飞主编《西藏的女儿 60年60人口述实录》节选

玉梅：格萨尔说唱艺人
口述人：玉梅
访谈、整理人：杨恩洪
访谈地点：拉萨
访谈时间：1996年7月

在藏族民间文化的宝库中，珍藏着一颗足以与世界文化宝库中的精品相媲美的瑰宝，这就是藏族人民集体智慧的结晶——长篇英雄史诗《格萨尔王传》。千百年来，这部史诗被众多的民间艺人世代口耳相传，传承至今。没有他们的创作与传承，就没有今天的史诗。为此，格萨尔说唱艺人是史诗的主要创造者、传播者和载体，在这些目不识丁的艺人头脑中，保存了浩繁的史诗篇章。在漫长的岁月里，是他们代代相传，或父子相传，或师徒相传，使史诗延续至今。然而过去这些有才华的艺人大都是在浪迹高原中度过一生的。他们精彩的说唱虽然深受藏族百姓的喜爱，却不被历代统治者重视，他们没有土地、牛羊，而是靠说唱糊口，与行乞艺人无异。如今这些幸存的艺人受到了国家的保护，他们中的佼佼者被请进大学或研究机构录音，以保存这部优秀的民族文化遗产。在至今仍健在的艺人中，有一位女艺人赫赫有名，她就是来自藏北草原的牧民玉梅。

玉梅身材高大健壮，黑里透红的脸膛，是一位典型的藏北姑娘。她腼腆寡语，未语先笑，待人宽厚、和善，继承了藏北牧民那种淳厚质朴的传统。1983年，她被请到拉萨说唱，现在是西藏社会科学院的工作人员,享受中级职称(助理研究员)的待遇。至今,她已经录制了25部,近千盘的录音磁带。由于她在抢救史诗《格萨尔》方面做出的贡献,曾于1991年获得格萨尔说唱家的称号,1986年、1997年两次获国家民委、文化部、中国社会科学院及中国文联的表彰。玉梅现任西藏自治区政协委员、西藏民间文艺家协会副主席等职。

1957年藏历火鸡年我出生在西藏藏北草原索县热都乡。这里地处那曲和昌都交界的地方,比较偏僻,去拉萨六七百公里,距昌都四五百公里。热都乡是一个以牧业为主、半农半牧的地区,热曲河狭窄的河谷没有多少平坦的土地供人们耕种,只能种植一点青稞和圆根,大的圆根人吃,小的就喂牛。一般人家牲畜少,生活并不富裕。我家的牲畜又多又好,有一百多头牛,六七十只羊。一家五口人,爸爸、妈妈、姐姐、妹妹和我过着平静又富足的生活。

我的父亲叫洛达,原是热丹寺的僧人。他的家乡在不远的绒布区巴盖乡,还俗后到热都乡上门与我的母亲结了婚。

父亲身体魁伟,力大过人,在热丹寺中是个有名的大力士。寺院每年一度的搬石比赛他总是夺魁。他能歌善舞,在寺院跳"羌姆"(又称跳神,一种祭祀舞蹈)的活动中,他是主要角色,再加上他会说唱《格萨尔》,深得大家的喜爱。

父亲是神授艺人,他小时候做梦以后,由比如县白嘎寺的活佛为他开启智慧的脉门以后才开始说唱的。

父亲结婚以后,便开始了以说唱《格萨尔》为生的日子。那时,家中孩子小,缺少劳动力,家里的牲畜都是雇人放牧的。由于我父亲与周围的人关系好,大家也乐于帮助我们,所以,我家的生活一直很好。

他一般在自己家中说唱,有时也出去四处说唱。每当在家说唱时,几乎村里所有的人,特别是老人都会前来。父亲的嗓音洪亮、悦耳，讲的故事又引人入胜，因此，常常是通宵达旦地说唱。

有一次，绒布寺来了一位边坝县的艺人，父亲被召回参加《格萨尔》说唱比赛，获胜者将得到粮食、茶叶和钱。父亲就住在寺里，大约说唱了一个月，他们说唱相同的部，由喇嘛分别记录下来。经过喇嘛们的比较发现，父亲唱的部无论在故事情节或在语言方面都比边坝的艺人好。边坝的艺人也心服口服地认输了。于是我父亲得到了一份丰厚的奖品。

这次比赛以后，父亲在当地名声大振，消息传到索宗（县），宗本（县长）特意让父亲去他家说唱，在那里一住就是三个月，他也得到了报酬。

在《格萨尔》被打成毒草的"文化大革命"时代，由于当地干部十分喜爱《格萨尔》，所以从不为难他。"文化大革命"刚开始时，一位县里的干部对父亲说：现在政策变了，各种人都有，你暂时不要说唱为好。但是一到了晚上，在群众的要求下，他的说唱还在继续。尽管如此，父亲也没有受到冲击，这应该感谢当地干部和群众对他的保护。

在我的记忆中，每天晚上，家里经常聚集很多人听父亲说唱，每当这个时候，姐姐和妹妹都早早睡着了，只有我喜欢听。在我16岁那年的春天，我像往常一样和女伴次仁姬把牦牛赶到她家山背后的草场，这时阳光暖融融的，我躺在草地上睡着了。我做了一个奇怪的梦，梦见我面前有两个大湖，一个黑水湖，一个白水湖。只见从黑水湖中跳出一个红脸妖怪，把我往黑水湖里拖，我拼命地哭喊挣扎，正在这时，从白水湖中走出来一位头戴五佛冠的美丽的仙女，她用白哈达缠住我的胳膊，与红脸妖怪争夺。仙女对妖怪说：她（指玉梅）是我们格萨尔大王的人，我要教她一句不漏地把格萨尔的英雄业绩传给全藏的百姓。黑水湖的妖怪争夺不过，就放开我钻入了湖中。这时，从白水湖里又走出一位白衣少年，他们俩给我洗澡，又赠送我一块宝石和九根白马的鬃毛，然后对我说：你以后就是我们的人了，可以回家了。说完他们就回到白水湖中。这时飞来一只神鹰，把我拖到了天葬台，在我的肩膀上咬下一块肉供神，我在疼痛中醒来。

回到家里，我生了一场大病。两眼发直，嘴说胡话，眼前尽是格萨尔和他的大将四处征战的场面。父亲立即去热丹寺请求永贡活佛来家中给我念经。永贡活佛来到我家，给我念经，又通了脉。四五天后，我的病就好了。从此我就能唱《格萨尔》了。

自从我病好后，父亲好像有了预感，他曾经对我阿妈说：我的灵感已传给女儿了，看来我该归天了。

就在我做梦的那一年夏天，乡长打了一只岩羊请父亲去他家吃肉，从乡长家回来以后，他就感到肚子不舒服。第二天一早，他对母亲说：今天不要叫玉梅去放牧吧，我有话对她说。阿妈没有意识到父亲的用意，回答说：有话晚上再说吧！她还是像往常一样让我去放牧了。等我放牧归来，父亲已经闭上了眼睛。

父亲去世的消息一经传开，热丹寺的喇嘛们都主动到我家诵经，乡里的群众也前来慰问，这是1973年。

我家乡的老人说，父亲生前也是一位巫师，他是刀枪不入的神人，所以，死后变成了地方神。

父亲给我留下的唯一的东西就是艺人说唱时戴的帽子，这帽子他生前总是带在身旁，是用氆氇缝制而成，帽子很宽，两边各有一个兽耳，上边缝有宝石和各种装饰物，这些东西在"文化大革命"中被摘下来后丢失了。

父亲去世以后，我就为乡亲们说唱《格萨尔》，大家都很喜欢。人们经常聚在一起，凑一些肉、酥油和茶等东西，叫我去说唱。今天晚上在这个居民点，明天晚上在那个居民点，大家点什么章节，我就唱什么章节。听众有时人多到五六十人，有时十几个人。每次说唱后,大家都凑一点钱给我阿妈。有时听的人多,每人凑五毛钱,就可以得到几十元的收入。

父亲去世以后,阿妈领着我们姊妹三人生活。由于家里有牲畜,加上我经常说唱,生活过得还不错。妹妹先于姐姐和我与当道班工人的阿塔结婚,婚后不久,年仅19岁的妹妹腹中怀着一个未出世的婴儿就因病去世了。后来,妹夫阿塔与姐姐共同生活,不久,姐姐的孩子也不幸夭折。阿妈请绒布寺的格西占卜,格西说:我家这座房子不吉利,已先后死了四口人,应搬家为宜,否则,家境、人丁会越来越败落。于是,阿妈下决心卖掉了我家坐落在公路边上、一家人住了二十多年的房子,在热曲河对岸盖起了新居。

1983年,西藏自治区文联召开《格萨尔》史诗说唱艺人演唱会,我第一次来到拉萨。一开始,大家认为我年轻,对我能否说唱几十部有疑虑,后来,他们反复让我唱,认为还不错。

1984年,我参加了在拉萨召开的全国第一次《格萨尔》艺人演唱会。会议期间,正是雪顿节,我们主要艺人在罗布林卡(达赖喇嘛的夏宫所在地)说唱。我从来没在这么多人面前说唱过,一开始有些紧张。但是一旦开始说唱,我就会全神贯注,旁若无人,也不再紧张。因为,我说唱故事时,需要故事神的降临,是故事神引导我说唱。

我在说唱时,要手中拿着念珠,端坐,闭目,让故事神降临。这时,我说唱的《格萨尔》全凭眼前浮现的图像。当眼睛微闭,格萨尔大王和他的将领征战的一幕幕情景就出现在眼前,我就根据所看到的图像来说唱。有时,听众多,情绪热烈,心情好时,这种图像就会源源不断地出现,唱词很自然地从嘴里冒出来,说唱得很顺利;有时情绪不好,眼前总不出图像或者出得很慢,这时的说唱就会十分吃力,说唱的效果也不好。我在拉萨说唱就不如在家乡说唱那么顺口,家乡的环境已经很熟悉了,而拉萨的一切还得慢慢适应。

1986年,我第一次上北京,参加全国《格萨尔》工作表彰大会,在这次会上,我被评为史诗抢救工作的先进个人。在北京期间,我参观了名胜古迹,游览了动物园,转了商店,真是大开眼界。

此后,我就常住拉萨,西藏社会科学院在院内给我分了一套两居室的房子,后来,又给我换了一套三居室的住房。我是第一个被政府录用的《格萨尔》艺人。受到政府的关怀和重视,我感到十分幸运。我一定努力说唱,让自己的说唱作品早日出版。

我没有上过一天的学,参加工作以后,我在西藏社会科学院开办的藏语班学习。经过一年的学习,我的进步不大,只能看懂藏文字母,写写自己的名字。

除了上班时间我对着录音机说唱《格萨尔》以外,我的业余生活很单调,经常和社科院的同事一起玩玩麻将,其他时间干一点家务,或是接待从家乡来拉萨朝佛的老乡,他们住在我家里,我也不寂寞。

至于我的个人生活,并不是那么顺利。我到拉萨来之前,在家乡认识了当地的一个小伙子,我到拉萨后,他也跟我来了。我们在一起生活了几年,生了一个女儿。他是司机,经常外出不回家,也不给女儿的生活费。不久,他提出离婚。每次他回来,我想了好多话要与他争辩,可是一见面,我又一句话都说不出来。最后,他还是离开了我和女儿。

现在,靠我的工资养活我的女儿。阿妈经常托人给我从家乡带来干肉、酥油等东西,因为,家里的牲畜也有我的一份。

阿妈曾来过拉萨,住在我这里。她为了给死去的人还愿,每天绕八廓街磕长头。她一连磕了二十万个头,每天都是我把午饭送到八廓街。她了却心愿以后就回家乡去了。现在她和姐姐、姐夫一起生活。

后记

玉梅后来同比她大近二十岁的西藏社会科学院退休干部旺杰结婚,生活得很幸福。现在他们住在社会科学院大院内属于自己的两层小楼中,女儿已经上了大学。近来玉梅身体多病,很少说唱。

(此文辑自卢小飞主编《西藏的女儿 60年60人口述实录》,北京:中国藏学出版社,2011年,第174—179页)

诺布旺丹《艺人、文本和语境——文化批评视野下的格萨尔史诗传统》节选

城市化空间使艺人的诗性思维颓败
——以玉梅为例

为了防止《格萨尔》史诗说唱中"人亡歌息"局面的发生,以往我们在推进保护和抢救格萨尔史诗时采取的主要措施之一是将优秀说唱艺人转移至城市,对其进行重点保护。这一措施确实在《格萨尔》抢救工作进行之初起到了立竿见影的积极作用,为我们的优秀艺人提供了更为有利的生活、工作环境,从而切实保障了其说唱工作的顺利进行,在较短的时间内集中搜集到了大量的第一手说唱资料。随着一些优秀艺人的相继谢世,这些说唱资料也愈发显得弥足珍贵,不可复得。可以说,这种对艺人的集中保护措施,及时扭转了史诗说唱传统一直被边缘化,且濒临灭绝的危急局面,为后人保留了极为珍贵的说唱资料,随即诞生了一批优秀艺人的经典说唱版本,也让世人得以一见《格萨尔》鸿篇巨制的完整面目。这些工作在《格萨尔》抢救、保护工作之初是极具成效的。但是,随着《格萨尔》抢救、保护工作的深入开展,对艺人的这种特殊保护措施却出现了诸多问题。其中,最为显著,也最为严重的问题就是艺人说唱记忆的退化。著名说唱艺人玉梅的经历最为鲜明地反映了这一问题。

三十年前,一个神秘的梦使得一位16岁的藏北姑娘奇迹般地说起了《格萨尔》。十年后的一天,这位一字不识的姑娘走进西藏

社科院,自称几十部《格萨尔》点哪部便能唱哪部。她就是如今蜚声国内外的《格萨尔》说唱艺人玉梅。

玉梅出生于1957年(藏历火鸡年),她身材高大健壮,红红的脸膛,是一位典型的藏北姑娘。她腼腆寡语,未语先笑,待人宽厚、和善,继承了藏北牧民那种淳厚真诚的性格。1983年她初到拉萨时,谁也不相信这位来自藏北山沟、目不识丁的姑娘,胸中却装着几十部英雄格萨尔的故事。但是经过一番测试,人们不得不刮目相看,承认她是一个出色的史诗说唱艺人。她不仅能点到即诵,而且一周前和一周后说唱的同一段落,经对比,内容、词句几乎完全一样,于是人们终于相信了她是一个具有超凡记忆力的人。尽管她不懂藏文,脑子里却装着成千上万的诗行。这一现象人们尚无法解释,但是百闻不如一见,凡听过她说唱的人都心服口服。于是她被录用了,在西藏自治区《格萨尔》抢救办公室,成为一个专职艺人、国家的正式干部。

据玉梅介绍,16岁时,她同一个女社员一起去放牧,中午在草地上睡着了。这时,她做了一个梦,梦见她独自一人来到一片空旷的野地,那里有两个湖,一个是黑水湖,一个是白水湖。突然,狂风大作,黄尘蔽日,飞沙走石,湖水掀起滔天波浪。从黑水湖中跳出了一个妖魔,一把拉住她,往湖里拖。她非常害怕,大声呼救,于是从白水湖里又出来一位仙女。仙女轻轻一挥手,立即风息浪静,妖魔也逃回黑水湖里去了。仙女救了玉梅,要带她到白水湖去。她告诉仙女:"感谢您救了我的命,可是我的阿爸有病,我要回去服侍他,请让我回家去吧。"

仙女点了点头说:"好吧,你回去以后,要好好服侍你阿爸,还要把格萨尔大王降伏妖魔、造福百姓的英雄业绩告诉乡亲们。"

回来后,她就得了一场大病,七天七夜不省人事,家里人甚至以为她要死去,十分焦虑。那时正是"文化大革命"时期,队里只有一个赤脚医生,给她打针吃药。第八天玉梅终于醒了过来,但嗓子哑了,一句话也说不出来。一个多月后,才能说话。病好以后,玉梅的嗓子不但不哑,反而比以前更好了,嗓音清脆圆润,悦耳动听。据她介绍,那时她觉得自己忽然懂了好多格萨尔的故事,老想对别人讲,不讲心里不舒服,憋得难受。有一次,她给乡亲们讲了七天七夜,累得嘴里都流出了血,但仍然抑制不住,想继续讲下去。

一年多以后,她的阿爸去世了,那时她刚满 18 岁。从此,玉梅就开始说唱《格萨尔》了。1980 年,西藏出版局的同志发现了玉梅,请她到拉萨录音。迄今为止,玉梅说唱的《格萨尔》共有 70 余部,其中有 18 大宗、48 小宗,以及史诗的首篇数部与结尾部。她说唱的小宗很有特色,有些是她独有的篇章。

据她身边常年工作的学者介绍,玉梅并不是一个十分聪明的人。她来拉萨已经二十多年,但自己去过的机关、商店和街道的名称却记不住,而且一进城往往迷路。很多同她经常接触的同志,尤其是汉族同志的名字,她更是记不住。但是,在说唱《格萨尔》时,那么多人名、地名和神名,以及武器和战马的名称,她却记得清清楚楚,还把它们之间的关系讲得明明白白,表现了惊人的记忆力、理解力和表达力。

玉梅的表演艺术很有特色。她是个文静腼腆的人,平时开个玩笑,她都满脸通红,但在说唱《格萨尔》时,却像换了一个人。她感情丰富,随着《格萨尔》情节的发展变化,或惊,或险,或赞,或叹,或褒,或贬,或嗔,或怒,表现出各种感情色彩,以加强表达效果。

由于历史的原因,在藏族社会里,能够说唱《格萨尔》的女艺人比较少,玉梅是她们中的一位佼佼者,是一位优秀的、不可多得的说唱艺人。在说唱《格萨尔》的艺人中,玉梅是个幸运儿。她生在新中国,得到了政府的关怀和重视,成为第一个被国家录用的《格萨尔》职业艺人。

然而,时隔二十多年之后,玉梅在人们的印象中却逐渐变为一个普通人,因为她现在很少说唱,许多人反映她现在已不能说唱了。李连荣在他的《格萨尔学刍论》中认为:"现在摆在我们大家面前的是一个非常头疼的问题,即很多人说,玉梅的说唱乱极了,无法笔录和整理,这就宣告了一位艺人的'死亡',这对于西藏《格萨尔》的抢救来说是成功还是失败呢?有一部分学者解释说,这是玉梅进入城市后受到的干扰太大而造成的;另一部分学者说,是因为她的脾气不好,多病造成的;更有人认为,是她学了文化以后受到文字的干扰造成的。初看起来,这些说法都有道理,而且,有学者指出今后发现艺人后,绝对不能让他们进城或成为国家干部,这似乎成了'玉梅问题'反思后的定论。"①关于玉梅目前较少说唱的问题,社会上有诸多的议论。在对 90 后大学生艺人斯塔多吉访谈时,斯塔多吉也谈到玉梅当前的状况。他说,曾经听过玉梅说唱的录音磁带,他认为玉梅之所以不再能说唱,很大程度上是因为她的心已经不在《格萨尔》上了,用他的话说是"有了心病"。并且他还说,她现在类似于社会上的"女巫",像算命先生一样,而不再是纯粹的《格萨尔》神授艺人。她现在说唱《格萨尔》就好比女巫"降神"一般。"我看过我们家乡的降神。他们就打着小鼓跳着,嘴里哼哼着。我那天听到玉梅唱《格萨尔》就跟这个一模一样,她说了什么根本听不懂。"斯塔多吉认为这是因为她被生活中很多其他的事情困扰,心思已不在史诗说唱上。她说唱时,格萨尔不再存在,或者说她说唱的已经不是真正的《格萨

---

① 李连荣著:《格萨尔学刍论》,北京:中国藏学出版社,2008 年,第 260 页。

尔》了。① 以上说法都可能有部分的原因，但笔者认为，最关键的问题是由于她职业身份的变化所导致的。职业身份的转变导致了她在拉萨这样一种全新的都市环境下生活。根据维柯的理论，人的思维形态有两种，一种是非理性的，而另一种是理性的。他们是属于两种截然不同的思维范畴。前者是感性、想象和隐喻的，后者是理性、推理和求证的。格萨尔艺人在演述史诗文本时所应用的便是一种非理性或诗性的思维，诗性思维和神话意识是史诗创作的思维基础。藏族的边缘地区一直以来都保持着这种神话意识和诗性智慧，至少在格萨尔流传地区如此。但当下绝大多数城市和部分农村地区开始去神话化、去神性化。诗性智慧赖以存在的基础已经或正在被瓦解。然而当她进入城市后，所面对的是一个现实的、理性的环境，不得不用新的思维方式去理解想象中的世界和现实中的世界，这样使其创作史诗文本的思维系统遭到冲击。这就牵涉到诗性智慧的颓败问题。正如维柯所认为的，正是人类推理能力的欠缺才产生了崇高的诗，崇高到后来的哲学家们尽管写了无数的诗论和文学批评的著作，却没有创造出比得上神学诗人们更好的作品来，甚至妨碍了崇高的诗的出现。② 现代语言中丰富的抽象词语以及与之相对应的抽象思想，使现代人的心智脱离

---

① 根据 2011 年 11 月李永娟前往拉萨采访斯塔多吉时的访谈记录。西藏大学的朗杰老师解释道："玉梅所说的《格萨尔》中好多唱词我们都听不懂。她的那种唱法和调子很像巫师降神。因为那曲和昌都这两个地方的《格萨尔》说唱有点不一样。昌都这边的说唱都很有气势，像男孩子那种刚阳之气。那曲这边的说唱有点像女孩子那种，稀稀拉拉，没什么气势。本来就有这个差别。玉梅不仅来自那曲，还是个女孩子。所以她的说唱就有点像巫师降神的时候呼唤神灵那样，风格上就不像《格萨尔》说唱。玉梅是二十多岁被发现的。因为当地女孩子说唱《格萨尔》的很少，所以对她很重视。到拉萨之后，她一直跟扎巴老人有联系，扎巴老人也经常指点她怎么说唱。最后她差不多能唱几部。后来分到社科院之后，她宴请的人多，场合见多了，吃得好了，穿得好了，也开始会玩麻将了，慢慢就成现在这个样子了，至今也没什么精彩的本子，只勉勉强强整出来一部，因为她需要评职称。环境的影响、生活的影响，条件太好了也不行。"

② ［意］维柯著，朱光潜译：《新科学》，北京：商务印书馆，1989 年，第 187 页。

了感官,现代不仅再也无法想象出诸如"具有同情心的自然"那样巨大的虚幻的形象,也同样没有能力去体会原始人的巨大想象力,因为原始人内心世界中丝毫没有抽象、洗练或精神化的痕迹,他们的心智完全沉浸在感觉里。① 同样,后现代语境下的城市化环境使玉梅的思维从隐喻和感性的世界中摆脱出来,逐渐进入了理性的世界,从而使她推理能力增强,感性和想象等诗性思维颓败,致使她的说唱技艺日渐退化。

（此文辑自诺布旺丹《艺人、文本和语境 文化批评视野下的格萨尔史诗传统》,西宁:青海人民出版社,2014年,第227—231页）

---

① ［意］维柯著,朱光潜译:《新科学》,北京:商务印刷馆,1989年,第184页。

赵秉理《格萨尔学集成：第 5 卷》节选

《格萨尔》艺人"神授"之谜
高　宁

《格萨尔王传》作为一部卷帙浩繁、气势宏大，具有极高文学欣赏价值和学术研究价值的伟大史诗，得到中外学者的瞩目。但据笔者所知，在所谓的史诗"神授"方面的研究尚无确切的定论。各地《格萨尔》演唱艺人的"托梦""神授"等现象是一个令人惊异且疑惑不解的问题。本文旨在前人研究的基础上，对部分优秀艺人进行分析研究，试图对"神授"现象提出一点新的认识，作一些常规性的推论。

一

《格萨尔》史诗，据不完全统计有 70 至 100 多部，百万诗行，千万文字，"演唱一遍要 10 年 8 年"。然而，它赖以流传下来的载体既不是文人的手稿，更不是印刷的书本，而是一些家境贫寒，目不识丁的说唱艺人。他们是这部世界上最长的史诗名副其实的"活的文库"，其中尤以西藏的扎巴老艺人（1986 年 81 岁时去世）、女艺人玉梅，以及青海的唐古拉艺人才让旺堆等为代表人物。这些优秀的说唱艺人，往往称自己是"神授艺人"，他们所讲的故事不是学来的，是通过托梦或害病，由神传授的，藏语称"巴仲"（Vbab sgyung）。"仲"是故事、传奇之意，在这里专指《格萨尔》史诗；

"巴"是降落、降下之意，直译为"降下的传奇故事"，即是说这类艺人的格萨尔故事是自天而降的。

老艺人扎巴，能唱42部史诗，据他自己说，他自幼酷爱史诗，常为听史诗忘记了干活、吃饭，十一、二岁时就会讲一些有关格萨尔的故事。20岁时，他做了一个梦，梦见菩萨剖开他的肚子取出五脏六腑，装进写有《格萨尔》的故事书，并告诉他，不用去学，你醒来后就会讲，你要到处传唱，让僧俗百姓都知道雄狮大王格萨尔的业绩。托梦之后，老人便会讲更多的生动故事了。女艺人玉梅的情况就更有传奇色彩了。她能讲70多部《格萨尔》，她从小听父亲说史诗，但父亲从未专门给她传授过。16岁时，她同女社员去放牧，来到错那（黑水湖）和错嘎（白水湖）旁，中午在草地上睡着了，梦见从黑水湖中出来的妖怪与白水湖中的仙女争夺她，仙女对妖怪说：她（指玉梅）是我们格萨尔的人，我要教她一句不漏地将格萨尔的英雄业绩传播给全藏的老百姓。玉梅梦醒后大病一个月，躺在床上不吃饭，不说话，眼前看到的全是格萨尔的故事。后来绒布区热丹寺的永贡活佛去她家，念经并为之开启智门，四五天以后她便好起来，从此便会说唱了。现被青海省《格萨尔》研究院以副高级职称待遇录用的专职艺人才让旺堆，是一位能讲140多部《格萨尔》的巴仲艺人，8岁时，一次部落纷争，使他一家家破人亡，13岁时，孤身一人游遍西藏，来到冈底斯山和纳木错神湖转绕磕拜，历时13个月。一天，当他完成还愿，小憩在神湖畔时，因疲惫不堪睡着了，随后做了一个梦，梦见千军万马拼杀鏖战，梦见许多人从一座城堡中搬运财宝，梦见武士驱逐着牛羊，梦见胜利者在向百姓发放战利品。梦时断时续，一直做了七天七夜。醒来后，他身患重病，从此开始说唱《格萨尔》。

巴仲之梦，神奇迷离意味深长，我们细细品味这些不尽相同的梦，尽管扑朔迷离，但所有这些梦却有着惊人的相同之处。其一，巴仲之梦均为神授,所含色彩都与《格萨尔》所含的神话色彩相一致。其二,巴仲之梦运用的梦之材料都是从属于《格萨尔》或服务于《格萨尔》的史诗之梦。神授艺人大多自称童年时做过奇怪的梦,梦醒后不学自会。他们做梦的内容不外乎是《格萨尔》中的若干情节,或史诗中的一位神、一位英雄指示他们终生说唱《格萨尔》,使他们产生了一种使命感,于是醒来后,便开始了宣扬格萨尔丰功伟绩的说唱。正如杨恩洪女士在《民间诗神——〈格萨尔〉艺人研究》一书中说得那样:"由于他们大都没有文化,尚无法理解做梦及梦的产生这一复杂的生理现象,遂依据传统观念,把梦中形成的故事归结为神佛所赐予,是神佛指示他们去说的,故他们自称为神授艺人。"艺人们自己的解释神乎其神。但是这些民间艺人是真诚的、淳朴的,他们不会,也没有必要编造谎言。于是,这个令人迷惑的现象又被蒙上了一层神秘的色彩。同时,这一客观事实,能否做出令人信服的科学解释,是摆在史诗研究者面前的重要课题。

二

欲解其谜,有人把目光转向了两千多年前希腊的大理论家、思想家柏拉图。在其著名的《文艺对话集》的《伊安篇》中,柏拉图说道:"凡是高明的诗人,无论是在史诗或抒情诗方面,都不是凭技艺来做成他们的优美诗歌,而是因为他们得到灵感,有神力凭附着。……不得到灵感,不失去平常理智而陷入迷狂,就没有能力创造,就不能作诗或代神说话。"他还说:"最平庸的诗人有时也唱出美妙的诗歌,神不是有意教训这个道理吗?"柏拉图的这番论述是针对古希腊行吟诗人伊安吟诵荷马史诗而发的。伊安承认自己只有本领吟诵荷马史诗,一谈到荷马就专心致志,意思源源而来,而提到其诗人就打瞌睡,这种情况正如藏族文盲说唱艺人,一说到格萨尔就滔滔不绝、神采飞扬,而平时教他们学文化,他们打不起精神,甚至几年学不会藏文拼音。可见时间无独有偶,他们的共同特点概括起来便是平庸+奇才。柏拉图的文艺思想也可作为这种藏族说唱艺人们关于"托梦""神授""化身"等说法的理论总结。不过,这种理论也许能够得到古希腊人的赞许和承认,对现代人来说它难以直接成为解谜的良药,而更像是一针加重神秘主义色彩的强心剂。尽管如此,把当代西藏高原说唱艺人与远古希腊海滨大理论家联系起来的做法却为人们提供了一个契机。柏拉图的《伊安篇》是最古老的谈艺术灵感的文献,它虽然是唯心的,最终导入不可知论,却又是聪明的,它提出灵感的来源不是技艺知识,灵感也不是在通常的理智状态中表现出来,这的确是文艺创作中的一个特殊现象。近年来,人们开始用现代心理学的无意识学说来解释和分析柏拉图的"迷狂说",取得了一定的进展,既然如此,无意识便也可作为解释文盲艺人这种精神现象的方法,由此下去,从梦、灵感、记忆等方面再解其谜,将不失为一条可取的途径。

三

围绕着梦,人类进行了数千年的思考。多少世纪以来人们对于梦的起因和意义进行过不断探索。人们对梦的研究,皆因传统的析梦之法,对梦的材料涂上了一层神秘的色彩,致使对梦的研究拘囿于僵死的境地,无法走出维谷。释梦的传统中枢,与人类的"童稚"型思维相依并存,蒙上了一层浓厚的图腾意识和神秘莫测的雾障。藏族,作为一个民族,他们对梦这一人类共有现象,也自然而然,无可避免地进行着必要的解释、分析。而对于用思维形式进行艺术创造的巴仲艺人,梦对他们的影响,就更为直接、更为剧烈。我们从巴仲艺人那里,了解到许多他们的梦与说唱《格萨尔》

的启迪渊源的说法。

在进入20世纪后,人们已从传统的梦为"神谕""不可知"的禁锢中挣脱出来,不再把梦列为超然物外神灵作祟的东西,而是归入心理学、思维学的领域细细探究,追寻本质。

科学家钱学森认为:人的大脑既有可以直接控制的显思维,或叫显意识,又有无法控制的潜意识。他说:"我们在科学工作中也有这样的情况,常常一个问题,醒着的时候总是想不起来,不想时,或夜里做梦,却忽然来了。这说明潜意识在工作。"①

刘文英在全面审视了古今中外对梦的研究与探索的基础上,对梦进行了较为详尽和深入的研究。他总结为:"梦是人的潜意识系统对自己生活的反映。只是这里要注意,我们讲的反映乃是一个哲学概念,而不是人们通常所理解的照镜子,梦对梦者生活的反映,同时包含着梦者对自己生活的评价,对自己生活的态度,以及他在自己生活中的忧虑和期望等等。"②

尽管科学家对梦还存在不同的看法和解释,但有一点却是相同的,那就是梦是现实生活在头脑中的反映,其材料来源于头脑中积存起来的各种表象(印象),或者说来源于大脑的意象库,而这一意象库则来源于人类精神生活的历史的积淀,是一种潜意识的表现。

艺人们生活在格萨尔故事广泛流传的环境中,都具备史诗积累的条件,梦可以看作是他们心理愿望的达成。扎巴、玉梅和才让旺堆的梦境得到的是说唱史诗的允诺。这些牧民从事生产劳动,并无意将说唱格萨尔史诗作为自己的追求目标。然而精神追求对

---

① 《钱学森同志与本刊编料部座谈科学思维与文艺问题》,载《文艺研究》1985年1期。转引自杨恩洪:《民间诗神——格萨尔艺人研究》。

② 引自杨恩洪:《民间诗神——格萨尔艺人研究》,北京:中国藏学出版社,1995年,第95页。

任何正常人来讲都是必不可少的,千百年来,《格萨尔》史诗流传于民间,家喻户晓,深受藏族人民喜爱。格萨尔成了能够给藏胞带来幸福的英雄,自然也就成了他们精神向往的目标,由此引起的兴趣更是不言而喻。在文化生活贫乏的边远地区,听人说唱《格萨尔》成了他们舒展记忆,驰骋想象的精神活动,久而久之,格萨尔的故事印在脑海,暗中构成说唱欲望也在所难免。但他们自己并没有这种意识,这种欲望被压抑在心底,通过梦境得到了实现。藏族人民信奉佛教,崇尚神灵,讲求造化,说唱艺人的"梦中神授"主要源于藏族的传统观念与信仰。他们认为人是具有灵魂的,当人活着或清醒时,灵魂是附着于肉体的,当人进入睡眠状态,或人死后,灵魂就脱离肉体而四处游荡。由于灵魂观念的存在,于是用这种观点解释梦,认为睡梦中肉体得到休息,而灵魂可以自由飘行于任何地方,在精神世界中不存在时间概念。因此,梦中灵魂出游,可以在短时间内经历漫长而复杂的事件,正如有的艺人在梦中,亲临格萨尔的战场,或亲自阅读《格萨尔》大部书稿而获得了史诗,或在梦中借助神仙获取说唱格萨尔的能力和允诺。因此,我们认为艺人由于认识上的局限以及在传统观念的影响下,对于奇特而荒诞的梦做出了超自然的解释是可以理解的。

四

说唱艺人的梦境所获与《格萨尔》史诗的关系也带有灵感的特征。尤其是那些才思敏捷、有创造天赋的巴仲艺人,他们在说唱中,有了无法理喻的"神灵附体""灵光反照"等感受,他们一样难以真正从科学的角度认识这种"神象",故而将这种现象归为"神意"。

这种现象,也就是我们常说的灵感。张尧官、方能御在《世界科学》一书中指出：进入20世纪后，有关灵感的研究，随着1981年诺贝尔生理学、医学获奖者斯佩里关于"裂脑人"的研究成果的证实，使得我们能够深入地了解大脑的内部世界，他的大脑两半球功能专门化的发现为我们了解大脑的更高级功能提供了一个全新的轮廓。根据斯佩里的"裂脑人"理论，我们对人类思维活动有了更为科学的解释。通常人的大脑左半球，主要分工负责显意识——抽象思维活动，它与象征性关系和对细节的逻辑分析有关。右半球在认识空间和识别三维图象、欣赏音乐、文学想象等综合化、整体化功能，都优越于左脑。而灵感，主要发生在潜意识，是显意识和潜意识相互通融、交互作用的结晶。潜意识活动是一种开放的、不断增殖的、自我控制的巨大信息加工处理系统。那种具有特定内容的灵感的爆发和产生，首先必须依靠显意识将所追索的课题作为"指令性信息"，以形象、语言、概念的形式输送给潜意识，潜意识在接受信号后，经过反馈、综合等往复多次的筛选加工，一旦信号与自我意识强烈要求迸发的目的相合，便将推论结果迅速显露，从而出现了"满目皆春""心醉神迷"的无限喜悦之情。于是，"口若悬河、手舞足蹈"；于是，在空白的器物上，便有了"时空的变移和风物的转换"……灵感的洪峰决堤，震撼着古今中外一切从事艺术创造者的心扉。正因如此，我们认为《格萨尔》神秘艺人所说的梦中或迷狂状态中得到神谕而会说唱史诗，实际上是显意识和潜意识相互通融、交互作用而获得了灵感。正如奥斯本解释的那样："在(灵感)这个术语的一般用法上，我们常常说当一个人(在他自己或者别人看来)仿佛从他自身以外的一个源泉中受到了帮助和指导，尤其是明显提高了效能或增进了成就之时，那我们势必会说这个人是获得灵感了。对于那样的灵感源泉可以被认为是自然所赐或由某种超自然的神奇力量所赐。"艺人们梦醒之后，说唱格萨尔的冲动势不可遏，说唱时高度兴奋，如醉如狂，而且浮想联翩,出口成章。从表面看,完全是突发性的,实际上有其必然性。一方面,灵感来自实践,而且触发灵感的偶然条件,也是对生活材料的认识得以深化的一个必然的启发性因素。另一方面,每一个艺术家的灵感,往往在特定的环境下产生,如有的在心情安宁时,有的在散步时,有的在浴盆和床上,有的在夜间。由此不难想象,从小生活在边远地区的艺人,文化生活贫乏,而倾听说唱史诗恐怕是他们能经常享受的唯一文化生活,潜移默化而根深蒂固,由于这种特定的客观环境,在梦中或迷狂状态中获得灵感而说唱史诗不仅仅是偶然性,而有其必然性。

当然,在这种客观环境中成长的儿童,并非所有的人都能成为说唱艺人。玉梅姐妹三人,只有她一人成为说唱艺人。应该承认人的智力存在着差异,天才就是指那些智力超常、记忆力非凡的人。然而重要的还是人的主观努力,如勤于思索、长期积累知识。在艺人产生的过程中,两者都不可缺。在十一、二岁这个爱幻想的时期做了梦,或者在情绪高涨时出现顿悟,头脑突然清晰,有如茅塞顿开,于是往日积累的那些素材,都会从游离的状态变成有联系,成为系统的故事,这便是得到了灵感。灵感的出现虽然是偶然的,然而这种偶然性正是孕育于长期积累的必然之中。艺人的梦境灵感正体现了这种偶然与必然的关系。

但是艺人梦境灵感与文人的梦境灵感是有差异的。后者灵感体现在内容构思上,而前者则体现在说唱能力上,仿佛是打开了记忆的闸门,这种差异导致了两种灵感的表现情况不尽相同。文人的梦中灵感有一个特点或弱点——短暂。英国十八世纪浪漫主义诗人柯勒律治说他著名的长诗《忽必烈传》(又名《一个梦中的幻觉》)是在梦中完成,他服了鸦片沉沉入睡,梦中写成一首二、三百行的长诗,醒后其内容记忆犹新,立即提笔,但刚写到五十多行,来人打断,之后思路消失,剩余全部遗忘。而这是我们目前所知的文人梦境之后写下的最长的一首诗。一般认为灵感的突发性、短暂性决定了它不可能担负起数百行的长诗或数万言的小说创作任务。灵感产生之后，还có"继之以躬行力学"，才能完成全部创作，这种观点比较合乎文人创作的实际情况。但对于《格萨尔》史诗艺人来说，情况并非如此。女艺人玉梅认为自己是草地一梦，七天大病之后突然会说唱史诗的。有一次她给乡亲们讲了七天七夜，累得嘴都出血了，但仍然抑制不住想讲下去。艺人才让旺堆，是在断断续续做了七天梦后大病一场会唱史诗的。我们经常看到，当他一打开唱腔，就越唱越兴奋，如醉如狂，不可遏止，再三打断才会停下来等等许多例子。他们都是不识字的文盲，不能照本吟诵，而说唱又是连贯的，脱口而出，不加过多思索，这其中除了梦境、灵感之外，还有一个更重要的因素——记忆。

五

记忆是脑的功能，梦则是脑工作中的一种思维活动，她不是以纯语言表述出来，而是以图象的形式和梦中的语言，为人的内视觉和内听觉系统而感受到的。梦中情景都同人们在清醒非睡眠状态下所感到的一样真实。"巴仲"艺人将自己在梦中感受到的情景有选择地复述出来，将其加入自己《格萨尔》故事的说唱之中。因此"巴仲"艺人们说在梦中学会说唱《格萨尔》故事的说法是可信的。但是这些艺人不识藏文，没有受过正规教育，他们何以对几十万诗行，如此众多的人物、情节、词汇，出口成章、滔滔不绝呢？恐怕除了梦境所获灵感之外，更重要的原因是长期积累、记忆的问题。

心理学家认为记忆是人类的心理过程。从信息加工的观点来看，记忆是信息的输入、贮存、编码和提取的过程。那么人的记忆保存能力究竟有多大？数年前，美国科学家冯·诺伊曼语出惊人："人的大脑能容纳 1 020 单位的信息量。""可相当于当今世界上美国最大的一个图书馆（国会图书馆）藏书总量的 50 倍。该馆约藏书 1 000 多万册，换句话说，人的大脑一生可储藏 5 亿本书的知识。"与这个数字相比，当代《格萨尔》史诗文盲艺人能记住百万诗行、千万文字就不足为奇了。然而，科学家又承认"由于多方面的原因，任何人的记忆都远没达到这种程度。"所谓多方面的原因，对正常人来讲，最主要的是接触外界事物很多，精神文化生活包罗万象，注意力分散各方，识记内容混杂，数量也无法统计，还有识记可分为有意和无意两种，人在社会中常常要进行一些有意识记忆和复习保留。所有这些都会冲淡或埋没无意识记忆，使其效力得不到充分发挥。

相对来说，文盲艺人生活范围小，接触面窄，文化单一，尤其是不能上学读书，使他们在学龄时期省去了绝大多数有意识记忆任务。反过来，无意识记忆得到了充分的展示机会，他们从小喜欢听唱格萨尔并无预定的任务和目的，完全是因兴趣作出这种无意识选择而引起的情绪活动，它无需作出任何努力就能以一定方式在头脑中保存下来，加之识记内容相对单一，体现在数量上更显得超乎寻常。由于这一切都是在不知不觉中进行的，所以潜移默化而根深蒂固，一遇机会，获得灵感，便冲出记忆闸门而滔滔不绝。

艺人们主要生活在牧区，分散的个体的游牧生活，使他们几乎与外界隔绝，而且他们大多出生在极利于他们后天成长为优秀艺人的环境中，自幼就不自觉地接受《格萨尔》故事的熏陶，他们每日朝出暮归，放牧牛羊，如此单调的生活周而复始。他们看到的是无际的蓝天、宽阔的草原和成群的牛羊，心中只有那原始、古朴的格萨尔故事的雄浑曲调。对于他们来说，史诗《格萨尔》几乎是他们记忆的唯一占据者，那些深刻地震撼了他们心灵的故事，在他们心中留下深刻的印记,以至终生难忘。这种记忆属于情绪记忆,它是一种无意识的、偶然的记忆,不是对外界刺激的机械的被动的记录,而是一种积极主动的创造,是有意识记忆无法达到的。正如女艺人玉梅自己所说,她只是从小喜欢听,并无父亲专门传授,"那么多部,教是教不会的,教了也记不住"。

此外,《格萨尔》说唱形式是藏族人民传统的喜闻乐见的形式。这种散韵结合的说唱体,正是吐蕃历史文书中,记载赞普传记的形式,而且在民间文学领域中,叙事诗甚至一些故事也采用这种形式,它易于上口,易于记忆,深为藏族人民熟悉和喜爱。另外《格萨尔》唱词有一个较为固定的套式,每一段韵文唱词基本上分为三大块。第一块为衬词及祈祷部分。是起兴的引子,较为固定。第二部分唱词是主要内容,先要介绍自己的出生、来历,介绍所在地的情况,然后再唱中心内容。第三部分是结尾部,有比较固定的唱词,便于记忆。如果说可以把记忆看成是一种具有"创造性"的过程,那么这样的文盲艺人不仅是《格萨尔》史诗的载体,也是这部古老史诗的当代修订者和创造者。

通过以上论述分析,可以作出这样的推论,史诗《格萨尔》并不是自天而降,也不是"神灵托梦",而是艺人们长期处于史诗说唱环境中,通过识记,积累所得的结果。现代心理学的一个重要贡献就是发现了无意识。它为我们理解梦、灵感、记忆等精神现象提供了更加深邃的理论和方法。本文希望它能成为一块引玉之砖,并由此开拓更广、更深的意识领域。

当然,我们承认,迄今有些问题我们还未能完全解释清楚,因为人类的发展过程也是一个人类对宇宙及自身不断认识的过程,是没有穷尽的,人不是万能的,自有其认识的局限性,还有待于不断探索。现代不少科学家致力研究人体特异功能、第六感观、大脑记忆贮存的自动编码机制等一系列关于人类的盲点,这是非常有意义的工作,相信随着这些研究的推进,有利于进一步理解《格萨尔》精深博大能包容藏族文化这部巨著的成因,对"梦传神授"这个东方神秘幽谷得出更令人满意的答案。

（此文辑自赵秉理编《格萨尔学集成：第5卷》,兰州：甘肃民族出版社,1998年,第3602页。原载《西藏研究》1997年第4期,第96—104页）

马学良、恰白·次旦平措、佟锦华主编
《藏族文学史·上册》节选

说 唱 艺 人

年轻的女艺人玉梅是西藏那曲专区索县的一个牧民。她的父亲也是一位说唱艺人。据她自己介绍,小的时候听她父亲讲过《格萨尔》,但没有专门教过。在她十七岁那年,父亲去世了。从那以后,她才开始说唱《格萨尔》。

据玉梅自己讲,她会说唱70部,是自报篇目最多的一位(部数和章节的划分,每个艺人各有特点,并不能完全说明篇幅多少),其中有3部,即《梅岭之战》《塔岭之战》和《亭岭之战》是手抄本和木刻本里没有的,也是其他所有的艺人没有讲过的。现在已讲了十多部。从已经录了音的部分来看,玉梅确实是一位很有特色、很有才华的艺人。老艺人扎巴听了她的演唱后,称赞她"讲得很好,很有特色。"玉梅的表演艺术,也很有特色。她是个文静腼腆的人,平时开个玩笑,都满脸通红,但在说唱《格萨尔》时,却像换了个人,如同演员进入角色一样。她感情丰富,随着情节的发展变化,或惊,或险,或赞,或叹,或褒,或贬,或嗔,或怒,表现出各种感情色彩,以加强表达能力。

青海省果洛藏族自治州玛沁县有位说唱艺人叫次登多吉,自称是霍尔国白帐王属下大将辛巴的化身,最擅长讲《辛巴诞生史》,这是现有的手抄本、木刻本所没有,也是其他艺人没有讲过的。次登多吉有个特点,说唱前一定要先喝一点酒,这样越讲越动

感情,讲得激动时,就站起来,连比带画,有时朗声大笑,有时失声痛哭,感情奔放,简直不能控制自己,犹如鬼神附体,处于一种迷狂状态,如同柏拉图在《伊安篇》中所描述的那样:"失去自主,陷入迷狂,好像身临诗所说的境界。"他一面手舞足蹈,一面说唱。美丽的诗句犹如江河奔流,滔滔不绝。说明他有惊人的记忆力和卓越的艺术才华,当地群众很喜欢听他说唱。而在其他方面,他同普通的牧民完全一样,智力平常,甚至有几分"傻气"。

其他如西藏的阿达、玉珠、格桑多吉、桑珠,青海省果洛藏族自治州的昂仁、古如坚赞、次仁旺堆等,都是一些很有才华,很有特色的说唱艺人,他们都能讲很多部,在当地群众中有很高的声望。

这些民间艺人,有一个共同的特点,就是不识字,全凭记忆。他们在演唱时也很有激情,就像演员进入角色,完全忘记了"自我",如醉如痴,如癫如狂。

史诗演唱者的这种情况,看来不是藏族民间艺人所独有的。早在两千多年前,柏拉图(公元前427年至347年)就注意到这种现象,并做了认真的研究。在他的名著《文艺对话集》的第一篇《伊安篇》里,就专门讨论了这一问题。

伊安是当时希腊一位著名的行吟诗人,以吟诵荷马史诗著称。

柏拉图反复强调,伊安(还有其他行吟诗人)解说荷马史诗,"不是凭技艺知识,而是凭灵感或神灵凭附"。若论专业技艺知识,诗人和诵诗人在谈驾马车时比不上车夫,在谈打鱼时比不上渔夫。

这种关于灵感或神灵凭附的说法,同《格萨尔》艺人们关于"托梦""神授"和"化身"的说法,完全相同。把这种说法简单地归结为唯心主义或神秘主义的迷信观点,是极容易的事,但并不能把问题讲清,如果仅仅说他们有惊人的记忆力,也还不能说明全部问题。要是说他们的记忆力和理解力特别好,在学习、背诵《格萨尔》时是这样,在学习、背诵其他文学作品,乃至学习科学文化知识时,也应该表现出同样好的记忆力和理解力。恰恰相反,在其他方面,他们的智力显得很平常,甚至表现得比普通人还要差一些。一个普通的藏族人,只要努力,半个月就可以学会藏文拼音,几个月后,便可以达到粗通文字的水平,阅读一般的书报。但玉梅等人断断续续学了几年,至今也没有学会藏文拼音。对学习也缺少热情。但在说唱《格萨尔》时,却表现了惊人的记忆力和高度的热情。在极"左"思潮影响下,扎巴老人因说唱《格萨尔》而多次遭到批斗。他曾被迫三次写保证书,发誓今生今世再也不说唱。但一有机会,他就憋不住,不惜"背叛"誓言,还是要说。要知道,在一个宗教信众数量极大的民族当中,背叛誓言、被认为是莫大的罪孽,而受到社会舆论的谴责,自己也要深自忏悔,念经拜佛,以赎罪孽。墨竹工卡县的艺人桑珠,十年动乱中禁止他说唱史诗,让他去放羊,他却憋不住,经常偷偷地对着羊群说唱。后来他对人说,不讲心里难受。可是让他们背诵语录时,连几条短的,也记不住,常常因此而受到批评。

这究竟是什么原因,怎样解释这种现象呢?

看来早在两千多年前,柏拉图就注意到这种情况,并试图做出自己的回答。他说:

"诗人创作都是凭神力而不是凭技艺,他们各随所长,专做某一类诗……假如诗人可以凭技艺的规矩去制作,这种情形就不会有,他就会遇到任何题目就一样能做,神对于诗人们像对占卜家和预言家一样,夺去他们的平常理智,用他们作代言人,正因为要使听众知道,诗人并非借自己的力量在无知无觉中说出那些珍贵的词句,而是由神凭附着来向人说话。"

柏拉图在列举一些事实之后,强调地说:"最平庸的诗人也有时唱出最美妙的诗歌,神不是有意借此教训这个道理吗?"(柏拉

图：《文艺对话集·伊安篇》，北京：人民文学出版社。）

我们当然不能赞同柏拉图关于"神"教人作诗这种唯心主义的观点。但也应该承认，他的这些论述，反映了某种客观现象。他涉及诗歌创作中的某些特殊现象和艺术的特殊规律，以及史诗演唱中一种较普遍的现象。这种现象，两千多年前的伊安解释不清楚，今天的扎巴、玉梅等艺人自己也解释不清楚。在说唱《江格尔》和《玛纳斯》的艺人当中，也遇到了相似的情况。

如果说在旧社会，艺人们用"神授""托梦"等说法，借以保护自己不受农奴主的迫害，并以此将抬高自己的社会地位，可是在今天，有什么必要编出这些离奇的故事？我们应该相信这些民间艺人是真诚的、正直的、纯朴的，他们不会、也没有必要编造谎言。我们在同民间艺人接触的过程中发现，谁要是对他们的说法表示怀疑，他们就认为你不信任他，不尊重他，再也不会同你交谈。那么，应该怎样看待这些现象呢？像扎巴和玉梅讲的那些梦，不一定是假的。当艺人们完全沉浸在《格萨尔》故事当中，完全进入自己创造的艺术境界，也就是说进入"角色"之后，会达到忘我的地步，全神贯注，出神入化，把自己的感情全部溶化进去，不讲不行，不讲憋得慌。加上我国涉藏地区这样一个特殊的社会环境，艺人们都不同程度地信仰佛教，有的人的宗教感情、宗教观念十分强烈。"日有所思，夜有所梦"，他们白天说唱，夜晚梦见格萨尔或菩萨、仙女显圣，是完全可能的。白天想讲，晚上做梦；晚上做了梦，白天更想讲，激情更充沛，讲起来也更顺畅，犹如泉水奔涌，瀑布飞泻，连自己都会感到惊讶，不能充分认识自己的聪明智慧和艺术才华，而以为真是神灵附体，或"诗神"显圣。

柏拉图说诗神"夺去他们的平常理智"，让艺人们专心致志地去吟诵某个诗人的某部作品，这里除去他唯心主义的不可知论的成分，是有一定道理的，反映了某些客观事实。就拿《格萨尔》艺人来讲，每个人都有自己的个性和特长，偏爱某一部，擅长讲某一部，或者喜欢某一个英雄人物，甚至反面人物。如扎巴擅长讲《仙界遣使》《门岭大战》等部；玉梅喜欢讲《嘉察诞生史》《塔岭》等部；昂仁讲得最好的是《赛马称王》；次登多吉最拿手的是《辛巴诞生史》和《霍岭大战》下部；那曲地区的老艺人阿达最擅长讲《赛马称王》里的赛马部分和"马赞"。

作家在创作时有个"心灵敏感区"。它对生活往往不是一视同仁、平均对待的，并不是任何一种生活现象都能激发起作家的创作冲动和欲望。只有与这个"敏感区"频率相同的那种生活，才会引起作家心灵的震荡，促使作家把它化为内心现象，贮藏在记忆的仓库里，然后有可能鼓起想象和联想的翅膀，进而转化为艺术创造。

评论家也有个"心灵敏感区"。为评论家真正熟悉、理解和热爱的作品，评论家才能够对它们说出鞭辟入里的真知灼见，如同屠格涅夫所说的那样，道出"自己的声音"，"自己个人所有的音调"，而不是每一部作品都同样地能引起评论家的注意，并产生研究和评论的兴趣。

同样的道理，每个优秀的艺人，都有自己的特点和风格，也有一定的天赋，能够唱出"自己的声音"。他们既互相区别，又互相补充，汇总起来，便构成规模宏伟、气势磅礴的英雄史诗。

（此文辑自马学良、恰白·次旦平措、佟锦华主编《藏族文学史·上册》修订再版，成都：四川民族出版社，1994年，第264—269页）

杨恩洪《史诗〈格萨尔〉说唱艺人的抢救与保护》

【摘要】《格萨尔》说唱艺人是史诗的创造者、传承者、传播者,他们用惊人的记忆和创造性的叙事才华铸就了堪称藏民族百科全书的英雄史诗《格萨尔王传》。对他们进行有效的抢救与保护,就是对藏民族独特口头传统的保护,也为保留我国与世界文化的多样性贡献了一份力量。

【关键词】史诗;史诗《格萨尔》;说唱艺人

《格萨尔王传》(简称《格萨尔》)是一部流传在青藏高原、迄今为止世界上最长的史诗。时至今日,它仍然被藏族人民喜闻乐道并口耳相传,是难得的活形态史诗。而世代相传,将它从远古带入现代社会的主要是那些名不见经传的文盲艺人,他们是史诗的创造者、传承者、传播者,他们用惊人的记忆和创造性的叙述才华铸就了堪称藏民族百科全书的长篇英雄歌。

然而,过去这些说唱艺人社会地位低下,他们大多乞讨为生,浪迹高原,说唱史诗。20世纪80年代,这部史诗的抢救工作列入了国家重点项目,遂在史诗流传地域进行了普查,除收集民间流传的抄本、刻本外,对于发现的优秀艺人的说唱进行了录音、整理及出版。一些说唱多部的艺人被请至大学及研究机构,由专人进行录音,至今共录音五千多小时,经整理后出版的艺人说唱本达35部,艺人研究也日益引起了学者的关注,应该说,我们把握住了时机,进行了最有效的抢救与保护,取得了引人瞩目的成绩。

现代化进程的推进,过去当地封闭的生活环境的改变,史诗流传地区牧民从游牧到定居生活方式的变化,标准化教育在年轻人中间的逐步普及以及旅游业的兴起等等,对这种传统的口头传承文化的方式构成严峻的挑战。近年来,一批老艺人相继辞世,"人亡歌息"的局面已经出现,口头传统的逐渐弱化直至最后的消亡正在发生。为此,抢救与保护说唱艺人,保护独特的口头传统,是摆在我们面前刻不容缓的任务,又是我们义不容辞的责任。

我们的举措是:总结过去二十余年来对艺人抢救与保护的得与失,面向未来,陆续建立一批《格萨尔》口头传统基地,进行长期的田野跟踪观察和定点研究,以学术性研究带动对策性的保护措施,在史诗文化生态中,开展艺人及说唱传统的保护。

本文拟就《格萨尔》说唱艺人的地位与价值,20世纪80年代以来我国对于《格萨尔》采取的有效抢救与保护,《格萨尔》口头传统在21世纪面临的挑战,抢救与保护口头传统的思考与举措等问题进行探讨,为世界非物质文化遗产保护提供可资借鉴的理论依据和现实例证,以唤起人们对于非物质文化遗产的更深刻的保护意识。

一、英雄史诗《格萨尔》说唱艺人仲堪[①]的地位与价值

被誉为"东方伊利亚特"的《格萨尔》,是迄今世界上最长的一部英雄史诗,同时也是至今仍被人们传唱的一部活形态史诗。它

[①] 藏语意为《格萨尔》艺人,"仲"在这里特指史诗故事,"堪"意为人,指从事某种职业的行家、精通者。根据藏族艺人在民间的称谓,他们大体分为以下五类:巴仲——神授艺人,丹仲——照本吟诵艺人,退仲——闻知艺人,德尔仲——掘藏艺人,扎堪——圆光艺人。其中最重要的一类为神授艺人,即通过所谓梦授无师自通的文盲艺人。他们具有超人的记忆,可以说唱少则十部,多则上百部的史诗,是我们抢救的主要对象。见杨恩洪:《民间诗神——〈格萨尔〉艺人研究》,北京:中国藏学出版社,1995年,第72—83页。

反映了藏民族从分散、原始的氏族社会逐渐向统一的封建社会过渡的历史进程。在表现这一重大历史变革的长篇叙事中,藏族古代社会的历史、政治、经济体制、生产劳动以及当时人们的道德规范、审美情趣、民风民俗和语言文学等均得了极好的体现,堪称一部研究古代藏族社会的百科全书,是"表现全民族的原始精神"的"一种民族精神标本的展览馆",是具有"永久价值的全民族的经典"。①

在漫长的历史进程中,这部民族的宝贵经典,主要依靠那些不识字的民间艺人以口授心记的形式保存和传播,他们创造了史诗,并在长期的传诵中不断丰富和完善之。这部史诗成为人民群众集体智慧的结晶,是在特定时代的文化境域中产生的不可再造的文化标本,那些没有留下姓名的世代民间说唱艺人当之无愧地被誉为中国的荷马。

然而,人类对于自身所创造的非物质文化财富的认识,总是滞后于对物质财富的认识,这使得人类付出了巨大的代价,这也是许多西方学者更热衷于东方文化的原因之一,他们是在追求高速度的工业现代化过程中丢失了传统以后,希图在东方古老的文化遗存中找回自我。先辈们创造的非物质文化遗产一旦失去,将永远不能复得,当然,随着时代的前进,人们对非物质文化的口头传统处于不断认知的过程中,我们高兴地看到,在这一领域里,人们的认识是经历了一个怎样的飞跃过程:世界上越来越多的人把他们关注的目光投向了那些濒临衰亡的文化事象,即将消亡的民族文化传统,凝聚着民族精神的民俗事象、艺术载体及失传的小语种等等。可喜的是,联合国教科文组织近年发起的保护非物质文化遗产的举措,世界非物质文化遗产名录的确认,极大地唤起了人们的

---

① [德]黑格尔:《美学》第三卷下册,北京:人民文学出版社,1959年,第14页。

热情与关注,它将对人类文化多样性的保护及可持续发展产生不可估量的作用。

在经历了长达十年的文化劫难后,20世纪80年代初的中国,把对各民族传统文化的关注再次提到议事日程上。全国范围《格萨尔》的抢救与搜集、整理正是在这时开始启动的。

50年代末,青海省曾经组织了作为向国庆十周年献礼的项目——抢救在民间流传的史诗《格萨尔》。项目获得了大量的民间流传的文本——手抄本和木刻本,并组织人员将其中主要的章部进行汉译。这些资料虽经"文化大革命"的洗劫,但大部分仍然得到保存,是《格萨尔》研究领域弥足珍贵的资料。但是当时的调查也留下了一些遗憾,即对于说唱艺人的调查关注不够,使我们失去了了解当时口头传承特点的机会。

此后,对于艺人在史诗产生与传播中所具有的重要价值的认识,是随着抢救史诗的不断深入而逐渐获得的。人们逐渐达成的共识是:口头说唱产生在书面文本之前,并自始至终保存至今,艺人大脑中记忆的史诗故事较搜集到的文本更加全面、更加丰富。另一个观点也在逐渐被人们接受,那就是被记录成文字的史诗文本与在民间被艺人传唱的史诗相距甚远,《格萨尔》不仅仅是文学,而更是一种与民间信仰、民俗事象紧密相连的口头演唱活动,它离不开特定的演唱环境、音乐、调式、表演以及与受众的感情交流。[1] 为此,走向民间寻访艺人和田野调研成为了解史诗、打开史诗传承之谜的一把钥匙。我就是在与民间说唱艺人的广泛接触中,从他们那里学到知识的同时,更加认识了他们在史诗产生与传

---

[1] 帕里—洛德的理论在我国的推介始于20世纪末。该理论以历史语言学为方法论,对口头传统史诗的句法结构、文本类型、格律、程式、主题及故事模式进行以文本为主要对象的研究,对于我国学者此前进行的历史文化角度研究是一个很好的补充。

播中的重要价值。①

在我国涉藏地区,《格萨尔》有两种传播途径:一是世代说唱艺人的口耳相传,即口头传播;二是手抄本、木刻本的流传,即书面传播。口头传播是史诗流传的主要途径,且贯穿于史诗从产生、发展直至转变为书面文学的全过程。可以把这一传播过程大致概括为以下四个阶段:

1. 史诗产生的初始阶段,以口耳相传的说唱形式为唯一的传播途径。此时的史诗故事尚处于比较简单的多章节的叙述阶段。②

2. 文人特别是宗教人士对史诗的部分章节记录、整理、加工,形成手抄本的阶段,即口头说唱与手抄本的传播共存的阶段。抄本由于数量有限以及当地看懂藏文的人多属上层人士,对于文盲艺人的口头说唱影响不大。

3.《格萨尔》受到宗教人士重视后,部分章部得到刻板印刷,产生木刻本,这时成为口头说唱与手抄本、木刻本③共存的阶段。其间,由于民间丹仲艺人(懂文字、照本说唱的艺人)的出现,在记录民间说唱的基础上经过加工而产生的文字版本对于艺人的口头说唱也有一定的规范作用。

4. 大量铅印本发行、流传,艺人的口头说唱趋于消亡,以至口头说唱最终被书面传播所替代目前正处于史诗传播的第四阶段。

---

① 杨恩洪:《民间诗神——〈格萨尔〉艺人研究》,北京:中国藏学出版社,1995年。

② 笔者认为,由德国传教士 A. 弗兰克从一位 16 岁女孩口中记录的拉达克版本(《格萨尔传奇的一个下拉达克版本》,发表在《孟加拉皇家亚洲协会》1941年,加尔各达)以及国内流传的由青海贵德县藏族艺人华甲提供的贵德分章本(王沂暖先生与华甲合作翻译成汉文,甘肃人民出版社于 1981 年出版。可惜的是,其藏文原文手抄本已遗失,属于较早期的文本。

③ 据20世纪80年代收集到的《格萨尔》抄本、刻本统计,抄本289本,除去异文本,约有 80 部,刻本只有 7 部。这些用文字记录下来的史诗文本只是《格萨尔》史诗的一部分,民间艺人保存了更加全面、更加丰富的故事。

20世纪80年代尚在民间说唱的神授艺人(当时普查约有26人),大部分相继辞世,目前仅剩8人,尽管如此,由于当地文盲人数比例甚高,口头说唱仍在史诗传播中占有重要位置。

然而,在新中国成立前,《格萨尔》说唱艺人在传承民族文化方面所做出的贡献与他们的社会地位形成了鲜明的反差,他们生活在社会的最底层,过着浪迹高原、以说唱为生的乞讨生活。西藏民主改革以后,史诗艺人与广大翻身农奴一样当家做了主人,他们分得了土地、牛羊、草场,过上了安定的生活。20世纪80年代以后,由于《格萨尔》的抢救工作被列入了国家级的重点项目,对艺人价值的认识也在逐年提高,一些杰出的艺人被表彰并命名为《格萨尔》说唱家,其中的优秀艺人被请进科研单位,由科研单位组织专人对他们的说唱进行录音、整理、出版。这一切充分体现了国家对民族文化遗产的重视。

《格萨尔》在雪域高原流传千余年,为藏族人民世代吟诵,口耳相传,至今尚无一套完整的版本存世。正是因为作为这一长篇巨制的载体的说唱艺人的存在,我们记录、整理、出版较为完整的史诗《格萨尔》成为可能。①

二、我国对《格萨尔》采取的有效抢救与保护

20世纪80年代初,抢救民族文化遗产的历史重任责无旁贷地落在我们这一代人的肩上。史诗《格萨尔》的抢救与整理被列为国家哲学社会科学"六五"重点项目,(此后,又被连续列为"七

---

① 著名艺人扎巴(1906—1986)的说唱录音998小时,26部由西藏大学《格萨尔》研究所记录整理,并将陆续在民族出版社出版,现已出版8部。今年82岁的桑珠艺人说唱录音近2 000小时现由中国社会科学院民族文学所与西藏社会科学院合作,成立课题组,组织专人进行记录、整理,共45部,计划在近期陆续全部出版,目前已经出版20部,除散文部分外,仅诗行就约有十万行之多。

五""八五"及中国社会科学院重点项目。)一场大规模的普查与抢救《格萨尔》的战役拉开序幕。

首先,在全国成立了由文化部、国家民委、中国文联(中国民间文艺家协会)、中国社会科学院四部门领导及七个史诗流传省区(西藏、青海、甘肃、四川、云南、内蒙古、新疆)领导参加的"全国《格萨(斯)尔》工作领导小组"(在蒙古族地区流传的史诗称《格斯尔》),其常设办公室设在中国社会科学院民族文学所,负责组织、协调全国的普查与抢救工作,与此同时,在上述七个省区都成立了相应的抢救办公室或研究所。在长达20年的时间里,对这部史诗开展了有效的抢救与保护,取得了引人瞩目的成就。主要成绩如下:

1. 在普查的基础上,先后共发现尚活跃在民间的说唱艺人一百四十余位,加上已知去世的著名艺人,如蒙古族艺人琶杰(1902—1960)、土族艺人贡布(1900—1974)及藏族艺人扎巴(1906—1986)等,共计一百五十余人。可以肯定地说这仍是一个不完全的统计,而中华人民共和国成立前艺人的数字会多于这一统计,在普查的基础上,各省区组织专人对优秀艺人进行了录音。这些优秀艺人被请进地方社会科学院、大学及研究所,他们的说唱被集中抢救与录音初步统计,目前积累的艺人说唱录音已超过5 000 小时,尚保留了一些艺人录像资料。随着年老艺人的逐年辞世,这些音像资料将为史诗学界提供研究口头传统的重要依据。此外,各地区共搜集到各类手抄本、木刻本289部,排除异文本,计80部。①

2. 20年来,在抢救的基础上共出版各类藏文本《格萨尔》105

---

① 数字是在20世纪80年代统计的,在289部中,手抄本260部,木刻本29部,除异文本手抄本79部,木刻本8部,共计不同版本80部。目前所知最早的手写本为18世纪的藏族文学家多仁·单增班觉在1779年完成的《格萨尔的故事——征服霍尔》;刻本产生的时间约为19世纪末20世纪初,多为德格刻板印刷版本。

部,其中包括财政部专项拨款的中国社会科学院重点项目《格萨尔》精选本 8 部(拟出版 40 部),艺人桑珠说唱本 20 部(拟出版 45 部),《格萨尔》文库(科学版)4 部,艺人科学版本 1 部(拟出版 10 部);蒙文本《格斯尔》22 部;土族本 2 部;藏译汉 30 部;蒙译汉 5 部。

3. 在抢救的同时,开展了对于史诗《格萨尔》的多角度研究,取得了丰硕的学术成果,建立了一支由藏、蒙古、汉等民族组成的近百人的学者队伍。共召开了五届国际《格萨(斯)尔》学术研讨会(成都,1989 年 11 月;拉萨,1991 年 8 月;锡林浩特,1993 年 7 月;兰州,1997 年 8 月;西宁,2002 年 7 月),出版研究专著、论文集、研究集刊等共 35 部。根本扭转了"史诗《格萨尔》的故乡在中国,而研究中心在国外"的局面。建立在第一手资料基础上的我国《格萨尔》研究,已经走向世界,在 1995 年 7 月奥地利格拉兹、1998 年 8 月美国印第安纳大学、2000 年 7 月荷兰莱顿召开的三届国际藏学研讨会上,均设有由我国学者主持的《格萨尔》专题论坛。

我国近年抢救与保护《格萨尔》所取得的成就,引起了国际社会的关注。2001 年 10 月,在巴黎召开的联合国教科文组织第 31 届大会上,我国《格萨尔》的千年纪念活动作为联合国教科文组织参与项目被列入该组织 2002—2003 年的周年纪念名单。2004 年,中国社会科学院启动了申报史诗《格萨(斯)尔》为世界非物质文化遗产的工作,该项工作得到了史诗流传地区的广泛响应与热情支持。我们把申报非物质文化遗产的工作过程作为推进该史诗抢救与保护的重要一环,希望得到社会各界的更广泛重视和支持,促进对这一口头传统的有效保护。

三、《格萨尔》口头传统在 21 世纪面临的挑战

一种古老的文化传统是在特定的文化背景中形成,又在千百

年的历史进程中不断吐故纳新、繁衍发展,它既需要面对传统,又需要面对现实,在继承传统的同时,又要受到现实的制约与选择,所以任何一种传统都不是一成不变的。而令人遗憾的是,更多的传统文化随着时代前进的脚步而相继退出历史舞台,正如世界上著名史诗《伊利亚特》《罗摩衍那》的口头传承早已被书面传播所替代一样,《格萨尔》的演唱传统也不例外,它正在经历着从口耳相传的传承方式逐渐向书面化过渡的阶段,我们的口头传统面临着走向衰弱以至消亡的威胁与挑战。这一挑战来自以下几个方面:

1. 生活环境的改变、外来文化的冲击、生活节奏的加快等对于史诗说唱传统的延续均产生影响。西藏民主改革为藏族人民的政治与经济生活带来了根本性的变化。20世纪的改革开放政策,使得我国涉藏地区从过去的较为封闭的状态趋向逐渐开放,当藏族人民从封闭的社会走出来,享受经济发展带来的硕果的同时,他们也受到来自外界的文化冲击。现代传媒的发达为藏族人民的精神生活开辟了新的天地,广播、电视、电影进入他们的日常生活,据十年前的报道,拉萨人均影电占有率已经高居全国城市之首。一些热播的汉族或国外电视连续剧被翻译成藏语,成为藏族人喜闻乐见的节目,在广大牧区,牧民开始享受电给他们带来的便利,收音机、缝纫机、电动奶油分离器进入帐房,人们的生活更加丰富多彩。他们开始向往外边的世界,经济的需求促使他们用更多的时间和精力投入生产活动,与此同时,富裕了的人们频频走出去,朝佛、经商使原本悠闲自得、周而复始的慢节奏游牧生活发生了改变。

2. 游牧生活方式转为定居或半定居状态,使史诗说唱环境发生了改变。近年来,牲畜数量增长、草原的过牧以及自然的原因,导致了草场的退化。为了保护草场,牧区推行网围栏,传统的一年四季转场的游牧生活转变为定居的或半定居的生活,过去那种分散的、无拘束的、具有大量个体时间的生活发生改变。

　　进入现代社会,人们改变了以往徒步旅行经商、朝佛的方式,现在很少再见到牧民赶着牦牛驮队运送盐巴、糌粑、粮食及日用品,长途跋涉、风餐露宿的情景,百姓结伴叩着长头去圣地朝拜的也越来越少,代之而起的往往是几户人家包一辆大卡车集体朝佛或用汽车运输货物。为此,民间艺人游吟说唱的一个重要渠道不存在了,他们失去了从容说唱的最好环境,同时,也失去了浪迹高原,获得丰富阅历与信息及与其他艺人交流的机会,虽然一年一度的赛马会上为《格萨尔》艺人安排了说唱,但那种说唱往往带有表演、展示的性质,与传统的说唱有很大区别。一些艺人被请到大学、研究所,面对录音机,实际上也改变了他们说唱的环境,脱离了受众的说唱艺人,失去与听众的直接交流,其即兴表演发挥的一面得不到展示。

　　3. 标准化教育在年轻人中逐步普及,他们对于传统文化的兴趣逐渐淡漠。西藏解放的近五十年来大力发展教育事业,在广大牧区建立了学校,牧人的子弟有了读书的机会,一批批现代化的人才逐步成长起来。然而,全国统一的标准化教育虽然在当地得到适当的调整,藏语文等课程也进入了学校,但是传统文化的教育很少,这些传统的东西只有到寺院去学习,而教育体制中的一些问题,如普通以教授藏文为主的小学与以汉文授课为主的县中学的衔接问题,使学生忽视了对藏语文的学习,以现代科学知识为主的学校教育对于传统文化产生了冲击。①

　　4. 旅游业的兴起对传统文化造成冲击。近年来,旅游也在藏

---

　　① 笔者在西藏昌都类乌齐县一个区小学的调查显示,小学以藏文授课为主,学生毕业后由于汉语水平差,升入县中学很困难,学生的学习热情降低。在城市中一些以汉语文教学为主的学校成为学生竞相报考的目标,因为通过这些学校,学生可以比较容易地考上重点中学或大学教育、升学的实际情况学生更加重视现代知识的学习,而传统的文化被忽视。

区悄然而起,越来越多的外来人进入西藏,使过去相对封闭的社会敞开大门。内地人及外国人的到来促进了当地经济活跃,同时也带来了外来文化,这对于年轻人是极大的诱惑,那慢节奏的闲散式欣赏的古老韵律——史诗的说唱——正在失去年轻的受众。

我们正处在一个经济迅猛发展、社会快速变革的时代,传统文化所面临的挑战使我们不得不直面现实,抢救与保护这一口头传统刻不容缓。

四、对抢救与保护《格萨尔》说唱艺人的反思及今后的举措

经过二十余年对于《格萨尔》的抢救与保护,现在反思过去,我们得到许多有益的启示。我们对于史诗《格萨尔》从作为民间文学作品的定位,到口头传统的认识,有了一个质的飞跃,同时对于以往传统观念上的抢救定式进行了反思。我们通过申报《格萨尔》为世界非物质文化遗产的论证过程,进一步廓清了对作为承载藏民族文化积淀的《格萨尔》口头传统的认识,为今后更有效的抢救与保护提供了理论依据。

1. 对以往抢救与保护的反思

抢救的目的是为了更好的保护,如果抢救措施不得当,则会使抢救成为一把双刃剑,对被抢救对象造成破坏。我国20世纪50年代对于民间文学的抢救与搜集以及20年来对《格萨尔》的抢救,都使我不得不承认这样一个现实:首先,以往由于经济条件的限制,我们抢救史诗的手段不够多样,以笔者20世纪80—90年代的田野调查为例,当时为了寻访《格萨尔》说唱艺人,几乎走遍了史诗流传地区,见到了当时能见的近40位优秀艺人,其中包括绝大多数神授艺人,但是设备十分简陋:一个小录音机和一部照相机。

那是当时所在研究所能够提供的最好设备。值得庆幸的是,凭借这些器材保存了大部分优秀艺人的照片及访谈资料,20年后的今天,当我们具有了数码摄像的条件时,我们的优秀艺人却不能等到今天,他们中的大部分已经先后辞世,在约26位神授艺人中如今只有八人尚在,而其中多数已年老体衰。他们那活生生的演唱场景及与听众的互动遗失掉了。(我所能做到的只是用笔来描述和记录艺人生活的环境和演唱的情景)如今各省区保存的绝大部分是艺人的说唱录音磁带,而录像资料却很少。就是这批录音磁带,也已发生脱磁现象,后果堪忧。

由于对口头传统认识上的局限,或以书面文学的眼光去看待口头文学,以往我们在抢救艺人说唱方面存在误区。如《格萨尔》说唱中的唱词部分具有一定的规律和程式,其中的起兴部分、祈祷部分、介绍部分和结尾部分约占总韵文的三分之一,如每一段唱词的开始必须有起兴的部分"鲁阿拉拉莫阿拉,鲁塔拉拉莫塔拉",而民间艺人对于说唱开始的起兴句早有"不唱阿拉无法开口,不唱塔拉没有曲调"的说法。[①]

有些人(尤其是一些有一定藏文水准的人)从传统观念出发,轻视这些文盲艺人,认为他们的说唱是民间的老百姓的语言,不如作家创作出的作品"精练""有品位"。有的整理者还将史诗中他们认为是重复的、累赘的部分擅自删去,甚至把不同版本的史诗糅合在一起,加工制作出所谓的"精品"。其实对于这一问题的争论由来已久,钟敬文先生在谈到民间文学的口头性时,曾批评某些学

---

① 见杨恩洪:《关于藏族史诗〈格萨尔〉的叙事结构研究》,收录于《格萨尔研究集刊》,北京:民族出版社,2001年,第102—119页。笔者在文中以著名说唱艺人扎巴说唱的记录本《降伏北方鲁赞王》和甘肃人民出版社出版的手抄本《降魔》为例,分析了史诗韵文部分的程式:韵文一般可分为五部分——起兴、祈祷、介绍、正文、结尾,其中第一、二、三、五部分均有规律可循,而这些具有固定程式的部分约占韵文总行数的三分之一,说明史诗存在可记忆的内在因素。

者在史诗记录和整理过程中,往往根据自己的观念去"主动"删除那些总是重复出现的段落或诗节,认为那是多余和累赘的。他认为:"而这里恰恰正是口语思维区别于书面思维的重要特征,正是歌手惯常使用的反复或复沓的记忆手段,而冗余、重复正好表明这是口头文学的基本属性。"并认为:"口头性的深入探讨,将有助于我们真正理解民众知识,理解民众观念中的叙事艺术。"①删改和加工带来了史诗口头说唱的扭曲,使整理出版的史诗版本偏离口头说唱的原始状态。

把艺人请到城市居住,对其进行抢救录音,初衷是为了尽快、更好地抢救。但由于艺人脱离了他们长期生存的文化环境,导致了艺人说唱发生变化。记得在80年代后期我采访玉梅时,问她"你在什么状况下说得最好",她曾回答:当然是在家乡面对百姓的说唱最好,那时史诗故事很快就来到头脑中说唱也很自如。现在在拉萨说唱有时很费力,故事迟迟降不到头脑中来。除了环境的改变外,艺人的身体条件、精神状况都对说唱产生影响。上述种种现象都是我们应该予以反思并在今后的工作中加以注意的。

尽管我们面临着《格萨尔》的口头传统濒临衰亡的严峻局面,然而挑战与机遇共存,值得庆幸的是,我们仍然生活在史诗活形态存世的时代,与荷马史诗、印度史诗研究者相比,我们有幸面对《格萨尔》艺人及其演唱这一活生生的口头传统,只要我们肯付出艰辛走向田野,就可以捕捉到这一口头传统的脉动,通过观察、记录、研究,为世界史诗研究增添鲜活的资料,以研究指导抢救与保护,为保护非物质文化遗产积累经验,做出我们这一代人应有的贡献。

我们希望通过申报《格萨尔》为世界非物质文化遗产的过程,

---

① 朝戈金:《口传史诗诗学:冉皮勒〈江格尔〉程式句法研究》,南宁:广西人民出版社,2000年。

在理论上廓清史诗口头传统对于民族的重要学术价值：这一口头传统是认知该民族的百科全书,它蕴含的世界观、人生观及价值观仍有力地影响着该民族的精神与生活,并启示着他们未来的命运。有效地保护这一口头传统,不但为世界文化保存一份精彩,对于弘扬民族精神、丰富群众文化生活也具有重要意义。在全球化日益加剧的今天,不同文明之间的对话、交流及多样文化的共生共存是人类文化可持续发展的必要前提。

2. 今后的设想与举措

（1）建立史诗传统重点保护基地、史诗说唱表演传习学校及社区史诗表演场所,为口头演唱传统的延续创造条件。同时,研究人员进行长期的田野跟踪观察和现场定点研究,积累第一手资料,以学术性研究带动对策性保护措施,在史诗文化生态中开展艺人及说唱传统的保护。今年,我们已经在当地建立了"果洛格萨尔口头传统研究基地"和"德格格萨尔口头传统研究基地",相信它们将在口头传统的保护中发挥重要作用。

（2）建立中国《格萨(斯)尔》史诗学资料馆,广泛收集、保存散落在民间的各种史诗抄本、刻本、印刷本等文字材料和艺人演唱的各种音像资料、相关文物等,编制完整的史诗传承人名录、档案及其说唱曲库清单,为国内外史诗研究者提供研究场地和资料。

（3）促进史诗传统的乡土化教育,建议将史诗内容编入中小学课本,在年轻人中进行传统文化教育。在大学开设"史诗《格萨(斯)尔》学"课程或专业,培养从事史诗抢救、保护与研究的专门人才。

（4）定期举办"史诗《格萨(斯)尔》国际艺术节";继续办好每三年一届的"《格萨(斯)尔》国际学术研讨会",推动我国与世界史诗界的学术研究与交流。

总之,20 年的时间在人类的历史长河中只是短短的一瞬间,在抢救史诗口头传统方面,我们做了大量工作,取得了丰硕的成果,然而任重而道远,我们不敢懈怠。上下求索、矢志不移是我们神圣的天职。

（此文辑自《西北民族研究》2005 年第 2 期,第 185—192 页）

杨恩洪《〈格萨尔〉艺人论析》

如果说"荷马的艺术才能是座熔炉,通过它,民间散事、诗歌和诗的片段的粗矿石炼成了纯金"(别林斯基语)的话,那么,我国众多的藏、蒙古、土等族《格萨尔》艺人①则是一个巨大的熔炉群,通过他们冶炼出了世界民族文化的真金——史诗《格萨尔》。同时,他们又构成了一个人类财富的珍宝库,通过他们先人们世代智慧的结晶至今仍被保存在这部伟大史诗之中。从这一意义上讲,史诗艺人研究是史诗研究中不容忽视的重要组成部分。本文旨在对我国《格萨尔》艺人的流布、类型以及产生的社会文化背景进行尝试性研究,以就教于专家学者。

宛若群星的各民族艺人群

由于幅员广大交通不便,加上社会的、政治的诸多因素,要想确切掌握目前尚健在的《格萨尔》艺人的数目,是困难的。尽管如此,经过几年的努力,我们仍然基本上掌握了这一情况。我国《格萨尔》艺人,目前尚健在的,共有 11 位,加上已去世的琶杰(蒙古族,1902—1960)、扎巴(藏族,1904—1986),贡布(土族,1900—1974)等位,总共 114 人。其中藏族 99 人,蒙古族 9 人,土族 6 人。他们之中年龄最大的 81 岁,最小 18 岁,并有 2 位藏族女艺人。他

---

① 无论是国外还是国内,都存在着这样一些具有文字水平的史诗爱好者,他们善于把口头艺人的说唱变为文字的记录,以至有的人完全掌握了史诗脉络而自己从事史诗的写作。对于这样一些人,还不能称其为作家,因为他们的写作的题材仍然是史诗的故事情节,由此,在没有选择到更确切的名称时,只有暂且称他们为书写艺人,以与口头说唱艺人相区别。

们主要分布在内蒙古、新疆、青海、甘肃、西藏、四川、云南7个省、区各民族聚居区。现依民族分别介绍如下。

藏族艺人主要分布在甘肃、青海、西藏、四川、云南等省（区）连片的广大区域。而又以操安多方言和康方言的多康地区更为集中。

在99位藏族艺人中，西藏45人、青海38人、云南6人、甘南4人，四川6人。西藏境内则主要分布在阿里、那曲、昌都专区，其他专区目前尚未发现①。青海省的艺人主要分布在果洛、玉树、黄南、海南藏族自治州等境内，具体分布见下表：

西藏、青海艺人分布表

西藏			青海					
阿里	那曲	昌都	果洛	玉树	黄南	海南	唐古拉	海西	海北
9	21	15	11	8	9	7	1	1	1

蒙古族艺人主要分布在内蒙古及新疆境内，目前已为数不多。目前尚在世的如巴林右旗的参布拉日布、苏鲁丰嘎以及察右中旗的洛布桑，都是受群众欢迎的优秀说唱艺人。新疆的艺人大都分布在卫拉特蒙古族人民聚居的地方，博乐、和布克赛尔、尼勒克、和靖等县都有艺人活跃于民间。如1984年参加拉萨艺人汇演的鲁如甫、吴图克、道尔吉，都是从小受前辈艺人熏陶而成长的艺人。

土族艺人主要活动于青海省互助土族自治县一带。新中国成立前这里曾有不少艺人在说唱，如曾给德国人多米尼克·施罗德说唱（记录成文并已于1984年在西德出版）的贡布。目前，由于多

---

① 艺人桑珠目前虽住在拉萨附近的墨竹工卡，但他出生在昌都与那曲交界的丁青县，只是后来他游吟至此才定居下来的。

方面的原因，这里的艺人已寥寥无几，且其中一些人已不大说唱了。现还健在的有李生全、黄金山、乌日玛、旦嘎等。

蒙古族、土族艺人大都是六七十岁的老人，其中，不少人已因年老多病不能说唱。只在我国涉藏地区尚有年轻艺人不断被发现，如西藏申扎县19岁的次仁占堆、青海果洛州21岁的格日坚参。尽管如此，整个艺人的情况仍渐趋老化，人数在逐年减少。

当然，上述数字仍是一个不完全的统计，可以肯定地说，实际艺人人数要多于此数。可以推想，新中国成立前艺人的数目会比目前还多，而《格萨尔》流传的鼎盛时期艺人的数目更是相当可观的。可惜我们的前人并没有对此予以关注。

各民族艺人的异同

在众多的藏族、蒙古族、土族《格萨尔》艺人里，尽管他们的民族、语言、生活习惯和居住地域各不相同，然而，他们却存在着许多共同之处。这是人们把流传于三个民族中的史诗作品放在一起研究，将三个民族的说唱艺人一道进行探讨的主要原因之一。这些相同之处首先表现在艺人们说唱的主要情节内容的相似。他们都在说着同一个故事，故事均描述了天神之子为除妖降魔拯救人类而下凡人间所进行的一系列战争，以及完成这一使命后重归天界的历程。其主人公的名字均叫格萨尔（蒙古族因发音不同而称"格斯尔"）。其次，三个民族艺人的演唱形式也是相似的，他们都是采用散韵相间的形式来进行说唱，这也是史诗的一个重要的存在形式。在这一总的大同之下存在一些小异，即蒙古族的韵文部分所占比例较大，一些本子则呈一韵到底的形式，土族艺人则是土语、藏语交替使用进行说唱，其形式仍是散韵结合体。第三，也是最重要的一点，那就是这些民间艺人均具备超人的聪明才智，他们的记忆力超乎常人,可以整部地背诵史诗的篇章。同时,他们都有着丰富的阅历,有着与众不同的好口才、好嗓音。他们是传播、继承和发展民族文化的不可多得的人才。

此外,由于新中国成立前各民族所处的发展阶段的不同,以及各自文化传统的制约,他们又有着明显的差异。首先表现在史诗的传承方面。蒙古族艺人及土族艺人都有较明确的师承关系,他们十分重视这种师承关系,他们尊崇老师(师父),完全从老师那里接受史诗的内容及说唱风格,并以自己为名师之徒而自豪。特别是蒙古族艺人,他们在学习说唱时,都有固定的史诗唱本,并以此为依据进行说唱。藏族艺人在这方面就有很大的不同。他们大多没有文化,没有老师的指点和帮助,而是在史诗环境的熏陶下,通过潜移默化学会说唱的。他们将这一切归功于神的力量,认为这是神授,是神把史诗故事降于他们的头脑之中。

由于史诗传承的不同,进而带来了另一不同之处,那就是艺人所具有的神秘程度的不同。蒙古族、土族艺人因具有师承关系,史诗为老师所传授,他们学会说唱史诗自然是顺理成章的事。因此,艺人在群众之中只是以一个普通的民间艺人出现,没有什么神秘色彩,在群众的心目中,他们就是人民之一员,只是善于说唱的艺人而已。而在藏族群众中,对于说唱艺人却有一种既崇敬又神秘的感觉。当然,这神秘色彩的由来是有多种原因的,其中社会发展缓慢,人们笃信宗教、不明了其故事的来源,以及民间艺人说唱时的一些传统作法,如煨桑、敬神、祈祷等等,都增加了他们的神秘色彩,加之一些艺人兼事巫师之职,他们既是民间说唱艺人,又是一个降神者、占卜者,致使这些艺人在群众中的威望更高,其神秘色彩也就不言而喻了。

第三,在史诗这一作品从口头文学向书面文学过渡的过程中,各民族所处的阶段相差较大。蒙古族、土族由于具有较为开放的社会机制，大量地接受了外来文化，整个民族的文化水准的不断提高，致使《格萨尔》这部史诗在民间的口头传唱已经越来越少，在蒙古族地区史诗的书面作品则大量涌现。在这种情况下，口头说唱遂逐渐让位于抄本、刻本的书面流传。目前，史诗的流传形式呈口头形式向书面形式过渡的最后阶段，基本趋于书面化。而藏族则不同，除文化较为发达的德格、玉树以及青海东部地区有书写艺人以外，目前仍有大量的民间艺人与各类抄本共同存在于民间，还处于口头形式向书面形式过渡的中级阶段，离完全的书面化尚有一定的距离。

由于以上的不同，使得藏族的民间艺人不但在数量上大大地超过了蒙古族和土族，而且在艺人类塑方面也比较复杂多样。鉴于此，我们有必要把藏族艺人进行具体的分析和归类，从而使我们能更清楚地认识到他们产生的渊源及其对史诗的传承所作的贡献。

藏族艺人分类

藏族《格萨尔》说唱艺人如此众多，科学地进行分类确乎是件难事。在艺人说唱内容基本一致的情况下，依说唱内容分类显然没有意义，因其说唱形式的大致相同，故而依形式区别亦不可取。而吸收民间故有的称谓，以艺人说唱技艺来源为界线进行分类，我们认为这是比较实际、近乎科学的办法。当然，这样做，从名称上看似乎具有神秘色彩，但是它可以使人们一目了然地了解某一种艺人与他人不同的特点，达到分类的目的。

《格萨尔》说唱艺人藏语一般称为仲堪，意为故事家，或精通故事的人。其中大致可以分为五种类型：神授艺人、闻知艺人、掘藏艺人、吟诵艺人和圆光艺人。

一、神授艺人。藏语称"巴仲"。"仲"是故事传奇之意,在这里专指《格萨尔》史诗,"巴"是降落、降下之意,意为降下传奇故事。这一类艺人大多自称童年时曾做过奇特的梦,梦醒以后便开始了说唱史诗的生涯,说唱部数由少至多,逐渐成为一名艺人。梦的内容不外乎是史诗中的若干情节,或史诗中的一位神、一位英雄指示他们终生说唱《格萨尔》,使他们产生了一种使命感,于是醒来后便开始了宣扬格萨尔王丰功伟绩的说唱。由于他们大都没有文化,无法理解梦的产生这一复杂的生理现象,于是把梦中形成的故事归结为神赐予的,是神指示的,故称此类艺人为神授艺人。

据调查,神授艺人约有 26 位,大部分为西藏那曲、昌都地区人。其中,除扎巴老人(81 岁,1986 年去世)外,最年长的是 77 岁的那曲艺人阿达尔,最小的是那曲申扎县 19 岁的次仁占堆,此类艺人有如下几个特点:

1. 记忆力超群。这类艺人绝大多数目不识丁,然而与此形成鲜明对照的是他们超人的记忆力。他们往往可以流利地说唱史诗一二十部甚至几十部之多,若按每部 5 千诗行 15 万字计算,20 部即约 10 万诗行 300 万字。如此大量的诗行全部贮藏在他们的头脑之中,听众想听哪一部,艺人们便可像从数据库或电子计算机中自由提取信息一样,把所需部分说唱出来,这或许令人不易理解,但这却是个客观事实。如著名艺人扎巴不识藏文,可以说唱大、小宗 42 部,到他去世前已经录下 25 部半,计 500 余盒磁带;31 岁的女艺人玉梅不懂藏文,自报目录为 18 大宗、48 小宗,再加上史诗的首部、尾部等共计 74 部。目前她已经说唱了 3 个大宗、16 个小宗,录制磁带 700 多盘;桑珠在会说唱的几十部中,先录下未出版的一些部,迄今已录音 23 部,1 260 盘磁带。此外,那曲的阿达尔可以说唱 18 大宗 13 小宗共 32 部,巴青县的曲扎可以说唱 42 部,等等。以上数字足以说明了这些民间艺人真正无愧于鲁迅先生所冠予的"不识字的作家"的称号。除此以外,他们都具备非凡的口才,他们善于运用丰富的群众语汇将史诗形象地展现在听众的眼前,使人们受到教育、启迪、陶冶和美的享受。这些艺人是史诗的载体,是史诗得以保存至今活的宝库,没有他们的聪明才智和对于民族文化遗产的炽爱,就没有今天我们所能见到的史诗。

2. 均为少年做梦,梦后开始说唱生涯。但做梦的年龄各不相同:扎巴11岁、玉梅16岁、桑珠15岁、次旺俊美13岁、曲扎12岁。梦的内容虽都是与《格萨尔》史诗有关,但具体的内容却各不相同。有的梦见了《格萨尔》史诗中的若干场面,似乎自己已亲临其境,如次旺俊美;有的梦见史诗中的英雄或神亲来授命,命其宣扬格萨尔的生平事迹,说唱史诗,如扎巴、玉梅;有的是在梦中似乎在阅读大量抄本,由此而知道了史诗的内容,如桑珠;还有的是不断地做梦,每日做,或每年不断地做,会说唱的史诗部数随之增加,如曲扎。

3. 他们大多生活在祖传艺人家庭或《格萨尔》广泛流传地区。这类艺人,他们的父辈或祖辈大多是比较有名的史诗说唱艺人,他们在艺人的家庭中得到了潜移默化的影响而成为新一代艺人。其中玉梅、桑珠和昌都的阿觉班丹、安多县的格多等7人均出生于艺人世家。玉梅的父亲洛达曾是那曲索县一带有名的艺人,曾被当时索宗的达官贵人请去说唱数月。桑珠在年轻时,就曾多次聆听洛达的演唱,他那魁梧的身材和精湛的说唱给桑珠留下了深刻的印象。昌都江达县51岁的阿觉班丹,其父扎西顿珠是当地有名的神授艺人;安多县33岁的格多是个会唱18大宗13小宗的神授艺人,他的父亲被人们称为"那曲仲堪多吉班单",并传说他为史诗的第13代说唱艺人。此外,不少神授艺人都生活在史诗广泛流传地域,儿时的耳濡目染对他们成为一个出色的艺人是至关重要的环境条件。

4. 均具有较特殊的生活经历。这些艺人在旧社会地位十分低下,生活极端贫困。他们多被生活所迫以四处游吟史诗为生。为此,他们结交朝佛者和商人,与他们结伴而行,朝拜了高原的圣山神湖、名胜古迹,在浪迹高原中度过了自己的大半生,因此,他们的阅历十分丰富,见多识广,心胸坦荡。同时,他们说唱的史诗在流动中得到了充实、提炼,较之其他艺人,故事情节完整连贯,语言丰富、精炼,引人入胜,这是他们成为史诗艺人中最杰出的一部分人的主要原因之一。西藏几位优秀的艺人扎巴、桑珠和那曲的玉珠就是典型的例子。由于他们在群众中有着广泛的影响,在"文化大革命"中又首当其冲地倍受磨难,使他们本来就极为曲折的生活道路又增加了新的坎坷。由于这部分艺人较完整地保存了史诗,而目前又大多年逾古稀,所以,他们是史诗抢救工作的主要对象,我们应向他们宣传党的政策,使他们解除顾虑,把他们保存的史诗贡献出来。

二、闻知艺人。藏语称"退仲",意为闻而知之的艺人,即他们是听到别人说唱以后才学会的。这部分艺人比较多,约占艺人总数的一半。他们多者可以说上三四部,少者为一二部,甚至有的只是说一些章部中的精彩片段。他们生活在史诗流传地区,经常处于史诗的说唱环境之中,久而久之,便模仿着艺人说唱起来。"退仲"对自己学来的史诗毫不隐讳,如云南迪庆州的几位艺人纳古此称、和明远(藏名格桑顿珠)、阿旺群佩等,均称他们是听别人说唱后学会的,而那些艺人多来自昌都。青海的不少艺人也属于此类情况,如同仁县的盲艺人李加、尖扎县的丹正加、贵德县的堪布才让等。贵南县著名说唱艺人桑计扎西曾在四川德格地区出家为僧多年,并在那时学会了说唱史诗,回到家乡后便开始说唱,在青海50年代末、60年代初大规模抢救史诗工作中,他做出了很大的贡献。这些艺人中有一些人具有一定的文化素养,他们懂藏文,除了默记,还可以阅读各类抄本、刻本,使自己更全面地掌握史诗。当然也有一些是不识字全凭记忆的。他们的生活比较贫困,但往往不以说唱史诗为生,他们都有自己赖以生存的生活手段。也有个别人被生活所迫以说唱史诗为乞讨手段的。青海果洛州的才旦加从小失去父母,四处流浪以打哈拉为生,被视为最卑贱的人。后来他学会了史诗唱段,到牧人的帐篷去说唱,得到一点食物充饥,由于他聪明伶俐,史诗唱得越来越好,受到群众的喜爱,从此便开始了以说唱《格萨尔》为谋生手段的生涯。

闻知艺人大多说唱群众最熟悉且喜爱的史诗开篇的几部,如《天岭卜筮》《英雄诞生》《赛马称王》《北地降魔》《霍岭之战》等,这些部也是史诗最主要最精彩的部分。他们遍及五省区的我国涉藏地区,由于其人众多,活动地域广,对于满足群众精神方面的需求起了很好的作用,他们同样为保存和传播史诗做出了重要贡献。

三、掘藏艺人。藏语称"德尔仲"(gter sgrung),意为发掘出来的伏藏故事。掘藏是藏传佛教宁玛教派的术语。宁玛派尊奉莲花生所传的旧密咒,并将其经典称为是吐蕃时期传承下来的经藏,或发掘出来的前人埋藏的伏藏,于是产生了不少有名的掘藏师。据说凡是能够发掘宝藏(这里多指精神宝藏)的人都具有瑞根,他们的前世曾听过莲花生讲经或受过他的加持,因此他们便与众不同,可以感到别人感觉不到的东西,看别人看不到的物藏(物指的是经典)。宁玛派把格萨尔看作是莲花生和三宝的集中化身,认为可以通过史诗故事来教化调伏群众,因此,他们信仰并喜爱格萨尔,于是就出现了发掘史诗的掘藏师,而发掘出来的《格萨尔》称为伏藏故事。这种艺人为数不多,主要居住在宁玛派广泛传播的地区。四川甘孜州色达县的根桑尼玛就是一个宁玛派世袭的大掘藏师,他所发掘并执笔写下的史诗抄本,在甘孜州、果洛州被群众广为传抄,倍受崇奉。自前搜集到的《贡太让山羊宗》,[①]据说就是他在玛沁雪山朝佛时,在一块石头里发现的。这是掘藏的一种,属于"物藏"(则德尔 rdzasgter)。还有一种称为"贡德尔"(dgonsgter),属于从人的思想意识里挖掘出来的意念,然后再把它写出来。格日坚参就属于这一类,他写出了一个 120 部的史诗目录,在短短的一年中,他就写完了三部。他认为由莲花生或其徒弟藏下的《格萨尔》故事,是藏在宇宙和灵魂世界中的,只有掘藏艺人才可以去发掘。

出于掘藏艺人之手的史诗写本有这样几个特点:首先他们与说唱艺人不同,他们是靠手中的笔来写史诗的,有的人写出来之后,才能照着本子唱。其次是书写形式与普通抄本有所不同,在每句的后边,均要写上伏藏经典所特有的符号"%",写本结尾尚有"闭嘴""保密"等词。这种本子就目前所知尚有《红岩大鹏宗》(根桑尼玛写)《花花岭国歌舞升平》(系白玛热哇多吉所写,现藏青海省《格萨尔》研究所)及格旧坚参写的《米麦银子宗》等。这种本子的第三个特点是文字优美,书面语较多,其中有一些深奥的大圆满的宣讲,而作为故事,则情节较简单,有的本子故事趣味不大。造成这些特点的原因当然与作者的宗教信仰及文化水平有直接关系。

四、吟诵艺人。藏语称为"仲丹"。这类艺人都是有文化的人,他们可以拿着史诗的本子给群众诵读。他们诵读的依据多为群众中流传的各类抄本、刻本。新中国成立后,由于铅印本的大量刊行,他们诵读的范围不断扩大。同时,因为他们是据书而读的,所以说唱的内容情节是千篇一律的,为了得到群众的欢迎,他们便在曲调上下功夫,因此,除了继承史诗传统曲调外,还吸收了藏族民歌曲调的精华,使史诗曲调更加丰富、更加系统。昌都江达县的

---

① 此部已列入"七五"出版计划,目前正在整理中。

塔新是一位出色的吟诵艺人,他可以用48种不同的曲调来说唱,加上他嗓音洪亮,曾被四川人民广播电台请去录音。

青海的玉树地区,流传着约80种曲调。有的艺人甚至为史诗中的每位主要人物都配备了固定的曲调,形成了自己所特有的套曲,表现了民间艺人极高的音乐素质和艺术造诣。而群众在评价一个艺人的优劣时,除看其讲述故事的生动与否外,曲调的种类及变化的多寡是一个很重要的方面,他们最忌讳那种一曲套百歌的唱法。

甘孜州德格县54岁的女艺人卓玛拉措是当地一位有名气的吟诵艺人。她的嗓音及曲调已为当地人极为熟悉,难怪她的亲戚在出国二十多年后,在印度从广播中听到了她在四川电台播唱的《格萨尔》后,立即辨认出了她的声音并为之喜悦。

吟诵艺人主要居住在交通比较发达、文化教育条件较好的地区。随着我国涉藏地区的兴旺发达和文化教育事业的普及,这类艺人还会不断增加,会有更多的懂藏文的年轻史诗爱好者加入到吟诵艺人的行列。

五、圆光艺人。藏语称"扎巴"(Pra Pa)。圆光本为巫师、降神者的一种占卜方法,即借助咒语通过铜镜或拇指看到被占卜者所想要知道的一切。据说圆光者的眼睛与众不同,可以借助铜镜看到别人看不到的图像或文字,有时也可以用一碗清水或拇指的指甲占卜。这种方法用于得到史诗,在当地较为罕见。笔者仅见到昌都类乌齐县75岁的卡察扎巴·阿旺嘉措被群众称为圆光者,在群众中享有较高的声誉,这不仅因为他可以从铜镜中看到史诗,而且还可以用铜镜给人们算卦。目前他已抄下了9部《格萨尔》,其中的《底嘎尔》上、下两部,已由益西旺姆整理、西藏人民出版社出版。

圆光艺人具有浓厚的神秘色彩,而目前我们对圆光尚无研究,因此很难下结论。但是,抛开圆光的形式,看一看他抄写的史诗就不能不令人叹为观止。连昌都政协的知识分子白玛多吉也称赞其抄本的水平之高,因为即使造诣很高的人也很难如此快地编写、创作,所以他认为卡察扎巴是一个非凡的人。

除以上五类外,还有一些不是艺人的艺人,他们或根据史诗情节编写史诗抄本,在群众中流传转抄,如青海果洛的昂欲多杰;或记录整理艺人的说唱,抄成本子,卖本为生,如青海玉树的抄本世家布特嘎,他们与民间艺人一样均为继承和发展史诗做出了重要的贡献。

(此文辑自《民族文学研究》1988年第4期,第76—81页)

闫振中《是记忆还是神授——〈格萨尔王传〉之谜（二）》

白湖神女的洗礼

玉梅，女，现年33岁，那曲地区索县人，自称是"巴仲"艺人，能说大小宗70部，若全部整理成文，有近百万诗行，千万字之多，是39名艺人中演唱部数最多的一个，也是目前发现的唯一的女艺人。

"在16岁那年，有一天，我和村上牧童次仁姬托一起到山上放牧，两个人都睡着了，我在梦中似乎听到了百灵鸟的叫唤声，顺着声音追寻，在开满鲜花的草原上来回走着，不知是什么时候我的左右出现了黑白颜色的两个湖泊，突然间那黑湖喧腾起来，仿佛整个湖泊都要喷发出来，没过多久，黑湖中钻出一个红脸妖怪，一道黑光挡住了我的视线，我急忙揉了揉眼睛，那妖怪已经到了我的身边，样子十分可怕。它从黑布里伸出了手，将我往黑湖里拖，我感到害怕使劲和它撕扯，并大喊起爹娘来。声音未落，从白湖里出现一位年轻美貌的神女，极快地来到了我身边，将手中的哈达紧紧地缠住我，她厉声喊道：'这姑娘是我们格萨尔的人，是继承和传播格萨尔业绩的火种。'于是她俩你争我夺，弄得我喘不过气来。终于那位年轻美貌的姑娘战胜了那可恶的妖怪。最后她给我洗礼，将一条哈达结了九个疙瘩，打成一个圆圈，套在我的脖子上，便说道：'你快回去吧！阿爸和阿妈在等着你，不过你要记住，你是我们的传人，以后格萨尔的英雄业绩，就由你来传播和颂扬。'话音刚落，这位年轻美貌的神女便消失了。我东张西望,看不见她的一点影子,只有望不尽的草原和我这孤零零的一人。当我从梦中醒来,见太阳已经落到西面的山顶上,便飞快地回到了家里。"

"第二天,我就病倒在床上,两眼发直,全身感到无力,整日沉浸在昏迷的状态中。大概过了一个月的时间,我的眼前就开始出现了一些奇怪的现象,雄壮威武的战争场面以及英姿勃发的大将形象都变得既真切又清晰。从此我便说起了《格萨尔王传》。"

以上就是这位目不识丁的玉梅女艺人的一段自述。这一神奇的说唱经历,简直像一段虚构的故事,然而由她说唱的史诗及陆续制成的多得惊人的磁带却是那么真实,22部史诗正在证实着她不可限量的未来。为此,人们对她所讲述的奇特经历的怀疑都不释自解了。

幻觉中的格萨尔大将

桑珠,男,现年71岁,原籍昌都丁青县人,自称"巴仲"艺人。13岁那年,他带着童年时期经受的苦难和屈辱,远离家乡,开始了流浪生活。也许是小时候祖父给他说唱的格萨尔故事像种子般开始萌发,也许是童年太多的苦难激发了对除暴安良的大英雄格萨尔的想往和期待,在流浪的路上一种幻觉常常伴他同行。在他的眼前时常出现格萨尔一员大将的形象,一会儿清晰可见,一会儿又无影无踪。他一直和这位大将共同生活在亦真亦幻的梦境般的世界。

有一次,他在一个躲雨的山洞里遇到了使他们倾家荡产的仇人。奇怪的是这个仇人在两年前已经死了,这天却活生生地出现在眼前。在搏斗中的危急时刻,格萨尔的大将出现了……桑珠惊醒后,在高烧中说胡话,并语无伦次地说唱《格萨尔》。后来他被送到寺庙里去进行治疗。

　　从小受苦的桑珠,在金碧辉煌的寺院中,感到从未有过的舒适,由于食宿条件好,他的病很快就好了。但是那个谜一样的梦和病中的奇异的感觉,总是在脑子里萦绕盘旋,觉得自己同以前不大一样,格萨尔大将仿佛离他更近,他感激那位大将,如果不是他来搭救,恐怕早被那仇人的幽灵给整死了。

　　离开寺院的前一天,午后又下起了毛毛细雨,雨停之后,桑珠来到一个小树林里,坐在一棵大树下,怀着对格萨尔大将的感激之情,又迷迷糊糊地进入了梦乡,不知道自己到了什么地方,也不知道坐在什么东西上。他大声地读着许多书籍……醒来时,只记得刚才好像读的全是《格萨尔》。他开始试着说唱,谁知越说越多,越说越好。从此,他说唱格萨尔的生涯便开始了。

　　在漫长的流浪生活中,先后到过波密、察隅、山南、日喀则、那曲、拉萨等地,一路上结识了不少的格萨尔说唱艺人,并从中吸取了营养。对他影响最大的应该算是在绒布日丹寺遇见的一位很有才华和造诣的艺人,他声音洪亮,吐词清晰,叙事交代流畅利落。在以后很久的时间里再没有机会和可能见到他。桑珠时常回忆起他那身材修长、脸色微黑的形象。在1984年拉萨艺人会上,桑珠才得知那位艺人是著名的女艺人玉梅的父亲。

　　桑珠说唱技艺的提高和说唱部数的增加是惊人的。在十几年的流浪生活之后,他已作为一个能说几十部之多的出色艺人,与几个朝圣的香客继续漂泊着……所到之处,都有许多热情的观众和慷慨的施主。每到一个村子,当地群众一看见这位右手挂着拐杖,左手拿着"仲夏"(即艺人在说唱时戴的帽子),便赶忙放下手中的活,向他围去。

　　据他讲,演唱时他对那顶特殊的帽子,不像别的艺人看得那么重,然而他手中的那串宝贝念珠却是必不可少的道具。演唱时,他很少手舞足蹈,而是微闭双眼,注重意会的专一。

他说唱的《格萨尔》不是死的,而是活的。每当人们请他说唱时,先长长地舒一口气,闭目静坐一两分钟。他说,在达短暂的时间里,他需要排除所有的杂念,达到一种近乎超脱般的境界。只要达到这个境界,一幕幕惊心动魄的场景才会浮现在眼前,故事便自然地倾吐出来。他还说,当他作为故事中的某个角色,在战场上与敌人对唱的时候,心中便充满了对敌人的仇恨,哪怕他的对手是格萨尔。当他进入这种迷狂的时候说唱出来的《格萨尔》,其中的这些诗句"绝"得连自己都不敢相信。但这种境界却不是每次说唱时都能达到的。

说唱艺人大多是文盲

笔者有幸,这三位神奇的艺人本人都曾认识,并听过他们的演唱。尤其是桑珠,西藏和平解放之后,他结束了流浪生涯,在拉萨以东的墨竹工卡县定居。我大学毕业后正好分在这个县,在这个县工作了15年。大概是在70年代末,一位当地的藏族朋友把我领到了桑珠的家里。那时候,桑珠作为一个著名的艺人还未被发现呢!

为避免繁琐冗长,其他36位艺人的情况没必要再作详细的介绍。但纵观39名艺人的情况,有这么几个显著的特点:他们大都是一字不识的文盲;大都是在年轻或童年时期就能说唱《格萨尔》,而且是在做了一场梦,害了一场病之后会说唱史诗的;这些艺人大都是地处西藏的东北方向(这里是游牧人生息的地区)。

根据以上着重介绍的三位艺人的情况来看,他们都有一个共同的特征,三个人都是文盲,绝对不具有阅读能力。据说,西藏自治区《格萨尔抢救办公室》的同志曾下决心摘掉玉梅姑娘的文盲帽子，觉得她年轻，天资聪慧，只要给她创造学文化的条件，经过一段时间的努力，学习藏文应该是不算困难的事情。如果将来具备阅读和写作能力，对扩大她的知识面以及对《格萨尔》的整理和研究都有着令人鼓舞的前景。没想到事与愿违，三个月的时间她连30个藏文字母也没记住，而且常常使她头痛和心烦，连她说唱的录音效果都受到影响，最后只好取消了学习计划。

据常和她在一起的熟人介绍，别看她成本成部地演唱格萨尔，但在很多方面给人的印象并不聪明，甚至很迟钝。她从藏北到拉萨已有十年多了，进了城就迷路，连经常去的街道、机关、商店的名字也叫不出来。常常接触的汉族同志的名字，她更是今天记住明天就忘。所以，30个藏文字母她学了三个月也没搞懂拼音，并非奇怪。而奇怪的是，《格萨尔》中那各种各样、各门各类的名字她却是怎么记得那么清清楚楚呢？何况史诗用词典雅华美，具有很高的文学造诣，可是这些从未受过教育目不识丁的文盲对如此高深的史诗能够驾轻就熟，真让人叹赞不已！

古代藏族惊人的记忆

既然三个人都是文盲，他们要学会并掌握格萨尔的说唱内容，只有通过听，然后凭记忆储存在自己的头脑里，这能做到吗？

关于这个问题，许多研究家和学者都纷纷发表了自己的见解。对《格萨尔》的传承方式进行了极为认真的研究。

一种意见认为：《格萨尔》史诗的传承方式与藏族传统的文化传承方式是基本一致，它属于一种固有的，带有经验性的教育式的文化传播与接受方式。从吐蕃松赞干布时代起一直到格鲁派寺院教育系统形成以前。藏族的教育方式都是沿着口传耳授的方式进行的，即使格鲁派寺院教育形成了一整套的教学方法后，其教育的基本方式仍然还是沿着了口传耳受的传统。这种传承方式就培养了许多善巧者，即善说讲者，或善说唱者。《青史》上记载，11世纪左右，在拉萨、桑耶等地游说的善巧者有23 000人，另外比善巧者差一点的讲说者还有2 100多人。

说到底，口传耳受其内核是需要记忆的。由于长期采用这种传承方式，藏族中记忆力强的人的确不少，其记忆能力也是惊人的。《土观宗派源流》中有关于萨迦派大德衮噶宁布的记忆情况的记载，说他能把向顿大师给他讲授四年时间的经典教义又口传给他的11个弟子，由他们记录出书，可见其人的记忆力多么惊人。

《土观宗派源流》还记载了黄教创始人宗喀巴的惊人记忆。说他跟随善讲藏律的玖莫隆寺堪布噶希巴·罗宽听讲《毗奈耶根本经》时，每日要熟记17页。有一次，他在为弟子讲说竺藏诸高僧传时，说四难论师协绕僧格。一次讲了17种经论，而且从初五，每日从黎明起至黄昏止，未有间断，30日那一天讲毕。史料上记载，宗喀巴大师曾向他的二位亲传弟子降仰曲杰和扎西白丹背诵百部经论，他们经过努力，果然能背诵显密经论108部，同时还能宣讲。由此便可以推论，长达几千万行的史诗靠记忆储存在人脑里也是可能的，这就宣布了史诗的可记忆性。

将《格萨尔》史诗内容的多寡和藏传佛教中某个教派所传承的教义内容相比较，起码是旗鼓相当，甚至各教派所传的包括显密在内的教义内容也许可以远远超过《格萨尔》的内容。既然这么多的教义都可以经过无数的僧众无数次的大脑记忆转换而一代代地传承下来，为什么《格萨尔》史诗的内容就可以例外，这样就没有理由怀疑每一代作为《格萨尔》史诗的大脑记忆的转换。他们两类人的文化和地理背景、人种背景、生理及心理，文化传播和接受背景等都是一样的。可以说正是藏族这种文化传承方式，千百年来，使藏族的记忆经受了锻炼。

另外，了解藏传佛教经典文体、《格萨尔》文体、话本小说文体的人都清楚，藏族文体（广义和狭义的）形式是基本一致的，都是韵散体，也即是由诗歌（韵文）和散文组成的文体。多少年以来，这种形式基本没什么变化，已被这个民族所接受，成为他们最喜欢、最熟悉的文体形式。从心理学上讲，藏族崇尚诗歌或者说韵文，喜欢歌唱和说唱，这是韵散文能够产生和发展的一个重要原因。总之，藏族对韵文有执着的追求，这对史诗、话本小说及经典的听说、记忆无疑是非常有益的。

每个人的智商不一样，加之师尊的不同，师尊记忆转换的数量及质量的不同，讲说听闻质量的不同以及勤奋背诵功夫的不同等原因，每个人的记忆转换质量及数量都是不同的。在藏传佛教众多的教派中，像宗喀巴及其弟子降仰曲杰、扎西白丹，还有萨迦派中有名的衮噶宁布等非常著名的人物是不多的。只有那些具有惊人记忆力的人物才能在传承中也是这个道理，能听到史诗说唱的人是相当普遍的，但唯有像扎巴老人、玉梅、桑珠等才算是真正的佼佼者，因为他们几乎通过听闻将整部或多部史诗转换成了史诗记忆。因为他们从小就受到了史诗的熏陶，产生了兴趣与渴望，在边说边学中逐渐使史诗的记忆增多，说唱质量也不断提高。因此，"神授"说与"托梦"说只不过是一种神话而已。

记忆代替不了"神授"

以上关于记忆的论述似乎比较精到，但令人遗憾的是，说唱艺人关于"神授"的一个不容忽视的地方，却被"记忆"说的持有者有意或无意地忽视了。

所谓记忆，即对经验过的事物能够记住，并能在以后再现（或回忆），或在它重新呈现的时能再认识的过程。它包括识记、保持、再现或再认三方面。识记即识别和记住事物特点及其间的联系；它的生理基础为大脑皮层形成了相应的暂时神经联系；保持即暂时联系以痕迹的形式留存于脑中；再现或再认则为暂时联系的再活跃。通过识记和保持可积累知识经验，通过再现或再认可恢复过去的知识经验。

根据记忆的定义，我们应该明白，艺人如果是靠记忆学会说唱史诗《格萨尔》的话，他们必须是在听过别人的演唱后，才能把别人说唱的内容记忆，将其以痕迹的形式留存于脑中。问题是艺人所说唱的内容，其中有很大一部分是没有听别人讲过的，也就是说他们没有这方面的经验，这正是"记忆"说所忽视的一个很重要的方面。

以玉梅为例，她十六岁开始说唱《格萨尔》，1981年(22岁)到拉萨说唱，被西藏人民出版社发现后应邀说唱录音，自报能唱70部，若全部录制完毕，整理成文字，将近有200万诗行，2 000万字之多。她不识藏文，没有从师学艺，却能把数以千计的人名、神名、地名、山名、水名、禽兽名、战马名、武器名、药物名、珍宝名……记得清清楚楚的，而且是70部左右的《格萨尔王传》每部都是一个完整独立的故事，战争场面之宏伟、神通变化之莫测，爱情故事之缠绵，与世界所有的名著相比都毫不逊色。这些难道只靠惊人的记忆就能完成吗？

截止到1990年，她共录制了23部，大、小磁带700多盘。最少也有800万字。就算她的脑子是一部录音机，别人演唱一遍她能全部录下来的话，她所能说唱的史诗播放一遍最少需要十年的时间。她是从16岁开始说唱《格萨尔》的，也就是说16岁以后就具有说唱《格萨尔》的能力。不难推算，她至少必须在6岁时，每天用8个小时的专门时间去听记《格萨尔》，而且还必须做到每听一遍能记住。

玉梅是1981年在她22岁那年,被《格萨尔》抢救办公室录用的。如果说她在16岁会说唱《格萨尔》只是初学阶段,只能唱很少的部数,而是在以后的时间里边学边唱,边唱边学中逐步提高的,这种可能性也许会有。但她在被录用之后,这种学习的机会已几乎全部丧失。她每天有录音的人员陪着,关在房子里说唱录音,不可能像在藏北草原上一样,在游牧中向其他老艺人学习。但是,她在22岁那年,就自报能说唱70部。在22岁的时间里绝对没有功夫和机会,将70部的史诗完整地听一遍。

她自报的70部,比扎巴老人的多将近一倍。其中有三部,即《梅岭之战》《塔岭》《亭岭》是手抄本、木刻本里没有的,也是所有其他艺人没有讲过的。

扎巴老人讲的第一部是《门岭大战》,共有九盘录音(每盘两小时),以后又做了补充,经记录整理现已出版,共470页,9 000多诗行。仅此一部,就是一部长诗了。西藏有关部门为了解玉梅的情况,比较与扎巴的异同,第一部,也请她将《门岭大战》,共录19盘,比扎巴老人多一倍多,扎巴老人听了录音也感到很惊讶,说玉梅讲得好,很有特色。

玉梅在艺人中是最年轻的,但她能讲的部数却是比别人都多,每部的内容也比别人多。她如果是学来的,她的老师应该是谁呢?难道这不是一个奇怪的谜吗?

玉梅的父亲也是一位《格萨尔》说唱艺人,她是不是向父亲学来的呢?可玉梅说,她的阿爸没有教过她。她还说,教是教不会的。从玉梅的年龄推算,西藏民主改革时她才三岁,"文化大革命"开始时也不过十岁的孩子。十年动乱中,《格萨尔》因其宗教和神话色彩被打成大毒草,属于严格禁止之列,说唱艺人也被作为牛鬼蛇神,多次批斗,惨遭管制。就拿扎巴老人来说,"文化大革命"中曾先后三次让他写不再说唱《格萨尔》的保证书。他不识字，在别人代写的保证书上按手印，并按照藏族的习惯跪下来对天发誓：今生今世再也不说唱《格萨尔》。

他发的这个誓一直在折磨着他，"四人帮"被粉碎之后，在有关人员给他录音的时，他还心有余悸，为了严守誓言，不敢说唱。当时老人讲："你们要跟我讲，我可以讲几段，但你们要给我开个证明，说明是组织上让我讲的。"由此我们可以看出，当时的极"左"思潮对《格萨尔》的禁锢有多么严重。玉梅的家乡在遥远的牧区，虽说是"天高皇帝远"，由于"文化大革命"的风潮铺天盖地，藏北虽不是那么严厉，又能好到哪里呢？假如玉梅有机会听到阿爸的说唱，但要把70部从头到尾听完也是不可能的。另外，她的阿爸能否说唱70部还是一个疑问呢？

宗喀巴的记忆力应该说是超群的，他靠文字的辅助和融会贯通的理解，每天也只能记住17页经书。那毕竟是经书，可以翻来覆去的背记，一遍不行，两遍，甚至三遍。然而，说唱艺人大多是文盲，没有书本可供他们背诵，也不可能有那么多的机会和时间去听别人的说唱。如果说听过，她必须在6岁时什么都不干，一心一意地去听别人的演唱，才能在16岁时完全记住70部格萨尔的浩繁内容，这无论如何是不可能的事情。

由此看来，说唱艺人靠记忆是无法学会并记住格萨尔史诗的。何况他们根本不是靠记忆学会说唱史诗。因为他们没有这种条件和对象，我们可以肯定地说，"神授"说已不属于记忆的范畴。因此，拿古代藏族人惊人的记忆力来否定"神授"说是牛头不对马嘴。我们必须从另外的途径去寻找这个奥秘的答案。

（此文辑自《西藏艺术研究》1994年第2期，第22—26页）

闫振中《神歌〈格萨尔〉的传承方式》

古代藏族惊人的记忆

扎巴、玉梅、桑珠三个人都是文盲,他们要学会并掌握格萨尔的说唱内容,只有通过听,然后凭记忆储存在自己的头脑里。这能做到吗?

关于这个问题,许多研究家和学者都纷纷发表了自己的见解,对《格萨尔》的传承方式进行了极为认真的研究。

一种意见认为:

《格萨尔》史诗的传承方式与藏族传统的文化传承方式是基本一致的,它属于一个固有的,带有经验性的教育式的文化传播与接受方式。从吐蕃松赞干布起一直到格鲁派寺院教育系统形成以前,藏族的教育方式都是沿着口传耳授的方式进行的,即使格鲁派寺院教育形成了一整套的教学方法后,其教育的基本方式仍然沿用了口传耳授的传统。这种传承方式就培养了许多善巧者,即善说讲者,或善说唱者。《青史》上记载,11世纪左右,在拉萨、桑耶等地游说的善巧者有23 000人,另外比善巧者差一点的讲说者还有2 100多人。

说到底,口传耳授其内核是需要记忆的。由于长期采用这种传承方式,藏族中记忆力强的人的确不少,其记忆能力也是惊人的。《土观宗派源流》中有关于萨衮派大德迦噶宁布的记忆情况的记载,说他能把向顿大师给他讲授四年时间的经典教义又口传给他的11个弟子,由他们记录出书,可见其人的记忆惊人。

《土观宗派源流》还记载了黄教创始人宗喀巴的惊人记忆。说他跟随善讲藏律的玖莫隆寺堪布噶希巴·罗宽听讲《毗奈耶根本经》时，每日要熟记17页。有一次，他在为弟子讲说竺藏诸高僧传时，说四难论师协绕僧格，一次讲了17种经论，而且从初五，每日从黎明起至黄昏上，未有间断，三十日讲毕。史料上记载，宗喀巴大师曾向他的二位亲传弟子降仰曲杰和扎西白丹背诵百部经论，他们经过努力，果然能背诵显密经论108部，同时还能宣讲。由此便可以推论，长达几千万行的史诗靠记忆储存在人脑里也是可能的，这就宣布了《格萨尔》史传的可记忆性。

将《格萨尔》史诗内容的多寡和藏传佛教中某个教派的传承的教义内容相比较，起码是旗鼓相当，甚至各教派所传的包括显密在内的教义内容也许可以远远超过《格萨尔》的内容。既然这么多的教义都可以经过无数的僧众无数次的大脑记忆转换而一代代地传承下来，为什么《格萨尔》史诗的内容就可以例外？这样就没有理由怀疑每一代作为《格萨尔》史诗的大脑记忆的转换。他们两类人的文化背景、地理背景、人种背景、生理及心理背景，文化传播和接受背景等都是一样的。可以说正是藏族这种文化传承方式，千百年来，使藏族的记忆经受了锻炼。

另外，了解藏传佛教经典文件、《格萨尔》文体、话本小说文体的人都清楚，藏族文体（广义和狭义）的文体形式是基本一致的，都是韵散体，也即是由诗歌（韵文）和散文组成的文体。多少年以来，这种形式基本没什么变化，已被这个民族所接受，成为他们最喜欢、最熟悉的文体形式。从心理学上讲，藏族崇尚诗歌或者说韵文，喜欢歌唱和说唱，这是韵散体能够产生和发展的一个重要原因。总之，藏族对韵文有执着的追求，这对史诗、话本小说及经典的听说、记忆无疑是非常有益的。

记忆代替不了"神授"

以上关于记忆的论述似乎比较精到,但令人遗憾的是,说唱艺人关于"神授"的一个不容忽视的地方,却被"记忆"说的持有者有意或无意地忽视了。

所谓记忆,即对经验过的事物能够记住,并能在以后再现(或回忆),或在它重新呈现的时能再认识的过程。它包括识记、保持、再现或再认三方面。识记即识别和记住事物特点及其间的联系;它的生理基础为大脑皮层形成了相应的暂时神经联系;保持即暂时联系以痕迹的形式留存于脑中;再现或再认则为暂时联系的再活跃。通过识记和保持可积累知识经验,通过再现或再认可恢复过去的知识经验。

根据记忆的定义,我们应该明白,艺人如果是靠记忆学会说唱史诗《格萨尔》的话,他们必须是在听过别人的演唱后,才能把别人说唱的内容记忆,将其以痕迹的形式留存于脑中。问题是艺人所说唱的内容,其中有很大一部分是没有听别人讲过的,也就是说他们没有这方面的经验,这正是"记忆"说所忽视的一个很重要的方面。

以玉梅为例,她16岁开始说唱《格萨尔》,1981年(22岁)到拉萨说唱,被西藏人民出版社发现后应邀说唱录音,自报能唱70部,若全部录制完毕,整理成文字,将近有200万诗行,2 000万字之多。她不识藏文,没有从师学艺,却能把数以千计的人名、神名、地名、山名、水名、禽兽名、战马名、武器名、药物名、珍宝名……记得清清楚楚的,而且是70部左右的《格萨尔王传》每部都是一个完整独立的故事,战争场面之宏伟、神通变化之莫测、爱情故事之缠绵,与世界所有的名著相比都毫不逊色。这些难道只靠惊人的记忆就能完成吗？

截止到1990年，她共录制了23部，大、小磁带700多盘。最少也有800万字。就算她的脑子是一部录音机，别人演唱一遍她能全部录下来的话，她所能说唱的史诗播放一遍最少需要10年的时间。她是从16岁开始说唱《格萨尔》的，也就是说16岁以后就具有说唱《格萨尔》的能力。不难推算，她至少必须在6岁时，每天用8个小时的专门时间去听记《格萨尔》，而且还必须做到每听一遍能记住。

玉梅是1981年在她22岁那年，被《格萨尔》抢救办公室录用的。如果说她在16岁会说唱《格萨尔》只是初学阶段，只能唱很少的部数，而是在以后的时间里边学边唱，边唱边学中逐步提高的，这种可能性也许会有。但她在被录用之后，这种学习的机会已几乎全部丧失。她每天有录音的人员陪着，关在房子里说唱录音，不可能像在藏北草原上一样，在游牧中向其他老艺人学习。但是，她在22岁那年，就自报能说唱70部。在22岁的时间里绝对没有功夫和机会，将70部的史诗完整地听一遍。

她自报的70部，比扎巴老人的多将近一倍。其中有3部，即《梅岭之战》《塔岭》《亨岭》是手抄本、木刻本里没有的，也是所有其他艺人没有讲过的。

扎巴老人讲的第一部是《门岭大战》，共有9盘录音（每盘2小时），以后又做了补充，经记录整理现已出版，共470页，9 000多诗行。仅此一部，就是一部长诗了。西藏有关部门为了解玉梅的情况，比较与扎巴的异同，第一部，也请她讲《门岭大战》，共录19盘，比扎巴老人多一倍多，扎巴老人听了录音也感到很惊讶，说玉梅讲得好，很有特色。

玉梅在艺人中是最年轻的，但她能讲的部数却是比别人都多每部的内容也比别人多。她如果是学来的，她的老师应该是谁呢？

难道这不是一个奇怪的谜吗？

玉梅的父亲也是一位《格萨尔》说唱艺人，她是不是向父亲学来的呢？可玉梅说，她的阿爸没有教过她。她还说，教是教不会的。从玉梅的年龄推算，西藏民主改革时她才3岁，"文化大革命"开始时也不过10岁的孩子。十年动乱中，《格萨尔》因其宗教和神话色彩被打成大毒草，属于严格禁止之列，说唱艺人也被作为牛鬼蛇神，多次批斗，惨遭管制。就拿扎巴老人来说，"文化大革命"中曾先后三次让他写不再说唱《格萨尔》的保证书。他不识字，在别人代写的保证书上按手印，并按照藏族的习惯跪下来对天发誓：今生今世再也不说唱《格萨尔》。

他发的这个誓一直在折磨着他，"四人帮"被粉碎之后，在有关人员给他录音的时候，他还心有余悸，为了严守誓言，不敢说唱。当时老人讲："你们要跟我讲，我可以讲几段，但你们要给我开个证明，说明是组织上让我讲的。"由此我们可以看出，当时的极"左"思潮对《格萨尔》的禁锢有多么严重。玉梅的家乡在遥远的牧区，虽说是"天高皇帝远"，由于"文化大革命"的风潮铺天盖地，藏北虽不是那么严厉，又能好到哪里呢？假如玉梅有机会听到阿爸的说唱，但要把70部从头到尾听完也是不可能的。另外，她的阿爸能否说唱70部还是一个疑问呢？

宗喀巴的记忆力应该说是超群的，他靠文字的辅助和融会贯通的理解，每天也只能记住17页经书。那毕竟是经书，可以翻来覆去地背记，一遍不行，两遍，甚至三遍。然而，说唱艺人大多是文盲，没有书本可供他们背诵，也不可能有那么多的机会和时间去听别人的说唱。如果说听过，她必须在6岁时什么都不干，一心一意地去听别人的演唱，才能在16岁时完全记住70部格萨尔的浩繁内容，这无论如何是不可能的事情。

由此看来，说唱艺人靠记忆是无法学会并记住格萨尔史诗的。

何况他们根本不是靠记忆学会说唱史诗。因为他们没有这种条件和对象,我们可以肯定地说,"神授"说已不属于记忆的范畴。因此,拿古代藏族人惊人的记忆力来否定"神授"说是牛头不对马嘴。我们必须从另外的途径去寻找这个奥秘的答案。

"神授"说与说唱艺人的地位

"神授"说本身就是一个扑朔迷离的课题,这个西藏的难解之谜蕴含着人类自我的新解、新知,甚至是石破天惊的奇想。说唱艺人是这奇谜的载体,他们身上有许多遗传密码,对这些密码进行破译,是打开《格萨尔》迷宫的一把钥匙。出生在农奴、牧民,或其他贫苦人家的说唱艺人,在西藏的历史上被划为下等人之列,和乞丐同属一类。他们和乞丐不同之处是用说唱史诗求人施舍,以此换取的报酬养家糊口。在雪山大河之间漂泊,他们唱的是神圣而华美的诗章,走的却是一部布满荆棘和苦难的流浪之路。在旧西藏,唱藏戏的"拉姆娃"和热巴艺人为表示自己的依附关系,要向自己的农奴主缴纳人头税,而说唱艺人却和乞丐一样不需要交纳这些税,只需交纳"乞讨税"。以此便可看出他们生活的贫困和社会地位的低下,他们是无依无靠的漂泊者。

同"拉姆娃"和热巴艺人相比,他们的人身安全更无保证。"拉姆娃"和热巴队或以一家庭为主,吸收其他艺人,或由一部分艺人自愿结合形成一个十几人或几十人的团体。他们有较为固定的住地,除了唱戏、跳舞,自己还种庄稼,饲养牲畜。有的藏戏团和热巴队有少量的骡马,出外演出时不仅可驮负道具,还稍带做点小买卖;有的还有枪支可进行自卫。而说唱艺人除了一顶帽子,一串佛珠或一面铜镜,确实是一贫如洗,或只身一人,或携妻带子在转的朝佛的路上卖唱。漂泊路是多种多样的,每一条路上都有苦难和凶险,他们几乎没有任何自卫能力,年轻漂亮的女艺人更容易受到欺侮和凌辱。他们不隶属于任何主人,自由对于他们来说只是孤独和弱小。在这个世界上他们唯一能求助的是大智大勇、救苦救难的英雄格萨尔,把他奉为自己的"护法神"。

基于以上的原因,为了抬高自己的社会地位,制造一种神秘的气氛,刺激听众的兴趣,才用"神授"说的光环来装饰自己吧?我们不该武断地排除这种可能性,为了生存,为了自卫,这是能够理解,也是很有必要的。格萨尔的威名响彻雪域,家喻户晓,人人皆知,他是每一个藏族人心目中的英雄。我们从当地对格萨尔王的不同称呼就可以看出人们对他的尊敬与崇拜:"无敌战神""大穷者降敌雄狮珍宝""雄狮大王""赡部洲格萨尔王""天神之子""莲花生的化身""世界太阳""欢乐之神"等等。所以扎巴老人说,他原是与格萨尔不同时期的生命,是大王的战马踩死的一只青蛙;而玉梅姑娘说她是格萨尔的人,是继承和传播格萨尔业绩的火种;桑珠则说格萨尔的一员大将在时常地保护着他,有的还声称自己能通神,说自己能说《格萨尔》是某个神附在身上,借自己的嘴说唱的,有的又说是受了格萨尔的启示,或是格萨尔的某个大臣的灵魂附在自己身上说的,有的又说自己是用做梦的方法,靠做梦梦出来的等等。也许各种各样的说法还有更多,历史上有多少个说唱艺人,就有多少种不同的"神授"说。

如果"神授"说只是为了抬高自己的社会地位的话,我们可以清楚地看到,历代的说唱艺人通过这种"神授"说的渲染,并没有一丝一毫地改变自己穷苦和低卑的地位。

如今,他们的地位提高了,昔日的流浪艺人成了受尊敬的人民艺术家。以扎巴老人为例,1980年,他被选为西藏自治区政协委员,同年在西藏自治区第一次文代会上当选为自治区文联委员。1984年8月,在拉萨举行七省、区《格萨尔》艺人会演时,正值他老人家79岁生日。自治区格萨尔分领导小组和文联为他举行隆重的祝寿活动,并颁发奖杯和奖金。应该说社会地位够高了,被视为"国宝",可他为什么在临终前说"要将我的天灵盖留下,那上面有前生格萨尔的战马留下的脚印,一定要保存好。"这样的话呢?难道这不是在临终之前努力证实"神授"说的真实吗?

在以往,虽然这些艺人的地位卑贱,生活贫苦,但作为艺人,他们的气质犹在、气节犹存。对史诗《格萨尔》,他们全身心地投入。虽然在脚下是坎坷不平的人世之路,可精神完全生活在史诗的神话般的艺术世界之中。他们的信仰和向往虽然也是一个神佛的世界,但与众不同的是,这个世界是以格萨尔大王为主佛、为主宰所组成的充满神话的史诗氛围,可以说,格萨尔艺人同时生活在这两个世界里。在长期的说唱生涯中,全身心地投入使他们更多地生活在史诗世界,而对现实世界除了基本的生存条件之外,至于地位和荣辱他们是无暇顾及的。

(此文辑自《西藏民俗》2000年第1期,第61—64页)

徐莉华《说唱艺人、大理论家与无意识》

在我国藏族史诗《格萨尔》的研究中,存在着一个令人惊异且费解的现象。这部史诗卷帙浩繁,是目前所知世界上最长的巨型史诗,据不完全统计,它可能有 70 到 100 多部,百万诗行,千万文字,"演唱一遍要十年八年"。然而,它赖以流传下来的载体既不是文人的手稿,也不是印刷的书本,而是一些家境贫寒,目不识丁的说唱艺人。他们是《格萨尔》史诗名副其实的"活的文库"。当代我国西藏高原仍有这样一批"包仲",其中年老的扎巴和年轻的玉梅可谓是代表人物。20 世纪 80 年代,国家将《格萨尔》史诗的开发和研究列为哲学社会科学重点项目,首先组织从这些文盲说唱艺人口中抢救《格萨尔》史诗。在这个过程中,老艺人扎巴自报能讲 30 多部,当时录了 22 部,用了 500 多盒磁带,历时 500 多小说,女艺人玉梅说自己能讲 70 多部,其中《门岭大战》一部就录了 19 盘,每盘 2 小时,而《梅岭》竟录了 79 盘,事后记录整理都是一项很大的工程。人们自然叹服他们非凡的记忆天赋,但又认为光凭记忆是不可能的,除非"她的大脑是一台录音机"。而且《格萨尔》史诗在不同艺人那里有不同的说法,伴随着口头流传,还不断有新的内容加入其中,这说明艺人不单纯是个传播媒介,还参与了创作,所以这种现象又堪称是文艺创作史上的一个谜。

按照艺人们自己的说法,他们所讲的故事不是学来的,是通过托梦或害病,由神传授的。扎巴老人说:他十一二岁时就会讲一些有关格萨尔的故事。在二十多岁时,他做了一个梦,菩萨剖开他的肚子,取出五脏六腑,装进格萨尔的故事书,并告诉他,不用去学,你醒来后就会讲,你要到处传唱,让僧俗百姓都知道雄狮大王格萨尔的业绩。托梦后老人突然会讲更多的故事,讲得也更加生动,如果说扎巴的情况是他在原有基础之上强记博志,日臻完善的结果,那么女艺人玉梅的情况就更有传奇色彩了。据她自己介绍,在 16 岁时,有一天在草地上放牧睡着了,梦见在空旷的野地有黑白两片湖水,突然狂风大作,黄尘蔽日,波浪滔天,黑湖水里跳出一个妖魔,拖着她,她大声呼叫,白湖水里走出一位仙女救了她,并让她把格萨尔大王降魔妖魔,造福百姓,弘扬佛法的业绩告诉乡亲们。梦醒回家,她大病一场,病好之后,她觉得自己忽然懂了好多格萨尔的故事,并抑制不住地要讲出来。说唱艺人们自己的解释神乎其神,令人难以相信和接受。但是,"这些民间艺人是真诚的,正直的,淳朴的,他们不会,也没有必要编造谎言"。于是,在这个令人迷惑的现象之上又罩了一层神秘色彩。

欲解其谜,有人把目光转向了两千多年前希腊的大理论家、思想家柏拉图。在其著名的《文艺对话集》的《伊安篇》中,柏拉图说道:"凡是高明的诗人,无论是在史诗或抒情诗方面,都不是凭技艺来做成他们的优美诗歌,而是因为他们得到灵感,有神力凭附着。……不得到灵感,不失去平常理智而陷入迷狂,就没有能力创造,就不能作诗或代神说话。"他还说:"最平庸的诗人有时也唱出美妙的诗歌,神不是有意教训这个道理吗?"柏拉图的这番论述是针对古希腊行吟诗人伊安吟诵荷马史诗而发的。伊安承认自己只有本领吟诵荷马史诗,一谈到荷马就专心致志,意思源源而来,而提到其他诗人就打瞌睡,这种情况正如藏族文盲说唱艺人,一说到格萨尔就滔滔不绝、神采飞扬,而平时教他们学文化,他们打不起精神,甚至几年学不会藏文拼音。可见世间无独有偶,他们的共同特点概括起来便是平庸加奇才。柏拉图的文艺思想也可作为这种藏族说唱艺人们关于"托梦""神授""化身"等说法的理论总结。不过,这种理论也许能够得到古希腊人的赞许和承认,对现代人来说它难以直接成为解谜的良药,而更像是一针加重神秘主义色彩的强心剂。尽管如此,把当代西藏高原说唱艺人与远古希腊海滨大理论家联系起来的做法却为人们提供了一个契机。柏拉图的《伊安篇》是最古老的谈艺术灵感的文献,它虽然是唯心的,最终导入不可知论,却又是聪明的,它提出灵感的来源不是技艺知识,灵感也不是在通常的理智状态中表现出来,这的确是文艺创作中的一个特殊现象。近年来,人们开始用现代心理学的无意识学说来解释和分析柏拉图的"迷狂说",取得了一定的进展,既然如此,无意识便也可作为解释文盲艺人这种精神现象的方法,由此下去,从梦、灵感、记忆等方面再解其谜,将不失为一条可取的途径。

按照现代精神分析心理学派的概念,人的心理主要可分为意识和下意识即无意识两个部分。无意识是由被压迫的记忆、思想、欲望所构成,这些东西为外力所压迫,不能自由表现,但实际并没有消灭,一旦遇到适当机会就会突围而出,把从前所隐伏的动作实现出来。梦则是无意识行为的一个重要方面。而梦与文学的关系又甚为密切,这已为许多文学现象所证实。英国18世纪浪漫主义诗人柯勒律治说他著名的长诗《忽必烈汗》(又名《一个梦中的幻觉》)是在梦中完成,他服了鸦片沉沉入睡,梦中写成一首二、三百行的长诗,醒后其内容记忆犹新,立即提笔,但刚写成五十多行,来人打断之后,剩余全部遗忘。我国唐朝诗仙李白的《梦游天姥吟留别》也是梦后所写,梦中仙界"霓为衣兮风为马,云之君兮纷纷而来下。虎鼓瑟兮鸾回车,仙之人兮列如麻"。如此壮丽、缥缈的画面,若不是梦幻,难以捕捉。可见,对于饱读诗书的文人来说,梦境往往可以提供创作素材及内容。这些东西是他们平日冥思苦想,搜肠刮肚,有意识地求之而得不到的,所以是一种欲望的满足。而且目不识丁的说唱艺人的梦境似有不同,扎巴和玉梅的梦境虽与格萨尔史诗有关,却不是史诗内容本身,他们得到的是说唱格萨尔史诗的允诺。这些牧民从小就从事生产劳动,并无意将说唱格萨尔史诗作为自己追求的目标。然而,精神追求对任何正常人来讲都是必不可少的,千百年来,《格萨尔》史诗流传于民间,深受藏族人民的喜爱,格萨尔成了能够给藏胞带来幸福的战神,自然也就成了他们精神向往的目标,由此引起的兴趣更是不言而喻。在文化生活贫乏的边缘地区,听人说唱格萨尔恐怕是童年的扎巴和玉梅所能经常享受到的唯一文化生活。听说格萨尔也成了他们最能舒展记忆,驰骋想象的精神活动。久而久之,格萨尔的故事不能不印在脑海,暗中构成说唱欲望也在所难免,但他们自己并没有此种意识,这种欲望被压抑在心底,通过梦境得到了实现。藏族人民信奉佛教崇尚神灵,讲求造化,所以梦中借助神仙获取说唱格萨尔的能力和允诺是十分自然的。而这一切精神活动都在无意识中进行,所以把这种无意识的愿望的实现归于神的旨意是他们所能作出的唯一的真诚的解释。

说唱艺人作梦及其梦醒之后的表现也带有灵感的主要特征,即自发性:梦后说唱格萨尔的冲动不期而来,势不可遏;亢奋性:说唱时高度兴奋,如醉如狂;创造性:浮想联翩,出口成章。但是,这种梦境灵感与文人的梦境灵感是有差异的。后者灵感体现在内容构思上,而前者则体现在说唱能力上,仿佛是打开了记忆的闸门。这种差异导致了两种灵感的表现不尽相同。文人的梦中灵感有一个特点——短暂。柯勒律治梦中所作的虽是一首长诗,但梦后记下来不到四分之一,被打断后就永远消失了。而这也是我们目前所知的文人梦境之后立即写下的最长一首诗。一般认为灵感的突发性、短暂性决定了它不可能担负起数百行的长诗或数万言的小说的创作任务。灵感产生之后,还得"继之以躬行力学",才能完成全部创作。这种观点比较合乎文人创作的实际情况,但对于说唱格萨尔史诗的文盲艺人来说,情况并非如此。女艺人玉梅认为自己是草地一梦,七天大病之后突然会说唱格萨尔的。有一次她给乡亲们讲了七天七夜,累得嘴都流出了血,但仍然抑制不住想继续讲下去。她不识字,不能照本吟诵,而说唱又必须是连贯的,她须脱口而出,不能加以过多思索,这其中如果不是神的因素,就还是一个记忆的问题。

记忆之前必须注意。"注意是心理活动对一定对象的指向和集中。"它要以全副精力来对待这一对象。现代说唱格萨尔的文盲艺人从小都生活在格萨尔史诗广泛流传的地区,这是一个前提,没有这个前提就不会产生这种文盲艺人,而有了这个前提,他们还必须对格萨尔史诗作有选择性的注意。扎巴和玉梅从小都十分喜欢听别人说唱格萨尔,扎巴老人说当时他"一听就像着了魔似的,把吃饭、干活都忘得一干二净"。这充分说明他对格萨尔史诗的注意力高度集中,注意是一扇门,凡是外界进入心灵的东西,都必须通过注意的门户,一旦进入心灵就会产生识记,识记可分为有意和无意两种,普通牧民喜欢听唱格萨尔并无预定的任务和目的,完全是因兴趣作出这种无意识选择而引起的情绪活动,所以属于无意识记,它用不到作出任何努力就能以一定方式在头脑里保存下来。人的记忆保持能力究竟有多大?数年前,美国科学家冯·伊曼语出惊人:"人的大脑能容纳 1 020 单位的信息量。""可相当于当今世界上美国最大的一个图书馆(国会图书馆)藏书总量的 50 倍。该馆约藏书 1 000 多万册,换句话说,人的大脑一生可储藏 5 亿本书的知识。"与这个数字相比,当代西藏高原说唱格萨尔史诗的文盲艺人能记住百万诗行,千万文字就不足为奇了。然而,科学家又承认"由于多方面的原因,任何人的记忆都远远没达到这种程度"。所谓多方面的原因,对正常人来讲,最主要的是接触外界事物很多,精神文化生活包罗万象,注意力分散等方面。还有,人在社会活动中常常要进行一些有意识记忆和复习保留。所有这些都会冲淡或埋没无意识记忆,使其效力得不到充分发挥。相对来说,文盲说唱艺人生活范围小,接触面窄,文化单一,尤其是不能上学读书、使他们在学龄时期省去了绝大多数的有意识记任务。反过来,无意识记得到了较为充分的展示机会。一旦对某种文化现象发生兴趣,就会精力高度集中,在没有压力的状态下,识记效果更佳。由于这一切都是在不知不觉中进行的,所以,由潜移默化转变成根深蒂固,一旦遇到机会,便可冲出记忆闸门,滔滔不绝,如醉如痴地说唱。这种效果恐怕是有意识记所达不到的。正如女艺人玉梅自己所说:她只是喜欢听,并无父亲专门传授,"那么多部,教是教不会的,教了也记不住"。换句话说,她若是有意识记格萨尔史诗,就不会成为令人惊异赞叹的女艺人了。

现代心理学还发现,记忆中所保留的内容也会发生变化。其表现为增加或简略了识记内容,使之更详细、具体或简略、概括。说唱艺人的情况大多属于前者。随着时间的流逝,记忆内容会产生裂痕式断裂,当他们说唱时,为了使故事更好地衔接,真实可信,便依靠头脑中过去已有的经验来填补裂痕,于是,在原故事重要情节的基础之上,无须专门构思,便可随时添枝加叶,从而使之有了自己的特色。这就是为什么格萨尔史诗在不同艺人那里有不同说法,史诗内容不断增加的根本原因。如果说:"可以把记忆看成是一种具有'创造'性的过程",那么,这样的文盲说唱艺人不仅是格萨尔史诗的载体,也是这部古老史诗的当代修订者。

现代心理学的一个重要贡献就是发现了无意识。无意识的发现为我们理解梦、灵感和记忆等精神现象提供了更加深邃的理论和方法。本文用之试解西藏高原说唱艺人身上的谜,至少已将他们关于"托梦""神授""化身"等说法连同古希腊大理论家柏拉图的"诗神凭附""代神说话"等理论一道带回到人脑,从而纳入了科学的轨道。希望它能成为一块引玉之砖,使人们更加注重浩瀚广袤的无意识,并由此开掘人脑的巨大潜能,使这个宇宙的精华彻底取代天上的神灵。

(此文辑自《西藏民族学院学报(社会科学版)》1996年第2期,第43—46页)

肖长伟《〈格萨尔〉说唱艺人玉梅》

一个目不识丁的藏家牧女，头脑中装着上万个诗行。口中流出的《格萨尔》史诗已录制了1800余盒磁带，为此，她成为西藏社会科学院的正式国家干部。

古老的雪域高原以其高峻雄拔的地势而形成与南北两极对峙的独特地理单元，深厚而久远地延续着的宗教色彩又为这片千古雄风激荡的土地披上了神秘莫测的外衣。当我们以探究的目光去审视这片古老土地上的人和事时，一桩桩不可思议的难解之谜会让我们无法在科学的大厦中找到可信的答案。

玉梅，一个目不识丁的牧女，远居离拉萨700公里的藏北索县的山沟中，现代文明气息无法抵达。这里有的只是无边的草原，悠长的牧歌，成群的牛羊。从小与牛羊为伴的玉梅，因为一个离奇的梦，一场无端的病而顿悟，成为一名远近闻名的《格萨尔》说唱艺人。成千上万句史诗从她那不善言辞的口中源源流出，以至于惊动了正在抢救世界最长的史诗——《格萨尔》办公室的头头脑脑们。一纸调令改变了这位牧女的终生命运，从此她住进了西藏社会科学院二室一厅的楼房，享受助理研究员的待遇，政府每月一百元的津贴也按期发送。于是报纸、广播、电视、通讯社的记者们接踵而来，她成了令人瞩目的新闻人物。

带着一种好奇的探究心理，笔者走进了西藏社会科学院的那座二层小楼。开门的玉梅不是想象中的窈窕淑女，魁伟的身材，和善的面庞，未言先笑，腼腆而不乏热情地把我们让到客厅的沙发上。两室一厅的房子中现代化的电器家具一应俱全，卧室客厅整洁而有条理，室内布置奇特而富有情趣。

询问她的年龄,答曰:38,却又说属猪,屈指推算,年龄与属相不符。再问究竟,回答是生于1959年。照此推算,今年应为37岁。无奈,翻阅藏学研究专家杨恩洪关于玉梅的研究资料,方知玉梅生于1957年藏历火鸡年。陪同采访的罗丹解释说,生活中的玉梅腼腆而略显木讷,不但说不清自己的年龄,有时连自己的小孩几岁都弄不明白,每次开会发言,玉梅什么也说不出来,总是一笑了之。就是这位连年龄也说不清的玉梅,一说起《格萨尔》便滔滔不绝,或唱或说,酣畅淋漓,如无人打扰,可昼夜不停地说下去。篇幅浩繁的《格萨尔》中,人名、地名、人物穿着、长相、武器名称、打斗场面、战争故事不可胜数,而这位从没学过说唱《格萨尔》的玉梅,一场大病之后,能说唱74部的《格萨尔》故事。目前,她已录制说唱磁带1 800余盒,近2 000万字。《格萨尔》办公室的工作人员正忙于从录音磁带上抄录、整理,准备出版。

玉梅在录音前不需要作任何准备,随时都可以说唱。为了验证其真实性,笔者要求她当场做说唱表演,玉梅欣然应允。只见她换上紫红色藏袍,头戴仲夏(格萨尔说唱艺人专门戴的一种帽子),手握念珠,双目微闭,进入静态。数秒钟后,左手拨动念珠开始说唱。其调抑扬顿挫,或舒缓或激越。表情随着说唱而变化,一会儿喜悦,一会儿愤怒,一会儿又转为悲伤。唱了约4分钟后,开始说旁白,最后以藏传佛教中的六字大明咒——"唵嘛呢叭咪吽"结束整个故事。说唱前,陪同采访的罗丹一再提醒,一定要事先规定说唱时间,否则玉梅一说唱起来便收不住场,笔者要求做5分钟表演,果然5分钟后,说唱戛然而止。

玉梅为我们表演的是雄狮大王格萨尔征服大食国的故事,故事叙述大食国有一匹宝马,被格萨尔的叔叔晁通偷走了。大食国人发现后决意要发兵追回宝马,晁通请求格萨尔援助。于是岭国(格萨尔的国家)与大食国开战,结果大食国兵败。

据玉梅说,她在说唱前,格萨尔及其大将征战的一幕幕画面便会出现在眼前,她便根据这些图像说唱。观众越多,情绪越激烈,眼前的图像便出现得越快越清晰,说唱便异常顺利。有时心情不佳,眼前便不出图像或出得很慢,这时说唱便不太顺利,效果也不好。

1984年,在拉萨召开了全国第一次《格萨尔》艺人演唱会。来自藏族聚居区的五个省及新疆内蒙古的40位艺人参加了演唱。当时年仅28岁刚刚离开家乡来到拉萨的玉梅,在数千名观众的注视下,神态自若地进入说唱角色。说唱一经开始便旁若无人,计划中的段子说完了,她没有停止,继续往下说,而自己竟毫无察觉,直到工作人员上前提示她停住为止。按理说,艺人在演唱过程中,别人是不能打断的。因为在藏族艺人的心目中,他们是在履行神授的职责,弘扬格萨尔的丰功伟绩。

这次说唱,玉梅获得了很大的成功,其名声很快传遍古城拉萨。

碧绿的草原上,玉梅走入一个奇怪的梦境,大病中的她,眼前全是格萨尔南征北战的场面;病愈后的玉梅想唱牧歌,嘴里流出的却是"路啊啦它啦"。

1957年,玉梅出生于昌都与那曲交界的索县。在那片贫瘠的土地上,玉梅家过着相对富裕的生活。玉梅从小性情敦厚,少言寡语。父亲洛达次仁是位《格萨尔》说唱艺人,终年在外流浪说唱,很少回家。母亲在家照顾玉梅三姐妹。

15岁那年,玉梅成了索县荣布乡的一名放牧员。16岁夏季的一天,玉梅照例赶着畜群去放牧。蓝蓝的天空中白云朵朵,碧绿的草原上牛羊静静地吃草。玉梅独自在草地上玩耍,玩着玩着觉得有点累,便顺势躺在草地上睡着了。朦胧中一人骑着高头大马,头戴钢盔,身披铠甲,缓缓朝她走来。马上人自称是格萨尔,其后面跟着珠宝首饰闪闪发光的爱妃珠姆。再细看时,那两人却不见了。

兴奋异常的玉梅在草原上奔跑着,前面出现一个无边的大湖。湖水清澈见底,鱼游其中,鸥浮水面,十分美丽。突然,一阵骤风吹过,湖面浮出一位如花似玉的仙女,头上戴着珍贵的头饰,身上穿着飘逸的羽裳。仙女似乎早就认识玉梅,跑过来拉着玉梅的手就往湖边跑。接着又用湖水为玉梅洗澡,然后为她换上新衣服,并献上一条洁白的哈达说:"从此你就是我们格萨尔的人了,现在你可以回去了,"说完就不见了。玉梅一觉醒来,方知是一梦,梦中情形依然历历在目。此时天已渐黑,她赶紧驱逐畜群回家。不料,第二天玉梅便大病不起,全身高烧,眼前全是格萨尔及其大将南征北战降伏妖魔的战争场面。父母看着玉梅病得厉害,当地又无医生,都非常着急,好不容易从外地请来一名赤脚医生,又是打针,又是吃药,却丝毫不起作用。无可奈何的洛达次仁只好到热丹寺请永贡活佛为玉梅开启脉门。此招果然灵验,四五天后玉梅的病便好了。于是玉梅把做梦、生病的全过程告诉了父母。

病愈后的第二天,玉梅又赶着畜群来到了草原上。病了一个多月后,初次来到草原,闻着草原上那特有的馨香,看着那熟悉的蓝天白云,玉梅高兴极了。她情不自禁地奔跑着,想亮开歌喉大声歌唱那往日的牧歌。孰料,一开口吐出的却是"路啊啦它啦……",就是《格萨尔》说唱艺人每次说唱前的开篇语。接着就难以控制地唱出若干《格萨尔》诗行,而且病中的那些《格萨尔》故事源源不断地涌来,唱词一句接一句地唱出。突然意识到自己会说唱《格萨尔》的玉梅又惊又喜,赶紧跑回家告诉父母。父亲洛达次仁说:"我的'都协'(灵魂)已传给了女儿,看来我该归天了。"

洛达次仁的预言很快应验了。就在那年夏天,荣布乡乡长打了一只岩羊,邀请洛达次仁到他家吃肉,从乡长家回来,洛达次仁感到不舒服。第二天一早她对妻子说:"今天不要让玉梅去放牧了,我有话要对她说。"妻子对丈夫的话并没在意,回答说:"有话晚上再说吧。"不料就在当天,玉梅放牧归来时,父亲已经闭上了眼睛。

父亲去世后,玉梅一直为乡亲们说唱《格萨尔》。她精湛的说唱艺术赢得了乡亲们的普遍好评,很快玉梅便远近闻名。

被誉为"东方伊利亚特"的藏族史诗《格萨尔》的发现,使哲人黑格尔那近乎轻蔑的判断——"中国没有史诗!"——最终走向荒谬。登上国际学术论坛的《格萨尔》史诗被确定为世界上最长的史诗,处于明珠闪烁的史诗之林王冠地位。为抢救民族瑰宝《格萨尔》史诗,国家连接在"六五""七五"期间,把抢救《格萨尔》史诗列为重点项目。

1977 年,西藏出版局派人深入牧区寻找《格萨尔》说唱艺人,声誉鹊起的玉梅被一纸调令调到了西藏出版局。1979 年,西藏自治区文联成立了《格萨尔》史诗抢救办公室,玉梅又随到文联。后来《格萨尔》抢救办公室移师社科院,玉梅又跨进了西藏社科院的大门。

玉梅说唱的《格萨尔》共分 74 部。包括 18 个大宗(宗:当时一个部落即为一个宗,相当于一个国家)和 56 个小宗,格萨尔大王每降伏一个宗就是一个完整的故事,一个故事称为一部。目前玉梅已录制了 35 部。

在众多的《格萨尔》说唱艺人中,玉梅是唯一的一位女性。鉴于她对抢救《格萨尔》所做的突出贡献,1986 年应邀到北京参加了全国《格萨尔》表彰大会,并荣获《格萨尔》说唱家称号。

不同地区不同语言的艺人说唱着同一个故事。做梦——得病——开启智门,艺人们有着惊人的相似历程。奇怪神秘,人们试图从不同的角度去剖析这一现象,以期找到谜底。

西藏自治区社科院集中了 40 位最有名气的《格萨尔》说唱艺人,这些艺人虽然来自不同地区,甚至使用不同语言,但他们却讲述着一个结构相同内容基本一致的《格萨尔》,而故事的开篇和结局则完全一致。

《格萨尔》抢救办公室助理研究员仁增介绍说,说唱《格萨尔》的艺人分为三种。一种是说唱时不用任何道具的所谓"神授"艺人,如玉梅。第二种是看着一面小铜镜说唱的圆光艺人。如类乌齐县的卡擦扎巴·阿旺嘉措,他手拿一面小小的铜镜说唱。据他说,他是根据铜镜中源源不断变化着的图像说唱的。第三种是根据《格萨尔》手抄或木刻本说唱,称为自学艺人。

对前两种人,有一种说法。当人类从崇拜自然笃信鬼神走入唯物主义哲学体系的今天,最理想的选择便是运用唯物主义的哲学方法去剖析这一现象。于是有人认为,这些艺人之所以产生,首先是因为他们处在《格萨尔》流传的牧区,长期的潜移默化在他们的大脑中留下诸多印记;其次是父母遗传给他们留下了生理基因;其三是这些人有着超人的记忆能力。当突然得病引起生理的变化时,头脑中大量琐碎印记集中到一起崩发出来,是谓顿悟。

按藏传佛教的原理,还有两种解释。

神授说。在宗教信仰根深蒂固的雪域高原,人们认为人的灵魂可以脱离肉体而存在,做梦便是灵魂脱离肉体四处游荡的佐证。有些人之所以突然成为说唱艺人,是因为他们的灵魂在做梦时接受了神的旨意。

转世说。按藏传佛教的理论,人死之后,其灵魂可投胎转世。如活佛转世制度就是基于这一理论。于是,他们把不经学习就能成为说唱艺人归结为说唱艺人的灵魂转世。

解释五花八门,但都不够完美。正如科学的金钥匙还不能全部打开所有的迷宫一样,《格萨尔》说唱艺人之谜得不到圆满的解释也是正常。相信,随着科学的发展,这一现象终究会得到理想的解释。

(此文辑自《青春岁月》1996 年第 5 期)

顿珠《神奇的〈格萨尔〉艺人》

有不少专家和学者把《格萨尔王传》这部英雄史诗比作藏族文学群峰中的珠穆朗玛峰,而把它的创造者、继承者、传播者——民间艺人比作具有超凡的文学天才和记忆力的神奇般的匠人。

几年来我在从事《格萨尔王传》的抢救工作过程中,碰到很多人瞪大眼睛,十分神秘地问我:"听说你们那里有个十几岁的年轻姑娘,在山上放羊的时候梦见《格萨尔》大王手持钢刀,剖开她的腹部,把五脏取出来,然后塞进去一些经书。当她梦醒时就会说唱《格萨尔》故事了。真有其人其事吗?"也有人问:"据说你们《格萨尔》的许多艺人,一个字都不识,可说起《格萨尔》来,如同开了闸的水,一连唱好几天。并且说出来的故事,稍加整理后便是非常了不起的民间文学巨著,好比《三国》《红楼梦》是真的吗?"这一连串的提问,也正是我心中的疑惑。

1984年初春,我带着一脑子的问号,下乡来到藏北草原,向那里的老艺人请教他们是怎样学会说唱《格萨尔》故事的。艺人们既不承认有师承关系,也不承认学来的,而他们在回答我这些提问时,毫无故弄玄虚的样子。以他们自己的说法"仲肯"ཀྲུང་མཁན(说唱艺人),分四种:

第一种:"包仲"བབས་སྒྲུང་是降下来的故事之意,也可谓神授。自称为"包仲"的艺人,所述大同小异,他们大都有小时候作梦或得病的经历,病初神经错乱、迷糊昏晕,于是有时眼前出现《格萨尔》大王,有时发现两军对阵等情形,从此便由少到多地会说唱《格萨尔王传》故事,这样延续一段时间后,距离系统地说唱只剩下最后一个阶段,——请高僧或喇嘛给他们打开脉门。打开脉门

ཨ་གོ་དབྱེ་ཧྲིལ།（给予启发）后，病也逐渐痊愈。成为神圣的"包仲"说唱艺人了。

第二种："推仲" ཐོས་སྒྲུང་།"推"是"听"，"仲"是"故事"，听来的故事之意，如旺堆、欧珠等属于这一类。

第三种："酿夏" རང་ཤར།大意是自然显现的意思。

第四种：看着明镜说唱，如卡孜扎巴、阿旺嘉措，他已经为我们望着明镜，书写了五六部《格萨尔王传》故事。

以上四种不同的说法，虽则各有不同之处，但都带有神秘的色彩，这是它们的共性。尤其是在以"包仲"自称的艺人们中，有我们第一流的艺人扎巴、桑珠、玉梅等人，实践证明，这些艺人是十分了不起的。可他们的"包仲"之说法无任何科学依据，始终不能令人信服。我觉得"神授梦传"之谜不破，艺人研究工作和《格萨尔王传》故事怎样产生的考究工作就不好展开。由此我联想到另一桩与"神授梦传"类似的趣事，它也许有助于研究者们打开思路。

众所周知，西藏是个拥有极大数量宗教信众的社会。在拉萨，人们的信仰方式，以转经磕头、诵经点灯以及煨桑祈祷等最为普及。每当我走在岭郭路上时，发现转经队伍在岭郭路连成一条线。那些老奶奶和老大爷们，迈着匆匆的脚步，右手拿着手摇嘛呢筒，左手捏着念珠，嘴上振振有词地诵着经文，并不时地往煨桑炉里添柏枝或往石堆上加上一块石头，这时我总赞叹这极好的体育锻炼方式。更有甚者，信徒们从遥远的昌都、青海等地，冒着严寒酷暑、带着极其简单的炊食用具，一步一个响头，不间断地磕上几个月，甚至长一年，来到圣地拉萨朝佛。我们且不说他们是怀着何等虔诚的心情，见到释迦牟尼像时，又是怎样的兴奋和自豪，我们撇开这些宗教因素，而只计算他们的运动量的话，可以说个个都是运动健将，世界上运动量最大的马拉松，才只不过是40几公里，哪里比得上从昌都到拉萨磕头所付出的体力与耐力，在拉萨，也没有一个健身队伍,能比得上岭郭转经的人流。但又有哪一个善男信女会承认他们的健壮身躯是"运动"带来的呢?这恰巧同我们艺人们的"神授""酿夏""铜镜"一样,他们的回答不是"前生积德",就是"三宝"和"上天"所赐。所以说"神授梦传"绝不是实质,是一层神灵的面纱。在内蒙古赤峰市召开的首届全国《格萨尔》(格斯尔)学术讨论会上,探讨了"托梦神授"一说。杨恩洪同志借用现代科学对梦的结论,以及相当的篇幅说明了其实质。最后得出的结论是:"艺人所说的在梦中或在迷狂状态中,得到神谕而会说唱史诗,实际上是我们常说的得到了'灵感'。"我对这一"灵感"说法不敢否认,但文章紧接着谈到:"当然艺人们坚持托梦神授之说时,夸张的可能性也是存在的。因为,他们的社会地位低下,被旧西藏的统治者视为乞丐,而讨要也并非易事,还要缴纳'乞讨税'。他们到处流浪,以说唱故事来养家糊口,求得生存。为了得到人最起码的生存条件——温饱,他们必然要渲染故事得来的神秘色彩,给人们造成悬念,以引起重视,这是完全可以理解的。"对于这一从社会经济角度所分析得出的"神授梦传"艺人是不信服的,有些牵强附会。《格萨尔王传》在历史上被当作最好的谋生之计是对的,但解放后到现在已经完全不是为了谋生,那么艺人又何必加以夸张和渲染呢?同样,信教群众和过去三大领主利用宗教有本质的区别。前面所提到的善男信女不承认"运动"而说出的"前生积德"或"三宝""上天"赐予他好身体,这是出自认识上的局限以及传统意识的影响,所回答的一种超自然的老实话,而不是夸张和故弄玄虚。

《格萨尔王传》究竟怎样产生的?从已经出版了的十几个版本来看,《格萨尔王传》所描写的是古代藏族部落间征战和吞并,同时把这种征战蒙上一层迷信色彩,说成是神和魔相斗,最终以岭嘎为神的南赡部洲取胜于众部落。对此,有的学者认为,《格萨尔王传》故事中的大多数国家或部落和藏族社会、历史,特别是和吐蕃王朝统一青藏高原有着直接或间接关系。并且是西藏原始宗教——苯教同后来传入西藏的佛教间曾进行过的佛苯斗争的真实写照。这正如恩格斯在评论爱尔兰英雄史诗《尼亚尔史诗》中所指出的一样:"是有某些历史事实作为基础的。"故此,我们应该得出这样的一个结论,史诗《格萨尔王传》绝不是神授凭空产生的,它所反映的无论是人物、事件、思想,还是记述的故事,基本是藏民族在某一个历史发展阶段的重大变迁以及在这一重大变迁中出现的英雄人物。这就是说,史诗的素材来源于西藏古代历史。那不识字的文盲作家——民间艺人是怎么把它加工成为如此伟大的世界巨著呢?我认为语言和记忆是必不可少的先决条件,从古到今,没有一部伟大的作品不是在语言的基础上建立起来的。写作如同建筑一样,有了素材和明确的主题之后,语言和词汇好比砖瓦,没有语言和词汇的砖瓦,盖不起《萨尔王传》那样的摩天大楼。那没有文化的艺人,又是怎么能掌握如此众多的语言和词汇呢?回顾对部分艺人的身世和生活背景所做过的调查,我认为有以下几点:

1. 艺人都出生生活在《格萨尔史诗》广泛流传的地区,本人自小和说唱艺人有过密切接触。如:桑珠的祖父罗桑格来以"洪亮的嗓子和说唱《格萨尔》的才华"著称,桑珠从小坐在祖父的怀抱里听他给乡亲们演唱,沉醉在那优美的史诗中。而玉梅的父亲本人是个"仲肯",相信她从小就受到《格萨尔》史诗的熏陶。扎巴老人的家乡是《格萨尔》广泛流传的地区,那里有不少说唱艺人,扎巴"从小就爱听他们说唱,一听就像着了魔似的,把吃饭、干活都忘得一干二净",到他十一、二岁时,"扎巴自己也会讲一些有关格萨尔的故事"。玉珠的父亲"是个挺不错的格萨尔说唱艺人",玉珠儿时经常学父亲装扮成"仲肯",为孩子们表演。这些给他们提供了接触格萨尔史诗并成为格萨尔艺人的基本条件。

2.《格萨尔》民间艺人大都是牧民,牧区海阔天空,青天白云,生产和生活比较简单。牧民们朝出晚归，望着一望无边的绿色的世界，看着大自然的变迁，过着单调、无聊、十分寂寞的生活。也可以想象，在这样一个环境中生活中青年男女牧民的大脑，是像干渴的戈壁沙滩，如果这时有人给他们讲个民间故事或者神话，相信他们饥饿了的记忆，将把它深深地刻在上面，终生不忘。更何况《格萨尔王传》这样脍炙人口的故事。这也是格萨尔艺人有着超人记忆力的原因之一。当然，这里不能排除艺人的主观因素，即记忆、生活环境、个人语言才能和表现能力，到处流浪的丰富阅历，这些复杂的因素合在一起，才能成为优秀的格萨尔艺人。

3. 我们的学者，更多地看到牧区草原之广阔和生活之单调，却忽视了一个万万不能忽视的问题，宗教寺庙的存在和影响。在西藏，宗教和寺庙是无处不在的。寺庙，多少年来作为西藏政治、文化、社会、宗教、历史的聚焦点，是一切上层建筑领域的象征，也就是从这里伴着迷信色彩的西藏社会历史——《格萨尔王传》的素材和语言词汇，通过诵经、朝佛、传记文学等渠道，输入到艺人们的干渴的记忆沙滩。最后打开扎巴、桑珠等人脉门的不就是喇嘛高僧吗？

4. 过着流浪生活的藏族牧民，有着惊人的语言表现能力，他们那一连串寓意深刻、妙趣横生、幽默诙谐、说服力极强的比喻让人叹为观止。这就充分说明，古老的西藏文化孕育了西藏民族，使他们富有极其丰富的想象力和创造力。作为一个优秀的艺人，生活在丰富的民间文学海洋中，他们从民间流传的神话、传说、故事及群众妙语连珠丰富词汇中，吸取营养，经过几代人的努力，创造出现大规模的《格萨尔王传》是可信的。记得，那曲年轻的艺人曲扎的经历和"包仲"艺人们大致相同，但他最早说出来的不是《格萨尔王传》故事，而是八大藏戏的剧本。同样，他也不承认曾接触过或听说过"藏戏"。但八大藏戏在西藏流传十分广泛，已成了家喻户晓的民间口头文学,曲扎从头到尾完完整整地说出来,不只因为他过人的记忆,还因为西藏文化对他深刻的影响。

还有我们在前面提到的,除了"包仲""酿夏"和"铜镜"外,"推仲"艺人的出现,进一步坚定我们从科学的角度去分析探讨这一问题。这种耳濡目染,也是造就一个说唱艺人的条件。因为他们从无凭借神来助一臂之力,也同样说出相当数量的故事。

5. 除以上所谈到的基本因素之外,故事本身的产生和情节、结构、人物刻画等方面也有助于记忆,好比现在科普杂志等提到的"记忆法"之类的东西。

从《格萨尔王传》的文学类别来看,它是民间口头文学。而民间文学的固有特点之一,是容易记忆和传播,《格萨尔》不仅是民间口头文学,更是说唱性的民间口头文学。实践证明,"唱谱"对记"词"是有惊人的帮助,试想我们的艺人离了"唱调",也许说不了这么多故事吧。

再从《格萨尔王传》的故事情节来看,著名艺人扎巴老人曾讲过一句话,无非是:"(宗的)起因ཆད་, 征战དམག་འཁྲུག་, 分战利品གཡུང་ལེན་,"他真无愧是个众人拥戴的老艺人,如此错综复杂的情节,竟能简练成这几个字,也说明了艺人们记忆中的诀窍。

在从事《格萨尔王传》工作和与其有密切关系的人员里,曾有人说长期听看《格萨尔王传》,以后也可以编一个新的宗。也有些说:"要说唱《格萨尔王传》,'天界篇'和'诞生篇'不懂,那是将无法说唱"。以上这些茶余饭后的闲话,作为一个线索去研究。就像图书管理一样经过归类、编码后,人们将按需所取,运用自如。在《格萨尔王传》中,大凡大将神箭手典玛出征作战,其助手或援军大将头一个必定是生达(གསོད་དག་);英勇无敌的辛巴征战,如需助战或帮手,第一个出来的一定是巴摩阿达鲁木(དཔའ་མོ་ཨ་བདག་རྒྱུ་མོ་)这从下面四句说唱中不难看出。

东营典玛生达， 南营门降和温布，
西营达容和格德， 北营辛巴和巴摩。

  艺人只要把这基本的纲领掌握住，就能把握总体进行再创作也就不难了。
  总之，英雄史诗《格萨尔王传》是由几代众多的藏族民间艺人，利用所处的特殊的历史环境，取材于西藏历史，民间丰富多彩的文化，语言等等，从无到有，从口头到文字创造起来的。神奇的《格萨尔》艺人，是一个较新、较复杂的研究课题，我虽对此有兴趣，但条件所限，未能进行深入研究，仅以此浅薄之见就教于各位老师和同行们，起到抛砖引玉的作用。

（此文辑自《西藏研究》1989年第2期，第88—91页）

降边嘉措《扎巴与玉梅：云游雪域的著名"仲肯"》

雪域国宝：扎巴

扎巴·阿旺洛桑 1905 年出生在西藏昌都专区边坝县一个贫苦农奴家庭，父母亲都是农奴。老人生前，我曾多次拜访他，听他自己讲述学唱《格萨尔》的过程。扎巴的故乡属于康巴地区，老人说，那里有不少说唱艺人，他从小爱听他们讲《格萨尔》故事，一听就像着了魔似的。到了十一二岁时，自己也会讲一点有关格萨尔的故事，经常讲给小伙伴们听，后来连一些大人也愿意听他讲。

扎巴老人说，就在那个时候他做了个梦。梦见一个骑青色战马的青面勇士，猛然间来到他身边，不由分说，将他的肚子剖开，把五脏六腑都掏干净，再往肚子里装了很多经书一样的书本。小扎巴感到很害怕，对勇士说："你装书也没用，我不认字。"那位青面勇士说："不识字没有关系。这些不是一般的书，里面讲的全是英雄格萨尔大王的故事。你醒来之后就会讲了，因为你有这个缘分。从今以后，你要不辞辛苦，到处传唱，让雪域高原的同胞兄弟都知道格萨尔大王的英雄业绩。"后来他才知道，那位青面勇士是格萨尔手下的大将查香丹玛。

据说托梦之后，扎巴就像变了一个人似的，会讲更多的故事，讲得也更流畅、更生动了。

说唱艺人的一个重要特点是云游四方，扎巴也曾同转山朝佛的香客一起，几乎朝拜了西藏所有著名的圣山圣湖，游历了许多名胜古迹。他曾3次去朝拜过地处西南边境、山高路险的扎日圣山。他到过拉萨、日喀则、江孜、琼结、乃东、萨迦、昌都等古城。他还从后藏地区，沿着喜马拉雅山到阿里地区，朝拜冈底斯山和玛旁雍措湖。他走到哪里就在哪里说唱。由于扎巴老人阅历丰富，胸中装着故乡的山河湖海，说唱时能够把自己的感受和体验，融化到史诗中去，他的演唱风格就显得雄壮浑厚，豪放深沉。

扎巴自幼聪慧过人，天赋甚高，具有惊人的记忆力。20多岁时，他在表演艺术上已经达到了很高的造诣。从那以后，直到1959年西藏进行民主改革，扎巴一直以说唱《格萨尔》为生，云游四方，漂泊流浪。他成了一位著名的说唱艺人，"仲肯扎巴"的名声传遍了半个西藏。

粉碎"四人帮"后，扎巴老人的艺术生命才真正开始。这颗长期被埋没的"高原明珠"的价值，逐渐被人们发现、认识。西藏大学、西藏社会科学院和自治区文联等单位，有组织、有计划地记录整理扎巴老人的说唱本。老人的生活和工作得到了很好的照顾和安排。他曾当选为西藏自治区政协委员、自治区文联委员，被誉为"雪域国宝"，受到高度重视。1986年，在北京举行《格萨尔》工作表彰大会时，老人荣获一等奖。他从日光城拉萨到首都来领奖，受到党和国家领导人的亲切接见，实现了多年的夙愿。

在《格萨尔》研究已经取得的成就中，扎巴老人的贡献最为突出，最为显著。从1979年开始，老人不顾年迈多病，以顽强的毅力，高度的责任感和使命感，克服种种困难，抓紧一切时机演唱。他的艺术并不因年迈而减色，相反却更加娴熟老练，炉火纯青。1986年11月3日上午，同往常一样，他的兴致很好。录音整理的同志怕老人过分劳累，请他休息一会儿。他们出去散步，老人独自一人盘腿而坐，面对录音机，考虑下一段怎么唱。就在这时，一颗天才的心脏停止了跳动。老人终年81岁。

扎巴老人生前共说唱25部,由西藏大学《格萨尔》研究所录音整理,由民族出版社陆续出版。扎巴说唱本总计近40万诗行,600多万字。

女艺人中的佼佼者:玉梅

如果说扎巴老人经历过人世沧桑,有丰富的阅历,从小听别人说唱《格萨尔》,自己又勤奋好学,强记博识,他能说唱那么多部,能够得到合理解释的话,那么,年轻的女艺人玉梅的情况,就有些传奇色彩了。

玉梅是西藏那曲县绒布区日堆乡的牧民。她的父亲也是一位说唱艺人。她说,从小听父亲讲《格萨尔》,自己也很喜欢听。但父亲没有专门传授。她说,那么多部教是教不会的,教了也记不住。

那么,她是怎么学会的呢?据玉梅介绍,16岁时,她同一个女社员一起去放牧,中午在草地上睡着了。这时,她做了一个梦,梦见她独自一人到一个空旷的野地,那里有两个湖,一个是黑水湖,一个是白水湖。突然,狂风大作,黄尘蔽日,飞沙走石,湖水掀起滔天波浪。从黑水湖中跳出了一个妖魔,一把拉住她,往湖里拖。她非常害怕,大声呼救,于是从白水湖里出来一位仙女。仙女轻轻一挥手,立即风息浪静,妖魔也逃回黑水湖里去了。仙女救了玉梅,要带她到白水湖去。她告诉仙女:"感谢您救了我的命,可是我的阿爸有病,我要回去服侍他,请让我回家去吧。"

仙女点了点头说:"好吧,你回去以后,要好好服侍你阿爸,还要把格萨尔大王降伏妖魔、造福百姓的英雄业绩告诉乡亲们。"

回来后,她就得了一场大病,7天7夜不省人事,家里人甚至以为她要死去,十分焦虑。那时正是"文化大革命"时期,队里只有一个赤脚医生,给她打针吃药。第8天玉梅才醒过来,但嗓子哑了,一句话也说不出来。一个多月后,才能说话。

病好了以后,玉梅的嗓子不但不哑,反而比以前更好了,嗓音清脆圆润,悦耳动听。据她介绍,那时她觉得自己忽然懂了好多格萨尔的故事,老想对别人讲,不讲心里不舒服,憋得难受。有一次,她给乡亲们讲了7天7夜,累得嘴里都流出了血,但仍然抑制不住,想继续讲下去。

一年多以后,她的阿爸去世了。那时她刚满18岁。从此,玉梅就开始说唱《格萨尔》了。熟悉他们父女俩的人说,玉梅讲得比她阿爸还要好。

1980年,西藏出版局的同志发现了玉梅,请她到拉萨录音。

玉梅说,她会讲70多部,是迄今为止自报篇目最多的艺人之一,比扎巴老人还多。其中3部,即《梅岭之战》《塔岭》和《亭岭》是手抄本、木刻本里没有的,也是其他艺人没有讲过的。从已经录了音的十几部来看,玉梅确实是一位很有特色、很有才华的艺人。我曾多次访问玉梅,向她学习、请教。据有关同志介绍,玉梅并不是一个十分聪明的人。她来拉萨已经20多年,但自己常去的机关、商店和街道的名称却记不住,而且一进城往往迷路。很多同她经常接触的同志,尤其是汉族同志的名字,她更记不住。但是,在说唱《格萨尔》时,那么多人名、地名和神名,以及武器和战马的名称,她却记得清清楚楚,把它们之间的关系讲得明明白白,表现了惊人的记忆力、理解力和表达力。

玉梅的表演艺术很有特色。她是个文静腼腆的人,平时开个玩笑,她都满脸通红,但在说唱《格萨尔》时,却像换了一个人。她感情丰富,随着《格萨尔》情节的发展变化,或惊,或险,或赞,或叹,或褒,或贬,或嗔,或怒,表现出各种感情色彩,以加强表达能力。

由于历史的原因,在藏族社会里,能够说唱《格萨尔》的女艺人比较少,玉梅是她们中的一位佼佼者,是一位优秀的、不可多得的说唱艺人。

(此文辑自《中国民族报》2004年1月16日)

李连荣《著名〈格萨尔〉说唱家玉梅》

玉梅,女,著名《格萨尔》说唱家。1959年出生于西藏自治区那曲地区索县荣布区热都公社七队(2002年乡镇调整后属索县荣布镇恰达卡村),现为西藏社会科学院民族研究所《格萨尔》说唱家。

玉梅的故乡索县荣布镇,直到1950年成为昌都地区人民解放委员会第一办事处管辖地之前,一直隶属于西藏地方政府(噶厦)所辖索宗,索宗所辖范围相当于现在索县大小。1960年设立索县,归属那曲行政公署(现那曲地区)。

从地理上来看,索县位于藏北高原和藏东高山峡谷的结合处,属南羌塘大湖盆区。地形以山地为主,西边开阔,东边紧缩。地势西高东低,山形由西向东南逐渐倾斜。县内自西向东三条大河,即索曲河、玛曲河和热曲河,天然地将索县划分为三个部落文化地区,即亚拉区、军巴区和热都区。三条大河自西北向东南流淌,最终均汇入那曲河(中下游称为怒江,藏语叫加姆厄曲)。玉梅的故乡就在热曲河河岸的热都区。索县经济以牧业为主,兼有农业。玉梅所在的荣布镇,即以半农半牧为主。从镇名就可以知道,这里的农业比较发达。藏语"荣布",意为农业地区。

玉梅小时候的家庭成员包括父亲、母亲、姐姐和妹妹。父亲名叫郭波洛达,是远近闻名的《格萨尔》说唱家。按照他1972年去世时60岁的说法,郭波洛达应该生于1913年。他与第五世热振活佛生年相近(热振活佛佛生于1912年),也与索县另一位著名《格萨尔》说唱家阿达尔的生年相差无几(阿达尔1909年出生);同时他比索县北侧巴青县出生的著名《格萨尔》说唱家次旺俊美早两年来到世间(次旺俊美生于1915年),而比索县南侧边巴县出生的著名《格萨尔》说唱家扎巴晚来到人间7年(扎巴生于1906年),但他比索县东侧丁青县著名说唱家桑珠大9岁(桑珠生于1922年)。总之,在郭波洛达出生前后,以及与他相同时代,《格萨尔》史诗说唱家在索县周边地区层出不穷,传承深广。

郭波洛达的父亲也即玉梅的爷爷是一位法师(巫师),他四处奔走靠给人行施法术生活。按照佛教传承中的正规说法,这类人士属于瑜伽士。他们的祖师爷是莲花生大师。八世纪时,莲花生大师来到西藏传播佛教,给在家弟子传承佛教密宗修行法。后来这些在家弟子将密法一代代传承下来,未曾中断。这些人士统称为瑜伽士,因他们专修瑜伽密法而得名,也有研究者将他们称为"民间知识分子"。正是这些"民间知识分子",一方面他们本身是普通劳动者,活跃在民众中间,又因为懂得佛法等知识为民众排忧解难,尤其解决民众精神方面的问题;同时他们将民众创造的艺术《格萨尔》史诗,发挥利用在自己的工作实践之中,进而将史诗进一步编纂加工,在民间得到了广泛的传承。因此,《格萨尔》史诗说唱家有时候也身兼法师身份。

郭波洛达哥哥的女儿所生的孩子名叫曲扎,他也能说唱《格萨尔》史诗,也是目前西藏著名《格萨尔》说唱家之一。他比玉梅大4岁,现住在索县北侧的巴青县,是一名小学教员。在郭波洛达的时代,要成为一名《格萨尔》说唱家,必须要得到当地寺院高僧大德开启说唱的智慧之门(或称命门)。

郭波洛达的声望是从与同时代的一位说唱家的比赛获胜后得来的。在玉梅的记忆中,父亲还曾经为热振活佛说唱过《格萨尔》史诗,也算是一件非常值得骄傲的事情。热振活佛喜爱《格萨尔》史诗,这是人所共知的事情。许多说唱家曾经为热振活佛说唱过《格萨尔》史诗,或者也有说唱家因得到过热振活佛开启智慧之门而自豪。1937年阿达尔拜见热振活佛,并在那里说唱过《格萨尔》史诗。那么玉梅的父亲为热振活佛说唱史诗也应该在这段时间前后,热振摄政时间在1933至1940年,也就是说在20世纪30—40年代,当玉梅的父亲这一代说唱家正处于壮年,也正是他们的创作思潮蓬勃发达的年代,得到了当权者的大力支持和宣扬。因此,后来涌现出扎巴、郭波洛达、阿达尔、次旺俊美等一批杰出的、受人颂扬的《格萨尔》说唱家是不足为怪的。

1972年郭波洛达意外病世,他在当地留下的久远影响,波及到其女儿玉梅和外孙曲扎。从这一年开始,玉梅在当地民众中尝试着说唱《格萨尔》史诗。按照藏历算法,这一年玉梅13岁。根据玉梅的描述,她学会《格萨尔》史诗是梦中仙女所教会的。梦醒后她也和所有神授说唱家一样,经历了一个多月的病魔折磨,然后开始恢复意识,并且能够自然清晰地说唱《格萨尔》史诗。从每位神授说唱家的成功经验来看,似乎都要经历一次这样的癫狂状态,然后才能脱胎换骨,成为一名能够灵活自由驾驭史诗说唱技艺的诗人。另外,作为说唱家,玉梅不同于他人的是,她还得到了父亲的故事"都协",这种观念除转世思想以外,还混杂了远古的灵魂附体和灵魂不灭思想,很容易得到当地民众的认同。

玉梅经过几年的练习说唱,终于成为了当地认可的《格萨尔》说唱家。但是从她的经历来看,在成为说唱家之前,除得到了父亲的认可以外,她没有得到过任何高僧大德开启智门,关键还是在于靠自己的说唱征服了听众。

在玉梅练习说唱史诗的几年间,西藏《格萨尔》史诗的春天也悄然来临。1979年冬(玉梅20岁),西藏自治区党委接到了中央的指示:做好《格萨尔》史诗的抢救工作。西藏自治区党委研究决定由西藏自治区宣传部负责这项工作。1980年2月,西藏自治区宣传部召集文化局、出版局、师范学院、社科院、文联、报社、电台的同志等，举行了两次座谈会，征求大家的意见，做好西藏的《格萨尔》抢救工作。最终形成了《关于抢救藏族史诗〈格萨尔王传〉的报告》，上报自治区党委审批。1980年4月3日，自治区党委批复宣传部《关于抢救藏族史诗〈格萨尔王传〉的报告》，发出了藏党复(1980)5号文件，并决定：(1)否定"四人帮"对《格萨尔》的批判；(2)通知报纸、广播等为《格萨尔》公开平反和大力宣传；(3)立即成立抢救、整理《格萨尔》工作领导小组；(4)成立办公室，编制为15人；(5)拨给专款55万元。自此，由西藏自治区宣传部领导下的西藏自治区《格萨尔》抢救办公室成立，工作领导小组成员主要由出版局、西藏文联、西藏师范学院等部门领导组成。

1980年10月，玉梅21岁，她第一次来到拉萨访亲。经西藏出版局她的老乡丹增介绍，她在出版局试录音《门岭之战》。经扎巴老人和其他人员的鉴定，认为她的说唱具有优秀说唱家的说唱品质，于是她被聘为西藏人民出版社的说唱家。直到这一年，玉梅在乡下练习说唱《格萨尔》已经有8年，在当地已小有名气，初露锋芒。

此后不久，她与扎巴老人一样，被正式录取为西藏自治区《格萨尔》抢救办公室的说唱家。时势造英雄，此时的玉梅通过媒体宣传已经家喻户晓，成为了"奇才"，风光无限。同时在与著名说唱家扎巴老人共同工作中，形同父女，得到了扎巴老人的提携，能够互相学习、相互切磋，使她的说唱日趋臻善。但是好景不长，1984年随着西藏自治区《格萨尔》抢救办公室并入西藏社会科学院，玉梅进入西藏社会科学院，而扎巴老人则留在了西藏大学《格萨尔》抢救小组。1985年玉梅的小女儿出生，不久丈夫离她而去，妹妹以及姐姐的孩子也在故乡病逝，经历了人生的几次打击。1986年扎巴老人不幸辞世，这也为玉梅的说唱带来了不小的震动。

进入20世纪90年代，人们对《格萨尔》的认识程度也有了一定的深入，社会的关心也开始趋于平常，尽管媒体也会在特别时刻给予聚焦关注，但总的来说，玉梅的生活开始趋于平静与安定，工作中也不再出现过多的刺激和干扰。她除了按照研究所规定的录音任务，一部一部地说唱《格萨尔》史诗以外，还开始参加文字扫盲班学习藏语文和新知识。另外，也参与各种城市娱乐生活，融入拉萨这座城市。但就是从这个时候开始学者们发现她的说唱内容也逐渐发生了转变。

2003年笔者见到玉梅时她说她的工作状态是，大多在早上说唱《格萨尔》，每天能唱1—2盘。一般情况下，都是一部接着一部地说唱，没有什么仪式。进入演唱情景以后，可以看见所有的故事内容，就像一幅幅的画面在眼前闪过。按照玉梅的说法，生动画面的出现与否要取决于自己的心情，好的时候就如前所述顺利。但据笔者了解，玉梅生病的时候比较多，很多情况下出现头晕等症状，这当然与她的生活经历密切相关，但更多的可能则是反映了说唱家在创作方面出现了问题，比如有时候她的说唱会出现次序混乱，甚至颠三倒四、张冠李戴的情况。

对于一位演唱技艺正在日趋成熟的说唱家来说，20岁至30岁是最为关键的阶段。他的故事种类、情节结构的技巧、说唱丰富程度的协调能力、曲调的运用转换等等，都在不断地通过实地表演得到创新和稳定。但在这段时间，玉梅所能接触到的、所能学到的《格萨尔》故事和演唱技巧，特别是实地表演并不是很多，这不无影响到今后说唱技艺的长进。同时她还不像那些历经岁月艰难的老说唱家那样，将生活中的各种文化现象自然地融入到传统的说唱中去。如此对于她这样缺少"风浪"的说唱家来说，创作能力就会受到限制，会面对众多演唱方面的压力和困难。因此，玉梅作为新时代的《格萨尔》说唱家是幸运的，同时也是不幸的。但不管怎样，我们在尚未对其整个说唱得到完整的记录和分析前，得出一些结论性的判断，可能过于武断了。

到目前为止，玉梅得到了一些表彰和荣誉。1986年被全国《格萨尔》工作领导小组授予个人奖项；1987年被西藏自治区人事局授予"文学演唱家"称号；1991年被全国《格萨尔》工作领导小组授予"《格萨尔》说唱家"称号；1992年被列为西藏自治区政协委员等。这些表彰和荣誉对于她所取得的成绩来说，完全是相符的，甚至可以说还远远不够。

关于玉梅能够说唱多少部《格萨尔》史诗，最初根据她自报的名录认为是70部。后来随说唱的进展，故事内容和名录逐渐发生改变。2003年她告诉笔者，到底能唱多少部是说不清楚的，觉得一辈子都唱不完。根据2003年笔者所见资料，列出了她会说唱的84部，其中已录音34部。这里附上玉梅说唱情况一览表。我们期待着这位今年刚好52岁的说唱家能够克服种种困难，唱出具有自己特色和风格的《格萨尔》史诗。

附：玉梅说唱部名及录音情况（此表按自报目录排序）

1. 3部降生史：《诞生》(已录音)、《贾擦诞生》(已录音)、《戎擦诞生》(已录音)；

2. 18大宗：《废岭》(已录音)、《霍岭》、《姜岭》(已录音)、《门岭之战》(已录音)、《大食财宗》、《奇乳珊瑚宗》、《卡其松石宗》、《雪山水晶宗》、《亭岭》(已录音)、《松巴编牛宗》、《白热绵羊宗》、《汉地茶宗》、《象雄山羊宗》、《塔岭之战》(已录音)、《奇林武器宗》(已录音)、《母古骡宗》、《拉扎宗》(已录音)、《祝古兵器宗》；

3. 49小宗：《蒙古狗宗》、《塞拉松石宗》、《百波瑚宗》、《郭尔卡药宗》(已录音)、《扭喀树》(已录音)、《欣略珍珠宗》(已录音)、《亭格铁宗》(已录音)、《阿扎玛瑙宗东方鹿宗》、《北方罗刹海螺宗》、《马雄金宗》、《曲格生铁宗》、《曲拉生铁(粮食)宗》(已录音)、《印度佛法宗》、《汉地王法宗》、《木雅绸缎宗》、《山南头盔宗》、《黄铜宗》、《那拉水宗》、《江拉狼宗》、《达拉虎宗》、《斯拉豹子宗》、《察瓦盐宗》、《木雅云彩宗》、《达则珍珠宗》(已录音)、《珍那驮畜宗》、《康拉雪山宗》、《当戎水晶宗》(已录音)、《登白奶渣宗》、《热尺山羊宗》、《母牦牛宗》、《芒康绵羊宗》、《德格太阳宗(月亮宗)》、《白尺眼睛宗》、《雪神变王鱼宗》(已录音)、《船宗》、《色规鲜花宗》、《阿里花园(山羊)宗》(已录音)、《色玛马宗》、《白德罗刹宗》、《麦列佛法宗》、《米努海福》、《白热杂耐黄羊福》、《山南香獐宗》、《顿珠火宗》、《生命宗》、《聂荣红宝石宗》(已录音)、《米努剑宗》;

4. 其他14部:《阿瑟盔甲宗》(已录音)、《亭池穆宗》(已录音)、《柏岭盔甲宗》(已录音)、《穆卡玉宗》(已录音)、《巴岭毒宗》(已录音)、《米拉金子》(已录音)、《四南罗刹花宗》(已录音)、《聂荣水晶宗》(已录音)、《东方岭国王纪》(已录音)、《果岭》(已录音)、《降伏龙宝神》(已录音)、《方难木岭珊瑚宗》(已录音)、《夏岭之战》(已录音)、《森波鹿宗》(已录音)。

李连荣,中国社会科学院少数民族文学研究所副研究员

文章选自《格萨尔研究》2011年第2期

玉梅说唱部本文献辑录

牛卡木材宗

  难以对付格萨尔王,比不上骅骝马。格萨尔王十三岁那年因赛马登入宝座,成为嘉洛的财主——珠姆的主人,被称为"格萨尔制敌珠宝王"。他十五岁那年除掉了北方的鲁赞王,之后,霍尔白帐王和姜萨挺、门辛尺王、大食宗王、歇日达则王等一一被消灭。格萨尔王在玛域花花岭狮龙宫里安心修行时,西边的卡切玉宗王年过二十五周岁,国力强大,人民富裕,兵强马壮,武器充足。"卡切王三兄"在卡切上中下部落声誉如雷,卡切赤丹王与两兄弟探讨准备以三百万大军攻打东花花岭、除掉角如(格萨尔称王之前姓名)。此时此刻,三十三宫白梵天王大神妙智变化成欲天王前来卡切赤丹王的宫殿上空,对卡切王作如下预言:

  阿拉塔拉唱塔拉, 塔拉是种吟唱法,
  三唱便是曲调子。 如若不知此宝地,
  这是卡切八大董。 我是欲天王大神,

卡切王的准国师，　　黑魔教的首尊师。
请听有话讲给你，　　限于十天之日内，
卡切上中下部落，　　特派专人去送信，
卡切三百万将兵，　　集于吴德堂之上，
准备出征打胜仗。　　卡切赤丹三兄弟，
展现勇猛好时机，　　需在九个年头里，
除掉郭钮香三宗，　　富国兴民尽享受，
之后再赴花花岭，　　明早去敬诸山神，
恳求魔神来相助，　　团结一心往前赶，
十天之后赴牛地，　　我也与你一同行。

　　唱罢便不见了踪影。次日卡切王派人请俩兄弟，告诉欲天王的预言与指示。又派几位仆人去卡切上中下部，传达召集四大将领的消息。七天之后，卡切四大将军与各将领已汇集在卡切八大董扎营待命。卡切王召集"火水风""四大头帅"与"八十敢死队"在宫里以美酒佳肴款待，卡切赤丹王说："在南赡部洲地，东有大汉法官王，南有印度佛子王，西有卡切玉宝王，再无它比这强。俺卡切赤丹王是欲天王的信使，弘扬魔法的使者。听说东花花岭有名叫角如，南赡部洲大名扬，弘扬佛法之尊者，莲花大师的信使，降服魔人之先驱。俺本想对他开战，可是昨晚受欲天王的指教，需先除郭钮香三宗，再往花花岭前行。"

　　之后赤丹王给将军们唱道：

阿拉塔拉唱塔拉，　　塔拉是种吟唱法。
祈求欲天王尊师，　　请倾心听我唱首歌。
如若不知此宝地，　　这是卡切王官殿，
如若不知我是谁，　　我是卡切赤丹王，

响彻南赡部洲地，　月底年满二十六，
三弟兄中数最小，　权势地位我最大。
还请众将听我言，　尔等需在十天内，
准备兵马和武器，　除掉牛卡丙扎王，
还有多衮枚勃和，　斗奇考马大军帅，
急驰黑风大魔王，　查稿木么头帅和，
已高仓坝灭如等。　卡切辛魔众将军，
你们有何好想法，　勒央热让大哥哥，
辛魔红脸小弟弟，　还有良策吩咐没？
我想在九年时间里，除掉郭钮香三宗，
再赴花花岭灭角如。请直言不讳来告知。

这时，道高麦伴经过慎重考虑，料想先打三宗，角如定会援助郭钮香而对卡切不利。于是唱道：

鲁阿拉塔拉唱塔拉，塔拉是种吟唱法。
祈求欲天王尊师，　倾心听我唱首歌。
如若不知此宝地，　这是卡切王宫殿。
如若不知我是谁，　卡切"火水风"中，
老大道高麦伴兄。　中是急驰黑风主，
斗奇涝马是小弟。　疤痢宗柱是我城，
夏娃差宗城堡是，　急驰黑风主城池。
壤可宗柱城堡是，　斗奇涝马的地盘。
每人各占三座城，　俺想不必要出兵。
三宗不是卡切敌，　也许是个大圈套。
而是白梵天王尊者，和姑母贡曼杰姆，
及莲花大师的妖术。不战郭钮香三宗，

岭国无须跟我斗。　　还有昨晚梦境中，
诸多凶兆在提醒，　　奉劝陛下不出征，
守护自家城堡门，　　安心过好生活吧。
若是非要出征去，　　恳请陛下让我避。

在座的大多数将军听后都认为道高麦伴智谋超群，勇猛无比，不是一般的人。他以昨晚的梦兆来反对出征，大多数人都很懊恼。但卡切赤丹王和哥哥勒央热让、弟弟辛魔红脸却听不进去，表现得非常愤怒。这时沾巴惹显将军对"卡切三兄"说："俺也觉得道高麦伴的话有道理，今年不能出征"。他唱道：

鲁阿拉塔拉唱塔拉，　塔拉是种吟唱法。
祈求欲天王尊师，　　倾心听我唱首歌。
如若不知此宝地，　　这里是卡切王宫殿。
如若不知我是谁，　　我是三代的老臣，
沾巴惹显为本名。　　陛下容臣讲几句，
听说花花岭角如，　　十五岁时除鲁赞，
后来除掉白帐王，　　再后除掉姜萨挺，
还有门辛赤和达斯王，歇日达则王等国。
阿达拉姆与辛巴，　　香恩将军入岭国。
角如乃是天界来，　　精通法术变莫测。
还是不要出征好，　　众王慎重请三思。

他泪眼婆娑长跪在地央求陛下不要出征。这时，杂德查膏亩么站起来给陛下敬献哈达，完后对道高麦伴和沾巴惹显两位将军怒目而视，唱道：

鲁阿拉塔拉唱塔拉，　塔拉是种吟唱法。
祈求欲天王尊师，　　这里是卡切王宫殿。
我是杂德查膏亩么，　南赡部洲声名显。
赤丹王获天神言，　　此乃天命需遵循。
除掉郭钮香三宗，　　再去消灭岭角如。
明早日出东方时，　　杂德高宝缪钦和，
杂德斗奇涝马等，　　杂德急驰黑风主，
及道高麦伴大英豪，　已高仓坝灭如等，
携部队集于吴德堂，　准备出征钮卡地。
万众一心对敌寇，　　相信定会凯旋归。

沾巴惹显和道高麦伴等仍然坚持不能出征，可是"卡切三兄"听不进去。这时录腰热让哥哥唱道：

鲁阿拉塔拉唱塔拉，　塔拉是为种吟唱法。
今朝召唤一神灵，　　祥坐高空云端中，
天神欲天王尊师，　　祈求听我唱此歌。
如若不知此圣地，　　这是卡切王宫殿；
如若不知我是谁，　　录腰热让大将军，
名望响彻南赡部洲。　此次行军听我言，
我想不必出多兵，　　三十万兵马护大王，
辛魔红脸弟弟和，　　急驰黑风主将军，
还有杂德斗奇涝马和，多衮枚勃四英豪，
各领三十万兵马，　　已高仓坝灭如和，
达辣查犒木么和，　　达辣陶吉乌赞等，
也带三十万兵马，　　总共三百万士兵，
十日到达钮卡地，　　做好准备即出征。

唱罢各将军和士兵等回去准备兵马粮草。在几天日子里,"卡切三兄"组织将士们赛马比剑,酒足饭饱,并煨桑祈求魔神护佑。话说格萨尔王在东花花岭的狮龙宫里修行时,白梵天王大神骑着白狮子,身上穿着白雪衣服,在虹彩的光环下对格萨尔王说:"我让卡切赤丹王改变意图去除掉郭钮香三宗,九年之内不会赶到花花岭,但需派晁同变化为欲天王的魂鸟前去起弄争端,刺探卡切王的情况。"

格萨尔王即刻起来写信,让晁同变幻成欲天王的魂鸟前去卡切地方,并派弥琼去达戎送信。晁同叔叔按照格萨尔王的命令,变化为欲天王的魂鸟,它头顶海螺、翅膀上镶满松石、尾翎则是毒物,飞翔到西卡切瓦八大董宫殿空中唱道:

鲁阿拉塔拉唱塔拉, 塔拉是种吟唱法。
如若不知我是谁, 欲天大神之魂鸟。
过去未来和现在, 尽在掌握之未来。
预言未来之能人, 我与其他大不同,
我的羽翅展开时, 天上日月都要遮,
地上河水往高引, 雪山山顶都要崩,
大地全部毒气满, 这些都是真如此。
赤丹大王请你听, 你要前后都考虑,
当初卡切十万军, 说要出征去岭国,
恶人角如丑无比, 将要与他比勇力,
王臣商议之日, 岭神变你意志后,
将把卡切十万军, 转向郭钮香三地,
大军要向三国引, 预计九年时间里,
郭钮香要征服, 卡切首胜要显摆,
今年(卡切)这地方, 为了出征做准备,

人员兵器待命好，	马为奔跑准备好，
勇猛无敌英雄们，	请功之声从未绝，
不到三年之间内，	钮卡就要降服掉，
郭钮香这三国地，	均被卡切征服后，
万军如何要出征，	大军将领轮到谁，
大军前锋轮到谁，	卡切大王三兄弟，
大军前后如何分，	请功之人有几何，
请假之人有多少，	深谋远虑之老臣，
条件达到有多少，	前锋多衮枚勃者，
请功之情有如何，	王臣之间得争端，
好似角如之变幻，	但是后悔也无用，
国王大臣要一心，	机密往外泄漏者，
挑拨者王臣之间，	军法要将其命斩，
听懂王臣记心上，	不懂不再重复唱。

如此边唱边扇动着翅膀。多衮枚勃心里想到，看这鸟的唱法无疑是恶人角如变幻而来，便在铁弓上放上黑铁食肉之箭说道："呀，你这黑鸟绿色头顶者，你称你是欲天王的神鸟，其实你是角如的变幻，今天让你活着回，我就不是多衮。"①说着唱道：

鲁阿拉塔拉是塔拉，	塔拉便是吟唱法。
今朝召唤一神灵，	祥坐云端天宫中，
恳请天神欲天王，	专心听我多衮歌。
如若不认这地方，	这是卡切国王城，
如若不认我是谁，	多衮枚勃就是我，

---

① 引号内为编辑者补充的。

你这恶鸟白头者，　　称是欲天王神鸟，
其是恶母果萨子，　　变的恶鸟不是吗？
定是找死之恶鸟，　　无事来到卡切国，
恶果将要用钱买，　　今天向你射一箭，
向着心中红心射，　　鸟尸不往地上落，
就不是我多衮了。　　总王卡切赤丹王，
好事是否要降临，　　而是东方恶病等，
传到西方卡切地，　　充满贪欲之角如，
变成欲天之神鸟，　　是为试探赤丹王，
卡切大王赤丹者，　　有其权而无智谋，
前锋多衮枚勃我，　　有智勇却无权力，
我昨天所言之道理，　出征行军很不利，
大王赤丹为主者，　　还有大哥勒央日让，
弟弟香德当莫等，　　不满多衮太严厉，
怪谁看着鸟之事，　　天神欲天王无此鸟，
定是试探大王者，　　角如派来之奸细。
你这角如的奸细，　　灾难之箭把你灭，
听懂恶鸟请谨记。

他边唱边将箭搭在弓上，准备要射之时，国王说道："呀，你这多衮枚勃儿，立功心切的多衮儿，竟向欲天王鸟射那利箭干什么，你若不知守本分，国法定要加你身。"勒央日让也对多衮说了几句，使得多衮枚勃未敢射出。那只鸟张开翅膀一扇一扇的，一霎之间不知飞往哪里了。多衮枚勃大喊：啊呀呀，恶人角如的恶鸟飞跑了。他捶着胸如鼓敲打，嘴唇如肉牛皮般说道："在上坐的赤丹大王，你无知不识好与歹，天上彩虹拿手抓，无物可抓可知否？下发水中小金鱼，冲破大海碧浪后，大海之水干枯时，心中后悔有何用。

卡切赤丹大王你，非与岭国要为敌，果萨角如黑丑者，与之争雄变为敌。"说着为静心而用黑布包住头遮住眼心坐在那里。这时右边队首的已高仓坝大人说道："呀呀，王臣之间起争执，恶兆角如之计也，如此无法坐在这，西方卡切十万军，过了七天之日后，钮卡之地要出发，王臣之间不要争，大王之令无法收，请假之说不再有，前军部队之前锋，没有多衮无计施，不是派遣是轮到，未行钮卡之地时，行军计划要这样。"说着唱起这首安排军事的歌：

鲁阿拉塔拉是塔拉，　塔拉便是吟唱法，
今朝呼唤一神灵，　　端坐天空无量官，
犹如高山之黑城，　　向欲天王神求祈祷，
还请助我唱此歌，　　如若不知这地名，
这是卡切吴德堂，　　清晰太阳之光热。
如若不知我是谁，　　已高仓坝大人者，
南赡部洲名声大，　　卡切伊郭大人和，
朱古萨德大人，　　　霍尔辛巴这三人，
号称大人之三人。　　请诸王臣听我言，
就从今天之日后，　　王臣之间要团结，
大王命令大臣听，　　王臣誓言若不变，
战胜敌人握手中，　　就在十天之日内，
卡切之地十万军，　　决定出征钮卡地，
明天早上清晨时，　　卡切之地诸王臣，
第一早茶敬向神，　　欲天尊师地位高；
第二早茶敬赞神，　　赞提让地位与天齐，
早茶第三敬家神，　　愿君臣之间无内讧，
吉祥预兆要无错，　　三好征兆显之日，
西方卡切之大军，　　要往钮卡出征去，

行时要如河决堤，　　停时要如大海聚，
将领领军如引水，　　后军要如缠线般，
引军之将第一人，　　非请而是轮到的，
前锋多衮枚勃引，　　红顶之军三十万，
平地行军军驻军时，　要如湖海般广大，
杀向敌人冲锋时，　　要如金鱼冲破浪，
两雄相见时，　　　　要有虎豹的勇猛。
勇气别消多衮儿，　　多衮前军之后方，
辛玛亚衮大人将，　　带领蓝顶军三十万，
先锋查果木玛一，　　赞贡奔那亚枚二，
大将德却枯玛三，　　吉枚隆那策枚四，
勇士鲁亚热让五，　　小弟辛德红脸六，
各领三十万大军，　　还有其余将领们，
达热同希亚奥和，　　达热目青拉奔二，
达热赞杰诺玛三，　　达热赞杰卡厚四，
达热鲁亚赤那五，　　达热赞贡亚枚六，
达热鲁亚奔那等，　　身怀六技之勇将，
别失大计父之儿，　　不对敌人献仁慈，
我的计划就这些，　　还有在坐的叔父辈，
王妃群臣奴婢等，　　神桑巨大如山高，
邪门魔教之神山，　　血肉两者来祭祀，
别错许愿与祈祷，　　三年之后定向见，
祈祷要由心底发，　　此聚就地作罢矣。

如此说了行军之计后，各个大将下面都带领十万之军，在聚的王妃和男女全部到卡切地方的山上举行煾桑仪式，唱为欲天王神提高地位的歌。卡切君臣都认为其言有理，决定就依伊郭的军计行事。

　　第二天卡切国的王妃下女和男女全部到卡切亚热八峰为主的欲天王的山神们举行了盛大的桑祭,为使欲天王神的教义比天高,宰杀了一千多个马、奶牛、狗、猪、山羊、羊等用来进行血肉之祭;供奉丰盛的不计其数的祭品为使卡切国王大臣福气与天齐,完满的安排和进行了祈祷祝愿的仪式。① 十天之后,住家的男女老少全部为出征的国王大臣们送行军之酒,用绸带引他们送行,之后卡切的大军如伊郭的安排由多衮枚勃引前军,马军如冰雹般飞逝,步军如狂风般向钮卡国进发,行军七天后到了钮卡丙扎王的地域,卡军因路途遥远非常疲乏驻扎在钮卡热木之地,这些情况被钮卡的前哨见到后不分昼夜赶往国王处,报告卡切大军到钮卡的事实给国王。丙扎国王命大臣奔那亚枚发出征召一千军去前哨处观察。并让臣喜色尼玛把钮卡的八名大将,和六十名辛莫在三天内到宫殿觐见。三天后在钮卡王宫希郎昂磬召开大会,大会的上部水螺白座上丙扎王,左边青座中坐着东桑拉姆女神,右边红色紫檀座中坐着老谋臣喜色尼玛,前列厚座五层之上铺着虎皮、豹皮、熊皮等座中有大将琼拉雅枚和大臣东那雅枚、东赤噶保、喜莫赞贡、崇武喜莫、萨贡南拉赞布、奔赤妥拉赞布、东曲奔图亚枚等按次序入座进行商议。这时从红色紫檀座中的喜色尼玛大臣起来走向国王,向国王献上白绸一匹和金银珍珠等九种宝贝后,向王妃当桑郎吉女神之处献上白绸一匹和金银珍珠等各种饰品。四名大臣和八名大将每人献上绸缎和十个金币。另外,向大臣们也送上绸缎一条和五个金币后,说道:"呀,那么请听在坐王臣们,让听所言并非是教律,至理名言有几句,今年过年之时,钮卡国的哨兵发现,从西方卡切之国,卡切大军如大雪般,降临钮卡之地方。我国至今无敌军,

---

① 从第二天卡切国至进行了为编辑者补充。

如今钮卡之地若到敌人，应敌之计就要准备。"说着为应敌安排军事部署唱道：①

鲁阿拉阿拉是塔拉，　　塔拉毛是歌的唱法，
今朝召唤一神灵，　　　详坐天空无量宫，
空行神的住处，　　　　金叶相叠宝座上，
螺叶相叠宝座上，　　　天神寿仙女菩萨，
今天您来把歌引，　　　若不知这地方，
应有尽有之故乡，　　　若不知我是谁，
聚智谋之老臣也，　　　大王将臣请聆听，
昨天上午之时，　　　　钮卡之国边境处，
前哨探细前去时，　　　看与预言相符否，
看见卡切赤丹王，　　　还有勒央日让哥，
小弟香德当莫和，　　　卡切引军四将领，
再加风水火三将，　　　统领三十万大军，
向着本国已来临，　　　钮卡、香喀、郭喀三，
九年之中要征服，　　　好似生火之后无灰尘，
大水之后无水泡，　　　称不如此非卡军。
现在要以计谋来应敌，这事如何不可避，
今年钮卡之战争，　　　便是神魔之战争，
宁死也无任何憾。　　　残暴卡切王臣们，
难以匹敌我钮卡，　　　就算男人死完只剩女，
也不投降要奋战。　　　现就各路八大将，
每人领军十万众，　　　围绕国王之皇宫，
兵分东西南北中，　　　各排勇者来保卫。

---

① 从三天后在钮卡王宫至军事部署的歌唱道为编辑者补充。

钮卡国王之宝地， 仙湖珠姆神山也，
祈求要从心中念， 上敬佛法僧三者，
下帮贫困众子民， 祈祷要向神来许，
要使死也都无憾， 这是佛法之教义，
东桑拉姆神女你， 生自三类行母身，
兵器对你无伤害， 商议之计谋深远，
钮卡总军你统领， 如何应敌你安排，
然后在座王臣们， 钮卡大王之木城，
卡切手里未失止， 死要与敌一起死，
生要与民一起生， 不要恐惧大臣们，
听懂放在耳中央， 未懂不再重复唱。

  这样唱罢后，国王和大臣都认为老臣所言极是，之后大臣奔那亚枚对王宫在座之人要对敌军的势力和军队大小等如何应对商议后心中下定决心，第二天钮卡四大臣和四大将及副将十人带领十万大军驻守在王宫的四面，东桑朗吉神女由郎钦十人辅佐驻中军，钮军分为五路大军并清点人头和兵器、战马的膘情等情况，对军队需要的箭、刀、枪、套绳、水银火药、抛石和大棒，还有军队的军粮和后勤部队等进行了妥当的安排。

  在西方卡切大军到达钮卡地方后的第五天，对军队做了休整。次日清晨，第一声螺声响起后起床穿着铠甲和兵器装备，第二声螺声响起后吃饱喝足叠帐收炊具，第三声螺声响起后如同一人般，骑马之军像大海一样起军，头顶白红彩带如同彩虹，大军行军后马蹄和跑步卷起的尘土满天飞行，天空飘满白黄红绿的旗帜向钮卡方向前行而去，钮卡国王的前哨们报敌情后，大臣奔那亚枚毫不迟疑地骑上红色云彩马应敌而去，卡军的前锋英雄多衮也骑马前去应敌，奔那亚枚在马背上重坐后手无寸铁并托着脸庞用水流缓缓的音律唱道：

鲁阿拉阿拉是塔拉，塔拉毛是歌的唱法，
今朝呼唤一神灵，头顶莲花宝座中，
姑母贡曼婕母，一心要来助勇士，
如若不知这地方，幸福钮卡之圣地，
平和绿色之大地，如若不知我是谁，
钮卡大王之大臣，勇士奔那亚枚我，
与众不同不一般，你这红人红马者，
红马汗水如雨淋，红脸红火如火燃，
虽没眼见有耳闻，多衮枚勃者是否，
嘴中吐着火舌舞，鼻中喷着烟雾满，
死神阎王并无异，你这红人红马者，
此行钮卡国王地，来者到底为何事，
双方向来无争端，与我为敌是何理，
惊讶之情所示者，麦穗之头大而长，
生长若不知深浅，被霜打时才后悔，
无敌卡切大王他，至强至勇不知止，
命丧黄泉才后悔。我们钮卡这地方，
休想欺负一男儿，青草树叶甚繁茂，
不是没有人来食，不准吃而留到今，
河流淌着甘甜水，不是没人不想喝，
不准喝而流到今，茂密树林天不见，
不是没人不想砍，不准伐而留到今。
食草是要交草费，喝水是要交水钱，
伐木也要交木钱。还有请听红人者，
我们钮卡丙扎王，拥有无双天底下，

白色紫檀之树木，	金身更是自成像，
红色紫檀之树木，	白色度母之神像，
与其木类不一样，	水费草钱定要交，
此生恶孽要消除，	贵人要用绸来请。
听懂放在耳中听，	不懂不再重复唱。

唱着在马上显着威武之姿，稍等片刻后多衮枚勃在红色赤马上说道："呀，小子，你说的也有道理，我卡切十万大军，今年来到钮卡地方，缘由倒是有一些。"说着唱起道：

鲁阿拉阿拉是塔拉，	塔拉毛是歌的唱法，
如若不知我是谁，	将军多衮枚勃也，
今年来到钮卡地，	并非家乡不幸福，
而是卡切大国王，	和弟弟香德当莫两，
还有哥哥勒央日让，	伊郭仓巴枚若，
勇士查果木玛等，	只因法令权力大，
我多衮不来没办法。	今天你和我二人，
明天后天还会见，	勇士多衮枚勃我，
这地虽然不想来，	不来缘故细来讲，
请你听我奔那儿，	前锋多衮枚勃我，
恶方魔军之前锋，	东方岭国除之外，
多衮之敌再无他，	无心天意之安排，
无法回避与你遇，	勇士多衮枚勃我，
卡切国王之近臣，	何事都是我来办，
祈愿颠倒大臣我，	行军远征打前锋，
欺凌敌手当打手，	冲时腿长多衮我，
敞红马如狂风卷，	奔跑无人可以敌，

阎王铠甲和宝刀，　　劈时无人能躲过，
多衮儿如大瀑布，　　战胜能敌从来无，
是否听过奔那儿，　　心别悲伤父之子，
钮卡大国木宗城，　　将在三年时间内，
好似生火后无灰尘，　大水之后无水泡，
今年钮卡这地方，　　然后请听奔那儿，
去多衮虽然喜做恶，　无辜毁命不想干，
投降可绕你性命，　　若不听我说的话，
性命将由刀刃斩，　　听懂放在耳中听，
不懂没有再唱者。

　　说着将大刀放在肩上，如同一只雄鹰盘旋在悬崖之上，黑云弥漫天空，又犹如一只雪狮威屹立然在雪山般立在那里，这时奔那亚枚的上半脸充满红血，下半脸充满悲伤之气，口中吐火，耳中冒烟，愤怒如充满毒气的道："呀，你这老魔无赖多衮儿，钮卡国王的土地，大将奔那亚枚我至今无敌不战胜，从未有未战而降之说，未有欺辱之恶行，向你恶人投降，还不如去地狱要高兴，游行中阴之路更高兴。"说着从左边虎皮箭袋中取出铁箭，右边豹皮弓袋中取出铁弓，将箭搭在弓上，发出后那只箭闪着火花射中多衮枚勃的心口，将外面的铁甲射穿，里面因有无常上师之护符对身体没有造成伤害，多衮怒由心底生的道："呀，你这钮卡大将奔那儿，我好心说的回答竟然是由箭来应，懦夫箭头无刃吗，不能伤身太羞耻，你第一先听我的歌，再劝由刀刃将你送。"说着由魔歌黑色食肉调来唱道：

鲁阿拉阿拉是塔拉，　塔拉毛是歌的唱法，
今朝呼唤一神灵，　　向欲天王神祈祷，

一心要来助勇士，　　若不知这地方，
钮卡国王的土地，　　若不知我是谁，
前锋多衮枚勃者，　　无人能敌之勇士，
我手中拿的这把刀，　刀尖之刃看的话，
犹如林中火焰般。　　刀身之刃看的话，
犹如空中翻乌云。　　再看刀柄来言之，
犹如水怪海中现。　　钮卡奔那亚枚儿，
口中称呼为英雄，　　懦夫总是射暗箭，
不伤肉骨现惊奇，　　与古代谚语很相似，
水中飞游的金鱼，　　你若游的不知止，
小心铁钩刺中你，　　心中后悔事后起，
天空飞翔的雄鹰，　　你若飞的不知止，
羽毛被风吹散时，　　后悔之时不能回。
你这钮卡之大将，　　大将奔那亚枚我，
勇猛无敌响遍地，　　连你这小人都杀死，
多衮名声怎么扬，　　多衮儿和大瀑布，
挡道之人必为敌。　　其后你这奔那儿，
我到钮卡来之故，　　钮卡丙扎国王的，
财宝将用武力抢，　　钮卡木宗悉数取，
钮卡宝贝引卡切。　　心中是喜还是悲，
听懂放在耳中听，　　不懂没有再唱者。

他边唱边向欲天王神衷心祈祷后，将大刀顶在头上向着大将奔那亚枚的肩上砍去。但因有神佑护的铠甲和母神天女的守寿护符，未能伤及，勇士奔那亚枚又向对方砍了三刀，除了将护甲砍断外对身体也未伤着，这样他们两人的战斗未能分出胜负，就如同双虎双牦牛般没有胜利者。多衮枚勃将缰绳拉向别处把钮卡军杀了

一百来个,看到钮卡军被杀的左倒右倾后钮卡的大将罗桑亚枚骑上绿鸟白羽马奔向多衮枚勃的前面,①唱起了说明事由的这首歌:

鲁阿拉塔拉是塔拉,　　塔拉毛是歌的唱法,
今朝呼唤一神灵,　　　高处天空天宫中,
彩虹闪烁的官殿,　　　天神白梵天王佑,
今天要来助勇士,　　　在亚鲁皋贝的地方,
金叶叠起的金座,　　　螺叶叠起的宝座,
神女天母请你佑,　　　千百空行围绕着,
一心要来助勇士。　　　如若不知这地方名,
钮卡国王的地方,　　　如若不知我是谁,
大将罗桑亚枚者,　　　勇而无敌之一人,
然后请听多衮儿,　　　钮卡丙扎国王他,
有权有势之一人,　　　南赡部洲有名声,
财富多与龙王齐,　　　军民勇猛像赞神,
这国能敌世间无,　　　王妃东桑女神她,
有三类空行母生出,　　财宝取者哪里能,
即便有权夺不去,　　　钮卡国王木宗城,
垂涎多而拿到难,　　　我本管着自己地,
卡切军队来挑衅,　　　重要原因有几何,
然后请听多衮儿,　　　你的三十万卡军,
先锋说是你来领,　　　勇猛名声天空响,
多衮儿和瀑布水,　　　无敌众人都知道,
就在今天的上午,　　　钮卡大王将臣中,
大将奔那亚枚和,　　　多衮枚勃两人战,

---

①　从勇士奔那亚枚至多衮枚勃的前面为编辑者补充。

勇士如狼似虎般， 胜者未能见分晓，
与你海口不相符， 奔那与你不相上，
我罗桑你敢应对否， 世间传说怎样传，
高空鸟道之上路， 雄鹰展翅任飞翔，
鹰爪实物未抓到， 羽毛就被风吹散，
无敌多衮枚勃儿， 名声天地间传开，
钮将怒火之道上， 命丧黄泉会有时，
今天功名轮到我， 我不射一箭抛一石，
石头自由天神顾， 誓将魔将多衮你，
脑浆崩裂满地洒， 是勇者那就来应战，
我若后退走三步， 有辱钮王的名声，
你若后退走三步， 卡切赤丹三兄弟，
卡切火水风三者， 吃其肉而喝其血，
听懂魔将心中计， 未听懂不再重复唱。

唱着将生铁取命石抛向多衮，多衮因功力深厚在马背上闪了一下，只见那颗取命石就飞向他的后方，将几百个红顶卡军如鸟羽见了火般灭了。多衮枚勃怒火冲天的口中着火，鼻中冒烟，上半脸充血，下半脸飘着毒烟，用大刀向钮卡大将罗桑亚枚的头中间劈了过去，将头颅劈成了两半，里面虽有护身符，但未挡住而头骨粉碎脑浆迸裂的杀死了，多衮因得了头功而喊出震满天空的一声，钮军一百名战士如羊母子相见，如幼马与母马相遇般纷纷扰扰，卡切将兵们冲向钮军，箭如暴风狂卷，刀如雷电闪闪，枪如流星雨般战了两钟茶的时间，钮卡的军队因兵员悬殊未能挡住，钮军向钮卡地方的中间地带逃去。卡切大军则在两天后的早晨到达钮卡大王中间挡道驻军的东门百箭之地安营扎寨。

钮卡大王的中间驻军看到大将罗桑亚枚阵亡，但未敢过去救他而只守着城,大将奔那亚枚到钮卡王臣聚集之地,讲起从钮卡玉唐地区卡切大军如何出现,以及与卡将多衮枚勃对争之事,还有大将罗桑亚枚阵亡后撤兵情况等的经过无遗漏的讲述后,大将罗桑亚枚的亲人喜玛奔图、充吾盖德两人甚是悲伤。捶胸如敲鼓,哀嚎如龙吟般地说:"报不了九倍的血仇就与死尸无异,卡切三十万大军们,如何英勇定要看,前锋多衮枚勃他,勇猛功力要会会,不报仇者称懦夫,不报恩者称无赖,不应答者称哑巴。"说着喜玛奔图和充吾盖德两人不听计谋之言,①引五名副将和十万大军向卡切大军驻扎之城的东门奔去。只见卡切军东门有南赡部洲有名的卡切前军中四大将的伊郭仓巴枚日骑着枣红大马,穿着护甲及佩戴整齐的兵器,如流星般来到了他们两人的面前应战,钮卡大将喜玛奔图,从左虎皮袋中取出一支箭,右边弓袋中取出弓并将箭搭在弦上,在马上重坐一下后母虎吟调唱起讲述事实的歌曲:②

鲁阿拉阿拉是塔拉, 塔拉毛是歌的唱法,
三次是音的发法就, 今天召唤一神灵。
在天空之中无量官, 金叶相叠宝座上,
银叶燃烧宝座上, 绿度母是长寿神,
骑着白色狮子座, 百名空行围绕中,
一心要来助勇士, 黄色如金城堡中,
一心向上佛法经。 上师莲花生来佑,
上师法帽似莲花, 右手拿着金刚杵,
左边天雷持陨石, 十万空行母围绕,
不要分心把我助。 白螺右旋的白城,

---

① 从"前锋多衮枚勃他"至"不听计谋之言"为编辑者补充。
② 从"左虎皮袋中"至"虎母吟调"的歌为编辑者补充。

白梵天王请鉴知, 骑着白云般神马,
百万天军围绕中, 不要分心把我助。
如若不知这地方? 是属钮卡的地域,
你若不知我是谁, 英雄谢玛本图也,
也叫毒蛇黑熊(窦杰冬纳), 神勇无人能匹敌,
你这黄人黄马者, 黄马小步踏踏踏,
虽未见过有耳闻, 衣帽连体的着装,
是卡切四位将领中, 伊郭仓瓦的风格,
这般英雄我喜欢, 你虽出战千与百,
遇到谢玛本图我, 是想把命来丢弃,
卡切地方的军臣们, 不把故乡来把守,
却要来我钮卡地, 你们妄想的结果,
是要把命弃这里, 不顾自家来人间,
想把钮卡来统治, 想把钮卡木抢夺,
所想不会如你愿, 继续听来黄脸人,
飞于高空中的雄鹰, 没有自知想高飞,
羽翼会被狂风卷, 心中必定感凄凉。
地处河中的金鱼, 若没有自知之明,
必定会被铁钩抓, 雪山顶上的雄狮,
没有自知显威风, 必定会被泥潭困。
如果勇士有自知, 返回故乡才是对。
反而贪心更加大, 辽阔平原敌兵满,
钮臣罗桑亚枚他, 可抵兵马十万人,
辛巴多衮枚勃他, 锋利宝刀的刀刃,
将百来号人扎入土, 人尸马尸满山岭,
血海红色映红天, 卡切达热勇士们,
钮卡地的军臣们, 笃信白色的佛法,

使其信魔难实现，地处清澈的河流，
变成毒水不现实，自带香气的檀木，
散发毒气不现实，白色天神的教义，
变成魔教不现实，今天射出这支箭，
箭头上有天神佑，箭头中有念神佑，
箭端下有鲁神佑，护法天神前来助。
如果伊郭仓瓦你，后退一步想逃跑，
就如吃了国王肉，水火风将灭种族。
如果我后退一步，从此不在皈依佛，
听得懂如蜜贯耳，不懂不再作解释，
此话你要记在心。

唱完准备射箭时，伊郭仓瓦枚乳答道："勇士别急请放松，急性子的人成不了大事，总要把事情听完说完才能知道谁胜谁负。"说完，便在马背上左手贴着左脸颊以魔歌黑色轰隆调唱道：

阿拉塔拉唱塔拉，是塔拉拉毛的唱法。
我此刻要把神灵请，他在天空无量宫，
黑云密布的宫殿里，天神欲天王请鉴知。
请不要分心助伊郭。如若不知这地方？
是属钮卡的地域，你若不知我是谁，
我乃伊郭仓瓦枚乳，是萨德成的儿子。
在南赡部洲的地方，名叫枚乳有两人，
一是霍尔辛巴枚乳，二是卡切仓瓦枚乳，
下面听听我的事，地处水中的金鱼，
金翅丰满去浪中，没有自知被钩钓，
身处沙滩悔已晚。高空中的大雄鹰，

羽翼丰满破天空，不慎卷入大风中，
羽衣掉落悔已晚。钮卡王国的臣子，
全副武装奔战场，耀武扬威与我战，
被套住悔已晚。红色人儿阎王脸，
如是识相把头低，不杀放你这一回，
如不投降把头低，寿命长短可丈量，
如有遗言快快留，心事托给亲近人，
如有托付叫友人，今天除死无后路。
还有事说继续听，昨天太阳一丈高，
头领多衮枚勃他，被丞相罗桑亚枚
像是母亲疼儿子，锋利尖刀带在身，
不慎尖刀刺儿身，使得明眸翻白眼，
双手倒地没再醒，未请前往阎罗地，
最终胜利属于他。你的下场也如此，
该乐还是痛苦呢，接着听听红衣人，
现今卡切十万军，来到钮卡这地方，
为夺钮卡木宗来，公主东桑拉姆她，
也要带回卡切地，钮卡香卡和郭卡，
逐渐会被卡切征，要建黑色魔教来，
要把佛法来消灭，此话听懂放心间，
如不明白不再唱。

　　唱完将赞与提让的魂铁铸成的三排铁钩索套甩向天空，闪电般的将套索铁环抛出，正中本图的脖子，同时提让的三个铁钩也勾在了他的胸间，接着伊郭仓瓦用力一拉，谢玛本图从马上摔了下来，仓瓦的大臣们随即把他绑成球状带回了卡切的军营中，本图的亲戚查吾更登的心就像被针刺，他如蛇被铁刺扎、金鱼暴露在沙漠般的拼了命地奔向伊郭仓瓦，用刀砍了三下但未致命，而伊郭用锋利砍刀的一刀将查吾更登的头颅像割菜花一样砍了下来，顿时钮卡的五位大臣和十万大军射出的箭像冰雹，扔出的矛像流星闪闪，大刀像风雪袭来般厮杀了半天，最终钮军在钮方的撤退螺声响起后撤回了营地。这一天，钮卡共有的两位大臣和一千多人死伤，而卡切方面死伤才仅仅八百多人，且俘获了钮卡的两位军臣，所以认为胜利应该属于他们卡切军，就此就庆祝起来，他们大口喝酒，吃着香甜的血肉，彼此吹着如何战胜对方的大话。①

　　卡切的先锋军头领查果木玛的扎营地在钮卡的南城门附近，所以他心想正如兄长所言，今天的荣誉应属于我，就命全副武装的援军曲吾郭杰等五人向钮卡国的南城门围去，哨兵见状迅速发出敌人来袭的讯号，钮卡的军臣班智亚麦将刀箭矛戴上身，斗奇本图亚麦也一同前往守护南城门，卡切的大军如同森林里的火苗蔓延开来，如同大地被海水吞没般的袭来，斗奇本图亚麦将马头一调，冲向敌军，四十多个敌军死在刀下，随后又冲向右方像是收割饱满的麦穗般的砍杀敌军三十多人，在与达热曲吾郭杰的交锋后未分出胜负，而右面斗奇本图亚麦与卡切的将军查果木玛两人正面交锋挥刀砍杀，查郭将提让的套索抽出甩向天空在头顶绕了一圈，把套索的铁环抛向斗奇的脖子，同时铁钩勾在了他的胸间，瞬间斗奇从马上摔了下来，班智亚麦见状迅速调转马头飞向他，一刀将提让的套索劈断，把斗奇本图亚麦从敌人手中救出。班智亚麦将领在马背上侧身一坐，用水流湍急的调唱道：

　　　　阿拉塔拉唱塔拉，　　　是塔拉拉毛的唱法。
　　　　今天要呼唤的神灵，　　　在空中无量宫，

―――――――――
　　① 从"而伊郭用锋利"至"对方的大话"为止为编辑者补充。

绿色松石的城堡中，　　天母贡曼尕毛她，
以白色雄狮为坐骑，　　十万空行母围绕，
不要分心把歌助。　　　如若不知这地方？
这是钮卡国王的故乡，　如若不知我是谁，
我是钮卡国王的军臣，　班智亚麦顿是我名，
喂你这红人请听好，　　虽未见面有耳闻，
你查果木玛是怎样，　　听来会让英雄心情好，
但是惊奇之处就在于，　卡切国王太狂妄，
仅用早晨的时间，　　　就将钮卡达措墨包地，
辽阔平原被军围，　　　小人查果木玛你，
在那就像看好戏，　　　那城高耸在云端，
那伞经幡像彩虹，　　　是钮卡国王的城堡，
名叫母虎示威城。　　　像是母虎穴中刚起身。
钮国军臣勇士们，　　　自己的土地自己管，
未曾与他人起争议，　　前来侵犯是为何，
卡切赤丹国王他，　　　郭钮香三都想占，
说山头要用绸来缀，　　说山间要用兵来缀，
说山脚要当屠宰场，　　说要把佛法来毁灭，
说说要把魔教来建立，　你所想不会如你愿，
东方花花岭国的国王，　善法佛教守护神，
黑色魔教毁灭者，　　　所以查果木玛听好，
今天射出这支箭，　　　箭头上有天神佑，
箭头中有念神佑，　　　箭端下有鲁神佑，
护法天神前来助阵。　　地域神玛沁奔热，
觉吾久沁顿热和，　　　格卓红山昂伊，
北方的念沁唐拉，　　　深处的叁丹岗桑，
还有汉地五台山，　　　金刚红色雪山等，

都是创世地域神，　　今天保佑英雄箭，
卡切卡狂妄子弟你，　从前征战无数次，
胜利总是属于我，　　对付像你这种兵，
身上携带三兵器，　　战无不胜将领我，
如果失败要逃跑，　　就如吃了钮王肉，
如果失败想逃跑，　　就如饮食卡切王，
兄长鲁亚合如让，　　兄弟辛都的血肉。
听得懂如蜜贯耳，　　不懂不再作解释，
此话红人要牢记。

　　唱完将食肉饮血铁箭搭在红色弯柔铁弓之上，准备射箭时，查果木玛说道："好好，喂，班智亚麦你，话讲完不回应的是哑巴，饭吃完不用付钱的是死囚，本应一个说来一个听，边听边说都得要。"说完用食肉高傲调唱道：

阿拉塔拉唱塔拉，　　是塔拉拉毛的唱法。
我此刻要把神灵请，　他在天空无量宫，
黑云密布宫殿里，　　天神欲天王请鉴知。
祈请助我上战场。　　如若不知这地方？
是钮卡国王的故乡，　你若不知我是谁，
北方卡切王大臣，　　将军查果木玛是我名，
征战有千有百万，　　今遇班智亚麦你，
算是遇见对的人，　　大臣班智亚麦你，
对多康岭国献忠心，　对救星角如低下头，
如今何人来救你，　　接着听听亚麦你，
卡切三十万大军，　　现如今来钮卡地，
是为夺取钮卡城，　　满意了吗亚麦你，

寿命已尽还想拼，　　无勇大话比箭利，
如能做得彩虹身，　　将在红色饮血弓，
放入饮血食肉箭，　　要以你心脏为靶心，
射不准妄为查果。　　如有遗言快快留，
如有近亲大声叫，　　如有兄弟请唤之，
如有救星现在来，　　除了今天难见天，
除了今天难坐地，　　我查果本事是如何，
今天要来亮一亮，　　如让你能迈三步，
就把查果当女性，　　像我查果将领者，
南赡部洲无一人，　　听懂此歌放心间，
不懂不再作解释。

　　唱完后那箭如同毒气火焰喷发一样，不偏不倚正中班智亚麦胸口的护身镜，虽然护身镜里有金刚护身符、白螺的外壳和无数加持的护身符，但也没能挡住，箭头还是穿胸而过，班智亚麦当场毙命。查果木玛发出雷声般的"给黑"声，同时发出食肉的牙声和饮血的哈气声将班智亚麦的头颅拿在手中，钮卡大臣勇士冬纳亚麦看到班智亚麦的头颅被敌军拿走，在马背上连续射了三箭，第一支箭射中查果木玛的心腹大臣达热本杰的额头，顿时脑浆迸出，倒地而死；第二支箭射中查果木玛的又一心腹大臣达热本图亚麦的心脏，心裂成三瓣，当场倒地而死；第三支箭射红缨盔的队伍死伤五百多人，查果木玛顿时怒火攻天，拔刀冲向冬纳亚麦，冬纳亚麦挡住了他，说道："呀，红人红马红通通，说名叫查果木玛，如果是有三句相劝，刀锋相见再细说。"说着祈请神念鲁唱起了短短的这首歌：

阿拉塔拉唱塔拉，　　是塔拉拉毛的唱法。
我此刻要把神灵请，　　东方金刚空行母，

全身洁白发白光,
上空神灵城堡中,
白色海螺宝座上,
祈请今天来助阵。
天母贡曼尕毛她,
十万空行母围绕,
白梵天王请鉴知,
不要分心助冬纳。
十万念军围绕他,
下部鲁神的地方,
不要分心助冬纳。
莲花生大师请鉴知,
不要分心助冬纳。
钮卡国王的故乡,
钮卡国王的大臣,
神勇无人能匹敌,
过来听听查果你,
无故争端如何起,
现今为何要战斗,
把祸争端引向身,
钮卡国王的公主,
惦记的多得者少,
将军班智亚麦他,
不想被你查果杀,
愤怒之火心中烧,
取了两条魔臣命,
匆忙拜访阎罗王,

今天祈请来助阵。
金片垒砌垫子上,
慈祥度母请鉴知。
头顶莲花之上,
白色雄狮为坐骑,
不要分心把我助。
十万天军围绕他,
中部念神的地方,
不要分心助冬纳。
百万鲁军围绕他,
古铜色的高山上,
莲花法帽戴在头,
如若不知这地方?
你若不知我是谁,
勇士冬纳亚麦就是我。
力大无人能挑战,
我是掌管我的地,
过去也未结冤仇,
是你魔爪伸得长,
钮卡国王的香宗,
钮卡国的土地,
接着听听查果你,
钮卡国王的军臣,
心腹冬纳亚麦我,
快速射出的箭下,
红色缨盔五百人,
箭头由上部天神佑,

箭中由中部念神佑，　　箭端由下部鲁神佑，
护法天神来助阵。　　　快把敌人命儿取，
胜利有我来获取，　　　听懂此歌放心间，
不懂不再作解释。

唱完将食肉饮血铁箭搭在红色弯柔铁弓之上，对着魔臣查果木玛的心脏放了一箭，那箭随着火花声正中胸口的护身镜，被神念鲁三神护佑的箭穿透了护身镜里的噶热昂秀护身符、邪教喇嘛的天珠和魔鬼加持的护身符，刺入了皮肉，但因他是魔鬼的儿子，而且还没到冬纳亚麦收服他的时机，所以只是受伤并未伤及性命。查果亚麦奋力一搏，把刀一甩，将冬纳亚麦的头部砍去，在白梵天王、天母贡曼尕毛和莲花生大师的护佑下，所以那一刀只是把冬纳亚麦头盔上的缨砍下来几根。查果亚麦认为兵器必定不能伤害此人，所以把刀插入刀鞘中，想用提让的套索活捉他，从右手的袋子抽出套索在头顶绕了三圈抛出，冬纳亚麦身子一俯并未击中，接着大臣冬纳亚麦将钮卡咒师施了咒的三重火焰的飞铁扔向他，但查果亚麦特别机灵，在马上一晃，飞铁飞向红色缨盔的军中，三百多人如同羽毛被火烧，钮卡军在"给索"的一声呼喊中，射出的箭像冰雹降下，扔出的矛像流星闪闪，大刀像闪电闪烁般地冲向卡切军中，将两百多人伤的伤，死的死，卡切军中的达热曲吾郭杰想着今天殊荣非我莫属，就冲向冬纳亚麦前，说道："呀，高傲自大的勇士，看你样子挺勇猛，刚才在战场上，将领查果木玛他，从来未被他人伤，你亚麦如果是勇士，首先请听我来唱，然后再来分胜负。"[①]说完魔歌以灰暗迷失的曲调唱道：

---

① "呀，高傲自大的勇士"至"然后再来分胜负"为编辑者补充。

阿拉塔拉唱塔拉，
我此刻要把神灵请，
黑云密布的宫殿，
不要分心请听我唱。
魔女得热巴瓦请鉴知，
在四圣地的彼岸处，
不要分心听我唱。
钮卡玉龙平原地，
达热曲吾郭杰是我名，
钮卡国王的军臣，
头领查果亚麦他，
世间是否有此话，
自知能否去冲浪。
自知能否飞更高。
将领班智亚麦他，
最终被敌把命夺。
冬纳亚麦你说说，
黑色石山笼罩地，
白色海螺曲卷的，
同雪山示威严，
心情是喜还是悲，
要把财宝都掠夺，
要给卡王当厨子，
要把郭卡羊宗占，
要取角如的头颅，

是塔拉拉毛的唱法。
他在云间无量官，
天神欲天王请鉴知，
魔女岩群的中间，
不要分心请听我唱。
域神寨芒索噶请鉴知，
如若不知这地方？
你若不知我是谁，
喂喂冬纳亚麦你，
显示勇猛不适度，
使其金身受箭伤，
地处水中的金鱼，
高空中的大雄鹰
钮卡王国的臣子，
为获殊荣冲战场，
是否惋惜钮卡子，
是否前来看笑话，
魔王朗呐的宫殿，
是伊郭芒青的宫殿。
是我曲吾郭杰的宫殿。
现今要把钮卡侵，
空行东桑拉姆她，
随后要去郭卡国，
最后要去花花岭国，
你觉得是喜还是悲。

唱完的同时那食肉饮血铁箭随着火花声射出，正中冬纳亚麦胸口的护身镜，在护身镜咣当一声的破碎声中，冬纳亚麦因命数已尽，天神的护身衣和金刚铠甲未能抵挡，锋利的箭头刺穿了身体，当场从马上掉了下来。达热曲吾郭杰将冬纳的铠甲、矛和盾卸下，以胜利的姿态"给索"地吼了一声，直接冲向钮卡的军中，钮卡大军赶紧撤回了军营，大家都说："今天是黑暗的一天。"然后捶胸顿足，像扯麝皮一样扯着自己的嘴脸失声痛哭起来。

　　这天卡切的将领查果木玛的三十万大军未能取得钮卡的南城门，就撤军安营扎寨，①第二天卡切的各路将领都聚集在卡切国王身边进行商议，一致认为：一来钮卡军队勇猛无比，二来钮卡的后盾更厉害，三来有天神来护佑，别说是一年，就算是三年也很难攻破钮卡城。卡切国王听完后说："那明天我要亲自出征，卡切众将领中，勇士多衮枚勃和兄长勒央合如让、达热查果木玛、达热曲吾郭杰四人听命，要统领三十万大军参战。"国王做出了明天要出征的决定。天一亮，在螺声中，大家一起吃饱喝足后，军队准备出征，卡切国王以先锋的姿态站在了队伍之首，查果木玛在右翼，赞丹纳布在左翼，鲁丹纳布带着路，并列前往钮卡国，滚滚尘土遮住了整个天空，在钮卡军的中心营里，钮卡公主东桑拉姆在老臣西撒、喜色尼玛和十多位将领的护送下到达军营外，不料却被卡切赤丹王从远处射来的箭挡住了去路，赤丹王调整了马姿说道："呀，妖女，虽未见过你，但听说你像仙女下凡，但事实你就是个妖女，不过让人高兴的是你今天落在了我手里，听听情况会如何。"说完，以黑色魔歌食肉饮血的调唱道：

　　　　　阿拉塔拉唱塔拉，　　是塔拉拉毛的唱法。
　　　　　我此刻要把神灵请，　　在天空云的宫殿里，

----

① "这天卡切"到"安营扎寨"为编辑者补充。

天神欲天王请鉴知,
九层山门红岩中,
四方大地的主人,
魔女肉宗穴同中,
卡切吾布达当地,
祈请助我把歌唱。
此地是钮卡的故乡,
卡切吾布达当地人,
围绕身边的将领,
勇士勒央合如让和。
名扬整个南赡部洲,
在南赡部洲的地方,
力大无人能挑战,
男儿身得赴战场,
这样比喻适当否,
要知大海深无底,
别飞别飞白雄鹰,
小心羽翼被风刮。
要知大地是无边,
说的道理没有错,
卡切赤丹大王我,
在国王雄风威凛时,
要卡切三十万大军,
钮卡香卡郭卡三,
情况就是这样的,
有何本领要看看,
南赡部没有的木,

不要分心听我唱。
魔鹰欧巴塞姆请鉴知。
域神寨芒索噶请鉴知。
魔女诺沁当玛请鉴知。
域神玉如泽加请鉴知。
如若不知这地方,
你若不知我是谁,
卡切赤丹是我名。
天地之间都有名,
卡切赤丹国王呢,
财富众多与鲁齐,
神勇无人能匹敌,
古人谚语说得好,
女子征战不祥兆,
别游别游小金鱼,
游到尽头永无期。
要知天空无边际,
别跑别跑骏马儿,
辽阔无法用步量。
今年这月的今天,
天神前来做授记,
要把敌人来压制,
引向西方钮卡国。
定会被我所统治,
现今钮卡国王他,
权威如何要看看,
钮卡木央的福运,

今天就要掠夺走。　　如果你这小女子,
向我低头来投降,　　姑且饶你不用死,
卡切赤丹国王我,　　不要奴仆和唤婢,
牧狗牧马可以来,　　挑水做饭也可来,①
哪个更好你掂量,　　听得懂放姑娘心,
不懂不会再次唱。

唱完没动任何兵器在等待时,东桑拉姆怒火攻心,气的白脸红通通就如褐色石山上的乌云滚滚而来,被愤怒染红的血眼直视着他,说道:"呀,黑色魔王你,想多了大事难办成,卡切钮卡的战争,是神和魔鬼的战争,投降是不可能的事。"说完用神调六变的调唱道:

阿拉塔拉唱塔拉,　　是塔拉拉毛的唱法。
我此刻要把神灵请,　　头顶莲花无量宫,
法身极身化身三,　　吉祥三佛请鉴知。
上方天神宫殿中,　　黄金砌成的金殿,
莲花生大师请鉴知,　　不要分心请助阵。
这个地方应该知?　　庆祝幸福叫吉塘,
如有悲伤叫宁阿塘,　　钮卡福运的央地。
你若不知我是谁,　　公主东桑拉姆就是我,
女子当众百里挑,　　去哪都有自由身,
老魔卡切国王你,　　本在自己地方住,
从未跟人结冤仇。　　无事来袭是为何,
真是叫人起了怪,　　郭卡钮卡香卡三,

---

① "今年这月的今天"至"挑水做饭也可来"为编辑者补充。

贪心想用武力占，　　见人就把他们杀，
积存财宝被掠夺，　　这些如同做美梦，
很难实现你怎知？　　卡切赤丹国王和，
勇士勒央合如让，　　萨魔查果木玛三，
勇士多衮枚勃四，　　达热曲吾郭杰等，
若是不如我一女子，　身带兵器有何用，
今天白色神弓上，　　神箭曲江乃久放，
把老魔你心当靶子，　如不把心脏射成瓣，
我就不叫东桑拉姆，　听懂此歌放心间，
若是不懂不再唱。

听完，刚才还在隐忍的卡切赤丹王顿时怒气冲天，嘴里喷着火，耳朵里冒着烟，冲向拉姆，用锋利的大刀砍去，可那大刀就像砍到天空中的彩虹一样触碰不到拉姆，他调转马头用刀连续砍了十几下，但就像在空气瞎比划，未能伤及拉姆，见此情景赤丹王突然间不知所措，东桑拉姆她"哈哈——"的嘲笑声如回声响起，说道："呀，赤丹没有能力却贪心大，你这样挥刀，我还不如去纺茅草，如此的刀法真不害臊，不像挥刀像比划，不知能否触碰到，不知是否能砍切，修成虹身的空行，哪能会被武器伤害到，你所说的那些话，就像水中的泡沫，难以实现如幻影，今天的殊荣应归我，胜利应该这样取。"①唱完将鹿角弯曲神弓上弦，将护法神箭用力射出，"铛"的一声射碎了赤丹王的头盔，但因头盔里有欲天王的护身符、邪教喇嘛的护身符和魔鬼提让的护身符，而且因他是魔鬼的儿子，所以未能伤及性命，但是因为箭的力度太大他差点从马上摔了下来，接着拉姆将钮卡咒师施了咒的三重火焰的飞铁扔向他，却被赤丹国

---

① "呀，赤丹没有能力"至"胜利应该这样取"为编辑者补充。

王在半空中接住了，飞铁在他手中燃烧使其头盔、缎顶、铠甲的串绳及鞋帽均被烧成灰，赤丹王就像没有头冠的雪鸡，没有鳞片的鱼儿，没有鞋的鸭子，火红的身体如同诈尸。东桑拉姆说道："呀，卡切的屠夫勇士们，我自己的土地自己管，可现在灰色平原满地的兵，有何能力要显摆，如有赶紧站出来。"

说完，在马背上矗立着，卡切将领多衮枚勃昐咐身边的心腹将赤丹国王请回兵营，而自己冲到东桑拉姆面前，如猛虎矗立在林中，威武炫耀着说："呀，红脸妖女你，说是勇猛无人能匹敌，今天就听我来唱，勇士的荣誉在战后，比赛开始跑得快，未必就能取得胜利，只有冲刺时候跑得快，最后的胜利才能取。"说完便以黑色魔歌母虎食肉的调唱道：

阿拉塔拉唱塔拉，	是塔拉拉毛的唱法。
我此刻要把神灵请，	黑色城堡乌云罩，
欲天大神请鉴知，	如若不知这地方。
钮卡国王的领地，	如若不知我是谁，
托拉迈巴尔将军	听着你这小妖女，
现在是在做白日梦。	不到三年的时间，
我要占领钮卡地，	将在卡切赤丹身，
使用暴力的武器，	录腰热让等众将。
还有三十万士兵，	遍地钮卡国领地。
见此高兴还是悲，	本人手拿的利刀，
汇聚一百八十种神铁，	献祭罗刹女之血。
再看刀尖的锐气，	水火两重自成型。
看刃横劈斩苍穹，	刀面泛光吓众生。
好似鳄鱼张大嘴，	今天砍你这妖女，
若钮卡丙扎王有骨，	速速过来来迎敌，

若钮卡众将有胆识，　　快快前来来迎敌。
听懂意思记在心，　　　不懂不再作解释。

　　说完一刀砍拉姆的身上，东桑拉姆因为有神的保护，就像砍云彩一样没受到任何，道高不相信，用卡切三个和尚练成的有九个箭头的铁棒拿在手里，扔向拉姆，还是没打到拉姆的身上，在半空中燃烧了。道高心想，这妖女身上不能使用武器，若现在不好自为之，连命也是可能丢掉，然后骑着马头也没回就跑了回去。拉姆高追了过去喊道：你这卡切将军多丢脸，你跑逃也没有逃的路了，躲也没有躲的地了，胆小懦夫先动了手，你可真是男人的耻辱，真可怜，说着就唱了这首短短的歌。

阿拉塔拉唱塔拉，　　是塔拉拉毛的唱法。
我此刻要把神灵请，　　三佛半空请加持。
如若不知我是谁，　　　我是钮卡王三女，
叫我东桑拉姆可，　　　释迦佛法的护者，
邪门歪道的判官。　　　你这红人红马者，
是卡其先巴多高吧。　　若是我还挺高兴，
听着有话要告知，　　　太阳本是大地装，
雪狮亦是雪山缀。　　　钮卡国王的地方，
生我东桑拉姆幸。　　　钮卡国之木材宗，
乃是世界之宝藏。　　　东方岭国生角如，
专为降魔而为之。　　　十八大宗尽收服，
还有四十八小宗。　　　都是格萨尔的功劳。
你这妖魔想赢我，　　　东桑虽是血肉身，
武器却未伤分毫，　　　跟我对战如幻影。
第一我放大火炮，　　　掀翻道高三军队，

我就不是东桑女，	你就坐等看好戏。
赤丹王和辛巴俩，	还有达拉八头等，
无法对付我一女子，	赶紧逃跑去躲避。
听懂意思记在心，	不懂不再重复说。

唱完把三十六个大炮扔到道高的军队里，杀死了五百多名士兵，然后抽出大刀砍向道高的左肩膀砍断了欲天王神的护身符和众多邪教护法的护身符。然后又把好似牛肚般大的石头扔向军队，压死了五百人。道高麦日勃没空理会东桑拉毛赶紧撤军，这时候东桑拉毛也适可而止，骑着骏马塞纳热巴回到了自己的军营。

那天卡切赤丹国王和查高么玛、多高迈巴尔、达拉曲吾古吉四人别说显赫自己的功绩，反而从自己的军队里失去了一千多个将军。回到军营他们彼此面面相觑，很长时间都没有说话。这时候瞻巴让夏尔大臣站起来，向大王拜了拜，献上了一条黑色哈达说："大王别生气，臣有话要说。"唱道：

阿拉塔拉唱塔拉，	是塔拉拉毛的唱法。
今朝召唤一神灵，	本土山神请鉴知，
助我老臣唱此歌。	如若不知我是谁，
我是三代的大臣，	名叫瞻巴让夏尔，
迄今为止卡切军，	来到钮卡的地方，
安营扎寨来围攻，	进军三次吹号角。
卡切完败显狼狈，	只因当初妄想国。
即败叹气无用功，	要想坚守报此仇，
智谋结合方有戏，	抚平伤痕整旗鼓，
君臣一心请切记。	

唱完后大臣们面面相觑，一片死寂。这时，左边的萨登斗奇考马站了起来，给国王献上了一条哈达，唱起了求战短歌：

阿拉塔拉唱塔拉，　　是塔拉拉毛的唱法。
今朝召唤一神灵，　　空中神之宝殿中，
恰似牦牛在屹立，　　欲天王神请鉴知，
今日助我唱此歌。　　如若不知这地方，
是钮卡国的地方，　　如若不知我是谁，
萨登斗奇考马是我名，赤丹王的贤能臣。
贵国虽有众英豪，　　前去迎敌受欺辱。
但也无须生懊悔，　　今早日出时分时，
率领本国五大将，　　好似乌云翻滚般，
直捣钮卡国腹地，　　一展身手显威风，
尔等听我凯歌还。

唱完，在座的君臣都纷纷称赞，并一心祈祷诸神给予护佑。

在钮卡，正在庆祝那天东桑拉毛的胜利，全军上下沉浸在庆祝的气氛中。第二天白梵天神衣着白色上装，天上下着花雨，出现在半空中，唱起了预言之歌：若不知道这是什么地方，是钮卡国王的故乡，若不知道我是谁，我是天神白梵王，听着钮卡国王你，现在不能睡觉了，明天早上天一亮，萨登带着五人，要来钮卡的地方，钮卡军人有伤亡，钮卡众将求保佑，若在战场上身亡，灵魂会到极乐地。听着钮卡国王你，卡切九年占三地，东桑拉姆神化身，还有西热切珠两，是对付卡切的法宝，是格萨尔王的助手。东桑拉毛公主她不会死，任水也不会溺。钮卡国的大臣们，敌人来了要严谨，不然会有大劫难。只有国王和勒央，才能对付来侵敌，此次劫数需谨慎，听清与否钮卡王，不能对付这样的。每时每刻要注意，听到了吧钮卡王。唱完了歌就消失在了空中。

钮卡国王醒来，心想神的预言不会错，便起了床，将水、花朵、酥油灯、熏香、糖果、酸奶等供奉给了佛，并虔心祈祷。然后心想今年卡切和钮卡之战是命中注定的，没办法改变，心想钮卡国王的树宗被黑恶势力占领了很可惜心中很不安。所以召集了将军们，然后说道，在此聚首的大臣将军们，听着有这样的事，昨天梦见仓巴尕布预言道，然后唱道：这里是西钮卡的地方，德毛将宗。是大臣将军会面的地方，若不认识我，我是钮卡白芷尔国王，今年四十五岁，是王位是继承人，是钮卡的国王，没人敢作对，是无敌的。自主自立，是别人很羡慕的地方，没有人做坏事，都是做好事的人，臣民对国王忠诚，钮卡的森林是世上稀有的，有数百种树木和药草，有多种泉水，现如今，西边卡其的魔王卡切赤丹带着十万兵，来到了钮卡跟我军。对战了三次，没分清输赢，听着大臣们，昨晚在梦中白梵王衣着白色上装，骑着白马，带着千万神兵，天空飘起花雨，在我的城中，下了这样的预言，东桑公主是神的化身，不能亵渎公主，乃是白梵王的命令，听着大臣们，昨天卡切赤丹国王为十万名的军队到钮卡，两手空空回去了，成为笑柄，萨登斗气库玛很生气，带着五个将军，对付三十万军队，不久，钮卡白芷国王和英雄其吾勒让都不敌，情况很危险，现在要去城里，今天由将军琼拉雅迈，请大臣们记住。

说完，大臣们对国王的命令表示很赞同，然后去了城门，这时候萨登斗曲库玛戴着黑色的头盔，穿上铠甲应战，便带了红色的弓箭，佩了宝刀，骑着黑色的骏马来了，钮卡国王的将军琼拉雅迈也骑着龙一样的蓝马去应战，拿着刀唱道，若不知道这是哪里，这里是钮卡的地方，若不认识我，我是钮卡的国王大臣，名叫琼拉雅迈，听着魔鬼的儿子，我住在我的地方，你却来占领，你有什么仇恨，什么新仇，什么旧恨？昨天中午许，查旦国王带着五人来到赞普钮卡的地方,钮卡和香卡、郭卡三个地方,钮卡国王的公主出战雅迈赤胆,他不敌逃回去了,是吧?魔鬼儿子,我两对战是命中注定的,战死了我也无怨无悔,你是魔鬼,释迦牟尼佛法的阻碍者,你喜欢杀生,今天要结束你的生命,我今天拿的刀,是有神的护持,要你的命就是一刹那间的事。唱完便扑了过去,萨登斗曲库玛说,呀,不用急,对歌没有回复,便是哑巴,一方说一方要听,所以听我唱来,说完唱起这样的歌:

若不知道这里是什么什么地方,　是钮卡国王的故乡,
不认识我,　　　　　　　　　　萨登斗曲库玛是无敌的英雄,
是覆灭释迦牟尼佛法的,　　　　外道的守护者,
听着,我们卡其地方的十万军,　今年来到了钮卡,
来这里的原因,　　　　　　　　是国王下了命令,
九年之内钮卡的树林宝库,　　　郭卡的羊的宝库,
香卡的玉的宝库,　　　　　　　将这世上稀有的三个宝库,
全部运往我们故乡,　　　　　　为了完成国王的命令,
十万军来到了尼卡,　　　　　　你是高兴还是悲伤,
听着,　　　　　　　　　　　　我手里拿的宝刀,
由一百八十种不同金属制成,　　今天来砍你,
你有保护的神就快点叫来。

说完拿刀砍了托拉雅迈一刀,虽然雅迈聪明伶俐,极其勇敢,但是到了死的时候,身体被切成两半从马上掉了下来,斗曲库玛从米卡的军队里出来,琼拉雅迈的同伴么伦李斗雅迈怒从心底起,来到他跟前,斗曲库玛巴把箭放在弓上瞄着尼伦李登雅迈的心脏放了去,箭穿过心脏,他从马上掉了下来,李斗沮丧地拿着长矛冲到萨登的前方,然后停下来,准备唱歌,但萨登没有唱歌的意思,骑

着马从马背上砍了萨古的头,他带着达拉等五人冲进钮军的营帐,钮卡的军队像麦粒一样,地上躺满了马和人的尸体,清水染成了红色。

这时候钮卡这地方有个白人白马把杂德斗奇考马堵住了,卡切九头达热河来助阵,他说,像白狮一样的白人,像雪山一样的白马,英雄无法用物质来衡量,你从哪里来,征战的能力如何,你就讲个实在话吧,说完用猛虎施威调唱起:

阿拉拉姆唱阿拉,	塔拉拉姆唱塔拉。
今天把神仙都请来,	在天空最高的云顶上,
大仙欲天王保佑,	精明的哥哥领唱吧,
如不知此地,	是辽阔的钮卡草原,
若不知我是谁,	是九头达热河
是对抗英雄的人,	是具备六技之人,
对面的白人白马,	你怎么称呼?
白马马蹄向四方,	白人豪气冲云霄,
钮卡已阵亡三良臣,	你身为国王是喜是悲?
暴风远胜微风,	我们手握的刀怎能相比死亡之刀,
就像你们的大臣永远比不了我们的大臣,	
卡切的兵于炮,	是没有怜悯之心
我九头达热河,	手握锋利的刀
用在白人你身上,	卡切的八大狮子,
黄眼猫头鹰,	山神白肩熊。
都保佑我的剑锋利吧,	你有角如率领八十勇士前来支援,
如雪中送炭,	有保护神就现身吧,
如没有就被西卡切占领了,然后去岭国,	
将把你们的保护者角如战死。	

说英雄九头达热河之子九头达热河和忠诉,千万不能急,急性成不了事,古代藏族谚语说得好,精明的两个人遇见时,会相互倾听,需要倾听和忠诉的时间,好的牦牛肉,应该给它熟和凉的时间,所以你要听我说完,于是用江河暖流调唱起:

阿拉拉姆唱阿拉,	塔拉拉姆唱塔拉。
今天把神仙都请来,	想请天母公玛孕母保佑我,
我最敬爱的尊者,	一定要保佑我,
若不知此地是哪里,	是钮卡的地方,
若不知道我是谁,	我就是钮卡大王的大臣,
名叫河流长手,	是勇士之子,
不可战胜之子,	是佛教的守护者,
也是毁灭魔教之人,	你是钮卡大王的死敌,
也是全人类的共敌,	这是我的故乡,
我们对周围的邻国很友好,	但他们常侵略我们,
平原都是兵,	峡谷全是尸体,
我们的尊者被残杀,	财产也被抢光,
说要降服钮卡大宗,	东桑空行母也要请到卡切去,
但这你永远都做不到的,	今天我要射一支箭,
前后已装备好了,	还有箭神的保佑,
在战神查宗的大城,	桑达战神来保佑,
在战神查宗的中城,	三十个战神保佑,
在战神查宗的小城,	战神钮达玛布保佑。

说完就射了那支箭,不偏不倚地射向了杂德斗奇考马。这时他头上的头盔和邪教师的绸缎,欲天王的护身符统统被穿破了。他是魔鬼之子,因为有法力没有射到他本人,但是他从马上摔了下

来，达热的五个兵以为他被射死了，死缠在河流长手的身上，但他们的剑就是刺不到他，这会儿，杂德斗奇考马的从兵们给他弄了点魔水，他突然醒了，说那个英雄去哪儿了，那个白人白马？这会儿天仙白梵天王已知道，河流长手遇难了，转眼用彩虹做了营帐，用花朵做了雨滴，晴空中突然乌云密布，雷电交加下起了倾盆大雨，化形成一个威武之人，说，呀，杂德斗奇考马，你把我叫来有何事，我是白梵天王，然后用解释预言调唱起：

阿拉拉姆唱阿拉，　　塔拉拉姆唱塔拉。
今天把神仙请来，　　在辽阔的天空中，
却格隆格智格三，　　祈祷三个格，
不知此地是哪儿，　　是钮卡王国的故乡，
不知我是谁，　　　　是白梵天王，
是海螺一样的白宫里，是佛教的保护者，
是毁灭魔教之人，　　听好了魔鬼儿，
钮卡香卡果卡三，　　是佛教的忠徒，
对魔教很反感，　　　你们卡切的百姓，
到钮卡这个地方，　　就是自讨苦吃，
东灵果的格萨尔王，　在天界的时候，
名叫温多尕布，　　　是莲花生的侄子，
是白梵天王之子，　　是天母公玛尕母干儿子，
是自由自在之人，　　是黑头藏人的保护者，
是降服妖魔之人，　　是肉身的神仙，
是神仙的使者，　　　钮卡香卡郭卡三，
必须要统一，　　　　这是神仙的指示，
可恶的杂德斗奇考马，想飞就飞，
像老鹰一样展翅，　　能跳你就跳，

跳到天上去，	有翅膀你游走，
游到海里去，	有六技你就使，
能跑你就跑，	大家看你的能力，
此刻我手里的兵器，	要投向你杂德斗奇考马
不把你打成脆，	就不是白梵天王，
在我的兵器下死的人，	不会下地狱，
会超度极乐世界的，	会让你自由的，
在鬼神交战时，	鬼是没有同情心的，
这会儿你听懂了吗？	不懂也不会解释。

说完，把兵器像闪电般投到杂德斗奇考马身上，杂德斗奇考马本想抓住兵器扔回给白梵天王，但他的手刚碰到铁球，铁球上的火焰熊熊燃烧起来，卡切的达热赞果红脸和达热勒德亚麦，还有万户主、千户主、百户主以及十位头领和十万多兵马被铁球的火焰烧成了灰，杂德斗奇考马的达热九头河、达热同肖周杰三人身上的铁甲棉衣鞋帽都被烈火烧没了，就像没有头冠的鸡，三位大臣不知如何是好，只能各顾各的逃向卡切的军营里，白梵天王在神鲁念三界及空行母，英雄守护神，战神威尔玛等的迎接下返回了天界，这天，钮卡方在白梵天王的助阵下，守住了达色沁，钮卡国王和大臣将军们，都特别的高兴，在"战胜了"的呼声中进行了盛大的祈祷和煨桑仪式，享受着幸福的生活，这时候，卡切杂德斗奇考马和两位援军将领等聚集在赤丹王的身边，进行讨论，达热唐河周加站了起来，给国王献上了黑色的哈达，把战败的过程用悲哀的歌调唱道：

阿拉拉姆唱阿拉，	塔拉拉姆唱塔拉。
今天把神仙都请来，	远近各路英雄们，
若不知道此地，	此地就是钮卡地，

应知我是谁,　　　　　　　　我是达热同肖周杰
你赤旦王为主,　　　　　　　请各位大臣听着,
今天我军去征战,　　　　　　一是无敌群拉将军,
二是无敌楞德将军,　　　　　三是赛果玉群纳布,
三人迎战并肩作战,　　　　　撒德毒水阔玛,
把无敌群拉将军,　　　　　　用剑刺死了,
两个勇敢的将军也死在毒箭之下,攻进了钮卡宫,
进入了智慧营里,　　　　　　钮卡王的大将军,
让河流长手一箭射在了胸膛,　然后达热四人,
跟长手大战,　　　　　　　　祈祷各路神仙,
在蓝天白云之下,　　　　　　真正不死者就是风儿,
抓不住的是彩虹之上的白梵天王,无敌达热乐德和,
达热赞贡红脸,　　　　　　　让死者复活,
进过卡切的大军中,　　　　　烧死了很多军,
命运如此的残酷。　　　　　　但赤旦王和钮卡香卡郭卡三,
玛楠果擦角如的爱民,　　　　他会时刻都记着他们,

为了掩人耳目,大兵分头行动,何德奔措领主力部队,达热五人带领支援队从侧面进攻,大臣们祝福他们凯旋而归,为他欢送摆宴,宫里的每个角落里都散发着欢笑声。第二天清晨,天还没亮的时候,弟弟辛魔红脸穿着金光闪闪又刀枪不入的那盔甲神衣,骑着一匹汗血宝马带着五位助阵的达热汉子为主的几十万大军日夜赶路,震天撼地四起围攻钮卡城。钮卡城哨兵看到敌军来袭就马上通知各营军队严守钮城,随时准备迎敌开战,这时在指挥营里钮卡王骑着一匹白雪宝马出城迎敌,他右边是一位骑着一匹飞鸟一般的马儿的女子,不用猜她就是东桑拉姆公主,虽说她是个弱女子但她身上能看到英勇杀敌从不屈服的勇气,她身边带着贴身护卫奔

驰特拉赞布将军和曲本那布,还有大将尉迟格尔布和当赤本图五位将军一起护着准备迎战。卡切弟弟辛魔红脸到御林军前骑着宝马拔出宝剑说到;对面穿着白甲骑着白马的白人想必是钮卡王吧,久仰大名,若真是钮卡王很兴奋在这碰到你,你碰谁不好今天偏偏就碰到了我,你若不知我是谁我可以告诉你,我就是辛魔红脸,下地狱不怕阎王老子,上天堂玉帝都会让我三分,今天你挡我的路简直可笑至极,说完唱道:

阿拉拉姆唱阿拉,	塔拉拉姆唱塔拉。
今天我要呼唤各路神仙;	在这狼烟四起的黑城里;
请欲天王为我保佑。	
住在地狱九层下的食人魔女;	请保佑我凯旋而归。
卡切之神;	请您也为我保佑。
天灵灵地灵灵;	请赐我英勇之身吧。
若不知此地;	此地乃是卡切也。
若不知此人;	此人乃卡切三兄二王。
我乃权利最小勇气最大,	江湖称我辛魔红脸。
藏族谚语说得好:	小小雏儿怎敢,
挡大鹏之路,	小小犬儿怎敢,
阻雄狮去路。	花虎雄姿岂是,
狐狸能模仿。	我卡切数万精兵,
钮卡残兵怎能比。	无敌星辛魔红脸,
你钮卡大王怎能比。	若不信便看我营无妨,
比天还高的黄帐篷,	乃是赤丹王帐篷,
像狼烟般的那黑色帐,	是我辛魔红脸的,
像那星星般的帐篷,	乃赤贡大人帐房,
凶猛巨大乃是亚贡汉帐篷,	死水气焰乃毒王之帐篷,

蓝色幽篷乃九头河之房,	黑山炫帐乃杜格之蓬。
我卡切三百万大军,	今日来到钮卡之乡,
就要鸡犬不留,踏平钮卡城,	要活捉东桑拉姆公主带去奴役,
我卡其大军既然来了,	就不会空手而归。
若不知我手宝剑,	宝剑乃天地一百八十多种,
不同寒铁用魔女之血打造,	挥之死神即来;
无坚不摧,	今天我要砍死你,

说完就拿着剑准备战斗。这时卡切王对着钮卡辛魔红脸说道:弟弟辛魔红脸兄,俗话说得好;做人不能忘恩负义。匪有匪道,侠有侠道,话有话道,一人说一人听,既然说了就请你听完我这歌:

阿拉拉姆唱阿拉,	塔拉拉姆唱塔拉。
今天我呼各神仙,	崇高无比上英敌官的,
战神桑德请助我。	崇高无比中英敌官的,
战神东桑尕姆请助我。	崇高无比下英敌官的,
战神黏德请为我助阵。	
若不知此地,	此卡王之乡也,
江湖称我卞智王,	古人俗话曰;
老鹰不知天高,	飞高了羽毛会被疾风折断。
游鱼不知海深,	游多了会被鱼钩勾命。
我想古人俗话几分真,	你卡切辛魔红脸男儿能屈能伸,
留得青山在,	不怕没柴烧。
若真要踏平我乡,	捉我儿女就看你有没有那实力,
你心术不正太贪心,	只怕你做白日梦,
我钮卡大臣如此勇猛,	各个英勇善战,
对敌人用剑说话,	射箭耍枪样样精通,

壮士各个神力无比，　　　　若没有比神通还是投降，
说什么都是废话，　　　　　废话少说拿真本事吧，
到底谁是英雄会见分晓，　　若知歌有意义请回头，
若觉得无意义就放马过来,有无意义辛魔红脸请三思。

　　唱完此歌后就拔剑刺向辛魔红脸的胸口上,刀枪不入的神甲衣刹那间劈开了两半儿,不料盔甲内有佛祖赐予的护身符,所以没能伤到身体,毫发未伤,这时他怒从心底起,全身哆嗦着说到;钮卡卞智王听好了,我是天下之阎王,卡切王主将,上得了天堂,下得了地狱,打遍天下无敌手。不想今日败你手,还好我身有护身符,如果没有我也不是贪生怕死之辈,就算你杀死了我,我也不会眨一只眼,你钮卡王用剑也太差劲了,我都替你害羞死了,你这是侮辱你钮卡大军,剑不是你那样用,不如看我剑怎么取你那狗命。说完他拔剑冲去一剑砍过去,突然出现魔王黏德那布和忠忧达玛十三,还有三大法王护住了卡切王,辛魔红脸没能砍下去,钮卡王又用箭射过去,不料射偏,射中了辛魔红脸的战友达热赞丹那布赤宏的心脏上,他欲天王的护身符和他上师的神物也没能抵挡住,箭头穿背落马而死。这辛魔红脸收剑然后拿起弓箭一箭射过去就射中了钮卡大臣李本尕宝的眉间上,落马而死。右边突然出现一位威武的赞杰亚枚大将像黑熊吃了豹子胆一般边驶马边抽箭上弦就射了过去,射中了钮卡十几名将士,饮恨黄泉。钮卡的大臣曲本那布堵住后比了比箭法比了半天也不分胜负。这时辛魔红脸让赞杰撤退,然后不说二话就用箭射中了曲本胸膛,打穿了盔甲可内部有护身符所以没伤到身体,钮臣曲本还了一箭可没打中。辛魔红脸拔枪冲过去一枪打穿了曲本胸口,这次护身符也没能挡住命丧黄泉,然后辛德直奔冲出钮卡大营中央一口气打死了四十多名将士。东桑拉姆看到自己的将士惨死很愤怒,没法忍住怒火就过去拦住辛魔

红脸说到；你这黑魔之子，发现你嘴恶喷火，鼻孔冒臭烟，你凶残无比就像魔，若你再不收手就擒，继续做一杀人魔鬼，我真替你难过，不过今天该见的见到了，今天谁胜搏一搏，不妨请听我首歌：

阿拉拉姆唱阿拉，	塔拉拉姆唱塔拉。
今天我呼各神仙，	百万仙女围着保佑我。
若不知此地，	此地乃我钮卡之乡。
若不知我是谁，	我就是钮卡王后代东桑拉姆公主，
是叶西措姐女神的转世，	三空之三圣母，
此生就在钮卡地，	上天旨意我下凡，
拯救人间真道，	消灭妖魔鬼怪，
洗耳听好卡切三兄弟，	若你辛德还不改邪归正，
若真是那样我东桑心好酸，	该说的给你说到了，
若不听今天就看谁勇猛，	过了今天后卡切和钮卡之间，
没有任何瓜葛，	从今往后不许相互为敌，
觉得赤丹王已疯了，	就是自欺欺辱罢了，
欺负弱小钮卡王，	侵略他人领土，
若要两军交战，	乃是毁灭卡其的征兆，
不知你是难过还是高兴，	猖狂的卡其王把强者为敌，
不觉争执比山高，	漫山遍野占大军，
活捉残杀抢物烧房，	如你我军开战，
不知无辜将士死伤多少，	如我今天上战场，
我就会用箭射死你，	若射不死你这妖魔，
我就不是东桑拉姆。	

说罢把箭放在弦上，呼唤几声天地各路神仙，准备射箭时辛魔红脸被鲁德那布在他右边保护，赞丹娜布左边保护着辛德那布带

路,杂德那布围着周边,天空狼烟和毒气遮住了;对面的钮卡东桑魔女,不知自古战场好男儿,未闻女子上战场,俗话说得好,自古女人参战没胜仗,你如此的傲慢,将是灭亡你自己的火种。说完后唱道:

阿拉拉姆唱阿拉, 塔拉拉姆唱塔拉。
今天我呼唤着把大仙请来, 在白云交加的天空,
水火交融之官的, 大仙欲天王保佑,
乡岩魔女的领土, 求九头魔王保佑,
在四面领土的另一面, 求白月熊保佑,
(公保玉热)请耐心听我唱, 如果不知这地是那钮卡的地方,
如若不知我是谁, 西面雄伟(卡切)地,
将军(辛魔红脸), 三子中的长子,
权利是最小的, 本事是最大的,
论武艺是(辛魔), 轮本事是(辛魔),
已三十一岁, 算上本年是三十二,
听我唱来(东桑麻), 我(卡切)的地域,
上有(赤旦)国王在位, 周边有哥哥(鲁亚),
有弟弟(辛旦红脸), (热战多国美本),
(杂德斗奇考马), (魔杰黑风主),
(赞魔查果木玛), (伊郭仓瓦)有,
领队的掩护者有, (达热同肖周杰),
(达热), (达热曲吾郭杰),
(达热托持维赞), (达热乐摸查梅),
(达热赞见本忒), (达热战罢让谢),
(谢玛达热)有八十之多, 有三十万大军,
今年就来(钮卡)地, (钮卡香卡国卡)三,
用九年时间来征服, 之后(卡切)往岭攻,

统治了坏母(角如),　　　你高兴还是悲伤,
在那天以前,　　　　　　东面吃鼠的角如把,
北地域和霍帐王,　　　　门帐王和姜帐王,
大食王和奇乳王,　　　　好多英雄都征服,
无耻之徒角茹。　　　　　欲望比火还热,
其他国家任由他行,　　　西(卡切)地方不敢来,
今早太阳初升时,　　　　(钮卡)四臣子,
灵魂死者地方来,　　　　杀过无数兵,
不会算卦的(东桑玛),　　定要杀了你们,
死前有话速讲来,　　　　(钮卡国王)和,
岭国坏母角如等,　　　　只叫三次,
佛佑(白梵天王),　　　　圣女佛祖上师等,
今天是时候保佑我们了,　是否保佑我翘盼,
若有乃是姑娘好命,　　　好话只说一遍,
听懂歌者请记住,　　　　不懂也不会重述。

这时候那把宝剑指着拉毛右肩擦了一次,但是宝剑只是从半空中是什么事都没发生,他惊讶的不相信看了又看自己箭头,这是真人吗怎么箭砍不过去非常犹豫的时候,东桑拉姆;阔热差命魔的儿,这样扔箭真丢人,你右边(鲁魔纳布)围,左边(赞魔纳布)围,(辛魔纳布)带着路,(赞魔纳布)远处围,毒气烟雾遍满天,空话从说出,挥剑只有空中,切了什么砍了谁,像这般苦命人哪里找,与其这样瞎挥刀,我还不如锤纺,是否如此辛魔子,你用兵器我也会,身上同样携带三种兵器①,说着将箭射出那支箭,在神念鲁和战神畏尔玛的护佑下如火焰般呼啸着射在了红阎王的大腿上,防护身也

---

① "插肩回来一次"至"身上同样携带三种兵器"为编辑者补充的内容。

未能挡上,瞬间红色的鲜血喷溅出来,红脸阎王他怒火攻心,想要挥刀却因伤口太疼痛没有办法调转马头逃亡军营地,红脸阎王的缓军达热(鲁魔本图),挡住了乘胜防击的东桑拉毛的去路,与她比试刀法,但刀只是在空气中挥动并没有触碰到她,东桑拉姆射出一支护法神箭正中达热(鲁魔本图)的心脏,她当场从马上掉下来钮军大臣(亚赤尕布)向达热(托持本咱)射出一支箭,达热(托持本咱)胸口的明镜虽然被射碎了,但达热(托持本咱)是魔鬼的儿子,所以没受半点伤,达热鲁豆本土无比骄傲地站起来说道:"呀,你那样射箭应该羞愧,让女人见了会嘲笑,射箭就像纺锤线,想与我比高低你不自量力。"说完,将刀甩到天空,砍向一尺高保的头部,将他劈成两半,从马上掉了下来,托持本咱把他的马和鞍头盔顺手抓起冲向东桑拉毛,东桑拉姆怒火攻心挡住了他两人正面交锋,但未能分出胜负,可以说是,不相上下。钮臣(东池本图)射出一支箭击中了(托持本咱)脑间,但只是将几支牌子击落并未射穿(托持本咱)将首位的(东池本图)从头部中间砍背脊劈成半,使他坠马而落,(托持本咱)顺手其头盔及其他的兵器顺手带走并发如雷声般的,给冲向钮军砍杀六十多人(东池本图)缓军。(落日半哇)和(东混炸得)两人一起冲向(托持本咱)挥舞刀剑,(托持本咱)用刀连续将两人的头颅砍下,(托持本咱)不自量力将带血的宝刀扔在马尾伤擦了擦,接着又冲向钮军中,钮军大臣(本赤脱蜡赞部)犹豫地冲到他的面前,在马背上站了起来,呀,能人(托持赞部),你没有自知之明要来与我战是想让心血盆地吧,说完英雄虎师猛调唱道:

  阿拉拉姆唱阿拉, 塔拉拉姆唱塔拉,
  今天呼唤天神, 佛教范围的圣地,
  王母娘娘保佑, 白色狮子征服,

有一百的菩萨保佑，别幻想和英雄做朋友，
如若不知这地方，是那钮卡的地方，
如若不知我是谁，钮卡国王的将军，
是（本尺拖拉赞宝），我生戴盔甲和就技能，
没有比过我的勇士，（阔热）欲望强的男人，
我钮卡本地本人首，前面不和别国争，
今年以后有争执，前面根本没争执，
现有新的争执，钮卡灰色平原，
人尸马尸满地，人尸多的象台阶，
人血已有黄河般，你卡切地的万军，
为的就是钮卡地的木宗，事大（桑杰丹巴），
碰的是格萨尔神军，想想就觉得奇怪，
这得到的命真苦，努卡吉祥木宗不得到前，
卡切地方的玉宗，东（查木岭）抢走花花岭，
那时后悔就完了，今天把这带火的抛石，
扔到魔子你身上，尝尝被烧的感觉，
这抛石九尖环绕，钮卡喇嘛三人巴，
九年里的修行，是非常好的兵器，
上方神中方念，下方鲁的世间等，
今天抛石发圣灵，要把魔子征服下，
东（查木岭）的地方花花岭，（珠。嘎岱曲迥慰那）和，
（戳无旦正美宝）等，都发挥各自的圣灵。

说完，抛石愤怒火焰向火山丘一样被送到（托持），升上，上部天神中部念神下部鲁神们的护佑下压在了托迟身上，愤怒的抛石瞬间使人马火化成灰，但由子他是魔鬼儿子而且还未到死期所以未能伤及性命，只是衣帽和鞋被烧没了，就像没有冠的雪鸡，脚上

没有鞋的鸭子,身上没有衣的查迟,浑身没毛的鱼儿被搁浅在岸边一样,意识模糊,眼前一片漆黑,他的左右手见状立即给他喂食,被加持的东西和补药后,他逐渐恢复意识认为今天已丢尽了脸。英雄有自知之明是智音,马能奔跑适度是好马。就命令大军撤回营地,当天钮卡方的四个名将及十万军将领十万多小兵死在了刀剑之下,受到了极大的损失,卡切方面达热等无人为主的先锋四千多军阵亡,钮卡的土地上人尸与马尸遍地。流血成海弥漫着死亡的味道,白天那里秃鹰成群,夜晚,罗刹鬼怪的饮血食肉吞咽声及哭声回荡,山谷打底好像成了魔鬼的领域这天(托持本赞),大获全胜,名扬天下。卡切的君臣们聚在德日拉卿的帐幕中,享用着如梁水般,饮不尽的茶酒,叠成山的肉和奶酪糖果等丰富的食物,国王乐的都合不拢嘴,说道我卡切军与钮军虽然战了两年多,但从未取得像今天这样的胜利,对(达热托持本咱),要好好夸奖一番,说完唱道:

阿拉拉姆唱阿拉, 塔拉拉姆唱塔拉,
今天呼唤一天神, 上天空白云脸庞下,
(禺天王)保佑, 别移心听国王的歌,
如若不知这地, 是钮卡的地方,
如若不知我是谁, 我是(卡切赤丹)国王,
南赡部洲的范围内, 没有比我根强的,
让后请听臣子们, 今天弟弟四魔和,
(花若达扔)无人等, 三万军的驾驭者,
和钮卡军代做战, 勇士四魔达美把,
(钮卡谢梅)大臣等, 五个勇士头颅拿,
杀死无数地方军, 让后(托持维咱)吧,
钮卡领队将军, 哇国勇士万军和,

帮凶西梅三人头，　　用矛把刀箭挡，
荣誉响彻天空中，　　把(达热阔赤尾咱)，
就这样的奖励，　　　黑色绸缎一件件，
金银往上献，　　　　好马配好鞍子，
勇士头上配好帽，　　好帽配好缨盔，
日子从今天以后，　　派三万大军头领，
让后请听大臣们，　　卡切达热勇士多，
六个月的范围内，　　征服了钮卡国，
东桑拉毛领回卡切，　把宝贵木的产地，
引到卡切得地方，　　乐雅主和多国子，
各自应用向敌冲，　　所以勇士从根除。

唱完达热托持维咱受到很多表扬，众人纷纷支持国王的决定。同时也支持(托持维咱)晋升为十万军的领袖。当天晚上钮卡的先锋军将领们，聚集在国王身边商议着军队的死伤情况及在此作战的路线时，亚(那么)，集在此地的各位王臣请听，今年的扰乱并非是大家意想的(情愿的)，看似宿命，古今人称，日夜长短何时无人掌，所梦何事难也无法说，此话真理所在，今年所谓的谣言是前世所注定的宿命，是无法逃避的，望这里的各位王臣请听，昨夜前半夜本人已做，本人已做了如此奇妙般的梦：

勒啊拉嗒拉嗒拉，　　嗒拉莫勒伊林喽日，
即将呼的那位神，　　今天老人唱开头，
若不认得这地方，　　心情好是在钮卡，
悲伤也是在钮卡，　　倘若不认识本人，
乃三代王的老宰相，　国王身边的红人，
人称西萨沃旦也，　　请听我钮卡王和，

公主东桑拉姆为主的，聚在钮卡的大臣们，
我老人献的歌意是，就是昨晚前半夜，
做了非常奇妙的梦，太阳升起的方向，
熊熊烈火火影中，身似荷花般的阿修罗，
上半身为龙画般，身体中间似年画，
下半身为龙画般，阿和哞字来装饰，
梦中梦过那么个人，此后老人我梦醒，
左思右想还沉思，之后又给睡着了，
五色彩虹的中间，神奇之人走过来，
脸型特征像神人，说是从东朗里来，
如此神奇的梦，认真思考之后想，
身在东方已久的，格萨尔王即将到，
卡切赤旦王位和，大哥利杨日昂和，
小弟红脸魔鬼等，卡切破罪队伍的，
对付之人格萨尔，即使来到此前来，
此时不要冷静待，自我宝山之巅峰，
为神献供优饮食，三宝献供好祈祷，
善待那些贫穷人，领听各位王臣们，
此下奴隶男与女，金壶巴满的饮酒，
清水于及各食物，所有优品摆此前，
我梦吉征所如意，明天天亮之前时，
献神所有饮与物，此话请记于心，
不懂话意不重述。

　　这样讲述了所梦内容，自己的想法以及需要准备的请求，听了这番话之后，国王认为，这位老臣聪明又有能力，目前没有任何计划却干过如此重大的事。

呀，聚集在此的军臣要像老臣所说好好准备，明日天未亮时仆人们要举行盛大的煨桑仪式，上供天神中供念神下供鲁神和战神威尔玛，法神与空行地神和山神们。并要从心底发愿，钮卡的君臣们和王妃们要在自己的宫殿中向自己的神灵诚恳的祈祷，第二天晨曦天空中随着一声巨响一股暴风袭向达日托持本早的寝宫，这是恶兆。让卡切君臣们产生了避讳的心理，在想为什么会发生这样的事，丞相古巴让海和道郭两人认为：这样的恶兆是恶母过撒所为，这是因果报应啊。就是大鼓会被鼓棒敲，岩石上长不了白松，卡切与钮卡的战争，由天神来操控，是卡切失败的征兆。去年年头，君臣聚集的当天，好言相劝无人听。君臣勇士和将领，三句话就把意见反驳，不听忠告的下场，就像硬牛皮非要用手捻。现在遇到这等事，是高傲自大的结果，想到这没有说好或坏的一句话。第三天，当阳光照射在山顶时。雄狮大王骑着马出现在钮卡国王的城堡上方的滚滚云层中。钮地的君王及人民为迎接雄狮大王降临城堡，举行了盛大的煨桑仪式，手持宝伞与经幢，向空中抛洒青稞粉，接着，仆人在左面的金杯中砌好茶右面的金杯中斟好酒，白色的奶茶与酸奶蜂蜜与众多水果，把丰富的饮品与食品供奉在国王前面，钮地的君臣民众献上的哈达如雪纷纷，上供的金银如山堆积，祈祷的声音响彻。雄狮大王诺不扎堆，在金座上，面容如阳光折射在雪山上，在金色宝座的右面，坐在白色水晶宝座上的钮卡国王，班直亚起身献上三条白色的哈达及金条500，银宝6 000，钮地的小铃铛十八对，猫眼石和珍珠，红玛瑙等不可思议的众多珍宝。躬身磕了三头，说道神子雄狮大王，莫要分心听我唱，今天是吉祥的一天，能目睹你容颜，心里尽是欢喜，能听闻神主妙音。心中的痛苦消散，感谢大王降临钮地，真是人民的幸福啊。南赡部洲的支柱，黑色魔群的压石，释迦佛法的守护神人，岭国人民的太阳，我有三句话向上报，把卡切军的战况使用短短的歌唱道：

歌阿拉嗒拉塔拉， 嗒拉是歌之吟法，
变音三次之唱法， 神灵的上师桑钦，
只能用话语诉说， 不要愤怒请生悲，
我知自己是何人， 桑钦上师您请听，
要诉之言就如下， 在去年的那年头，
钮卡的那晚上， 从空中似要降临，
狭地上似要站起， 山沟平原三中间，
军队如海般聚集， 西方咔其契丹王，
指挥凶猛的兵卒， 围住了四面八方，
咔其契丹大王和， 大哥勒牙合日让，
弟弟西德当玛三， 三兄弟齐心协力，
于一年半的时间， 昼夜不分在打仗，
钮卡那帮敌群， 死后剩二十八人，
其余落入咔其手， 三千万的众士兵，

大地满尸而无路， 人血染红了大地，
雄鹰昼夜盘旋在上空， 恶鬼享受在血肉之中，
内心生悲生苦， 于是桑钦之宝，
（钮卡布尼）之王吾， 送之命也不悔，
于敌生死之战， 无数英雄葬于戈，
敌围之吾四周， 战危地于此，
是吾意想之外， 岭格萨尔王我王也，
降临于天空之中， 救（钮卡）之朋也，
我真的是非常高兴， 我（钮卡）地大臣们，
桑钦征服于它， 恶敌降服于首，
（钮卡）国泰民安， 木宗自地自己住，
于是桑青大地之王， 从大远（茶茂岭）之乡，

来到陌生(钮卡)之腹地,路中面临无数之灾,
但为了众生之利,　　如懂乃是桑青之歌,
不懂也何妨。

　　于之说桑青之王对(钮卡)帝臣生于悲心而赏赐无光甘露药和山神寿衣之蓝,救命之丝,经过灌顶的金刚之九顶,占领钮卡之歌,唱于降服之地的马背之上。

歌是啊拉塔拉拉姆,　　塔拉是我歌之唱法,
今天呼唤我神,　　　　百城之右湾海之地,
雪狮宝座之上,　　　　大神(白梵天王)明,
专心倾听大王之歌,　　中之从念保虎城,
红城像于血之湖,　　　专心听王吟唱,
下于龙王之宫,　　　　蓝城宛若蓝湖,
祈祷龙王之王,　　　　专心听王吟唱,
吾与不知此地,　　　　今之首到此地,
知之今日也,　　　　　接着钮卡之王,
专心听我歌也,　　　　今年卡军来此地,
上神早有预言之,　　　二于钮卡命中注定,
此乃命数非劫数,　　　无法逃避此灾难,
钮卡郭卡像卡三,　　　如卡切没摆阵势,
就没有卡灵之战,　　　钮卡之女神尔,
义西措加之转生,　　　与三千空行无异,
由上神册封之,　　　　卡切宝座之主与,
阎征赤面之弟,　　　　卡征之女封于神,
如没生于钮卡之乡,　　卡切的风火水乡,
怒征之军临于岭,　　　丹玛尕德三英雄,

生于大灾大难也,　　　都是命中注定,
(钮卡)之王,　　　　　挥下英雄之群,
半数死于(卡切),　　　悲与悔非浅也,
死者无法复活也,　　　法事祈祷给死者,
由吾给亡魂超度,　　　好让魂归极乐地,
聚于此的帝臣们,　　　佑之三宝也,
信仰别错大臣们,　　　勿丢警惕王臣们,
钮卡的五大臣,　　　　极速去守城门,
把英勇展现给敌,　　　遭遇困难挫折时,
我桑钦这人与马,　　　像东北虎般飞来,
霎时就会来协助,　　　再无需胆战心惊,
听懂歌是受益,　　　　听不懂不会再唱。

　　这样的命令后卡切和钮卡的君臣们于格萨尔身前磕头祈祷,祝福后,自回各自的营地守营,大臣(奔那亚枚)带领五个臣子和一万大军在四面围城,做好充分的作战准备。
　　这时卡切营中卡切赤胆国王由援兵(斗奇考马和托持为咱)等五大臣子围着并带着三万大军对着钮卡中宫,大臣子那亚到赤胆国王面前说,黄人雄姿威武,黄马步伐稳健,虽没见过但有耳闻,魔王赤旦是你吧,如是勇士我很高兴,算是遇到对手了,看看谁是大英雄,首先听听这首歌,然后再看怎么办,说完用母虎威猛调唱道:

　　　　　歌阿拉嗒拉塔拉,　　嗒拉是歌之吟法,
　　　　　时至今日得叫神,　　在佛法之广传地,
　　　　　依靠智者众神,　　　今天有英雄相助,
　　　　　我知道这是何地,　　是钮卡的领地,

是用胆量比敌者，	消灭魔军之人，
他骑着骏马，	身影威武插云霄，
像是契丹国王，	若是民众齐欢，
心围着你转的臣民，	那个人名叫什么，
父氏母氏又是谁，	他有什么功绩，
请卡切子民听着，	我的领土我做主，
与你没有什争分，	却说要夺取香地，
那是很难成功的，	佛法传入的净土，
不明之法难立足，	举个例子是否看，
雪狮站立的路上，	东北虎站立的途中，
兔子奔跑何等可怜，	我是钮卡咔牙来的，
若能听懂就竖耳听，	听不懂不会再吟唱。

说着射出箭，箭头神念古拉和战神威尔玛等护佑后半后中火烧灿烂，插入赤旦国王胸间，魔的护法神粉碎，可里面有尕热王秀和美达喇嘛的护佑，所以根本没有伤到身体。

赤丹王想着今日侵我边疆是一件不祥的征兆，他阴着脸心中震怒，口中冒火，鼻中冒烟，憋着一肚子的火，毫无花哨的将手中的兵刃顺着大臣苯纳娅麦的右肩斜劈将其人的盔甲击溃，虽内着战服和护甲，也无法抵挡那一击被生生劈成了两节跌落到坐骑两旁，随后来了两名（伊斯兰）将军与冲锋的大臣豆刺巷前叫阵，并将手中长剑在豆刺巷前的上方挥劈不费任何战术就砍下了他的头颅，脑浆四飞死状甚是凄惨。文臣宁拉顿坨看着自己情同手足的两名将军死在敌人手上，激发本性红着眼球冲入敌军之中，魔王旋风在对敌的杀伐中抽空拉着牛角弓射出了一支箭射穿了文臣宁拉顿坨就右胸，面目狰狞的滚落马下。目睹此时的旋风豹提着宁拉顿坨的头颅和战甲在伊斯兰大军，由格萨尔化身的九颅虎就像天边的

雷电来到赤丹王的前方仿着虎啸唱道：

乐阿拉阿拉阿拉唱，
今天叫一个天神，
白色(白梵天王)保佑，
如若不知此地，
如若不知我是谁，
阔热赤丹国王，
魔灵黑风快火三，
钮卡君子臣子三，
凶恶屠夫魔男三，
这些还不够，
身怀六种技能，
有本事就展示，
虎不食厉害的我，
你血肉的身体，
似虎吾不食是无能，
不会甩向千万军，
第一舌甩给魔杰上，
(魔杰黑风)上面甩，
非我山神之本色，
(钮卡)的木宗里，
攻它的是岭格萨尔王，
黑魔攻它是妄想，
只有给格萨尔王能担取，
六绝成就固有之，
自己将死都不知，

塔拉拉穆塔拉唱，
上面神仙的天堂，
今天威虎听我唱，
是那钮卡的地方，
我是业主(玛沁奔热)，
(赞魔斗奇考马和)，
骄傲自大比山高，
身带盔甲上战场，
一个个在刀下死，
我是山神玛沁奔热，
是英雄就讲理，
我今天化身为老虎，
九个头有九条舌，
不喂给鸟狗的话，
今日吾之第一条舌，
柔弱父亲真可怜，
第二舌甩给(东桑拉姆)，
不吸食心脏之血，
请听黑方君臣们，
北方世界吉祥城，
献给雪域藏族，
木宗药的秘方，
黑头人的需求，
卡切魔杰怎能攻，
(阔热赤丹国王)，

北帐王卢赞和,　　　　　霍尔白帐王个盖,
姜撒旦国王,　　　　　　门香迟国王,
大食闹国王,　　　　　　奇乳得子国王,
统一为一体知否,　　　　卡切赤丹王子,
你们父子真可怜。

就这样唱完这首歌,格萨尔化身的猛虎一张嘴就把赤王的坐骑活生生地被吞下去,因此赤丹王怒气汹汹地冲到老虎身上斗了好几回但无能为力,此后老虎又把黑风和毒水的坐骑都吞下去了。可惜没对他两造成很大的伤害。所以老虎心想若今日不放岩浆来烧死他们,敌人肯定不会后退半步,然后老虎(格萨尔化身)嘴里喷出了岩浆射到赤丹王及黑风、毒水等人身上,他们身上的铠甲都烧尽了,敌军看到后,拔腿就跑。

这天,卡切军队败了,死伤惨重,自己人也死了一千多,这时候格萨尔王又变回原形回东岭去了,此日晚上卡切所有头领聚在帐篷召开军事会议,莫怕魔鬼化身的角如,俗话说得好:"人外人有,山外有山",明早之时,带领五名臣子和三十万大军,攻破四面,格杀勿论,第二天早晨,多衮枚勃召起了所有大军和各位头领准备出征,当快要到达钮卡城北方的时候,护城将军和杂过那拉果布、杂果那拉雅枚三人之中的杂过赞布来到城外一公里的地方,跟卡切达热大人冷本挑战、卡切大人冷本未给予回歌,反而冲到他们中间,拔起刀把杂过赞布劈成两半了,看到这场面头领杂过那拉果布怒火冲天地冲到达热大人冷本面前跟他斗了起来,但是打的不分上下。这时候,多衮把杂过那拉果布的右手被砍断了,然后又把他的头也砍下来了,看到杂过那拉果布被杀,杂过雅怒气汹汹地冲到多衮身上,但最后又被达热且吴高杰砍成两半,此时,钮卡军队和卡切的军队的状况达到白热化了,战了两个时辰之后卡

切多衮和达热等带着军队攻破城门杀出一条血路,最后取得了胜利。

第二天早晨,卡切行军大将伊郭仓瓦大人带着五名臣子和三十万大军向铩国南城市方向行去,保护南城的将军曲培那布三名臣子正在城里安歇的时候,众多敌人像蜂群似的从四面八方围住了他们,然后曲培那布带着三名臣子来到南门城外一公里的地方,从马背上站起来唱起了这首歌:

阿拉塔拉阿拉,	塔拉是歌的唱法。
此时祈求一个神,	诸神居住的高空中,
铺满金叶的宝座上,	洒满玉叶的坐垫上,
有我心中的寿神菩萨,	请赐我妙计,
给我个答复,	请尽快守护我,
让我在战场上战无不胜。	如若不知此地是何地,
是聂卡王的故乡,	如若不知此人是何人,
是聂卡王德贵臣,	人人都叫我屈潘那波,
也可以叫我屈拉培杰,	是东方差毛岭人,
是曲培那波的后代,	是个无敌的英雄,
喂,身穿蓝衣骑蓝色马的人,	卡切的将军,
你是否幸巴的后人,	如若是的话
很高兴遇到你,	喂,英雄辛巴之子,
我就在自己的领土上,	未侵犯你半寸土地,
你却率领军队到我门口,	你们想与我们为敌,
想占我们茂密的森林,	想抢我们美丽的姑娘,
想夺我们丰富的宝藏。	

曲培那布一唱完就拔剑冲到伊郭仓瓦大人跟前,战了许久,最

后还是败给了敌人。

卡切的重兵们一向都是英勇善战,他们取得了很多胜利,这种胜利给予他们很大的勇气和快感,所以他们想要更多的胜利。第二天早晨,行军将领查果木玛带领四名统帅和四万大军向着东城方向行去,钮国保护城幸玛赞高和三名勇士带着八千多重兵保护着钮城,当卡切行军将领查果木玛的大军来到城边的时候,钮城护卫将军幸玛赞高走到查果木玛面前单挑了起来,两个人挥刀相向,但两人势均力敌,这时候幸玛赞高拿起饮血剑,放到羊角弓上射到查果身上,由于查果身上带着护身符没受到伤害,可仍然能够感觉到一种疼痛,于是想,这人的远程技能相当辣手,若不尽快杀了他自己有危险,然后他用一剑把幸玛赞高砍成了两半,德布拉嘎勇士见到自己的将领在敌人的剑下死后,怒火汹汹地冲到查果跟前一剑挥了过去,但查果木玛没受到很大的伤害,所以他又一剑砍向查果木玛的一名统帅身上,把这名统帅劈成了两半。因此,查果木玛也很生气的一剑瞄准德布拉嘎的胸口刺了过去,这次剑上的杀气相当可怕,正因为如此把德布拉嘎用饮血剑杀死了,然后查果木玛把他的头当成炮弹射到城门上,把城门炸得粉碎了,护城的军士们都被火箭烧成了灰,卡切的重兵们冲到城里杀死了七名钮城的大臣和五百多重兵,钮城的护军们也杀死了卡切的三千多军士,但最后卡切人以多胜少取得了胜利。卡切人把城里所有值钱的东西都抢走了,而且还在城顶挂起了他们的圣旗,当东城被卡切人攻破的消息传到钮国城堡的时候,钮国的将军们和大臣都无能为力各说各话,当晚,国王忐忑不安睡不着,然而就在快到半夜的时候,姑母贡曼婕姆给了他一个启示,这启示用歌声传达给了他:

伟大的钮国国王,　　　　　　我乃姑母贡曼婕姆。

国王您该起床了，　　　　　明日黎明之时，
卡切赤丹王，　　　　　　　他的哥哥鲁亚合如让，
弟弟香德当莫，　　　　　　卡切风火水将，
四名行军大将等，　　　　　前来围攻钮城，
丙扎王你及你的公主东桑拉姆，大将东赤丞布等，
用于反攻之人，　　　　　　命运是不能改变的，
明日之时，　　　　　　　　死不悔恨，
若是败了，　　　　　　　　你把公主嫁于卡切王，
用公主的美丽，　　　　　　拴住卡切赤丹王，
不然下次对岭国有危险，　　明日之时在于命运，
永不改变的，　　　　　　　因此铭记此歌放心上。

当姑母贡曼婕姆消失不见的时候，国王好好地想了一下，然后开起了军事大会，把启示的内容都告诉了大家，告诉大家命运是不能改变的，明日必战，死不悔恨，诸神保佑。第二天，太阳升起的时候，国王带领军队从东门出来了，城外敌军营里赤丹王骑着马来到钮国王前面对他说："胆小如鼠的丙扎王，现在你的城堡都被围住了，你就此投降吧！我赤丹王的威风，你不是不知道，"说完后唱起了这首歌：

阿拉塔拉阿拉，　　　　　　塔拉是歌的唱法。
此地乃钮国城，　　　　　　我是卡切赤丹王，
我赤胆雄霸天下，　　　　　听我道来无能的丙扎王，
雄鹰展翅的地方，　　　　　公鸡是无法相比的，
杜鹃鸟鸣叫的声音，　　　　乌鸦是比不了的，
老虎的汹汹霸气，　　　　　狐狸是永远无法达到的，
我卡切赤胆的威名，　　　　你是永远比不过的，

听我道来丙扎王， 我手中拿着的此剑，
一百九十种铁器打造而成， 死在这样的宝剑之下，
也是你的福气， 还有我的勇士们，
他们会把你的城堡， 连同众多百姓，
格杀勿论的， 此歌铭记于心。

唱完这歌，卡切王对丙扎王说若你投降我会饶你不死，不然会要你的命，听到此话，丙扎王给赤丹王唱起了这首歌：

阿拉塔拉阿拉， 塔拉是歌的唱法。
此地乃钮国城， 我是丙扎王，
我乃正义之经守护人。 听我道来赤丹王，
去年的今日， 你带领十万大军，
攻破我们的国家， 打破了永久的和谐，
打响了战争的鼓声， 杀死我很多无辜的百姓，
若你还要这样下去， 会是一个玩火自焚的结局，
邻国格萨尔王是你的宿敌， 你的国家也会被邻国消灭的，
我将用一箭了结今日之事， 听到此歌记在心里吧。

丙扎王唱完这歌就拿起弓箭瞄准赤丹王的胸口射了过去，箭头燃起火花，带着一声轰隆隆的声音，射在赤丹王大腿上，结果赤丹王强忍着来自大腿的疼痛，拔起剑把丙扎王劈成了两半，随后冲进敌军一眨眼间一百多个敌军像一盘散沙，四处逃窜着钮国的将军看见自己的国王倒在赤丹王的剑下，瞬间双目通红，带着一腔怒火冲向赤丹王但没冲到跟前就被赤丹王的弟弟硬挡了下来，射了两支饮血箭，一支射在钮国将军的胸口，一晃摔下了战马，一支射在金宫的宫顶，这时候，钮国的公主东桑拉姆看见国王和大将都战

死沙场,复仇的怒火从心底起,骑上战马,来到卡切众大将的跟前,唱起了这首歌:

  阿拉塔拉阿拉, 塔拉是歌的唱法。
  此地乃钮国城, 我乃公主东桑拉姆,
  是钮国丙扎王的公主, 而且也是非凡之人,
  是菩萨的化身, 是正义之经守护人,
  黑暗罗刹的消灭人, 听我道来妖性之王,
  今日黎明之时, 父王死在你的剑下,
  城里堆满了尸体, 街道血流成河。
  从前美丽和谐的圣城, 现在变成了可怕的鬼城,
  小女定报血仇。

  唱完这歌公主施起法术,在她头声音空中出现了三道火焰,瞄准卡切赤丹王和三兄弟所在方向射了过去,轰隆隆一声,砸到他们兄弟所在地,他们三兄弟都被烧得铠甲都熔化了。过了一会儿,他们三兄弟对东桑公主身上砍了好多剑,但一剑都没中,公主的身体像空气一样剑都透过去了,所以卡切王很生气地带着统帅们冲到前线杀死了很多钮国勇士,他还用大炮轰东桑拉姆,但依旧没事,可公主周围的很多自己人都炸的满天飞,这时赤丹王心想不用罗刹困绳抓住公主的话,其他方法都起不了作用,因此赤丹王用此绳抓住了公主,带回了自己的营帐里。第二天,赤丹王开起了军事会议,在营帐里,他对公主说,若你不嫁于我,我会杀了你,若你嫁了我,我会还你子民自由的,而且钮国仍然由你掌权,可公主坚决地拒绝了,此时在座的一名卡切老臣站起来对着卡切王臣唱起了这歌:

  阿拉塔拉阿拉, 塔拉是歌的唱法。

此地乃钮国城，	我是卡切的大臣，
是三代王朝的臣子，	名叫站吧让夏，
听我道来在座的王臣们，	我想杀不得公主，
她乃菩萨化身，	也是正义的守护者，
再说杀个女人，	也不是男子汉的所为，
旁国听到也会取笑的。	

唱完这歌，公主听到大臣的歌后心想大臣说的也有道理，可无论如何也要报仇雪恨，所以决定不会嫁给杀父仇人，众臣很多人赞同老臣的话，可大部分人反对，反而说此女是妖女，必定要杀了她，因此国王也只能这样做了。第一次卡切人把公主扔到食人虫洞里，可公主因为是菩萨化身没受到一点伤害，所以被保护了起来。第二次扔到河里，可龙王救了公主，最后他们无奈下，用火烧了公主，可依然没事，所以最后打了几顿关在牢里了。

姑母贡曼婕姆发现后，半夜里来到牢里，给公主一个启示，唱响了此歌：

阿拉塔拉阿拉，	塔拉是歌的唱法。
此地乃钮国城，	我是姑母贡曼婕姆，
听过来东桑拉姆，	你是女菩萨化身，
你将嫁于赤丹王，	命运是无法改变的，
将来卡切和邻国大战时，	有你的帮助才能消灭卡切，
所以这就是你的命，	因此明日你必须要嫁给卡切王。

唱完这歌姑母贡曼婕姆就消失了。听到这歌表达的启示之后，公主心想：姑母贡曼婕姆都这么说了，还能干嘛！恭敬不如从命吧。

第二天，公主在卡切众人中间唱响了这歌：

阿拉塔拉阿拉，	塔拉是歌的唱法。
今日诸神保佑我，	这里是钮国城堡，
我乃东桑拉姆，	是菩萨化身，
时逢今年，	十万大军，
毁了这座美丽的城堡，	杀死了很多无辜的百姓，
抢去了很多金银珠宝，	卡切国得到了胜利，
伟大的赤丹国王，	威名如风雄霸天下，
还有八十勇士，	力大英勇善战，
今日本女想嫁给你，	我将要成为卡切国王后，
也将成为你的助手，	此歌请众人放心上。

一听到这歌，卡切赤丹王特别高兴，把公主打扮得漂漂亮亮，给予公主的子民们自由，让公主管理。

第二天，卡切人带着钮国的很多财宝回到了卡切国，当他们回到卡切后举行了十五天的庆祝，在这十五天里他们过上了无忧无虑的幸福日子。之后，他们又召集了所有军队开始向着香卡国方向缓缓行去。

整理声明：

现今呈现在读者眼前的这部口头传式《牛卡木财宗》是由西藏的说唱艺人伊曼在 1987 年录音完成，后经编者在 2009 年和 2010 年以 1988 年 11 月份的录音磁带为依据写下的原稿来完成整理的。

《牛卡木材宗》是卡切赤丹王在没有攻陷卡切玉宗前的九年间，收复牛卡木材宗和项卡药宗、郭卡羊宗三个小宗中的其中之一。

廷岭武器宗

　　1981年,玉梅受邀于西藏出版社赶赴拉萨进行格萨尔说唱的录音,并在同时收到了来自自治区《格萨尔》抢救工作站授予的"艺人"称号和地方上级单位赋予的"优秀说唱艺人"的荣誉。玉梅是自治区境内四十多位艺人中唯一的一位女性艺人,在《格萨尔》抢救工作站已完成32部唱本,累计多达1200页。初期她说的部本有《诞生篇》和《塔岭之战》《门岭大战》《杭卡药材宗》等。此次演说的《廷岭武器宗》的主要内容是岭国在降服了雪山水晶宗之后,在接到天神大白梵王和玛尼尼格姆关于降服廷国武器宗的预言,由于廷国和拉达克两国亲属的关系,先要降服驻扎在廷国和拉达克的聂戎曲三位将军和札塔托三位,还有长腿三兄弟和长臂三兄弟。之后再由岭国将领华拉和华色、达杰桑格三位将军率军攻打廷国,最终因不敌廷国火力寻求岭国的支援,并维持了六年之久的战乱。岭国国王格萨尔王因为上有天神,下有各种鲁、更是有战神威尔玛和护法神、诸多山神的保佑,依次降服了阴暗廷国的国王达尔本和拉达克国的国王晓奴嘎包,并将廷国王妃岗萨拉卓降为本国。除此之外,廷国的诸多将领也是纷纷逃入岭国境内,将廷国武器宗的各种武器都供奉给雄狮大王格萨尔,格萨尔王也是心怀六道众生的幸福,最终重新开启了闭关修行之路,至此完结。

　　白岭国的国王格萨尔王从雪山水晶宗凯旋归来过了三年后,廷迟国王达尔本忍受不了白岭国的威望而召集了强悍的军队做好了要去白岭国的雪山部国作战的准备。就在这时候，上界神的刹士中玛尼尼格姆她得知了这件事，就雪山国的大臣岭桑格智巴给予预言告知了廷迟国的军队向雪山国进军的事。得到了玛尼尼格姆预示的预兆后桑格智巴心中暗忖道，现在在我们的部国中把守部国的官员除了华拉父子之外，白岭国的其他勇士离我们部国太遥远了，如果廷迟国的军队来我部国挑衅作战的话，我们恐怕不能成为他们的对手，为此就如何处理此事进行了一番协商后，认为此事交给华拉和华色父子处理比较妥当，立刻回到雪山水晶宗的华拉身边，唱起这首非常重要的短歌：

唵嘛呢叭咪吽。
阿拉拉毛唱阿拉，　　塔拉拉毛唱塔拉。
此地诸位所周知，　　正是雪域拉达地。
我乃诸位所周知，　　雪域君王之大臣。
桑格智巴是我名，　　早已名扬于天下。
名声大噪溢满天，　　更是被传千万家。
因此华拉达杰和，　　拉色达杰桑格你。
请听我的这首歌。　　昨天夜晚下半时，
玛尼尼浮现半空中，　预告言辞有诸多。
太阳落山西方处，　　歹徒廷迟达杰王，
傲气冲天比山高，　　嫉妒娇气比火烈。
奈何岭国君臣威，　　欲要起兵侵我域。
预防洪水先修堤，　　防止得病于未然；
警戒防备御敌军。　　依照大臣之见解，
廷之闺女岗措即，　　雪域大王之爱妃，
廷与雪域大国间，　　从古即为亲兄弟。
在此之前雪域国，　　俯首降于岭国军。

廷迟大王起坏心，　　想与岭国试比高。
此时我国大雪域，　　实属岭国被称臣，
遇此大难之前景，　　一因岭国相甚远，
二因勇士技差劲，　　三因廷国兵马壮。
骑马独闯难取胜，　　孤军奋战亦难胜。
廷迟达尔本大王，　　即为妖魔之子嗣，
法力高强无对手，　　更有帮手助俩肋，
无敌聂戎曲三者，　　巨毒婶婶三姐妹，
毒气英雄三兄弟，　　还有巨石三兄弟。
难以应对还颜色，　　华拉达杰桑格和，
华色诺布占德俩，　　虽是英勇好善战，
毕竟以寡难敌众，　　故而心慌难安稳。
要么派使向岭国，　　要求支援助我军。
要么只盼华父子，　　直指岭地求援助。
我等大臣六个人，　　愿将己命当箭靶，
奋力抗敌还颜色，　　姑且牺牲无怨言。
具体该甚望讨论。

唱罢这首充满恐惧的歌后，华拉穆俊嘎布面露微笑，看着大臣们说：呀，听着雪山国大臣桑格智巴之子，你没见敌人之前抖腿肚，魔鬼未到之前散魂魄，这种作为意义不大。说完此话之后，用雪白雄狮的唱腔唱起这首歌来：

嗡嘛呢叭咪吽。
阿拉拉毛唱阿拉，　　塔拉拉毛唱塔拉。
今朝召唤一神灵，　　盘踞莲花正中央，
三宝加持度众生，　　倾心助我来歌唱。

东方玛域岭噶地,
今日加持华拉我。
丝绸上部之地域,
号称华拉桑达是。
华色大宝战胜王。
誉为世间人上人。
之前岗岭交战时,
枉杀六条人命后,
拉色扎拉孜杰等,
协定商讨后决定,
守卫雪山宗五年,
华拉父子留雪山,
都已成为过去史。
当然岭噶英雄汉,
预言先兆必周知,
实为神奇一机遇。
雪山头领有华拉,
何必如此受惊吓。
公鸡早起赶打鸣,
全体雪山士兵卒,
抽调雪山各部落,
廷迟君臣虽威望,
好比挥刀显锋利。
男儿被称英勇时,
好马被赞疾如风,
华拉达杰桑达等,
遇见英雄心相惜,

如意大宝雄狮王,
如若不知我是谁,
不变城堡九城也,
旁边屹立着白衣,
今时男儿十八岁,
华拉穆俊噶布我,
歇日曲成部落地,
岭王格萨尔王及,
外加叔叔总管王,
罪孽深重被判为,
岭国人马遣返时,
暗自伤神空悲切。
此外桑格智巴你,
天之骄子法无边。
此次预言进你耳,
如若不是见识短,
守宗英雄亦是他,
明日日出东方时,
母鸡捉虫喂幼崽,
整装待发备伐廷。
三千人马来参军。
单挑面前显本事,
古有谚语有如此,
尚因一天之运气,
只因短期之喂法。
此前从无败北史,
偶遇好马乐开花。

英雄相交于沙场, 若赢必取其手足,
若败不惜舍己命。 战场犹如狐狸辈,
落荒而逃当逃兵, 埋于黄土永被唾,
如此举措实为辱。 因此雪山英雄汉,
各形各族聚集了, 强大天空响明了。
碧绿天空响明了, 青龙天空响明等。
喝着纯奶长大者, 遇敌精明要能干。
若有战场潜逃者, 外加泄露机密者,
再有内外勾结者, 悉唯拿命来问罪。
听懂歌意即铭记。

唱罢歌,他说:"自视抵不过入侵者的威慑而求救于岭国的做法是一件令世人耻笑的事。因此,就算牺牲自己的性命也绝对不会做这样的事。"听了这句话,查宗查雪智巴从左边座席的边角上站起身来说:"如果廷迟国王的军队降临到我们的国家来,我们恐怕不是他们的对手,很难战胜他们的,从而他们肯定不会放过我们。但是,就如大臣所说的那样,派华拉父子回到白岭国的为好。"他百般央求国王,可华拉他根本听不进他的话,态度非常坚决地说,我之前说的话坚决不会改变的。就在这时候,廷迟国国王达本召集君臣们集聚在阴暗九城中之后,廷迟国王达本为安排出兵而唱道:

嗡嘛呢叭咪吽。
阿拉拉毛唱阿拉, 塔拉拉毛唱塔拉。
今朝召唤一神灵, 详坐高空云端中,
素有日月互为伴。 求大自在天加持,
聆听国王我之歌。 高山起自地中央,

红色曲宗ཆོས་འཛོམ་དཀར་པོ་之山巅，神鸟金目请慈悲。
耐心助我唱此歌。此地诸位所周知，
阴暗廷国之首都，此城诸位所周知，
阴暗九城即为此。廷迟国王之疆域，
东有城堡南亦有，西有城堡北亦有。
吾等名满与天下，廷迟国王达尔本。
话说去年和前年，黑脸乞丐角如尔，
降服雪山宗国王，廷迟姑娘岗措她，
即为雪山国王妃。廷迟国与雪山国，
自古联姻成亲家，吃鼠食言者角如，
誓死不报非好汉。骏马被偷需追回，
无果便是无能也。廷国聂戎曲三者，
还有巨石三兄弟，外加毒气三兄弟，
何等威武我深知。依照本王之想法，
从今十三日之内，派遣飞鸟赴敌中，
廷军派往雪山地。辛巴岭国三将领，
命由穆俊父子等，射杀官兵取手足。
名声大噪六英雄，取其性命实徒劳。
之后起兵伐岭国，黑脸乞丐角如一，
孤儿扎拉孜杰二，肥胖总管王三者，
惊恐如梦般折磨。果姆逆子角如他，
生平爱往他国窜，试试赶来廷国否。
臣民也爱窜他国，可与廷臣试比高。
因此廷国众将领，不出十三便出征，
可在近日享清福，赛马射箭享娱乐，
之后便要出远征，战马兵器均必备。
我军兵马九十万，行如黄河浪滔滔，

驻如大海静悄悄。　　军队神似一股绳，
冲锋陷阵似旋风。　　我军护法男神群，
好似右边路妖陪，　　又有左边赞妖助，
中间还有心妖帮。　　迫使敌军受溃败。
此外还将岭国域，　　宫殿城堡狮龙宫，
军兵包围在其中，　　金银财宝尽收取，
杀人放火不姑息。　　此乃本王意中事。

唱罢这有关廷迟国军队出兵去留和如何应对白岭国的歌儿后，智郭坚参从宝座上站起身来说："呀，尊敬的廷迟达尔本国王，廷迟和雪山两国虽然之前有联姻关系，一衣带水，可是现在雪山国已经成为角如的属国。如果我们前去征战雪山国，角如绝对不会坐视不管而前来协助。到时候恐会失策，与白岭国作战好比是自吞剧毒。"说完话，他唱起这首歌来：

嗡嘛呢叭咪吽。
阿拉拉毛唱阿拉，　　塔拉拉毛唱塔拉。
今朝召唤一神灵，　　我方自在三依怙，
破财消灾廷国祸，　　悉听达本我之歌。
我乃勇士尖参子，　　三朝元老功不没，
请听老夫之谏言。　　素有如此之谚语，
万物珠宝唯金首，　　众人脸面看父母。
老臣虽言人轻微，　　但已高龄富经验。
廷国遇此大劫难，　　不得不送几番言。
廷国联姻雪山国，　　自古视为自家兄，
无奈岭国侵雪山，　　国王被擒民被征，
英勇六将缴械降。　　失策会使社稷亡，

花花岭地众将领，虽然都是血肉躯，
实则天神下凡般，五行掌控在指尖，
生死由己不由人。世间谚语有如此，
如若不知该怎样，请看亡鸟的羽毛，
参考先人的遗体。前有岭国格萨尔，
降服路赞霍尔姜，大食阿扎和象雄，
突厥拉达雪山等，多国已被收囊中。
廷王权倾四野罢，难以匹敌众将领，
如此道理望三思。角如王加哈拉毒，
必夺性命无逃路，白岭好汉加落石，
难以还击众周知。如今我等国域内，
无敌入侵国泰安，大王无恙百姓乐，
此等盛世难再寻。国王详坐龙椅间，
军队人马守边疆。相安无事挑事端，
引火烧身终害己。

唱罢，他眼里流淌着泪水，握着达本国王的手极力央求他撤兵。廷迟国王达本他由神仙控制着他的身心，从而听到他的话后，怒火中烧用拳头狠狠地往桌子上击打了三拳后，用马尾悠长调唱起这首短歌来：

阿拉拉毛唱阿拉，塔拉拉毛唱塔拉。
我乃诸位所周知，阴暗之地廷国域，
黑暗邪恶之子嗣，廷迟国王达尔本，
名声响彻全天下。今日众将聚在此，
祥瑞吉兆富心头。无奈智郭将军等，
鬼迷心窍惊如鼠，敌人士气吹满天，

自己威风已灭尽。
无敌聂戎曲三者,
通臂长手三兄弟,
剧毒婶婶三姐妹。
奈何我军操胜券,
阴暗廷国达本我,
角如欲要试比高,
角如想要遁地走,
下地九层抓正着。
只因前世的因果,
无比艰辛皆因果。
却也实属无奈举。
一言既出便无悔,
直逼雪山宗门口,
手握寸兵皆可杀,
守卫华拉父子俩,
方可解我心头恨。
虽为三朝元老者,
无奈年高心智衰,
不如身居楼阁中,
衣食无忧度暮年,
涨他士气灭己威,
且念大人年事高,
就此轻饶仅一会。

我军阵有三猛汉,
疾风长脚三兄弟,
外加旋风三兄弟,
白岭角如是孤军,
何有畏缩之必要。
长有飞天翅膀双,
生擒在于云端中。
我便拥有遁地术,
天边秃鹫好吃人,
豺狼游荡山野中,
廷岭交战虽无利,
尚可无需再赘言,
十三日内越廷江,
包围整个水晶宗,
金银珠宝掠夺尽。
最好活捉生剥皮,
此外智郭尖参你,
为政呕心又沥血,
恰似一轮下玄月,
安享品茶享天伦,
倚老卖老已无需。
应当责令严惩治,
向来忠贞无二心,

用唱歌传达了软硬兼施的命令后,为此,智郭老臣心中暗忖道,大王的思想完全被神鬼给驾驭着,现在无论你怎么说好坏的话,都很难改变他的心志,随之流出些许的泪水便坐下了。

在雪山国中,华拉穆俊嘎布在廷江上下层层设置了哨所,安排了哨兵,到处布满了军队。就在这时候,花花廷山的山路上黑压压走来了廷迟国提前出发的军队。雪山国的哨兵们发出敌人入侵的通知后,华色诺布玉杰虔诚地祈祷了至尊天神,佩戴三兵和旗帜,骑着骏马疾驰而去与敌做先锋了。廷迟国的率领军队的将军昂登航让毫不犹豫地来到华色的身边,唱起来这首咒骂人的短歌来:

  阿拉拉毛唱阿拉, 塔拉拉毛唱塔拉。
  高空云端正中央, 大自在神在其中,
  骑下黑马在嚎叫, 耐心请助英雄我。
  红色曲宗大山顶, 刹女白光请护佑
  膝下罗刹五百只, 耐心请助英雄我。
  此地花花廷山也, 如若不知我是谁,
  巴扎老臣五子中, 老大昂登航让也。
  前来挑衅灰面人, 如同待宰山羊般,
  死到临头还顶人, 想死便来找昂登。
  如同这句谚语般, 人到临死无谓错,
  骑下白马失前蹄, 鞍上白人欲落地,
  真是可怜又可恨。 过来瞧瞧有表演,
  如同星星撒满天, 犹如花朵遍满地,
  更像巨石滚山坡, 无需说明是廷军。
  白岭坏母角如他, 自称上师名满天,
  实则大逆强盗身, 杀生夺命上千万,
  横尸遍野垒成塔。 他等被视作上师,
  不如皈依妖魔群。 听好奶油小白脸,
  三山五岭遍是兵, 设法抵御皆徒劳。

廷军阵中有先锋， 聂赤曲赤鲁赤和，
智郭达郭萨郭三， 再加荒野九屠夫，
要想抵挡众好汉， 十万兵马难应对。
白岭角如兵马少， 唯有傲气冲云天。
今朝你我谁短命， 挥剑较量方可知。
听懂谨记于心中， 不懂不再作解释。

唱罢歌,他骑在鹅黄善驰马的马背上,脚踏马镫半立在马背上稍微等了一阵子。华色诺布玉杰他傲立在马背上,手握着宝刀的刀柄开口说话道:呀,你说的一点儿也没错。杜鹃青鸟鸣全国,只有沙漠荒寂留。白岭名誉扬世界,没有远扬廷迟国。廷迟英雄当责你,伐敌本领有多强? 所谓英雄敌都赞,连敌称赞真英雄。懦夫自夸自赞誉,手握胜券当敌看。先到赐食报恩时,问话必会有回答,大敌之仇会报复。说完话,就用白色雄狮的唱腔唱起这首歌来:

唵嘛呢叭咪吽。
阿拉拉毛唱阿拉， 塔拉拉毛唱塔拉。
今朝召唤一神灵， 盘踞莲花正中央。
三宝加持度众生， 倾心助我华色歌。
东南西北空行母， 深居彩虹帐篷中。
预告言辞有诸多， 今朝护持华色我。
战神铠甲上城堡， 人身鸥吻首级者，
神兽鸥吻立现身， 耐心加持华色我。
战神铠甲中城堡， 人身老虎首级者，
一声咆哮立现身， 耐心加持华色我，
战神铠甲下城堡， 战神白狮图案者，

抖擞狮毛立现身，　　耐心倾听华色歌。
璁叶庄严刹土方，　　印有海螺毛毡上，
慈悲度母寿之神，　　耐心倾听华色歌。
如若不知此地方，　　廷山赤木山脚下。
如若不知我是谁，　　穆布董氏之子嗣，
父亲华拉达杰是，　　母亲玉珍拉姆是。
本名诺布玉杰也。　　今年男儿十七岁，
虚岁一年是十八。　　已是真真男儿身，
身怀绝技请赐教。　　昂登航让之长子，
有幸今日来相见，　　一决高下立生死。
你我如同一燕麦，　　只因早日没了断，
才有今日之相见，　　唯有生死能分离。
我们华拉父子俩，　　千里迢迢来此地，
全凭岭国君臣言，　　统领雪域众人民，
驻守雪山白晶宗。　　听好昂登航让子，
拉达克与雪山地，　　实属花花岭疆域，
莫伸侵略之魔爪，　　我等不会双手献。
长臂屠夫傲气高，　　马背身上爱舞剑，
不知人头怎落地，　　只怕性命难保证。
华色诺布玉杰我，　　虽然名气不如你，
但也征服所到地，　　兵来将挡水来掩，
岂能未战先气馁，　　相信与否请赐教。

　　唱罢，他就抖缰策马直奔他飞驰了过去。昂登航让急忙向他射过去三支箭，可那三支箭飞射出去后如同射向虚无缥缈的彩虹一般没有起到一点儿作用。而后他又立刻向他的肩膀上连砍三刀，可只闪烁了一阵火花却没有伤及他的骨肉。他心中暗忖道：

这人怎么刀枪不入呢？于是他立刻掉转了马头准备逃跑了。这时候，华色立刻向他挥舞了一刀，他的肩膀上受到了重伤差点儿从马背上摔落了下来。这时候，昂登航让的那个英勇无比的辅佐大臣立刻骑马跑上前来，把昂登扶上马逃跑了。

廷迟国的那个名叫吉擦斯拉的大臣从左侧骑马冲过来阻拦住了华色的去路，向他挥舞了三刀，砍断了华色铠甲上的皮条，花灿灿地打散了铠甲鳞片。从而极大地激怒了华色，于是挥刀跟他激战了一盏茶的工夫，却没有分辨出胜负来。这时候，人中之狼华拉骑着白色骏马前来做华色的帮手。从而，廷迟国的那个英勇无比的虎臣毫不犹豫地疾驰而过阻拦住了华拉的去路。为此，华拉勒缰停马用白色雄狮的唱腔唱起这首歌来：

> 嗡嘛呢叭咪吽。
> 阿拉塔拉是塔拉，　阿拉便是歌头也。
> 塔拉塔拉是塔拉，　塔拉便是曲调子。
> 三十三重天宫中，　白梵天王请加持，
> 中层人类世间里，　战神山神请加持，
> 下界鲁类宫殿中，　顶宝龙王请加持。
> 今朝护佑华拉我。　如若不知我是谁，
> 丝绸上部之地域，　不变城堡郭宗主，
> 英雄僧达阿冬也。　听好黑脸黑马者，
> 古有比方如此言，　雄鹰翱翔于天际，
> 小鸟不得不逃命，　一因雄鹰猛如虎，
> 二因小鸟惜己命。　豺狼游荡于荒野，
> 羊仔不得不逃命，　一因豺狼是天敌，
> 二因羊仔惜己命。　白岭擦狼姜三将，
> 今朝华拉亲出征，　若是识相寻出路，

握于手中此宝刀，否则变为刀下魂。
采于上百种生铁。祭于罗刹之血泊，
气吞山河天灰烬，只看刀尖之气势，
横扫千军无退路。刀齿伶俐如獠牙，
名叫千山白驹马。骑下嘶叫此神马，
下身印有鲁图案，上身一有神图案，
四蹄踩有风火轮。腰间印有年图案，
一日万里绕天际，马鬃白如海螺色，
再无匹敌争孰快。疾驰无影无踪迹，
若是识相请三思，听好昂登航让子，
我等华拉言必行。卸甲投降饶性命，
唯有死路生无望，若是固执任我行，
嗡嘛呢叭咪吽。昂登谨记放心中。

　　唱罢歌，他稍微放松了下来。那个廷迟国的虎将听了华拉的歌后，极大地激起了内心的傲慢与愤怒说道：与其给你这样的男儿投降还不如丢掉自己九次性命的好呢。从而他夹刺了一下大力黑风魔马的马肚疾驰过去，挥舞着手中的那把毒蝎食肉刀向华拉猛砍过去。可是由于玛尼尼格姆和白梵天神镇守住了毒蝎食肉刀的威力，为此没有伤及他的身体。从而，华拉他立刻抽出宝刀挥向他砍了几刀，由于他身上的护身符太严厉就没有奈何到他。这时候，廷迟国的三名大臣犹如苍蝇扑到腐肉上一般向华拉簇拥了过去。华拉猛挥他手中的宝刀把廷迟国的三名大臣摔下了骏马。这时候，日落西山，天色已经暗了下来，从而他们停止了战斗回到自己的军营中去了。

　　第二天，廷迟国的猛将尼迟纳布、曲迟达瓦敖嘎和龙迟善扬毒气三名大臣蹚过廷江向他们猛冲过来。这时候，华拉的辅佐大臣达杰桑格俄麦拉满良弓连续发射出了三支箭簇,射死了曲迟部翼的二十多名士兵。从而极大地激怒了曲迟达瓦敖嘎,于是他愤怒地疾驰过来阻拦住了达杰桑格俄麦的去路,唱起这首短歌来:

> 嗡嘛呢叭咪吽。
> 阿拉拉毛唱阿拉, 塔拉拉毛唱塔拉。
> 今朝召唤一神灵, 详坐高空云端中,
> 飘满水云帐房中, 求大自在天加持,
> 耐心护佑英雄我。 中层人类世间中,
> 膝下罗刹五百只, 耐心请助英雄我。
> 林木茂盛之林间, 九头白虎求加持。
> 虎声咆哮一阵阵, 虎身花纹一闪闪,
> 耐心加持英雄我。 此地廷江之彼岸,
> 我乃曲迟达敖也。 听好黄脸黄马者,
> 傲气冲天踏青云, 垂死之人无过错。
> 曲迟达瓦敖嘎我, 从无败兵之过往,
> 千百孽缘奈我何, 今日便来迎战你。
> 我等廷迟好汉儿, 身怀铠甲技超群,
> 怒似死神附身中, 战似魔鬼去杀生。
> 爱吃人肉好喝血, 绝无半点慈悲心。
> 如若投降留性命, 马夫挑水拾柴活,
> 由你选择无阻拦。 但若无知不投降,
> 尸挂城门烧成灰, 不留人间一片刻,
> 如何选择全凭己, 生无可恋真悲哉。

唱罢歌,他不等对方唱歌就在空中旋转着长矛向达杰俄麦的胸口上猛戳了一下,那天他的寿命已终结,为此,三界守护神没有把守住他的身体,就如海螺戳通了水獭他躯体一般,用矛戳通了他的身体,他就从马背上摔落了下来。当曲迟立刻翻身跳下马背准备割去红脸膛达杰的头手的时候,达杰的辅佐大臣们冲过来拼死搏斗,达杰的尸体被毫发未损地抬到岭国的军营中。岭国军营里的大臣们沉浸在失去达杰的巨大痛苦中,为达杰的尸体进行了火化。

就在这个时候,黑人尼迟他来到廷迟国王达尔本的面前,恭恭敬敬地磕了三个头后,给他详细汇报了出战的经过,国王达尔本非常高兴地好好奖赏了曲迟君臣们。尤其是得知与敌人作战的第一天就取得了这么大的胜利,为此增加了他内心的信心。从而为了趁热打铁,第二天天刚亮就给大力士琼纳、勒让宏纳和魔女罗杰布瓦三人每人使派千军,分别派往岭军军营的东南北三个方向,准备乘胜追击。其中,大力琼纳率领一千人马前往廷江上游迎战与华拉。再见到华拉之后便唱起了这首短歌:

嗡嘛呢叭咪吽。
阿拉拉毛唱阿拉,　　塔拉拉毛唱塔拉。
今朝召唤一神灵,　　详坐高空云端中,
飘满水云帐房中,　　求大自在天加持,
耐心护佑英雄我。　　中层人类世间中,
膝下罗刹花纹者,　　耐心请助英雄我。
我乃诸位所周知,　　东方汉地之边界,
达杰国王之将领,　　大力琼纳是我名。
黄霍朗布察巴和,　　白岭噶岱尉那二,
蒙古大力达马三,　　廷国大力四鸥吻。
宇宙大力四人也,　　四人我乃最大力。
听好白脸白马者,　　马步小似骡子步。

若你是岭国英雄。　　我定会万分兴奋
今日一弓时长中，　　我手握的缰绳是，
专为华拉来定做，　　犹如拴狗在营口
白岭阵阵叹气声。　　今日我与你俩者，
谁是英雄挥刀明，　　赢者为王败者寇，
白脸小生听清楚。

　　唱完，把缰绳扔向华拉后像是拴狗一样把他套住，从千山白驹马上拉了下来。华色见此状后，立马抽出白光立断刀一挥，斩断了大力琼纳的缰绳，重新坐在战马上对父亲华拉唱了这首白色雄狮调的歌：

唵嘛呢叭咪吽。
阿拉拉毛唱阿拉，　　塔拉拉毛唱塔拉。
今朝召唤一神灵，　　璁叶庄严刹土方，
印有海螺毛毡上，　　慈悲度母寿之神，
耐心倾听华色歌，　　绿松城堡廷宗中，
玛尼尼格姆在天空，　白色雄狮坐下骑，
蓝鬃水牛在旁边，　　上万空行母环绕，
耐心倾听华色歌。　　白城海螺大城堡，
莲花大师请加持，　　格日莲帽带头上，
手持伏魔金刚杵，　　卡扎右边铁钩左，
耐心倾听华色歌，　　此地诸位所周知，
阴暗廷国之领地。　　如若不知我是谁？
华拉将军之爱子，　　华色诺布占德也。
听好歹徒大力子，　　半夜不睡念替让，
清晨一醒嗜血肉，　　真是可怜可悲矣。

父亲华拉穆俊他，　　不幸落入缰绳下，
无奈华色无畏死，　　稳起宝马一挥刀，
斩断缰绳救父王。　　此等才算英雄汉，
身怀绝技闯天涯。　　奸臣琼拉无敌子，
自称好汉世无双，　　无奈岭国有英雄，
数目三十之多有，　　印度大神转世者，
降妖除魔三十位。　　孺等欲战奈何罢。
格萨尔王东知他，　　天神下凡来人间，
征服世界做大王。　　相识便是上尊者，
不知是你夺命使。　　廷国国王达尔本，
玛札惹札的转世，　　赞颂替让大神者，
南赡部洲之公敌，　　花花岭国之私敌，
释迦佛教之敌人。　　今年岭军来廷国，
降服妖魔度廷域。　　汝等高瞻且远瞩，
卸甲归降于华色，　　担保姑且饶你命。
如若不听好言劝，　　休怪白光立断刀，
如同流星斩乱麻，　　首级手足当首饰，
尸横遍野喂狗鸟，　　是否狂言见分晓。

　　唱罢，华色将白光立断刀挥向他方，斩断了大自在神和邪恶上师的护身符。由此，大力琼纳恼羞成怒将替让上师的黑朝铺扔向华色方，剿杀了百余士兵。见状华色心中暗忖，不料今日我军伤亡如此惨重，便拉紧缰绳，跑向大力琼纳对面开始比武。华拉养伤无恙后，身骑火马飞驰过来说道，今天我就要剿灭整个军营，却被华色返劝回自家军营中说道："今日就由我来，单骑闯关冲沙场，单刀赴会显身手。不让廷军血流成河誓不罢休，"便扬长而去。华色骑马飞驰进大力琼纳的阵营中，犹如豺狼捕羊，老鹰抓小鸡般将整个军营弄得面目全非。由于数百名廷兵被踩死在鲁马蹄下,还有很多士兵被鲁刀砍死后,华色的手和刀柄被血黏住,而且鲁马雪山腾飞原本雪白的鬃毛也被染成了红色。然后便吹响和两军休战的号角,华色带领众将来到廷江河边,清洗雪山腾飞马的鬃毛,使其恢复了原来的白色。众将也清理了战衣上的血渍在天黑之时回到了军营当中。华拉父子得以重聚,内心欣喜万分,感慨到今日不仅有惊无险将父亲救回,而且还使得廷地遍地横尸,便唱起了这首短歌:

嗡嘛呢叭咪吽。
阿拉拉毛唱阿拉, 塔拉拉毛唱塔拉。
今朝召唤一神灵, 遥远东方玛域地,
三宝加持来护佑, 耐心倾听华色歌。
平地崛起一座山, 东方玛杰奔热山,
觉吾角青丹冉和, 世间初成九座山,
护法十二尊者首, 祈求诸多山神帮,
耐心倾听华色歌。 此地诸位所周知,
黑暗妖界廷国域, 如若不知我是谁,
华色诺布占德也。 华拉华色父子俩,
今年奉命守雪山, 达杰桑格来辅佐。
心生惋惜向廷国, 事到如今枉后悔。
神妖两界起争端, 死伤悲壮计无数,
伤心悔过是徒劳, 驻守雪山宗边疆,
便是廷岭交战缘。 一因神界有预言,
二因总管有天书, 三因便是大王令。
今年父子战云前, 廷国兵马来挑衅,
杀敌无数尸遍野, 驻守城堡父子兵。

穿甲戴盔骑战马，兵不血刃血成河。
白龙马成血红色，人马都死伤惨重。
上师格萨慈悲心，超度亡灵请加持。
误落地狱请护佑，莫流阴间归依天。
今年纷乱的战争，此次烽烟烧九月，
昨晚睡梦中遇见，黑人黑马黑绸者，
骑下黑马疾如风，直奔城堡正中央，
梦见血流成大海，此景是吉是凶否，
以我华色之见解，廷国君臣傲气高，
此役兵败重伤亡，要来报仇饮血恨。
但求华拉父亲您，敌军前来稳坐椅，
应敌交战我先上，不吃败仗今日誓。
神妖两界之战争，一因妖魔势如竹，
二因岭军相甚远，三因驻城兵马稀。
虽是难应四面敌，无畏生死保平安。
因此父亲听我言，交战时长无从知，
战况愈下更茫然。因此要往白岭地，
派使请求增援军，此计妥否请三思。

唱罢，各位将领都觉得华色之计言之有理，并一直决定派遣使者去往岭国。

第二天天还没亮，廷军阵营中就有达郭昂增和札郭尖参、萨郭智巴神箭手三人便率领十人敢死队，越过廷江河畔，跳进华拉父子的军营中，岭军也随之奋起反击，无奈不敌达郭的势力。达郭和札郭联合挥剑结果了华拉阵中的数百名士兵后，剩余的士兵也像被豺狼袭击的羊群一样各自逃命。还好有华色诺布占德英勇反击，刺杀了二十几名士兵，无奈最终寡不敌众来到城门口休息。华拉

从城墙上见状心中顿时火冒三丈,一步跳上战马去迎战廷军札郭尖参,并用高傲长鸣调唱起了这首歌:

唵嘛呢叭咪吽。
阿拉拉毛唱阿拉, 塔拉拉毛唱塔拉。
六字真言填歌词, 如若不知我是谁,
不变城堡九宗主, 华拉穆俊嘎布也。
白岭国王有口令, 奉命察朗姜三将,
驻守雪山保平安, 岂有不听之缘由。
华拉父子加达杰, 另有随军千万名,
驻守雪山当城主。 今日太阳当空照,
札郭坐骑黑马和, 华拉千山白驹马,
谁快谁好慢慢看。 虎刀毒蝎食肉刀,
华拉平面大屠刀, 谁锋谁好今日知。
华拉神器白神箭, 札郭黑暗魔箭俩,
谁准谁狠今日知。 今年阴暗廷国域,
起兵征战浪滚滚, 犹如鸟群去喝水,
剑指雪山国方向。 华拉华色加达杰,
承担迎战先锋队。 我方人少需充军,
廷国兵旺且善战, 视死如归战来敌,
未失城门在手中。 今朝召唤一神灵,
三宝加持来护佑, 耐心加持华拉歌。
空中赤云达宗中, 年神古拉格卓念,
坐骑红鬃年马是, 手持箭旗和矛旗,
耐心加持华拉我。 尼尼格姆和白梵,
耐心加持华拉我。 顶宝龙王骑鲁马,
耐心加持华拉我。 听好妖魔札郭你,

过分施展男儿技, 小心亡命自食果。
英勇威猛华拉我, 恰似野狼游山野,
羊仔不得不逃命。 一因野狼凶狠猛,
二因羊仔胆如鼠。 华拉之子携死神,
遇谁难改亡命运, 侥幸幸存降为生。
再说札郭之逆子, 今日你我来交战,
同为血肉之身躯, 手握利器皆相同,
挥刀迎战来比武, 谁若躲避是鼠辈,
不战而逃是狐狸。

唱罢欲从刀鞘中要抽出大刀之时,札郭尖参说道:"好,华拉你听好,你若真像你所说那样,我也正好要和你会会。"便又唱起了这首歌:

阿拉拉毛唱阿拉, 塔拉拉毛唱塔拉。
今日召唤一神灵, 廷域救星三神仙,
如若不知我是谁, 廷域好汉三兄弟,
札郭尖参是我也。 仇人见我心打颤,
亲人见我心安稳。 白脸白马白衣者,
小狗华拉请听好, 今朝吉日心欢喜,
札郭欲要留事迹, 不用长矛等兵器,
锋利大刀也无需, 知语神箭更是甚。
可见手中之缰绳, 此乃自在神之绳,
今日用来捆绑你, 绳尾自在神操控,
绳中山神替让等, 不放仇敌半条命。
还有奸贼岭之子, 雪山女人岗措她,
本是廷国之王妃, 却被掠抢成他妻,

此仇不报待何时。　　今天光天化日下，
大自在天的神绳，　　抛于奸贼华拉你，
如若没有此作为，　　羞于面对自在神，
札郭我乃妇女辈。

唱罢，札郭尖参将缰绳像一阵流星般抛于华拉颈部。华拉用刀砍了三下却也没能将其斩断后，从马身上落地并被拉往了廷军阵营中。华色看到如此不吉利的事后，心里顿时落空，拉紧缰绳，由东营杀到西营，由南营杀到北营，连雪山腾飞马都被血迹染成了红色，手中的白宝立断刀也被血渍黏在了手心，却还是没能阻止父亲被拉进了廷营中，故而心生懊悔，悲情地唱起了这首歌：

嗡嘛呢叭咪吽。
阿拉拉毛唱阿拉，　　塔拉拉毛唱塔拉。
今朝召唤一神灵，　　三宝加持来护佑，
耐心加持华拉歌。　　如若不知此地哪？
阴暗廷国之领地。　　如若不知我是谁？
华拉将军之爱子，　　华色诺布占德也。
今朝之日之当下，　　仰视天空虚缥缈，
一支金轮独照耀，　　俯瞰地面虚缥缈，
华色一人独坐这，　　亡父之后独留子。
奈何杀敌东西营，　　不见父亲之踪迹，
南营杀到北营中，　　也是不见其身影。
茫然不知该所措，　　华拉好似无父鸟，
汗毛未长命由天。　　父王华拉桑达他，
视敌如仇似闪电，　　只因今年欠佳运，
活被廷军缰绳捆，　　转眼被拖廷军营，

拴在门口似老狗，　　此等悲哉更何言。
东方玛域岭国地，　　国王格萨尔慈悲，
未能先知属悲切。　　机智大臣之群首，
总管戎擦查尔根，　　天书不详属悲切。
上天救星白梵王，　　再加尼尼和大师，
未能护佑属悲切。　　父王华拉落敌手，
红脸达杰已非命，　　三百士兵勇牺牲，
幼年华色瘫病床。　　唯能祈求神眷顾。
有无救星来加持，　　祈求岭王格萨尔。
若是战败回岭地，　　闲言蜚语飞满天。
不如明早日出时，　　长驱直入抵廷营，
最好救出老父亲，　　未能丢掉己性命，
也与札郭尖参俩，　　殊死搏命争颜面。

唱罢这首悲凉的歌，在形似扇子的岩山下铺上马鞍垫子就此过夜。此时身处岭国的格萨尔王正在酣睡中，下半夜时分，玛尼尼格姆降临到玲王寝宫的上方预言称要尽快派兵增援岭兵华拉。

岭王派使者通知玛曲上下和岭域各部的诸英雄臣民前来议事。按照神的谶语，决定派岭兵支援身处雪域的华拉。以神子扎拉孜杰为将的霍尔、姜、门三军率先前去支援。于是他们不分昼夜地连续行走十三天之后才到达雪域。神子扎拉孜杰和霍尔帝角辛巴梅乳孜、姜楚玉拉、歇日曲珠华沃、达拉赤噶等人在山顶架起望远镜看时，在形似扇子的岩山下发现了华色和他的戎马。姜楚玉拉触景生情难过极了，便唱起这首悲凉的歌：

嗡嘛呢叭咪吽，　　阿拉塔拉塔拉也，
阿拉是为哼唱法，　　塔拉是为开嗓法。

吾今祈唤一尊神，　　地下人间天上者，
姜域守护神启请，　　岭国护法神启请。
法身报身应身者，　　加持三神敬启请，
勿躁且听玉拉歌。　　神子扎拉孜杰启，
且望山下有热闹，　　洁白雪山下方之，
如扇岩石之底下，　　点点星火映苍穹，
此乃华色和其马。　　再看彼方不远处，
犹如乌云翻腾之，　　此乃敌将札郭营；
犹如血海翻滚之，　　此乃吉合擦之营；
恰似洁白雪山立，　　此乃娘荣曲松营；
恰似毒气升腾之，　　此乃达尔本之营。
神子扎拉孜杰启，　　无敌战将华色他，
未经饥寒尚存活。　　我方少许志愿军，
速将口粮和衣物，　　带给华色伸援手。
吾身姜楚玉拉和，　　将军扎拉孜杰俩，
霍尔帝角辛巴仨，　　大臣德拉赤格四，
歇日曲珠华沃五，　　重臣丹玛擦项六，
噶岱曲迥尉那七，　　姜色玉赤贡昂八，
德色梅朵噶布九，　　九人同心并肩行，
九马同首并排走。　　把那札郭坚赞营，
剿得如水冲石土。　　后诸英雄豪杰群，
速将身陷牢狱者，　　华拉么姜噶布命，
若非救起延时危，　　妥否神子请三思。

　　唱罢夜色已黑，歇龙曲珠为主的部分将士前去接应华色罗布占堆，其他将士突袭札郭军营，杀死兵卒三十之多，将雪山以内的平原占为己有。此时歇龙曲珠一行到达华色跟前，华色欣喜若狂

前来跟扎拉孜杰会合。神子扎拉孜杰见到华色不由潸然泪下,便用雪白雄狮的腔调唱起这首歌来:

嗡嘛呢叭咪吽, 阿拉塔拉塔拉也,
塔拉莫为吟唱法, 悦耳是为开嗓法,
六字是为咬字法。 我乃诸位所周知,
乃是猛虎血统者, 须弥山顶大鹏鸟,
神子扎拉孜杰也, 王者宝座主人也。
曾几何时吾在世, 遇强者不曾屈膝,
待弱者不曾欺压。 吾神子扎拉孜杰,
大岭国之元帅也, 千军万马将领也。
华色罗布占堆启, 尔今来此为战事,
令尊华拉落敌手, 赤脸达杰亦归天,
三百岭军命丧此, 此过大比天难盖。
为何不唤岭将士, 为你伸去橄榄枝。
为何不与本尊神, 传信告知汝之难。
古人有云曾闻否, 孤军难敌多兵营,
单马难突众蹄围。 尔为雪山堡卫士,
华拉因何入沙场, 可知有违岭王令,
或受惩罚难逃责。 华拉么姜噶布者,
岭王跟前大臣也, 众贤之中佼佼者。
如此贤才落敌手, 岭国尊严何在乎。
如今尚在敌军手, 生死未卜难预料,
救其脱狱之良方, 作何打算方见好,
在此诸位绞脑汁。

听罢神子严厉的批评,华色道:神子莫怪听我言,已故之人不复活，如若父亲遭不测，此仇须由我来报，命丧敌手亦无悔。说罢便唱起这首短歌：

嗡嘛呢叭咪吽，　　阿拉塔拉塔拉也，
塔拉莫为吟唱法，　　三次是为开嗓法。
吾今祈唤一尊神，　　家乡守护神启请，
法身报身应身者，　　加持三神敬启请，
勿躁且听华色歌。　　广袤大地之中心，
东之玛沁雪山和，　　尊者觉沁洞若和，
格佐热玛旺歇等，　　故乡山神业神启，
勿躁引唱华色歌。　　此地诸位所周知，
祖城晶莹雪山堡。　　东刹慕岭之国度，
岭王格萨尔王和，　　总督噶内贡巴和，
叔父德荣甲布等，　　贵体无恙安在乎？
吾身华拉父子俩，　　乃封岭王之敕令，
为护雪山城堡与，　　治理领域黎民去。
然而始料未及是，　　廷王达尔本甲布，
率众攻打雪山堡。　　守城将士拼死抵，
尤其父亲华拉他，　　挥剑奋勇迎强敌，
杀敌无数血成河，　　无人不夸华拉勇。
战至最后不慎被，　　大智札郭坚赞用，
套索擒拿父亲哉，　　赤脸达杰亦被杀，
失膀断臂华色者，　　浴血奋战不惧敌，
奈何寡终不敌众，　　此乃战败之归因。
古人有云谓之乎，　　已故之人不复活，
已终之事不可悔。　　神子扎拉孜杰启，
廷兵攻打吾方时，　　何曾惧之反轻敌，

华拉父子肩并肩， 挥剑杀敌不退却，
尸横遍野血染天， 使敌胆战又心惊。
奈何战之最后时， 廷兵众多似尘粒，
双拳哪能敌四手， 终于还是败下阵。
军败之过未禀岭， 此乃吾之一人过，
甘愿接受神子罚。 尊贵神子仁波切，
白岭神兵归来路， 廷兵固然意不息，
吾自信能应付之。 若是父亲尚健在，
迎敌先锋须我去， 谨遵神子差遣令。

唱罢便为龙马岗日当希调整马鞍和马镫，铠甲利器身上戴，准备上战场。扎拉孜杰心想不愧为么博东之后裔，不由喜形于色。只见霍尔帝角辛巴梅乳孜思量许久，便唱起这首救华拉于敌手的献计之歌：

嗡嘛呢叭咪吽， 阿拉塔拉塔拉也，
塔拉莫为吟唱法。 霍尔域神敬启请，
于帕旺多杰扎堡， 于佐木如宗城堡，
霍尔辛巴觉拉启。 于山神拉日则格，
达欠热刹九兄弟， 红白哇德热刹启，
勿躁且听辛巴歌。 再者岭国护法启，
身处何方常护佑。 我乃诸位所周知，
阿欠霍尔之地域， 原乃格格王大臣，
现为格萨尔侍臣， 名唤作帝角辛巴。
无敌战将华色启， 与廷征战数月久，
华拉父子勇气嘉， 廷臣五雄俱灭之，
更是杀敌无数哉， 舍尔世间谁人能。

派守雪山城堡乃，　　岭廷兵戎相见之，
格萨尔神之谶语。　　而今岭廷发战事，
虽然一时兵败之，　　玛尼尼有预言谓，
岭国将士来支援，　　廷王擒获华拉然，
未过十三许日便，　　迎回岭国营帐中。
明日天色微亮时，　　部署岭国精锐军，
设好屏障潜入将，　　廷营内外各哨兵，
悄无声息暗杀之，　　搭救华拉脱牢狱。
无需神伤华色启，　　父子团聚在眼前，
格萨尔君护佑之，　　神子谨记吾之言。

唱罢便赐予各种营养丰富的食物和坚硬不破的戎装。华色见岭国援兵到来不禁喜出望外。翌日阿克德荣甲布设好屏障将军队径直开往廷营，次日白岭众勇士并肩扑向廷营，邪臣昂登航让拦住岭兵去路唱起这首豪气冲天的长歌：

嗡嘛呢叭咪吽。
阿拉拉毛唱阿拉，　　塔拉拉毛唱塔拉。
今朝召唤一神灵，　　祥坐高空云端中，
如同黑云般黑城，　　大自在神请加持。
骑下黑马奔万里，　　耐心加持昂登歌，
高山起自地中央，　　罗刹花纹请加持。
膝下罗刹五百只，　　耐心请助英雄我。
如若不知此地哪？　　雪山水晶宗领地，
威武廷王之军营，　　如若不知我是谁，
廷王爱臣五子中，　　昂登航让是我也。
听好白脸白马者，　　白马步伐似流星，

恰似赶往阴地府，
今日岭国贪婪者，
企图摧毁东西营，
无奈阵中有札郭，
更有千军万马护，
贱母岗姆角如他，
英勇善战法无边，
此等传言非真实，
未能先知保平安，
如同小狗拴门口，
救星加持无踪迹。
黑地泰让之幻子，
常年好吃人肉血，
尤其今年之时日，
甚想夺取角如命，
又想杀遍岭国兵。
嘴上自称是活佛，
踏平诸国善入侵，
此等何以成活佛，
因此听好华拉子，
谁输谁赢来比较，
我胜角如是欺世。
不懂不再做解释。

真是可怜又可恨。
直抵廷国军营前，
南营北营皆难逃，
达郭萨郭来镇守，
因此难圆尔等梦。
上是白梵王之子，
未卜先知能预言，
廷军入侵雪山时，
华拉将军被生擒，
英勇法力却尽失，
大臣昂登航让我，
五行掌握在手中。
杀人夺命为快活。
晚间临睡刚就寝，
清晨睁眼醒来时，
贱母岭国之角如，
实则终身忙征战，
杀人抢财为快乐。
慈悲之心抛脑后。
今日你与我交战，
你赢角如是真神，
华色听懂请谨记，

　　唱罢，骑上鹅黄善驰马挥了三下毒蝎夺命刀，却犹如斩向彩虹一般没能伤到华色，之后又连续向他射了三次箭却也没能射中。见到华色刀枪不入惊讶不已，连忙拉紧缰绳往回跑了。华色见状说道:"将军挥刀还不如我弹指灰,口出狂言,无所作为真丢人。"说罢将白光立断刀一挥,像个麦穗一样将头颅砍了下来。这样一来,大力琼纳和昂登航让、札郭尖参和达郭昂赞、鹰头托赞、智拉果尖、曲赤达瓦都吓得目瞪口呆,心中暗忖道:"这如若不是神的法术,那便一定是角如的魔法,我们不是他的对手"变的惊慌失措。这时,廷国将领札郭尖参忍不住怒火中烧唱起了这首歌:

阿拉拉毛唱阿拉, 塔拉拉毛唱塔拉。
此地诸位必知晓, 阴暗廷国之领地。
我乃是谁也必知, 廷将札郭尖参也。
出击打仗是先锋, 应敌防守押头阵。
廷国廷军阵营中, 右排队伍站第一,
英雄达郭昂赞子, 耐心听我札郭歌。
左排队伍站第一, 英雄鹰头托赞子,
今天听我札郭歌。 中排队伍站第一,
英雄聂赤赞布听。 大将昂登航让和,
廷将大力琼纳等, 无敌长臂红脸和,
狠毒色冉克杰等, 耐心听我札郭歌。
恳求达尔杰国王, 今朝听我札郭歌。
如有不慎之谏言, 目光不慎有失尊,
步入歧途迷方向, 不当之处我悔过。
老臣札郭之想法, 白岭华拉桑达者,
尚被俘于我军手, 即刻斩首尚过早。
不知共命体在哪, 欲取性命非易事。
智者若愚常深思, 深谋远虑顾旁言。
此外华拉之爱子, 英勇善战且年幼,
施计谋略来欺骗, 定能收复可放心。

世间古有谚语曰，	孤军奋战难取胜，
单枪匹马亦如此。	岭国华色诺布他，
暂且起兵来征战，	一因父落敌军手，
二因天道必救父，	如若失败世人弃。
如此华色来擅闯，	必定失败可放心，
此乃老夫心之想。	言之理否请定夺。

唱罢，廷国众将领都觉得札郭言之有理。昂登航让将军却在心中暗忖道："札郭将军虽不可能对廷国怀有二心，但为何非要留华拉性命一年之久又是何缘故呢？"心存如此顾虑后却也不敢对札郭说什么便坐回了位置。

那天晚上，华拉被上枷锁关在牢房，半夜时分忽然梦见一位身骑白马的白衣男子来到廷国军营肆意杀敌，并且抓住华拉的手说不要睡觉赶紧起床。醒来后，华拉心想这会是什么梦呢？从梦境来看一定是自己受到了格萨尔王的护持，预示着自己可能会被解救出来，便心生万分欢喜。

就在这时在岭国军营中，扎拉孜杰和华色诺布占德、帝角辛巴梅乳孜、玉拉、丹玛香擦、歇将华沃曲珠等利用隐身木盾袭击了廷国军营，将放哨的层层士兵用无形箭射死后，将被困的华拉给救回到了岭地通瓦衮门。格萨尔王和华色，以及众英雄看到华拉平安无事回来都难掩内心的欣喜释怀大笑起来。

第二天，帝角辛巴梅乳孜和丹玛香擦、玉拉，还有玛尼嘎冉等四位猛将并肩杀往廷军阵营，尤其是帝角辛巴梅乳孜腰插毒刃利刀，鞍前挂着罗刹骷髅、鞍中挂着女罗刹的骷髅杀在前面，后面还有阿达拉姆身骑红鬃骡马，前抓缰绳，后持兵刃，看见敌人就像是着了魔一样跟在辛巴的身后。此外还有冉占无敌死神和姜子玉拉、南冬君达拉赤噶、歇将曲智华沃、姜杜鹃大臣玉察等也相继参与了战斗。在北营方向,英勇的昂登阻止了辛巴继续杀敌后,辛巴内心激起万分傲气对其喊道:"听好邪恶大屠夫,今日遇见真辛巴,命不久矣来看刀"说完,用河流慢调唱起了这首歌:

嗡嘛呢叭咪吽。
阿拉拉毛唱阿拉,　　塔拉拉毛唱塔拉。
今日召唤一神灵,　　阿青赛沃霍尔地。
大角花角九兄明,　　洗耳聆听屠夫歌,
天空之色白羊晓,　　空中之花花羊赏;
茫茫黑土黑羊爱,　　耐心倾听屠夫歌。
霍尔屠夫角拉明,　　此地此貌必明了。
在那黑暗廷之地,　　协宗大战右边缘。
炫耀长臂是你也,　　射术精湛无人比,
挥舞长矛惹人惊,　　刀法高超又自如。
直至夜晚欲杀生,　　白天享尽血肉味。
岭国大营搅如血,　　所杀尸骨遍山野。
古人有云谓之乎,　　翱翔于天之雄鹰,
如若不知天之高,　　茫茫天空无边际。
水中嬉游的鱼儿,　　如若不知水之深,
青青大海无深底,　　岭国大营搅动者,
傲气欲望大如山,　　如若不知好歹则,
屠夫我将取人头,　　再则苦命之敌人,
送到阴曹地府中,　　鬼怪持鞭背后赶,
何等惨痛应知晓,　　虽有百遇千万遇,
遇上霍尔屠夫者,　　难得世间且苟活,
我乃残忍屠夫也,　　残忍无比胜鬼怪。
崽子哺乳并养育,　　只为遇上鲸鱼用,

若是无用真浪费。　　父母养育爱子女，
只为老时能扶持，　　子女不孝父母哀。
霍尔屠夫麦日杂，　　是乃岭国之勇士，
征服凶敌之锤子，　　若是敌人无惊怕，
枉用霍尔屠夫名，　　魔鬼炫耀之后嗣，
曾经霍岭大战时，　　我乃白帐王大臣，
无心挑战格萨尔，　　全因命中已注定，
勇者甲嚓误战机，　　霍岭之战无结果，
屠夫犹如狼狗活。　　心有三宝无邪念，
一生忠于格萨尔，　　委任边境之首领。
在那宪丹对垒时，　　降服无数个敌人。
我乃世间之勇士，　　实为猛虎之后嗣，
有无胆量今日晓，　　我乃雄鹰之后嗣，
有无翼艺今日见，　　倘若炫耀长臂鬼，
害怕死亡速投降，　　优则任你弼马温。
差则食宿仆人也，　　如若不愿此安排，
再无苟活之余地，　　听懂谨记在心中，
不懂不再重复唱。

　　唱完后手持黑色九角长枪,而炫耀长臂鬼则在马背上侧坐一番后回答道:"嗨,霍尔屠夫,你若是这般英勇,请先听我这首歌。"说完并唱起这首歌来回复他。

　　　　唵嘛呢叭咪吽。
　　　　阿拉拉毛唱阿拉，　　塔拉拉毛唱塔拉。
　　　　空中云之神宫中，　　云雾飘绕之归宿，
　　　　上飘乌云之城内，　　住有大神自在天，

骑着神驹快如风，切勿分心来助友。
在那虚空大地上，魔女红脸自逍遥，
身边五百魔女绕，切勿分心唱炫耀。
辽阔大地之腹地，食人猛虎九头者，
母虎吼叫惊天地，身上虎纹惹人喜，
切勿分心唤战友。此地此貌必明了，
是那黑暗廷之地，如若不知我是谁，
我乃廷臣五士中，勇者炫耀长臂鬼。
黄色霍尔屠夫啊，虽为勇士且听我，
曾时恩怨其缘由，霍尔威武大象兵，
力大无穷之两营，武士南卡巴璔等，
弓箭好手阿昂众，四亲皆被岭国灭，
报此血仇终成敌，俯首角如又称臣，
黄色霍尔失家国，不知何为仍在作，
不敌他人来此地，岭国终被丹玛胜，
黑长狗链系小桩，囚禁三个黑暗年。
你在人世活九年，不如瞬间入地狱，
小儿屠夫哈狗脸，今日你我在此地，
谁勇谁赢比一场，看看究竟谁命长，
可怜小儿别害怕。

　　唱完后迅速试图抛绳抓人，然而屠夫却用黑色九角长枪朝他胸口刺去，但因他胸口戴有护身符，未伤及身体，炫耀长臂鬼的抛绳锁住霍尔屠夫的脖子被拉下了马，北方阿达拉姆见状后，料到情况不妙，迅速用绳子遮住魔鬼的脸，并用长枪连刺几下，刺中他的左臂下角，但因他佩戴喜莲和外道喇嘛的护身符，以及独脚鬼的护身符，只是受了点伤。炫耀长臂鬼心想，直至今日杀敌无数但未曾受过伤,莫非三空魔女在作怪,然后骑马落荒而逃。屠夫解开绳子后迅速追赶,然而炫耀长臂鬼用腋罩遮住了屠夫的脸,屠夫怒气冲天地用箭射破了他的盾甲,但因带有护身符,不但没能伤及他的性命,还迎来了他长枪,所幸未刺中屠夫。屠夫的怒气剧增,相继把廷臣长脚三兄弟的人头斩下马,廷臣长手三兄弟见此也围上迎战,结果无一幸免,都死在屠夫的长枪之下,见到自己的六位臣子都遭到伤害,炫耀长臂鬼也只能见好就收,骑着马落荒而逃。

岭国大营的三大勇士砍下廷臣九人的人头,依次列放在岭国大营门口。龙颜大欢的格萨尔表扬和悬赏了霍尔屠夫和阿达拉姆,然而这一天,廷营因战败,廷王达波又是悔恨,又是懊恼,一言不发的低头坐着。第二天,廷臣黑力士自告奋勇,带着五千多兵往上杂拉走去,路上不幸与降成玉拉塔知的军队相遇,廷臣黑力士快马加鞭,拦住玉拉的路,手拿大如羊肚大小般的独角鬼护身石,唱起了这首诅咒之歌。

唵嘛呢叭咪吽。
今日召唤一神灵, 空中云之神宫中,
云雾飘绕归宿中, 大神自在天明了,
切勿分心助力士。 在这廷地好地方,
阿钦杂拉之上方, 如若不知我是谁,
我乃廷臣黑力士, 俗称力士有四人,
黄霍力士之大象, 黄萨力士之猛虎,
岭国力士之嘎德, 廷国黑色四力士,
实为世界四力士。 吾为四大力士首,
其次才是角如也。 奉为上师人人敬,
引导众生是慈悲, 一生偷盗行骗之,
带给人们唯灾难。 黄霍紫色纳西等,

北王鲁赞香赤莫，　周边十八之小国，
四十八大小宗皆，　进入梦乡一夜间，
如此野蛮东岭儿，　今年廷域之好地，
迎来战争人皆哀，　名为上师是如此。
小儿纳西玉拉啊，　一生住在南纳西，
汉子之名如雷响。　何有汉子之作为，
早就听闻纳西王，　南方姜萨当杰布
被那角如所打败，　故土家国百姓皆，
被那岭国所统治，　亡父之后可怜娃
不知报仇之雪恨，　甘为仇人之鹰犬，
如此男儿在人世，　不如进入那地狱。
如同无线之美玉，　苦于四处去征战，
无用之言如雷响，　有用之言你不听，
在我手中之石头，　实为独脚神之石，
抛之何谈血骨肉，　金刚岩石如尘土，
今日抛向短命者，　不能让你血流地，
力士我为一死尸。　如有战神速召唤，
无则墓地将在这。

　　唱完后把护身石扔向空中，山神玛沁奔热化身吃人九头猛虎抓住了它，然后嘴唇像天地般张开，在岩石顶上大声吼叫一番，使大地为之颤动，廷兵闻风丧胆，到处逃逸。这时已到日落西山之时，廷臣黑力士想到不可恋战，并鸣金收兵回营，然后把当时的情况如实地禀报给国王，傲慢的国王不愿就此罢休，坦言要第二天御驾亲征，其臣娘赤、齐赤、绒赤、猛虎托赞等请战，第二天随国王一起出战讨伐岭国大营。那天深夜，大臣丹玛的坐骑三次嘶鸣后，唱起了这首歌：

嗡嘛呢叭咪吽。
阿拉拉毛唱阿拉， 塔拉拉毛唱塔拉。
丹玛勿睡速起床， 黑鬼恐迎大灾难，
速给战马上马鞍， 身着盔甲迎敌人，
明日破晓之时间， 魔王达波杰布与，
大臣娘绒齐赤等， 带着千军和万马，
将至丹玛大营处， 大臣丹玛听我言，
勇士贪睡迎来祸， 女子懒睡无人娶，
如此比喻有真理， 魔王达波杰布乃，
魔头独脚鬼之子， 力量魔法无人比，
其臣娘绒齐赤三， 如同邪恶大鬼也，
这般汉子未生前， 无人与我敢匹敌，
不可盲目强迎战， 懂得策略用智取。
禀告大臣丹尔玛， 周边敌人战旗飘，
快快英勇斩敌人， 要有箭穿敌人技，
策马奔驰之英勇， 银马代布之言也，
虔诚祈祷圣三宝， 加持其身保佑他，
汉子切莫误英勇。

　　唱完后伴着马蹄声声，心爱的坐骑表现出欲要上战场的样子，大臣丹玛见此十分感动，心想如此牲畜也有看清世间善恶之智慧，真是难得！并以三次碰头感谢。
　　第二天一早大将丹玛、华拉穆姜噶布、噶岱曲迥尉那、木白协噶姜扎、贡巴布义察嘉、贡巴阿奴赤特等率兵于廷赤杂察嘉木经过时，昂登航让如猎人等待猎物般躲在岭军经过的地方，就在岭军到达近处时昂登航让跳到马的前头，堵着丹玛唱道：

唵嘛呢叭咪吽！
阿拉拉毛唱阿拉，塔拉拉毛唱塔拉。
青人青马青脸者，形似岭国之丹玛，
今日欲死抵战场，撞见昂登航让我，
岂有闪避之言说，丹玛萨霍尔之子，
身穿铠甲赴战场，碰见何人诛其者，
如若你那般英勇，先前霍岭之战时，
甲擦协鲁噶布和，达戎戎察玛勒及，
珠阿亚释迦嘉参，曲鲁布益达潘和，
绒琼囊乌玉达等，皆丧命于霍之手。
长形茶城终被毁，掠走年轻珠姆妃，
财宝皆被掠夺尽，那时怎么不见你，
是死是倒在何处。今年岭国六部兵，
未叫抵达廷腹地，若要比喻便为此，
厄运当头来之际，心性不安急忙忙，
英雄失势之预兆，腕臂之肌颤抖抖。
今年岭国之远征，被赞牵着鼻子走，
后有魔爪使劲催。我们廷国之君臣，
天明供奉神灵群，祈求赞和泰让等。
今日之前的时分，冲锋沙场千万次，
托付神灵比电快，永保平安常胜将。
因此听好丹玛你，贱母逆子角如他，
此前无恶之不作，自称上师披袈裟，
谎称只为众生为，无辜之地派军队，
掠杀抢夺十不赦，如此并非是上师，
而是真真屠夫也。因此丹玛萨霍子，
终身疲于角如命，如若还是一好汉，

今日你与我对持，　　谁是英雄见分晓，
是佛是魔比法术，　　任意兵器由你选，
刀锋不利只怪你，　　我若退后一半步，
航让便是女儿生。　　白岭丹玛香擦你，
视为角如之心肝，　　犹如额头之双眼，
属于英雄之首领。　　无奈航让要射箭，
直击角如心头肉，　　射瞎额头之双眼。
是否狂言见分晓，　　亡命之徒请谨记。

唱罢，拉紧鹅黄善驰马的缰绳，将一支三枪铁箭搭在黑色大弯弓上准备射击之时，丹玛无心唱歌，直接将一支白色善飞箭射向昂登航让，击碎了胸前的镜子，但因为有大自在神护身符的护佑没能伤害到他，昂登航让大声咆哮道，比起你射的箭，还不如我弹指的功夫，便射出那支铁箭击中丹玛将其射下了马背。噶岱曲迥尉那见状，心想今天真是见了黑色厄运之兆，应当及时阻止，便举起黑色羊肚宝石，前往迎战昂登航让，并唱起了这首歌：

唵嘛呢叭咪吽！
吽吽吽拉噗噗噗，　　吽噗噶岱之咒歌。
一声吽噗震天地，　　噗噗出口震山河。
我乃岭国三十将，　　噶岱曲迥尉那也。
世界三大大力神，　　我乃三人之首席。
握于手中这宝石，　　修炼九年方可得。
如若噶岱扔此石，　　魔将你等何须言，
妖神鬼怪尽收尽。　　因此魔将昂登你，
可知雄鹰之行迹，　　岂有鹦鹉之席地，
杜鹃喜鹊之鸣叫，　　岂有乌鸦之席地，

威武雄狮之道路，　　岂有野狗来挡道。
今日噶岱不生气，　　只因昂登射密箭，
落得丹玛丢马下，　　以为就此得胜利？
无奈丹玛香擦他，　　萨热哈巴之转世，
全身已是修正果，　　犹如金刚不坏身，
岂有消亡之道理，　　故而噶岱不着急。
听好恶魔昂登你，　　已是将死之时辰，
识趣投降与我等，　　方可饶命有担保。
若有为非作歹者，　　便那宝石来镇压，
犹如火烧羽毛般，　　真是可怜又可恨。

唱罢将修炼了九年之久的宝石扔向航让，却被大力无比的他在空中稳稳接住，并骄傲的长啸一声准备还击。这时，天神扎拉孜杰感到无比亢奋，便拉紧鹏翼青马的缰绳，唱起了这首白色六变调的歌：

唵嘛呢叭咪吽！
阿拉拉毛唱阿拉，　　塔拉拉毛唱塔拉。
我乃猛虎之子嗣，　　山顶之王大鹏鸟。
大海深处之青龙，　　人称扎拉孜杰也。
父亲甲擦协嘎他，　　大邦岭国之先锋。
身下所骑这匹马，　　本是大食之神兽，
名叫鹏翼青马也。　　握于手中之宝剑，
本属王府贵人剑。　　雅司格司曲司剑，
早在王府当官时，　　赠与甲擦之三子。
今天扎拉这把剑，　　便是甲擦所赠予。
听好昂登航让你，　　徒手抓住尉那石，

搅乱岭国血成河，　　你若真是英雄汉，
就来挑战扎拉我。　　星光雅司之麾下，
粉身碎骨骨成灰，　　心念无存电火间。
若有遗言快嘱咐，　　若有上师快邀请，
死之末日是今天，　　人生在世已完结，
发誓不留一刻钟。

　　唱罢将星光雅司刀像一道闪电挥向了昂登航让的肩膀，不仅斩断了铠甲的链条，还让他身负重伤。但是依旧傲气不减朝扎拉各种射箭挥刀，但因为有战神威尔玛的护佑，并没能伤害到他。就在那时，达戎晁同激起难以言表的愤怒，骑上了魔马古古绕宗，变换成了一头世上最大，犹如一座山般的野牦牛，全身牛毛闪着火焰，牛角横冲直撞，掀起九层大山扔向了昂登航让和大力黑人两人。此情此景被廷将札郭尖参和达郭昂赞、托赞鲁沃、扎拉果尖、聂赤、曲赤、鲁赤等人看见后，心想今天真是遇见了大不详征兆，还是各自逃命要紧。便纷纷头也不回逃回了廷营。

　　第二天早上，廷将昂登航让和大力黑人两位将军逐渐恢复了意识，便用黑色绷带简单包扎完伤口后就返回了国王的城堡。廷将札郭尖参前去迎接并埋怨到当初奉劝我军不会是岭国的对手，大王就是不听劝还对老臣恶言相向，如今吃了这般亏再也不能怪谁了。

　　又过了一天，岭国众将聚集在岭地通瓦衮门的帐房中，岭国雄狮大王双眼望向诸位将领，将尼尼格姆的预言和针对如何调兵遣将的事宜通过这首白色雄狮的调唱了出来：

嗡嘛呢叭咪吽。
阿拉拉毛唱阿拉，　　塔拉拉毛唱塔拉。

460　《格萨尔》女艺人研究及玉梅文献辑录

<blockquote>

今朝召唤一神灵，　　璁叶庄严刹土间，
印有海螺毛毡上，　　如母度母寿之女，
耐心倾听大王歌。　　如若不知此地哪？
玛域岭国之土地，　　白色神帐之圣地。
吾等白岭之部落，　　领头格萨尔王也。
尔等请听我之言，　　昨晚半夜时分时，
莲花大师赠预言。　　明天日出东方时，
阴暗廷国之领地，　　尼赤曲赤鲁赤三，
率领十人敢死队，　　来我岭国之军营，
虎胆龙威玉拉和，　　歇日曲珠两英雄，
委以重任去应敌。　　廷国大王达尔本，
携带鲁魔赞三将，　　来我岭国之军营，
华色姜色扎拉三，　　前去充当先锋兵。
廷将札郭尖参他，　　心存善念喜慈悲，
利用软硬兼施法，　　使其投降归岭国，
切莫兵器来相见。

</blockquote>

唱罢，岭国所有英雄都表示天神之言不会有误，更不会违抗指令后回到了各自的帐房。

在第二天日出之时，大臣札郭尖参和达郭昂赞、鲁毒赞三位将军便各率领十位敢死队向岭国的军营方向前进，并在途中遇见了玉拉的队伍后进行了交战。廷将札郭尖参见到玉拉后说今日便是他大展身手的时机，准备前去迎战之时。达郭昂赞愤慨万分，抢先去到前面唱起了这首短歌：

<blockquote>

阿拉拉毛唱阿拉，　　塔拉拉毛唱塔拉。
今朝召唤一神灵，　　上界天神刹土中。

</blockquote>

乌云密布之空中，
请勿懈怠当英雄，
尊神兽猛虎九头，
吾辈乃黑暗廷之，
可挑战英雄好汉，
大廷国王之部中，
那一群廷臣好汉，
那一地域之国王，
雪山国王之嘎乌，
雪山廷布如酥油，
虽无争端挑战事，
死伤成堆血成河，
今朝我俩在此地，
首手定之为赌物，
无端不诛士兵也，
能取头颅方成名。

尊拉钦嘎热旺秋。
在空旷之场地中。
请勿懈怠当英雄。
达郭昂赞大臣也。
是乃骑青马者也。
兵多如大地植物。
如雄狮之鬃毛也。
权势乃世间无敌。
把公主嫁给廷域。
东部的奥索达曲
各地受战乱痛苦。
此战意义有多少。
决一死战定胜负。
大臣达郭昂赞我，
只诛玉拉才英雄。

唱罢，魔马用绳子拴住姜玉拉特久的脖子正往上拉的时候，左侧的曲珠勇士觉得今天发生了不祥之事而来不及唱歌便把北剑扔到达郭昂赞的绳子上，但是达郭昂赞的绳子被拉鲁年三战神，以及威尔玛等斩断。玉拉从缰绳中逃脱出来，马儿在奔跑，继而与东觉达拉赤嘎并肩作战，击溃了七名廷军。于是，数百名廷军如鸟兽散、一败涂地。达郭昂赞把炼了九年的黑魂石抛到敌军中，三百名士兵被火烧了起来，达荣杰布骄傲地把大朵燃烧、中朵火热、小朵漆黑三中举在空中，唱了一首悲愤的短歌。

嗡嘛呢叭咪哞！

阿拉拉毛唱阿拉，　　塔拉拉毛唱塔拉。
今朝召唤一天神，　　浩瀚天际坛城中。
赤面马头明王现，　　苯身泽旺仁增现。
六千三百苯神现，　　若不知晓我是谁。
我乃查莫岭地之，　　东玛息本绰杰也。
手中所持三食子，　　乃是明王威之食。
大者熊熊火焰生，　　小者电光闪闪亮。
中者黑暗笼罩之，　　投之世界可颠倒。
尚且远不止于此，　　吽师帕杰之威力。
粗粝矿石之咒力，　　无影风之轮皆具。
来去何处皆自在，　　此非虚言而确凿。
旧时昔日之年岁，　　我便来到廷域国。
乃英雄白人狼也，　　黑牢中被叔叔救。
吾需要年长者也，　　遇到大事需长者。
遇到魔鬼需长者，　　赤马明的化身我。
今日做了一事情，　　喷嚏之声撼大地。
朵桶扔到天空中，　　为非作歹恶魔军。
风吹大火似席卷，　　廷王发愁遇畏难。
廷臣达郭特赞仁，　　今日若在来迎战。
不必惧怕请前来。

　　唱罢，裹着红旗的燃烧大朵被投射到达郭与特赞身上，约三支百军牺牲。廷臣达郭与特赞由于护身符的保护而没有大碍。因此，叔叔绕了三圈把中朵扔到头戴顶花帽的三百士兵与五位大臣之中并击毙了他们。然后叔叔又绕了三圈把黑暗小朵扔到聂赤曲赤鲁赤的三百士兵和三位大臣之中并杀了他们。廷臣札郭尖参今日无法挑战与岭营。这时，岭军已回到各自的军营并聚集到议事营帐之中。"仕宦达荣绰甲"昂首就坐在红木宝座上且神气十足的捋着髭须,岭国王臣赐他五十枚金币和六十枚马蹄银锭作为出战褒奖。

第二天早晨,"纳曲鲁"等三位廷臣也为了尽快报仇,下定决心将招募自己旗下的三千个军马向达荣军营进军。玛希仕宦绰甲也身着优盔良甲并骑乘与"咕咕森马"整装待发之时,"霍尔行恶屠夫麦如"喊道:"今日绰甲留宝座,今儿争衡由我决"。说毕,骑乘赤色小骏马打着军队的前锋观面迎敌。到了一箭之地,他勒紧辔头并用凶焰万丈的音调唱道:

嗡嘛呢叭咪吽!
阿拉塔拉塔拉唱,　　塔拉拉毛唱塔拉!
如若不识此处地,　　此地荒凉之廷域。
聂赤曲赤倾听我,　　我乃北军之先锋。
行恶屠夫为称呼,　　当时我留霍儿时。
人称蝎子有五子,　　五子弑杀又吞母。
杀父辛巴得我名,　　最后霍岭大战时。
虽无与岭斗杀意,　　可惜甲擦丧我枪。
我便成为凶杀犯,　　最终我降与大岭。
那时吃的为狗食,　　穿衣着装更褴褛。
从未不信三宝佑,　　因此能入岭臣列。
从而"邓先"虎二将,　　抵临四处降妖魔。
辛巴大臣驰誉世,　　仔细倾听聂赤与。
曲赤达娃沃嘎和,　　萨毒鲁赤赞布仁。
岭王格萨尔大王,　　统治世界之君子。
三界众生有膀臂,　　因而天下之无敌。
早先魔霍与门姜,　　以为自强的大国。

均化一夜之梦幻。　　你有远见和卓识。
请看死鸟之鸿毛，　　也看亡人之遗体。
今年因为是缘分，　　威猛岭军过廷域。
廷域凶恶似鬼城，　　既要改写要归正。
廷域刀枪等武器，　　要收白岭之饰物。
若你是远虑之人，　　乖乖降服我辛巴。
我能饶你之生命，　　也将还你之财务。
此等辛巴我担保。　　若没有合意之时，
小命会挂我枪头，　　遗体布施给鸟狗。
如何选择就看你。

唱罢,他将山羊大弯弓弦上放了一条食肉饮血之箭并松了一下。此时,对方没有任何回应。聂赤旦松纳布的兄弟达娃沃嘎也二话不说直接向辛巴挥了一刀,就将屠夫衣甲上的皮条弄断。此时,辛巴傲气冲天地把天杵箭射到了曲赤达娃沃嘎身上,不过箭落在了曲赤胸前的镜子上,因此,甘绕的护身符和异教喇嘛的护身符,黑蛇梯嚷的护身符等的存在而箭头掉下来了。聂赤丹松纳布骄傲自满地把东区尼玛神宗和尼玛雷声引到剑齿上,姜儿玉赤贡昂矗立在聂赤丹松纳布面前唱了这首短歌。

嗡嘛呢叭咪吽！
阿拉塔拉塔拉唱，　　塔拉拉毛唱塔拉！
三次婉转是唱腔，　　今朝召唤一菩萨。
上方天界刹土中，　　尊五空行之众神。
请勿懈怠助姜儿，　　如若不知我是谁。
我乃闻名于世的，　　姜撒旦之王子也。
加擦姜儿三公子，　　乃王公之侄子也。

牙斯格斯曲斯三， 乃王公之智族也。
姜儿玉赤贡昂我， 谓兵中猛勇之王。
阿岗巴桑的代领， 纳哧之子闻言吾。
虽欲报血仇之恨， 但慎思尔等性命。
自吾手中的宝刀， 乃断水莌智之刀。
能砍断世间万物， 断寿数尽至的你。
凶恶惨兮之魔鬼， 无半毫善性魔鬼。
祷念真言生厌恶， 祷转经筒生头晕。
幼时喜好杀生恶， 残暴凶恶之猛兽。
生此兽乃万恶源， 今日吾绛瑟玉哧。
刀走锋之乾坤圈， 刀锋玛沁本惹佑。
格尔佐赤山也佑， 混沌世间之九尊，
世界十二护法神。 猛勇地祇的神界，
心绪未乱帮绛瑟。 谦卑的玄魔鞴哧，
将赤心献给绛瑟。

唱罢,摔锋利之水刀砍在鲁赤的右肩上,甘绕的护身符,异教喇嘛的护身符,黑白梯嚷的护身符等不灵而劈开了他的胸口。聂赤丹松纳布认为今天必会失败便撤回了军队。当大地一片漆黑的时候,聂赤等部来到廷营,唱起了达尔本逃亡战败的短歌。

唵嘛呢叭咪吽！ 阿拉塔拉塔拉唱。
塔拉拉毛唱塔拉！ 三次婉转是唱腔。
廷王达尔本君主， 所言悲悯莫过今。
我鞴哧曲哧龙哧， 三哧听君之兵法。
在岭营东北包围， 达哇奥噶尔曲哧。
无畏的冲杀弦营， 生死转血海之轮。

但却不善之琐事，　　恶行之屠夫凶人。
在上放恶言之箭，　　亲人曲唉达哇是。
受星曜离身之苦，　　吾与鲁唉并肩行。
让岭营四方散落，　　使无数岭兵溃败。
绛瑟大权兔唇者，　　在烈马背上使刀。
使鲁唉身心吓坏。　　在战场同归于尽。
最终因名声不振，　　英勇而知难而退。
之后达尔本君主，　　与敌岭域英雄们。
固若铁打的身躯，　　与之用剑却无伤。
而对吾方砍如油，　　为此望君臣深思。

唱罢，达尔本君主因自己的重臣被岭兵所杀而感到无比的痛苦和无能为力，札郭尖参大臣对达尔本说了很多安慰的话，但未起作用。君主决定明天独自去岭营。

当太阳升起的时候，达尔本君主恼火成怒地来到了岭营。岭军发出了军号，扎拉则杰毫不犹豫地骑上风马当先锋，廷王达尔本走近战神身边，便说道你乃似女生，加擦之孤儿，今天在战场上，你不幸碰到达尔本之子，乃面临灾难之预兆。然后唱了一首威武的短歌。

嗡嘛呢叭咪吽！
阿拉塔拉塔拉唱，　　塔拉拉毛唱塔拉！
尊黑色魔马食肉，　　尊嘎绕旺秋本神。
然则听我父之子，　　大鹰翱翔之天空。
如若不知飞多高，　　羽毛便会被风刮。
歹人角如之子乃，　　想取廷域之大地。
丢掉性命是无疑，　　岭之恶人角如因。

无事生非挑战事，遍地都是尸骨也。
把他尊之为喇嘛，不如拜魔鬼为神。
我手持之大铁弓，称之为食肉饮血。
也可打穿坚硬石，梯嚷澹师之灵铁。
神与护身大自在，请协助达尔本王。
敌人头颅则给他，然孤儿战神之子。
父亲加擦谢嘎他，插到霍的长矛顶。
此时你能在何地，是死是活便会知。
打败囊阿玉虎与，达荣德畔达盼时。
此刻你又在何地，去取盐还是经商。
然而不仅如此也，长形茶城打破时。
桑坚珠姆被带时，积存财务被抢时。
去我廷域国如此，没去霍尔是何因。
今朝此时此刻也，你与玉格我们仨。
比比剑法谁厉害，我手中的食肉矛。
今天刺到你心头，如若不能分九块。
把我列到女队中，看你是否能答应。

唱罢，扎拉则杰将军恼羞成怒地试图跳到廷王身上，巴遂罗布占堆对阿布扎拉说道，"您放心吧，今天的奖品由我来给。"便骑着雪山逞威马挡住了达尔本王的脸，然后唱了这首歌。

唵嘛呢叭咪哞！
阿拉塔拉塔拉唱，塔拉拉毛唱塔拉！
三次婉转是唱腔，今朝召唤一菩萨。
可是仙界列班中，三世诸佛也知晓。
福禄寿星皆听闻，神子莫急且听来。

若是不曾闻此地，此界黑土蓝天地。
若是未曾闻我名，我乃朱虎之后裔。
骁勇善战不必说，可比海里一鲸鲨。
水中破浪不一般，可比天上一大鹏。
乘风御空不一般，我乃神勇父王子。
诺布占堆神子也，对面黑骑黑面人。
说是万绸达本王，听后也是甚钦佩。
虽不闻得你大名，想必你也听闻我。
曾岗岭相战时候，廷军相助岗军时。
华拉父子和达杰，廷水挡在康巴处。
英雄之子举宝剑，廷臣五人已成尸。
廷军流血成河流，歼灭敌军十三万。
尸横遍野廷岗败，岗国附属于岭国。
廷军落魄回故里，尔等可否忆此事。
如今岭军入廷国，岗王只有手掌大。
廷王已没逃亡路，此时护神在何处。
雄鹰展翅飞翔处，小鸟无法与其比。
青龙咆哮何威风，犬声岂能和此比。
杜鹃优美的声音，漆黑乌鸦岂能比。
岭尕英雄的对手，廷臣懦夫岂能是。
这非胡言是真理，昨天廷岭战役中。
廷臣被箭刺中亡，杀死无数廷军臣。
心中是否很郁闷，识相就带臣民降。
承诺不会取其命，如若自寻阎王路。
灵魂游历中阴中。

说完，他威严如阎王地把宝剑两次刺向达本王，但因为达本王是恶魔之子,而他的护身符又很厉害,所以没能伤害他。南诏王子刺了达本王三次也没能伤害他,英雄之子诺布占堆取出弓箭射向达本王也只能擦伤他。此时,达本王愤怒地奔向岭国军营杀死一百多士兵,英勇的曲珠迎面挡住并用宝剑砍向达本王,不仅砍掉了达本王的铠甲,还砍伤他的肩膀,肩膀伤口疼痛剧痛难忍只能退军。

第二天早晨,敌军大臣长臂魔带着两个帮手向岭将领丹玛军营宣战,得道者萨日哈巴的化身岭国第一勇士丹玛毫不犹豫地骑马迎战长手魔,走到长臂魔跟前的一箭射程处停下来唱道:

阿拉拉毛唱阿拉, 塔拉拉毛唱塔拉。
今朝召唤一神灵, 东方金刚空行母,
身显蓝色放光芒, 耐心倾听丹玛歌。
原始神山九位佛, 世间十二丹玛神,
各地山神来簇拥, 耐心倾听丹玛歌。
上有神灵之宫殿, 璁叶庄严刹土方,
印有海螺毛毡上, 如母白度母加持。
头顶莲花无量宫, 无量光佛请加持,
观音菩萨请加持, 莲花生大师请加持,
耐心护持丹玛我。 此地诸位所周知,
阴暗延国之领地, 如若不知我是谁,
丹玛玉杰华沃也。 挽扶弱小视己出,
平定恶霸视己任。 白岭丹玛香擦我,
射术精湛神箭手, 若要拿箭射青天,
唯独日月也拿下。 又若拿箭射地面,
绝无逃路见血光。 听好黄脸黄马者,
名为昂登航让者, 如若英雄好汉辈,

近日来战丹玛我，　　谁勇谁猛见真招。
握于手中之神箭，　　护法大神来加持，
行如闪电疾飞驰，　　嗜敌皮肉锋无比，
好喝敌血猛如龙。　　话说前言之情况，
姜岭不和起兵时，　　姜将香拉华沃他，
飞往南方云霞中，　　却被神箭会飞追，
斩断魔马扔毒海，　　丹玛从此震全国。
今日轮到你来尝，　　是否狂言见分晓。

唱罢准备拉弓搭箭之时，廷将昂登航让在马背上半立着说道："话无回音是哑巴，食无回食是死食，恩无回报是无耻。你若真是这等的英勇，那么请先听我唱完这首歌，春日白昼方可长，你我交战无需急。"之后便唱起了这首歌：

阿拉拉毛唱阿拉，　　塔拉拉毛唱塔拉。
今朝召唤一神灵，　　高空云端正中央，
大自在神在其中，　　骑下黑马在嚎叫，
耐心请助英雄我。　　遍地生死无踪迹，
食人九头虎加持。　　四方大地彼岸上，
山神哲来白肩护，　　耐心加持英雄我。
此地诸位必知晓，　　廷沟穆巴曲赤也。
如若不知我是谁，　　阴暗廷国之领地，
人称昂登航让也。　　听好蓝脸蓝马者，
自称萨霍丹玛者，　　如若是你便甚好。
昨夜无眠之心事，　　用绳将你生擒住。
清晨醒来第一活，　　供奉早茶给神灵，
晚茶敬于诸位赞，　　午茶侍奉众魔王，

只为能取丹玛命，	血流成河祈如愿。
今日良辰吉日时，	未叫丹玛却相见，
只因前世因缘果。	遨游天际之雄鹰，
飞技如何且慢看，	英雄昂登航让我，
何等英勇见分晓。	今日昂登来沙场，
一为枉死士兵魂，	二为丧命亲兄弟，
三为入侵之国仇，	不取你命枉为生。

唱罢，掏出缰绳抛向丹玛的脖子把他给套住后，像拉一条狗一样的被拖了将近一支箭的路程。华拉见状，心想今天是真难逃一劫了？连忙拉紧千山白驹的缰绳，顺势把到一挥，斩断了缰绳后救下了丹玛。昂登航让看见丹玛被救后，气急败坏的朝丹玛身后跑去。这时，只见噶岱曲迥尉那头戴咒师的黑帽，身披咒师的铠甲，手持黑色羽扇，口中念念有词，前来挡住了昂登的去路。还将施了咒语的宝石扔向昂登，宝石因为有了战神威尔玛的加持，直击到他的胸口落下了战马。旁边的两位战友大力琼纳和通臂丹赤连忙下地扶起受伤的昂登，把有邪恶上师加持的锦囊递到鼻子旁边，让他慢慢恢复了意识。随后他们商量想到今天很难对岭军还以颜色后，决定返回各自的军营便落荒而逃。

在初十的那天夜晚，岭王格萨尔就寝在帐房中时，从半空中看见白梵王骑着白马，身旁还带领着数百名天兵神将来到了帐房上空唱起了这首短歌：

嗡嘛呢叭咪吽。	
今朝召唤一神灵，	圣地法界刹土上，
祈祷无量光之佛，	此乃雄狮王之师，
祈愿长寿无祸灾。	如若不知我是谁，

上空诸神之宫殿,
我乃白梵王是也。
传达无误之预言。
只因阴暗廷国地,
聂赤曲赤鲁赤中,
其余均为岭国敌。
数次挑衅我军营,
诸多兵马却往生。
虽已相继去交战,
故而未能将其降,
之后便是廷国王,
实则心属格萨尔,
如若降此大猛将,
无一落空可保证。
即为札郭之兄长,
绝非无名之辈分,
如若来到岭国营,
岭国其余众将领,
如是听见达郭亡,
彼时巧言来相劝,
自此之后第二天,
再加札郭之三子,
依次降服正军威。
还请格萨尔谨记。

神灵五百数有余,
常对雄狮格萨尔,
今年起兵之战乱,
集聚猛将八十几,
唯独聂赤之旦神,
廷将昂登航让他,
岭国英雄虽无亡,
岭国擦朗姜三将,
只因气数尚未尽,
却也已是不久矣。
爱将札郭尖参他,
归顺时机已成熟,
从今大王之凤愿,
大将达郭昂赞他,
位在廷国之众将,
奋勇杀敌似死神,
还请大王亲上阵,
都非此人之对手。
札郭必来铁城外,
诱使将军来投降。
聂赤将军黑旦神,
只为亡命来战场,
神灵预言已如此,

唱罢,大神白梵天王便返回了天界。自此,格萨尔王在收到了廷岭之战诸多事宜的预言以后,岭国的众多将领都立刻聚集到了岭地通瓦衮门的帐房中，依次排好左排、右排、前排和中间一排的队形，格萨尔王则端坐在财聚权宝座上，将收到的预言用顺畅金刚调唱起了这首歌：

嗡嘛呢叭咪吽。
阿拉拉毛唱阿拉，　塔拉拉毛唱塔拉。
今朝召唤一神灵，　上有神灵之宫殿，
三宝加持度众生，　耐心听我大王言。
空中云朵盛开中，　红色血海正中央，
年钦头神法无边，　耐心加持大王我。
此地诸位必知晓，　魔沟廷国之领地。
我乃何人也必知，　神子吾朵噶沃也。
下凡人间来称王，　制敌大宝雄狮王。
挽扶弱小视己出，　平定恶霸视己任，
弘扬释迦之教义，　降服妖魔之能手。
听好聚此众英雄，　今日良辰是吉日，
上有天神之预言，　明日雄鸡打鸣时，
廷国将军札郭他，　必会率军来战场，
借以起兵之名义，　实为投降我岭国。
明日雄鸡打鸣时，　丹玛玉拉华色三，
率军前去应敌军，　大将札郭尖参他，
无需短兵来相见，　手帕高举献首级。
其兄达郭昂赞他，　见弟叛变心大寒，
恼羞成怒来挑战，　不怕有我格萨尔，
变换铁壁大城墙，　岭国兵马尽收进，
无一伤亡可担保。　之后两年之有余，
廷岭战争终完结，　廷国武器尽收复，

大王夙愿也成现。

唱罢大王坐在金龙椅子正中央,目光好似一轮月亮一样望着自己的众多将领,而诸位将领也心生欢喜无忧无虑的享受起酒肉的狂欢。

第二天早晨,札郭尖参将军在廷王面前答应出征后,带了两千多名士兵来到了岭国军营,并将一封信插在一支箭上射向了辛巴的帐房。辛巴把箭拔完取出信件详细一看,原来是札郭寄来的投降书。辛巴心中窃喜,立刻下令手下不得对札郭动兵,且不损一员一将把他引入岭国阵营中。岭国士兵也按照辛巴的命令对札郭的军队举行了盛大的欢迎仪式,并带到辛巴的身前,只见札郭尖参摘掉帽子,卸掉铠甲和兵器,双膝下跪在辛巴面前俯首称臣。辛巴将此消息迅速派使者送到了格萨尔王跟前,大王听到后悬在心头的石头也算是落了一半,但又害怕廷将达郭昂赞会前来追击,就加紧了铁壁城墙的城门。另一边,廷将达郭知道了自己的弟弟去投奔岭国以后,心中是悲愤不已,烧起万丈怒火便只身一人前往了邻国阵地。刚到铁城门口就朝城门发射了三发大炮,震的地面只摇晃。

这时,札郭尖参身披黑衣黑帽迅速来到城墙外面被哥哥认出后,就唱起了这首短歌:

嗡嘛呢叭咪吽。
阿拉拉毛唱阿拉, 塔拉拉毛唱塔拉。
今朝召唤一神灵, 高空云端正中央,
大自在神在其中, 骑下黑马在嚎叫,
耐心加持达郭我。 空旷田野之其中,
刹女白光请护佑, 膝下罗刹五百只,
耐心加持达郭我, 森林生死无踪迹,

食人九头虎加持，
轮回森林之上空，
耐心加持英雄我，
阴暗廷国之领地，
此坡诸位必知晓，
此滩诸位必知晓，
我乃是谁必周知，
达郭昂赞是我名。
魔界教法守护神，
马步轻盈似流星，
莫非是我札郭兄？
今日之言如此例，
抛弃门域去他乡，
悦耳鸣声落异地，
若为不如下地狱，
今生永为亲兄弟，
无奈今年之战乱，
背信弃义降于岭，
廷国将领之羞耻，
嫉恨雪山宗大王，
两国相亲如奶水，
雪山众将似浮云，
掠抢成为战利品，
杀父仇人视恩公，
此举真是札郭为，
反悔还可来廷国，
绝无惩罚可担保，

莫要分心加持我。
山神哲来白肩护，
此地诸位必知晓。
无堤廷江之此岸。
廷国花花坡之麓。
廷国灰色大虎滩。
阴暗廷国之大将。
英勇善战媲无敌。
听好前来黑马者。
黑脸如同聚乌云。
若是达郭心生喜。
青色杜鹃本属门。
起初之食在故乡。
此举实为无羞耻。
我等达郭和札郭。
相敬相爱是一家。
胆小札郭尖参他。
出卖祖先败家风。
起初贱母角如儿。
迎娶廷国之岗措。
因而起兵讨雪山。
廷国美女岗措她。
古代世人有谚语。
还与强盗拜兄弟。
听好亲兄札郭你。
不计前嫌是兄弟。
如若执意不肯回。

便从即日这刻起，　你我再无兄弟亲。
唯有兵刃可相见，　听懂犹如悦甘露。
不懂不再做重复。

　　唱罢举起毒蝎食肉刀挥向了半空屹立在马鞍上，札郭见状也半立在马鞍上唱起了这首短歌：

唵嘛呢叭咪吽。
阿拉拉毛唱阿拉，　塔拉拉毛唱塔拉。
今朝召唤一神灵，　位于极乐天界中，
三宝加持度众生，　耐心加持札郭我。
空中云朵盛开中，　金色黄金宫殿中，
详见莲花生大师，　格日莲帽带头上，
手持伏魔金刚杵，　耐心加持札郭我。
内勒滩的城堡中，　详见玛尼尼格姆，
白色雄狮坐下骑，　蓝鬃水牛在旁边，
上万空行母环绕，　耐心加持札郭我。
三十三重天宫中，　白梵天王骑白马，
手持箭旗和矛旗，　耐心加持札郭我。
此地诸位必知晓，　阴暗廷国之领地，
廷国灰色大虎滩，　我乃是谁必周知
廷将札郭尖参也。　兄长达郭请细听，
弟弟札郭五天前，　为廷百姓争脸面，
没做是非之错举，　今日投降岭国军，
并非贪生怕死举，　岭国格萨尔王他，
天神之子来人间，　称王解救人间苦，
此前丰功战绩有，　降霍魔门姜卡切，

无数国都被征服。	今年之行来廷国,
廷国国王达尔本,	信奉邪恶魔之教,
杀人为乐视己任,	慈善积德抛脑后。
之前有权有优势,	无奈现在气数尽,
廷岭交战仅一年,	曲赤将军加鲁赤,
先后牺牲死无数。	另外带头四大将,
都被岭国收旗下。	廷国国王达尔本,
霉运当头似流水,	帐下虽有数好汉,
寥寥无几难成事。	岭国军队似落石,
再无他人能阻止。	角如雷厉如死神,
遇佛杀佛无人敌。	因此请听达郭兄,
国王达本之江山,	已呈日落西山势,
寄予厚望终无果,	不如听于小弟劝,
降于大宝雄狮王,	生有荣华富贵命,
死有上师来超度,	真实可靠我担保。

　　边唱边流着眼泪并拉住了达郭的手。但是达郭听见让自己也投降格萨尔大王时,顿时怒火攻心昏了过去。札郭尖参赶紧拿出格萨尔大王送的仙丹放在了他的嘴里,只见从鼻嘴里匆忙爬出来一只九头毒蝎,札郭立马手起刀落斩断了毒蝎,之后达郭也渐渐恢复了意识,不禁双膝下跪,双手合十,答应了从此归顺岭国。因此,札郭将达郭率领的全部士兵带回了岭国军营,格萨尔大王听到这个消息以后也是欣喜万分对达郭讲到,今日看见魔王放下屠刀皈依我佛真是喜事,并敬了一块白丝绸放在脖子上后举国上下开启了狂欢模式。格萨尔王心想邪恶廷国的气数已尽,便下军令不久就将会派岭国的诸位英雄去包围廷国收复魔国。

　　第二天早上,霍尔帝角辛巴将剑头指向敌军,将马蹄也指向敌军来到了廷国的北城墙门外,北城驻守将军萨郭琼拉昂赞毫不犹豫前去阻击辛巴。辛巴骑在红鬃马身上在霍尔山羊大弯弓上放了支霍尔食肉饮血箭唱起了这首短歌:

唵嘛呢叭咪吽。
阿拉拉毛唱阿拉,　　塔拉拉毛唱塔拉。
璁叶庄严刹土方,　　印有海螺毛毡上,
慈悲度母寿之神,　　耐心倾听辛巴歌。
此地诸位所周知,　　阴暗廷国之领地。
如若不知我是谁?　　霍尔毒蝎五子中,
最毒辛巴梅乳孜。　　霍尔朗布察巴和,
大力日沃恍克和,　　再加南木卡巴增,
老五神箭六指等,　　帝角辛巴五子中,
其余四个均被杀,　　辛巴对此无怀恨,
因果报应终是有,　　甲擦之命亡我手,
被岭监禁三年久,　　心无半分之怨恨,
格萨依旧是上师。　　时至三年又三月,
位列白岭众英雄,　　从那之后的业绩,
辛丹狮子相会等,　　杀敌无数征南北。
因此听好萨郭你,　　垂死之人无过错,
与我辛巴见沙场,　　命不久矣孰不知,
若有遗言在此说,　　世间阳寿已到限。
半空红云虎城堡,　　犹如红色大血海,
大红年虎法无边,　　身骑红鬃大年马,
手持箭旗和矛旗,　　耐心加持辛巴我。
下界鲁之宫殿中,　　顶宝龙王请加持,
骑下青鬃鲁之马,　　手握财源之缰绳,

耐心加持辛巴我。　　深居彩虹帐篷中，
四方诸多空行母，　　耐心加持辛巴我。
邪恶萨郭朗拉你，　　今日便是降服日，
上天入地四方内，　　任何逃路皆已封。
辛巴爱好降廷将，　　食肉饮血箭亦此。
射箭犹如闪电行，　　落魄灵魂离肉体，
无觉一丈身躯它，　　沦为饿鸟之食物，
是否狂言见分晓。

　　唱罢屹立在马背上，廷将萨郭琼拉听见辛巴的歌词后非常生气，眼光充满血丝，咬牙切齿地将缰绳扔向了辛巴的脖子，就将辛巴从红鬃马上像拉尸体一样拖了过来。辛色托拉孜杰生怕父亲命丧于此便视死如归地跳到他的面前举起大刀挥向萨郭的缰绳把他砍断了。辛巴傲气冲天从红鬃马上跳向了琼拉，挥起大刀砍向他的肩膀，虽然有魔王自在神的护身符和上师铠甲的保护，但还是无济于事将其劈为两半，落在了马的两旁。辛巴父子两下马将尸首捡起当成战利品拿了回去。一旁，萨郭琼拉的副将无敌南拉顿时奋起，跳入北营阵中厮杀起三十左右人马，这时只见阿达拉姆犹如天母附身般骑在红鬃骡马身上，射了一支神箭会飞箭，神箭也不偏不倚直指南拉的胸口从马背上掉了下来。至此太阳快要落山，廷军将取了首级的琼拉遗体抬回自己的军营，心生悲痛，唉声叹气，不知何去何从。

　　第二天，廷国绰沃毒舌奔特和托囊孜杰两位将军率领千军来到了霍魔辛巴的阵前，辛色托拉孜杰自告奋勇前去应敌，射了一支箭是刚好射中廷将托囊孜杰的额头射下了马背。廷将绰沃毒舌奔特看见自己的战友被杀以后，怒火冲天对着辛色说道："听好屠夫辛巴子，穿好铠甲和头盔，抢先下手射毒箭，好汉托囊被射杀，如此

做法非英雄,如若英勇来跟前,短兵相见见真招,屠夫辛巴之逆子。"并唱起了这首歌:

阿拉拉毛唱阿拉,	塔拉拉毛唱塔拉。
今朝召唤一神灵,	上有神灵之官殿,
上飘乌云之城内,	住有大神自在天,
骑着神驹快如风,	耐心加持英雄我。
高山起自地中央,	金目神鸟请慈悲。
神鸟翅膀扑棱棱,	耐心加持英雄我。
高山起自地中央,	九头罗刹请加持。
森林生死无踪迹,	九头白虎求加持。
此地诸位必周知,	此地魔沟深处也。
如若不知我是谁,	绰沃毒舌奔特也。
听好红脸红马者,	若是辛巴之逆子,
奔特内心真高兴,	本身刽子手屠夫,
年幼吃奶在母怀,	长大成人弑父母,
听好辛巴狗蛋儿,	当初霍岭交战时,
生被丹玛搅如泥,	被擒拴绳似野狗,
无耻之徒装有耻,	辛丹狮子相会也。
如此之言既述之,	何不地狱走一遭。

唱罢,傲气冲天的将一支箭射向了辛巴的身体却只有一声巨响并没有射中。辛巴懒得在唱歌直接将一支食肉饮血箭像个火焰一样不偏不倚地射向绰沃毒舌奔特的乳头,虽然有魔王的护身符和铁甲的保护,但还是没用从鼻孔和嘴里流血并从马背上掉了下来。辛巴一声嚎叫可谓震天地泣鬼神,跳进廷国阵营杀死了差不多一百多名士兵,还把投降的一千多名的武器和盔甲作为战利品

带回岭国取了一场大胜。这时,廷王达尔本知道自己的将领接二连三尽数夭折,可谓老泪纵横,心想就算本国境内的所有男人都要牺牲也要和亡命角如决一死战,便穿上了铠甲拿上武器欲要出征之时,在岗措王妃的再三劝阻下才让大王暂时熄灭了心中怒火席地而坐。

第二天早上达尔本大王正要骑马准备出征之时,廷将姜拉囊布上前抓住缰绳说道:"如今的廷国还没有落魄到只剩大王亲自出征,请大王稳坐龙椅,待我食肉饮血归来后赶往了岭国。"这时,霍尔辛巴便丝毫没有犹豫就去迎战,在霍尔山羊大弯弓上放了支火星会飞箭射向了姜拉,只见那只神箭直直飞往他的胸前,不料胸前有大自在神和邪恶上师,以及黑蛇泰让的护身符保护,神箭犹如射往彩虹般消失不见。廷将姜拉囊布更是大笑,笑声长绕半山腰,顺势将手中的缰绳扔向了辛巴的脖子从红鬃马上拉了下了。就在这时,阿达拉姆骑在红鬃骡马身上,犹如天母嫉仇一般对其大喊道:"听好廷将姜拉你,气数已尽来沙场,未碰好汉碰女子,女子阿达拉姆我,今日必取你性命。"说完还唱起了这首歌:

  唵嘛呢叭咪吽。
  阿拉拉毛唱阿拉, 一声阿拉唱神灵,
  常胜神灵体安康, 二声阿拉唱年钦,
  年钦大神体安康, 三声阿拉唱给鲁,
  顶宝龙王体安康。 如若不知我是谁,
  北山阿达拉姆也, 当初岭国降魔国,
  兄长魔王路赞他, 死于格萨之神箭,
  魔国转为佛之国, 因此阿达拉姆我,
  降于雄狮大宝王, 被封北山之首领,
  此等皆为过去史。 东方如意空行母,

经幡被风吹飘扬，耐心加持女子我。
西方黄牛空行母，敌旗依旧飘飘扬，
耐心加持女子我。南方有意空行母，
南之经幡飘飘扬，耐心加持女子我。
北方刺耳空行母，敌旗依旧飘飘扬，
今日加持女子我。其次妖魔姜拉你，
狐假虎威来战场，引火烧身自食果，
真是可怜又可恨。自从廷岭开战后，
你来我往几回合，廷王达本之众将，
例如曲赤鲁赤和，萨郭南拉毒舌等，
自称英雄众好汉，沦为半夜之梦境。
真是伤透廷王心。因此听好姜拉你，
想死想活速决定，想死就来我跟前，
想死便解铠甲盔，降于女子拉姆我，
尚可活命可担保。

唱罢，从红鬃骡马上举起长矛大刀挥向了姜拉的胸部，只见大刀穿胸而过，鼻孔和嘴里喷出血块从马背上掉了下来。他的战友萨郭囊布看到后怒火不由烧起，从刀鞘中抽出毒蝎食肉刀，一心祈祷大自在神的加持向阿达拉姆砍了过去，斩断了铠甲的皮条。见状拉姆也赶紧向三宝祈愿，并将长矛刺向萨郭囊布后，虽有铠甲和护身符的保佑，但没能保住性命，矛头穿胸而过从马背上掉了下来。此时，廷将第三将领见状心想今天真是倒了霉运，双手盖住头部赶紧掉头落荒而逃了。那天刚好太阳也快落山，辛巴和拉姆等众将领也决定适可而止没有乘胜追击，把两个廷将死尸的首级带回营中就此休息了。

那天以后，由于吃了败仗，廷国剩下的众多士兵自知再无能力

下编　玉梅文献辑录　483

去打击岭军,便出现开始上吊,跳江,或更有士兵已落逃之各个山头的消息传至廷国大王的耳朵后,大王悲痛万分,叹气连连,犹如牦牛的叹气声一般呻吟道:"时至今日还活在这世上,还不如早点给自己找块墓地吧!"这时,廷将无敌鲁擦向大王敬了一条白色丝绸后发誓必定立马就去复仇回来复命,并唱起了这首歌:

嗡嘛呢叭咪吽。
阿拉拉毛唱阿拉,　　塔拉拉毛唱塔拉。
我乃是谁必周知,　　阴暗廷国之大将,
无敌鲁擦正是我。　　时至今日为期限,
还无一人是对手,　　也无一人胜过我。
鲁擦男儿响全国,　　因此国王达尔本,
稳如泰山坐龙椅,　　明天太阳照东方,
我便起兵征岭国,　　搅乱东方岭国营,
犹如老鹰抓小鸡。　　无勇岭国众鼠辈,
见谁杀谁取人头。　　英雄鲁擦之副将,
需要敢死五丞相,　　精兵三百便足矣,
犹如闪电逼岭军。　　恳求如意大王您,
稍安勿躁在官中,　　手举望远镜看我,
此行针对角如及,　　辛巴拉姆等贼寇,
如若不取其首级,　　不留活口来复命。
此前战况有如此,　　廷国将领雨水沟,
个别已是亡命魂,　　甚是惋惜空悲切,
无耻札郭和达郭,　　不战而降岭国军,
此等无耻之事迹,　　人死墓碑长青草,
骂名永世不熄灭。　　今世即为男儿生,
不做土匪枉好汉,　　英勇杀敌赢名声,

| 一生永被世人赞， | 不敌即便死沙场， |
| 不枉一身男儿生， | 岂有投降之道理。 |

唱罢便决定明日便起兵赶往岭国。那天晚上岭国格萨尔王详睡在通瓦衮门的帐房中时，玛尼尼格姆降临在帐房的半空中说道："明天将会有廷国将领无敌鲁擦穿甲戴盔掀起一场厮杀，必定血流成河。如此猛将之前，除了天子扎拉孜杰和岭国猛将擦朗姜三者以为，谁都很难匹敌。尤其是霍尔辛巴梅乳和阿达拉姆等人皆不可与之交战，否则难逃一劫，请大王谨记并多加小心，往后还会有诸多预言。"听完格萨尔大王将预言内容和特别是让驻守东南方向的将领不能与之抗衡的命令再三嘱咐。

第二天，无敌鲁擦左拥赞德囊布，右拥鲁德囊布，辛德囊布充当先锋犹如一场飓风浩浩荡荡赶往岭国军营，这时，岭国阵营中总将领扎拉孜杰已身骑青色风翼马，准备好前去迎战无敌鲁擦，在相距一支箭的射程之时，将星光雅司刀从刀鞘拔出屹立在马背上，无敌鲁擦也半抽宝剑并唱起了这首歌：

嗡嘛呢叭咪吽。	
阿拉拉毛唱阿拉，	塔拉拉毛唱塔拉。
上飘乌云之城内，	住有大神自在天。
骑着神驹快如风，	耐心加持鲁擦我。
高山起自地中央，	金目神鸟请慈悲。
耐心加持鲁擦我，	轮回森林茂密处。
九头白虎求加持。	虎声咆哮一阵阵，
耐心加持鲁擦我。	如若不知我是谁，
阴暗廷国之领地，	达本国王之爱将，
无敌鲁擦是我也，	英勇善战无对手。

话说此前不久时，
修建城堡被我毁，
此次岭国猖狂匪，
贱母之子角如他，
杀人放火劫财宝，
廷国将领鲁擦我，
是否如此即知晓，
祭于千年罗刹血，
剑锋犹如骤毒云，
无人能逃此剑影。
若想活命去一旁，
此前两军交战时，
差点取我廷将命，
其次岭国白脸生，
权倾朝野无对手，
与之交战似死神，
我等无敌鲁擦和，
犹如死神之差役。
上有日月来鉴定，
黑人黑腹满是毒，
无人能活皆为敌。

东方岭军经雪山，
积蓄财宝占己有。
伸出魔爪来廷国，
欺凌弱小无善心，
还称上师羞愧否？
大力无边世无敌，
本人手持此宝剑，
汇聚二十五种铁，
剑面犹如鲸翻海。
听好白脸白马者，
若想就死便上前。
辛巴梅乳和华毛，
此仇不报非君子。
可知廷王达尔本，
疆域可比天上月。
岂有活命之缝隙。
随从众多廷国将，
岭国英雄真可怜，
英雄无敌鲁擦我，
毒气招谁谁亡命。

唱罢将宝剑从头上一挥刺向了扎拉身上，不料斩断了铠甲的皮条，好在扎拉有上师的护身符并没有大碍。扎拉也在青色风翼马上左右摇摆，举起星光雅司刀刺了过去，也因为有魔界诸神的保护没有受到伤害。扎拉副将姜色玉赤衮侬没有丝毫的犹豫跳到鲁擦跟前，抽出水星触断刀向无敌鲁擦挥了几次，但没能伤到他。就此扎拉和华色、姜色三位将军都不是鲁擦的对手便回到了岭国阵营中,丹玛香擦看见我军兵马伤亡惨重,就往银色善走马身上一鞭去迎战无敌鲁擦,并由塔拉六变调唱起了这首歌:

    嗡嘛呢叭咪吽。
  阿拉拉毛唱阿拉, 塔拉拉毛唱塔拉。
  今朝召唤一神灵, 盘踞莲花正中央,
  三宝加持度众生, 耐心助我丹玛歌。
  如若不知我是谁, 丹萨霍王室后裔,
  岭王格萨尔丞相, 射术第一无人比,
  名叫擦香丹玛也, 也有赤杰桑珠名。
  丹玛战神英雄我, 视敌犹如闪雷电,
  对亲又是堪比母。 出击打仗是先锋,
  应敌防守押头阵。 打击敌人之斧头,
  斩断首级之利剑, 均是丹玛英雄我。
  听好廷将鲁擦你, 廷国国王达尔本,
  起初站队雪山国, 故而岭对白岭国。
  古人有云谓之乎, 病魔缠身鲁之罪,
  荒灾饥馑是年祸。 因果报应常循环,
  今年岭军来逼城, 廷国国王将领中,
  曲赤鲁赤南拉和, 拖拉姜拉奔特等,
  悉数牺牲命归天, 致使廷王心生痛。
  札郭达郭两将领, 投降东方花花岭,
  剩余众将鲁擦等, 单枪匹马难取胜,
  孤军奋战亦如此。 如此鲁擦听我言,
  不服丹玛有三者, 敌对仇人不服我,
  只因丹玛心英勇, 骑下马儿不服我,

只因丹玛辫条宽，　　花季少女不服我，
只因丹玛面色青，　　此三便是不服者。
另外丹玛有三服，　　上师神灵服丹玛，
只因丹玛敬上师，　　兄弟亲戚服丹玛，
只因丹玛言必行，　　官员领导服丹玛，
只因丹玛尊官员，　　此乃丹玛三服者。
今日倒霉鲁擦你，　　不幸遇见丹玛我，
闪电神箭射于你，　　毁灭城堡只剩灰，
脑中智慧如蜡烛，　　犹如旋风被吹灭。
是否狂言见分晓，　　只在刹那一瞬间。

唱罢在丹玛蓝色如意弓上放了一支食肉饮血神箭，并祈求三宝加持准备射击之时，廷将鲁擦勒令道："呀，听好眼青犹如春江者，嘴青犹如拾荒者，身青犹如虱满身，切莫着急放轻松，暂听这句悦耳言。"便唱起了这首短歌：

唵嘛呢叭咪吽。
阿拉拉毛唱阿拉，　　塔拉拉毛唱塔拉。
今朝召唤一神灵，　　大神自在请加持，
骑着黑驹快如风，　　耐心加持鲁擦我。
高山起自地中央，　　金目神鸟请慈悲。
膝下罗刹五百只，　　耐心请助鲁擦我。
森林生死无踪迹，　　食人九头虎加持，
耐心护佑鲁擦我。　　四方大地彼岸上，
山神哲来白肩护，　　耐心加持鲁擦我。
此地诸位必知晓，　　天际廷国之领地，
阴暗廷国之故乡。　　如若不知我是谁，

廷国国王之将领，
听好丹玛面青男，
廷国众多将领中，
死伤无数血成河，
剩余大将鲁擦我，
五行掌握在手中，
世上无数英雄汉，
鲁擦名声如雷鸣，
如若不肯再收手，
首先跟你比射箭，
再者攀比长矛术，
英勇雄心谁无畏，
贱母之子角如他，
欺凌弱国侵无数，
此等还奉上师名？
驻守己疆食己粮，
与人绝无半点仇，
达本才是活神仙，
听好青面青马者，
犹如雄鹰试比高，
你若退后一半步，
畅饮戎擦之心血，
我若退后一半步，
还有听好如此言，
岂是门口之野狗，
岂是狐狸能匹敌。
不懂不再重复唱。

好汉无敌鲁擦也。
此前廷岭相交战，
多半已是丧命魂，
尸横遍野挡去路，
大自在神之幻子，
此前一生战沙场，
还无有人是对手。
面青白岭丹玛你，
今天鲁擦将军我，
其次短兵来相见，
最后再比套缰绳。
身手敏捷今知晓。
维护国土之上师，
杀人放火劫珠宝，
廷国国王达尔本，
无奈岭国来侵犯，
不做掠夺之祸行，
明君唯有达尔本。
今日你与我相见，
锋利兵刃来相会。
生吃孺子甲擦心，
啃碎囊俄玉达骨。
便是廷王社稷亡。
雪山霸王狮子敌，
森林之王花虎敌，
听懂请放心中央，

唱罢将食肉饮血箭犹如一道闪电射向了丹玛的胸口,打散了整块铠甲,却因里面有战神护身符的保护未能伤到性命。丹玛也随即拉满弓箭祈祷护法神的护佑射出一支箭,神箭不偏不倚射中鲁擦的胸口打散了铠甲,但因那天还没有到降服他的时候,便由大自在神的护身符保住了性命。之后经过几个回合的刀剑挥舞,鲁擦心想,这个畜生既然刀枪不入,那就试试用缰绳把他套住会怎样?便立马将缰绳扔向丹玛的脖子一拉,像乌鸦落地一样从马背上掉了下来。这时,右边的华拉僧达阿冬心想,莫非今日丹玛要被鲁擦杀死?便毫不犹豫地跳到无敌鲁擦的身上,抽出雅司黎明大刀猛斩缰绳将其斩断后,从左边跑来噶岱把落地的丹玛扶上马背返回了岭国军营。鲁擦心想,今日之战,畜生华拉和丹玛、噶岱三人已无路可逃,最好乘胜追击杀到岭国军营,杀他个片甲不留,便对食人骠马一声马鞭赶往岭营。这时,岭国的香奈班玛程赖前来阻击,却被他一支食肉神箭射下马背。中营士兵将领华色诺布占德傲气冲天喊道:"呀,听好小狗鲁擦你,若真不知好歹徒,岂有不死之理由?"从雪山腾飞马上抽出曲噶立断刀唱起了这首白色雄狮调的歌:

嗡嘛呢叭咪吽。
阿拉拉毛唱阿拉, 塔拉拉毛唱塔拉。
今朝召唤一神灵, 纯洁神灵之圣地,
素有莲花生大师, 格日莲帽带头上,
手持伏魔金刚杵, 耐心加持华色我。
白城海螺大城堡, 白色雄狮之宝座,
大神白梵天王他, 骑下白色神驹者,
耐心加持华色我。 大山起自地中央,
尼尼格姆自由神, 蓝鬃水牛在旁边,

白色雄狮坐下骑,　　今日助我华色歌。
如若不知我是谁,　　森林猛虎之子嗣,
蔚蓝大海之金蛋,　　山重之上大鹏鸟,
人称华色诺布也。　　听好无敌鲁擦你,
傲气冲天比天高,　　今日碰见华色我,
华色诺布占德我,　　多闻天王之化生,
父乃华拉穆姜也,　　母是总管玉贞也。
叔叔总管戎擦他,　　实为穆布董子嗣。
听好无敌鲁擦你,　　自认英勇来战场,
不料损兵千百名。　　世上古人有谚语,
河流尽头有大海,　　山外有山人外人,
你若不肯见好收,　　小命难保是肯定。
你若识趣来投降,　　心怀格萨认上师,
恩公华色认将领,　　不入地狱有担保。
阴暗廷国众君臣,　　听见嘛呢声头晕,
手持金筒犯心病,　　慈善事业抛脑后。
终身碌为阴暗业,　　魔沟罗刹之乡间。
今年便是普度时,　　凶恶魔王如死尸。
彻底斩草放风中,　　是否狂言见分晓。

唱罢将白弯立斩刀挥向了无敌鲁擦身上,致使鲁擦的左手受了重伤,但是无敌鲁擦也并没有在乎,反而射了一支食肉饮血箭射死了五十多白衣士兵,并将修炼九年之久的贴橛扔向了达戎方向,将两百多名士兵犹如火烧的羽毛被剿灭了。这时因为太阳也快要落山了便适可而止打道回营了。

廷王达尔本对无敌鲁擦和敢死丞相等七人出征取得的成绩予以认可,嘉奖了丰富的金银丝绸,感叹道今日并未损失兵马,但为了养好鲁擦的手臂,决定休战半个月之久。

可是就在第二天,岭国军队从东南西北四个方向包围了廷国城堡,廷王在城墙上用望远镜观察敌人情况之时看到,在北营这边有赞德囊布和辛德囊布、鲁德囊布三位将军并肩阻击霍尔辛巴。霍尔辛巴也毫不犹豫在一支箭的射程之处前来迎战并唱起了这首短歌：

嗡嘛呢叭咪吽。
阿拉拉毛唱阿拉，　　塔拉拉毛唱塔拉。
今朝召唤一神灵，　　头顶莲花无量宫，
三宝加持度众生，　　助我辛巴来歌唱。
坡隆道吉山之巅，　　佐毛壤宗城堡中，
角拉擦则请加持，　　助我辛巴旗开胜。
高山起自地中央，　　英雄扎拉铠甲中。
战神年达请加持，　　十三牦牛请加持。
诸多山神簇拥中，　　听好黑脸黑马者。
黑帆飘扬一阵阵，　　嘴里冒着黑烟火。
黑甲散落一坨坨，　　前来英雄是何人。
父姓母名叫什么，　　我等阿青北方人。
古为白帐之大臣，　　今为格萨尔前臣。
跻身三十英雄列，　　话说此前不久时。
霍岭之间烧战火，　　辛巴投降岭国王。
从那以后到如今，　　听取角如之口令。
针对边疆之诸国，　　带领岭军去征战。
战功赫赫正军威。　　辛巴之名响天际。
今年岭军来廷国，　　是廷国过气数尽。
廷国国王达尔本，　　权势犹如下玄月，

众多将领待完结，　　所剩无几些将领，
挣扎暂时难长久，　　识趣赶紧来头降，
毫发不损饶一命。

　　唱罢心中专一只念三宝加持挥起宝刀砍向了辛德囊布，就把他劈成了两半。此时他的战友长臂毒舌前来迎战辛巴，不料被身边的阿达拉姆用长矛一下就刺下了马背。左边锋无敌死神奋勇挥剑，却也被辛巴一刀砍了首级。此外还有英雄萨德青龙将军举着长矛杀死了众多士兵，却也被拉姆用一支食肉饮血箭穿胸而过，鼻孔出血而死。那天辛巴梅乳孜和拉姆两位将军前后杀死了廷国的四位大将后便返回了军营。
　　在南营这边，姜楚玉拉冲出关卡，正准备与守城将军长臂青龙一决高下。只见长臂青龙一下跳到玉拉跟前便挥起了大刀，经过几个回合的较量，由于两位都有护身符的保护并没有受伤，只是打落了彼此铠甲上的几根皮条而平分秋色。这时从左边冬君达拉赤噶则举起了触目立断刀挥向长臂青龙，一下就将其连同铠甲一起劈成了两半，落在马的两侧。于是捡起尸首在此杀进战场时，守城将军鲁德毒舌就撸起衣袖前来杀敌，姜楚玉拉便用一支食肉饮血箭把他射下了马背。最后还有廷将萨郭托噶怒火中烧，丝毫不犹豫地冲向玉拉跟前时，冬君达拉赤噶将军则举起他的触目立断刀用白色雄狮调唱起了这首歌：

嗡嘛呢叭咪吽。
阿拉拉毛唱阿拉，　　塔拉拉毛唱塔拉。
今朝召唤一神灵，　　头顶莲花毛毡上，
三十三重诸多神，　　我佛战神请加持，
今日护佑冬君我。　　此地阴暗廷国之，

南城铁壁之城门。　　如若不知我是谁,
南门辛尺之领地,　　父亲尼玛壤萨也,
母亲达瓦则丹也,　　如虎之子拉赤噶。
时至今日为终点,　　一生征战冲沙场,
战功赫赫正军威,　　冬君之名响天际。
今日你约我相逢,　　收我兵器来沙场,
旗鼓相当决高下,　　实为命运之安排,
岂有逃脱之道理。　　握于手中此宝刀,
名叫触目立断刀,　　挥刀能斩万层山,
今日用于你身上,　　瞬间分尸散魂魄,
腐尸沦为鸡犬食。　　何等悲哀请细想。
无人加持逛九泉,　　超度活佛无踪影。
邪恶魔族之子孙,　　一做善业心生乏,
听见嘛呢便恶心。　　阴暗邪恶之身世,
重新来过就现在,　　如若识趣降于我,
心怀格萨奉上师,　　不落地狱指明路。

唱罢稍作休息后,萨郭心想如若真像此人所言,继续与岭国交战除了命丧黄泉再无他路。如今廷国国王的权势已是油尽灯枯,再无必要继续莽夫之勇,于是便原地卸下了铠甲,跪在冬君的跟前投降了。冬君达拉赤噶也立马扶他起身,称赞其识时务,并献上了一条丝绸带到了岭王通瓦衮门中去。

再说东营方向,士兵们突破了层层铁门之后,廷将娘拉昂赞起身来到丹玛跟前迎战,并唱起了这首短歌:

嗡嘛呢叭咪吽。
阿拉拉毛唱阿拉,　　塔拉拉毛唱塔拉。

今朝召唤一神灵，三十三重天宫中，
住有大神自在天，骑着神驹快如风，
耐心加持男儿我。高山起自地中央，
红色曲宗之山巅，金目神鸟请慈悲。
红色刹女请护佑，膝下罗刹五百只，
耐心护佑娘拉我。阴暗廷国之领地，
东城铁壁之要塞。如若不知我是谁，
萨郭年拉昂赞也。听好青脸青马者，
看似要从马鞍滑，你等能否来抗衡。
握于手中这把斧，黑色泰让之圣铁，
锋利无比来试试、贱母邋遢角如他，
为非作歹数十年，起初降服四方国，
弱小部落更无数，如今骄纵角如他，
邪恶魔爪伸廷国，廷将无敌南拉和，
托拉姜拉鲁擦等，悉数战死沙场中，
廷将札郭尖参和，达郭萨郭托噶等，
听信蛊惑降岭国。听好青脸青马者，
虽是岭国丹玛将，无奈年拉来战场，
遇谁杀谁不留情，呼唤甲擦来相助，
叫醒睡梦中戎擦，真是可怜又可恨。
我若后退一半步，预示廷国毁一旦，
你若后退一半步，预示岭国必败北。

唱罢还不等丹玛唱歌就跳到了丹玛的跟前，丹玛也迅速将一支如同火焰般的护法神箭射出，神箭不偏不倚直指年拉胸前的镜子，并穿过护身符从后背露出了箭头摔下了马背。这时，从左边又杀出来呼啸着牦牛般叫声的奔特毒舌，却被身穿黑衣黑帽，手握羽

扇的噶岱曲迥尉那,将修炼九年的羊肚宝石举在手中唱起了这首歌:

唵嘛呢叭咪吽。
阿拉拉毛唱阿拉,　　塔拉拉毛唱塔拉。
吽啊能使天地摇,　　噗噗咒语镇妖魔。
如若不知我是谁,　　噶岱曲迥尉那也,
今日手持羽毛扇,　　专取妖魔之性命。
玛杰奔热请加持,　　年钦神兵来增援,
今日护佑噶岱我,　　角吾觉钦请加持,
红黄神兵来增援,　　今日护佑噶岱我,
格卓红山请加持,　　今日护佑噶岱我。
原始神山九位佛,　　世间十二旦玛神,
各地山神来簇拥,　　今日护佑噶岱我。
吽噗宝石举空中,　　降服邪恶妖魔魂,
掠取延国武器库。　　亡国廷地众君臣,
不是死尸便起义,　　我身穿黑衣黑帽,
手握黑旗羽毛扇,　　羊肚宝石举空中,
吽噗咒语一阵阵,　　上有日月来明鉴,
东方铁壁之城门,　　外围城墙倾斜倒,
城内士兵血成河。　　古人有云谓之乎,
惊扰鲁神病缠身,　　身心不安可知晓。
如此不该来战我,　　沙场犹如死神行,
性命堪忧别赖我。　　如若识趣快投降,
　　　　　　　　　　不举利剑饶一命。

唱罢,他就举起了宝石弄得城墙上的奔特毒舌等在内的三位将军如同火烧的羽毛没了踪迹。随后纷纷跳入城内,把剩余的三百多名俘虏带回岭国,至此成功占领东城。

第二天,达戎仓的士兵由玛尼嘎冉和歇日曲珠两位将军带领并来到了西城脚下,守城将军无敌死神看到来兵以后,毅然决然前去应敌,却被歇日曲珠将军用红色神刀一挥,虽有邪恶妖魔和自在大神的护身符保护,但还是难免人头落地。曲珠一声震天怒吼跳进城内一下就杀死了一百多名士兵,就在这时,廷国女将尸变女魔张开大嘴,双乳扔向双肩,双眼下起血雨,咬牙切齿地跳向曲珠,曲珠见状英勇没有丝毫打折,在青色喜拉大弓上放了一支食肉饮血箭如同火焰一般射了过去正中魔女的胸口,箭头穿胸而过一命呜呼。廷将扎赞托杰他傲气冲天,卷起衣袖,拔出大刀欲做决斗之时,西戎玛夏赞布他抢先前去迎战,用自己的大刀一挥,从他的胸腔劈开,像敞开的大门一样血淋淋从马背上掉了下来。从而,岭国兵马全部涌进城内制服了所有廷军,旗开得胜将胜利的大旗挂在东城城头。这时,天子扎拉孜杰下令将整个中营包围了起来,打开了层层宝库的石门,取除了各种铁和珠宝。达戎晁同心想,降服廷王达尔本的使命或许是自己的福分,但扎拉身边还有赛巴·尼奔达雅和牟姜·仁钦达鲁、姜色玉赤等众多勇士辅佐,有可能会被他们霸占了风头,便快马加鞭,冲进了里面的铁城,刚好被达尔本国王的大将,聂赤丹尚囊布看见毫不犹豫地前去阻击,叔叔气喘吁吁一心祈祷马头明王射了一箭,箭头穿过铠甲击碎了诸多护身符,但并未伤到他的身体。聂赤丹尚囊布大声狂笑似震山河,说道:"呀,听好晁同锣鼓头,身穿盔甲来战场,射箭犹如女儿身,真是可怜又可恨。"说完唱起了这首歌:

    唵嘛呢叭咪吽。
    阿拉拉毛唱阿拉, 塔拉拉毛唱塔拉。

今朝召唤一神灵，
大自在神在其中，
耐心倾听聂赤歌。
红色曲宗之山巅，
神鸟翅膀扑棱棱，
森林生死无踪迹，
今日护佑聂赤我。
山神哲来白肩护，
耐心增援聂赤我。
红马脚步疾如风，
好似达戎晁同也，
当初霍岭大战时，
甲擦惨遭杀身祸，
丹玛美女占为己，
九百达戎部落群，
此等辱事道不尽。
不幸祸事引路者，
女人便是常有事。
未叫自到侵廷国，
积攒珠宝被掠空，
聂赤丹尚囊布我，
首屈一指真英雄，
此前一生战沙场，
今日也是像往日，
名叫食肉饮血箭，
今日射于将死人，
聂赤老夫是死尸。

深居彩虹帐篷中，
骑下黑马在嚎叫，
高山起自地中央，
金目神鸟请慈悲。
耐心护佑辛德我。
食人九头虎加持，
四方大地彼岸上，
咆哮呼啸一阵阵，
听好红脸红马者，
血染手指刽子手，
若是便是老相识。
内外勾结卖国贼，
大食之地偷鹏翅，
强军亲临城墙外，
犹如大河淹黑土，
达戎晁同锣鼓头，
绝非男儿之所为，
今年东岭妖之兵，
活生百姓被灭口，
为非作歹数不尽。
达本国王众将臣，
万般提炼真黄金。
还无有人是对手。
握于手中这支箭，
能颠大山之跟头，
不使脑血喷半空，

唱罢,将一支食肉饮血箭伴着雷电相交射向了达戎晁同,将晁同头顶的一缕辫子射向了脑后。达戎晁同惊出一身冷汗,摔倒在地上,聂赤连忙下马准备抽出匕首准备取其项上人头之时,格萨尔王从天而降阻击聂赤,喊道:"听好妖魔聂赤将,前世修行得人身,枉被附于妖魔鬼,一生杀戮造恶业,今日便是得报应,若有顿悟快忏悔。"说完由食肉饮血调唱起了这首歌:

嗡嘛呢叭咪吽。
阿拉拉毛唱阿拉, 塔拉拉毛唱塔拉。
今朝召唤一神灵, 头顶莲花毛毡上,
三宝加持度众生, 倾心听我雄狮歌。
如若不知此地哪? 阴暗廷国之领地。
如若不知我是谁, 岭王格萨尔是也。
降服妖魔之屠夫, 善业佛教之领袖。
挽扶弱小视已出, 平定恶霸视已任。
听好悲惨聂赤你, 做尽恶业如屠夫,
今日便是降服日。 震动三界大弯弓,
搭上昂噶朗玛箭, 犹如闪电从天降,
火烧鸡毛无踪影。 古人有云谓之乎,
骏马奔腾乐不疲, 不知收敛须谨慎,
马失前蹄亦有例。 廷将聂赤丹尚你,
不知收敛莽夫勇, 如同拿命当箭靶。
还有挺好魔之子, 阴暗廷国之领地,
起初无佛魔横行, 今朝便是普度时。
叛逆廷王达尔本, 心爱城堡底朝天,
积累珠宝掠殆尽, 尤其廷国之武器,
埋藏始于莲花生, 掘藏便由格萨尔。

如今主人来门口，	父辈财产交于子，
然后聂赤丹尚你，	识趣心念格萨尔，
一生护佑我来做，	不落地狱有担保。
如若执意是死神，	前来判刑取你命。
听懂谨记聂赤心，	不懂不再重复唱。

唱罢在震动三界大弯弓上打了一支昂噶朗玛箭将要射击之时，聂赤不认格萨尔王的歌词怒吼道要我投降与你，还不如九遭地狱之苦，并唾了三口口水射了一支毒箭，因为有拉鲁年的护佑没有伤害到格萨尔的身体。格萨尔心想，忤逆魔王之辈好言相劝却被视为毒言，如今对石子涂上酥油已是朽木不可雕的道理，需要立刻降服。便就射出了悬在震动三界大弯弓上的昂噶朗玛箭，神箭也是不偏不倚的击穿聂赤的胸膛从后背露出。神子格萨尔迅速从马背上下来将聂赤的首级取下，这时，另一位将军扎巴奔噶虽也心生黯淡，但心想今天若不能和聂赤将军同生共死，还有什么意义继续活在这个世界，便举起大刀冲了过来。这时,姜色玉赤说还是我来会会他吧。将姜刀红柄立断刀抽出刀鞘挥向扎巴奔噶，瞬间人头落地。那日，岭国兵马占领了廷王四面的所有城墙，屹立在主城龙椅上的达尔本国王再也没能安耐住心中的怒火，穿甲戴盔，骑上九重黑暗魔马迎战格萨尔王，并唱起了这首歌：

嗡嘛呢叭咪吽。
阿拉拉毛唱阿拉，	塔拉拉毛唱塔拉。
高空云端正中央，	大自在神请加持，
无神护佑真心酸。	大山起自地中央，
红斑女魔请加持，	魔法殆尽真心酸。
森林生死无踪迹，	食人九头虎加持，

难觅真神真心酸。
山神哲来白肩护,
红色曲宗之山巅,
无人护佑真心酸。
阴暗廷国之国王。
起初不久之时日,
自成兄弟亲如家,
侵略雪山国领地,
摧毁城池数不尽,
积攒珠宝被掠尽。
魔爪伸向廷国地,
驻守将领尽牺牲。
角如儿与廷王我,
我若退后一半步,
你若退后一半步,
岗萨女士吃烂肉,
听好贱母岗擦子,
整日只盼酒肉财,
手握锣鼓杀人命。
征服诸多城邦国,
不如魔王来超度。
东面城和西面城,
城中珠宝悉数尽,
岂能坐视不作为,
谁是英雄挥刀明,
老夫败北死无憾。

四方大地彼岸上,
无法感知真心酸。
金目神鸟请慈悲。
如若不知我是谁,
听好贱母角如你,
拉达国与廷国间,
边远岭军来搅乱,
杀人无数血成河,
便是横尸垒成塔,
今年战乱角如你,
四方城墙被包围,
上有日月来明鉴。
谁是英雄来比试,
丢尽祖辈之名望,
桑伦只吃腐烂尸,
亲戚甲擦吃心脏。
谎称上师坐龙椅,
口念嘛呢身穿甲,
相传迄今为止前,
奉你视为己上师。
今年战乱之始终,
南北城墙均被毁,
阴暗廷国之国王,
今日我与你两者,
角如技高胜为王,

下编　玉梅文献辑录

唱罢便跳向格萨尔,格萨尔却娓娓道来,说道:"呀,日落西山似大王,无需猴急请放松,赶死无需这般急。响于天际之名人,犹如天边之青龙,南赡部洲之大王,岭王格萨尔是我。"说完便从空中很远的地方指着达尔本的额头,用神韵六颤调唱起了这首降服魔王的歌:

嗡嘛呢叭咪吽。
阿拉拉毛唱阿拉,　　塔拉拉毛唱塔拉。
今朝召唤一神灵,　　我方自在三依怙。
耐心加持大王我,　　玛尼尼格姆在天空。
白色雄狮坐下骑,　　蓝鬃水牛在旁边。
上万空行母环绕,　　预告言辞有诸多。
素有莲花生大师,　　头戴八瓣莲花帽。
手持伏魔金刚杵,　　耐心加持大王我。
白梵天王骑白马,　　耐心倾听大王歌。
璁叶庄严刹土方,　　印有海螺毛毡上。
慈悲白青度母俩,　　耐心倾听大王歌。
今日欲唱一首歌,　　犹如父系响天际。
祈愿天空无边际,　　犹如母系响大地。
祈愿大地无动摇,　　犹如本家脉络般。
祈愿畅通无疾病,　　今日所唱之歌曲,
格萨金刚之回音,　　听好亡命达尔本。
你等生前无一善,　　恶业堆如巨石山。
口念嘛呢耳生疼,　　施舍救助生积怨。
参拜上师心生厌,　　一生伙食仅血肉。
衣着死人之皮囊,　　今日便是报应日。
唯有地狱是出路,　　白岭格萨尔王我。

实为三十三重天，	白梵天王之爱子。
是千万菩提之象，	上午杀生是屠夫。
下午超度是上师，	东方达拉净土和。
西方极乐世界两，	任意选择在掌中。
上有日月来明鉴，	依靠威猛之法术。
降服忤逆达尔本，	识趣心念格萨尔。
忏悔过往之杀戮，	恪守日后其行为。
悲惨无比之灵魂，	超度能入净土中。

唱罢，稍许放缓悬在震动三界大弯弓上的昂噶朗玛箭并未射出，不料廷王达尔本确实如芒刺背如坐针毡。对格萨尔怒吼道："要我投降与你，还不如九遭地狱之苦，"并唾了三口口水射了一支长齿铁箭给格萨尔。那支箭虽然射中了格萨尔的额头中央，但因为有白梵天王和上师莲花生的护身符没有伤到身体。格萨尔大王心想这等孽畜不是魔王是什么，便将悬在震动三界大弯弓上的昂噶朗玛箭犹如一道闪电射向廷王，由于廷王气数已尽，神箭不偏不倚射中了他的额头正中央，虽然有大自在神和邪恶上师、黑地泰神和鲁魔鸟拉等的护身符保护，但还是难逃一劫一命呜呼。

至此，岭国军队已经将廷王属下的四面城堡和中心主城都已收复完成，便就此开始享受为期三天的歌舞盛宴。于八月十五日就到了采取廷国武器的良辰，于是格萨尔王依照玛尼尼格姆的预示，派岭国总管王和叔叔晁同、扎拉、丹玛和辛巴、华拉，还有姜楚玉拉、冬君等九位将领去往廷国主城。于是在廷将札郭尖参和达郭昂赞两兄弟的带路下来到了达尔本国王的寝室——灰暗放哨室。走进寝室最里端看见一棵树根延向鲁界的果树，果树树枝有一盒散发着金色光芒的盒子照亮了整个阴暗寝室。岭国众将纷纷感叹道今天是避开所有仙妖山神和赞、泰让等阻止的吉日，因此大家可安心采集矿中武器,便满心欢心捧腹大笑。尤其是岭国众将中的父辈之首,集智慧与谋略于一身的噶尼岗巴叔睁大涂满金银的瞳孔,收拾好白如海螺的辫子后,为采集各类吉兆珠宝,唱起了这首呼唤吉兆祥瑞的歌:

嗡嘛呢叭咪吽。
阿拉拉毛唱阿拉, 塔拉拉毛唱塔拉。
今朝召唤一神灵, 头顶莲花毛毡上。
三宝加持度众生, 祈愿吉兆降人间。
空中达宗的晚霞, 年神古拉格卓他。
身骑红色神年虎, 祈愿吉兆降人间。
下界鲁之宫殿中, 青色玉城之玉宗。
神灵顶宝龙王他, 骑下青鬃鲁之马。
手握神器视人间, 祈愿吉兆降人间。
我乃白岭所有叔, 掌管心智善谋略。
人称总管王叔叔。 总管叔叔戎擦我。
欲与青天试比高, 万寿无疆赛大地。
盘古开天之老人, 有人夸我是大仙。
有人说我是恶魔, 我乃天神派人间。
拜若赞那之转世, 只为世人赶此行。
今日良辰之吉日, 岭国占领廷国矿。
如此吉兆再难寻, 乐在其中仅今日。
阴暗廷国之矿财, 如今落于岭国手。
牵引吉兆之呼唤, 祈愿达拉诺布矿。
牦牛吉兆噶玛热, 金兆引于曼荼罗。
粮兆引于鹏之蛋, 牵引兵器之吉兆。
祈愿廷国铁之兆, 吉兆不断来此地。

遍地开出正果花，　　祈愿岗尖雪域地。
正果如同下春雨，　　财源滚滚钵满溢。
因此岭国众将领，　　今日暖阳当空照。
唱首欢歌跳支舞，　　共享酒肉之国宴。
今年岭国众英雄，　　前往阴暗廷国地。
廷岭交战两年整，　　廷国国王达尔本。
以及众将皆亡命，　　魔国度为佛之国。
诸多兵器为收获，　　随之大王之夙愿。
也已完成可复命，　　儿女相聚享天伦。
听懂谨记于心中，　　不懂不再重复唱。

唱罢这首牵引吉兆祥瑞的歌，天空架起了彩虹帐篷，下起吉祥的花雨，并响起了敲锣打鼓的音乐沉浸在其乐融融的氛围中。这时，端坐在金色龙椅上的格萨尔王目不转睛望向聚集在眼前的众多爱将，也由无敌金刚调唱起了这首呼唤吉兆祥瑞的歌：

嗡嘛呢叭咪吽。
阿拉拉毛唱阿拉，　　塔拉拉毛唱塔拉。
此地诸位必周知，　　阴暗廷国之领地。
如若不知我是谁，　　雄狮大宝格萨尔。
今朝召唤一神灵，　　白梵天王和尼尼。
格姆女神请加持，　　今日所唱呼唤歌。
无敌金刚请加持。　　大地满是吉兆相。
财源来自财神爷，　　吉兆降满雪域地。
阴暗廷国之兵器，　　落于东方花花岭。
祈愿岗尖雪域地，　　财源滚滚满溢钵。
采取兵器之吉兆，　　祈愿无赞和泰让。

仇敌死神之迫害，　　今年廷岭站沙场。
强势收复廷国王，　　廷将札郭喝达郭。
识趣投降岭国军，　　自此封为廷国首。
爱戴乡亲及父老，　　睡前祈愿三宝佑。
醒来施舍众恶趣。　　聚于廷国之财宝。
奋力守护保平安。　　往后若在某时段。
花花岭国需征兵，　　还请札郭两兄弟。
悉数派兵来增援，　　其次札郭两兄弟。
投奔格萨尔王我，　　始终如一有誓言。
加持圣泉之雨露，　　不是毒水请放心。
镶于脖颈之丝绸，　　不是皮囊请放心。
此乃大王之箴言，　　阴暗廷国之兵器，
顺利取于岭国手，　　如若没有神灵佑。
岂能安心达凤愿，　　还有白岭之叔侄。
廷岭激起猛烈战，　　双方兵马死无数。
超度亡灵之事项，　　大王自会有打算。
最后听好邻国将，　　此行凤愿已完成。
不久便可返岭地，　　还请谨记在心中。

唱罢，对岭国先锋丹玛和辛巴、玉拉和鲁姆等四位将军进行了金银珠宝的丰厚奖赏。岭国其他将领对格萨尔三步一叩首，三步一哈达，致以无比的尊敬后又举行了为期七天的盛宴。

就这样在举行完七天之久的庆功宴后，在廷国原地驻扎了犹如彩虹般漂亮的红白黄三种颜色的帐篷，从霍尔国和歇日、象雄等地过来支援的援军也已开始打道回府，花花岭国的众多士兵也在丹玛和华拉两位将军的带领下浩浩荡荡回到了岭国。至此，岭国方向也听到了我军凯旋而归的消息后，多康加毛智巴和蕃雏弥琼卡岱、唐孜玉珠三位将军赶在七日路程的地方前去迎接,之后便沉浸在一片欢聚的气氛,互相寒暄问候,促膝长谈休息耽搁了几日。直到那月的十三号,岭国众将才都全部聚集到了黄河坡上花虎滩,全城敲锣打鼓声势浩大的迎接了归来的勇士,并邀请到了长形茶城中,奉上美酒佳肴,还有奶茶和酥油、各种水果等。此时,多康姑娘之最,年轻貌美的僧姜珠姆手捧一条白绸献给大王,并唱起了这首祝贺取得廷岭兵器宗的吉兆祥瑞之歌:

嗡嘛呢叭咪吽。
阿拉拉毛唱阿拉,　　塔拉拉毛唱塔拉。
璁叶庄严刹土方,　　印有海螺毛毡上。
慈悲白度母请加持,　耐心倾听珠姆歌。
此地诸位所周知,　　长形茶城之首席。
我乃诸位所周知,　　名声响于天地间。
多康僧姜珠姆也,　　今日良辰之吉日。
岭国大王格萨尔,　　降服妖魔赴远方。
廷国珠宝尽收尽,　　今日团聚在于此。
再无比之更欢喜,　　全凭格萨尔大王。
不管廷王多凶恶,　　众将勇猛似豺狼。
无奈大王之本事,　　兵器全为掌中物。
男的欢聚是吉兆。　　乃琼鲁古擦娅和。
达戎姑娘超茂措,　　白岭七朵姐妹花。
右手金杯敬茶水,　　左手银杯敬美酒。
享用肥美牛羊肉,　　奶茶酸奶酥油和。
白糖黑糖蜂蜜等,　　一一享用不客气。
祈愿岭国迎鼎盛,　　君臣身心永无恙。
男儿战神求吉祥,　　乡间泰然无疾病。

祈愿药神来加持，　　终生荣华享不尽。
祈愿财神来加持，　　世界和平无战乱。
祈愿三宝永加持！

　　唱完这首吉祥的许愿歌后对大王行礼三叩首。岭王格萨尔也是满心欢喜，如愿为人们举行了一场消除病灾的灌顶仪式，而后为了芸芸众生的幸福，决定闭关修行三年之久以普度众生，便与空行护法神一道去往幼狮宫殿开始了闭关修行。

附　录

一、玉梅生平大事记

1957年生于西藏自治区那曲市索县热都乡;(一说为1959年)

1973年与女伴次仁吉放牧之中,睡梦授记;同年父亲洛达病逝;

1981年被西藏人民出版社发现,应邀说唱录音为一位专职艺人。后在西藏社会科学院从事《格萨尔》的说唱录音;

1983年,西藏自治区文联召开《格萨尔》史诗说唱艺人演唱会,玉梅第一次到拉萨说唱;

1984年,在拉萨召开了全国第一次《格萨尔》艺人演唱会,玉梅说唱;

1985年,家中人丁落败,母亲占卜决定搬家;

1986年应邀到北京参加了全国《格萨尔》工作总结与表彰大会,获得先进个人的称号;

1991年,再次进京获得文化部、国家民委、中国文联、中国社会科学院命名的"《格萨尔》说唱家"的光荣称号;

1986年、1997年两次获国家民委、文化部、中国社会科学院及中国文联的表彰；

2002年5月，玉梅应邀出席了在美国加州举行的藏族文化周活动。期间，玉梅在不同场合说唱了《格萨尔》的片段；

2012年退休。

二、玉梅说唱的大宗目录

1. 天岭卜筮　　　　　ཧྭ་གླིང་
2. 诞生篇　　　　　　འཁྲུངས་གླིང་
3. 噶岭之战　　　　　འགག་གླིང་གཡུལ་འགྱེད་
4. 嘉岭之战　　　　　འཇར་གླིང་གཡུལ་འགྱེད་
5. 绒岭之战　　　　　རོང་གླིང་གཡུལ་འགྱེད་
6. 丹玛乃宗　　　　　བདན་མའི་ནས་རྫོང་
7. 嘎提大鹏宗　　　　ཁྲ་བདེའི་ཁྱུང་རྫོང་།
8. 降伏魔王鲁赞　　　བདུད་ཀླུ་བཙན་
9. 降伏霍尔白帐王　　ཧོར་གུར་དཀར་
10. 降伏姜国萨当王　　འཇང་ས་དམ་
11. 降伏门国辛赤王　　མོན་ཞིང་ཁྲི།
12. 大食财宗　　　　　སྟག་གཟིག་ནོར་རྫོང་།
13. 歇日珊瑚宗　　　　ཞེ་རིའི་བྱུར་རྫོང་།
14. 卡契松石宗　　　　ཁ་ཆེ་གཡུ་རྫོང་།
15. 亭格铁宗　　　　　མཐིང་གེ་ལྕགས་རྫོང་།
16. 松巴犏牛宗　　　　སུམ་པའི་མཛོ་རྫོང་།
17. 象雄珍珠宗　　　　ཞང་ཞུང་མི་ཏིག་རྫོང་།
18. 阿扎玛瑙宗　　　　ཨ་གྲགས་མཆི་རྫོང་།
19. 塔岭之战　　　　　མཐའ་གླིང་གཡུལ་འགྱེད།

20. 其岭之战 ཁྱི་གླིང་གཡུར་འགྱེད།
21. 梅岭金子宝藏之部 མེ་གླིང་གསེར་གཡང་།
22. 牡古骡宗 སྨུག་གུ་དྲེལ་རྫོང་།
23. 百拉绵羊宗 ཕྱེ་ར་ལུག་རྫོང་།
24. 米努绸缎宗 མི་ནུབ་དར་རྫོང་།
25. 祝古兵器宗 གུ་གི་གོ་རྫོང་།
26. 地狱篇 དམྱལ་གླིང་རྟོགས་པ་ཆེན་པོ།

后　　记

　　这本书,缘起于2012年获得国家社科基金项目"《格萨尔》女性文学研究"之时,以期完成对我国优秀传统文化《格萨尔》史诗的在地化研究之初衷。

　　玉梅是藏族英雄史诗《格萨尔》的著名说唱女艺人。对她的研究散见各处,说唱作品也从未见汉译本问世。将某一个《格萨尔》艺人的说唱文本及研究论文集中编纂收录与分析,并将其说唱的汉译本附书一同发布,在藏族《格萨尔》史诗研究领域尚属首次。本书客观反映说唱艺人的学习技艺、传承脉络和有关情况等,力图为我国《格萨尔》史诗研究增添一些新的资料,也期待将史诗艺人研究推向一个新阶段。

　　本书在撰写时吸收和参考了国内格萨尔学界许多研究成果,均已在脚注里加以注明。凡是补充、修改、润色过程中的错误和遗漏之处,敬请予以谅解。

　　在撰写过程中,我得到了众多师友的鼎力相助。特别感谢中国社会科学院格萨尔史诗研究前辈杨恩洪研究员、李连荣研究员,西藏社会科学院民族研究所所长(现任铸牢中华民族共同体意识研究基地主任)次仁平措研究员的督促与帮助。

　　玉梅的两部已出版的说唱本《牛卡木材宗》和《廷岭武器宗》

分别由西北民族大学原格萨尔研究院格萨尔专业2014级多位研究生和文艺学专业在读博士贡却乎才让等进行了初步翻译,兰州新区甘南实验中学端知加、仁青卓玛两位老师进行了扎实的校对。文学院文艺学专业硕士研究生德吉昂毛、杨雪涛、孙桂芳等同学查找了资料。上海古籍出版社副总编辑胡文波、责任编辑朱濛丹付出了心血,在此一并表示郑重致谢!

2024年11月26日

图书在版编目(CIP)数据

《格萨尔》女艺人研究及玉梅文献辑录 / 伦珠旺姆, 徐文娣编著. -- 上海：上海古籍出版社, 2025.6. (格萨尔研究丛刊). -- ISBN 978-7-5732-1668-7

Ⅰ.I207.914

中国国家版本馆 CIP 数据核字第 2025LH4234 号

格萨尔研究丛刊

《格萨尔》女艺人研究及玉梅文献辑录

伦珠旺姆　徐文娣　编著

上海古籍出版社出版发行

（上海市闵行区号景路 159 弄 1-5 号 A 座 5F　邮政编码 201101）

(1) 网址：www.guji.com.cn
(2) E-mail：guji1@guji.com.cn
(3) 易文网网址：www.ewen.co

启东市人民印刷有限公司印刷

开本 890×1240　1/32　印张 16.625　插页 2　字数 403,000
2025 年 6 月第 1 版　2025 年 6 月第 1 次印刷
ISBN 978-7-5732-1668-7
K·3890　定价：98.00 元

如有质量问题，请与承印公司联系